La rose rebelle

*Du même auteur
aux Éditions J'ai lu*

L'OISEAU DU CACHEMIRE

N° 8620

Linda
HOLEMAN

La rose rebelle

*Traduit de l'anglais
par Marie-Claude Elsen*

Titre original :
THE MOONLIT CAGE

© Linda Holeman, 2006

Pour la traduction française :
© Plon, 2006

*Aux femmes fortes de ma vie :
ma mère, Donna, ma sœur, Shannon,
et mes filles, Zalie et Brenna.
Merci pour toutes vos histoires.*

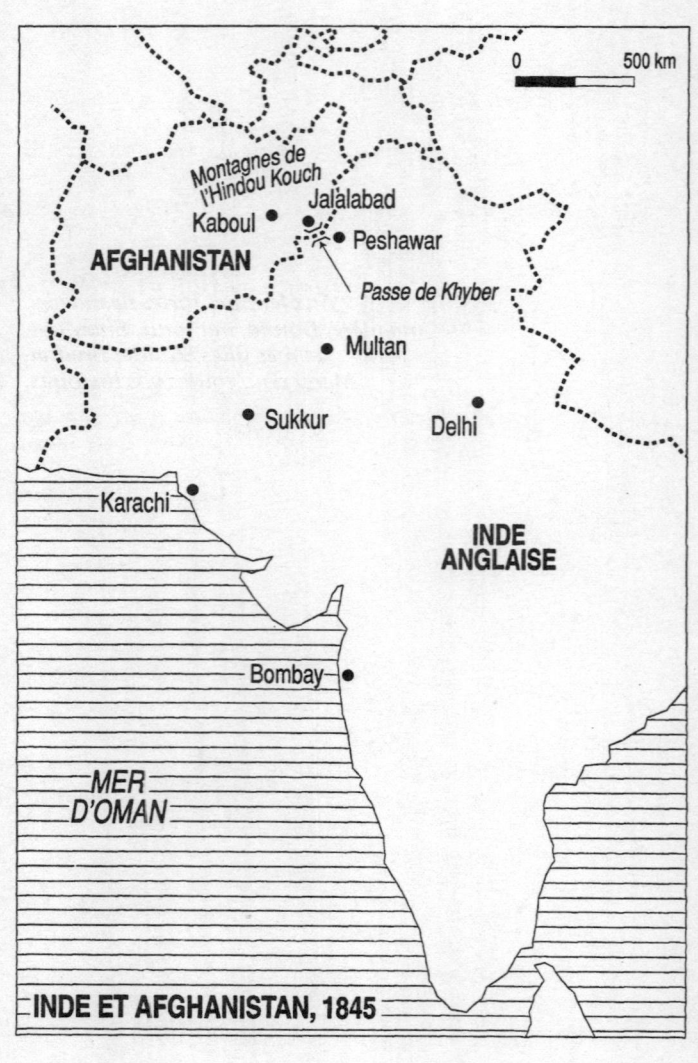

Il est un baiser que nous désirons

Il est un baiser que nous désirons toute notre vie, celui de l'esprit qui effleure notre corps...

La nuit, j'ouvre la fenêtre et je demande à la lune de venir presser son visage contre le mien.
Respire en moi.

Djalâl-od-Dîn Rûmî
XIIIe siècle

Prologue
Océan Atlantique, 1856

On m'a toujours dit que j'étais mauvaise.
Voici donc mon histoire, jalonnée d'anecdotes sur ma méchanceté et mes tentatives de bonté. Elle parle de pouvoir conquis, perdu et toujours reconquis. De croyances anéanties et retrouvées, de confiance en soi et dans les autres. De force inspirée par la poésie et les fables, les rêves et les désirs. C'est une histoire d'amour et de haine : ces contrastes dont vous avez fait l'expérience, toutes ces pièces qui font un tout, forment une vie, aussi complexes que les veines d'une feuille, que la carte des étoiles, que les pépins d'une grenade.

Il est difficile de trouver des grenades ici, dans cette contrée d'où mon navire a appareillé, cette contrée humide, avec ses dégradés de gris et de verts, cette contrée où je ne suis pas née. Quelqu'un m'a apporté aujourd'hui l'un de ces fruits, dur et cramoisi. Quelqu'un m'en a fait cadeau, pour une raison bien spécifique. Vous en saurez davantage en temps voulu.

J'ai ouvert cette grenade à l'aide d'un couteau et vidé ses pépins dans une soucoupe blanche, posée sur mes genoux. Je tends la main vers la porcelaine fraîche et lisse et porte un pépin, dodu et velouté, à mes lèvres. Son goût se répand sur ma langue et les images de mon propre pays m'envahissent. Mon *watan*¹.

Les souvenirs de ce lieu et de ma vie là-bas me traversent de part en part mais, contrairement au pépin, ils ont un goût doux-amer. Tant de fils entortillés ont été tissés, avec lenteur et régularité, qu'ils ont fini par créer cette tapisserie de guingois qu'est devenue ma vie. Je parviens à me représenter la plupart des mains qui ont tenu ces fils : celles de ma grand-mère et de sa vie antérieure, claustrée dans le *zenana*, celles de mon père et de ma mère tadjiks, de la répugnante prostituée *kafir* et de mon mari pachtoune. Et parfois, même si de telles images relèvent du blasphème, m'apparaissent aussi les mains d'Allah et leurs doigts hautement sacrés, entre lesquels des filaments soyeux forment des boucles.

Il m'est encore difficile d'exprimer ces pensées à haute voix car, dans mon watan, les femmes étaient châtiées pour des offenses bien plus insignifiantes que d'avoir osé imaginer Allah se souciant de la vie d'une jeune fille tadjik, butée et désobéissante.

Bien que je sois désormais en sécurité, que mon esprit captif se libère comme s'envole d'une paume la phalène prisonnière, les vieilles habitudes ont du mal à s'effacer, et je tiens encore au secret un grand nombre de mes réflexions et de mes désirs.

Je vous en prie, lisez mon histoire et, au fil de votre lecture, réfléchissez à cette question : suis-je vraiment mauvaise ? Lorsque vous serez parvenu à la dernière page, vous pourrez en juger.

---

1. Les mots en italique sont expliqués dans le glossaire à la fin de l'ouvrage. (*N.d.T.*)

PREMIÈRE PARTIE

Onze ans plus tôt

À l'ombre de l'Hindou Kouch, Afghanistan, 1845

1

Ma grand-mère s'appelait Mahdohkt : Fille de la Lune.

Elle ne ressemblait à personne dans notre village ; on la considérait comme une étrangère, pourtant c'était le père de mon père qui l'avait amenée à Susmâr Khord après l'avoir épousée. Elle n'était pas tadjik : elle n'était même pas une enfant de ce pays. Elle racontait qu'elle était circassienne, originaire de la région montagneuse du Caucase qui se dresse entre la mer Noire et la mer Caspienne. Jeune, elle avait été très belle, avec une peau superbe, blanche et transparente, et des cheveux châtains striés de mèches qui brillaient comme du miel.

Mâdar Kalân me racontait des histoires de sa vie dans ces lieux inconnus, truffées de détails qui semblaient précis et véridiques, alors qu'elle était incapable de se souvenir de la date du jour même, de son dernier repas ou bien encore des noms des habitants de notre village. Quand elle me narrait ces histoires d'antan, son visage affichait une sérénité qui donnait l'impression qu'elle rêvait éveillée.

Elle m'expliqua qu'en raison de sa grande beauté ses parents l'avaient vendue, ainsi que le faisaient ceux de nombreuses autres petites montagnardes au teint pâle, aux grands yeux et aux crinières indomptées. Ces filles étaient très recherchées par les sultans des Eaux-Douces d'Asie, sur les rives du Bosphore. Elle n'avait que huit ans quand on l'avait emmenée pour un long périple harassant. Sans confession de naissance, elle s'était vue attribuer un nouveau prénom à son arrivée au zenana du sultan où elle avait reçu l'enseignement de l'islam. Elle ne se souvenait pas du prénom que lui avaient donné ses parents, car personne ne le lui avait rappelé depuis plus de soixante-dix étés.

Elle était si jeune, beaucoup plus jeune que les autres montagnardes lors de ce premier voyage, qu'on l'avait affectée à la fille du sultan. La princesse la traitait comme un jouet vivant ; elle la baignait, tressait ses cheveux et la costumait de beaux atours. « Une enfant poupée, voilà ce que j'étais, disait ma grand-mère, traitée avec gentillesse quand la princesse était heureuse, giflée et pincée quand sa mauvaise humeur prenait le dessus. »

Au bout d'un certain temps, la petite Mahdohkt avait grandi et la princesse s'était lassée de son joli jouet. Elle l'avait envoyée vivre cloîtrée avec les autres filles et les autres femmes, et elle était devenue une concubine esclave. Je ne connaissais pas le mot concubine. Le jour où je lui en demandai la signification, ma grand-mère se contenta de hocher la tête.

Elle me racontait que, suivant les préceptes de l'islam, elle avait accepté l'idée que son destin fût fixé avant sa naissance – inscrit sur son front, disait-elle en tapotant ses rides avec ses doigts. Captive entre les murs du zenana, elle menait une vie oisive. Durant la journée, elle prenait des bains, se parfumait la peau et apprenait à chanter, à danser et à réciter des poésies, elle dégustait des plats succulents, préparés par les esclaves de rang inférieur. Ses nuits, elle les passait à fumer une pipe bourrée de kif qui provoquait des rêves magiques, à écouter les poèmes et les récits des autres prisonnières, des histoires qui évoquaient leurs propres pays ou qui jaillissaient de leur solitude et de leur ennui.

— Tragédie et amour, Daryâ, me disait-elle. Souffrance et joie. Voilà les quatre piliers d'une vie.

Elle m'enseignait ces chansons et ces poèmes en persan, cette langue si proche du dari commun parlé dans notre village tadjik, mais néanmoins embellie par de légères nuances.

— Était-ce merveilleux ? lui demandais-je, peinant à imaginer une existence où l'on était dispensé de travailler, où l'on se contentait de manger, de dormir et de raconter des histoires.

Comment cette vie aurait-elle pu ne pas être merveilleuse ?

Pourtant, le visage de ma grand-mère se fermait.

— Parfois. Mais nous étions surveillées de près par les hommes sans barbe – ceux qui ont été coupés, si bien qu'ils sont des hommes sans l'être – et nous étions en danger, toujours en danger, derrière les murs du zenana.

— En danger ?

— Le zenana était aussi un lieu où régnait la traîtrise, m'expliquait-elle. Empli de bavardages oiseux et de rivalités mensongères, et souvent, des filles disparaissaient. Elles étaient empoisonnées et leurs corps étaient jetés au fond des Eaux-Douces. C'est pour cela que je me suis échappée. Je savais que mon tour viendrait, car j'étais considérée comme une menace.

— Mais pourquoi étais-tu une menace ? Comment t'es-tu échappée ? avais-je voulu savoir, mais ma grand-mère était avare de détails sur sa vie après le zenana.

Elle s'abstenait d'abord ces sujets en présence de ma mère et de mon père. Le secret allait de soi, et je ne remettais pas cet état de fait en question, même si j'étais d'une nature très curieuse. J'adorais ces histoires. L'idée qu'elle – et moi, par conséquent – appartenait à une autre tribu me remplissait d'une nostalgie, à la fois tendre et ardente, pour une chose indéfinissable, mais qui glissait sur moi, en moi, qui me fascinait. Je regardais ma grand-mère et j'essayais d'imaginer la belle jeune fille de ces montagnes lointaines. Pourtant elle ressemblait bel et bien à toutes les vieilles femmes de notre village, avec ses cheveux blancs clairsemés, son menton poilu et ses yeux pâles enchâssés dans un nid de rides. Je ne retrouvais rien de moi chez elle. Mes cheveux n'avaient pas la couleur du miel : ils étaient d'un brun si foncé qu'on aurait pu le confondre avec le noir. Bien que mes yeux ne fussent pas gris comme les siens, mais verts, Mâdar Kalân m'assurait néanmoins qu'elle y retrouvait leur forme, ainsi que ses épais sourcils noirs de jadis.

Parmi les sujets qu'elle refusait d'aborder figuraient les circonstances de son arrivée en Afghanistan. Je me doutais que ce n'était pas de son propre gré qu'elle avait fini ses jours dans cette petite agglomération rurale de Susmâr Khord. Elle avait vu trop de choses, vécu trop de choses, pour se satisfaire de cette existence. Elle évoquait parfois un autre homme – pas mon grand-père, qui était mort avant ma naissance – mais celui qu'elle appelait son vrai mari, son unique bien-aimé. Elle parlait des enfants qu'elle avait eus de lui, nés bien longtemps avant mon oncle et mon père, lequel avait été un don de Dieu : un fils qui pourrait prendre soin d'elle durant sa vieillesse, dont elle avait accouché à une époque de sa vie où les femmes ne sont plus fécondes. Parfois, elle pleurait en me parlant de ses autres enfants : ceux en vie et cependant perdus, et ceux déjà au paradis comme le premier d'entre eux, mort-né dans le zenana, et comme le frère aîné de mon père qui avait péri de la main d'hommes aux manteaux rouges pendant la bataille de Kaboul.

— Ces hommes de l'Empire britannique, disait ma grand-mère. Ils veulent s'emparer de ce pays. Leur propre pays, l'Inglestân – l'Angleterre – ne leur suffit pas. Ils s'imaginent qu'aucun sang n'est meilleur que le leur – délavé et fragile – et qu'il devrait se répandre dans le monde entier.

Elle entonnait alors, de sa voix craquelée et rouillée, cette chanson étrangère que j'avais apprise depuis bien longtemps et dont elle m'avait expliqué les paroles : le peuple anglais gouvernait tout, même l'eau des océans, et il demeurerait toujours maître et jamais esclave. *Rule, Britannia, Britannia, Rule the Waves*. J'aimais ces mots étrangers qui roulaient sous ma langue, et je fredonnais souvent cette chanson.

— Il y avait un tableau, un tableau dont je me souviens à présent, me dit-elle un jour, alors que nous venions de la chanter ensemble. Je crois bien que ce tableau représente ton visage.

Je compris alors, à sa voix qui s'estompait, à son regard distant, qu'elle s'éloignait de moi, de notre village, qu'elle retournait dans un autre lieu, à une autre époque. J'attendis patiemment, car je connaissais ce processus, je savais qu'elle allait revenir.

— Le tableau, Mâdar Kalân ? finis-je par lui rappeler gentiment.

Elle cilla et reporta les yeux sur moi.

— Ce tableau était accroché dans la maison de l'homme qui tenait mon cœur dans sa main. Il était venu de cette terre lointaine, de l'Angleterre, jusqu'à Ankara en Turquie, où il m'avait recueillie après ma fuite du zenana. Et il m'avait ardemment désirée, car c'était l'époque où ma beauté était à son apogée. Il m'avait achetée au maître qui me possédait alors, mais il me traita avec plus de gentillesse que tous les autres hommes que j'avais connus. Il me donna un fils et une fille. Beaux, beaux, commenta-t-elle. Avec une peau laiteuse. Mes bébés…

Elle sombra dans le silence et des larmes perlèrent aux coins de ses yeux. Elle m'avait souvent parlé des enfants qu'elle avait perdus, mais c'était la première fois qu'elle mentionnait un tableau. Je me penchai vers elle pour lui essuyer tendrement le visage à l'aide de son foulard.

— Tout va bien, Mâdar Kalân, lui dis-je en persan, suivant son exemple. Ne pleure pas. Ce tableau, il représentait quoi ?

— Il y avait des combats, comme toujours, me répondit-elle, car elle n'était pas revenue de ce passé. Il courait, un enfant sous chaque bras. Il s'est tourné pour m'appeler. Mais c'était trop tard. Il a disparu, et je... Mes tout-petits. Mes tout-petits. Que leur est-il arrivé ? Qu'est-il arrivé à mon bien-aimé ?

Je pris sa main dans les miennes et la caressai.

— Le tableau, Mâdar Kalân ? Et le tableau ?

Elle hocha la tête, comme si elle cherchait à éclaircir ses pensées.

— Il représentait une femme. Elle était coiffée d'un casque et elle portait un bouclier et une arme tridentée – la cuirasse de bataille d'un homme.

— Qui était cette femme ?

— L'Empire britannique, répondit ma grand-mère, et elle rechanta la chanson.

J'attendis qu'elle eût fini.

— Qu'est-ce que tu veux dire ?

— L'Empire britannique ressemble à une femme puissante.

— Une femme puissante ? Quelle femme possède un pouvoir ?

Ma grand-mère, de toute évidence, avait de nouveau les idées embrouillées : les femmes n'avaient aucun pouvoir à Susmâr Khord.

Elle ne répondit pas à ma question. Elle somnolait, la tête affaissée sur son cou maigre à la peau flasque. Je l'étudiai dans son sommeil, nourrissant le regret de ne pouvoir m'insinuer dans sa tête et voir tout ce qu'elle avait vu, connaître tout ce qu'elle avait connu.

En dépit de toutes ces merveilleuses histoires que Mâdar Kalân tissait pour moi, elle devait à présent faire l'objet d'une surveillance, telle une enfant. Elle se promenait dans la maison au beau milieu de la nuit, elle ne savait plus sous quelle courtepointe elle devait dormir, elle oubliait parfois d'aller dans le coin de la cour dissimulé par un paravent, elle se souillait et se frappait ensuite la poitrine de honte.

Ma mère était responsable de la cuisine et du ménage de notre logis ; il n'était évidemment pas question que mon père s'occupât d'une vieille femme. Étant enfant unique, il me revint donc de soigner et de surveiller ma grand-mère. Mais il ne s'agissait pas d'un devoir ; j'éprouvais un bonheur tranquille à l'aider, tant mon amour pour elle était farouche, et en quelque sorte protecteur. Elle seule transcendait ma propre existence étroite et confinée, me permettait de croire qu'il existait d'autres vies et un autre monde au-delà des murs de notre village, autre chose derrière l'horizon délimité par les champs et les montagnes.

Et malgré tous ses radotages, malgré ses récits, répétés à l'infini, décrivant les lieux, les fleuves et les cités, les déserts et autres merveilles du monde qu'elle avait vus, trop nombreux pour que je puisse les compter, malgré les éternels mêmes histoires, poèmes et chansons, malgré les contes du zenana, d'amour et de trahison, de joie et de mort, sans cesse ressassés, cela m'était égal. Parfois, elle m'interrogeait sur ses propres histoires, me demandant de les lui réciter, et je ne savais quoi penser : m'écoutait-elle pour s'assurer que j'avais bien mémorisé ce qu'elle m'avait dit ou parce que ses récits si familiers commençaient à s'estomper, comme sa mémoire au quotidien, et qu'elle avait besoin de mon aide pour ne pas les oublier ?

Par les belles soirées, j'aidais Mâdar Kalân à monter sur le toit de la maison par l'échelle grossière, postée derrière elle, je la poussais, puis je grimpais autour d'elle et agrippais ses mains noueuses pour l'extirper de l'échelle. Je la soutenais, le temps qu'elle eût repris son souffle après cette escalade, et elle s'appuyait lourdement sur moi pour s'installer sur les petits tapis délavés. Notre maison était située à la lisière du village, si bien que, du toit, nous avions vue sur les champs qui s'étendaient autour de nous et sur l'ombre mauve des montagnes à l'horizon.

Nous restions assises ensemble pendant le coucher du soleil, dans l'attente du ciel nocturne illuminé par la lune et les étoiles. Elle connaissait la signification des chemins entre les étoiles et me racontait des histoires à propos des formes qu'ils créaient. Mâdar Kalân m'expliquait qu'ici, dans mon watan, le croissant de lune était un homme et que les femmes étaient censées le révérer et s'asseoir aux pieds de la lune comme elles s'asseyaient aux pieds des hommes. Mais elle me racontait aussi que dans d'autres lieux, très éloignés, la lune était une femme.

— Il y a donc une lune différente dans ces autres endroits ?

Elle hochait la tête.

— C'est comme la croyance en Allah. Tous les hommes ne croient pas en Lui, ils ont leurs propres dieux.

— Allah n'est-il pas tout-puissant ? lui demandai-je avec épouvante, la première fois qu'elle me parla ainsi d'Allah le Miséricordieux.

— Seulement pour ceux qui le vénèrent, me répondit-elle. Beaucoup de gens prient d'autres dieux, tout comme beaucoup de gens se font une idée différente de la lune. Certains disent que la lune est une femme, pleine et ronde en période d'abondance, mince et pâle en période de disette. En ce qui concerne Allah, je ne sais pas, mon enfant. Je ne sais tout simplement pas. Mais ça – elle désigna le ciel –, je le sais. Qu'il n'existe qu'une seule lune, qu'un seul soleil, et plus d'étoiles qu'il n'y a d'êtres humains sur terre.

J'étudiai le visage de ma grand-mère sous ce clair de lune qui accentuait ses cernes et ses méandres, et il me rappela cette même lune, ronde et pâle, avec ses ombres et ses taches. Je crus comprendre pourquoi quelqu'un, un jour, dans un lieu très lointain, avait choisi son prénom. Et je décidai de croire que la lune était effectivement une femme. J'étais moins convaincue par les propos étranges qu'elle tenait sur

Allah et d'autres dieux ; il s'agissait peut-être là des brumes de son esprit embrouillé.

Mais je n'en parlerais jamais à personne non plus.

— Tu crois que je verrai un jour certains des endroits que tu as connus ? lui demandai-je.

— Oui, m'affirma-t-elle. J'en suis sûre, car tu me ressembles. Les gens satisfaits de leur sort restent souvent au même endroit. (Je distinguais le blanc de ses yeux dans l'obscurité.) Ceux qui ne le sont pas se déplacent, en quête d'un épanouissement qui leur échappe, ajouta-t-elle, le regard de nouveau tourné vers le ciel. Ton pouvoir ne te permettra pas de trouver facilement la satisfaction.

Je ronchonnai d'agacement, mais Mâdar Kalân continua de parler comme si elle ne m'avait pas entendue :

— Ce village – ce pays – n'est pas unique au monde. Tu t'en apercevras en temps voulu. Tu possèdes le pouvoir, Daryâ. Tu ne trouveras pas ton bonheur ici. Tu dois partir.

— Pour aller où ? lui demandai-je, l'estomac subitement noué par la crainte.

Elle continuait à observer le ciel en hochant lentement la tête, comme si elle conversait avec une voix inaudible.

— Là où tu trouveras ce que tu cherches.

— Ce que je cherche ? Mais je ne sais pas...

— Non, tu ne le sais pas encore. Mais un jour, tu déploieras ton pouvoir et tu t'en serviras pour mener la vie que tu désires, me répondit-elle. Une vie comme celle que j'ai connue autrefois, trop brièvement. Une vie où l'on est vraiment vivant.

Et elle s'arrêta là.

En dépit de ma jeunesse, je comprenais les espoirs qu'elle nourrissait pour moi. Elle ne voulait pas que j'eusse la même vie que ma mère, la même vie que celle qu'elle avait vécue durant ses dernières années. Mais comment cela se produirait-il ? Je ne connaissais que Susmâr Khord, mon village situé dans une vallée profonde, à l'ombre de l'Hindou Kouch. Ses maisons pétries d'un mélange de boue, de calcaire pilé et de paille, et ses murets de torchis qui délimitaient le terrain de chacune d'elles. À l'intérieur de notre enceinte, il y avait un appentis de rangement, un petit enclos pour les animaux, le coin cuisine pour l'été, constitué d'un tertre de terre tassée où nous pouvions aussi faire la vaisselle et la lessive, et le renfoncement isolé réservé à nos besoins intimes. Les tapis étalés à l'ombre de notre tilleul et de notre mûrier étaient destinés aux visiteuses de ma mère, pour leur permettre de s'asseoir à l'abri des regards et de bavarder à visage découvert.

Mon père était fermier. Les champs étaient fertiles, irrigués par l'eau détournée des ruisseaux jaillis de fleuves lointains vers les arpents de terre peu épaisse, soigneusement aplanis, des vallées serpentines, au sud de l'Hindou Kouch. À l'arrivée des journées automnales plus fraîches, quand le vannage du blé était terminé, il exerçait aussi, comme plusieurs autres hommes, un métier hivernal. Pendant que s'écoulaient les mois froids improductifs à Susmâr Khord, il emballait ses outils et se rendait à cheval à Kaboul, où il pouvait gagner de l'argent comme charpentier, en réparant les demeures de citadins aisés.

Mon père travaillait dur et était habile de ses mains. Grâce à lui, notre maison restait en bon état. Nous souffrions rarement de la faim. Mais il paraissait pourtant souvent en colère, désabusé, portant tel un fardeau la pitié qu'inspirait sa situation de père d'une fille unique. Il désirait ardemment un fils qui l'aiderait dans son travail et qui flatterait son amour-propre. Je sais qu'étant le seul à ne pas avoir une grande famille, mon père se sentait inférieur à ses homologues villageois. Comme son père et son frère étaient décédés, il n'y avait plus d'anciens pour s'asseoir près de lui sur notre toit et bavarder après une longue journée d'été brûlante dans les champs.

Sa mère n'était plus capable de réprimander sa bru et de l'aider à tenir la maison.

Chez nous, il n'y avait ni bruit ni remue-ménage ; pas de nichée d'enfants dont il aurait pu se vanter et qu'il aurait pu gronder.

Il n'y avait que moi.

Et, de plus en plus souvent, il me frappait pour évacuer sa frustration : parce que je ne lui apportais pas son thé assez vite, parce que je ne remarquais pas que la jarre d'eau était presque vide, parce que je ne baissais pas les yeux quand il me rabrouait. Parce que j'étais une fille, tout simplement.

Du coup, ma propre colère à son égard fermentait.

J'éprouvais des sentiments plus complexes pour ma mère. Je ne l'aimais pas d'un amour aussi évident et lumineux que celui que je portais à ma grand-mère. Mais je ne ressentais pour elle rien de commun avec le venin qui brûlait dans ma poitrine à l'encontre de mon père. Ma mère était une femme silencieuse et simple. Elle accomplissait ce que l'on attendait d'elle, passivement, sans rechigner. Je me faisais d'elle la même image que celle des autres villageoises : elle éprouvait du plaisir à s'occuper de sa maison et à côtoyer tranquillement d'autres femmes qui élevaient leurs enfants. Et je voyais bien qu'elle s'attendait à me voir trouver mon bonheur, quand je ne serais plus une enfant, à préparer nos repas, à balayer le sol de bois surélevé et à arranger les tapis et les courtepointes de notre simple logis d'une pièce, divisée par un rideau pour créer un réduit qui leur servait de chambre, à mon père et à elle. Face à mon désintérêt pour le ménage et la couture, au nombre de tasses et d'assiettes que je cassais par maladresse dans ma hâte de terminer la vaisselle et de l'essuyer, je la voyais secouer la tête et pincer les lèvres d'incompréhension.

Je ne pouvais me sentir comblée par ces simples tâches domestiques ni par les longues visites de nos voisines et leurs commérages dans la cour brûlante.

J'étais toujours agitée, j'avais toujours besoin de bouger. Je ne me sentais pas pareille aux autres jeunes filles et jeunes femmes de Susmâr Khord, je ne leur ressemblais pas – ni même à ma meilleure amie, Gawhar. Il s'agissait peut-être là d'un autre de mes liens avec ma grand-mère. Bien qu'elle fût acceptée et traitée avec respect dans le village, à cause du pouvoir qu'y détenait son mari, elle avait toujours été considérée comme une étrangère, jusqu'à aujourd'hui même, malgré son grand âge. N'était-ce pas ce que j'éprouvais aussi ? Quoique née à Susmâr Khord, j'avais l'impression de venir d'ailleurs. Les contraintes de ma vie simple, et pourtant bonne, ne me satisfaisaient pas, même si j'étais incapable de nommer les raisons de mon mécontentement. J'avais régulièrement des ennuis avec ma mère, et encore plus avec mon père. J'étais incapable d'obéir.

Cet été-là, au cours du torride mois d'août de ma onzième année, mon état de tension et d'irritation ne cessa de s'amplifier. Mes trajets quotidiens jusqu'au four à pain ou au puits de la place du village, la contemplation des étoiles, assise pendant des heures sur le toit, ne me suffisaient plus. Je voulais davantage. Désormais, Mâdar Kalân passait la plus grande partie de son temps à dormir. Certains jours, elle allait même jusqu'à ne pas se lever de sa couche, même après que je l'avais aidée à faire sa toilette et à manger.

Je voulais savoir ce que le mollah enseignait aux garçons dans la mosquée ; je voulais l'entendre parler du Coran, entendre les mots sacrés sortir de sa bouche. Ses lèvres, enfouies dans sa fine barbe blanche, épaisses et d'un mauve luisant, me fascinaient.

La mosquée était d'une couleur boueuse, comme le reste des bâtiments de notre village, cependant, sur l'un de ses murs intérieurs figurait une magnifique représentation en céramique de l'Arbre de Vie. Des carreaux bleus, pour effrayer les *djinns* malveillants. Je brûlais d'envie d'effleurer leur surface fraîche et vernissée indigo et cobalt, azur et turquoise. Derrière la mosquée s'étendait une cour poussiéreuse et déserte, dans laquelle ne poussaient que quelques vieux mûriers noueux. Ce fut là, dans ce lieu que personne ne semblait jamais fréquenter, que je me glissai en douce une après-midi, attirée par le ronronnement des voix à l'intérieur de la mosquée. Je n'osai regarder par une fenêtre, de crainte d'être repérée par le mollah, mais je me faufilai le long du mur. Je la découvris alors : une fissure en bas du mur, entre deux hautes fenêtres étroites. Je dus m'agenouiller pour regarder par le trou, mais il me permit de bien distinguer l'intérieur de la mosquée. J'avais le dos des garçons sous les yeux ; ils étaient assis sur des tapis de prière en coton, usés jusqu'à la corde. Le mollah se tenait face à eux, un Coran dans les mains, dont il leur faisait la lecture d'un ton monocorde pour les guider. Les garçons se balançaient d'avant en arrière au rythme de leurs voix qui répétaient les paroles du mollah. J'eus l'impression que des fils, fins et invisibles, délicats comme ceux d'une toile d'araignée, reliaient leurs mots à ceux du mollah, et que ses mots à lui étaient reliés à ceux imprimés sur la page. De tout mon être, j'aspirais à sentir ce lien, à connaître cet enseignement.

Chez nous, il y avait un Coran rangé sur une étagère au-dessus de la porte. Mon père m'avait donné l'ordre de ne jamais y toucher, car le contact de mes mains l'aurait souillé.

Et pourtant, le jour où je fis cette découverte par la fissure du mur de la mosquée, je rentrai à la maison et j'attendis qu'elle fût vide, en dehors de ma grand-mère qui me regarda faire sans broncher. Je pris le Coran de mon père dont je caressai doucement les pages froissées et déchirées, en m'interrogeant sur les formes noires et tortueuses qui recouvraient le papier, d'une telle finesse qu'il en était presque transparent. C'était un blasphème en soi, mais mon besoin de connaître ses secrets l'emportait sur mon devoir d'obéissance.

Le lendemain, je cachai le livre saint sous ma longue robe, coincé dans la taille de mon pantalon bouffant. Puis j'allai m'asseoir dans la cour poussiéreuse derrière la mosquée, et le livre dans les mains, je suivis les paroles du mollah, j'imitai les garçons qui se balançaient sur leurs tapis. Je chuchotais presque silencieusement, entourée des poulets qui grattaient la poussière, la terre à l'odeur aigre et le bruissement des feuilles du vieux mûrier tordu dans la brise estivale. Jour après jour, je retournai prendre ma place derrière la mosquée, tandis que ma mère me croyait postée près du four, attendant notre pain, dans le centre du village. Je ne pensais pas qu'on me verrait.

D'ailleurs, si quelqu'un me surprenait, quelles conséquences cela aurait-il ? Ma désobéissance me valait déjà si souvent d'être punie.

Comment pouvais-je prévoir que, cette fois, les choses se passeraient autrement ?

2

Une chaleur accablante régnait le jour où le monde bascula ; tout était calme, en dehors du chuchotis sporadique d'une brise étouffante qui frémissait mollement. J'étais agenouillée à ma place dans la cour de la mosquée, le livre posé sur mes cuisses. Je ne le touchais pas, car mes paumes étaient moites de transpiration. La voix ronronnante du mollah n'était plus qu'un vrombissement de gros insecte, se confondant avec le bourdonnement des mouches qui se posaient sur mon front humide. Je les chassais d'une petite claque agacée, secouais la tête et essayais de me concentrer. Le soleil s'était déplacé, de telle sorte que le feuillage du mûrier ne me protégeait plus. Je songeais à partir quand une ombre tomba sur moi. Je levai les yeux, les muscles de mes jambes tendus pour me permettre de prendre mon élan, mais il ne s'agissait que de Basaam. Ce simplet, plutôt inoffensif, était un petit peu plus âgé que moi. Comme ceux de son âge l'évitaient, il passait son temps à suivre les garçons plus jeunes et à faire leurs quatre volontés : la plupart du temps, des choses idiotes et humiliantes qui les réjouissaient. Il rayonnait alors qu'il se ridiculisait, ravi d'attirer l'attention et de déclencher ces manifestations qu'il prenait sans doute pour de l'amitié. Mais il m'était parfois arrivé de surprendre une expression d'une sévérité inhabituelle dans ses yeux d'ordinaire vides, comme s'il se rendait compte, l'espace d'un instant, qu'il n'avait pas été béni, qu'il ne bénéficiait pas du même respect que les autres garçons. En ces occasions, son caractère indolent, souriant et affable se transformait de façon inexplicable. On aurait dit qu'un doigt pointu l'avait piqué une fois, durement, derrière la tête, et avait réveillé une facette cruelle de sa personnalité. Je l'avais vu faire tomber une petite fille et piétiner ses doigts. Une autre fois où il ne parvenait pas à se maintenir à la même hauteur que des garçons qui couraient, il avait attrapé un petit chien qui trottinait innocemment à ses côtés, et avait tordu le cou de l'animal, lequel grondait et essayait de le mordre, de douleur et d'effroi. Il ne l'avait lâché que quand ses dents s'étaient enfoncées dans son pouce.

Mais ce jour-là, il me sourit comme à l'ordinaire en ouvrant tout grand sa bouche humide, et je portai un doigt à mes lèvres. Il m'imita, hocha la tête avec vigueur et élargit son sourire de telle sorte que j'aperçus ses molaires décolorées, entrelardées de filaments de salive. Puis il s'éloigna nonchalamment, en donnant des coups de pieds dans des cailloux. Le mollah ne lui permettait pas de pénétrer dans la mosquée pour étudier avec les autres garçons, parce qu'il était incapable de se concentrer et qu'il faisait exprès plein de bruit pour les distraire.

Je reportai mon attention sur le mollah. Mais, quelques instants plus tard, une autre ombre tomba sur moi et, cette fois, je levai la tête d'agacement et j'ouvris la bouche pour dire à Basaam de me laisser tranquille. Mais il s'agissait de ma mère, qui s'était approchée de moi si furtivement que je ne l'avais pas entendue. Elle me saisit par le bras, et j'entrevis le pan de la chemise de Basaam qui disparaissait à l'angle de la mosquée.

Ma mère me foudroya du regard. Elle m'agrippait le bras avec une telle force que ses doigts me faisaient mal.

— Daryâ, mauvaise fille, chuchota-t-elle.

Elle avait beau s'exprimer sans s'énerver, ses mots étaient coupants et durs. Elle me prit le Coran et jeta un coup d'œil à la fissure du mur. Puis elle s'accroupit près de moi pour être en mesure de voir ce que je voyais.

— Ici, près des garçons, à regarder des choses pareilles ! C'est interdit. Baisse les yeux, tout de suite !

Mais je refusai de lui obéir. Je n'avais entendu qu'une chose : il m'était interdit de toucher, d'entendre. De regarder. Parce que j'étais une fille. Je secouai mon bras pour échapper à son étau.

— Arrête ! Tu me fais mal. Et en quoi le fait de vouloir connaître notre livre sacré fait de moi une mauvaise fille ? lui demandai-je, alors que je savais pertinemment qu'elle serait incapable de me donner une réponse.

— Certaines choses sont ainsi. Un point, c'est tout.

Elle émit une espèce de sifflement et je n'insistai pas, mais je continuai à maugréer. Elle me força à me lever. J'arrachai mon bras à ses griffes et je la devançai, les yeux braqués droit devant moi. Je ne voulais pas que quiconque la vît me traiter de la sorte. Nous croisâmes des villageoises. Certaines hochèrent la tête en constatant que je marchais devant ma mère, le menton levé, en longues foulées disgracieuses. J'avais compris depuis un certain temps que ces femmes éprouvaient de la pitié pour elle, la plaignaient d'être affligée d'une fille si intrépide et rebelle. Je me dis que plus d'une devait remercier Allah dans leurs prières, pour leurs filles modestes et obéissantes.

Une fois que nous fûmes rentrées à la maison, ma mère me ressaisit par le bras et me jeta sur le tapis le plus proche du mur, avant de replacer le Coran d'un geste révérencieux sur son étagère. Elle me priva de nourriture et de boisson durant le reste de la journée. Ma grand-mère me lançait des regards de son angle plongé dans la pénombre, et je mourais d'envie de courir vers elle et d'enfouir mon visage sur ses genoux, comme je l'avais souvent fait quand ma mère me grondait ou quand mon père me frappait. À un moment donné, alors que ma mère avait le dos tourné, j'esquissai le geste de me lever et de m'approcher d'elle en prononçant d'un ton suppliant « Mâdar Kalân », mais elle hocha la tête et battit l'air de ses doigts difformes, et je compris que, cette fois, c'était autre chose. C'était plus grave que de renverser la jarre d'eau en argile parce que j'avais essayé de courir avec, de faire brûler le riz parce que j'admirais les nuages plutôt que de surveiller sa cuisson. Plus grave que de me cacher dans les champs au lieu de vaquer aux tâches qui m'incombaient ou de subtiliser la miche de pain d'une autre femme dans le four, parce que j'étais lasse d'attendre que la nôtre fût cuite. Plus grave que de faire une grimace au vieillard grincheux toujours assis sur les marches de la *tchaïkhana*.

Germa alors dans mon esprit la pensée que j'avais fait quelque chose qui ne relevait pas de mes provocations sottes et enfantines. Je me détournai du visage soucieux de ma grand-mère et m'allongeai, tournée vers le mur, les bras enroulés autour de mon estomac vide.

La chaleur faisait palpiter ma tête et ma gorge sèche était endolorie. Au bout d'un certain temps, les pas lourds de mon père s'approchèrent de notre maison, mais ma mère sortit sans le laisser y pénétrer. Je m'assis face à la porte, j'entendis sa voix affligée murmurer rapidement, suivie de celle, plus sonore, de mon père. Quand il entra comme un fou dans la maison, son visage était noir et ses lèvres ne formaient plus qu'une ligne droite.

Il s'approcha de moi et je me levai d'un bond.

— Tu vas être punie pour ta conduite déplacée, hurla-t-il.

Il fixait des yeux un point sur le mur au-dessus de ma tête, comme si j'étais trop répugnante pour mériter d'être regardée.

— Aucune fille ne me causera ce genre d'embarras.

Je savais que j'avais eu tort d'écouter le mollah, mais je n'arrivais pas à comprendre la profondeur de la rage de mon père. Tout m'indiquait que j'avais intérêt à ne pas le questionner, pourtant je continuai à le dévisager, essayant de saisir le sens de sa fureur.

— Baisse les yeux ! rugit-il quand son regard se posa sur moi. Et couvre ton visage insolent !

Il tendit le bras pour tirer brutalement sur mon foulard, de manière à le faire retomber sur mon visage. Je n'étais pas encore obligée de porter le voile, car ma période de femme n'était pas encore arrivée.

— Je me suis arrêté pour boire un verre de thé à la tchaïkhana, mais j'ai dû repartir, couvert de honte, quand les autres se sont moqués de ton comportement. Tes exploits sont sur toutes les lèvres. Tout le village est déjà au courant de ta conduite grossière et irrespectueuse.

Il me dominait, en proie à une colère d'une violence sans précédent : à travers le fin tissu de mon foulard, je distinguais son ombre, imposante et pâle.

— Tu n'as donc encore rien appris ? Comment oses-tu me manquer de respect, me regarder en face comme si tu étais mon égale ? hurla-t-il, et je baissai le menton.

Mais il était enragé, et à présent, je comprenais. Sa fureur ne venait pas seulement de mon geste, mais de l'humiliation qu'il avait subie auprès de ses amis. Il leva la main pour me frapper sur les deux joues et mon foulard tomba sur mes épaules. Il m'avait déjà giflée, jamais si violemment cependant. La force de sa deuxième claque m'envoya à terre et je m'affaissai sur la hanche et le coude. Ses mains durcies par le travail manuel firent pleuvoir ensuite une averse de coups sur mes épaules et mon dos. J'entendis ma grand-mère pousser un cri et je me recroquevillai comme un escargot pour essayer de me protéger. Puis il me releva brutalement.

— Je vais te montrer comment on traite une fille irrespectueuse, me dit-il, et il me traîna à travers la pièce.

Mes pieds se prirent dans le tapis, car j'étais en état de stupeur, incapable de respirer normalement. Je trébuchai derrière lui dans la lumière déclinante. Au début, je crus qu'il allait continuer à me rosser dans notre cour, mais il m'emmena loin de la maison, en direction de la place du village.

Les rues de Susmâr Khord partaient de la place comme les essieux d'une roue et n'étaient pas reliées par des ruelles. Je me dis avec soulagement qu'à cette heure de la journée, la plupart des villageois étaient chez eux, dans leurs cours derrière leurs maisons, et que rares seraient ceux qui me verraient ainsi traînée dans les rues.

Nous arrivâmes au centre de la place, vaste espace de terre battue ombragé par le dais feuillu formé par les châtaigniers et les grenadiers qui le bordaient. La mosquée se dressait d'un côté, juste en face de la tchaïkhana, et, contigus à la maison de thé, il y avait le puits et le four à pain.

Je crus alors que mon père allait m'amener près du puits et m'éclabousser d'eau pour me laver de mes mauvaises habitudes.

— Cette fille a violé les préceptes d'Allah, vociféra-t-il d'une voix si tonitruante et inattendue que j'en frémis.

Les deux femmes qui s'affairaient autour du four nous regardèrent, les mains figées, et des hommes apparurent aux portes de la mosquée et de la tchaïkhana.

— Elle s'est conduite de manière honteuse pour le village. Elle doit recevoir une leçon.

Je ne parvenais pas à croire qu'il clamait ma désobéissance à tue-tête, qu'il attirait l'attention sur moi pour que tout le monde pût me voir.

Comme il me tirait à travers la place et au-delà du puits avec une détermination farouche, un sentiment d'incrédulité écœurante m'envahit brutalement, car j'avais deviné ce qu'il allait faire.

Un vieux platane se dressait d'un côté de la mosquée. Une corde avait été attachée autour de l'une de ses solides branches supérieures. On s'en servait pour discipliner les garçons mais, de toute ma vie, je n'avais vu que deux garçons suspendus là par les mains. De plus, c'était le mollah qui les avait ligotés, et non leurs pères. Ils avaient comploté des crimes violents et pernicieux, absolument inacceptables, et tous les hommes du village – y compris leurs pères – s'étaient mis d'accord sur la nécessité de les punir. Mon inconduite n'était rien, comparée à la leur.

Mais mon père claquait déjà mes paumes l'une contre l'autre et nouait la corde épaisse et effilochée autour de mes poignets.

— Tu veux te conduire comme un garçon ? grommela-t-il. Eh bien, tu vas être traitée comme un garçon désobéissant. Ça te servira peut-être de leçon. Tu apprendras que les filles ne se conduisent pas ainsi et, surtout, qu'elles n'ont pas de pensées mauvaises et impures.

Il serra la corde tel un forcené, si étroitement que les doigts me piquèrent tout de suite. Puis il tira sur le bout noué autour de la branche pour faire remonter mes bras au-dessus de ma tête. Il insista, et mes orteils se soulevèrent du sol. Il attacha la corde à un crochet solide, enfoncé dans l'écorce à cet effet et jeta mon foulard à mes pieds.

— Que tout le monde voie ta honte, dit-il, avant de s'éloigner en soulevant des petits nuages de poussière à chacun de ses pas.

Mais je refusai de me laisser humilier. Je contemplai la place vide, dans l'espoir que quelqu'un vienne et me permette de manifester ma fierté. Qu'ils me regardent ! C'était mon père qui aurait dû éprouver de la honte. La discipline ne s'enseignait pas ainsi aux filles ; on la leur apprenait à la maison, à l'abri des regards. Mais je compris alors que les villageois se sentiraient embarrassés par ce que mon père avait fait et qu'ils ne s'aventureraient pas hors de leurs portes closes. Le spectacle d'une fille suspendue à une corde destinée à des garçons casse-cou et indisciplinés, n'effleurant la poussière que du bout des pieds, les choquerait trop. Et cependant, je ne ressemblais à aucune autre fille. L'un d'entre eux aurait-il pitié de moi ? J'en doutais.

Au bout d'un certain temps, je perdis le sens de l'orientation à cause de ma faim et de ma soif, des zébrures piquantes que je sentais gonfler sur mes joues et dans mon dos, de la douleur dans mes mains et mes poignets et de la brûlure dans mes omoplates. Les yeux rivés sur mes pieds nus, je voyais la poussière qui tourbillonnait dessous former d'étranges figures. Le vent du soir, encore chargé de la chaleur de la journée, se levait et sa force commença à me faire osciller. Les bords de mon foulard s'emmêlèrent et s'enroulèrent sous mes pieds, puis il flotta gracieusement au gré du vent. Au-dessus de ma tête, la branche craquait au rythme de mon léger balancement. La corde entaillait mes poignets. Mes bras étaient engourdis, mais j'avais la sensation qu'on m'arrachait les épaules du corps. Je fermai les yeux. Un long moment sembla s'écouler, au terme duquel je dérivai dans une espèce d'étrange état de somnolence où je ne sentais plus aucune partie de mon corps. Je songeai alors à Allah. Avait-il souhaité que je fusse traitée ainsi, simplement parce que j'avais voulu connaître Sa parole ?

— Daryâ.

Dans ma confusion, je crus un instant qu'Allah m'appelait, qu'Il allait me parler. Mais on répéta mon prénom, et cette fois je reconnus la voix, douce et tendre, de ma grand-mère.

— Daryâ, murmura-t-elle, et j'ouvris les yeux et relevai la tête. Daryâ *jan*.

Le vent était tombé et l'air sec demeurait à présent figé. Le soleil ne s'était pas encore couché, mais le bleu du ciel s'était voilé comme une meurtrissure. Une cigale émit une seule stridulation aiguë qui résonna à travers la place déserte. On aurait dit que notre village était mort pendant que je me balançais avec force grincements. Mâdar Kalân tenait une tranche de pastèque cramoisie. Elle tendit son bras qui trembla sous l'effort qu'elle faisait pour porter le fruit à mes lèvres. Un bâton solide était posé sur le sol à ses pieds. Elle s'agrippait à un autre de sa main libre noueuse. Je réalisai à quel prix elle était parvenue jusqu'à moi : cela faisait des mois qu'elle n'était pas sortie de la maison, et ses pieds et ses chevilles étaient gonflés et décolorés par son grand âge.

Je tendis le cou et entrouvris les lèvres.

— Mâdar Kalân, chuchotai-je.

Elle s'affaissa alors, comme si ses jambes avaient été fauchées sous elle, et je vis un filet de sang couler de sa tempe sur le sol. Elle était allongée sur le flanc à mes pieds, le morceau de pastèque près d'elle, pareil à un second arc de sang dans la poussière.

La stupeur me fit sortir de mon engourdissement.

— Mâdar Kalân ! criai-je. Mâdar Kalân !

En quête de secours, je parcourus la place d'un regard circulaire. Des bruits bizarres sortaient de ma gorge. Je ne vis que Basaam. Le dos appuyé au mur d'une maison, il tenait un lance-pierres dans une main.

— La vieille femme, dit-il d'une voix sonore qui portait jusqu'à l'endroit où je me tortillais comme un insecte épinglé à un clou. Elle ne sait pas rester à sa place. Comme toi. Elle est désobéissante.

Puis il m'adressa le même sourire que lorsqu'il m'avait découverte, cachée derrière la mosquée un peu plus tôt dans la journée, et je compris qu'il ne s'agissait pas d'un sourire creux et idiot, mais d'une grimace sournoise.

Je baissai les yeux et vis ma grand-mère fixer du regard sa propre main, mollement repliée à côté d'elle. Elle cilla lentement. Un chien aboya ; un homme hurla. Une voix de femme poussa un cri d'alarme.

Quelques minutes plus tard, mon père me faisait redescendre. Il essaya d'abord de dénouer les nœuds qu'il avait fabriqués de ses propres mains, mais comme ces dernières tremblaient trop, il sortit un couteau pour scier la corde. Je tombai à terre, les bras morts et aussi inutiles que des pierres. Incapable de me relever, je m'approchai de ma grand-mère à genoux. Un groupe de femmes s'était déjà rassemblé autour d'elle ; je reconnus les geignements ténus de ma mère. Des hanches et des épaules, je me frayai de force un chemin parmi elles. Mes mains, encore ligotées aux poignets, refusaient de m'obéir, refusaient de se lever pour toucher ma grand-mère, si bien que je baissai le visage vers le sien et le laissai reposer contre sa peau qui se refroidissait, sa joue parcheminée, gluante de son propre sang, dont se dégageait le parfum des amandes qu'elle adorait mâchonner.

— Mâdar Kalân, chuchotai-je. Pardon.

Elle referma alors les yeux. Mon père se pencha et la souleva dans ses bras comme si elle n'était qu'une enfant et la foule s'écarta pour le laisser passer. Ma mère le suivit. Elle gémissait à présent bruyamment, et je parvins enfin à me relever. Je détachai la corde de mes poignets au moyen de mes dents et je me traînai derrière ma mère. J'avais la sensation d'avoir des limaces mortes au bout des bras. Comme la circulation sanguine reprenait dans mes mains et mes bras, ils se mirent à me brûler douloureusement. Je les secouai et les secouai encore, tout en suivant mes parents, le visage inondé de larmes silencieuses.

Dans notre maison, je m'allongeai sur la courtepointe à côté de ma grand-mère. Je lui tins les mains, tandis que ma mère lavait le sang et appliquait un linge frais sur sa tempe enflée. Je restai là pendant que Yalda, la sage-femme, venait examiner les yeux, le visage et les mains de Mâdar Kalân et donnait des instructions à ma mère en lui tendant une petite gourde. Je restai là pendant que ma mère mélangeait la potion au thé froid et la portait aux lèvres de ma grand-mère, et comme l'obscurité tombait dans la maison, je restai toujours là, à lui caresser la joue. Alors que je croyais qu'elle s'était endormie, j'entendis subitement sa voix, qui marmonna quelques mots dans une langue étrangère.

— Qu'est-ce que tu dis, Mâdar Kalân ? Je ne te comprends pas, lui demandai-je, appuyée sur un coude.

Elle tourna la tête vers moi.

— Tu es enfin venue, petite sœur, chuchota-t-elle en persan. J'ai attendu si longtemps.

Puis elle se remit à parler dans la langue étrangère.

— Non, je ne suis pas ta sœur. Regarde. Regarde, c'est moi. C'est Daryâ.

— Ne pleure pas pour moi, petite sœur, dit-elle de nouveau en persan. Je suis contente d'aller au paradis.

— Non, dis-je. Non, tu ne partiras pas maintenant. Je t'en prie, Mâdar Kalân, je t'en prie. Reste.

Malgré l'obscurité, je m'aperçus que ses yeux s'éclaircissaient.

— Ma Daryâ jan, dit-elle, les lèvres incurvées en un faible sourire. Quand j'apparaîtrai devant mon bien-aimé au paradis, je redeviendrai jeune et belle comme le croissant de lune. Mon bien-aimé au teint pâle, l'homme qui m'a aimée plus que tous les autres sera déjà là-bas, portant à jamais ses trente et un ans. Il est mon bien-aimé, et je suis la sienne. Je le rejoins aux Portes du Paradis où il m'attend. Sois heureuse pour moi.

J'essayai d'acquiescer de la tête, mais je ne pus retenir mes sanglots.

— Tu te souviendras de ce que je t'ai dit, Daryâ jan ? Choisiras-tu de t'asseoir au pied de la lune ou partiras-tu d'ici pour trouver le lieu où tu trouveras la liberté ?

— Comment pourrai-je savoir quoi faire, où aller, sans toi pour me guider, Mâdar Kalân ? chuchotai-je. De quelle « liberté » parles-tu ?

— Tu le sauras. Ce sera une évidence.

Sa voix s'estompa et elle se remit à parler en dari.

— Mon heure est arrivée. Je vais aller au paradis. Et tu iras où tu dois aller. N'oublie pas ton pouvoir, Daryâ jan, ne l'oublie jamais.

Je répondis oui, oui, Mâdar Kalân, je ne l'oublierai pas, et elle laissa échapper un petit soupir, aussi discret que le chuchotis d'une feuille qui frissonne sur sa tige.

Je dormis, mais je me réveillai en sursaut alors que pointait la lumière grise de l'aube. Je constatai que les yeux de Mâdar Kalân fixaient le plafond noirci par la fumée et que son corps était inerte et froid, et je fondis en larmes, même si elle m'avait demandé de ne pas pleurer, d'être heureuse pour elle. Ma mère vint nous contempler, puis elle alla chercher mon père. Pour ma part, je restai allongée à côté de ma grand-mère, la tête sur sa poitrine plate, jusqu'au moment où mon père m'en arracha pour permettre aux femmes du village de la préparer pour son enterrement. Ma mère me chuchota que Basaam m'avait remplacée au bout de la corde. Elle posait sur moi un regard anxieux, contrit, comme si elle espérait que cette information sans importance amoindrirait mon chagrin.

J'assistai à la toilette mortuaire de Mâdar Kalân qu'on enveloppa dans un linceul blanc. Porté par mon père et ses amis, son corps fut emmené au cimetière du village dans la soirée. On la plaça dans un trou rectangulaire fraîchement creusé, étayé par des pierres, pour la rendre directement à la terre. Lorsque nous rentrâmes dans la maison silencieuse, j'aidai ma mère à préparer le pain spécial composé de farine, de cannelle et de noisettes qui, selon ses dires, représenterait le corps de ma grand-mère.

Durant les quarante jours suivants, les villageois vinrent nous rendre visite pour la pleurer, boire du thé et manger ce gâteau.

Après le quarantième jour, des versets du Coran furent psalmodiés et ma mère et toutes les femmes du village se couvrirent le visage pour prier. Je priai avec elles. Nous envoyions enfin l'esprit de ma grand-mère trouver son dernier repos.

J'acquis alors la conviction qu'elle avait effectivement quitté cette terre et pris sa place au paradis. Et je sus que personne ne m'aimerait plus jamais comme elle m'avait aimée ou ne me parlerait de pouvoir.

Mais je n'oublierais pas ses histoires, ses paroles concernant mon destin. Je savais qu'elle m'observait du paradis, et je ne la décevrais pas.

3

Mâdar Kalân ne quittait jamais mes pensées. Après ses funérailles, les jours, les semaines et les mois s'écoulèrent au village au rythme du pas lent et laborieux d'un âne fidèle. Chaque fois que j'étais seule à battre des tapis dans la cour, à me rendre au puits ou au four, à ramasser des fientes dans les pâturages pour servir de combustible ou à rester assise sur le toit, je continuais à réciter les poèmes persans de Mâdar Kalân et à chanter les chansons qu'elle m'avait apprises. Je songeais aux endroits lointains qu'elle m'avait décrits mais, lorsque j'essayais de les imaginer – et même de me représenter les villes dont parlait mon père comme Kaboul, Jalalabad, Hérat ou Kandahar –, ils ne me paraissaient pas réels. J'avais l'impression d'assister à un défilé d'images que je contemplais, mais qui, sans la présence de ma grand-mère, demeuraient figées et plates et menaçaient de s'effacer, au point de devenir invisibles. Je me rendis compte qu'elles étaient plus nettes, plus lumineuses dans l'obscurité que délavées par la lumière du jour, je les gardai donc bien à l'abri dans ma tête et ne les libérais que lorsque j'attendais le sommeil, allongée dans le noir.

Nous étions de nouveau en été ; j'avais dépassé mon douzième anniversaire. Ma mère m'expliqua que le moment où je deviendrais une femme allait bientôt arriver, mais alors que mon corps se métamorphosait, puisque je grandissais et que je ne me sentais plus la même dans mes robes et mes pantalons, rien ne se produisit. Les plaintes et les gémissements du vent brûlant étaient plus appuyés que d'ordinaire, et des essaims plus denses de mouches grouillaient. Comme nous laissions les volets de bois fermés à cause du vent et des insectes, la chaleur suffocante privait la maison d'air. Ma mère ne cessait de se lamenter en se balançant d'avant en arrière sur le sol. Je la suppliais de s'arrêter, de se lever pour faire sa toilette et s'alimenter. Je tenais ses mains, très fraîches et desséchées malgré la moiteur de la pièce. Son ventre était de nouveau gonflé. Les trois dernières fois – celles où j'étais assez grande pour en garder un souvenir – elle avait accouché d'un bébé mort-né. Chaque fois, il s'agissait d'un garçon. Elle prétendait avoir eu une vision : la même chose allait se produire, un garçon mort. Mais en plus, cette fois, elle mourrait aussi.

Elle refusait tout réconfort.

Constamment en larmes, ma mère ne cessait de dire que, si j'avais été un garçon, si elle n'avait pas connu l'immense malchance d'avoir une fille inutile pour seul enfant vivant, sa vie aurait pris un tour différent. Si j'avais été un garçon, son mari aurait pu garder la tête haute et elle aurait eu la certitude d'être soutenue dans sa vieillesse par un fils solide, et d'être révérée et traitée avec respect par sa belle-fille.

Chaque fois qu'elle le répétait, j'avais la sensation d'être transpercée par ce que je prenais pour de la tristesse et qui me donnait une douleur aiguë à la tête, derrière l'œil gauche. Au bout d'un certain temps, je compris qu'il ne s'agissait pas de tristesse, mais de colère, et je me rendis compte par la même occasion que j'en voulais terriblement à ma mère d'avoir prononcé ces paroles. La dernière fois qu'elle réitéra cette plainte, je levai la main et renversai sa tasse de thé.

— Oui, je suis une fille ! hurlai-je. Une fille. Qu'est-ce que tu veux que je fasse ? ajoutai-je en martelant ma poitrine de la paume. Que je me coupe les seins ?

Ma mère recula, comme si je l'avais frappée.

— Daryâ, souffla-t-elle, les yeux posés sur la tasse renversée et sur la flaque de thé qui s'élargissait sur le tapis où nous étions assises l'une en face de l'autre. Comment peux-tu parler ainsi ? Comment peux-tu manquer tellement de respect à ta mère ? Comment oses-tu te conduire ainsi avec moi ? Je le dirai à ton père quand il rentrera.

— Ne te gêne surtout pas ! répliquai-je d'une voix basse et dure.

Je me levai et piétinai la tasse. Elle se brisa, et je pilai les morceaux dans le tapis de la plante de mes pieds nus. Je sentis les fines échardes d'argile entailler ma peau, mais je ne frémis pas, car cette douleur me procurait une jouissance étrange.

— Et il se contentera de me battre une fois de plus. (Je baissai la voix et je me penchai vers elle, les yeux dans les siens.) Il répète toujours que je me comporte ainsi à cause de toi, parce que tu m'as mal élevée. Et chaque fois que tu lui parles de ma désobéissance, tu lui prouves qu'il a raison. Alors dis-lui. Pleure, cherche à l'apitoyer, et raconte-lui comment Allah t'a maudit en te donnant une fille si mauvaise.

Son visage avait pâli ; à présent, on aurait dit qu'il était sculpté dans du bois. Elle se détourna pour ramasser les éclats de la tasse brisée et essuyer le tapis. Elle ne pleura pas durant le reste de la journée. Elle me coulait des regards quand elle s'imaginait que je ne les remarquerais pas. Tout en me disant que j'avais vraiment été méchante de m'en prendre si cruellement à ma mère, de renverser sa tasse et de la piétiner comme un vilain petit garçon, j'éprouvais, à cet instant, la sensation étrange que la situation avait évolué. J'en étais perturbée mais, en même temps, cela me plaisait. Cette sensation, ample et chaude, se situait sous ma poitrine, à fleur de peau. Quand je respirais profondément, son volume augmentait, comme celui de ma cage thoracique.

Je compris alors que ma grand-mère avait dit vrai. Que ce que je sentais grandir en moi – en même temps que mon corps se développait extérieurement – était tout simplement le pouvoir dont elle m'avait toujours parlé. Le spectacle de la peur dans les yeux de ma mère – de la peur, et un respect, accordé à contrecœur – me convainquit que j'étais plus forte qu'elle, aussi forte que le fils qu'elle aurait aimé avoir à ma place.

Ce jour-là, alors que je n'avais pas encore treize ans, je saisis donc que je possédais un pouvoir. Et, dès que je lui permis de circuler en moi, il devint aussi impossible à canaliser qu'une rivière en crue qui inonde ses rives.

J'étais fiancée au fils de la cousine de ma mère. Je l'épouserais un an après ma première période impure. Je ne l'avais jamais vu ; il vivait dans le village d'où venait ma mère : Kam Bara, à deux jours de rude chevauchée vers l'ouest. On nous avait fiancés à ma naissance, alors qu'il avait dix ans. J'essayais de ne pas trop penser à ces fiançailles et, en général, j'y parvenais, car je n'arrivais pas à les considérer comme quelque chose de tangible. Pendant ce temps-là, le mariage de Gawhar approchait.

Gawhar et moi étions meilleures amies depuis toujours. Douce de caractère, elle avait un sourire alangui. Elle parlait trop de choses anodines et ne remettait jamais rien en question, même quand je faisais tout pour l'inciter à s'opposer à moi. Mon impatience était exacerbée par son air troublé quand je fulminais à propos de quelque chose : ma mère qui me faisait ramasser un panier supplémentaire de crottes dans le champ derrière la maison, mon père qui m'interdisait de monter notre jument pour me punir de mon franc-parler, une remarque que j'avais entendue au puits. Je rageais et je bouillais à

cette époque à propos de nombreux petits détails
– puisque je n'avais pas encore l'esprit occupé par
des soucis plus importants. Parfois, Gawhar pleurait
sans bruit quand j'explosais de rage.

— Pourquoi est-ce que c'est *toi* qui pleures, Gawhar ? lui demandais-je en la secouant par les épaules, ulcérée de la voir fondre en larmes si facilement. Il s'agit de *ma* vie.

Gawhar était incapable de me donner une réponse cohérente.

— Tu ne dois pas être tellement... tellement instable, Daryâ. C'est mauvais pour toi, se contentait-elle de me dire timidement.

Instable. Elle employait régulièrement ce mot. Un adjectif mièvre, qui suscitait en moi une telle exaspération que je m'en mordais la langue. J'étais beaucoup plus que cela, j'en avais la certitude, mais Gawhar, elle, était indubitablement très posée. Elle acceptait ce qu'on lui disait et ne discutait pas les choix qu'on faisait à sa place. Le jour de ses noces arrivant à grands pas, nous parlions tout bas de ce qui allait arriver. Nous étions toutes les deux au courant de ce que font les parents dans le noir quand ils s'imaginent que leurs enfants dorment. Ni l'une ni l'autre n'avait vu les siens se livrer à cette chose qui permettait d'avoir des enfants, en revanche, depuis quelques années, nous avions compris ce que faisaient les chiens et les chiennes, les étalons et les juments, le bélier et les brebis, le coq et les poules. L'observation – furtive, car je savais d'instinct que je serais punie si l'on me surprenait en pleine action – de l'accouplement des animaux suscitait depuis quelque temps mon intérêt. Et au printemps précédent, alors que je regardais un bélier grimper sur une brebis stupéfaite et tressauter sur ses pattes postérieures, j'avais ressenti un spasme dans le bas-ventre.

Comme nous ne savions pas comment appeler cet acte chez les humains, nous nous contentions de l'appeler : « Ça ». Gawhar s'inquiétait beaucoup à propos de Ça. Il lui arrivait de se couvrir le visage des mains et de me dire, tandis que je m'interrogeais tout haut sur la chose bizarre qu'il fallait accomplir pour avoir un bébé :

— N'en parle plus, Daryâ. C'est mal de parler de ces choses-là. Nos maris sauront ce qu'il faut faire, et ils nous apprendront Ça, comme il se doit.

Mais, à présent, le spectacle du ventre arrondi de ma mère et l'idée de ce que mon père avait fait pour provoquer ce gonflement me procuraient des frissons de répulsion. Cependant, lorsque je pensais à l'homme inconnu qui m'attendait à Kam Bara, Ça ne me révoltait pas autant. Peut-être parce que dans mon imagination, il était grand et très beau, avec une peau fine et lisse et des vêtements propres qui sentaient bon la brise de la vallée et l'armoise suave. Et il ne me ferait jamais pleurer comme mon père faisait pleurer ma mère, il me sourirait tendrement quand je dévoilerais mon visage après notre mariage et qu'il poserait pour la première fois les yeux sur moi.

De plus en plus souvent, ma tête était remplie de pensées de mon mari imaginaire, de son sourire et de ses longues mains fines sur mon corps.

La chaleur finit par s'atténuer et les champs par être labourés. Mon père passait un grand nombre de journées et de nuits sans broncher sur le toit, perdu dans la contemplation des montagnes à l'horizon. Il ne préparait pas ses outils et n'évoquait ni l'éventualité ni le moment de son départ pour Kaboul. Puis un matin après le petit déjeuner, il enfourcha son cheval et s'éloigna, sans dire un mot à ma mère.

— Il est allé où ? À Kaboul ? demandai-je à cette dernière à la fin de la journée, car il n'était pas revenu.

Elle hocha la tête.

— Il n'a rien emporté. Peut-être qu'il a juste été faire une longue chevauchée.

Il resta deux jours absent. Quand il revint enfin, il pénétra avec allant dans la maison, adressa un sourire à ma mère pour la première fois depuis des semaines et m'effleura même la tête au passage.

Plus tard, elle me murmura :

— Un peu de solitude dans les collines est un bon remède pour un homme.

Et elle me sourit.

J'étais sûre que la situation allait s'améliorer : mes parents avaient souri tous les deux au cours de la même journée.

Mais au bout de quelques jours, mon père retrouva son humeur renfrognée et pensive. Il repartit et revint quelques jours plus tard, l'air radieux. D'un geste théâtral, il offrit un gros fromage de chèvre rond à ma mère.

Le plaisir que ce cadeau allait lui inspirer m'emplit de joie. Pourtant, à la place, je la sentis frémir de crainte. Elle déposa le fromage avec précaution sur une assiette et continua à coudre, en lui jetant de temps en temps un coup d'œil, comme si elle s'attendait à le voir s'animer et se jeter sur elle.

— *Mâdar* ? chuchotai-je quand mon père passa derrière le rideau pour s'allonger sur la paillasse en poussant un grognement de plaisir. Que se passe-t-il ? Pour quelle raison n'es-tu pas contente de ce cadeau de *Pâdar* ?

Ma mère regarda le rideau. Elle leva la main pour me faire signe d'attendre. Je remarquai que ses doigts n'étaient plus effilés comme avant, mais boursouflés et d'une couleur cireuse. Je continuai à coudre en silence, jusqu'au moment où nous parvinrent des ronflements, bas et réguliers.

— Ce fromage est fabriqué par les *Kafirs*, me dit-elle.

— Au Kafiristan ?

J'avais entendu parler de ce pays du mal, je savais que sa frontière se situait à l'est, à environ cinq heures de chevauchée, très haut au cœur des montagnes déchiquetées qui se dressaient à l'horizon.

— La Terre des Infidèles, me dit ma mère d'un ton particulièrement dur. Des mécréants. Ils vénèrent des idoles de bois. On raconte que les femmes n'y portent pas le voile, même en présence d'hommes étrangers. Elles ignorent la morale, ces femmes.

Les lèvres pincées, elle reporta son regard sur le fromage. Puis elle jeta son travail de couture par terre, se redressa avec difficulté, une main sur les reins, et sortit prendre l'air automnal.

Ce soir-là, je réfléchis à ce qu'elle m'avait appris, tout en dégustant une tranche du fromage, crémeux et délicieux. Infidèles ou pas, les Kafirs s'y connaissaient en fromage.

Deux jours après avoir apporté le fromage à ma mère, mon père se leva, se lava, s'habilla soigneusement et enroula un turban blanc neuf autour de sa tête. Il était tôt ; le soleil se levait à peine lorsqu'il acheva ses prières. Ma mère et moi buvions notre thé matinal, assises sur des coussins autour de la table basse.

— Où vas-tu ? demanda ma mère en l'observant peigner sa barbe.

Elle tenait sa tasse à mi-chemin entre la table et ses lèvres.

— J'ai à faire, répondit-il d'un ton sec.

Mâdar reposa sa tasse et tripota l'ourlet de sa robe.

— Avec les Kafirs ?

Pâdar se tourna vers elle.

— Oui, répondit-il. Et alors ?

Mâdar se leva et s'approcha de lui. Les yeux baissés vers le sol, elle lui dit :

— Mais Kosha, ces gens... ces histoires...

Subitement, elle redressa la tête, sans cependant lever le regard plus haut que le torse de mon père.

— Emmène Daryâ avec toi, dit-elle.

J'en restai bouche bée. Pâdar me jeta un regard.

— Pourquoi est-ce que j'emmènerais cette fille ?

— Je n'arrive pas à m'en sortir avec elle. Elle discute, elle est paresseuse, elle me met dans tous mes états. J'aimerais ne pas l'avoir sur le dos, ne serait-ce que pour un petit moment. Et je suis souffrante. J'ai la sensation que ça ne se passe pas bien avec ce nouvel enfant.

Elle posa une main sur son ventre.

Je n'étais pas paresseuse, et j'ouvris la bouche pour protester, mais je la refermai à la perspective de m'éloigner à cheval du village. Si j'entamais une dispute, mon père se contenterait de se mettre en colère. Pourtant, je savais qu'il n'accepterait jamais de m'emmener.

— Impossible, répondit-il, comme s'il lisait dans mes pensées. Il n'y a aucune raison pour qu'elle m'accompagne.

Il se tourna et sortit, et je l'entendis murmurer tout bas à son cheval.

Ma mère me prit par le bras.

— Va avec lui, Daryâ. Tu dois y aller.

— Pourquoi ? Il a dit non, il a dit que je ne pouvais…

Les lèvres de ma mère tremblaient.

— Daryâ, j'ai peur que… Ces affaires dont il parle…

— *Quoi ?* demandai-je en secouant mon bras pour le libérer. Dis-le-moi vite ! (Je n'avais encore jamais vu cette expression sur son visage.) Dis-moi pourquoi je dois y aller.

Les yeux de ma mère s'embuèrent. Elle les ferma et crispa la mâchoire.

— Je crois qu'il va voir une femme.

— Une femme ? m'écriai-je, tellement abasourdie que je sentis mon visage se déformer. Une femme ? répétai-je sans y croire. Pâdar ? Non. Il ne ferait pas ça.

— Si tu l'accompagnes, il aura honte. Il n'osera pas…

Ses yeux se rouvrirent brusquement et nous échangeâmes un regard.

— Allez, vite ! dit-elle, et elle ressaisit mon bras.

50

En dépit de l'incrédulité que m'inspiraient ses soupçons, je fus étonnée par son insistance, par la fermeté de sa poigne. Nous sortîmes dans la cour où mon père préparait le grand hongre.

Mâdar se planta devant lui et le regarda droit dans les yeux, ce qui m'étonna d'autant plus qu'elle le faisait rarement.

— Est-ce que je te demande jamais quoi que ce soit, Kosha ? l'interrogea-t-elle avec une audace inhabituelle dans la voix. Tu me caches quelque chose ? ajouta-t-elle, comme sa question demeurait sans réponse.

Ce fut au tour de mon père de me surprendre : il baissa les yeux. Une chose, grande et sombre, flottait autour de nous dans la cour ; sa présence était évidente. Nous attendîmes toutes les deux la réponse de mon père.

— Si tu ne me caches rien, emmène Daryâ, dit alors ma mère, de la même voix forte et assurée.

Mon père glissa un pied dans un étrier, et il fit claquer sa langue.

— Très bien. Elle peut venir, dit-il.

J'eus la sensation que mon cœur bondissait dans ma gorge. Alors que je me dirigeais vers l'enclos, il ajouta à tue-tête, comme si j'avais déjà désobéi :

— Mais quand je m'occuperai de mes affaires, tu te taieras et tu ne me contrediras en rien.

Je fis sortir la jument sans lui prêter attention. Ma mère m'adressa un signe du menton. Une détermination sans précédent éclairait son visage, si bien que j'entrevis subitement à quoi elle pouvait ressembler à l'époque où elle avait mon âge, où elle était jeune et pleine d'espoir.

Je fus envahie d'une étrange admiration à son égard.

4

Nous avions pris nos deux chevaux, un hongre gris fougueux et une robuste jument brune. J'adorais la jument, Mehry, gentille et douce comme l'indiquait son nom. Je considérais qu'elle m'appartenait, car mon père et ma mère ne la montaient jamais. C'était moi qui la nourrissais et l'arrosais chaque jour, moi qui la chevauchais lentement dans les champs derrière le village pour lui faire faire de l'exercice. De temps à autre, je brossais sa robe alezan luisante, je lui donnais à manger des morceaux de fruits talés, et elle me remerciait en nichant ses naseaux, doux comme de la soie, contre mon cou. Et voilà que je m'éloignais de Susmâr Khord, à cheval derrière mon père. Je me retournais souvent pour contempler mon village baigné par la douce lumière du petit matin, émerveillée de le voir de loin pour la première fois de ma vie. Alors que nous commencions à gravir lentement une colline, sa petitesse me surprit. Dans mon imagination, ses rues étaient longues et sinueuses, sa mosquée et sa maison de thé grandioses. Il me paraissait à présent minuscule et insignifiant, il s'estompait dans la vallée de plus en plus baignée de lumière, et ses maisons d'une couleur terreuse, avec les fumerolles qui s'échappaient de leurs cheminées, se confondaient avec la terre. Au-delà des maisons s'étendaient les champs fraîchement labourés et, au-dessus, flottait une brume basse. Le large cours d'eau impétueux qui cascadait des contreforts montagneux pour les irriguer n'était plus qu'un filet, étroit et scintillant. Je songeai au pressentiment de ma grand-mère selon lequel je connaîtrais d'autres lieux que notre village, et je sus que mes découvertes commençaient enfin.

Après plusieurs heures de chevauchée, nous pénétrâmes dans une gorge haute et étranglée, puis dans une zone plantée d'une forêt dense, sans cesser de monter. Le sentier accidenté nous faisait cheminer parmi de grands pins noirs. Par endroits, il était si raide et inégal que nous devions mettre pied à terre et guider nos montures par leurs brides brodées. J'essuyais mon visage moite de sueur du revers de la manche, je donnais des tapes aux moucherons et aux mouches qui formaient un nuage grouillant devant mes yeux dans l'air chaud automnal. Nous remontions sur nos chevaux, et nous en redescendions. Remontions dessus, et en redescendions. Cette ascension était fatigante. D'après mes calculs, nous étions en route depuis quatre heures. J'avais soif et mon estomac criait famine, alors que mon père semblait déborder d'énergie et ne me prêtait pas la moindre attention. La forêt s'éclaircit. Comme nous enfourchions de nouveau nos montures sur le chemin qui se dessinait plus clairement, sa détermination grandit et il pressa son cheval. Je me demandai pourquoi il avait tellement hâte d'arriver.

Pâdar finit par ralentir si subitement que Mehry se tamponna contre la croupe du hongre. Un tout petit peu plus loin, un fouillis déroutant de bâtiments se dressait à flanc de montagne. Ces constructions de style compliqué s'imbriquaient, alignées en couches successives. Certaines semblaient directement posées les unes sur les autres. Pâdar cravacha de nouveau son cheval et je le suivis. Nous mîmes pied à terre au niveau de la première maison. Bien que cela ne fût pas nécessaire, je me couvris le bas du visage de mon foulard et l'attachai derrière mon épaule, de telle sorte que l'on ne distinguait plus que mes yeux.

Un groupe de jeunes femmes nous dépassa. Leurs têtes étaient nues, et elles portaient d'énormes paniers triangulaires tressés sur le dos. Ces paniers, emplis à ras bord de petit bois, étaient maintenus en place par des bandes de coton déchirées, nouées sur leurs poitrines. Alors que ce groupe déguenillé avançait péniblement à côté de nous, l'une des femmes trébucha et tomba à genoux sous le poids de son fardeau. Je fis un pas en avant et je lui tendis la main pour l'aider à se relever, mais mon père m'agrippa farouchement par le bras et me maintint contre lui, tant que la femme n'eut pas repris son équilibre. Presque pliée en deux, elle ajusta son chargement de ses doigts couturés de cicatrices, les bras tremblant sous l'effort, avant de poursuivre son chemin.

— Une *bari*, marmonna Pâdar, premier mot qu'il m'adressait depuis notre départ du village. Ici, les gens sont soit des baris – esclaves – soit des nobles. Tu ne dois avoir aucun contact avec les baris.

Je hochai la tête et le suivis ensuite jusqu'à une porte au-dessus de laquelle était accrochée une impressionnante paire de cornes.

— C'est quoi ? lui demandai-je, pendant que nous attachions les chevaux et qu'il sortait de sa sacoche un sac noir en crins de cheval brodé de fils dorés.

— Des cornes de bouquetins. Elles indiquent le prestige du propriétaire dans sa communauté, me répondit-il. L'homme qui habite ici est important dans ce village de Wamed. Nous sommes arrivés. Ne dis rien.

Nous dûmes nous pencher pour franchir le seuil de la porte basse. Une fois à l'intérieur, la pénombre épaisse m'obligea tout de suite à cligner des yeux. J'avais du mal à distinguer quoi que ce soit, tant l'air était enfumé. Je frottai mes yeux brûlants et constatai que les murs de la pièce étaient noircis. J'en conclus qu'il n'y avait pas de trou dans le toit pour laisser passer la fumée des feux de cuisson.

Un homme se leva de ce qui m'apparut comme une pile de coussins disposés dans un angle. Il était plus petit et plus âgé que mon père, un éventail de rides se déployait sur son visage. Derrière son sourire je constatai que ses dents de devant étaient verdies par le *naswar*. Ce sourire s'élargit et révéla qu'il ne lui restait plus qu'une bande décolorée à l'endroit où auraient dû se trouver ses dents du bas. Il avait sans doute passé sa vie avec un mélange de tabac finement moulu et d'épices sous la langue, ce qui avait fait pourrir ses gencives. Dans notre village, un vieillard possédait une bouche identique à la sienne ; selon mon père, l'incapacité d'un homme à refréner son envie de naswar témoignait de sa faiblesse de caractère.

Cet homme le serra dans ses bras et l'embrassa sur les joues, avec un tout petit peu trop d'empressement.

— Salut, mon ami, lui dit-il. Vous allez bien ?
— Oui. Et vous ?
— Je vais bien, répondit l'inconnu, sans me prêter aucune attention. Nous sommes contents de vous revoir parmi nous.
— C'est un honneur pour moi d'être de nouveau reçu dans votre maison, Namoor, dit Pâdar. Je vous ai apporté quelques petits colifichets, pour vous remercier de votre accueil.

Pendant qu'il ouvrait le sac brodé, des femmes et des enfants émergèrent de la pénombre enfumée. Comme les baris, ces femmes n'avaient ni la tête ni le visage voilés. Cette petite foule se poussa du coude pour y voir mieux et s'agglutina autour de mon père, si bien que je fus contrainte de reculer. Mon père sortit de minuscules amulettes du sac, des bijoux simples et un petit tapis tissé. Le déploiement de ces cadeaux auxquels je ne m'attendais pas me fit suffoquer ; il avait dû dépenser le bénéfice de notre récolte pour acheter de tels présents à ces inconnus.

Cela faisait fort longtemps que ma mère n'avait pas eu droit au moindre cadeau – en dehors du malencontreux fromage.

D'un air cérémonieux et pompeux, mon père fit sa distribution pour les mains tendues qui s'emparèrent avec avidité des objets. Les femmes et les enfants s'évanouirent de nouveau dans la pénombre. Après quoi Namoor, le visage fendu d'un sourire de satisfaction, fit signe à mon père de s'asseoir, puis il claqua bruyamment des mains. Je restai immobile près de l'entrée, ne sachant à quoi m'attendre.

Une jeune fille apparut de derrière une bande d'étoffe suspendue à l'encadrement d'une porte intérieure. Elle portait un plateau sur lequel étaient posés du pain tartiné de beurre clarifié et de miel, des soucoupes de noix noires et des verres de thé fumant. Je salivai et laissai échapper malgré moi un petit bruit des lèvres.

Namoor regarda dans ma direction et redressa le menton. Je gardai mon foulard sur mon nez et ma bouche, mais je le fixai des yeux.

— Ma fille, se contenta de commenter mon père.

Namoor hocha la tête comme s'il ne se sentait pas concerné et fit signe à la nouvelle venue de déposer le plateau entre mon père et lui.

Je remuai légèrement afin d'appuyer mon dos au mur maculé de suie, la tête tournée vers eux dans l'espoir que mon père me permettrait de boire ou de manger quelque chose. Mais il n'en fit rien.

La jeune fille qui avait apporté le plateau ne ressortit pas. Elle avait quelques années de plus que moi, et elle était jolie, même si quelque chose de sournois émanait de son visage. Son corps avait des courbes généreuses et douces, et elle jeta un coup d'œil hardi à mon père en lui tendant une tasse de thé. Je constatai alors que ses doigts s'attardaient sur la tasse et que ceux de mon père les effleuraient. J'en détournai la tête de colère contre eux deux. Les propos de ma mère sur les Kafirs et leur conduite indécente me vinrent à l'esprit, tout comme sa crainte que mon père s'intéressât à une autre femme. Mais je ne parvins pas à croire qu'il pouvait être attiré par une créature de ce genre, effrontée et vicieuse.

— Vous avez manqué à ma fille, Sulima, ces derniers jours, déclara Namoor.

Mon père éclata d'un rire bruyant, comme si l'homme venait de lui raconter une histoire très drôle, et il contempla la fille.

Une sensation de vide oppressante qui n'avait rien à voir avec la faim me noua le ventre. Je ne l'avais jamais vu poser un tel regard sur ma mère – ni sur personne. Il me faisait penser à un enfant auquel on présentait son plat préféré.

— Namoor, dit mon père, toutes vos filles sont belles, et tous vos fils sont vigoureux. Vos trois épouses sont fécondes. Vous êtes un homme chanceux. Tout ce que je souhaiterais, c'est une minuscule part d'une bonne fortune comme la vôtre.

Son comportement scandaleux fit monter le feu à mes joues. Je bouillais de colère.

— Elle – mon père tourna brutalement la tête dans ma direction – est tout ce que j'ai à montrer. Une femme maladive ne suffit pas à produire une grande famille.

Je me redressai. J'étais dans un état tel que j'avais la sensation que des flammes allaient sortir de ma bouche si je l'ouvrais. Et j'avais une envie impérieuse de riposter – non, de hurler contre mon père, parce qu'il m'humiliait, en parlant de moi – et de ma mère – à cet étranger, avec un tel manque de respect. En même temps, je ne pouvais m'empêcher de les observer, la fille et lui, se jeter ainsi des regards en douce.

Je m'aperçus que Namoor contemplait aussi cet étalage répugnant, les yeux légèrement plissés comme s'il procédait à des calculs savants.

La fille m'apporta une tasse de thé, mais malgré mon envie pressante de l'accepter, je la refusai d'un hochement de tête irrité. Elle haussa nonchalamment les épaules et retourna s'asseoir sur un coussin entre son père et le mien. Après de nombreuses tasses de thé, mon père se leva. Je m'avançai aussi, d'un pas saccadé et indigné, car je pensais que nous allions partir. Mais il m'adressa un signe de tête et me repoussa du coude au passage, et je compris qu'il sortait seulement pour se soulager.

En son absence, Namoor et Sulima échangèrent des chuchotements rapides. Aurais-je pu les entendre que je n'aurais rien compris, car ils s'exprimaient dans leur langue. J'aurais tout aussi bien pu être invisible. Sulima se disputait avec son père d'une voix de plus en plus forte et hargneuse, en balançant brusquement sa longue chevelure. Comme elle agitait ses bras dodus, les nombreux bracelets qui ornaient ses poignets cliquetaient et s'entrechoquaient. Son père la gifla et, en guise de réponse, elle lui cracha au visage. Les autres – femmes et enfants –, restés alignés le long des murs, demeuraient parfaitement silencieux. Un petit garçon se précipita en avant dès que son père tourna le dos, saisit une poignée de noix et se hâta de disparaître.

Je ne pouvais m'abstraire de cette querelle révoltante entre le père et la fille. Leurs voix se turent aussi abruptement qu'elles s'étaient élevées quand la porte s'ouvrit, et Sulima adressa un sourire charmeur à mon père, tandis que Namoor tapotait d'un geste aimant la main de sa fille.

— Êtes-vous prêt à discuter affaires ? demanda Namoor à Pâdar, question qui incita ce dernier à me jeter un coup d'œil.

— Oui, mais allons à la tchaïkhana, dit-il.

Namoor sortit un petit récipient, l'ouvrit et le tendit à mon père qui refusa de la tête. Namoor enfonça la langue dans le naswar qu'il fit habilement rouler sous sa langue. Puis ils me laissèrent, seule, dans cette pièce sombre et enfumée, pleine d'enfants et de femmes qui ne parlaient pas ma langue et qui ne croyaient pas en Allah.

Je n'eus pas le temps de me soucier de mon sort. Dès que la porte se fut refermée sur Namoor et mon père, les enfants se ruèrent sur les restes des aliments qui traînaient dans les assiettes et les enfournèrent dans leurs bouches de leurs mains crasseuses, en se bousculant des coudes et des épaules et en s'apostrophant d'une voix perçante. Beaucoup avaient des plaies autour de la bouche et les cheveux embroussaillés. Un instant plus tard, ils s'approchèrent de moi et se mirent à tripoter mes vêtements dans un brouhaha de voix. Ils tirèrent sur mon foulard, si bien que mon visage se retrouva à nu. Je leur donnai des tapes sur les mains.

— Laissez-moi, leur dis-je.

Je me débattis, tout en essayant de ne pas bousculer un bambin qui contournait mes genoux d'un pas titubant. Sulima se posta alors en face de moi, ses mains potelées campées sur ses hanches arrondies. Elle aboya quelque chose et les enfants reculèrent. Elle recommença et ils s'évanouirent dans l'ombre, déçus et silencieux.

— Mon père m'a appris le dari, me dit-elle.

Je me contentai de la fixer de mes yeux plissés. De son côté, elle me parcourut du regard de la tête aux pieds.

— Toi, maigrichonne comme...

Elle leva deux doigts de part et d'autre de sa tête et fit un petit mouvement d'épaules de haut en bas, et je compris qu'elle imitait un lapin. *Et toi, tu es aussi grosse qu'une vieille brebis*, pensai-je, mais je refusai de lui répondre. Sur ce, elle arracha le foulard de mes épaules et l'enroula autour de son cou.

— Je garde, dit-elle. À moi, ajouta-t-elle, avec le même sourire nonchalant et roué qu'elle avait adressé à mon père.

— Non, dis-je, il m'appartient. Rends-le-moi.

Je saisis le foulard, mais elle me donna une claque sur la main en s'y accrochant. Nous en teníons chacune un bout, sur lequel nous tirions de concert. L'une des femmes – sa mère, peut-être – s'approcha alors et lui donna des coups de poing dans le dos, et comme nous relâchions un peu toutes les deux notre emprise sur le mince foulard, elle s'en empara et en drapa ses propres épaules, puis elle le noua solidement sur sa poitrine. Sulima gémit bruyamment, la frappa sur le dos, mais la femme l'ignora, ramassa le plus petit des enfants et franchit le rideau pour passer dans l'autre pièce.

Puisque toute la nourriture avait été mangée et qu'elles ne pouvaient de toute évidence plus rien me chiper, les femmes – Sulima comprise – disparurent, certaines derrière le rideau et d'autres dehors. Ne s'attarda qu'un garçonnet, de six ans environ, qui urina bruyamment dans le feu, si bien que les flammes se rétractèrent dans un sifflement et expulsèrent une nouvelle bouffée de fumée. Lui aussi sortit. Seule dans la pièce, j'avalai les dernières gouttes de thé sucré refroidi de la tasse de mon père. Puis suivant l'exemple de ces enfants crasseux, je pris l'assiette qui avait contenu le pain et je la léchai complètement, me régalant des traces de miel collantes.

Je m'assis ensuite près de la porte, dans cette pièce misérable à l'air vicié par la fumée, durant ce qui me parut une éternité. Me parvenaient le brouhaha des femmes derrière le rideau, le vagissement d'un bébé, les voix ronchonnes des enfants qui se disputaient, le bruit de casseroles et d'assiettes qui s'entrechoquaient. Sans la protection de mon foulard, je me sentais nue. J'attendais que mon père revînt pour m'emmener loin de cet endroit qui m'atterrait.

Qu'est-ce qui avait bien pu l'y attirer ? Quel prophète pouvait l'avoir appelé et l'avoir tiré par une corde invisible jusqu'à ce repaire d'infidèles ? Il ne pouvait s'agir d'un prophète. C'était sûrement un djinn – un esprit malin comme celui qui habitait cette fille, Sulima. De toute évidence, elle avait ensorcelé mon père. Je savais qu'elle était le mal. Les djinns prennent de nombreuses formes. Ils avaient revêtu la sienne, je n'en doutais pas un instant.

J'étais épuisée lorsque nous arrivâmes enfin à la maison, juste après le coucher du soleil. Cette expédition m'avait complètement embrouillé les idées. Au cours de notre longue chevauchée silencieuse de retour, outre ressasser, sans répit, la conduite honteuse de mon père avec Sulima, j'avais vu Pâdar faire autre chose de déconcertant et de perturbant. Alors que nous marchions à côté des chevaux, il avait rejeté d'un seul coup la tête en arrière, au moment où apparaissait la rangée de peupliers qui réfléchissait le soleil couchant à la lisière du village, et il avait poussé un petit hennissement de bonheur étranglé qui s'était déployé dans l'air en un grand éclat de rire. Puis il avait crié :

— Qu'Allah soit loué !

Son hurlement d'allégresse s'était répercuté dans la campagne silencieuse, dorée par les rayons déclinants de lumière vespérale. Je ne me rappelais pas l'avoir jamais vu manifester si ouvertement sa joie.

— Qu'est-ce qui te fait plaisir, Pâdar ? lui avais-je demandé.

C'était la première phrase que je lui adressais depuis notre départ du village kafir. Ma voix contenait un brin de sarcasme évident, mais mon père l'avait ignoré et s'était contenté de hocher la tête, sans se départir de son sourire épanoui. Il avait continué à avancer par foulées si longues et si élastiques que j'avais presque dû courir pour me maintenir à sa hauteur, en tirant sur la bride de Mehry. Après cinq heures de trajet dans chaque sens, la jument était presque aussi éreintée que moi. Tandis que nous nous rapprochions de notre maison à l'orée du village, Pâdar avait ralenti le pas et son humeur avait changé. Son inquiétude grandissait manifestement, il tirait sur sa barbe et il marmonnait dedans comme s'il débattait avec un ennemi invisible. Je connaissais la raison de son comportement : il allait bientôt devoir affronter ma mère.

Elle nous accueillit dans la cour, un grand panier de foin coupé, destiné aux chevaux, dans les bras. Après l'avoir posé à terre, elle se redressa lentement. Elle souriait.

— Vous avez fait un voyage agréable ? Le dîner est prêt. J'ai fabriqué ton pain préféré aux mûres, Kosha.

Je fus déçue de constater qu'elle était revenue à son ancienne docilité. J'aurais voulu revoir la colère embraser son visage.

Sans lui prêter attention, Pâdar entra dans la maison à grands pas. J'amenai les chevaux près de baquets d'eau pour leur permettre de s'abreuver. Mâdar resta figée sur place, une poignée de foin dans la main. Elle ne cessait de se frotter la paume avec le bout pointu des herbes. J'attendais ses questions, et je savais qu'elle était aussi nerveuse que moi. Je lui tournai le dos pour essuyer le flanc de Mehry avec un chiffon.

Cependant elle demeurait immobile et muette. Au moment de passer de l'autre côté de Mehry, je lui jetai un coup d'œil par-dessus le dos du cheval. Elle étudiait le foin qu'elle tenait dans sa main, comme s'il contenait les réponses qu'elle cherchait. Elle se décida enfin, mais d'une voix si basse qu'au début je crus n'avoir entendu que le vent dans le mûrier.

— Daryâ ?

Je frottai plus fort.

— Où est ton foulard ?

Je haussai les épaules.

— Des enfants mal élevés me l'ont pris, prétendis-je, car je ne voulais pas lui avouer la vérité.

— Qu'est-ce que tu as fait ? Qui as-tu vu ? Et les Kafirs ? Ton père fait des affaires avec qui ?

Je cessai complètement de bouchonner la jument.

— Juste un vieil homme désagréable du nom de Namoor. Pâdar a mangé et a bu le thé avec lui, et après, ils sont allés à la tchaïkhana. Il m'a plantée là, dans la maison de Namoor, seule avec les femmes et les enfants. Ils étaient tous crasseux et grossiers, inhospitaliers au possible. Ils ne m'ont pas plu, conclus-je d'une voix à la fois irascible et affaiblie par la lassitude et par l'angoisse que m'inspiraient ces demi-mensonges.

Je rabaissai la tête et me remis à frotter, plus fort cette fois. Le cuir de la jument ondula de plaisir sous la pression. Mâdar s'approcha alors de moi et m'effleura le bras.

— Est-ce que tu as remarqué quelque chose de... de bizarre ? Est-ce que mes craintes sont fondées ou est-ce que j'ai eu la bêtise de t'envoyer faire ce voyage épuisant à cause d'un simple soupçon d'épouse fatiguée ?

Sa main, sur ma manche, fit jaillir l'image des doigts de mon père qui effleuraient ceux de Sulima. Et je sus alors que je n'allais pas – que je ne voulais pas – induire ma mère en erreur et que je ne pouvais pas lui dire ce qu'elle souhaitait entendre : qu'elle n'avait aucun souci à se faire. Je n'allais pas lui parler de la scène à laquelle j'avais assisté, mais quand je relevai la tête vers elle, mon expression trahit mon désarroi. Nous nous contentâmes d'échanger un regard prolongé, et je me sentis, durant ces instants, plus proche d'elle que je ne l'avais jamais été. Tout l'agacement qu'elle m'inspirait avait disparu. Il avait cédé la place à un sentiment qui ressemblait à de la pitié, mais qui n'en était pas. C'était de la colère partagée.

Je compris alors aussi que je ne devais plus jouer le rôle de la fille maussade. J'avais beau encore attendre l'heure impure où je deviendrais une vraie femme, je sus que ce jour-là – tout comme celui où j'avais causé la mort de ma grand-mère – mon âme avait grandi à jamais.

5

Les journées suivantes se déroulèrent dans un silence tendu. Mon père passait la plus grande partie de son temps sur le toit, à regarder le soleil se lever et disparaître ensuite derrière les montagnes lointaines qui abritaient les Kafirs. Ma mère et moi travaillions côte à côte. J'étais désormais attentive à ne pas la bouleverser. Le visage gris et creusé de rides, elle se déplaçait lentement à cause de son lourd fardeau.

La troisième nuit, je fus réveillée par les voix de mes parents, il régnait une lumière inhabituelle dans l'obscurité et leurs gestes bruyants me tirèrent du lit. Je me levai et trouvai mon père debout au milieu de la pièce, l'air embarrassé, et ma mère occupée à allumer de la rue sauvage dont l'odeur, prenante et amère, me rappela ses autres accouchements. Mais en ces occasions, cette plante n'avait pas protégé le bébé du mauvais œil.

Mâdar s'appuya pesamment contre le mur.

— Va chercher Yalda, me dit-elle en se tenant le ventre.

Avant de m'exécuter, je demandai dans une prière que l'enfant fût en vie, et de sexe masculin.

Je courus dans les rues obscures jusque chez la sage-femme, uniquement guidée par les rayons de la pleine lune. Je frappai à la porte de Yalda et lui annonçai d'une voix pantelante que sa présence était nécessaire. Elle acquiesça d'un hochement de tête endormi, se frotta les paupières et saisit son grand sac de toile, suspendu à un crochet près de la porte.

Incapable de l'attendre, je repartis à toutes jambes vers la maison. Yalda était vieille, elle avançait d'une démarche lourde et instable et je savais qu'il lui faudrait du temps pour effectuer le chemin.

Mon père m'effleura au passage alors que je franchissais la porte en hâte.

— Viens me chercher quand ce sera fini, me dit-il, et je compris alors que lui aussi s'inquiétait de l'issue de l'accouchement.

Yalda finit par arriver. Elle respirait avec difficulté. Elle passa derrière le rideau qui séparait le coin où mes parents dormaient du reste de la pièce. J'attendis de l'autre côté.

— Je veux Daryâ près de moi, entendis-je chuchoter Mâdar.

Son souhait me réchauffa le cœur. Les filles célibataires n'étaient pas autorisées à assister à une naissance. Les autres fois, ma grand-mère se trouvait là pour apporter son aide. Mais ma mère n'avait plus d'autre parente dans le village.

Yalda tira le rideau et scruta longuement mon visage. Elle était bonne, et elle avait été l'amie de ma grand-mère. Elle conservait des cicatrices sur un côté du visage et à une main qui avaient été gravement brûlés dans sa jeunesse. Les doigts de sa main accidentée étaient repliés vers l'intérieur mais, en dépit de leur raideur, ils répondaient encore aux ordres qu'elle leur donnait. Je la dévisageai à mon tour : sur sa figure, la peau était marbrée et plissée, et elle avait un œil très enfoncé dans son orbite et les gencives en partie exposées par ses lèvres écartées. Alors que l'intensité de son regard scrutateur commençait à me mettre mal à l'aise, elle hocha la tête.

— Oui, dit-elle. Cette fille doit aider.

J'ignore ce qu'elle avait lu sur mon visage, mais je fus balayée par un sentiment de gratitude.

— Va chercher de l'eau pour nous laver les mains, et une autre bassine d'eau chaude.

J'obéis à ses instructions. Après m'être lavé les mains, je coinçai mes cheveux derrière mes oreilles. Comme ma natte s'était défaite pendant que je courais chercher Yalda, ils se balançaient autour de ma taille. Presque indisposée par l'odeur aigre de la rue qui se consumait dans les coins de la pièce, je plissai les yeux à la faible lueur des lampes, allumées grâce à un bout de coton entortillé, trempé dans de l'huile. Yalda disposa une pile de chiffons propres à côté d'elle sur le sol, la bassine d'eau que je lui avais apportée, une assiette de sel, une autre de cendres, une petite hache, un couteau de cuisine acéré et un morceau de fil tressé.

Ma mère s'était mise à gémir. Elle se hissa de sa paillasse et s'accroupit sur le carré d'étoffe que Yalda avait étalé sur le sol, les pieds bien plantés sur deux grandes pierres plates recouvertes par le tissu. Autour de ses chevilles enflées, pendaient les amulettes bénies par le mollah qu'elle avait déjà portées à la fin de sa grossesse précédente.

— Apporte le beurre clarifié, Daryâ, me dit-elle entre ses dents serrées. Il est prêt, à côté du feu.

J'obéis de nouveau, et je tendis le beurre à Yalda qui s'en saisit et me fit signe de soutenir ma mère par-derrière. J'appuyai mon corps contre son dos et je l'enlaçai pour lui permettre de se laisser aller de tout son poids contre moi. Même avec le bébé dans son ventre, je la trouvai légère.

Yalda releva et noua la chemise de nuit de ma mère, puis elle plongea ses doigts valides dans le beurre clarifié, afin de lui masser le ventre avec, en cercles appuyés. Mâdar se raidit subitement, puis elle poussa un cri discret qui monta et se transforma en gémissement ténu et frémissant. Quand il s'estompa en geignement, j'entendis ses dents claquer et je vis que ses cuisses tressaillaient violemment. Yalda la massa avec davantage de vigueur, en appuyant cette fois vers le bas, et lorsque ma mère se remit à panteler, elle s'agenouilla, lentement et douloureusement, pour pouvoir l'examiner entre les cuisses.

— C'est le moment, Anahita, lui dit-elle.

Mâdar laissa échapper un grognement du fond de sa poitrine, comme si elle s'arrêtait de respirer. Je sentis son corps se raidir et s'accroupir plus bas. Mais elle n'émit plus aucun son. Je regardai par-dessus son épaule.

Yalda tendit alors la main entre ses cuisses en invoquant les noms des prophètes. Puis elle aida une minuscule tête à sortir, subitement suivie d'épaules et d'un corps qui jaillirent dans un flot de liquide.

— Tiens-la, Daryâ, tiens bien ta mère, me dit calmement Yalda alors que Mâdar commençait à s'affaisser vers le sol.

Je fis de mon mieux pour l'empêcher de s'effondrer sur les pierres recouvertes de l'étoffe souillée. Yalda, toujours à genoux, souffla dans la bouche, les oreilles et le nez du bébé. Il demeurait inerte dans ses mains. Elle le plaça alors la tête à l'envers en le tenant par les chevilles et lui massa fermement le dos, avant de lui donner une petite claque bien sentie. Je n'arrivais pas à voir s'il s'agissait d'un garçon ou d'une fille. Un vagissement de colère emplit tout à coup la pièce, et Yalda adressa un sourire à ma mère, puis à moi, avant de déposer le bébé qui braillait sur une pile de chiffons propres à côté d'elle. Elle poussa sur le ventre de Mâdar, en tirant sur un épais cordon qui reliait encore le bébé à ses entrailles.

— Le protecteur du bébé ne sert plus à rien, dit Yalda, avant de marmonner : Amour de la vie, au nom d'Allah.

Quand la chose bizarre et sanglante qu'elle attendait glissa du ventre de ma mère, Yalda tendit le bras vers ses instruments. Elle prit le couteau de cuisine, geste qui fit gémir ma mère de déception.

— Pas la hache, Yalda ?

Je compris alors que le choix du couteau de cuisine devait signifier que le nouveau-né était une fille. Yalda se hâta de couper le cordon et de le nouer sur le ventre du bébé à l'aide du fil tressé.

J'aidai ma mère à s'allonger sur la paillasse, sans la regarder. Le bébé était en vie. Une de nos prières au moins avait été exaucée.

Yalda ne prêtait pas attention à ma mère qui pleurait sans bruit. Elle saupoudra le ventre du bébé avec les cendres d'un autre bol posé sur le sol, puis elle noua le bout du cordon qui dépassait et le maintint en place avec un linge propre. Elle sortit ensuite un petit sachet des plis de sa robe et en versa le contenu dans la bassine d'eau. Je vis la couleur du liquide se transformer en brun rouge.

— Du henné ? dis-je à Yalda. Vous allez décorer ma mère ?

Yalda secoua la tête et prit le bébé vagissant dans ses bras. En le tenant d'une main au-dessus de la bassine, elle versa de l'autre l'eau de bain chaude sur son corps minuscule.

— Pour protéger le bébé du mal des quarante premiers jours.

Les vagissements du nouveau-né se dissipèrent, puis s'arrêtèrent. Il plissa les yeux en direction du visage de Yalda qui continuait à le calmer avec l'eau. Quand la petite chose fut propre, Yalda la sécha avec un linge doux.

— Donne-moi le sel, me dit-elle, et je m'exécutai.

Yalda en saupoudra le corps du bébé.

— Pour endurcir la peau, murmura-t-elle.

Je lui étais reconnaissante de ne pas rechigner à m'expliquer le but de tous ces gestes. Je m'étais attendue à ce qu'elle m'ignore, mais je m'apercevais qu'elle était en train de m'apprendre l'art de mettre un enfant au monde.

Elle enfonça les doigts dans un petit pochon suspendu à sa taille et enduisit soigneusement les paupières du bébé d'une poudre bleue, puis elle l'emmaillota solidement dans un grand morceau d'étoffe blanche brodée de perles en porcelaine luisantes qui possédaient un puissant pouvoir – bleues, elles aussi, car tout le monde savait que les djinns avaient peur du bleu. J'avais vu ma mère sortir cette étoffe du coffre à rangement la semaine précédente.

Pour finir, elle tendit le bébé endormi à ma mère, qui le prit sans dire un mot. Je m'agenouillai près d'elle et de ma nouvelle sœur pendant que Yalda rassemblait ses affaires. Avant de partir, elle m'effleura l'épaule.

— Tu t'en es bien sortie pour une première fois, me félicita-t-elle.

Comme je n'étais pas habituée à recevoir des compliments, je baissai les yeux dans un accès de timidité. Elle prit alors ma main dans sa main valide, la retourna et l'examina. Une étincelle jaillit dans son bon œil – de joie ou de stupeur, je l'ignore – et elle la relâcha abruptement. Je me levai, prête à entendre le résultat de son observation et ses déductions.

Elle ouvrit la bouche et je me penchai en avant.

— Va annoncer à ton père qu'il a une autre fille, se contenta-t-elle de me dire.

Cette unique phrase suscita en moi une déception qui me resta sur le cœur.

Trois jours après la naissance, le mollah fut appelé pour la cérémonie du baptême. Mâdar suggéra Nasren, le prénom de l'une de ses proches amies d'enfance. Pâdar haussa les épaules, comme s'il s'en moquait ; de toute évidence, le prénom d'une nouvelle fille ne présentait guère d'intérêt à ses yeux.

Le vieux mollah, revêtu de sa robe et de son turban blancs, souleva Nasren et lui chuchota à l'oreille :

— Dieu est grand ! Dieu est grand ! Je suis témoin qu'il n'existe qu'un seul Dieu et que Mahomet est son prophète. Dieu est grand ! Dieu est grand !

Le visage blafard, Mâdar esquissa lentement un sourire. Pâdar sourit aussi, mais il semblait penser à autre chose. Sa nouvelle fille dans les bras, il la regarda d'un air déconcerté, comme s'il hésitait entre plusieurs sentiments. Il ne parvenait pas à cacher sa déception, mais il tapota la tête de Mâdar et lui offrit un fin bracelet en argent frappé. Quand je m'aperçus que ce bijou était identique à ceux qu'il avait offerts aux femmes de Namoor, je dus me détourner, car la bile me montait à la gorge, alors que ma mère, rayonnante de fierté, glissait le bracelet autour de son poignet.

Le septième jour se tint une petite fête à laquelle des amis apportèrent des présents. Les femmes bavardèrent et chantèrent avec Mâdar et moi à l'intérieur de la maison, pendant que Pâdar et les hommes se réunissaient dehors. Ce fut une belle journée. Les unes après les autres, les femmes se passèrent Nasren. Bien qu'elle fût parfaite, toutes soupirèrent « pauvre chose », car il était de mauvais augure de faire des commentaires positifs sur la santé d'un enfant. On risquait d'attirer le mauvais œil sur lui.

Les braillements de Nasren, qui ne paraissait pas apprécier d'être ainsi tripotée par tout le monde, déclenchèrent un éclat de rire général.

— Est-ce que celle-ci sera une cabocharde comme sa sœur aînée ? demanda Masa, la mère de Gawhar, avec un sourire chaleureux à mon adresse. Toujours en quête d'une chamaillerie ?

— Pitié ! rit ma mère, et les femmes se joignirent à elle.

Pour ma part, je souris, mais mon visage était tendu.

Masa comprit mon sourire feint et elle m'enlaça par les épaules.

— Allons, Daryâ. C'était juste une plaisanterie. Qu'est-ce que ta mère ferait, seule dans cette maison sans aucune autre femme, si tu n'étais pas là ?

Ma mère me sourit affectueusement.

— C'est vrai, dit-elle. Elle m'aide énormément depuis la naissance de Nasren.

Mon sourire devint alors sincère. Après cette naissance sans problème, je voulais croire que nos vies seraient désormais plus heureuses, que Pâdar oublierait les Kafirs. Et Sulima. Et peut-être que si Nasren avait été un garçon... Mais nous ne le saurons jamais.

Finalement, Yalda vint chez nous le dixième jour, afin d'aider ma mère à prendre son bain de purification rituel. J'observai le moindre de ses gestes, je mémorisai ses paroles, les plantes qu'elle utilisait, la douceur avec laquelle ses mains, grandes et rugueuses, touchaient Mâdar et Nasren. Je l'admirais.

Ce soir-là, j'allai m'étendre sur ma paillasse dans un coin de la pièce. Pâdar aiguisait une faux et Mâdar était assise avec Nasren qui somnolait par à-coups sur son épaule. Mâdar paraissait calme. Elle caressait le dos du bébé et chuchotait tendrement, chaque fois que la petite Nasren ronchonnait ou gigotait. Je savais que ma mère était soulagée d'en avoir terminé et satisfaite – même si elle avait donné naissance à une fille – car, au moins, cette enfant était en bonne santé. Il restait encore trente jours aux djinns pour fondre sur Nasren et prendre sa vie, mais Mâdar ne paraissait pas se faire de souci. À la lueur de la lampe, je la vis déposer un baiser sur la tête du bébé.

Cette nuit-là, je rêvai de chevaux et d'un vent mugissant. Jusqu'à ce que je me retrouve assise en sursaut dans mon lit, et que je me rende compte que ce n'était pas le vent, mais un hurlement de ma mère qui s'était brusquement infiltré dans mon rêve. Je ne savais pas du tout depuis combien de temps je dormais. La maison était plongée dans l'obscurité, seule une lampe encore allumée, placée sur la table basse, éclairait le centre de la pièce, et c'était près de cette table que Mâdar hurlait.

Je me levai d'un bond et m'approchai d'elle en titubant. Mâdar s'époumonait comme si on l'avait agressée. Le vagissement ténu de Nasren se joignit à sa voix. Je me souviens que je pensai : *Au moins, elle n'est pas morte.* Nasren n'était pas morte. Quel autre événement pouvait inciter ma mère à pousser ces hurlements atroces ? Elle se tenait, les bras le long des flancs, la bouche ouverte en un trou noir d'où jaillissait ce bruit effrayant. Nasren était posée sur les coussins à ses pieds, emmaillotée, comme si ma mère l'avait simplement laissée tomber là. J'étais persuadée que nos voisins n'allaient pas tarder à se précipiter chez nous pour voir ce qui se passait. Mon père se tenait à l'écart, les yeux braqués sur le tapis où était posé un grand sac bourré à ras bord.

Je saisis le bras de ma mère et je le secouai.

— Qu'est-ce qui s'est passé ? Qu'est-ce qu'il y a ? criai-je.

Je ramassai Nasren et je la tins contre moi, la tête dans une main. Ses vagissements se dissipèrent.

— Pâdar ? Qu'est-ce qui s'est passé ?

Aucun de mes parents ne répondit. Je lâchai la tête de Nasren pour secouer de nouveau Mâdar. Elle me regarda, puis elle se recouvrit la bouche des mains pour étouffer ses cris. Ce silence me soulagea. Des larmes inondaient son visage. Elle écarta une main de sa bouche et désigna mon père d'un doigt tremblant.

— Quoi ? Que se passe-t-il ? demandai-je à ce dernier.

Mais il se contenta de ramasser son sac, de franchir le rideau et la porte, et de disparaître dans les ténèbres. J'entendis les hennissements du hongre, suivis du fracas de ses sabots qui démarraient au galop. Je me retournai vers Mâdar. Elle m'arracha Nasren des bras, ce qui déclencha de nouveau les pleurs du bébé.

— Va. Suis-le. Tu sais où il est parti, me dit-elle dans un hoquet, le visage vidé de son sang.

— Je... Qu'est-ce que tu veux dire ? Où est-il...

Mais elle me coupa la parole.

— Vas-y. Le temps nous manque.

Elle marchait en petits cercles, sans cesser de tapoter brusquement le dos de Nasren.

— Il m'a annoncé ses projets. Il m'a dit que je ne pouvais plus m'en sortir seule, que tu ne m'aidais pas assez. Je lui ai répondu... (Elle s'interrompit, plissa les yeux et incurva les lèvres vers le bas.) Je lui ai répondu que d'ici à quelques mois, mon corps serait guéri, que je pouvais encore porter un enfant, et que le prochain pourrait être un garçon en vie. Mais il... (Sa voix se brisa de nouveau et elle se laissa tomber à genoux en berçant Nasren.) Arrête-le, Daryâ. Prends Mehry et va le chercher. Je t'en supplie. Fais-lui comprendre que je ne peux pas vivre avec... Une autre Tadjik – une seconde épouse – j'aurais pu y parvenir, si les choses avaient été faites dans les règles. Prévues, organisées. Avec considération. Mais non, non, je ne peux pas...

La suite ne parvenait pas à sortir de sa bouche.

J'avais l'impression d'être collée au sol.

— Une sale Kafir, Daryâ, finit-elle par me dire. Il choisit une sale Kafir, une incroyante, une paresseuse, sans doute incapable de faire bouillir du riz ou de fabriquer des nans. Je me tuerai, Daryâ. Je ne vivrai pas avec le déshonneur de le voir amener une femme pareille dans notre village. Dans notre maison. Empêche-le. (Ses sanglots redoublèrent.) Suis-le, Daryâ. Peut-être que tu peux, que tu peux...

— Mâdar, chuchotai-je. Je n'ai aucun pouvoir sur lui. Tu le sais bien.

— Mais je ne peux pas laisser ça arriver sans rien faire, Daryâ. Si je n'étais pas dans cet état – si je n'avais pas le bébé – j'irais moi-même. Bien sûr que j'irais. Mais je ne peux pas, Daryâ. Je t'en supplie, je t'en supplie, m'implora-t-elle au milieu de ses larmes, et je fus incapable de lui opposer un refus.

Même sans Nasren, même si son corps était guéri et solide, elle n'aurait jamais poursuivi mon père à cheval. Elle le savait très bien. Mais elle savait aussi que je pouvais le faire et que je le ferais. Je me penchai, passai un bras autour de ses épaules et pressai brièvement ma joue contre la sienne.

— Je vais y aller, Mâdar, répondis-je.

Elle m'agrippa la main de sa main tremblante et, quand elle la lâcha, je me précipitai dehors.

La jument était partie aussi, découverte qui me remplit d'une horreur encore plus profonde. Je jetai un regard en arrière à la maison, mais la perspective d'affronter Mâdar, de lui dire que Pâdar avait emmené les deux chevaux m'était insupportable. Il avait bien évidemment pris Mehry dans le but de ramener Sulima à la maison. J'entrai en courant dans la cour de notre voisin. Le vieillard, qui dormait sur son toit, entendit le bruit de mes pas et me héla :

— Qui est là ?

— C'est moi, Daryâ. Je dois emprunter l'un de vos chevaux, *bâbâ*.

— Mais la lumière ne se lèvera que dans une heure, mon enfant. Où veux-tu aller ?

Sans répondre, je jetai une couverture sur le dos de l'une des plus petites juments et je grimpai dessus. Je sortis de la cour à cheval et je pris la direction du Kafiristan.

6

Au début, la lumière de la lune, d'une couleur spectrale, suspendue bas dans le ciel, me guida. Je n'apercevais pas mon père, mais il ne pouvait me devancer de beaucoup. J'arrêtais fréquemment le petit cheval pour tendre l'oreille et, par moments, j'entendais au loin des tintements de sabots sur le sol rocailleux. L'air nocturne était frais ; sa morsure, quoique faible, me faisait frissonner et je regrettais que ma main n'ait pas attrapé un châle plus épais avant de sortir en trombe de la maison. Quand le soleil se leva, je baissai la tête pour prononcer mes prières, sachant qu'Allah me pardonnerait de ne pas prendre le temps de mettre pied à terre.

Je ne parvins pas à rattraper mon père avant la fin du trajet. Plus la lune descendait dans le ciel et plus je m'enfonçais dans la montagne, plus l'air refroidissait au lieu de se réchauffer. Au-dessus de ma tête, j'entendais le chuchotement des branches des pins sombres qui s'effleuraient, mais à part cela, régnait un silence sinistre. J'étais apeurée, je devinais des visages démoniaques de djinns, qui m'épiaient entre les arbres touffus. Je priais tout haut en chevauchant, mais d'une voix très faible. Le croassement perçant, inattendu, d'un corbeau invisible me fit sursauter et enfoncer les talons dans les flancs de la jument, qui se lança d'une saccade dans un trot inégal sur le sentier gorgé d'eau où affleuraient de nombreuses racines. Les arbres se balançaient à présent sous la violence croissante du vent, et des rafales de neige tourbillonnantes m'enveloppaient. Alors que la matinée n'était pas encore terminée, je pénétrai dans Wamed sous un ciel obscurci.

Je laissai la jument que j'avais empruntée sous un abri adjacent à la maison décorée de cornes de bouquetin, près de Mehry et du hongre. Un vieil âne sellé était également attaché là. Il poussa un braiment ronchon à ma vue, dénuda des dents carrées jaunâtres et essaya de m'en donner un petit coup tandis que je passais devant lui pour rejoindre la maison de Namoor.

Je n'avais plus que faire de la bonne éducation. J'ouvris la porte sans frapper. Sur le coup, l'exhalaison d'air chaud et fétide me fit presque reculer. Le feu qui rugissait au centre de la pièce dégageait des relents d'aliments rances, d'urine et de corps non lavés. Je distinguai les silhouettes floues de mon père et de Namoor à travers la fumée. Ils étaient assis sur une pile de coussins sales ; Namoor s'y appuyait nonchalamment, mais mon père se tenait tout raide à la place d'honneur – la plus éloignée de la porte. Posé entre eux, j'aperçus le sac en crins de cheval et toutes sortes de présents que mon père avait manifestement apportés. Cette fois, il n'y avait personne d'autre qu'eux dans la pièce.

Mes dents claquaient et j'avais les mains engourdies. Je refermai la porte et les frottai l'une contre l'autre.

La bouche de mon père s'ouvrit de stupéfaction, puis il se leva et me rejoignit à grands pas.

— Qu'est-ce que tu fabriques ici ? Tu m'as suivi ? Repars tout de suite ! tonna-t-il, avant d'ajouter plus bas, pour que je sois la seule à l'entendre : Tu m'as fait honte.

Il marqua un temps et reprit d'une voix rugissante :

— Tu seras punie. Sévèrement punie. Va-t'en !

— C'est Mâdar qui m'envoie, répondis-je sans baisser les yeux.

À quoi bon faire preuve de retenue, puisqu'il venait de me prévenir que je serais battue.

— Pâdar, ne...

Il leva une main.

— Tais-toi ! rugit-il.

Je remontai en hâte un bras pour me protéger le visage, mais cela ne m'empêcha pas de voir Namoor ricaner et se taper sur les cuisses.

— Votre première épouse vous envoie une messagère ? commenta-t-il en riant à présent à gorge déployée. Manifestement, ce n'est pas pour vous transmettre ses bons vœux. (Son rire s'enfla et il se leva aussi.) Ça me réchauffe le cœur de voir que vous êtes un homme comme moi, qui ne supporte pas l'insolence.

Sur ce, mon père abaissa la main, jeta un regard à Namoor, puis revint à moi. Une expression fugace s'inscrivit sur son visage, une expression qui me fit penser que ma présence ici, dans cette cabane immonde, pouvait changer le cours du destin, que peut-être...

— Fille ! appela alors Namoor à tue-tête, comme s'il sentait l'importance de cet instant.

Sulima apparut sur-le-champ de derrière le rideau où elle attendait manifestement.

— Bonne nouvelle, ma fille ! L'honorable Tadjik, Kosha, est venu te demander en mariage. C'est une journée heureuse, non ?

Tel un cerf-volant qui rebondirait sur un courant de vent ascendant, Pâdar se détourna de moi vers elle. Avec un petit sourire, Sulima battit des cils une fois dans sa direction, avant de baisser modestement les yeux. Je vis un côté du visage de mon père rougir, et je compris qu'il était perdu. Les espoirs que nourrissait ma mère ne pouvaient rien contre le sortilège que cette fille avait tissé autour de lui. Et moi ? J'étais aussi inutile que l'une des mouches qui grouillaient sur une assiette encroûtée à côté de mon pied.

— Alors, mon ami ? dit Namoor à mon père, retournerez-vous chez vous dès que le mariage sera conclu ?

— Et le festin de mariage ? Il doit sans doute se tenir ici, pour permettre à la famille de la mariée et à ses amis d'y participer. Je vais renvoyer ma fille chez nous, et je resterai ici jusqu'à ce que le festin soit prêt, annonça chaleureusement Pâdar.

Les flammes faisaient luire la légère pellicule de transpiration qui recouvrait la lèvre supérieure de Namoor.

— Ah, la cérémonie ! Nous ne tenons guère aux cérémonies par ici. Dépenser du temps et de l'argent pour un événement aussi ordinaire qu'un mariage ? Rares sont ceux d'entre nous qui estiment que cela vaut la peine. Nous observons certains rituels pour les naissances et les morts. Mais les mariages, bah !

Il leva les mains, comme si cette perspective le dégoûtait, et hocha négativement la tête.

Le visage radieux de mon père s'assombrit.

Namoor lui adressa un clin d'œil de connivence.

— De plus, ajouta-t-il avec un signe de tête en direction de Sulima, nous ne devons pas lui laisser croire qu'elle est trop importante. Le fait d'épouser un Tadjik et d'aller vivre si loin de chez elle suffira à son bonheur. N'est-ce pas, ma fille ?

Sulima gardait la tête baissée, comme si elle était timide. J'avais envie de la gifler, tant il était facile de lire à travers sa comédie.

— Et puis, continua Namoor, nous n'avons pas beaucoup de temps. Cette année, la neige a commencé à tomber tôt ; elle risque de recouvrir le col d'ici quelques jours, et je suis sûr que vous avez hâte de ramener votre nouvelle épouse chez vous. L'organisation d'un mariage demanderait plusieurs journées. Non, je pense que nous devrions nous y prendre aussi vite et simplement que possible. Nous pouvons le célébrer cette après-midi, et après cette nuit – nouveau clin d'œil, accompagné d'un sourire qui dénuda ses dents verdâtres –, vous pourrez partir demain à la première heure.

Le sous-entendu contenu dans ce clin d'œil fit monter une bile amère dans ma bouche. Je déglutis, car j'imaginais les corps enchevêtrés de mon père et de Sulima. Ma gorge me brûlait. Je contemplai le visage effronté de cette fille qui exsudait l'hypocrisie, sa tête dévoilée et ses bras dénudés, son corps lascif. Je n'arrivais pas à me la représenter dans notre maison chaude et propre, assise à notre table, derrière le rideau en compagnie de mon père. Je dus à nouveau ravaler ma bile. Et ma mère ? Lui portait-il si peu d'estime ? Elle l'avait servi sans se plaindre, avec obéissance, elle avait porté cinq enfants de lui – deux en vie et trois morts –, elle s'était occupée de sa mère avec tendresse et considération, elle ne lui avait jamais donné la moindre raison d'être humilié dans le village. Tous les affronts qu'il avait eus à subir venaient de moi. Mais c'était à son tour de nous couvrir de honte. De la faire retomber sur la tête de ma mère. Je me moquais de ce que les autres pensaient de lui – ou de moi –, mais leur opinion de ma mère m'importait. Je ne voulais pas qu'elle fût obligée de rester cachée dans la maison, qu'elle craignît d'aller au village à cause des commérages qui circuleraient à son sujet.

Oui, il y avait un certain nombre de deuxièmes épouses à Susmâr Khord, et même une troisième épouse, mais elles avaient été soigneusement choisies dans d'autres villages tadjiks et les mariages avaient été organisés avec un soin minutieux par les premières épouses. La deuxième épouse pouvait constituer un soutien dans un foyer, partager les tâches ménagères et l'éducation des enfants, et parfois même, une amitié profonde naissait entre ces femmes. Masa, la mère de Gawhar, était une seconde épouse, et elle et la première épouse se traitaient comme des sœurs. Gawhar considérait la première épouse comme une espèce de tante préférée, une source supplémentaire d'amour et de soutien.

Un mari respectueux ne se serait jamais conduit ainsi que mon père le faisait maintenant.

Un sentiment d'angoisse m'envahit subitement, car je me demandai si je ne ressemblais pas davantage à mon père que je ne l'avais jamais imaginé. Par le passé, n'avais-je pas souvent agi sans réfléchir ou en ne me préoccupant que de moi-même et de mes désirs ? Ce débat intérieur me laissa perplexe. Si je n'étais plus une enfant, je n'étais pas encore pleinement femme. Mon père était un adulte. Sa conduite était inexcusable.

Pâdar adressa alors un signe de tête à Namoor.

— D'accord. Nous partirons demain.

— Bien. Je vais aller parler à la mère de la fille, dit le vieil homme. Elle veillera à ce qu'elle emporte tout le nécessaire. Et il y a bien sûr la question de sa dot. Vous ne serez pas mécontent. Asseyez-vous, mon ami. Mangez et buvez en attendant.

Namoor et Sulima disparurent dans une arrière-pièce et, quelques instants plus tard, une enfant maigrichonne, vêtue d'une robe courte en haillons, la peau de ses pieds et de ses jambes nus violacée par le froid, apparut avec un plateau de bois écaillé. Il contenait une soucoupe débordant de maïs bouilli, un pain rond, un bol de fromage fondu et un petit verre de thé vert. Au moment où la fillette contourna les coussins d'un pas lent et précautionneux, je vis que l'un de ses yeux débordait d'une substance gélatineuse. Elle déposa le plateau par terre devant mon père et recula.

Mon père continuait à m'ignorer. Je vivais une répétition de ma première visite dans cette maison, au cours de laquelle il s'était alimenté sans tenir compte de ma présence, alors que je me tenais près de la porte, l'estomac vide et en proie à l'inquiétude. Il plongea un morceau de nan dans le fromage graisseux et l'enfonça dans sa bouche, mais il parut avoir du mal à l'avaler. Il se décida à se tourner vers moi, mais en évitant de croiser mon regard.

— Ta mère n'a pas agi sagement en t'envoyant ici.

Il se racla la gorge, comme si le fromage était resté coincé dedans, et contempla le bord du coussin sur lequel il était assis, en effleurant des doigts sa frange en lambeaux.

— Les affaires d'un père ne regardent pas sa fille.

— Il s'agit d'une affaire qui concerne notre famille, répliquai-je, consciente que, ne s'attendant bien évidemment pas à ce que je lui réponde, il n'en serait que plus en colère contre moi. D'un autre côté, si j'avais été un fils, il aurait peut-être prêté l'oreille à mon raisonnement.

— J'ai le droit d'avoir jusqu'à quatre épouses, si je peux me le permettre matériellement. Je ne fais rien de mal, me dit-il pour sa défense en me regardant en face, comme s'il bavardait effectivement avec un autre homme. Si une femme ne te suffit pas, prends-en quatre. C'est ce que dit le Coran. On ne met pas le Livre saint en question.

Il avait parlé très fort.

— Je le sais, dis-je d'une voix qui portait autant que la sienne. Mais je sais également que les sujets épineux tels que le choix des nouvelles épouses sont traités ouvertement, et sont matière à discussions. Et dans le cas présent, la nouvelle épouse n'est même pas... Celle que tu as choisie n'est pas l'une des nôtres, conclus-je.

J'avais cessé de l'appeler Pâdar, car je ne voulais plus qu'il me considérât comme une enfant, mais comme une femme.

— Tu ne penses donc pas à la peine que tu infliges à Mâdar ? continuai-je. Tu éprouves si peu de considération à son égard ? Tu ne te préoccupes pas de ce que signifiera pour elle la perte d'une partie de son pouvoir au profit d'une femme comme cette...

cette Kafir ? Comment gardera-t-elle la tête haute dans le village ?

Et as-tu pensé, ne serait-ce qu'une seconde, au fossé encore plus large que cela creusera entre toi et moi ? Est-ce que je signifie si peu pour toi, Pâdar ? Si peu ?

— Tu n'as pas le droit de donner ton avis, argumenta-t-il. Tu viens de me gâcher cette journée. Il s'agit d'un événement joyeux.

J'attendis, le temps d'un battement de cœur.

— Tu es donc joyeux ? répliquai-je d'une voix basse et dure. Ton visage n'exprime pourtant aucune joie. Je n'y discerne que du malheur. Le malheur que tu t'es causé à toi-même, et celui que tu as causé à ta famille.

Mais j'avais mal interprété son expression. Ce n'était pas du malheur, mais de la colère soigneusement maîtrisée. Il se leva si subitement qu'il donna un coup de pied dans le plateau. Le thé et le fromage fondu se renversèrent.

— *Bas !* Ça suffit. Tu vas partir, affirma-t-il d'une voix plus dure que la mienne, les muscles de la mâchoire crispés. Retourne dire à ta mère de faire de la place pour ma nouvelle épouse. C'est tout. Compris ?

Quel pouvoir me restait-il en ces circonstances ? Je songeai aux paroles de ma grand-mère, à l'expression étrange de Yalda lorsqu'elle avait étudié ma paume. Mais en apparence, elles s'étaient trompées. Je n'étais rien d'autre que ce que mon père voyait en moi, une créature de sexe féminin à peine tolérable, et tout juste bonne à être punie pour sa mauvaise conduite. Je tendis la main vers la corde qui servait de poignée à la porte. Mais lorsque je tirai dessus et que la porte s'ouvrit, une bourrasque de neige glacée s'engouffra dans la pièce.

— Tu penses que je vais m'en aller par cette tempête ? dis-je à mon père.

Je ne savais pas si je désirais l'entendre me répondre oui ou non. J'avais envie qu'il me forçât à partir, pour ne pas continuer à être témoin de cet événement catastrophique mais, en même temps, j'espérais vaguement, au fond de moi-même, que si je restais, la journée ne se déroulerait peut-être pas selon les prévisions générales. Sans doute avais-je eu tort de m'imaginer que le pouvoir se contenterait de surgir et de se dévoiler subitement. Sa forme et son efficacité se trouvaient peut-être ailleurs : sans un coup de pouce, il ne se manifestait pas.

Mon père regarda le paysage enneigé. On ne distinguait rien, hormis le contour de l'imposante maison située juste en face de celle de Namoor.

— Que se passe-t-il ? lança gaiement ce dernier en rentrant dans la pièce. Ferme la porte, ma fille. Kosha, vous n'allez pas renvoyer votre fille par un temps pareil ? Laissez-la rester ! Le mariage va lui plaire. Nous allons devenir parents, nous allons être liés par ce mariage.

Sans me soucier d'apparaître mal élevée, j'accueillis sa déclaration d'une grimace. Être liée à cet homme immonde, à cette famille dégoûtante...

Namoor ne remarqua pas mon expression ou n'en fit aucun cas.

— Viens t'asseoir près du feu, ma fille. Je vais te faire apporter à manger.

Mon père garda le silence quand je passai devant lui pour m'agenouiller près du feu. Il se décida à se rasseoir sur son coussin.

— Namoor a raison. Avec cette neige, il va être difficile de trouver le col dans la montagne. (Il ramassa un morceau de nan et l'examina.) Tu rentreras à la maison avec nous demain.

Comme je ne répondais rien, il leva soudain les yeux vers moi.

— Mais Daryâ... hésita-t-il, ce qui ne manqua pas de me surprendre, tu ne mettras plus ma décision en question. Il t'est interdit de critiquer la moindre de mes décisions. Tu n'es plus une enfant. Tu dois ressembler davantage à ta mère. Et de la même manière que tu ne dois pas mettre mes décisions en question, tu devras accepter sans mot dire celles de ton mari. Si tu ne changes pas, tu ne seras pas comblée par ta vie. Elle ne t'apportera que solitude et malheur.

J'étais à court de réponse. Mon père ne m'avait jamais adressé la parole de la sorte, d'une voix douce, quasi implorante. J'aurais dû me taire, le laisser essayer de me manifester de la gentillesse et de m'expliquer pourquoi il agissait de la sorte. Mais ce qui faisait de moi... celle que j'étais... Daryâ..., ne me le permit pas.

— Comblée ? Comme tu combles ma mère aujourd'hui ? Son obéissance ne lui a-t-elle pas apporté que solitude et malheur ? déclarai-je d'une voix si basse qu'elle était presque un murmure. Non ! repris-je plus haut. Ce n'est pas sa conduite qui lui a valu tout cela. C'est toi. Le responsable de son malheur, c'est toi.

Ce que j'attendais ne manqua pas d'arriver. Il me gifla, pas au point de me faire tomber, mais assez violemment pour que je me mordisse la joue. L'opinion qu'il se faisait de moi n'avait donc pas évolué. Il voyait en moi une fille effrontée et mauvaise qui, de toute évidence, allait continuer à le décevoir, tant qu'elle vivrait sous son toit.

Une heure suffit pour que la nouvelle du mariage se répandît dans Wamed. Je gagnai la tchaïkhana avec mon père sous les flocons de neige tourbillonnants. Une grande partie des villageois semblait s'y être rassemblée pour assister à l'événement. Le vent faiblissait et tandis que nous attendions, mon père et moi, sur les larges marches de bois, il se calma tout à fait et le ciel s'éclaircit. Ne tomba bientôt plus doucement qu'une neige éparse sur les spectateurs.

Mon père me fit signe de me déplacer d'un côté et de m'asseoir sur le bois froid et humide. Je m'accroupis à l'endroit qu'il m'indiquait. Mon foulard, que je retenais devant mon visage à l'aide de mes dents, ne m'empêchait pas d'étudier les villageois. Les hommes portaient de ternes chemises de laine épaisse et des jambières, de laine aussi, sous leurs culottes qui s'arrêtaient aux genoux. Des poignards aux étuis magnifiques ornaient la ceinture de certains d'entre eux. De ma place, j'apercevais les poissons ondulants, symboles gravés dans l'argent frappé. Leurs manches originaux avaient une forme en croissant constituée par la tête et la queue d'un poisson qui se recourbaient vers l'étui.

Malgré le froid, les hommes allaient pieds nus, et je constatai que ces derniers portaient d'affreuses cicatrices et qu'il leur manquait souvent des orteils. Ils avaient le crâne rasé, exception faite d'une longue mèche qu'ils laissaient pendre derrière, et certains portaient des chapeaux plats à bords. Comparé à eux, mon père respirait la prospérité. Il arborait ses plus beaux vêtements pour la circonstance ; il avait gardé son pantalon de cheval, mais une ample chemise de coton, d'une blancheur immaculée, pendait jusqu'à ses genoux. Par-dessus cette chemise impeccable, si bien entretenue par ma mère, il portait une veste sur laquelle Madâr avait brodé avec minutie, l'année précédente, des dessins composés d'une myriade de fils aux couleurs éclatantes. Le cœur lourd, je songeai aux nombreuses heures qu'elle avait consacrées à s'occuper des vêtements de mon père, à la fierté qu'elle éprouvait de le voir si bien habillé.

Il avait déroulé son *longi* blanc pour le remplacer par son nouveau *kolah* aux jolies décorations. Ce chapeau de forme cylindrique avait été fabriqué dans les bazars de la lointaine Kandahar. Il était tissé de dessins compliqués en fils de soie or et argent. Je ne l'avais vu l'arborer qu'une fois – moins d'une semaine auparavant, lors de la célébration de la naissance de Nasren. À la pensée qu'il l'avait étrenné ce jour-là – un jour si heureux pour ma mère – et qu'il le portait à présent, ma peine se transforma en une brûlure plus profonde et douloureuse que ma colère antérieure. Ce n'était plus l'acte que s'apprêtait à accomplir mon père qui constituait mon principal souci, mais ce qui se passerait à notre retour à la maison.

J'essayai de refouler les pensées qui me ramenaient à ma mère en observant l'assemblée de femmes, vêtues de longues robes aux couleurs vives. On distinguait aisément les plus importantes d'entre elles des baris, grâce aux rangées de cauris, des coquillages qui ornaient ces robes. Sans doute acquis par le biais du troc, ils devaient présenter une signification importante, car les femmes dont les robes en présentaient le plus grand nombre se tenaient sur le devant de la foule, alors que les autres étaient reléguées au fond. Elles ne portaient rien sur la tête et, comme les hommes, allaient pieds nus. Les femmes parlaient bruyamment, elles riaient à gorge déployée, elles se bousculaient et ne paraissaient éprouver aucune honte devant leurs hommes. Elles dévisageaient mon père – et moi – avec impudence, nous montraient du doigt et cancanaient entre elles. J'aurais beaucoup aimé comprendre leur langue. Je sentis qu'elles admiraient les beaux vêtements de mon père. Quant à ce qu'elles pensaient de moi, je ne le saurai jamais, mais de toute évidence, certaines me trouvaient quelque chose de comique.

La mariée finit par arriver, escortée de trois femmes plus âgées. Sa robe à manches courtes était rouge écarlate ; ses bras dodus marbrés par le froid. Sous cette robe qui tombait à hauteur des mollets dépassait une jupe, blanche celle-là – quoique plutôt grisâtre de saleté –, garnie d'une bande rouge assortie. Sous sa jupe, elle portait un ample pantalon rouge. De nombreux bracelets de cuivre pesants encerclaient ses bras et elle était nu-pieds, comme tout le monde. Une toque beige, couverte de cauris, était perchée sur son abondante chevelure noire.

Alors qu'elle gravissait les marches vers mon père, un petit remue-ménage, dans la foule, attira mon attention. Un jeune homme qui avait perdu ses incisives supérieures donnait de la voix. Il appela subitement Sulima par son prénom, et elle se retourna. Des hommes qui se trouvaient à côté de lui l'interpellèrent sèchement, et l'un d'eux lui donna même une claque qui expédia son couvre-chef dans les airs. Je surpris le regard que Sulima et lui échangeaient, et j'en conclus qu'un lien existait entre eux. Mais le sourire madré que je ne connaissais déjà que trop bien se dessina alors sur le visage de Sulima tandis qu'elle tournait le dos à la foule et au jeune homme. J'ignore si mon père eut conscience de cet incident ; je crois qu'il était trop énamouré de cette jeune femme provocante et exotique, trop préoccupé par son avenir avec elle, pour envisager ce qu'elle avait pu faire par le passé. Cela ne le préoccupait manifestement pas.

Sulima se plaça à côté de mon père. Un homme aux jambes arquées émergea d'un pas titubant de la foule. On ne pouvait lui attribuer un âge, mais ses yeux chassieux trahissaient le poids des années. Namoor l'aida à monter les marches glissantes. Il joignit en tremblant les mains de Sulima et celles de mon père, puis il se pencha très bas sur elles, sans les lâcher.

Il releva la tête pour prononcer un mot, d'une voix grincheuse et haut perchée. Sulima hocha la tête. Puis il marmonna quelques phrases. Lorsqu'il se tut, Sulima lui répondit d'un seul mot.

Cet individu sans âge se tourna alors vers mon père, prononça le même mot que celui qui avait ouvert son discours à Sulima, et se tut. Il se pencha en avant pour scruter le visage de mon père et se tourna ensuite vers Namoor pour le questionner.

Namoor lui répondit quelque chose qui le fit glousser d'un rire fort déplaisant, semblable à un gargouillement sorti du fond de sa gorge. Il bafouilla en hâte les quelques phrases de rigueur. La chose faite, un silence tomba. Sulima donna un coup de coude à mon père et lui souffla un mot que Pâdar répéta. Le vieillard hocha la tête et lâcha leurs mains.

Il se tourna, et, refoulant un renvoi, tendit la main à Namoor. Les lèvres pincées, ce dernier laissa tomber quelques pièces dedans.

Un autre silence embarrassé s'ensuivit, durant lequel mon père piétina sur la marche. Lorsque la foule comprit qu'il n'y aurait pas d'invitation, ne serait-ce que pour une tasse de thé, elle se dispersa. Le jeune homme que j'avais remarqué contemplait Sulima d'un air maussade. Je me rendis bien compte qu'elle n'ignorait pas ses regards appuyés. Elle rejeta la tête d'un air hautain, geste qui fit danser et cliqueter les cauris. Namoor donna une claque familière dans le dos de mon père et appliqua des baisers bruyants et mouillés sur ses deux joues, pendant que les femmes de la famille de Sulima caquetaient et riaient.

— Venez, mon beau-fils, dit Namoor. Nous allons boire le thé ici. Votre nouvelle épouse va aller chercher ses affaires et dire au revoir à sa mère et aux autres. Ensuite, elle vous rejoindra.

Mon père sursauta.

— Ici ? À la tchaïkhana ? Vous autorisez les femmes à y entrer ?

Namoor haussa les épaules.

— En cette occasion spéciale, bien sûr. Vous passerez la nuit ici. Comme cela, vous ne serez pas dérangés.

Le visage fendu d'un grand sourire, il poussa l'épaule de mon père de sa paume ouverte.

Je baissai la tête et contemplai mes doigts rougis par le froid. Comme n'importe quelle autre fille, je me sentais profondément humiliée d'avoir à partager cette situation avec mon père.

Il était incapable de me regarder, alors que, de mon côté, je le surveillais. J'avais arrangé mon foulard de façon à ne laisser qu'une fente pour mes yeux. Il pénétra avec Namoor et moi dans la maison de thé où il attendit Sulima. La tchaïkhana était sale et il y faisait froid, en dépit d'un petit brasero, allumé au centre de la pièce. La lumière ne s'y infiltrait que par deux minuscules fenêtres, très haut placées. J'aperçus avec horreur une grosse tête de bois, de la taille d'un petit homme, dans l'un des angles obscurs. Ce visage d'idole blasphématoire, grossièrement sculpté, semblait me fixer du regard, et je me hâtai de lui tourner le dos.

Un garçon apporta le thé et, sur l'incitation de Namoor, me présenta le plateau. J'avalai en hâte la tasse de liquide brûlant et sucré et, quand le garçon repassa, je lui tendis ma tasse vide et lui adressai un signe de tête. Il laissa percer son agacement, mais m'en apporta néanmoins une seconde. Apaisée par le silence et réchauffée par le thé, je sentis la somnolence m'envahir. J'avais réussi à chiper quelques morceaux de nan sec sur le plateau chez Namoor, mais j'étais tellement tourmentée que je parvins difficilement à les mâcher et à les avaler. Je m'inclinai en arrière contre les coussins, vaincue par l'épuisement de la longue chevauchée et les événements de cette journée écœurante. La mission que ma mère souhaitait désespérément me voir accomplir avait échoué. Je serais contrainte d'affronter son visage à notre retour à la maison, de constater qu'il était ravagé. Je fermai les yeux pour accueillir le sommeil, désireuse d'échapper, ne serait-ce que brièvement, à mon anxiété.

Quelque chose me réveilla. J'ouvris les yeux. Je frissonnais dans les ténèbres glacées, j'étais terrorisée à l'idée d'être seule dans cet endroit bizarre, avec cette abominable idole. J'aperçus deux carrés de lumière sur les murs, et je réalisai qu'il s'agissait des fenêtres. Mais j'entendis alors quelque chose qui me fit comprendre que je n'étais pas seule et que c'était justement ce bruit qui m'avait réveillée.

Il venait de Sulima. Elle pouffait de rire. Un rire bas, furtif, en provenance de l'autre côté de la pièce. Un bruissement de tissu se fit entendre, suivi d'un gémissement de mon père. Je me couvris les oreilles et fermai les paupières. Mais, au bout d'une minute, j'abaissai lentement mes mains. Sulima chuchotait, d'une voix rapide et exigeante, et bien que je fusse incapable de distinguer ce qu'elle disait, elle s'adressait à mon père d'un ton tellement insistant et assuré que j'en conclus que ce qu'elle faisait avec lui n'avait rien de nouveau pour elle.

Mon père n'en tirait-il pas la même conclusion que moi ? Je n'eus cependant pas le temps d'y réfléchir plus longtemps. Il laissa échapper un son qui aurait pu tout aussi bien être un rire qu'un sanglot, et Sulima pouffa de nouveau de rire. S'ensuivit un bruit rythmé et je compris que je ne voulais plus rien entendre. Je me tournai vers le mur, me recouvris la tête d'un coussin et chantonnai tout bas pour m'abstraire de la scène qui se déroulait de l'autre côté de la pièce.

7

La situation empira encore le lendemain matin, alors que nous nous préparions à regagner Susmâr Khord. Pourtant, en cette matinée grisâtre et lamentable, je n'imaginais pas que quelque chose puisse m'abattre davantage.

J'enfourchais la jument de notre voisin lorsque je vis mon père aider Sulima à grimper sur le hongre. Ce choix me déconcerta, car c'était un cheval de grande taille, vif de caractère. N'aurait-il pas été plus logique que Sulima prît Mehry ? Mais Pâdar se hissa alors derrière elle. Mon regard passa de mon père à Mehry, et je me laissai glisser à bas de la jument. Je bouillonnais d'autant plus de colère que j'imaginais qu'il avait choisi d'effectuer le trajet de la sorte dans le simple but d'être plus près de Sulima. Mais alors que j'allais détacher la longe de Mehry, il m'interpella :

— Qu'est-ce que tu fais ?

— Je vais monter Mehry et guider la petite jument.

— Non. Laisse Mehry où elle est.

Sans me donner d'explication, il pressa le hongre pour lui faire franchir l'étroite barrière. Et tout à coup la lumière se fit dans mon esprit. En même temps que les présents apportés à Namoor dans le sac en crins de cheval, il avait acheté la mariée avec Mehry.

— *Non !* hurlai-je au dos de Pâdar sans bouger, la main sur le flanc de la jument alezane. Tu ne peux pas donner Mehry. Je t'en prie, Pâdar !

Mon père ne se retourna pas.

— Pâdar ! hurlai-je en encerclant de mes bras l'encolure de Mehry.

Le bruit de ma voix dans son oreille l'effaroucha et attira Namoor hors de sa maison.

Toute l'affabilité de la veille avait disparu de son expression et du ton sur lequel il s'adressa à moi.

— Laisse-la ! me gronda-t-il. Elle est à moi maintenant. Pars ! Tu n'as plus rien à faire à Wamed.

Il s'approcha de moi et je me rendis compte, pour la première fois, que nous étions de la même taille.

— Je partirai quand j'aurai dit au revoir à mon cheval, lui répliquai-je. *Mon* cheval, insistai-je, avec l'espoir que la rage dans ma voix masquerait les larmes qui menaçaient de déborder de mes yeux.

Je me détournai et enfouis le visage dans la douce crinière de Mehry. Serait-elle assez bien nourrie, jetterait-on une couverture chaude sur son dos quand le froid mordrait âprement ? Qui la brosserait et lui apporterait les abricots juteux qu'elle aimait tant ? L'état des enfants et de l'âne répondait déjà à mes inquiétudes, et je fus submergée d'une tristesse insondable et fondis en larmes contre elle, sans plus me soucier d'exhiber ma tristesse au misérable Namoor. Les lèvres pressées contre l'encolure soyeuse de Mehry, je lui chuchotai que je l'avais toujours aimée et que je l'aimerais toujours. Que ce qui lui arrivait me désolait et que, si j'avais pu, je l'aurais fait disparaître par enchantement de cet endroit. Je sentis, à son immobilité absolue, à sa tête baissée, à ses oreilles raidies et penchées en avant qu'elle comprenait mon chagrin, et j'en éprouvai un certain réconfort. Je séchai mes pleurs et, la gorge irritée, embrassai ses naseaux veloutés avant de monter sur la jument que j'avais empruntée.

Sans me retourner, je m'éloignai de Wamed que j'espérais ne plus jamais revoir de ma vie.

Il faisait froid, mais il n'y avait pas eu de nouvelle chute de neige et le soleil étincelait. En fonction des angles du sentier, ses rayons aveuglants s'infiltraient entre les arbres et donnaient l'impression de passer et de repasser au hasard de la lumière à l'obscurité, m'obligeant parfois à me frotter les yeux. Je chevauchais loin derrière mon père et Sulima, car je ne voulais pas être à portée d'oreille de ce qu'ils se disaient, ni à portée de vue de la manière dont leurs corps se frôlaient.

Pendant notre descente de la forêt dans la vallée, la neige disparut complètement et l'air se réchauffa nettement. Et pourtant je ne sentais pas du tout la chaleur ; j'étais frigorifiée, à l'extérieur comme à l'intérieur. Je ne supportais pas de penser à Mehry, abandonnée derrière moi, car je me disais que je lui avais en quelque sorte failli. Et je ne supportais pas d'imaginer le visage de ma mère, au moment où nous arriverions tous les trois à la maison. J'avais représenté son unique espoir, et j'avais l'impression de lui avoir failli à elle aussi.

Quand les contours familiers de Susmâr Khord se dessinèrent au loin dans la vallée, mon père immobilisa sa monture et je serrai la bride à côté d'eux. Il mit pied à terre et aida Sulima à descendre, en laissant traîner ses mains sur sa taille. Il faisait très chaud, sans un souffle de brise, et Sulima se débarrassa brutalement de la couverture dont elle s'était drapée au cours de la descente du col enneigé. Elle portait toujours sa robe de mariée rouge, étroitement plaquée contre ses courbes plantureuses. Ma propre robe était identique à celle de toutes les femmes de mon village : longue et informe, elle descendait jusqu'à mes chevilles. Ses manches recouvraient mes bras jusqu'aux poignets. Sulima ne se contentait pas d'aller tête nue : ses cheveux n'étaient ni nattés ni peignés, mais libres et enchevêtrés, si bien que des mèches restaient collées à ses joues et à son front par la sueur. Loin des siens, Sulima paraissait à présent presque nue. J'avais honte pour elle. Je me demandai si mon père éprouvait le même sentiment que moi. Il ne pouvait en aller autrement.

Sulima et mon père burent de l'eau à la flasque qu'il prit sur le flanc de son cheval. Au moment de la raccrocher, il me jeta un coup d'œil. Il redressa le menton pour me demander si je voulais boire aussi.

J'avais soif, mais je répondis non de la tête. Les lèvres de Sulima avaient touché la flasque.

À l'approche de la maison, nous ralentîmes l'allure de nos chevaux et quelque chose commença à faire fondre la glace qui enserrait mon cœur. Mon père la désigna à Sulima et fit un commentaire. Elle le regarda par-dessus son épaule et lui posa une question, l'air rembruni. D'épais traits de khôl entouraient ses yeux en amande. Mon père opina de la tête, et elle secoua la sienne, comme si elle était irritée.

Ma mère, manifestement prévenue par le claquement des sabots de nos chevaux, apparut sur le seuil de la porte, Nasren dans les bras. Son expression me prit de court. Je m'étais préparée, sans une minute de répit, à la voir horrifiée, effondrée de constater que je n'avais pas réussi à arrêter mon père. Je m'attendais à l'entendre crier ou pleurer bruyamment. Mais ce ne fut pas le cas. Son visage crispé, dur, ses yeux secs traduisaient une colère profonde qui m'inspira une sombre satisfaction. Elle se contenta de jeter un coup d'œil à mon père, étudia Sulima d'un regard très direct, tourna le dos et rentra dans la maison.

J'allai remettre la jument de nos voisins dans son enclos, contente de disposer de ce prétexte pour ne pas pénétrer dans la maison en même temps que mon père et Sulima.

Quand j'eus terminé de la brosser et de la faire boire, Hasti, notre voisine, sortit. Elle ne me demanda pas pourquoi j'avais emprunté sa jument et m'étais absentée pendant deux jours et une nuit. À son silence et à sa discrétion, je compris que ma mère lui avait fait part de notre situation scandaleuse. Jamais il n'y avait eu, à ma connaissance, de Kafir dans notre village. Et voilà que l'une d'entre eux allait vivre à côté de chez elle.

Je ne pouvais éviter ma maison plus longtemps. J'entendis les pleurs sonores de Nasren avant d'en franchir le seuil. Ma mère se tenait près de ma paillasse. Posée dessus, Nasren poussait des vagissements désespérés. Une fois de plus, Mâdar, que je m'attendais à trouver anéantie, me surprit. Les épaules droites, le visage composé, elle paraissait calme. Je ne comprenais pas. Où était passée la femme faible et geignarde que je connaissais ? Sulima faisait nonchalamment le tour de la pièce. Elle en inspectait le mobilier simple d'un air insolent. Le regard de mon père passait d'elle à ma mère. De toute évidence, cette situation le plongeait dans la perplexité. Mon apparition sembla en quelque sorte le soulager. Il s'approcha de moi.

— Daryâ, tu dois aider Sulima à s'habituer à notre mode de vie. Votre différence d'âge est moins grande. Et ta mère a besoin de toute son énergie pour s'occuper du bébé, il est donc logique que tu montres à Sulima...

Il s'exprimait d'une voix forte, pour se faire entendre par-dessus les cris de Nasren. Mais il baissa subitement le ton, comme s'il ne savait pas trop ce que je devais exactement montrer à Sulima. J'acquis alors la conviction qu'en dépit de son attitude fanfaronne, il ne pouvait s'empêcher de ressentir, dans son environnement familier, l'énormité de l'acte qu'il venait d'accomplir. Que loin de cet endroit inconnu et exotique où vivaient les Kafirs, elle devenait aveuglante. Je me demandai même s'il n'oubliait pas, l'espace d'un moment, la nuit qu'il venait de passer avec Sulima.

— Pourquoi est-ce que ce bébé pleure ? hurla-t-il. Anahita, tu ne peux pas arrêter ce bruit ?

Ma mère se pencha pour ramasser Nasren, avec grâce, songeai-je soudain, à la manière dont sa robe se mouvait sur son corps. Les pleurs de ma sœur se calmèrent et se transformèrent en hoquets qui la faisaient tressaillir.

— Du thé, dit mon père. Nous allons boire du thé. Nous venons de très loin.

Mâdar parut ne pas l'avoir entendu. Elle m'adressa un regard, puis elle traversa la pièce avec Nasren dans les bras, en passant devant mon père, puis devant Sulima.

— Viens, Daryâ. On va rendre visite à Yalda.

Mon père s'interposa pour l'empêcher de sortir.

— Il se fait tard. J'ai demandé du thé. Et le repas n'est pas prêt. Ce n'est pas normal que...

Ma mère contourna lentement Pâdar, comme s'il était un buisson ou un rocher.

— Fais préparer le thé et le repas par ta nouvelle épouse. Viens, Daryâ.

C'était à présent moi qu'elle regardait, sans quitter son expression inhabituelle.

Je voulus la suivre, mais le rugissement de mon père me figea sur place :

— Daryâ ! Tu n'iras pas avec ta mère. Prépare le repas !

J'étais coincée entre eux. Ma mère me tendit alors la main.

— Viens, répéta-t-elle doucement. Ton père a une femme pour s'occuper de lui. Nous n'avons pas à nous inquiéter.

J'inspirai, puis je m'approchai de Mâdar et lui pris la main. Elle était chaude et sèche. Je n'avais pas tenu la main de ma mère dans la mienne depuis des années, et cela me donna la sensation d'être plus jeune – et cependant plus vieille – que je ne l'avais jamais été. Mes épaules se raidirent, car je guettais le bruit des pas de mon père qui allait traverser la pièce pour me tirer en arrière et me frapper. Mais il n'en fut rien, et comme nous franchissions le seuil, je ne pus me retenir : je tournai juste un tout petit peu la tête, impatiente de voir sa réaction. Bouche bée, il arborait un visage indéchiffrable. Sulima se tenait à côté de lui, les bras croisés sur la poitrine d'un air boudeur. Je m'éloignai ensuite avec ma mère. Subitement, j'éprouvais pour elle un amour farouche. Mais en plus de l'amour, je ressentais autre chose. De la fierté.

Un moment, je me demandai si je n'avais pas en définitive hérité quelque chose d'elle, une force que j'ignorais qu'elle possédait. Une force dont elle ignorait peut-être tout elle-même.

Nous ne nous étions éloignées que de quelques pas de la maison quand Mâdar s'arrêta pour déposer Nasren dans mes bras. Elle tira le foulard sur son visage et marcha exprès devant moi. Je compris, au tressaillement de ses épaules, qu'elle pleurait. Pourtant, elle avait réussi à garder sa dignité devant mon père et Sulima, à faire preuve d'un calme qui avait exigé une immense emprise sur elle-même.

Nous nous rendîmes chez Yalda où Mâdar, en larmes, dévida toute cette histoire déshonorante. Assise à côté d'elle, Yalda lui frottait le dos en larges cercles, identiques à ceux que ma mère traçait sur le dos de Nasren pour la consoler. Elle lui essuya le visage de sa grande main valide, et Mâdar s'abandonna contre elle, comme si Yalda était sa propre mère.

— Une maison avec beaucoup de femmes ressemble à un navire dans une tempête, dit Yalda. Mais cette tempête se calmera, Anahita. Elle se calmera en temps voulu.

Le fils de Yalda, plus âgé que mon père, se présenta à la porte, et ma mère et moi nous couvrîmes le visage sur-le-champ.

— Va à la tchaïkhana, lui ordonna sa mère, et il battit en retraite, car il ne souhaitait manifestement pas se mêler à des affaires de femmes.

Nasren s'agitait dans mes bras, le visage tourné vers moi. Elle ouvrait et refermait sa bouche minuscule contre le tissu de ma robe. Je l'apportai à Mâdar, et Yalda se leva alors lentement.

— Ton enfant a besoin de manger, dit-elle. Comme nous.

Elle m'invita tacitement à l'aider à préparer le thé et à chauffer le chaudron de pilaf sur le feu. Le parfum du riz, mêlé aux morceaux d'agneau, d'abricots secs, de mûres et de noix, me fit monter l'eau à la bouche. Je n'avais rien mangé ni bu la veille au Kafiristan, à l'exception de quelques bouchées de nan et du thé sucré à la tchaïkhana. Pendant que je remuais le pilaf avec la cuiller de bois, je m'aperçus que mes jambes étaient curieusement faibles, et qu'une douleur lancinante me transperçait la tête.

Mâdar s'arrêta de pleurer pendant que Yalda et moi nous affairions à la cuisine. Elle contemplait à présent son bébé qui tétait. Je fis des efforts pour manger lentement, mais je ramassai le pilaf d'une main tremblante, si bien que j'en renversai la plus grande partie sur mes genoux. À la fin du repas, Yalda se frotta les mains, comme si elle les époussetait.

— Et à présent, Anahita, rentre chez toi et garde la tête haute. N'oublie jamais que tu es la première femme. Tu as le poids. Mais sois circonspecte. Ne laisse pas la mécréante te jeter le mauvais œil. N'oublie jamais que le pouvoir d'Allah est plus grand que celui des djinns.

Ma mère acquiesça de la tête, et je m'aperçus que je l'imitais.

Désormais, tout avait changé dans la maison. Mâdar dormait près de moi, Nasren coincée contre elle, pendant que mon père et Sulima partageaient la paillasse derrière le rideau. Je me demandais comment ma mère pouvait supporter d'entendre le rire langoureux de Sulima, les chuchotements étouffés. Parfois, elle pleurait la nuit. Dans ces cas-là, je l'étreignais, et elle se laissait aller contre moi comme elle s'était abandonnée avec Yalda. Quand j'enlaçais ma mère de mes bras solides, je me sentais grandir. Un matin, alors que, épaule contre épaule, nous étendions la lessive sur des buissons dans la cour, je m'aperçus que j'étais effectivement plus grande qu'elle. Cette constatation me fit plaisir.

Sulima et ma mère ne s'adressaient pas la parole ; comme je parlais à toutes les deux, il me revenait de faire circuler les messages entre elles. Parfois, j'avais l'impression d'être la perle centrale d'un fil, que l'on pousse d'un côté à l'autre. Je haïssais Sulima à cause du mal qu'elle avait infligé à notre famille. Et il était absolument clair qu'elle me rendait bien cette haine. Parfois, elle me pinçait ou essayait de me faire trébucher sans aucune raison, hormis son déplorable caractère et sa cruauté, sans doute provoquée par l'environnement dans lequel elle avait grandi. Ou alors, elle me détestait parce qu'elle me considérait comme une alliée de ma mère et que, sans moi, elle aurait détenu plus de pouvoir.

Sulima cacha ce côté vil de sa nature à mon père, en tout cas pendant les premiers temps. Elle lui faisait du charme, elle riait modestement à la moindre de ses paroles ou presque, elle le touchait effrontément, lui caressait le bras, prenait sa main et posait la joue contre la sienne. Cette attitude que je trouvais à la fois transparente et du plus mauvais goût incitait mon père à se pavaner dans la maison, tel un coq au milieu de sa basse-cour caquetante.

À cause de leur comportement niais et du plaisir évident que prenait mon père à la nouvelle vie qu'il s'était créée, j'avais beaucoup de mal à ne pas le détester autant que je détestais Sulima. Cet hiver-là, pour la première fois dans mes souvenirs, il n'alla pas travailler à Kaboul ; à la place, il se rendait tous les matins après le petit déjeuner à la tchaïkhana, car il préférait passer ces longues journées de frimas à boire du thé et à bavarder avec les autres hommes qui n'avaient pas non plus quitté le village. Le soir, à son retour, il s'asseyait tel un pacha sur ses coussins, entouré de ses femmes : ses deux épouses et ses deux filles. Par instants, heureusement rares, il me rappelait désagréablement Namoor.

Sulima allait toujours se coucher tôt. Elle tirait mon père par les mains en coulant un regard à ma mère sous ses paupières mi-closes, comme si elle voulait la railler. Mon père ne nous accordait qu'une seule politesse. Il attendait que Mâdar, Nasren et moi fussions couchées pour souffler sur la lampe et la rejoindre sur leur couche.

Sulima nous avait fait comprendre sans détour que malgré sa qualité de seconde femme destinée à aider ma mère elle n'avait nulle intention de travailler. Après quelques tentatives avortées, je ne m'étais même pas donné le mal d'essayer de lui montrer comment fabriquer notre nan et notre pilaf, comment procéder au ménage ou à la lessive de nos vêtements ou de notre linge de couchage. Elle y aurait trouvé des occasions de me maltraiter. Je ne voulais pas plus être couverte de bleus que me tenir à côté d'elle, car elle sentait la crasse et avait la peau et les cheveux graisseux. Je ne comprenais pas comment sa saleté ne gênait pas mon père, mais il s'agissait d'un sujet trop intime pour que je puisse en toucher un mot à ma mère. De plus, Sulima n'accordait aucune attention à Nasren. Jamais elle ne la prenait dans ses bras ; elle ne la regardait même pas.

De toute évidence, Sulima ne s'intéressait en fait à rien, à part manger, s'octroyer de longues siestes l'après-midi, et faire ce qu'elle faisait avec mon père derrière le rideau. Elle passait beaucoup de temps à appliquer du khôl et du rouge à lèvres, à essayer les nombreux bijoux qu'elle avait apportés comme dot et à se contempler dans son petit miroir. Comme elle était incroyable et qu'elle ne souhaitait pas se joindre aux autres femmes du village, elle ne nous accompagnait bien évidemment pas à la mosquée. Quand des femmes venaient rendre visite à Mâdar – et elles étaient nombreuses au cours de ces premières semaines à vouloir jeter un coup d'œil sur cette bizarre nouvelle épouse de Kosha – elle prétendait être incapable de les comprendre et restait assise, le regard perdu dans le vide, pendant toute la conversation.

Mais elle était maligne. Je me rendais bien compte qu'elle nous écoutait parler, ma mère et moi, et son dari hésitant eut vite fait de s'améliorer. Parfois je l'entendais s'adresser à mon père dans cette langue, et j'étais étonnée par sa facilité à l'assimiler. Le fait qu'elle lui cachait cette indubitable intelligence – de même que la vilenie de son caractère – me troublait. J'aurais préféré qu'elle fût vraiment aussi vide que l'œil morne qu'elle adoptait devant toutes ces femmes ou aussi incompétente qu'elle feignait de l'être dans tous les domaines qui ressemblaient de près ou de loin au travail.

Pâdar tint cependant, lorsqu'elle sortait de la maison, à lui faire porter un foulard destiné à cacher le bas de son visage. La première fois qu'il lui en donna l'ordre, elle refusa net. Il la gifla. Sans la moindre hésitation, elle lui rendit sa gifle, si bien que Mâdar et moi suffoquâmes de saisissement. Pâdar la saisit par le poignet, il plissa les yeux et un sourire déconcertant se dessina sur ses lèvres, comme si cette désobéissance inacceptable lui procurait une forme de plaisir. Elle lui sourit en retour avec son hypocrisie habituelle et tira légèrement sur son bras.

— Emmène Daryâ et Nasren chercher de l'eau fraîche au puits, ordonna alors mon père à Mâdar sans la regarder en face.

— Mais on a déjà... commençai-je.

Mâdar me tira brutalement par le bras. Décontenancée, je me tournai vers elle. Son visage était dur et fermé. Elle saisit Nasren, inclina la tête vers moi, et nous sortîmes.

— Pâdar ne veut pas qu'on le voie battre Sulima pour la première fois ? lui demandai-je.

J'avais trouvé quelque chose d'incompréhensible dans l'attitude de mon père et de Sulima. Cette dernière n'avait d'ailleurs manifesté aucune crainte. On aurait dit qu'elle dominait la situation.

— Ton père a une nouvelle facette, me répondit ma mère.

Le dos raide, elle marchait à longues enjambées. Je dus presser le pas pour me maintenir à sa hauteur. Nasren rebondissait contre son épaule.

— Je devrais peut-être m'inspirer de Sulima. Comme cela, ton père me ferait de nouveau venir dans son lit.

La gêne que j'éprouvais à entendre ma mère évoquer ce sujet intime fut vite remplacée par la compréhension. Mon père appréciait l'effronterie de Sulima. C'était même à cause de cette insolence qu'il désirait sa compagnie. Ma haine à l'égard de Sulima n'en fut qu'accrue.

— Sulima n'a rien à apprendre à personne, répondis-je. Elle n'est qu'une simple prostituée kafir, fainéante de surcroît.

Ma mère s'immobilisa pour se tourner vers moi.

— Daryâ ! Quel langage ! Il ne convient pas à...

Sa voix mourut et nous échangeâmes un long regard.

— Ce mot s'applique parfaitement à celle qui le porte, répliquai-je.

Ma mère s'abstint de répondre, mais elle se remit en marche d'un pas plus lent. Bras contre bras, nous avançâmes ensemble sur la place.

8

Un matin, Sulima se leva bien après le départ de Pâdar à la tchaïkhana. Les cheveux en bataille, les yeux barbouillés du khôl de la veille, elle pénétra d'un pas traînant dans la pièce principale où Mâdar remuait un yaourt, tandis que je faisais osciller une amulette sur un fil pour amuser Nasren qui en poussait des petits cris d'enthousiasme aigus. Ma sœur cadette grandissait joliment, elle commençait à rire, et une minuscule dent nacrée pointait de sa gencive inférieure, alors qu'elle était tout juste âgée de trois mois.

Sulima bâilla et s'étira.

— Où est le *kaïmak-tchaï* ? demanda-t-elle.

Ce thé original, dans lequel flottaient des morceaux de crème épaisse de yak, constituait son petit déjeuner favori.

— Pâdar l'a terminé avant de partir, lui dis-je. Tu n'as qu'à te faire un thé vert. J'en prendrais bien une tasse et... Et fais-en assez pour Mâdar aussi, ajoutai-je après avoir consulté cette dernière du regard.

— Ne me dis pas ce que je dois faire, me répliqua méchamment Sulima. Je me contenterai du yaourt.

Elle enfonça deux doigts dans le bol que tenait ma mère.

Je vis Mâdar crisper la bouche et sa main se resserrer autour du bol. Sulima voulut le lui arracher, mais Mâdar refusait de le lâcher. Comme elles tiraient chacune de leur côté, le yaourt se renversa sur le tapis. Sulima poussa un cri de rage avant de piétiner le yaourt, puis elle retourna derrière le rideau d'où nous parvinrent les cliquetis de ses bijoux et ses ronchonnements.

Pendant que Mâdar nettoyait les taches, je préparai du thé vert. Nasren s'était endormie. Le silence régnait dans la maison. Mâdar et moi nous assîmes pour boire le thé. Le dos confortablement appuyé au mur, j'étudiai mes mains enroulées autour de la tasse. Je trouvais mes doigts, longs et fins, très laids. Autour de mes ongles ébréchés par les travaux, la peau était rouge et pelée. Je reposai la tasse et me mis à en ronger des petits bouts, en songeant aux mains douces de Sulima, à ses ongles longs, soigneusement manucurés et méticuleusement teintés de jus de bétel.

Un cri retentit subitement derrière le rideau et Sulima se précipita dans la pièce.

— Qui a pris mon khôl ? hurla-t-elle. J'en ai besoin. C'est toi, hein, petite sorcière ?

Elle se précipita sur moi et je me levai d'un bond. Nasren se réveilla en vagissant.

Sulima me saisit par les épaules.

— Espèce de voleuse sournoise ! Si tu ne me dis pas où tu l'as caché, je te giflerai à t'en faire s'entrechoquer les dents. Dis-le-moi, saloperie !

Ma tête était secouée si violemment d'avant en arrière que je crus que mon cou allait se rompre. J'entendis la voix pressante de ma mère qui demandait instamment à Sulima de s'arrêter et j'aperçus son visage par-dessus l'épaule de cette dernière, dont j'attrapai moi-même les bras de toutes mes forces.

— Arrête ! criai-je. Je n'ai jamais touché à ton khôl. Pourquoi est-ce que...

Mais à cet instant précis, une secousse particulièrement brutale envoya l'arrière de mon crâne cogner contre le mur. J'eus l'impression qu'il se déchirait de l'intérieur et je me sentis glisser le long du mur vers le sol. J'entendais au loin les pleurs de Nasren, la voix de ma mère et la plainte stridente de Sulima, mais tous ces sons formaient un magma informe, et je ne comprenais pas un traître mot.

À mon réveil, j'étais allongée sur le tapis. Mâdar baignait mon visage d'eau fraîche. Mon père aussi était là, et Hasti, penchée sur moi, l'air inquiet, à côté de lui. La maison était plongée dans le silence. Puis mon père me souleva dans ses bras pour m'allonger sur ma paillasse. Je me demandai alors, comme dans un rêve étrange, ce qu'il faisait là, pour quelle raison il me portait, pour quelle raison il ne me demandait pas d'aller aider ma mère au lieu de rester allongée en plein jour.

Mais j'étais trop fatiguée, ma tête était trop lourde, et je m'endormis.

Quand je rouvris les yeux, Sulima moulait des pois chiches d'un air renfrogné. Je dus me pincer pour croire à ce spectacle invraisemblable. À ses côtés, ma mère façonnait des nans en chantonnant, comme si elle était satisfaite ou contente de quelque chose. La lumière qui s'infiltrait dans la pièce m'indiqua qu'il était tôt. Petit à petit, je me souvins de l'accident de la veille. Je compris que j'avais dormi pendant toute la journée et toute la nuit, mais ce sommeil me resta hermétique. Ma tête me lançait horriblement et, quand je bougeais les yeux, cette douleur empirait.

Ma mère ne me confia jamais ce que mon père avait dit à Sulima, mais pendant un certain temps, cette dernière se montra moins agressive que d'ordinaire et prit soin de garder un visage neutre. Il lui arrivait même d'accomplir quelques tâches, même si nous devions souvent repasser derrière elle, car elle s'y prenait vite et mal. Et puis, quelques semaines plus tard, elle nous apprit fièrement qu'elle était enceinte.

J'entendis ma mère inspirer à l'annonce de cette nouvelle. Je suis sûre qu'elle savait, comme moi, que cet enfant serait le garçon que mon père appelait de tous ses vœux.

À mesure que l'accouchement de Sulima approchait, sa grossièreté augmenta de pair avec son irascibilité. Elle se montrait encore plus colérique avec Pâdar. Un soir, alors qu'il passait un bras devant elle pour prendre une assiette de mouton, elle essaya d'écarter brutalement sa main d'une claque. Mon père en arrêta de mâcher, son visage rougit et sembla s'élargir. Je notai qu'il n'avait plus l'air émoustillé comme au début de leur mariage, quand Sulima avait fait preuve d'irrespect à son égard et l'avait giflé. Cette fois, il se leva sans se presser et la foudroya longuement du regard. Puis il se retourna brusquement et sortit en grommelant.

Je déchirai mon nan en petits morceaux, tout en observant alternativement Sulima et ma mère. Cette dernière continuait à manger comme si de rien n'était, mais Sulima s'extirpa des coussins disposés autour des bols de nourriture placés sur le sol et regagna la chambre aussi vite que le lui permettait son corps encombrant. Dans un accès de fureur, elle tordit le rideau qui se ferma avec un chuintement aigu.

Mâdar tendit le bras pour lisser mes cheveux en arrière en un geste de tendresse affectueux qui ne lui était pas coutumier. Elle avait l'air contente.

Le lendemain matin, après le départ de Pâdar pour la tchaïkhana, Mâdar changea la disposition des paillasses et des courtepointes, de telle sorte qu'il y avait désormais deux coins pour dormir dans la pièce principale. Je l'observais, tout en balayant les tapis qui recouvraient le plancher surélevé. Sa tâche terminée, elle recula et posa les mains sur ses hanches, le visage souriant.

— Ton père m'a dit que Sulima s'agite la nuit, parce qu'elle a beaucoup grossi. Il vaut mieux qu'elle dispose de plus d'espace pour dormir. À partir de maintenant, sa place sera ici, et la tienne là-bas.

Je compris qu'elle allait désormais repasser ses nuits aux côtés de Pâdar. Je regrettai de ne pas voir la tête que faisait Sulima, mais cette dernière resta derrière le rideau pendant toute la journée. Je m'en réjouis, même si j'avais conscience du caractère mesquin de ma satisfaction.

Un mois plus tard, alors que j'entassais dehors des petites branches et des brindilles, j'entendis Sulima pousser un minuscule cri perçant. Je rentrai par curiosité et la trouvai pliée en deux, soutenant son ventre volumineux des mains, les pieds écartés. Entre eux s'étalait une flaque de liquide clair. À côté d'elle, ma mère examinait ce liquide.

— Anahita, gémit Sulima.

C'était la première fois qu'elle prononçait le prénom de ma mère depuis qu'elle était arrivée chez nous, moins d'un an plus tôt.

— Oui, oui, c'est le moment, répondit calmement Mâdar. Daryâ, essuie les eaux. Sulima, mets-toi ici, ordonna-t-elle en s'affairant dans la pièce.

Elle étendit une grande peau de mouton sur la paillasse de Sulima et l'aida à s'allonger dessus. Puis elle se pencha sur ses chevilles pour lui passer les amulettes de naissance.

— Tu devrais les porter, dit-elle.

— Non, pantela Sulima, en donnant un coup de pied de telle sorte que Mâdar lâcha les amulettes. Je ne porterai pas ces colifichets musulmans.

Mâdar fit claquer ses lèvres et ramassa les amulettes.

— Daryâ, va chercher Yalda pendant que je m'occupe de Sulima. Et emmène Nasren. Je ne peux pas veiller sur elle pendant que celle-ci a besoin de moi.

J'acquiesçai de la tête et me dirigeai vers Nasren qui s'amusait à taper sur le sol avec des cuillers en bois. Elle avait appris à marcher, mais elle n'était pas encore très assurée. Je m'accroupis et elle ne se fit pas prier pour grimper sur mon dos, auquel elle s'accrocha de ses bras menus et de ses petites jambes. Elle poussait des couinements de plaisir, car elle adorait faire ce genre de promenade avec moi.

Comme je m'étais dépêchée de traverser le village, lestée de Nasren sur mon dos, j'atteignis la porte de Yalda à bout de souffle. Il faisait très chaud et l'air estival était moite. J'appris la nouvelle à Yalda et me reposai ensuite quelques minutes, le temps de donner à Nasren un peu d'eau de la jarre en argile et de me désaltérer moi-même, pendant que la sage-femme préparait son sac à accouchement. Je retraversai le village en compagnie de Yalda. Elle clopinait si lentement que je pus tenir Nasren par la main. Ma petite sœur parcourut donc une partie du trajet en trottinant à nos côtés. Je ne me sentais pas du tout pressée comme l'année précédente, quand j'avais couru chercher Yalda en pleine nuit pour l'accouchement de ma mère. Aider Sulima à mettre son enfant au monde ne m'intéressait pas.

Je n'avais d'ailleurs pas matière à m'inquiéter. Quand nous pénétrâmes dans la maison, ma mère était déjà agenouillée devant Sulima qui hurlait et s'arrachait les cheveux, affalée par terre, le dos contre la paillasse, les genoux repliés et la jupe retroussée. Ma mère mit les mains en coupe, prête à accueillir le bébé. Manifestement, elle n'avait même pas eu le temps de placer Sulima sur les pierres. Je me détournai et ressortis, Nasren dans les bras. Un temps très court s'écoula avant que j'entende, tout de suite après un hurlement terrible qui sembla s'éterniser, le vagissement d'un nouveau-né.

J'attendis encore quelques instants avant de pénétrer dans la maison. Yalda et ma mère bavardaient tranquillement et j'entendis Yalda dire :

— ... si vite. Ce n'est manifestement pas le premier. Tu as vu, elle a déjà des vergetures sur le ventre...

Elle se tut à ma vue et nettoya activement la petite hache.

La chose faite, elle m'adressa un signe de tête et me dit :

— Tu peux aller annoncer à ton père qu'il a enfin son fils.

Je m'aperçus alors que je n'avais même pas pensé à me rendre à la tchaïkhana pour prévenir Pâdar que Sulima allait accoucher.

Je traversai la pièce. Sulima avait fermé les yeux et tenait mollement le bébé dans le creux de son bras. Je me penchai sur lui. Il avait des cheveux noir corbeau et une peau, elle aussi, très foncée. Il ne ressemblait ni à Nasren ni à moi, ce dont je fus contente.

Youssouf, le fils de Sulima, grandit rapidement. C'était un enfant robuste qui jouissait d'une bonne santé, et alors que j'avais cru que je ne l'aimerais pas comme j'aimais Nasren, j'avais du mal à résister à ses sourires creusés de fossettes. Pâdar déclara que l'islam lui avait été transmis par son intermédiaire, qu'il était donc né musulman, et il le fit bénir par le mollah. Sulima ne trouva rien à redire à la cérémonie.

La seule chose qui l'intéressa brièvement fut de l'habiller avec le costume joliment brodé que Mâdar lui avait confectionné. Pendant qu'elle cousait, Mâdar me dit que même si Youssouf n'était pas son fils, il faisait partie de notre foyer et que ce serait gênant pour lui s'il paraissait négligé. Sulima lui mit donc ce beau costume neuf et le porta, sans cacher sa vanité, jusqu'au puits situé au centre du village, dans le seul but de le faire admirer par les femmes et de les entendre déclarer qu'il était beau. La connaissant, je savais qu'elle ne savourait l'attention qu'on portait à son fils que par simple suffisance. En général, les femmes ignoraient Sulima tout autant qu'elle les ignorait et se montraient toutes – hormis Yalda qui l'observait ouvertement – gauches en sa présence. Même celles qui étaient venues lui rendre visite peu de temps après son arrivée s'étaient désintéressées d'elle. Certaines ne cachaient pas la crainte qu'elle leur inspirait, elles se détournaient d'elle et se recouvraient la face de leur foulard dès qu'elles l'apercevaient.

Parfois, je me demandais ce que mon père pensait d'elle à présent. Il rayonnait de fierté quand il prenait son fils dans les bras, mais autrement, il ne lui montrait guère d'égards. Et cela ne semblait pas la gêner. Peu après la naissance de Youssouf, elle inaugura de longues promenades l'après-midi dans les champs qui s'étendaient au-delà du village. Elle laissait Youssouf endormi sur sa paillasse, s'éclaboussait le visage d'eau fraîche, se peignait et sortait pour ne revenir que quelques heures plus tard. Comme je m'interrogeais sur ses vagabondages, je demandai à ma mère son opinion sur sa conduite, mais Mâdar se contenta de hocher la tête.

— Laisse-la faire. Quand elle est ici, elle me donne de toute façon plus de travail qu'elle ne m'aide. C'est plus facile sans elle.

Un changement s'était produit en Mâdar. Malgré la catastrophe de l'arrivée de Sulima, je commençais à comprendre que, d'une manière détournée, cette dernière avait incité mon père à poser un autre regard sur ma mère. Il la traitait avec plus de considération que par le passé et elle en éprouvait un plaisir indéniable.

— Peut-être qu'elle a enfin compris qu'on peut être plus heureux au soleil qu'en restant allongée toute la journée dans une maison sombre, conclut Mâdar.

Sulima avait effectivement l'air plus épanoui, surtout quand elle rentrait de ses promenades. La teinte de ses joues était plus vive qu'à l'accoutumée et le cercle de khôl faisait briller ses yeux noirs.

Deux mois après la naissance de Youssouf, nous célébrâmes le ramadan. J'étais sur les charbons ardents, comme chaque année à la même époque. Il s'agissait d'une période de bonheur, car nous savions que les portes du paradis étaient ouvertes, celles de l'enfer closes et le diable enchaîné. Nous n'avions rien à craindre.

En tout cas, je le croyais.

Chaque matin, pendant vingt-neuf jours, mon père, ma mère et moi nous levâmes dans le noir pour nous dépêcher de manger des poignées de dattes et de raisins secs, suivis d'autant de pilaf de riz à la viande, de nans et de thé que nous pouvions en ingurgiter. Dès que j'avais fini de me nourrir, je me postais sur le pas de la porte et je soulevais un fil noir et un fil blanc en l'air. Le moment où nous distinguions le fil noir du fil blanc marquait officiellement la naissance de l'aube, à partir de laquelle plus rien ne pouvait passer entre nos lèvres, tant que la nuit ne serait pas de nouveau tombée.

Sulima, bien évidemment, continuait à se nourrir comme à l'accoutumée. Quant à Nasren et Youssouf, ils n'avaient pas à suivre cette règle, car ils buvaient encore le lait de leurs mères.

À la fin de ces vingt-neuf jours au cours desquels nous avions démontré notre obéissance pieuse, commençaient trois journées de célébration dénommées Aïd-el-Fitr, ou petite Aïd. Les réjouissances battaient alors leur plein, car les légers tracas physiques du jeûne étaient terminés pour un an. Dans notre village, la petite Aïd était synonyme de vêtements neufs et de nombreuses visites rendues aux amis les deux premiers jours. Le troisième, les hommes se retiraient dans la mosquée pour prier joyeusement toute la journée, pendant que les femmes, autorisées en cette unique occasion annuelle à utiliser la tchaïkhana, préparaient un plantureux festin communautaire.

Durant les deux jours de visite, Sulima resta avec Youssouf à la maison, suivant son habitude, pendant que Mâdar, Nasren et moi allions voir nos amies. Le troisième jour, quand mon père partit pour la mosquée, je sortis et contemplai la campagne automnale. Au cours des journées d'été implacables, une poussière aussi fine que de la poudre embrumait le paysage et tout paraissait délavé sous le soleil caniculaire. À présent que le soleil perdait une grande partie de sa puissance, les montagnes lointaines et notre vallée se transformaient en patchwork de couleurs éclatantes.

Je pris conscience de la beauté alentour avec une intensité inédite. Quelque chose se retourna lentement dans ma poitrine au spectacle de la splendide vallée qui s'étendait à l'ombre de la grande Hindou Kouch. Depuis toujours, j'avais ce panorama sous les yeux, mais je ne crois pas l'avoir jamais admiré comme ce jour-là, avec ses vergers qui jetaient leurs derniers éclats luxuriants et ses champs fertiles en terrasses.

De nouveau je songeai aux paroles de ma grand-mère : je quitterais ce lieu. Mais quand ? Comment ? Depuis longtemps cette perspective représentait pour moi un réconfort. Elle m'offrait matière à rêver. Et pourtant, forte du bonheur de m'être rapprochée de ma mère, de la satisfaction que j'éprouvais à porter des vêtements neufs et à rendre des visites agréables à mes amies, du plaisir anticipé de la célébration à venir et de l'émerveillement que m'inspirait la beauté de la nature, je me demandai à présent si le monde, à l'extérieur de notre village, pouvait vraiment être un endroit meilleur.

Plus tard dans la matinée, je réveillai Sulima qui dormait encore pour la prévenir que Mâdar, Nasren et moi étions presque prêtes à nous rendre à la tchaïkhana où nous allions préparer le festin avec les autres femmes.

— Tu viendras ? Pâdar a demandé que tu y assistes.
Sulima fit non d'un mouvement de tête.
— Non. Je me suis sentie mal toute la nuit. Aujourd'hui, je vais rester couchée. Emmène Yous-

souf avec vous pour qu'il ne me gêne pas pendant que je dormirai.

Je regardai le bébé, couché à une certaine distance de Sulima. Les yeux fermés, il suçait férocement un chiffon mouillé.

— Mais ses tétées ? Tu sais bien que Mâdar n'a pas de lait en trop à cause du jeûne.

Mâdar donnait parfois le sein à Youssouf quand il pleurait pitoyablement et que Sulima, partie se promener, restait introuvable. Mais, depuis quelques semaines, elle craignait de ne même pas avoir assez de lait pour Nasren.

— Elle peut l'allaiter aujourd'hui, me rétorqua Sulima.

— Mais tu en débordes tout le temps, dis-je en jetant un coup d'œil au devant trempé de sa chemise de nuit.

Elle le prit mal et se recouvrit de la courtepointe.

— Dans ce cas, emporte du lait de chèvre et son chiffon, riposta-t-elle sans cacher son agacement. Contente-toi de laisser le chiffon tremper dans le lait et donne-le lui à sucer. Du moment qu'il boit, c'est tout ce qui l'intéresse.

J'étudiai les ongles parfaits de Youssouf et ses oreilles miniatures, merveilleusement ourlées. Il avait à présent presque trois mois et paraissait tellement abandonné, quasi enfoui sous la couverture avec son chiffon à l'odeur sure. Je savais qu'il était beaucoup plus comblé quand il était niché contre les seins de sa mère, d'où il contemplait le visage de Sulima de ses yeux noirs, longs et fendus comme les siens, ou qu'il les gardait béatement fermés, tout en martelant de son petit poing les rondeurs qui constituaient sa principale source de réconfort.

En le prenant dans mes bras, je m'aperçus que le linge sur lequel il était couché était trempé et froid. Manifestement, Sulima ne l'avait pas changé depuis la veille au soir, quand elle l'avait pris dans son lit.

Il sentait très fort l'urine et ses fesses étaient écarlates.

Je le portai sur ma propre courtepointe, qui n'avait pas encore été enroulée et rangée contre le mur. En dépit de l'air frais matinal, il faisait chaud dans la maison. Quand les nuits froides commençaient, avant d'aller se coucher mon père allumait un petit feu clos à un bout de la pièce principale, sous le plancher surélevé. La chaleur se propageait sous le sol et remontait. Il se levait à plusieurs reprises au cours de la nuit pour entretenir le feu et ajouter des galettes de bouse aux flammes.

Je laissai Youssouf enveloppé dans ma courtepointe pour sortir dans la cour. Sur la plate-forme servant à la cuisine, Mâdar faisait bouillir un grand chaudron de riz et découpait deux poulets filandreux qui constitueraient notre contribution au festin. Nasren dormait dans une écharpe sur son dos, la joue pressée contre son épaule.

— Il y a de l'eau chaude ? Sulima veut qu'on emmène Youssouf et il a besoin d'un bain, dis-je.

Mâdar me tendit avec précaution une petite bassine d'eau posée à côté du feu, et je la rapportai dans la maison.

J'étendis un linge doux sous le nourrisson et entrepris de le laver avec un autre. Youssouf me fixait avec les yeux de sa mère, il observait ma bouche d'un air solennel, tandis que je chantonnais doucement. Je me rendis compte que je fredonnais la vieille chanson étrangère sur les Britanniques qui gouvernaient les vagues, et je compris que c'était parce que j'avais pensé un peu plus tôt à la prédiction de ma grand-mère. J'essuyai la tête duveteuse de Youssouf avec le linge et quelques gouttes d'eau coulèrent dans ses yeux. Il cilla, avant de m'offrir un grand sourire tout en gencives, suivi d'un gloussement de plaisir. Je fus submergée d'une vague de bonheur inattendue, sans comprendre pourquoi les larmes me piquaient les yeux. Pour quelle raison le premier sourire de Youssouf m'inspirait-il ces émotions paradoxales ? Je l'emmaillotai bien au chaud et l'étreignis très fort.

J'eus alors envie d'avoir un bébé à moi. Jamais encore je n'avais éprouvé ce sentiment, même avec Nasren. Je songeai à mon mariage qui se rapprochait, en dépit du fait que ma période impure se faisait tellement attendre.

Pendant quelques instants, à la pensée de la plénitude que j'avais éprouvée sous le soleil matinal et de mon affection pour Youssouf, je crus que je parviendrais, après tout, à m'accomplir dans le mariage et la maternité. Qu'en définitive je ressemblais peut-être plus aux autres filles du village que je ne le pensais et que je trouverais quelque part la force d'obéir et d'accepter. Que les visions de ma grand-mère à propos de la vie différente que je mènerais n'étaient peut-être que les rêves embrouillés d'une vieille femme.

Je sais aujourd'hui que c'est souvent au moment où notre vision de la vérité nous paraît la plus ancrée dans la réalité que les choses sont sur le point de changer.

9

Alors que les hommes avaient commencé leurs prières au lever du soleil, nous quittâmes la maison quelques heures plus tard et rencontrâmes des amies sur le chemin de la tchaïkhana. Au milieu des bavardages et des rires, nous marchions d'un pas nonchalant, en goûtant cette liberté sans contrainte, cette atmosphère légère de fête. Comme les hommes allaient rester enfermés dans la mosquée jusqu'au coucher du soleil, nous n'avions pas à retenir nos paroles ni nos rires, et nous avions noué nos foulards bien plus en arrière que d'habitude.

Je portais Youssouf en écharpe sur ma poitrine et tenais Nasren par la main. Gawhar me rejoignit, la main dans celle de son petit frère, et nous emboîtâmes le pas de Mâdar qui transportait deux grosses marmites de nourriture.

J'étais toujours heureuse d'avoir l'occasion de retrouver Gawhar. En effet, plus nous grandissions, moins nous passions de temps ensemble, en raison de l'augmentation de nos tâches ménagères. Nous ne nous voyions plus qu'au puits ou au four à pain, ou bien, lorsque nous ramassions des crottes de chèvre et de mouton destinées à nous servir de combustible, dans les collines des environs de Susmâr Khord. Notre rencontre me fit penser à mes fiançailles.

— Et ton mariage, Gawhar ? lui demandai-je. La date est fixée ?

Le visage rond et jaunâtre de Gawhar s'empourpra légèrement.

— Oui. C'est pour le premier mois du printemps.
La tristesse m'envahit.

— Après, tu partiras.

— Mais pas très loin, Daryâ. Le village de mon futur mari ne se trouve qu'à une journée de marche.

Je songeai aux jeunes mariées de la campagne et d'autres villages qui étaient venues habiter dans le nôtre. La plupart paraissaient effrayées et déroutées. Je savais que, souvent, elles ne s'intégraient ni vite ni bien dans les foyers de leurs maris.

— J'espère que je pourrai rendre visite à ma mère quand celle de mon mari m'y autorisera, poursuivit Gawhar. On m'a arrangé un bon mariage. Et peut-être que quand tu seras mariée à ton tour, on nous permettra à toutes les deux de revenir ici, à l'occasion de fêtes spéciales. Comme ça, on se verra.

— Peut-être. Mais le village de ma mère – Kam Bara, où habite mon fiancé – est situé loin à l'ouest.

Je ne me voyais pas quitter Susmâr Khord pour aller vivre dans un autre village, une autre maison, sous les ordres d'une belle-mère dont je devrais m'occuper. Pas plus que je n'imaginais quitter ma mère, Nasren et même le petit Youssouf, tout mon environnement familier...

— Mais, Daryâ, tu m'as dit que Kam Bara est beaucoup plus grand que notre village et qu'il possède son propre bazar.

— Oui, d'après ma mère.

Il me vint subitement à l'esprit que Mâdar n'était jamais retournée à Kam Bara depuis ma naissance. Pour la première fois, je l'assimilai aux jeunes épousées qui arrivaient à Susmâr Khord. Et je me rendis compte qu'elle ne parlait jamais de ses propres parents ou de ses frères et sœurs éventuels. Pour quelle raison ne l'avais-je pas questionnée à ce sujet ? À l'inverse de ma grand-mère qui vivait dans le passé, ma mère n'évoquait sa vie qu'en termes du jour présent ou du lendemain. Était-ce donc le sort des femmes ? Perdre inéluctablement sa famille pour toujours, ne plus jamais parler d'elle ? Les choses devaient-elles obligatoirement se passer de la sorte ?

— Les lois seront certainement plus strictes à Kam Bara, Daryâ. Tu auras peut-être à porter le *tchadri*. Ta mère en portait un ?

— Elle ne me l'a pas dit.

— Tu te rends compte : tu vas pouvoir acheter tout ce dont tu auras besoin sans avoir à attendre le passage des camelots ! C'est une chance, Daryâ, mais on ne peut pas en dire autant du tchadri. Je ne vois pas comment tu accepterais de ne pas regarder le monde autant que tu en as envie. Pour quelqu'un comme toi, un tchadri serait vraiment une contrainte insupportable.

Mon bonheur me filait peu à peu entre les doigts. Je me sentirais effectivement en prison si je ne pouvais voir le monde, à l'extérieur de notre cour, qu'à travers un petit carreau de dentelle. Je rejetai la tête en arrière, en me disant que je n'obéirais tout simplement pas à cette coutume.

— Mais moi, poursuivit Gawhar sans se rendre compte de l'appréhension qu'elle avait contribué à insinuer dans ma tête, même si je vais vivre dans un village plus petit que Susmâr Khord et qui ne possède pas de bazar, je serai libre de ne porter que le voile. Et puis j'ai vraiment de la chance d'être première épouse, vu ma jeunesse. Je n'ai plus que deux souhaits : que ma belle-mère soit gentille et qu'Allah, si tel est Son plaisir, me donne vite des fils.

J'aurais voulu que Gawhar arrête son babillage lassant. Comme elle continuait, sans paraître se rendre compte que je m'abstenais de lui répondre, j'essayai de me représenter le visage de mon nouvel époux allongé près de moi sur la courtepointe, ses mains qui soulevaient ma robe de mariée. J'essayai aussi de m'imaginer debout sur les pierres d'accouchement et de ressentir la douleur à laquelle devait s'attendre une femme.

Pour une raison qui m'échappait, mes efforts restèrent infructueux.

En fin de compte, Mâdar ressortit en hâte de la tchaïkhana, les bras tendus.

— Daryâ, dépêche-toi de me donner les enfants. J'ai oublié ma bouteille d'huile de sésame à la maison. Cours vite me la chercher. Elle est à côté de la grande boîte à céréales.

Je fis glisser l'écharpe par-dessus ma tête pour passer Youssouf à ma mère, sans lâcher son dos. Puis je traversai la place en hâte. La psalmodie des voix masculines, à l'intérieur de la mosquée, s'estompa et finit par s'éteindre. J'avançais à pas longs et déliés, dans ma robe neuve orange vif et mon pantalon vert foncé. Je portais des sabots de bois, sur lesquels mon père avait sculpté des dessins traditionnels. Je ne les mettais que lors des grands froids, au printemps quand la boue était très épaisse, et pour les occasions spéciales, comme ce jour-là. Mais leurs talons très épais entravaient ma démarche. Je m'arrêtai pour les enlever. Mes sabots dans une main, l'ourlet de ma robe relevé dans l'autre, je me mis à courir. Les toits étaient déserts, aucun homme ni garçon ne me verrait et personne ne me ferait remarquer qu'étant désormais presque une femme je n'aurais pas dû traverser le village au pas de course, avec mon foulard qui flottait derrière ma tête et ma bouche ouverte pour avaler l'air frais. La terre des rues que je foulais de mes longues enjambées rebondissantes était dure sous mes pieds nus et je mourais d'envie de hurler et de sauter.

Je pénétrai dans la maison sans faire de bruit, car je ne voulais pas déranger le sommeil de Sulima. Mais quand je vis qu'elle n'était pas sur sa paillasse, je compris qu'elle m'avait menti, et qu'elle avait utilisé ses nausées de la nuit comme prétexte pour ne pas venir à la tchaïkhana et aller sans doute flâner dans les champs et les collines derrière la maison.

Alors que ma main se refermait autour du col de la bouteille d'huile, j'entendis un rire, bas et familier, derrière le rideau. Le rire que je n'avais pas entendu depuis des mois et des mois. Gawhar m'avait appris en catimini certains détails qu'elle tenait de sa sœur aînée : un homme n'était pas autorisé à approcher sa femme durant les derniers mois de sa grossesse et pendant quarante jours après son accouchement, car sa maternité la rendait impure. Si elle partageait sa couche avec lui au cours de cette période, la malchance risquait de s'abattre sur elle ou sur son bébé. Pourtant il avait beau s'être écoulés plus de deux fois quarante jours depuis la naissance de Youssouf, Sulima dormait toujours seule sur sa paillasse, et mon père avec ma mère derrière le rideau.

Je savais que je devais m'en aller, regagner la tchaïkhana au plus vite. Mais le rire reprit, pour s'interrompre cette fois subitement et être remplacé par d'autres bruits, familiers et dérangeants. Je compris ce qui se passait. Sulima accomplissait l'acte. Je me dis qu'en définitive mon père la désirait toujours et une petite boule dure de déception me noua la gorge.

Mais, une seconde plus tard, me vint à l'esprit que j'avais vu mon père partir le matin, et que s'il était revenu à la maison, je l'aurais croisé sur le chemin de la tchaïkhana. Comment ces bruits pouvaient-ils être bien réels ? La curiosité me brûlait, escortée d'un pressentiment funeste.

Je foulai le tapis sur la pointe de mes pieds nus, j'appuyai la tête contre le mur et entrebâillai légèrement le rideau. Les volets étaient fermés, néanmoins une bougie brûlait sur la table basse, à côté de la paillasse – cette paillasse large que Pâdar partageait de nouveau avec Mâdar. Il me fallut un certain temps pour distinguer les bras et les jambes enchevêtrés qui remuaient dessus. Puis j'aperçus le visage de

Sulima, renversé en arrière, sur lequel se lisait une expression de jouissance débridée. Elle avait les yeux clos et la bouche ouverte en un sourire d'abandon inconscient. Un dos rond dénudé se mouvait en rythme sur elle. Elle lui prodiguait des caresses, tendres et insistantes. Voilà ce que je vis, ainsi qu'un crâne masculin.

Mais il ne s'agissait pas du crâne de mon père. Celui-ci, rasé, ne portait que la mèche des hommes kafirs.

Je compris alors que Sulima se livrait sous mes yeux à l'acte du mariage avec un individu qui n'était pas son mari, et que cela pouvait lui valoir d'être lapidée à mort. Sulima ouvrit les yeux, de manière si abrupte que j'en suffoquai. Le bruit que je venais d'émettre l'incita à tourner le regard en direction de mon visage, visible par la fente du rideau.

Sa bouche se referma brusquement. Elle repoussa l'homme et se dégagea gauchement du bord de la paillasse. De son côté, il ouvrit la bouche pour lui poser une question, si bien que j'eus le temps, avant de reculer, d'apercevoir son profil et ses incisives manquantes, et que je compris qu'il s'agissait du jeune homme de Wamed qui l'avait interpellée, le jour de son mariage avec mon père.

Sulima tira le rideau d'un geste vif et fonça sur moi. Les pans de sa chemise de nuit ouverte voletaient et dévoilaient son corps. Je baissai les yeux, honteuse de sa nudité exposée, mais je distinguais la peau de son ventre distendue par la grossesse, que chacun de ses pas rapides faisait tressauter. Une série de zébrures mauves marbraient son abdomen et le devant de ses grosses cuisses. Ses seins gonflés de lait, aux larges aréoles brunes craquelées, avaient quelque chose de répugnant.

Je me tournai, prise de panique, mais la main de Sulima fondit sur moi et se referma sur mon épaule comme les serres d'un aigle qui attrape un lapin. Elle me fit pivoter sur place. Elle m'agrippait si fort que j'entendis les points de couture de ma robe se déchirer.

— Si tu racontes à quiconque ce que tu viens de voir, je te maudirai, espèce de sale fille, cracha-t-elle d'une voix rauque, en m'aspergeant le visage d'une pluie de postillons qui sentaient l'ail, ses mains transformées en griffes cramponnées autour de mes deux bras. Regarde-toi, tu t'insinues en douce pour m'épier. (Elle désigna du menton les sabots que je tenais à la main.) Pour avoir une raison de me causer des ennuis. Mais tu ne t'en sortiras pas comme ça. Tu ne t'en sortiras pas comme ça, répéta-t-elle.

La bouche ouverte, je hochai la tête.

— Tu restes plantée les yeux écarquillés, comme si tu ne comprenais rien. Mais tu comprends parfaitement, car tu es plus intelligente que ta mère et ton père, hein ? Tu penses que je ne vois pas ce que tu essaies de me cacher ?

Mon pouvoir. Voyait-elle mon pouvoir ?

— Figure-toi que ta cervelle ne peut rien contre les esprits kafirs les plus puissants, ma fille. Si j'invoque ces esprits, ils viendront à moi, ils entreront en moi comme les dents poussent dans la bouche ou les cheveux sur la tête. Ils vivront en moi, et avec leur aide, je ferai tomber sur toi une malédiction que tu ne peux même pas concevoir. C'est moi qui détiens le pouvoir dans cette maison, Daryâ, et tu le sais parfaitement.

Je me contentai de la fixer du regard, la bouche toujours béante. Je suffoquais. Je n'arrivais plus à respirer et j'avais le vertige.

— Des choses épouvantables t'arriveront. Je vais peut-être te jeter un sort pour que tu aies la vérole et que ton visage se transforme en désert plein de cratères. Les gens reculeront de dégoût devant toi. (Elle se pencha encore plus près de moi et sa voix se mua en grondement hargneux.) Ou alors je penserai à quelque chose de bien pire. Une queue de serpent poussera sous ta robe ; tes pieds deviendront fourchus. Je peux imaginer toutes sortes de maléfices. Tu veux que je te maudisse ? Tu veux que je fasse venir les esprits tout de suite ?

Je secouai la tête, toujours incapable de formuler un mot. J'arrivais tout juste à inspirer. La bouteille d'huile pressée contre ma poitrine d'une main, j'essayai de m'arracher à Sulima, mais elle m'empoignait avec autant de violence que se seraient étreints deux amants. Elle avait pris des dimensions démesurées. Elle remplissait la pièce, si bien que je ne distinguais que son visage. Ses menaces sonnaient affreusement vrai et je compris, en cet instant, qu'elle était capable de les concrétiser. Et plus encore. Je songeai à Yalda qui m'avait dit que la parole d'Allah était plus forte que le mauvais œil. J'essayai de prier, mais rien ne monta à mes lèvres. Rien ne me vint à l'esprit. Sulima m'avait terrassée de son pouvoir. Yalda ne savait pas. Elle ne voyait pas ce que je vis ce jour-là. Les prières étaient inefficaces contre cette force. Une terreur comme je n'en avais encore jamais connu me submergeait.

— Tu vas raconter ce que tu as vu ?

Sa voix ressemblait à un écho tonitruant, répercuté des montagnes qui se dressaient loin derrière la maison.

Je secouai la tête frénétiquement, sans m'arrêter. Mes lèvres essayèrent de dire quelque chose, mais elles ne faisaient que trembler. Le visage de Sulima flottait devant moi, figé en masque de djinn terrifiant. Sa bouche grimaçante expulsait un feu à l'odeur aillée, ses traits tournoyaient, se reformaient en prenant des proportions monstrueuses. J'entendis des vagissements, le bruit que faisait Youssouf à son réveil quand il avait faim, et je compris qu'il s'agissait de ma propre voix.

Puis la bouche de Sulima se détendit, un sourire s'y dessina lentement, et elle se métamorphosa à nouveau, de djinn en femme. Elle avait vu à l'intérieur de moi, compris ma terreur et ma croyance en son pouvoir.

Elle savait que son secret ne serait pas divulgué.

Le reste de la journée se déroula pour moi dans une sorte d'état de somnambulisme. Je ne me souviens ni de mon retour à la tchaïkhana ni du moment où je retrouvai ma mère, mais je la vois me prendre l'huile et me palper le front.

— Qu'est-ce qui se passe ? Ton visage est tout blanc et brûlant. Tu es malade ?

Je me contentai de la fixer du regard sans répondre.

— Ta période impure est arrivée ? me murmura-t-elle. Ce n'est pas trop tôt. Je l'ai eue un an avant toi. C'est peut-être pour ça que tu es dans cet état ?

Je fis non de la tête, toujours incapable d'émettre un son. Une appréhension inconnue m'avait toujours saisie à la pensée de ma première période impure. Mais comparée à ce qui me rendait à présent malade, j'allais l'accueillir à bras ouverts.

Ma mère scruta mon visage de plus près.

— Pourquoi est-ce que tu ne me réponds pas ?

J'avais l'impression que Sulima avait aspiré ma voix par sa bouche vociférante. Je savais que les djinns pouvaient faire des choses pareilles.

— Tu commences à m'exaspérer avec ton air pitoyable. Comment veux-tu que je t'aide si tu ne me dis pas ce que tu as ? Va t'asseoir avec Gawhar et les enfants à l'ombre, de l'autre côté de la tchaïkhana. Et reviens m'aider quand tu te sentiras mieux.

Gawhar me demanda aussi pourquoi j'étais si pâle et silencieuse, mais comme je ne répondais pas, elle haussa les épaules et se remit à papoter des préparatifs de son mariage. Ce fut seulement quand elle me mit Youssouf dans les bras et que Nasren grimpa sur moi que je sentis mon esprit réintégrer peu à peu mon corps.

L'après-midi s'étira néanmoins interminablement. Je partageai mon temps entre surveiller les petits et disposer de la vaisselle sur de longs plateaux de bois, ouvrir les cantaloups et les pastèques, remplir les bols de lait caillé, casser des œufs et les battre, découper des morceaux de viande et les embrocher sur des baguettes de bois. Les aînées firent cuire des montagnes de riz et des collines de nans.

Affamés après leur journée de prières, les hommes arrivèrent de la mosquée peu après la fin du repas des petits enfants. J'aperçus mon père, mais je me détournai, incapable de le regarder de peur qu'il ne décelât ce qui me hantait et risquait d'apparaître au grand jour : Sulima et l'homme de Wamed, se contorsionnant ensemble sous les couvertures qu'il partageait avec ma mère.

Pendant que nous les servions, les hommes laissèrent fuser un feu follet de rires et de plaisanteries. Ensuite, nous allâmes nous asseoir à l'extérieur pour leur permettre de se restaurer. En ce jour de réjouissances, les petits garçons étaient exceptionnellement autorisés à entrer et à sortir de la tchaïkhana à toutes jambes pour chiper quelques morceaux de nourriture dans les bols et faire les pitres. Beaucoup plus tard, les hommes retournèrent bavarder à l'ombre des arbres de la place, et nous pûmes dîner. J'avais attendu ce festin hors du commun toute l'année. Il était composé de *torshi* ou salade d'aubergines, de haricots et de piments marinés au vinaigre ; de divers pilafs, avec des morceaux de mouton, de poulet ou de tomates enfouis au milieu du riz ; de boulettes de viande de mouton farcies aux tomates, œufs et oignons. Mais j'avais l'appétit totalement coupé. Je savais que, si j'essayais d'avaler quoi que ce soit, je vomirais.

À la fin du repas, ma mère sourcilla en me voyant refuser la pâtisserie spéciale qu'elle distribuait à la ronde. Le *firni* était une pâte épaisse, composée de lait et de farine de maïs mélangés dans un récipient poreux, que l'on faisait ensuite bouillir pendant une journée entière. L'année précédente, je m'en étais tellement gavée que ma mère avait vu avec inquiétude le moment où j'allais en avoir une indigestion. Cette année, il me suffisait d'y jeter un simple regard pour sentir mon estomac se soulever.

Toutes les femmes se complimentèrent sur ces agapes, tellement différentes de nos repas quotidiens, constitués de pilafs et de nans. Pour finir, nous rassemblâmes les marmites et les ustensiles et les familles regagnèrent leurs maisons, tandis que s'étiraient les ombres du crépuscule.

Les bras chargés de plats remplis de restes, je marchais quelques pas derrière ma mère qui portait Youssouf en écharpe. Mon père nous devançait, Nasren dans les bras. Il se tourna vers Mâdar.

— Pourquoi Sulima ne s'est-elle pas montrée aujourd'hui ? lui demanda-t-il.

Je sentis les battements de mon cœur s'accélérer et mes bras s'affaiblirent au point que je craignis de laisser tomber mon fardeau.

— Elle a dit qu'elle était malade, répondit Mâdar.

Pâdar se contenta de ronchonner.

Ma nervosité augmenta à l'approche de la maison.

Alors que nous y pénétrions d'un pas traînant, mon regard passa en hâte d'un angle à l'autre. Mais tout paraissait en place : le rideau était tiré sur le côté, et des courtepointes fraîches avaient été disposées sur la paillasse. Sulima portait elle aussi une robe propre, elle avait natté ses cheveux et présentait un visage inexpressif.

— Tout s'est bien passé au festin ? demanda-t-elle à mon père.

Comme il ne répondait pas, ce fut Mâdar qui prit la parole :

— Oui, mais j'ai les jambes lourdes d'être restée debout toute la journée. Aide Daryâ à nettoyer les plats. On dirait que tu t'es bien reposée et que tu n'es plus malade, ajouta-t-elle d'un ton ouvertement sarcastique, en la regardant de plus près.

— D'accord, répondit aimablement Sulima. Si on allait laver les plats dans la cour, Daryâ ?

Je me recroquevillai à son approche.

— Donne-moi ces cuillers, elles ne sont pas sales. Je vais les ranger pour toi, me dit-elle d'une voix sonore, le dos tourné à mon père et ma mère.

Alors qu'elle m'enlevait les cuillers d'une main, elle referma l'autre autour de mon poignet d'un geste sec, comme si elle le prenait au piège, et elle le tordit à m'en faire monter les larmes aux yeux. Elle me foudroya du regard, puis elle lâcha mon poignet et s'occupa des cuillers.

La nuit fut une torture. Je me tournai et me retournai sur ma couche et dormis d'un sommeil entrecoupé de cauchemars et de réveils en sursaut. Je rêvai que Sulima et mon père couraient dans des broussailles, le visage déchiré par les ronces. Alors que je contemplais celui de Pâdar, cisaillé et ensanglanté, il se métamorphosa et devint le mien. Je poussai un hurlement.

Subitement, je vis ma mère agenouillée à mon chevet. La pièce n'était plus plongée dans les ténèbres. Elle portait une lampe qu'elle déposa sur le sol à côté de mon lit pour me caresser les cheveux.

— C'était juste un cauchemar, ma fille.

J'entrouvris mes lèvres. Elles étaient si sèches que je sentis une larme au coin de ma bouche. Ma poitrine se soulevait et s'abaissait, et les martèlements de mon cœur faisaient frissonner ma chemise de nuit.

— Qu'est-ce qui t'afflige autant ? me demanda-t-elle sans obtenir de réponse. Je vais utiliser le stamboul, ajouta-t-elle.

Elle tendit le bras vers une étagère placée au-dessus de ma couche et en descendit un petit pot en terre cuite, fermé par un morceau de peau de chèvre séchée, maintenu étroitement par un fil. Comme elle dénouait le fil et soulevait le couvercle, le parfum de centaines de minuscules fruits séchés s'éleva dans l'air et masqua l'odeur huileuse de la lampe. Elle plaça le pot sous mes narines et le remua lentement d'avant en arrière.

— Cela va te calmer et t'aider à te rendormir, me dit-elle.

Je fermai les yeux pour essayer d'inspirer cet arôme agréable de pastèque.

Au bout d'un certain temps, Mâdar replaça le stamboul sur l'étagère et se tourna, près de regagner son lit.

— Tu veux bien laisser la lampe allumée, s'il te plaît ? la suppliai-je.

Elle parut étonnée et hocha la tête. Quand elle eut disparu derrière le rideau, je jetai un coup d'œil en direction de la paillasse de Sulima, mais les ombres vacillantes projetées par la lampe créaient une énorme bête bossue, recroquevillée sous les couvertures. Je tirai ma courtepointe sur ma tête et adressai une prière aux prophètes, pour leur demander de me protéger du mal dans ma propre maison.

10

Une semaine plus tard, la fraîcheur des vents d'automne s'accentua et mon père commença à nettoyer et à réparer ses outils de charpentier, en prévision de son travail à Kaboul. Il allait être contraint de trimer de longs mois. J'avais entendu ma mère lui faire part de ses soucis d'argent à voix basse, mais sans mâcher ses mots. Le coût de revient de son mariage avec Sulima, le manque à gagner dû au fait qu'il n'avait pas travaillé l'hiver précédent, l'argent dépensé pour nourrir et habiller deux épouses et deux nouveaux enfants, tout cela revenait très cher à notre maisonnée.

Quand il s'éloigna en compagnie d'une poignée d'autres villageois, nous savions que nous ne le reverrions pas avant le printemps.

J'étais toujours prisonnière de la terreur que Sulima avait infiltrée en moi. Plus d'un mois s'écoula avant que je puisse m'approcher d'elle sans trembler de tout mon corps, ne serait-ce que légèrement : les mains pour commencer, suivies des jambes et de tout mon être. Je le cachais sans difficulté à ma mère, car elle était toujours occupée par Nasren et Youssouf. Sulima accordait de moins en moins d'attention à son fils.

Je compris, à sa maussaderie, aux larmes qui lui venaient subitement aux yeux quand elle grimpait sur le toit, que Sulima ne revoyait probablement pas l'homme de Wamed. Il faisait désormais trop froid pour lui permettre de se promener dans les champs où je pensais à présent qu'elle avait dû le rencontrer au cours des premiers mois suivant la naissance de Youssouf – avant aussi, peut-être. De plus, il ne pourrait pas emprunter les cols enneigés durant l'hiver pour descendre dans la plaine. Un jour, je posai un regard différent sur Youssouf – qui ressemblait tellement à sa mère – et je me demandai s'il était vraiment à moitié tadjik ou complètement kafir.

En l'absence de ma mère, Sulima m'accablait de longs regards agressifs qui me terrifiaient. Je détournais la tête et je priais tout bas, les yeux baissés. Personne ne m'avait jamais fait aussi peur. Même quand mon père levait la main sur moi pour me punir de mes provocations incessantes, je ne ressentais que de la colère. Quant aux bleus qu'il m'infligeait, ils s'estompaient, et j'oubliais facilement la douleur.

La menace de Sulima était d'une tout autre nature. Il s'agissait d'une douleur extrêmement pénétrante, alors même qu'elle ne m'effleurait pas physiquement. Je n'arrivais pas à oublier ce qu'elle avait juré de me faire et je prenais un luxe de précautions quand je parlais en sa présence. J'évitais de rester seule avec elle, j'entrais et je sortais de la maison sur les talons de ma mère, comme si j'avais le même âge que Nasren. Sans cesse sur mes gardes, je vivais dans un état de nervosité permanent, à tel point que je ne parvenais plus ni à apprécier mes repas ni à dormir tout mon soûl. Mâdar se lamentait à propos de ma maigreur, de la peau de plus en plus rongée autour de mes ongles et des ombres noires qui s'élargissaient sous mes yeux.

Quand arriva enfin ma première période impure, elle déclara que mon comportement anormal venait de là :

— Ce retard joue avec le corps comme l'emprise d'un djinn. À présent, poursuivit-elle avec vivacité, tu vas retrouver ta bonne santé.

Si elle était heureuse de me voir enfin devenir une femme à part entière, puisqu'elle croyait à sa théorie sur le djinn, elle se réjouissait aussi parce que désormais, je pouvais me marier. Aucune autre fille de notre village n'était restée comme moi sans mari après l'âge de treize ans. Encore moins alors qu'elle approchait de sa quatorzième année, à tel point qu'à l'image de ma mère mon père en était humilié. Gawhar, dont le mariage allait bientôt être célébré, n'avait que treize ans, mais cela faisait déjà deux ans qu'elle avait eu sa première période impure.

Quelques mois suffirent à démontrer à ma mère que ce nouvel état ne suffisait pas à me revigorer. Elle commença alors à se demander tout haut si je ne souffrais pas d'une maladie inconnue.

Elle ne se trompait pas, j'étais malade de terreur.

Cet hiver, long et difficile, finit par passer. Sulima se repliait de plus en plus sur elle-même, au point que – comme moi – elle ne semblait même plus s'intéresser à ce qu'elle mangeait. Elle passait la plus grande partie de son temps à dormir, et il y avait désormais des moments où je parvenais presque à oublier ses menaces, même si mes tremblements reprenaient dès qu'elle s'asseyait sur sa paillasse et me regardait de l'autre côté de la pièce.

Il était pénible de rester dehors trop longtemps, et nous vivions un quotidien bien terne. Nos journées étaient très simplifiées en l'absence de mon père, si bien que Mâdar et moi emmaillotions souvent les enfants pour aller rendre visite à des amies. Il ne nous venait même pas à l'esprit de laisser Youssouf à sa mère. Le bambin était beaucoup plus heureux dans une atmosphère animée et nous trouvions inutile, et presque cruel, de ne pas l'emmener. Sulima ne le prenait que pour lui donner le sein, et même dans ces moments-là, elle gardait son air agacé.

Le soir, comme nous n'avions pas à nous soucier de préparer le repas de Pâdar, nous nous contentions, Mâdar et moi, de manger des nans à la confiture et de boire des tasses de thé noir brûlant. Nous nous installions autour du *sandali*, les jambes et les pieds tendus vers la chaleur du brasero allumé sous la table basse recouverte d'une épaisse couverture. Quand les bébés étaient endormis, nous cousions et brodions tranquillement en silence. Dehors, le vent froid descendait en gémissant des montagnes et, certains matins, je raclais la fine pellicule de neige qui recouvrait la surface plane du toit.

Souvent, lors de ces longues soirées silencieuses passées au chaud autour de la lampe allumée sur la table basse, je songeais à ma grand-mère. Je l'avais rarement évoquée à haute voix depuis sa mort mais, au cours de cet hiver interminable, sous la menace constante de Sulima à quelques pas, je voulus me réconforter. Je me dis que cela m'aiderait de partager certaines de ses histoires avec ma mère. Je me souviendrais peut-être de la sorte du pouvoir dont Mâdar Kalân m'avait parlé, mon pouvoir, que Sulima avait désormais étouffé. Je voulus rêver de nouveau d'une autre vie, une vie où la peur ne m'étreindrait pas sous mon propre toit. Mais la première fois que j'entamai l'une des histoires, ma mère hocha la tête.

— Avant son mariage avec le père de Kosha, ta grand-mère a mené une vie dissolue. Elle a eu tort de te raconter ces choses quand tu étais petite, et il vaut mieux maintenant que tu oublies ces récits confus et certainement mensongers de vieille femme.

Par respect pour elle, je lui obéis et ne mentionnai plus jamais les histoires de ma grand-mère. Mais cela ne signifiait pas que je les avais oubliées.

Le temps se réchauffa. J'assistai au mariage de Gawhar et, même si je ne pleurai pas de concert avec les autres femmes quand elle s'éloigna sur un poney paré pour l'occasion en direction du logis de son nouvel époux, j'agitai le bras jusqu'au moment où elle disparut à l'horizon. Ma mère en profita pour parler de mon propre mariage, qui serait célébré juste après la période la plus torride de l'été. Ainsi, je serais au moins casée pour mon quinzième anniversaire.

— Si jamais ça tarde encore, le fiancé de Daryâ arrêtera d'attendre. Elle devra se contenter de devenir troisième ou quatrième épouse, pour rendre service à un vieil homme, déclara méchamment une tante de Gawhar en craquant une noix sous une dent de devant ébréchée.

Ma mère se raidit.

— Mon cousin est un homme d'honneur. Il attend patiemment, répliqua-t-elle.

Je questionnai Mâdar à propos de son cousin. Je voulais connaître des détails sur son apparence physique, sur sa famille, sur sa mère, mais elle se montra peu causante. Elle n'avait pas revu mon fiancé depuis son départ de Kam Bara et, à l'époque, il n'était qu'un enfant.

— Je me souviens d'un garçon vif et malicieux, au regard brillant, me dit-elle, description qui aurait pu correspondre à n'importe lequel des garçons de mon village. Ton père a vérifié et obtenu la confirmation qu'il aura de quoi te faire vivre correctement. Tu n'as rien à craindre. Ta belle-mère est une femme simple et honnête.

Je me demandais si elle n'en savait vraiment pas plus ou si elle ne voulait pas s'étendre sur le sujet, par crainte de m'effrayer. Mon cousin pouvait tout aussi bien être bossu ou sa mère se révéler une femme cruelle qui me réduirait en esclavage.

Au bout de trois mois de mariage, Gawhar revint au village en visite. Une lumière nouvelle se dégageait de son visage quelconque. Un éclat que je n'avais pas remarqué avant son mariage. Je lui posai

des questions : sa belle-mère la traitait-elle bien ? Et surtout, que ressentait-elle quand son mari s'approchait d'elle sous la courtepointe ? Est-ce que cela faisait mal ? Le visage de Gawhar ne fit cependant que s'empourprer au fil de mes questions, jusqu'au moment où elle finit par me dire :
— Tu le sauras assez tôt, Daryâ.

— Je ne veux pas quitter Susmâr Khord au début de l'automne, dis-je calmement à ma mère alors que nous travaillions côte à côte dans la cour.
Elle m'avait annoncé que mon mariage aurait lieu durant le premier mois suivant la plus grosse chaleur, car c'était le plus propice pour le célébrer. Par cette après-midi ensoleillée, une brise légère soufflait et des parfums printaniers montaient de toutes parts. Comme mon père allait rentrer de Kaboul à tout moment, ma mère avait décidé de procéder au nettoyage complet de nos couchages et tapis de sol. Elle avait secoué les petites carpettes avec beaucoup d'énergie et les avait étendues sur des buissons pour les aérer. À présent, à l'aide de baguettes solides, nous battions les tapis suspendus à des cordes épaisses, tendues entre les arbres de la cour.
— Tu sais bien que tu ne peux pas faire autrement, Daryâ, me dit Mâdar. Cela fait des années que tes fiançailles ont été conclues. Il est inconcevable de modifier les plans. La famille de ton fiancé en serait profondément humiliée. De plus, tu n'as pas le choix. Dans notre village, il n'y a pas de célibataires en âge de s'établir et ayant les moyens de prendre une première épouse. Et aucun homme plus mûr n'aurait la grossièreté de choisir une seconde épouse, plus jeune, parmi les femmes de notre village.
— Je sais, répondis-je.
Mais depuis la menace de malédiction proférée par Sulima, j'étais en proie à une appréhension inexplicable. J'avais effectivement envie de m'éloigner d'elle mais, en même temps, la perspective de quitter

mon foyer et mon environnement familier s'était voilée d'une couleur sinistre et déplaisante. Je continuais à contempler les étoiles la nuit, à réfléchir à leurs itinéraires dans le ciel et à ceux que j'allais suivre sur terre, d'après les dires de ma grand-mère, mais la crainte qui m'habitait à présent menaçait d'étouffer toutes les sensations de pouvoir que j'avais autrefois connues.

Je grimpai sur le toit par l'échelle et Mâdar me tendit certaines courtepointes que nous allions étendre au soleil et au vent frais. Alors que j'en avais fini, j'aperçus Sulima dans un champ labouré derrière notre maison. Tournée vers l'est, elle contemplait le paysage, une main en visière.

— Qu'est-ce que tu regardes ? me lança Mâdar.
Je descendis de l'échelle.
— Sulima. Elle a le visage tourné vers son pays.
Ma mère haussa les épaules.
— Il n'y a rien pour elle ici. Et elle le sait. Tu comprends bien que, si ton père m'avait consultée, s'il m'avait demandé la permission d'amener une plus jeune épouse qui m'aurait soulagée d'une partie de mon fardeau, j'aurais pu l'accepter avec soulagement et la traiter comme une sœur, comme il se doit. Il aurait pu se rendre dans n'importe laquelle des villes avoisinantes ou... Mais c'est une vieille histoire. Je l'ai tellement ressassée dans ma tête qu'elle s'est estompée. Désormais, Sulima a elle aussi perdu son influence sur ton père. Son propre fils fond en larmes dès qu'elle le prend dans ses bras. Elle n'a aucune amie au village et, pas une fois, on ne lui a demandé de retourner en visite chez elle. Et personne de son village n'est jamais venu prendre de ses nouvelles.

Tu te trompes, Mâdar. J'avais sous les yeux le dos arrondi et le crâne chauve du Kafir.

— Je suis sûre que Sulima s'imaginait qu'elle allait mener une vie tadjik grandiose et que Kosha continuerait à la couvrir d'attentions et de cadeaux.

Elle n'est pas beaucoup plus âgée que toi, Daryâ, dit Mâdar en posant une main sur mon épaule. Je vois bien comment tu l'évites. Je suis triste à l'idée que tu ne vivras plus longtemps près de moi, mais malheureusement, Sulima, elle, ne s'en ira jamais. Il n'est pas toujours facile de comprendre les voies d'Allah, soupira-t-elle.

Je figeai mon regard sur ma mère. Elle ignorait que je n'évitais pas Sulima, mais que je me protégeais de son diabolisme. Comme Gawhar, Mâdar croyait dans les choses simples de la vie : se tenir bouche cousue auprès de son mari, éduquer ses filles à demeurer silencieuses et obéissantes, tenir une maison impeccable et surtout, peut-être, ne pas garder de colère dans son cœur. Pardonner. Elle avait pardonné son choix lamentable à mon père. Je me rendais même compte qu'à sa façon elle n'en voulait pas à Sulima d'être née infidèle. Elle n'avait aucune idée du pouvoir de Sulima, elle ne l'avait jamais vue comme moi, métamorphosée en djinn capable de vous voler votre vie.

Je savais que je ne possédais pas davantage la bonté de ma mère que celle de Gawhar. J'avais en moi une part d'ombre incontrôlable, et j'ignorais comment je parviendrais à vivre le reste de ma vie avec.

Plus tard dans la journée, Mâdar me demanda d'épousseter et de balayer la chambre derrière le rideau. De son côté, elle se rendait sur la place, afin de voir les marchandises proposées par un camelot. Je voulus l'accompagner au lieu de rester à la maison avec Sulima, mais cette fois, elle refusa.

— Ton père peut arriver à tout instant. La route de Kaboul est sans doute dégagée.

Dès qu'elle fut sortie, Sulima cessa d'examiner ses bijoux qu'elle avait renversés sur la paillasse pour les ranger.

— Alors, ta mère t'a laissée seule, hein ? me dit-elle avec un rictus, lent et menaçant.

Je me détournai.

— J'ai beaucoup à faire, dis-je, avant de lui jeter un regard par-dessus mon épaule. Tu veux que j'aère tes couvertures ?

— Qu'est-ce que tu racontes ? Que je suis sale ?

— Non. Bien sûr que non, Sulima.

— Alors ne me dis pas ce que je dois faire.

— Mais je n'ai pas...

— Ferme-la ! hurla-t-elle, ce qui fit gémir Youssouf assis sur le sol à mes pieds. Et fais-le taire aussi. Tu sais que ses pleurs m'exaspèrent.

Je me penchai pour ramasser le petit garçon. Ce faisant, je me reculai d'instinct de Sulima et la vis remettre ses bijoux les uns sur les autres dans leur sac et replacer ce dernier sur l'étagère basse, au-dessus de la paillasse. Elle pivota brutalement sur elle-même et je fis un bond en arrière, le souffle coupé, tandis que Youssouf incurvait la bouche vers le bas et s'agrippait à mon épaule.

— Je vois bien que mes bijoux t'intéressent, me dit-elle. Aurais-tu l'intention de me voler quelque chose ?

— Non, non, Sulima, répondis-je en secouant la tête. Bien sûr que non.

Elle s'approcha de moi.

— Effectivement, tu n'as pas intérêt. Parce que, si tu fais ou si tu dis quoi que ce soit d'interdit, tu sais ce qui t'arrivera ?

Je hochai la tête, la respiration haletante. Elle se rapprocha encore et je reculai de même, mais avant que je puisse l'en empêcher, elle tendit le bras pour tirer violemment sur une touffe des cheveux de bébé de Youssouf. Il poussa un hurlement et se cacha le visage dans mon cou. Je posai une main sur sa nuque pour le protéger, pendant que Nasren se précipitait sur moi et s'accrochait à ma jupe.

Sulima ne s'en prit cependant pas davantage à son fils.

— Je vais me promener, me dit-elle. Contente-toi d'effleurer mon sac à bijoux, et je te jure que je le saurai. Tu n'as pas oublié que je peux voir tout ce que tu fais, même quand tu ignores que je te regarde ?

Je baissai les yeux et serrai plus étroitement Youssouf. Comment aurais-je pu l'oublier ?

Après son départ, je repris mon souffle et je préparai un morceau de nan sucré au miel pour chacun des enfants. Quand ils eurent fini de manger et qu'ils se furent calmés, je les emmenai avec moi derrière le rideau et je leur donnai des pièces de bois pour jouer. J'ouvris les volets, afin de laisser pénétrer un courant d'air chaud dans la pièce, puis j'époussetai les murs à l'aide d'un chiffon. Ma mère avait déjà redisposé les courtepointes propres sur nos couches, en revanche les tapis restaient enroulés dans un coin. Je me mis à quatre pattes pour nettoyer sous la paillasse à l'aide d'une balayette rudimentaire composée de baguettes nouées ensemble. J'extirpai de grosses boules de poussière filandreuses ; nous n'avions pas balayé dessous depuis le ramadan. J'entendis ma mère entrer en chantonnant et, alors que je poussais la balayette le plus loin possible, elle heurta quelque chose contre le mur. Je m'allongeai sur le ventre pour en sortir l'objet pesant avec l'autre bout de la balayette.

Il s'agissait d'un poignard, tout poussiéreux, à la lame gainée dans un étui d'argent que je ne reconnus que trop bien. C'était le poignard du Kafir que j'avais surpris dans le lit avec Sulima.

— Daryâ ! Les enfants ! appela alors ma mère d'une voix enthousiaste. Venez ! Votre père est déjà revenu.

Pendant que Nasren se précipitait dans l'autre pièce, Youssouf à quatre pattes derrière elle, je cachai le poignard le long de ma hanche, dissimulé dans les plis de ma robe, et j'écartai le rideau au moment où mon père pénétrait dans la maison. Mâdar souriait.

— Tu es en avance, Kosha ! Je ne m'attendais pas à te revoir avant quatre ou cinq jours.

— Le temps a changé si subitement que nous avons tous décidé de commencer les semences plus tôt que prévu. Il y avait beaucoup de travail à Kaboul cet hiver à cause du tremblement de terre de l'automne, mais les hommes étaient plus nombreux que d'habitude. Nous avons fait notre meilleure saison depuis longtemps.

Il déposa sa lourde sacoche de selle sur le sol et se laissa tomber sur les coussins.

— Ça fait du bien de retrouver la maison. Venez, les petits ! dit-il, les bras tendus vers eux.

Nasren s'approcha de lui, mais Youssouf demeura sur place à téter son pouce.

— Il est encore trop petit pour bien se souvenir de toi, dit Mâdar. Ça va lui revenir dans quelques minutes. Je vais préparer le repas, continua-t-elle, toujours aussi ravie. Viens m'aider, Daryâ.

— Attendez, attendez un moment, dit mon père, un bras autour de Nasren qui se tenait à côté de lui. Venez vous asseoir, toutes les deux. Je vous ai apporté des cadeaux. (Il parcourut la pièce d'un regard circulaire.) Où est Sulima ?

— Partie se promener, répondis-je.

Mes doigts se resserrèrent autour du poignard. Il était trop tard pour que j'essaie de le cacher.

— Eh bien, on ne l'attendra pas.

Tandis que ma mère s'asseyait à côté de lui, Youssouf sur les genoux, mon père fouilla dans sa sacoche dont il sortit d'un geste ample un large rouleau de soie, magnifiquement tissée de fils bordeaux et bleu marine.

— Pour toi, Anahita, pour une robe de fête. Je l'ai achetée à un Turkmène. Ils fabriquent les plus belles soies. J'ai aussi des perles de verre à coudre dessus... Tiens, les voici.

Il lui offrit le tissu et une pochette en toile. Ma mère les prit, le visage radieux.

— Et regardez ! dit-il en sortant des petits jouets sculptés. Pour toi, Nasren.

Il lui tendit un chameau aux jambes serrées et un long serpent, composé de plusieurs morceaux peints de couleurs différentes. Elle les prit avec un sourire timide et les serra contre elle.

— Et pour mon fils, ajouta-t-il.

Il balança alors un couteau de bois sous les yeux de Youssouf. Mais Youssouf détourna la tête, l'air grognon, sans cesser de sucer son pouce. Pâdar posa le jouet par terre.

— Daryâ, dit-il en m'examinant. Tu as encore grandi depuis mon départ. Viens. J'ai aussi quelque chose pour toi.

Je ne bougeai pas, comme si mes pieds étaient enracinés dans le tapis.

— Alors ? Tu ne veux pas voir de quoi il s'agit ? demanda mon père.

Mais je restai figée.

— Daryâ, dit ma mère. Sois polie. Approche-toi de ton père.

Je traversai lentement la pièce, ma main droite qui agrippait le poignard toujours enfouie dans les plis de ma robe.

— Pour ma fille aînée, déclara mon père. Son premier bijou. Elle le portera quand elle sera mariée.

Il sortit lentement la main de la sacoche et exhiba une longue chaîne d'argent au bout de laquelle pendait un petit lapis-lazuli.

— C'est beau, dis-je d'une voix qui sonnait bizarrement à mes oreilles.

Il me tendit la chaîne.

— Prends-la.

J'avançai maladroitement ma main gauche, tout en déplaçant la droite derrière mon dos. Mon père inclina la tête en souriant et je sentis des gouttes de sueur perler sur ma lèvre supérieure.

— Daryâ ! me gronda Mâdar. Remercie ton père. Qu'est-ce que tu caches dans ton dos ?

Je n'eus même pas le temps de réaliser ce qu'elle faisait. Déjà, elle s'était levée et m'avait écarté le bras du corps. Mes parents regardaient le poignard d'un air abasourdi. Puis mon père tendit la main vers moi, paume vers le haut. J'y plaçai l'arme.

Il se rassit sur les coussins, tournant et retournant le poignard entre ses doigts épais et couturés de cicatrices.

— Pourquoi est-ce que tu as ça entre les mains ?

J'essuyai la sueur de ma lèvre supérieure.

— Je... je sais pas.

J'avais l'impression que mon esprit était aussi pétrifié que mon corps. Pas une phrase, pas une explication ne me venait. D'habitude, j'avais réponse à tout. Les doigts de ma main gauche se refermèrent sur la pierre claire du collier. Elle était lisse et fraîche.

— Tu ne sais pas ? Il vient d'où ? Anahita ? Tu sais ?

— Non, répondit ma mère. Daryâ, nous attendons ta réponse.

Je savais que je devais parler. Et je n'arrivais pas à inventer un mensonge.

— Je l'ai trouvé sous la paillasse, chuchotai-je.

— Sous *notre* paillasse ? demanda ma mère. Mais il est à qui ? Je n'ai jamais vu un poignard de cette forme, avec ce genre de décorations.

— C'est un poignard kafir, répondit mon père d'une voix sourde.

— Dans ce cas, il appartient à Sulima, dit Mâdar.

Mais mon père hochait la tête, lentement et lourdement.

— Les femmes ne portent pas ces poignards. Seulement les hommes.

— Mais alors...

Mâdar s'interrompit subitement, et la crainte se substitua à l'étonnement sur son visage.

Mon père se leva d'un mouvement si brusque qu'il posa lourdement un pied sur le mien. J'essayai de me dégager, mais il m'écrasait le pied. Je m'aperçus que son visage était devenu écarlate.

— Anahita, dit-il à ma mère. Va chercher Sulima. Ne lui dis rien. Contente-toi de la ramener.

Je ne l'avais jamais entendu employer ce ton, même lorsqu'il était très fâché contre moi, même lorsqu'il me battait. Il ne ressemblait à rien de ce que je connaissais, mais j'eus l'horrible pressentiment de ce qui allait se produire.

11

Dix minutes plus tard, Sulima rentra dans la maison d'un pas traînant sur les talons de ma mère. Mon père et moi avions attendu en silence. Je ne parvenais pas à maîtriser mes tremblements. Nasren jouait devant nous avec son chameau et son serpent ; à côté d'elle, Youssouf suçait le bout émoussé de son couteau de bois.

— Kosha, dit Sulima.

Mon père tendit alors sa paume ouverte sur laquelle reposait le poignard.

— Daryâ m'a montré ça, lui déclara-t-il.

Pourquoi, pourquoi présenta-t-il la chose de cette façon ? Pourquoi prononça-t-il mon nom ?

Sulima se tourna vers moi. D'instinct, je plaçai brutalement les mains devant mes yeux, afin de me protéger de ce que je redoutais d'apercevoir : la face épouvantable, monstrueuse d'un djinn.

— Sulima ? aboya mon père avec une telle férocité que j'en rabaissai les mains. Ta sournoiserie est vraiment sans limites.

Cette accusation suffit pour que Sulima révulsât les yeux, de telle sorte qu'on ne voyait plus que leurs blancs. Mon père ne pouvait pas s'en apercevoir, car elle me faisait toujours face.

— Peux-tu m'expliquer comment le poignard d'un homme de ta tribu a pu arriver...

Il n'eut pas le temps d'achever sa phrase. Sulima tomba par terre, comme si une main invisible l'avait frappée. Allongée sur le dos, les poings serrés, elle se mit à donner des coups sourds au plancher. Subitement, ses talons accompagnèrent ce martèlement rythmé, puis elle rejeta la tête en arrière et la cogna sans interruption sur le sol, avec une telle brutalité que sa tête rebondissait à chaque secousse. De minuscules cris de suffocation s'échappaient de ses lèvres pincées.

Mon père se pencha au-dessus d'elle.

— Qu'est-ce qui se passe ?

Comme le volume des cris perçants de Sulima augmentait, il adressa un regard d'impuissance à ma mère.

— Anahita ! hurla-t-il. Arrête-la !

Mâdar se précipita sur Sulima qui se griffait à présent le visage et s'arrachait les cheveux. Elle lacérait sa peau de ses ongles longs, et du sang suintait des égratignures qu'elle s'était faites sur les joues et le nez avant que Mâdar puisse saisir ses mains. Nasren courut vers moi pour s'accrocher à mes jambes et enfouir le visage dans ma jupe, pendant que Youssouf, assis par terre, hurlait de peur. Je le ramassai d'un geste instinctif ; ses cris de terreur se répercutaient dans mes oreilles.

Je savais ce que j'avais sous les yeux, car j'avais entendu des récits à propos de femmes possédées par un djinn. Pourtant, jamais je n'avais imaginé qu'une possession était si atroce.

— Aide-moi à la tenir, Kosha, lança Mâdar par-dessus ce vacarme insupportable, car Nasren avait désormais joint ses gémissements à tous les autres bruits.

Pendant que mon père retenait les pieds de Sulima qui s'agitaient frénétiquement, Mâdar lui cloua les mains au sol et entama une psalmodie.

— Au nom d'Allah, le plus gracieux, le plus miséricordieux, répéta-t-elle en boucle, dans l'espoir que cette phrase sacrée allait effrayer les esprits et les repousser.

Pâdar se joignit à elle d'une voix sonore, et je me rendis compte que je répétais cette phrase avec eux, mais dans ma tête : *Au nom d'Allah, au nom d'Allah*.

Le temps s'étira interminablement. Puis les gesticulations démentes de Sulima se calmèrent. Sa tête se balançait toujours d'un côté à l'autre, ses lèvres étaient bleues, mais elle criait moins fort. Du coup, les braillements des enfants se transformèrent en plaintes. Le silence tomba enfin dans la pièce, entrecoupé par la respiration lourde des adultes et les petits halètements étouffés des bébés. Sulima gardait les yeux à moitié ouverts, mais elle semblait avoir sombré dans un semblant de sommeil provoqué par l'épuisement.

Mes parents échangèrent un regard par-dessus son corps inerte avant de relâcher leur étau avec précaution. Comme Sulima ne bougeait pas, ils s'accroupirent. Ma mère essuya son visage trempé de sueur avec le bas de sa robe.

— Allonge-la sur le lit, dit-elle à mon père. Je vais m'occuper de ses égratignures. Daryâ, calme les enfants. Chante-leur quelque chose, raconte-leur une histoire, fais n'importe quoi.

Youssouf, le visage toujours enfoui dans mon cou, se contentait de gémir. J'emmenai Nasren, secouée par une crise de hoquets, jusqu'à ma paillasse, et je les assis tous les deux dessus. Je leur donnai à boire, je plaçai leurs nouveaux jouets sur leurs genoux, mais ils s'en désintéressèrent complètement. Je bus un peu d'eau à mon tour et je voulus chanter, mais ne sortirent de mon gosier que des croassements. J'avais une boule dans la gorge et la bouche sèche, malgré toute l'eau que j'avalais.

Pendant que je m'affairais, mon père demeura assis sur les coussins sans bouger. Il avait repris le poignard et il regardait fixement le rideau.

Une demi-heure plus tard, Mâdar émergea de la chambre avec un chiffon et un bol d'eau. Je vis que l'eau était rosie par le sang. Elle accrocha le rideau à un clou en haut du mur. Une petite lampe brûlait près du lit.

— Elle dort, mais nous devons la surveiller, au cas où elle aurait une autre attaque. Ses égratignures sont profondes, mais elles ne devraient pas laisser de cicatrices.

Elle jeta un coup d'œil à ma paillasse sur laquelle j'étais assise entre Nasren et Youssouf que j'enlaçais chacun d'un bras. À leurs petits corps affaissés, je savais qu'ils s'étaient endormis. Je les allongeai sur la couverture molletonnée et les recouvris d'une autre.

Mâdar alluma une grosse chandelle.

— Pourquoi serait-elle possédée de la sorte, Kosha ? demanda-t-elle alors que jaillissait la flamme de la chandelle. Je n'ai assisté qu'à quelques autres possessions, mais elles affectaient des jeunes femmes instables et faibles, incapables de surmonter la mort d'un enfant ou d'un mari, ou la méchanceté continue de leur belle-mère. Qu'est-ce qui a poussé un djinn à s'en prendre à Sulima ? Elle ne croit même pas en eux. Devons-nous tenter un remède ? poursuivit-elle en pliant et dépliant le chiffon. Nous pourrions l'attacher demain à l'un des gros arbres, à côté de la mosquée. Elle n'est pas musulmane, mais si nous versons une belle somme au mollah, il acceptera peut-être de prier pour elle, et le djinn s'enfuira. Kosha ? Penses-tu que ce serait avisé de le faire ? J'ai déjà constaté que ça fonctionnait. Évidemment, ces femmes étaient croyantes...

Sa voix mourut. Elle attendait la réaction de mon père.

Il se décida à lever les yeux.

— Il ne s'agissait pas d'un djinn. Sulima s'est forcée à avoir cette attaque pour ne pas être obligée d'admettre la vérité que nous avons découverte aujourd'hui.

Il souleva le poignard en argent que la lueur vacillante de la chandelle fit luire, si bien que le corps du poisson parut onduler.

— Sulima est une femme adultère. Elle s'est moquée de moi en frayant avec un homme de son village. En voici la preuve.

Ma mère hocha la tête.

— Non ! Quand, Kosha ? Comment a-t-elle pu amener un homme dans notre maison ? Daryâ ou moi ne l'avons pas quittée de tout l'hiver. Sulima n'est jamais restée seule à la maison, sauf une heure de temps en temps quand nous allions rendre une visite. Pas vrai, Daryâ ?

Je fis oui de la tête.

— Sulima est fourbe. Nous ne saurons pas comment elle s'y est prise, ni avec qui, ni combien de fois. Mais son adultère crève les yeux.

Aucune réponse n'était possible. Nous demeurâmes assis sans rien dire pendant un moment. Puis mon père se leva, avec calme et lenteur, et il pénétra dans la chambre. Par le rideau ouvert, nous le vîmes se pencher sur la silhouette inerte allongée sur le lit.

Tout à coup, il saisit le cou de Sulima avec un grognement qui nous fit bondir toutes les deux. Elle s'assit en sursaut en poussant un cri étranglé et lui griffa les mains. La lueur de la lampe me permettait de voir ses yeux protubérants et sa langue qui sortait de sa bouche. Mâdar courut tirer sur mon père.

— Arrête, Kosha, arrête ! Ne la tue pas. Elle est la mère de ton fils. Ça suffit ! sanglota-t-elle. Pense à la punition que te vaudra ce crime, Kosha. C'est au mollah de décider de son châtiment.

Pâdar ne continua à serrer la gorge de Sulima qu'une seconde. Puis il la relâcha brusquement et la repoussa sur la couverture. Elle haletait bruyamment. Il se tourna, s'éloigna à grands pas d'elle et sortit de la maison. Sulima, qui continuait à étouffer et à avoir des haut-le-cœur, gardait la tête penchée par-dessus le bord de la paillasse.

Ma mère la laissa à son tour et vint s'asseoir sans bruit à côté de moi. Au bout d'un long silence, je lui demandai calmement :

— Et maintenant, que va-t-il arriver, Mâdar ?

Elle posa les bras sur ses genoux et plaça la tête dessus.

— Ce soir, ton père dormira probablement à la tchaïkhana. Quant à demain...

Elle releva la tête et je distinguai les lignes fines qui partaient en éventail des coins de ses yeux et les profonds sillons, de part et d'autre de sa bouche.

— Quant à demain, répéta-t-elle, Allah seul connaît notre destin à tous.

J'ouvris les yeux alors que la première lueur de l'aube taquinait les fenêtres. Il gelait dans la pièce. Mâdar et moi nous étions endormies sans fermer les volets et l'air froid avait empli la maison. Mâdar, Nasren, Youssouf et moi étions tous étendus sur mon étroite paillasse.

Pourtant ce n'était pas mon sommeil troublé qui m'avait réveillée. C'était autre chose, une sensation inhabituelle. Je me dressai sur un coude pour tendre l'oreille, mais ne régnaient que le silence et une mystérieuse stagnation entre les murs de notre logis. Nasren et Youssouf étaient encore plongés dans un profond sommeil, lovés l'un contre l'autre comme des petits chiots épuisés, entre ma mère et moi. Mâdar dormait sur le dos, la bouche ouverte. Je me dégageai de la couverture dont je recouvris les enfants. Le bout de mon nez et de mes doigts était gelé. Je décidai de faire un feu.

Je redressai les épaules et étirai les bras au-dessus de ma tête, tout en jetant un coup d'œil au rideau, toujours retenu par le clou. Un fouillis de couvertures et d'oreillers recouvrait la paillasse, et des vêtements jonchaient le sol. Mais il n'y avait aucune trace de Sulima.

— Ton père est rentré ? chuchota Mâdar en se levant à son tour.

Elle se frotta les yeux. Sa peau avait une teinte cireuse.

— Non. Et Sulima n'est pas ici non plus.

Ma mère se laissa retomber sur la paillasse.

— Daryâ, je suis trop faible pour réfléchir ou pour bouger. S'il te plaît, regarde dehors – dans la cour, sur le toit. Essaie de trouver Sulima. Va à la tchaïkhana réveiller ton père. Dis-lui de rentrer à la maison. Nous devons discuter des mesures à prendre.

Sans m'accorder le temps d'allumer un feu, je me précipitai dans la cour et grimpai sur le toit. Je contemplai les champs en me disant que Sulima s'y trouvait peut-être, mais je ne vis que la brume pâle en suspension au-dessus du sol. La campagne était déserte. Des zébrures roses apparurent au-dessus des montagnes et j'entendis l'appel du mollah. L'écho inquiétant de sa voix se répercutait par-dessus les toits du village. Les plus dévots devaient commencer la première de leurs prières quotidiennes. Je redescendis et partis vers le centre du village chercher mon père.

En atteignant la place, je fus étonnée d'y trouver un petit attroupement. Quelques femmes portaient des jarres d'eau. Elles se tenaient dans la trouée où le feuillage des arbres renaissants formait une tonnelle de fraîcheur. Leur silence me remplit cependant d'une crainte inexplicable. Je ne voyais aucune raison pour que quiconque – hommes, femmes ou enfants – se tût ainsi sur la place, et encore moins à une heure si matinale.

Je m'approchai. Sans que je comprenne pourquoi, la foule s'écarta pour me laisser passer. En soi, ce comportement avait de quoi déconcerter aussi. Puis je la vis : Sulima, dont la robe en partie déchirée sur le devant exposait honteusement la poitrine aux regards, les cheveux grossièrement embroussaillés, les joues couvertes de longues estafilades toutes fraîches. Elle leur faisait face. De sombres meurtrissures marquaient sa gorge. À quelques pas d'elle, son sac brodé était renversé par terre. Des bracelets d'or et d'argent, des bagues, des anneaux de cheville et des boucles d'oreilles – pas uniquement ses propres bijoux, mais d'autres qui appartenaient à ma mère – étaient renversés sur le sol poussiéreux. À côté d'elle, mon père tenait son bras dans un étau.

Je compris alors que Sulima avait tenté de s'enfuir, mais que mon père l'avait attendue à l'extérieur de notre maison. Il avait dû la traîner jusqu'à la place pour dénoncer son adultère haut et fort et pour permettre au mollah d'annoncer sa punition. Elle allait sûrement être lapidée.

Sulima rejeta alors brutalement la main de Pâdar. De toute évidence, elle ne le craignait plus comme la veille au soir. Son visage ne manifestait aucune trace de honte ou de terreur. Une tension insoutenable régnait. Sulima parcourut des yeux le cercle de spectateurs qui l'entourait. Quand son regard tomba sur moi, son visage exprimait une telle haine que je me sentis suffoquer. Je portai une main à ma bouche. Elle s'avança et, derrière moi, la foule recula à l'unisson.

Elle marmonnait, sans me quitter des yeux. Jaillit ensuite de sa bouche un méli-mélo incompréhensible de malédictions tadjiks, de mots kafirs inconnus et de grognements. Des gouttes de salive coulaient des commissures de ses lèvres et ses yeux devenaient vitreux. Je compris qu'elle se mettait de nouveau en transe, mais d'une manière différente de la veille, différente même du jour où elle s'était métamorphosée en djinn sous mes yeux. Mon père tira de nouveau sur son bras, mais elle se tourna brusquement vers lui et essaya de lui griffer le visage. Il se baissa malgré lui et s'éloigna d'elle.

Les villageois s'écartèrent sur-le-champ, en murmurant des prières pour se protéger.

— C'est un djinn déguisé, chuchota un homme, immédiatement suivi par la foule approbatrice. Elle a commencé par tromper Kosha et, à présent, elle répand son mal parmi nous.

— Ne la regardez pas ! cria une femme derrière moi.

Je me tournai et la vis se couvrir entièrement le visage de son voile, tout de suite imitée par les autres femmes.

— C'est une païenne ! continua-t-elle d'une voix perçante. Elle n'a pas de Dieu bienveillant vers lequel se tourner pour solliciter de bonnes grâces ou adresser des remerciements. À la place elle convoque des esprits malfaisants pour arriver à ses fins. Couvrez-vous les yeux, bonnes gens ! cria-t-elle en reculant.

Je commis l'erreur de me retourner vers Sulima. Sans comprendre comment, je me retrouvai captive de son regard. J'étais incapable de bouger. Pour quelle raison mon père ne venait-il pas à mon secours ? Était-il, comme moi, transformé en statue de pierre ?

Un enfant poussa un geignement, puis un silence absolu tomba sur la foule. Sulima s'avança lentement vers moi. Le menton luisant de bave, elle continuait sa litanie. Elle ne s'immobilisa que lorsque son visage ne se trouva plus qu'à une dizaine de centimètres du mien. Ses yeux redevinrent nets. Je distinguai clairement ses pupilles, minuscules points noirs et durs. Un sourire haineux se dessina sur ses lèvres et son charabia se tarit. Elle s'exprimait à présent d'une voix distincte et sonore, dans un dari parfaitement clair.

— Je te maudis, Daryâ – mauvaise fille qui a fait tomber ces ennuis sur ma tête. Je t'avais prévenue, mais tu as ignoré mon avertissement.

Je voulus ouvrir la bouche pour protester, pour lui affirmer que je n'avais pas dévoilé son secret, que tout cela était une erreur, un malentendu, mais ma mâchoire refusait de fonctionner.

— Par conséquent, tu dois être maudite. Ma malédiction ne consistera pas en maux de tête ou en plaies sur le visage. Elle te vaudra une vie entière de misères.

Un soupir accablé parcourut la foule. Sulima poursuivit d'une voix qui n'était plus qu'un hurlement perçant :

— Tu seras stérile. Là où doit se développer un enfant ne se formera qu'un nœud durci, tel le corps d'un serpent noir lové sur lui-même. Stérilité. Tu ne seras qu'un sac vide desséché, évitée par tous les hommes, méprisée de tout le monde. Tu te faneras et tu vieilliras, sans fils pour t'honorer et sans bru pour s'occuper de toi. Tu n'auras aucune valeur, tu vaudras encore moins que la poussière sous les sabots d'un chameau. Tu mourras seule.

Sa voix monta jusqu'à devenir une plainte, et elle renversa la tête en arrière, les bras tendus vers l'étendue bleutée du ciel matinal.

Puis elle se tourna, s'arrêtant au passage pour ramasser son sac dans lequel elle renfourna ses bijoux et ceux de ma mère. Elle accomplit tous ces gestes avec lenteur et minutie, sans prêter attention à personne et sans manifester la moindre crainte. Au fur et à mesure qu'elle s'éloignait, j'eus l'impression que, devant mes yeux, la chaleur d'une flamme faisait vaciller son image déformée. Cette chaleur torride augmenta au point de me faire sortir les yeux de la tête. Elle s'intensifia jusqu'à m'envelopper dans un monde blanc et silencieux.

Je ne garde aucun autre souvenir de cette journée.

12

Dans notre village tranquille, une année s'était écoulée depuis le départ de Sulima, mais cette année marqua ma perte, car ma vie était brisée.

Le prénom de Sulima ne fut plus jamais prononcé dans ma famille, mais je savais qu'elle avait dû retourner chez elle. Son père lui avait sans doute administré une rossée magistrale, mais en définitive, il gardait notre jument, et Sulima avait rapporté sa dot. Je l'imaginais à présent, riant dans les bras de l'homme sans incisives, voire dans ceux d'autres hommes. Sa vie était redevenue identique à celle qu'elle menait jadis, alors que la mienne était ruinée. La rumeur de la malédiction avait couru de village en village à la vitesse d'une nuée de petits oiseaux véloces.

Au début, j'avais éprouvé un étrange soulagement : je n'avais plus à vivre dans la peur, puisque cette peur s'était concrétisée, et ce dénouement m'apportait une forme de liberté perverse. Après le départ de Sulima, j'avais été très souffrante pendant une semaine à cause de sa malédiction, plongée dans un profond sommeil entrecoupé de cauchemars fiévreux. Je n'avais réalisé l'énormité de ce qui m'était arrivé que lorsque j'avais été capable de me lever en ayant retrouvé ma lucidité.

Mon père avait eu beau se rendre en hâte à Kam Bara pour essayer de raisonner la famille de ma mère, mes fiançailles avaient été rompues et le fils de la cousine de ma mère libéré de son engagement. Selon mon père, tous les Tadjiks, dans les villages situés entre le nôtre et Kaboul, avaient entendu parler de la mort de mon avenir. Cette mort flottait constamment au-dessus de ma tête, comme des cendres dans le vent. Je n'avais aucun espoir de me marier ; je valais moins, ainsi que Sulima l'avait décrété, que la poussière sous les sabots d'un chameau.

Désormais les hommes de Susmâr Khord – les plus mûrs qui me connaissaient depuis ma naissance aussi bien que les jeunes de mon âge – me craignaient. Ils croyaient tellement à la malédiction proférée par une infidèle qu'ils considéraient que le simple fait de m'approcher risquait de leur porter préjudice. Lorsque je les croisais, le nez et la bouche cachés par mon foulard, les yeux baissés, ils détournaient les yeux et effleuraient leurs amulettes. Entre mes paupières entrouvertes, je percevais le mouvement de leur main vers leur poitrine, et je savais qu'ils posaient les doigts sur leurs petites blagues, souvent noircies d'avoir été portées depuis de si longues années. Elles contenaient quelques paroles du Coran, bénies par le mollah. Ces hommes demandaient à être protégés de moi, au cas où je jetterais subitement un regard dans leur direction.

En ma présence, les femmes elles-mêmes ne cachaient pas leur nervosité. Sulima ne s'était pas contentée de me rendre stérile par sa malédiction, elle m'avait transformée en paria dans mon propre village et, au début, plus personne ne vint nous rendre visite, à ma mère et moi, et nous ne reçûmes plus aucune invitation amicale.

Je dis alors à ma mère qu'elle devait faire clairement comprendre à tout le monde que c'était moi qui ne voulais voir personne. De cette façon, même si les femmes ne venaient plus chez nous, Mâdar pourrait encore être invitée chez elles. Seule Yalda continuait à me parler et à me sourire. Elle seule ne craignait pas d'être vue en ma compagnie. Elle me priait de venir chez elle boire le thé et l'aider à préparer ses remèdes. Un jour où je broyais des racines, évacuant toute ma colère dans l'écrasement de la pierre contre la pierre qui me procurait une forme de satisfaction, elle posa une main sur mon bras, et je m'arrêtai.

— Parfois, Daryâ, me dit-elle, une malédiction peut se transformer en bénédiction.

Je ronchonnai :

— Une bénédiction ? Une malédiction n'apporte que du malheur, Yalda. Je peux vous assurer qu'il n'y a aucune bénédiction dans ma vie.

— Nous ne pouvons connaître la forme que prendra la malédiction. Elle ne se concrétisera peut-être pas dans la direction voulue. J'ai déjà vu ça. Elle ne dépend pas seulement de la personne qui la prononce, mais de celle qui en est la victime. Ton propre pouvoir détermine aussi la force de la malédiction.

Je me remis à broyer les racines à un rythme haletant, encore plus contrariée parce que Yalda avait fait référence à mon pouvoir. Malgré les certitudes de ma grand-mère, il se révélait que je n'en possédais aucun.

— Il n'y aura aucune bénédiction pour moi à Susmâr Khord, m'agaçai-je.

— Peut-être pas. Mais peut-être que quand tu seras ailleurs...

— Ailleurs ? Où irai-je ? répliquai-je trop fort, en regardant dans son œil valide.

Je m'interrogeais sur ce qu'elle – et ma grand-mère avant elle – croyait savoir. Toutes deux avaient tort. Désormais, mon destin consistait à demeurer à jamais une femme méprisée dans mon petit village.

Je priai ensuite Yalda de m'excuser pour mon impolitesse, car j'éprouvais de la gratitude à son égard. Le temps que je passais en sa compagnie aidait les heures à se dérouler plus vite, pendant que les femmes de mon âge buvaient le thé et papotaient, riaient ensemble au puits, cuisinaient pour leurs maris ou s'occupaient de leurs bébés. La sagesse qu'elle me prodiguait me donnait matière à réflexion, la nuit, allongée sur ma courtepointe, à l'écoute de la respiration douce et régulière de Nasren et de Youssouf.

Les nuits surtout étaient difficiles. La certitude que je ne partagerais jamais ma couche avec un homme, que je ne me tiendrais jamais sur les pierres de naissance et que je ne sentirais jamais les bras graciles d'un fils ou d'une fille autour de mon cou, que je n'aurais personne pour veiller sur moi au cours de mon grand âge, me plongeait souvent dans un chagrin si vertigineux que je ne parvenais pas à l'étouffer. Dans ces cas-là, indépendamment de la froidure de la nuit, je grimpais sur le toit. Le ciel représentait ma seule consolation.

J'aurais pu tout aussi bien être affublée d'une tête de chèvre ou d'une bosse de chameau. Je songeais à ma propre vanité. Avant la malédiction de Sulima, je m'étais parfois étudiée dans le petit miroir terni que mon père avait rapporté de Kaboul, quelques années plus tôt. Mon image me satisfaisait. En ce temps-là, j'admirais ma longue chevelure ondulante, laquelle, une fois dénattée, cascadait jusqu'à ma taille en un rideau de jais luisant. Je trouvais que mon front large et mon menton étroit donnaient une forme agréable à mon visage. Mes grands yeux verts, ombrés de cils épais, me plaisaient particulièrement. Oui, j'avais été bien vaine, bien jeune et bien sotte.

Je ne voyais à présent plus rien d'agréable dans mon apparence physique. J'étais devenue trop grande, plus grande que la plupart des femmes. En définitive, je ressemblais peut-être à un chameau, avec mes bras et mes jambes longs et disgracieux. Mon visage avait également trop maigri pour être séduisant. Il était tellement émacié que mes yeux paraissaient beaucoup trop larges et hébétés. Non, décidai-je un jour, je n'avais pas une tête de chèvre, mais plutôt celle d'un bouquetin, cousin de la chèvre, cet animal cornu qui bondissait à travers nos forêts. Quelques années auparavant, un homme de notre village en avait rapporté un blessé comme jouet pour ses enfants. Cette créature sauvage était morte, mais je me souvenais de son regard, durant ses quelques semaines de captivité, quand je caressais sa tête osseuse et tremblante, et du chagrin que j'avais éprouvé pour elle.

J'avais plus de seize ans. Je gardais désormais mes cheveux nattés tout le temps, je considérais leur longueur et leur poids comme un fardeau, et je ne me regardais plus dans le miroir. J'apprenais à marcher sans jamais quitter le sol des yeux, en me fiant aux ombres et à ma connaissance approfondie des chemins familiers de notre village. J'étais destinée à vivre sous le toit de mon père jusqu'au dernier de mes jours. J'espérais simplement qu'il ne décéderait pas avant que Youssouf fût devenu un homme et qu'il eût pris une épouse. Mon petit frère me permettrait peut-être, par compassion, de vivre auprès de lui et de sa famille.

Nasren et Youssouf grandissaient tous les deux, et je me faisais du souci pour ma sœur cadette. Elle n'avait que quatre ans, et dès qu'elle pleurait de peur ou de frustration, mon père hurlait contre elle. En sa présence, elle gardait la tête baissée. En revanche, chaque fois que Youssouf faisait une scène pour les mêmes raisons, mon père riait, vantait sa voix forte et ses exigences. Je trouvais que Nasren ressemblait à ma mère, mais pas à moi. J'en éprouvais une certaine satisfaction, car cela signifiait qu'elle souffrirait moins physiquement dans sa vie. D'un autre côté, j'en étais peinée, car en fait elle connaîtrait tout simplement un autre genre de souffrance. Cette souffrance qui ne m'était que trop familière, celle qui grandissait dans un lieu profond, obscur, sous la cage osseuse qui protégeait mon cœur.

J'avais toujours représenté un embarras pour mon père. Mais à présent, la malédiction démultipliait cette gêne. Il me trouva donc un mari. Je n'avais pas compris jusqu'où il était capable d'aller pour se débarrasser de moi.

J'étais assise sur le toit, d'où je contemplais les collines ocrées que les pousses printanières muaient en vert pâle. Ma mère nettoyait des chaudrons avec du sable dans la cour. Mon père revint de la mosquée et s'adressa à elle ; ni l'un ni l'autre ne se rendit compte que je les observais de mon perchoir.

Mon père s'exprimait d'une voix calme, et les mains de Mâdar se figèrent. Puis elle déposa le chaudron et secoua la tête. Mon père reprit la parole. Cette fois, ma mère éleva la voix, et je pus entendre ce qu'elle disait.

— Mais nous ne la reverrons plus jamais.

— Je n'ai pas le choix, femme ! répliqua mon père d'une voix plus sonore que la sienne. Son destin est scellé si elle reste avec nous.

Je reculai discrètement sur le toit.

— Nous pourrions peut-être trouver un vieillard, un homme qui en ferait sa plus jeune épouse, sa quatrième épouse. Il pourrait la prendre en sachant qu'elle serait incapable de lui donner des enfants – il en aurait sans doute déjà eu beaucoup. Lui et ses autres épouses pourraient avoir l'usage d'une jeune femme solide, habituée à travailler dur depuis de longues années.

— Dans ce cas, nous n'aurions aucune chance de recevoir une dot de mariée pour elle, lui opposa mon père. C'est la seule solution. Ils ignorent tout de la malédiction et ils ne concluront qu'elle est stérile qu'au bout de quelques années, quand il sera beaucoup trop tard pour la renvoyer. Personne n'en sera tenu coupable.

— Sauf elle, répondit ma mère. Peut-être que si nous attendons encore un an ou deux, Kosha, les gens oublieront...

J'entendis le cliquetis de chaudrons qu'on poussait ou dans lesquels on donnait des coups de pied.

— Ne sois pas stupide ! Tu sais parfaitement que d'ici à quelques années, la situation aura encore empiré. N'importe quel homme qui n'est pas au courant de la malédiction se demandera alors pourquoi elle ne s'est pas mariée plus tôt et soupçonnera qu'il y a anguille sous roche.

Ma mère fondit en larmes.

— Si seulement mon frère avait eu des fils avant d'être tué, poursuivit mon père d'une voix tendue par la colère. L'un d'eux aurait été dans l'obligation de nous en débarrasser, et nous aurions même obtenu quelque chose en échange. Non, je ne peux plus attendre. J'ai besoin d'une dot de mariée après l'échec de la dernière récolte estivale.

— Et de tes pertes à cause des oiseaux ? ajouta ma mère.

Le claquement typique de la chair contre la chair me parvint, et je compris que mon père l'avait giflée. L'hiver précédent à Kaboul, il avait parié au *qwak*, Mâdar m'en avait parlé, persuadé qu'il récupérerait assez d'argent pour couvrir les pertes qu'il avait subies à cause de Sulima : la dot de la mariée pour commencer, additionnée des bijoux de ma mère qu'elle avait dérobés. La perdrix sur laquelle il avait misé était donnée par tous comme favorite, mais elle avait été blessée juste avant la fin de la partie, et au lieu de gagner quelques afghanis de plus qui auraient constitué une fortune, il avait perdu tout l'argent qu'il avait amassé au cours de l'hiver.

— C'est une chose réglée, déclarait à présent mon père. Je me rendrai dans leur campement demain. D'ici à quelques semaines, ils gagneront leurs pâturages d'été. C'est le moment idéal.

Mon corps se frigorifia. *Leur campement ?*

Mâdar m'étonna, car elle reprit la parole en dépit de la gifle qu'elle venait de recevoir.

— Je t'en supplie, Kosha. Réfléchis encore. Les Ghilzais sont une tribu tellement guerrière, ils se battent toujours contre les Dourranis.

Les Ghilzais ? C'étaient des Pachtounes. Pire, des nomades. Mon père n'allait quand même pas...

— Ça suffit ! Arrête de pleurnicher. Tu savais bien que ce jour arriverait. Et tu sais parfaitement qu'il n'y a pas d'autre solution. Un jeune homme du camp ghilzai sera sans doute heureux de prendre une jeune épouse robuste, sans poser de questions. Ils ne permettent pas à leurs femmes d'épouser d'autres hommes que des Pachtounes, mais les hommes adorent prendre des épouses tadjiks ou baloutches. Nos femmes sont très respectées, et elles sont capables de travailler comme des mulets. Mieux encore, les nomades se moquent des dots. S'ils acceptent de la prendre, elle n'aura pas besoin d'en apporter une à son nouveau mari, et nous pouvons espérer qu'il acceptera de l'échanger contre deux chevaux. Ils ont de superbes kaboulis.

— Tu ne penses qu'au bénéfice que tu tirerais d'un bel étalon ? Tu échangerais notre fille pour le profit de posséder des chevaux de valeur ?

— Arrête ! C'est un cercle vicieux. J'irai les voir demain. Dis à notre fille à quoi elle doit s'attendre. (Il y eut un moment de silence, à la suite duquel s'éleva de nouveau la voix plus tranquille de mon père.) Au moins, elle continuera à vivre dans les vallées et les montagnes où elle a grandi. Elle est forte et courageuse. (Il se tut. Quand il reprit, sa voix était encore plus basse, et je fus obligée de me pencher en avant pour l'entendre.) C'est par ma faute que sa vie a été gâchée. Je prie Allah pour obtenir son pardon, ajouta-t-il.

Je fermai les yeux. Mon père s'était exprimé avec tendresse, comme quand il montrait à Youssouf la manière de manger le pilaf avec les doigts ou qu'il lui apprenait à grimper à l'échelle menant sur le toit. Si seulement il avait pu me manifester cette gentillesse, ne serait-ce qu'une fois ! J'aurais fait beaucoup plus d'efforts pour lui plaire si j'avais eu conscience du regard qu'il portait sur moi, regard dont j'estimais tout le monde incapable. D'autant qu'il n'en avait pas terminé.

— Elle suscite le respect, bien que tout le monde la craigne. Je pense, véritablement, que Daryâ trouvera peut-être sa place au milieu des nomades – une fois qu'elle sera accoutumée à leur mode de vie – et qu'elle n'y sera pas plus malheureuse que si elle épousait un vieux Tadjik et devenait une quatrième épouse de bas rang. Tu sais bien qu'elle ne ressemble pas aux autres filles. Et c'est cela qui lui permettra de survivre, Anahita. Au fond de ton cœur, tu sais que Daryâ survivra.

Le plaisir d'entendre mon père me décrire en termes si chaleureux fut étouffé par la raison qui le poussait à les employer. *Daryâ survivra*. Longtemps après qu'il eut quitté la cour, alors que ma mère ramassait ses chaudrons et rentrait dans la maison, ces mots me hantèrent. Survivre ? Était-ce tout ce que je pouvais attendre de ma vie ?

Je rentrai dans la maison beaucoup plus tard, quand j'eus la certitude que je ne fondrais pas en larmes. Assise sur les coussins, Mâdar tenait mollement une tasse vide. Elle leva les yeux vers moi et les détourna aussi vite. Je m'assis en face d'elle.

— Mâdar, j'étais sur le toit quand Pâdar t'a parlé des nomades. J'ai tout entendu.

Ma mère se cacha un moment la bouche, puis elle abaissa la main.

— Tu sais que j'ai essayé, Daryâ. Je ne veux pas te perdre à jamais. Mais ton père doit faire ce qu'il estime le mieux, et nous devons lui obéir. (Elle prit ma main dans la sienne pour se rapprocher de moi.) Penser que sa fille vieillira seule est la pire souffrance que puisse éprouver une mère. Toute femme doit avoir un mari, Daryâ. Depuis ta naissance, je rêvais à ton mariage avec le fils de ma cousine. Elle et moi avons grandi ensemble, et je l'aimais comme une sœur. Parler d'elle me faisait de la peine car, après mon départ de Kam Bara, je pensais ne jamais la revoir. Mieux vaut ne pas évoquer des choses douloureuses – ni même y penser. La meilleure solution consiste à les laisser s'estomper, à essayer de les oublier. Ma mère me l'a appris avant de mourir. Mais j'éprouvais un grand plaisir à savoir que nos familles allaient être unies par l'intermédiaire de nos enfants. J'imaginais qu'Allah m'avait souri, qu'en définitive ma cousine et moi nous retrouverions un jour, et puis…

— Tu ne m'en as jamais parlé.

Pour quelle raison me cachait-on tout ? Je n'étais pas d'accord avec la théorie de ma mère, selon laquelle la douleur s'estompait quand on n'y pensait plus et qu'on ne la mentionnait plus. Je ne savais qu'une chose : dans ma tête, ma propre souffrance ne cessait de se développer et d'enlaidir, jour après jour.

— À quoi bon l'aurais-je fait ? Si j'en avais parlé ouvertement, si j'avais évoqué mon désir avec trop de nostalgie, j'aurais risqué, inconsciemment, d'attirer une malédiction sur ma propre personne. Regarde ce qui est arrivé. Tu vois ?

Elle serra plus étroitement ma main et je constatai que ses yeux, tellement identiques aux miens, prenaient une teinte verte plus foncée, exactement comme les miens quand j'étais sur le point de pleurer.

— Pardonne-moi, poursuivit-elle. Mais pour que tu comprennes, je dois être cruelle. Tu es devenue indésirable, Daryâ, tu ne vaux absolument rien. Aucun Tadjik ne voudra jamais t'épouser. Il n'y a qu'avec les nomades que tu pourras peut-être mener une vie où tu n'auras pas à te cacher.

J'acquiesçai tacitement de la tête. Son explication ne me blessait pas. Elle ne m'apprenait rien de nouveau.

Cette nuit-là, je ne dormis pas, car j'essayais d'imaginer ma vie au milieu des Ghilzais. Comme je ne parlais pas le pachtou, je ne comprendrais pas ce qu'on me dirait. Je savais que les habitants de Susmâr Khord se méfiaient des Pachtounes, même s'ils ne venaient pas jusqu'à notre village, trop petit pour qu'ils puissent y commercer. Mais mon père avait connu beaucoup de Ghilzais quand il travaillait à Kaboul, et il nous avait souvent parlé de leur férocité. Ils étaient divisés en nombreuses tribus ayant chacune un chef à leur tête, et des conflits intertribaux éclataient souvent à la moindre peccadille. Nombre d'entre eux se terminaient dans un bain de sang, voire par la mort. La violence faisait partie de leur vie, nous avait-il dit un jour. À présent, je m'imaginais au cœur de cette violence.

J'allais vivre sous une tente pendant l'hiver, sous une yourte pendant l'été. Ma vie serait composée de mouvement, de provisoire. Jamais je ne posséderais ma propre maison, ni aucun autre bien, en dehors des objets nécessaires pour survivre. Survivre. Ce mot, de nouveau.

Je pleurai ensuite, en pressant ma couverture contre mon visage pour que mes parents ne puissent pas m'entendre et qu'ils ne me considèrent pas comme un être faible. Je convoquai l'image de ma grand-mère, et j'émis l'espoir que cette tournure du destin fasse partie de ce qu'elle avait lu pour moi dans les étoiles. Je finis par sortir en catimini de la maison pour aller les contempler du toit, où je formulai le vœu que mon voyage s'effectuerait sans péril.

Le lendemain après-midi, mon père s'éloigna à cheval en direction des collines. Depuis quelques semaines, je voyais des volutes de fumée s'élever à l'horizon et, à l'occasion, j'entendais un bêlement, lointain et étouffé, dans le silence de l'air nocturne. Cela ne m'étonnait pas ; c'était chose habituelle au printemps.

Je ne cessai de m'agiter durant toute la journée. Je fus incapable d'achever une tâche, je laissai tomber des objets, j'oubliai pourquoi j'avais traversé la cour, je fis bouillir de l'eau jusqu'à la dernière goutte.

Quand mon père revint enfin, la nuit était tombée et Mâdar et les petits dormaient déjà. Je lui servis son dîner. Après, il passa derrière le rideau et j'allai m'allonger sur ma paillasse. J'entendis ma mère le questionner tout bas. Il lui répondit tellement discrètement que je dus tendre l'oreille pour saisir leur conversation, mais ce fut peine perdue.

Je dormis, alors que je pensais en être incapable. Mâdar me réveilla avant l'aube.

— Viens, ma fille. Tu dois te préparer.

Je m'assis, la courtepointe serrée contre ma poitrine.

— Qu'est-ce qui va se passer ?

D'un geste du menton, Mâdar me fit signe de m'écarter de Nasren et de Youssouf. Toujours en chemise de nuit, enveloppée dans la courtepointe, je la suivis à l'autre bout de la pièce.

— Assieds-toi, me dit-elle. Tu veux du thé ?

La bouche subitement sèche, je fis oui de la tête. Ma mère ne m'avait jamais servie, en dehors des rares occasions où j'étais malade. Mais au lieu de préparer le thé, elle s'assit face à moi. Elle gardait les yeux rivés sur ses doigts qui tripotaient la frange du tapis.

— Kosha a rencontré le chef des Ghilzais hier, il a trouvé que c'était un homme sensé. Ce chef a un fils dont l'épouse a récemment... est récemment retournée dans sa famille, des Pachtounes zadrans du sud. Il semblerait que l'arrangement n'était pas satisfaisant, si bien que le fils cherche à prendre une nouvelle femme avant leur départ pour leur campement estival.

Ma gorge se serra.

— Est-ce que Pâdar a vu le fils ?

Elle soutint mon regard.

— Non. Mais il dit que ce chef est un personnage remarquable, qui s'exprime sobrement. Il l'a impressionné. Souvent, un fils a le même genre de caractère que son père, non ?

Elle l'affirmait d'une voix faussement gaie.

— Par conséquent... (Je pris le temps d'inspirer.) Pâdar a conclu un contrat ?

— Oui. Le chef ghilzai va lui donner trois beaux kaboulis. Dans la mesure où les conditions seront remplies...

— Conditions ?

Son hésitation, la manière dont elle recommençait à contempler le tapis me firent comprendre qu'il s'agissait d'une chose qu'elle ne voulait pas me dire. Ses paupières étaient gonflées. Lorsqu'elle reporta le regard sur moi, je compris, à ses yeux veinés de rouge, qu'elle avait pleuré, comme moi, la plus grande partie de la nuit.

— La condition principale est que tu sois pure, m'apprit-elle.

Je me redressai.

— Mais Pâdar a dû lui parler de ma vertu, dis-je, incapable de retenir mon indignation. Toutes les filles de Susmâr Khord arrivent vertueuses au mariage.

— Oui, mais ma fille... (Ses yeux s'enfoncèrent dans les miens.) Nous avons l'habitude des mariages contractés à l'intérieur de nos familles, ou entre amis de longue date. Notre parole suffit. Mais Kosha est un étranger pour les Pachtounes. Le chef était prêt à se contenter de l'entendre prêter serment sur ta pureté, mais pas le fils. Tu dois comprendre son mode de pensée. La tribu ne se séparera pas de trois de ses meilleurs chevaux si tous les détails d'un arrangement de mariage ne sont pas parfaits. Les Pachtounes sont des hommes très orgueilleux, très pointilleux sur l'honneur. Surtout quand... Enfin, chez eux, la pureté d'une femme inconnue doit absolument être confirmée.

— Mais s'ils n'acceptent pas la parole de Pâdar, comment...

— Ça risque d'être difficile pour toi, Daryâ.

La nervosité de Mâdar devint visible. Elle se leva pour allumer un petit feu, s'affaira à préparer le thé, le dos tourné. Je savais qu'elle jouait la comédie, qu'elle essayait de me faire croire que cette conversation était normale, que je n'avais rien à craindre.

— Deux femmes ghilzais respectées vont venir cette après-midi. Ce sont elles qui s'assureront de ta pureté. Elles sauront comment s'y prendre. Elles poseront les mains sur toi...

Elle ne s'était toujours pas retournée.

Je me levai et lâchai la courtepointe qui tomba en tas à mes pieds.

— Elles vont... me toucher ? Non ! Je ne le permettrai pas, dis-je. Non, Mâdar, tu ne peux pas les laisser faire...

Ma mère se tourna et me prit spontanément dans ses bras.

— Je suis désolée, chuchota-t-elle. Tu sais bien que je n'aurais jamais voulu qu'il t'arrive une chose pareille.

Elle m'étreignit de toutes ses forces pour me réconforter, comme elle ne l'avait pas fait depuis ma toute petite enfance.

— Elles ne te feront pas de mal si tu leur obéis.

13

Avant l'arrivée des Ghilzais, mon père me demanda de le rejoindre sur le toit. Il n'avait jamais fait une chose pareille, et je savais qu'il ne s'agirait pas d'une conversation divertissante.

Nous étions assis côte à côte rigidement, sous le soleil de plus en plus lourd de l'après-midi. Je contemplais les toits plats des maisons avoisinantes et leurs jardins clos par des murets. J'apercevais les premières pousses vertes sortant du petit lopin de terre labouré, à l'ombre du peuplier et du tilleul de la cour de notre voisin, et j'entendais le bourdonnement des frelons qui s'attardaient au-dessus des fleurs pourrissantes d'un pêcher. Je tournai les yeux de l'autre côté, vers les champs en terrasses derrière lesquels les montagnes offraient une toile de fond indigo, en attendant que mon père prît la parole.

— Ta mère t'a prévenue de ce qui allait se passer, commença-t-il.

Son malaise, de toute évidence, était aussi profond que le mien.

Je hochai la tête, en me concentrant sur les montagnes.

— Il est donc vital que tu fasses bonne impression aujourd'hui et, surtout, que pas un mot ne sourde au sujet de la malédiction pendant que les Pachtounes sont dans les environs de Susmâr Khord. Ce matin, j'ai expliqué au mollah que nous espérions organiser ce mariage. Il convoque une réunion du village à l'heure où je te parle, pour demander à tous les hommes d'éviter de parler de ta... malheureuse situation.

Il s'arrêta, mais je n'avais rien à lui répondre. Je sentis qu'il se tournait pour observer mon profil.

— Si tout se déroule bien, tu épouseras le fils d'un chef. La plupart des filles du village seraient heureuses d'obtenir un statut si prestigieux par leur mariage.

Je fus incapable de retenir ma langue plus longtemps.

— Mais tu ignores tout de l'homme que tu m'as choisi pour époux, dis-je d'une voix basse qui laissait cependant percer ma colère. Et de sa famille. Tu as juste rencontré son père. Le fils peut tout aussi bien être infirme ou idiot. As-tu demandé à le voir, pour vérifier qu'il fera un mari convenable ?

Mon père se leva.

— Fille ingrate ! Vu ton problème, tu ne te rends donc pas compte que je t'ai obtenu un magnifique arrangement ?

Je levai les yeux vers lui. Le soleil auréolait sa tête de lumière et noircissait ses traits. Je m'efforçai de garder un visage lisse.

— Bien sûr, Pâdar, je m'en rends compte.

Comme je m'y attendais, ma voix sans timbre ne fit que l'ulcérer davantage.

— Tu te prends pour une princesse ? Tu n'es qu'une fille tadjik, maigrichonne et sans valeur. Crois-tu pouvoir mieux faire que de devenir la bru d'un chef pachtoune ?

Sans ciller, sans baisser les yeux, je continuai de la même voix calme. Il voulait que je lui fournisse une raison de me frapper, de se libérer sur moi de ses remords. Mais je n'allais pas lui offrir cet exutoire.

— Non, Pâdar. Je ne pourrais pas faire mieux. Je sais quel fardeau je représente. C'est vrai qu'aujourd'hui je suis sans doute la femme la plus chanceuse du village.

Ma voix contenait un brin de sarcasme, mais pas suffisant pour permettre à mon père de porter la main sur moi.

Il finit par se rasseoir, et ses traits se dessinèrent de nouveau.

— Je pense que nous nous connaissons bien, ma fille. Peut-être qu'à l'intérieur tu es en fait le fils que j'appelais de tous mes vœux. De quel ancêtre as-tu hérité cette supériorité qui n'a rien de féminin, ce besoin de donner un sens au monde, au lieu de l'accepter tel qu'il est ?

— De ta propre mère, répondis-je sans hésiter un instant. Je ne lui ressemble pas ?

Il soupira, puis il hocha la tête.

— Je l'ai toujours su. Elle est morte avant son heure, parce que vous avez refusé, elle et toi, de vous conformer aux normes.

Nous restâmes silencieux. Je songeais à Mâdar Kalân, et je savais bien que lui aussi.

— Les Pachtounes n'accepteront pas une femme trop intelligente, Daryâ, dit-il en se levant et en croisant les bras sur son torse. Et cette conversation a pris un tour indigne, entre un père et sa fille. (Il se tourna, prêt à redescendre.) Ce mariage doit se faire, Daryâ, ajouta-t-il cependant en s'arrêtant au bord du toit. Tu le comprends, non ? Tu pourras revenir nous rendre visite, mais jamais revivre à Susmâr Khord. Tu n'y seras pas bienvenue. C'est ta seule chance. Souviens-t'en et tire le meilleur parti de ta nouvelle vie.

Il me laissa alors seule sur le toit, et je réfléchis à tout ce qu'il m'avait dit. Comment allais-je cacher l'intelligence dont il venait de parler, alors que je n'aurais aucun moyen de savoir si mes propos étaient perçus comme intelligents ? Je pensai aussi au fait que je ne pourrais plus jamais vivre sous ce toit.

Une heure plus tard, des voix se firent entendre à l'extérieur de la maison. J'étais assise sans bouger, dans ma robe de ramadan la plus récente, les cheveux dénoués, je les avais brossés jusqu'à les faire briller. Je portais ma coiffe dont le voile dissimulait mon nez et ma bouche.

Mâdar prit Nasren et Youssouf par la main.

— Je serai dehors avec les enfants, me dit-elle, avant de se retourner sur le seuil de la porte. C'est un vieil homme qui a amené les femmes. Il parle en dari avec Kosha.

Elle hésita une nouvelle fois avant de sortir, comme si elle voulait ajouter quelque chose. Mais, à la place, elle se contenta de m'adresser l'ombre d'un sourire d'excuse.

J'eus l'impression qu'un long moment s'écoulait, puis deux femmes pénétrèrent dans la maison. Elles n'étaient pas voilées. Je me levai d'un bond et gardai les yeux baissés. L'une d'elles énonça un mot bizarre qui m'incita à les relever. D'un geste impatient, la plus âgée me fit signe d'ôter mon voile. Puis elle m'étudia, et j'en profitai pour leur rendre la pareille.

Ces femmes, manifestement riches, avaient revêtu de superbes atours pour cette rencontre de fiançailles : une longue robe ample qui s'arrêtait à environ quinze centimètres de leurs chevilles, en velours vert pour l'une, bordeaux pour l'autre, toutes deux surchargées de broderies de fils d'or. Les dizaines de pièces qui étaient cousues sur le tissu cliquetaient légèrement au moindre de leurs mouvements. Sous leur robe, elles portaient un pantalon ample de couleur bleue et, aux pieds, des sandales de cuir. Leurs cheveux n'étaient recouverts que de simples foulards noirs.

Toutes deux avaient le teint basané et les yeux entourés d'un cercle épais de khôl noir. Je fus surtout frappée par les tatouages de leurs visages : une série de petits cercles noirs – dont certains à peine plus larges que des points – décoraient leurs fronts et redescendaient sur leurs joues. L'une d'elles avait les lèvres couvertes de ces points. Je me demandai, non sans une certaine crainte, si je devrais aussi être tatouée.

Elles m'étudiaient de leur côté. Puis la plus petite et la plus jeune s'adressa à moi, mais je ne compris pas un mot de ce qu'elle me demandait. L'autre, plus grande et plus forte, s'exprima alors en dari, lentement, d'un ton réprobateur :

— Si tu te maries avec un Ghilzai, tu dois parler le pachtou. Seuls quelques membres de notre tribu parlent le dari, et uniquement quand c'est nécessaire. On n'acceptera pas que tu parles ta langue parmi nous.

J'opinai du chef.

— Je suis Hanouf, poursuivit la plus âgée. Et voici Bibi.

La plus jeune m'adressa un sourire, accompagné d'un regard amical et curieux qui me procura un infime soulagement. Elle n'était guère plus âgée que moi.

Bibi jeta un coup d'œil à Hanouf, à présent occupée à examiner la pièce. Les voix des hommes nous parvenaient nettement par la porte ouverte. Comme ils éclataient de rire, Hanouf déclara :

— Allons derrière le rideau.

Mon cœur cogna douloureusement et reprit ensuite son rythme normal. Mes joues me brûlaient. Je restai plantée là, à tortiller le bout de mon voile entre mes doigts.

— Viens ! exigea Hanouf en traversant la pièce à grands pas et en tirant le rideau. Allonge-toi, m'ordonna-t-elle avec un mouvement de la tête.

Je m'allongeai sur la paillasse, en essayant de contrôler ma respiration. Bibi se tenait à l'écart, mais Hanouf s'agenouilla à mes pieds et d'un geste brusque auquel je ne m'attendais pas, souleva ma jupe et fit descendre mon pantalon, ce qui m'obligea à plier les genoux. Quand elle m'ouvrit les jambes de force, je me recouvris les yeux d'un bras et tournai le visage vers le mur. Personne n'avait jamais vu mon corps, hormis ma mère, et même elle ne l'avait pas vu depuis au moins cinq ans.

Je suffoquai et tentai d'instinct de refermer les genoux lorsque les longs doigts d'Hanouf s'approchèrent de la partie la plus intime de ma personne, mais elle m'écarta fermement les cuisses. Ses mains étaient dures et solides, ses gestes si assurés que je n'osai pas lui résister.

— Ne bouge pas ! m'ordonna-t-elle, avant d'insérer deux doigts là où, dans mon esprit, seul mon mari irait.

Des bruits minuscules et involontaires qui ressemblaient à des sifflements sortirent à mon insu de mes lèvres crispées, pendant qu'elle fouillait et sondait quelque part à l'intérieur de mon corps. Ma mère m'avait dit que cela ne me ferait pas mal, mais elle m'avait menti : j'avais l'impression qu'Hanouf déchirait ma chair et je serrais les dents de toutes mes forces. Mes jambes tremblaient. Quand elle retira ses doigts avec la même brusquerie, je laissai échapper un long cri tressaillant.

Hanouf tira sur ma jupe d'un autre geste sec et saccadé, et elle sortit de la chambre avec Bibi. Je remontai mon pantalon et me tournai sur le flanc, les genoux repliés entre mes bras. La voix de ma mère me fit lever de ma paillasse. J'allai jeter un coup d'œil derrière le bord du rideau. Mâdar m'avait dit que je ne devrais pas me trouver dans la pièce pendant les négociations.

Je la vis présenter à Hanouf un plateau de bois lisse sur lequel était posé un pain de sucre conique de trente centimètres de haut qu'elle avait préparé pour l'occasion. Hanouf tendit les mains vers le plateau, tandis que Bibi sortait un mouchoir blanc brodé du devant de sa robe et le remettait à Mâdar.

Comme ma mère l'acceptait, je compris que le mariage était imminent. Les fiançailles venaient d'être scellées par l'échange traditionnel de deux objets qui seraient utilisés au cours de la cérémonie nuptiale.

Quand les femmes et leur escorte se furent éloignées sur leurs chevaux, je me rassis sur ma paillasse. Mâdar vint s'asseoir près de moi. Elle prit ma main et la serra et je posai la tête sur son épaule. Nous restâmes assises en silence.

Le lendemain, les femmes revinrent et entourèrent ma mère. Cette fois, ma présence était autorisée. Comme la veille, l'homme qui les avait accompagnées resta dehors avec mon père, et je ne le vis pas.

Hanouf rendit le plateau qui avait porté le pain de sucre. Un costume pachtoune était posé dessus. Je compris que je devrais le revêtir le jour où je me rendrais au campement. Il y avait aussi un collier d'argent et un pendentif en forme de poisson. J'évitai de regarder ma mère, car je savais que le poisson était un symbole de fécondité et je sentis alors tout le poids de la honte qui nous accablait.

— Prends le collier, Daryâ, me dit Mâdar, comme si elle lisait dans mes pensées. C'est un cadeau rituel pour une mariée.

Je m'exécutai et serrai étroitement le poisson lisse et effilé dans ma main.

— Nous partons pour le Badakshan dans cinq jours, nous apprit Hanouf. Tout devra être réglé d'ici là.

— Bien sûr, dit ma mère. Mon mari a parlé au mollah. Il célébrera la cérémonie dans trois jours. Cela nous laisse le temps de préparer le festin de noces du village. Ma fille se rendra le lendemain dans votre campement.

La femme acquiesça de la tête.

— Nous sommes d'accord.

— Le mariage se tiendra en fin d'après-midi à la mosquée, poursuivit Mâdar. Le festin aura lieu après.

Les membres de votre tribu qui désirent y assister sont bien entendu invités.

Les femmes se levèrent, prêtes à partir. Alors qu'elles se dirigeaient vers la porte dans leurs robes qui cliquetaient, ma mère les interpella :

— Pouvons-nous connaître le nom du promis de ma fille ?

Hanouf se retourna et posa sur moi un regard inexpressif. Après une seconde d'hésitation, elle répondit :

— Il s'appelle Shaliq. C'est le deuxième fils de notre chef. Bibi et moi sommes les deuxième et troisième épouses de son fils aîné, Hafez. Nous allons devenir sœurs, ajouta-t-elle à mon adresse, avant de disparaître avec Bibi.

Le matin du mariage, j'avais la tête lourde, la gorge irritée et douloureuse. Je n'avais pas pu dormir tout mon soûl depuis de nombreuses nuits et je n'arrivais plus à croire que la discussion de mes parents, une semaine plus tôt, appartenait au domaine de la réalité. J'avais déjà préparé un sac avec mes affaires : mes trois robes et une paire de sabots de bois. Je n'avais que deux bijoux : le collier que mon père m'avait offert le jour funeste, et le poisson en pendentif envoyé par mon futur époux.

La veille au soir, Yalda était venue chez nous et elle et ma mère m'avaient décoré les mains et les pieds au henné. Avant de me lever, j'admirai les dessins compliqués, aussi délicats que de la dentelle, à la pâle lueur matinale.

Alors que je rangeais mes courtepointes, consciente que j'allais passer ma dernière nuit seule, Mâdar s'approcha de moi.

— J'ai un petit cadeau pour ce grand jour, me dit-elle d'une voix un peu trop sonore, comme si elle voulait se convaincre qu'il s'agissait effectivement d'un grand jour.

Elle me tendit un *halhal* en or finement ciselé.

175

— Il m'a été offert par mon oncle le jour de mes propres noces. Il m'a dit qu'un jour, je le transmettrais à ma fille aînée.

Je pris le bracelet délicat et je le retournai dans ma main.

Mâdar effleura d'un doigt le dessin de l'anneau.

— Dieu merci, la Kafir n'a pas réussi à mettre la main sur tous mes bijoux.

Un frémissement me parcourut à la pensée de Sulima.

— Pardon, me dit Mâdar en posant la main sur mon épaule. Tu dois désormais essayer de sortir de ton esprit la malédiction de Sulima, ma fille. Même si ses paroles ne possédaient pas le pouvoir qu'elle imaginait, le djinn risque de les lire dans tes pensées et de les transformer en réalité si tu les rumines trop. J'ai préparé ta robe de mariage sur mon lit. Viens la voir.

Je la suivis et elle souleva la robe blanche de mousseline délicate aux plis épais, qui descendait jusqu'à la cheville. La veille, elle avait passé des heures à la presser à l'aide de pierres plates brûlantes enveloppées dans du coton. Les broderies compliquées de l'empiècement représentaient des centaines de minuscules fleurs rouges et bleues entrelacées de feuilles vertes sinueuses.

— Tu vas être si belle dans cette robe, Daryâ. Je l'ai portée pour mon mariage, comme ma mère avant moi. Je suis juste désolée que tu doives la laisser pour Nasren. Tu sais que seule la fille cadette peut l'emporter dans la maison de son mari.

J'effleurai les fleurs délicates.

— Je suis honorée de la porter. Mâdar ?

Ma mère leva les yeux de la pile de voiles qu'elle pliait pour la cérémonie.

— La nuit de noces. Je crains de ne pas savoir comment...

Les mains de Mâdar s'activèrent encore plus sur les voiles.

— C'est dommage que tu n'aies pas de sœur aînée pour t'en parler. Mais tu n'auras rien à faire. Ton mari saura parfaitement comment s'y prendre. Ne t'oppose à rien ; accepte tout ce qui se produit et ça se passera plus facilement. Après les premières semaines de mariage, ton corps s'adaptera aux besoins de ton mari. Ce relâchement nocturne compte beaucoup pour un homme, alors que nous n'en avons pas absolument besoin.

J'aurais aimé qu'elle me regardât.

— Pourquoi est-ce plus important pour eux que pour nous ?

— Daryâ ! Toi et tes questions ! (Elle cessa enfin de plier et s'assit sur sa paillasse.) Parce que les femmes convenables trouvent leur plaisir autrement : par exemple, dans la préparation d'un repas qui sera apprécié, dans le fait de tenir une maison propre, de porter des enfants. Les femmes que la vie domestique ne satisfait pas et qui cherchent ailleurs une gratification sont punies par Allah pour leurs désirs dévergondés.

Je songeai à Sulima. Elle avait pris ce qu'elle voulait et elle était allée où elle voulait. Elle nous avait laissé ses fardeaux : un fils que ma mère devrait élever, une malédiction que je devrais supporter.

Je n'avais pas l'impression qu'elle avait été punie. Mais évidemment, elle ne vénérait pas Allah.

— Mais ne serait-il pas possible, Mâdar, qu'une femme apprécie les deux choses... La maison ainsi que l'autre... L'autre, comme peuvent l'apprécier les hommes ?

— Quels propos, Daryâ ! D'où te viennent de telles idées ? Bien sûr que non. Les hommes sont créés pour éprouver du plaisir ; les femmes pour leur en procurer. Il est important de s'en souvenir. Nous ne pouvons pas nous attendre à des récompenses, ici sur terre. (Elle se releva, la bouche pincée.) Assez parlé. Tu poses des questions déplacées pour une femme. Peut-être que tu as eu trop de temps pour ruminer tes propres désirs. Mais à partir d'aujourd'hui, tu n'en auras plus pour penser à ce genre de choses. Tu devras travailler sans te plaindre, faire attention à tes gestes et à tes paroles. Tu ne seras plus dans ta maison familiale, où l'on pardonne tes manières inconvenantes. Tu vivras parmi des étrangers, et tu seras sans arrêt jugée. Tu auras beau être une épouse pachtoune, tu resteras une Tadjik. Ne l'oublie pas, et sois fière de ta famille et de ton peuple. Conduis-toi de manière à nous rendre fiers aussi.

Les Ghilzais seront exigeants, mais je sais que tu peux être obéissante si tu le décides et que tu es capable de tenir ta langue.

Elle me disait exactement la même chose que mon père sur le toit. Tenir ma langue ?

— Quand on est mariée, on doit se taire. C'est comme ça. Ta vie sera plus facile si tu fais ce qu'on attend de toi. Bon, maintenant, mets ta robe de mariée.

À mesure qu'elle me parlait, je voyais le visage de ma mère devenir de plus en plus troublé. Je savais qu'un discours si long, sur des sujets d'une telle délicatesse, lui était difficile. Et aussi qu'elle n'avait pas d'autres réponses, car ce qu'elle me disait était tout ce qu'elle avait appris de sa propre vie de femme mariée.

Cependant, je n'arrivais pas à croire que ses sombres propos au sujet de l'union d'un homme et d'une femme sous une couverture molletonnée puissent être tout à fait exacts. Depuis un an, j'avais souvent eu l'impression que mon propre corps m'était étranger. Il m'arrivait parfois d'être réveillée en pleine nuit par un rêve déconcertant à propos d'animaux, ou parce qu'une chaleur incompréhensible m'embrasait. Tout en sachant que c'était mal, je glissais les mains sous ma chemise de nuit pour palper mon corps. J'y trouvais un réconfort étrange et, en même temps, une immense tristesse, à la pensée que des mains d'homme ne me toucheraient jamais et ne s'émerveilleraient jamais de la douceur de ma peau.

Ma mère, dans sa volonté d'être une épouse chaste, me cachait sans doute quelque chose. Le rire étouffé de Sulima, quand elle partageait la paillasse avec mon père, son expression de ravissement quand l'homme de Wamed remuait sur elle signifiaient sans doute qu'un acte destiné uniquement à soulager un homme et à créer des enfants ne pouvait être entièrement répugnant pour une femme.

Évidemment, Sulima était une infidèle. Peut-être que seules les infidèles avaient droit à ce plaisir, contrairement aux bonnes musulmanes.

Tandis que je passais le halhal autour de ma cheville, les ombres s'allongèrent à l'extérieur. Dans quelques heures, je serais une femme mariée, et d'ici à vingt-quatre heures, je connaîtrais la vérité.

14

Je pénétrai dans la mosquée au bras de mon père. J'avais rarement eu l'occasion de me trouver à l'intérieur, sauf pour des cérémonies particulières, par exemple des mariages. À la place, je priais à la maison, comme cela seyait aux femmes.

Malgré mes efforts pour garder les yeux baissés en foulant le sol de terre battue de l'édifice frais et sombre, d'où montait le parfum de l'herbe fraîche qui y avait été répandue, j'en fus incapable. Au moins, mon père s'abstint de me gronder parce que je regardais autour de moi. La lumière pénétrait par les hautes fenêtres étroites, placées face à l'est. Peut-être était-ce dû au fait que le fin voile blanc altérait ma vision ou à la douce lumière projetée par les fenêtres, mais, dans le silence de la mosquée tranquille et déserte, une sérénité que je n'avais pas éprouvée depuis longtemps me submergea.

Un rideau avait été suspendu au plafond pour partager la longue salle latéralement, afin de séparer les femmes des hommes. Ces derniers allaient fêter le mariage sur place après la cérémonie, alors qu'elles iraient passer la soirée à la tchaïkhana. Je ne verrais pas mon mari pendant la cérémonie, ni tout de suite après. Je ne me retrouverais face à lui – à Shaliq, dont le nom sonnait bizarrement sur ma langue – que le lendemain de notre mariage. Les hommes de Susmâr Khord m'accompagneraient jusqu'à mi-chemin du campement pachtoune, d'après ce que m'avait dit mon père. Des Ghilzais, venus à ma rencontre, prendraient alors le relais pour m'amener à Shaliq.

Mon père s'assit sur un tapis épais, tissé de magnifiques motifs représentant des oiseaux, à l'avant de la salle. Je m'agenouillai, comme il m'en avait donné l'instruction, derrière lui. Je serrai les mains sous les plis volumineux de l'ancestrale robe de mariée blanche, heureuse de ce surplus de tissu, car elles étaient moites et tremblantes.

Au bout de quelques instants, je compris que le pas traînant que j'entendais était celui du mollah. Mon père et moi nous levâmes.

L'homme, d'un âge avancé, la barbe teinte en rouge vif pour indiquer qu'il avait accompli le *hadj* à La Mecque, souleva mon voile et m'adressa un sourire. Son statut religieux le dispensait du tabou habituel qui interdisait de regarder un visage de femme.

— La mariée est effectivement radieuse, Kosha, dit-il, avant de rabaisser mon voile.

— Oui, c'est un jour heureux pour elle.

— Es-tu prête à prononcer tes vœux, mon enfant ? me demanda le mollah.

J'opinai du chef.

— Bien. La cérémonie commencera quand le marié arrivera et que la mosquée contiendra tous ses enfants. Assieds-toi et prie Allah en attendant.

Il passa avec mon père de l'autre côté du rideau. Comme ils s'agenouillaient et se courbaient jusqu'à toucher le sol de leurs fronts, j'entendis le bruissement de leurs vêtements, auquel succéda le murmure de leurs prières. Je demeurai assise, les yeux braqués devant moi, tandis que dans mon dos se faisaient entendre des rires étouffés, des chuchotements et des bruits de toux au fur et à mesure que la mosquée se remplissait.

Un silence absolu tomba enfin, suivi de pas pesants de l'autre côté du rideau. Je compris que le marié et sa famille avaient fait leur entrée. Mes mains s'agitaient frénétiquement, alors que je les serrais de toutes mes forces.

Le mollah apparut du côté des femmes et me fit signe. Je m'approchai et m'agenouillai de nouveau près du rideau lorsqu'il remua très discrètement les doigts. De sa position, il pouvait voir à la fois le fiancé et la fiancée.

— Il n'y a pas d'autre Dieu qu'Allah, et Mohamed est son prophète, annonça le mollah pour ouvrir la cérémonie.

La foule répéta cette formule à l'unisson. Il ouvrit alors le Coran et commença à le réciter. Je cessai d'écouter au bout d'un certain temps et je pris conscience que j'avais mal aux genoux. Je m'offusquai moi-même de penser à un détail si dérisoire, dans un moment d'une telle importance pour mon avenir.

Il finit par refermer le livre et me refit signe des mains, les paumes vers le haut. Le rideau oscilla, suivant le courant d'air que mon futur mari et moi produisions en nous levant simultanément, chacun de notre côté.

Le mollah porta le regard vers les hommes.

— Shaliq, fils de Kaled, prends-tu cette femme, Daryâ, pour épouse ?

J'entendis à peine l'approbation, tant elle était murmurée à voix basse.

— Tu subviendras à tous ses besoins ?

De nouveau, le chuchotement.

La barbe rouge frémit dans ma direction. Le mollah affichait une expression solennelle et des yeux subitement sévères.

— Daryâ, fille de Kosha, prends-tu cet homme, Shaliq, pour époux ?

Comme on me l'avait conseillé, j'hésitai. Le mollah me posa une deuxième fois la question, et je pris encore mon temps. Quand il me demanda pour la troisième fois si je prenais Shaliq pour époux, je répondis d'une voix claire : « Oui ».

Mon père, qui portait la miche de pain de sucre que ma mère avait présentée aux femmes pachtounes lors de la visite de fiançailles, passa ensuite de mon côté du rideau avec trois de ses amis. Il tint le pain bien au-dessus de ma tête pendant que l'un des hommes cognait énergiquement dessus avec une hachette. Le gâteau se cassa en miettes innombrables qui se répandirent en averse sur ma tête recouverte du voile léger.

— La bonne fortune tombera sur elle, déclarèrent les trois hommes en adressant un signe de tête à mon père.

Ma mère s'approcha pour lui remettre plusieurs voiles. Mon père et ses amis en déployèrent six avec précaution au-dessus de ma tête et prièrent pour mon bonheur, ma prospérité et ma sécurité. Avant de laisser doucement retomber le septième et dernier voile, mon père l'attacha à une étoffe de turban verte, puis il noua le tout autour de ma taille.

Il énonça ensuite les paroles rituelles de façon à se faire entendre de tous les fidèles présents dans la mosquée :

— Je te détache de mon autorité pour te faire passer sous celle de ton mari, en état de pureté. Pour le bien de la famille de Kosha, ne te départis jamais de l'honneur.

Cette dernière phrase fut saluée par des applaudissements retenus qui se répercutèrent à travers la mosquée, et ma mère enleva les voiles pesants qui recouvraient ma tête, exception faite du premier voile transparent. Puis elle m'accompagna jusqu'à la sortie de la mosquée pour que toutes les femmes puissent me voir dans mon nouvel état de femme mariée. Comme je gardais les yeux rivés au sol, je ne sus jamais quelles expressions affichaient ces femmes qui participaient ce jour-là à la tromperie du village entier.

Mâdar et moi ouvrîmes la voie en direction de la tchaïkhana où nous attendait le festin. Les femmes se dépêchèrent de retourner à la mosquée avec des marmites et des casseroles fumantes pour les hommes. J'étais assise sur un coussin surélevé, mais je gardais mon visage entièrement dissimulé sous mon voile blanc. Ainsi, alors que je pouvais voir les femmes et qu'elles me distinguaient à travers ce rideau de gaze, je savais qu'elles se sentaient plus en sécurité. Quand arriva le moment de rentrer à la maison, j'éprouvai un soulagement. Ma tête n'avait cessé de me lanciner, et j'avais été incapable d'avaler le moindre aliment que m'avait servi Mâdar. Dans la tchaïkhana les bruits joyeux coutumiers d'un festin de noces n'avaient pas retenti. Les femmes s'étaient hâtées de manger et de partir, après avoir échangé quelques mots avec Mâdar.

Aucune ne s'était attardée pour raconter des anecdotes sur son propre mariage ou taquiner la mariée.

Cette nuit-là, je parvins à prendre quelques heures de sommeil agité, mais je me réveillai avant que les oiseaux commencent à pépier et à gazouiller dans la cour. Pendant que la famille dormait encore, je me baignai et enfilai la robe et le pantalon pachtounes que m'avaient apportés Hanouf et Bibi.

Selon le rituel des noces, les femmes du village devaient venir à l'aube, afin de me préparer à ma rencontre avec mon nouvel époux. Mais quand mon père et ma mère se furent levés et qu'ils eurent mangé leurs nans, bu leur thé et nourri les enfants, seules Yalda et notre voisine, Hasti, attendaient dans la cour.

Mon père emmena Youssouf sur la place. À presque trois ans, il n'était plus considéré comme un bébé. Nasren, l'air blafard et inquiet, les yeux ronds comme la pleine lune, observa Mâdar et Yalda imprégner mes cheveux d'huile parfumée avant de les tresser avec un ruban porte-bonheur contenant les sept couleurs de l'arc-en-ciel. Hasti frappait tranquillement sur son *dayra*. Le doux tapotement de ses doigts sur la peau de chèvre huilée, tendue sur un cadre rond en osier, me fit penser au mariage de Gawhar. Je songeai aux nombreuses femmes du village qui s'étaient pressées dans la maison de mon amie pour la préparer, à leurs rires joyeux et à leurs chansons sur les hommes qui avaient fait rougir Gawhar comme une pivoine. Ce jour-là, on avait entendu beaucoup de dayras.

J'éprouvais un détachement curieux, et ni joie ni chagrin. J'étais triste de quitter ma maison, mais sous cette tristesse battait, au rythme des doigts d'Hasti, une infime pulsation fébrile. Je ne pensais pas que je reverrais jamais mon père et ma mère, Nasren et Youssouf. Puisque les déplacements des Ghilzais les faisaient régulièrement passer par cette vallée, mon mari m'autoriserait sûrement à rendre visite à Susmâr Khord en ces occasions.

La cérémonie de la procession en direction des nomades eut lieu à la fin de la matinée.

Hasti me souhaita une vie heureuse et s'en alla discrètement ; Yalda s'attarda quelques minutes. Elle se contenta de tenir mes mains dans les siennes. Je percevais la surface inégale et durcie de celle qui était brûlée. Elle resserra son étreinte, me regarda dans les yeux, et se contenta de hocher la tête.

— Ça va bien se passer, me dit-elle.

Ces simples paroles me soulagèrent d'un poids. Je savais d'instinct qu'elle était douée d'une étrange prémonition, je voyais qu'elle croyait en moi, en mon avenir, et cela suffit à me réconforter davantage que tout ce qu'aurait pu me dire ma mère.

La séparation d'avec Mâdar se révéla beaucoup plus difficile que tout ce que j'avais imaginé. Quand Yalda se fut éloignée de sa démarche clopinante, nous laissant seules avec Nasren, elle me prit dans ses bras, et nous pleurâmes ensemble. Sa voix n'était qu'une faible plainte et la mienne un sanglot discret.

— C'est la volonté d'Allah, gémit-elle. C'est la volonté d'Allah.

Est-ce que ça l'est vraiment ? N'est-ce pas plutôt la volonté de mon père ?

En nous voyant dans cet état, Nasren fondit elle aussi en larmes, et elle enfouit sa tête dans ma jupe. J'essuyai mes yeux, la soulevai dans mes bras et lui dis que je reviendrais la voir, qu'elle devait être gentille et aider Mâdar, tenir la tête haute et regarder le monde autour d'elle. Je lui demandai aussi d'observer le ciel la nuit en pensant à moi. J'essayai de me souvenir de paroles importantes que m'aurait dites ma grand-mère et, au cours de ces derniers instants avec ma petite sœur, je tentai de lui transmettre quelque chose d'utile, mais rien ne me vint à l'esprit. Nasren m'écouta avec solennité, même si elle était trop jeune pour comprendre vraiment, et j'étreignis son corps chaud en m'imprégnant de l'odeur de son cou.

Mon père m'attendait dehors, la main de Youssouf dans la sienne. Je partis avec eux. Comme nous nous approchions du virage que nous allions emprunter au bout de la rue, je me retournai vers la maison. Mâdar se tenait sur le seuil, Nasren dans les bras. Elle leva sa main libre pour me faire signe, et j'agitai la mienne en retour, puis elle disparut de ma vue. Aux abords de la place, je fis descendre avec soulagement mon voile épais sur mon visage, pour le cacher aux amis de mon père qui nous attendaient, car ils n'étaient pas autorisés à le voir.

Sur la place, je montai sur un cheval et m'éloignai lentement du village aux côtés de mon père qui avait installé Youssouf à califourchon sur sa selle devant lui. Les hommes du village nous suivaient à cheval en psalmodiant :

— Nous amenons la mariée, nous amenons la mariée.

À huit cents mètres du village, nous aperçûmes un mouvement en haut d'une pente. C'était la délégation d'hommes ghilzais.

Alors que nous arrêtions nos montures, une vague musique parvint à mes oreilles. Son intensité s'amplifia, au fur et à mesure qu'approchait la procession de nomades dans un nuage de poussière tourbillonnante. Jamais je n'avais entendu de chant plus solennel. Les hommes l'interprétaient avec des voix sauvages à mes oreilles, accompagnées de battements de tambours aux sonorités inconnues. En dépit de la rugosité de leurs voix, cette mélodie étrange, venue du fond des temps, me fascina.

Un homme précédait les autres sur un cheval noir qui levait les jambes très haut avec une précision calculée, comme si son oreille interne suivait le rythme de la foule derrière lui. Le cavalier tenait les rênes de trois beaux kaboulis à la robe couleur chamois. La faible distance qui nous séparait me permit de distinguer les caractéristiques – petites têtes, cous épais, ventres solides et sabots délicats – qui rendaient ces animaux si désirables aux yeux de mon père. Quand ils s'approchèrent encore, je constatai qu'une forme de circonspection émanait de leurs yeux intelligents. Sur les talons du meneur, un deuxième homme guidait un chameau superbement paré, à la tête relevée d'un air hautain et dédaigneux, comme si tout ce bruit et ce remue-ménage alentour le dégoûtaient.

De nombreux jeunes gens dansaient et tournoyaient dans la poussière ocre qui s'élevait autour d'eux. Comme ils ne portaient pas le longi étroitement drapé des Tadjiks, ils me parurent farouches, avec leurs longs cheveux noirs qui se balançaient et rebondissaient sur leurs épaules, au rythme de cette musique hypnotisante. Certains des plus âgés qui fermaient la procession arboraient cependant des longis noirs, dont une extrémité pendait sur leur épaule, au lieu d'être soigneusement coincée comme celle des hommes de mon village.

Je distinguais à présent parfaitement l'homme de tête, celui qui nous amenait les kaboulis. Mon cœur bondit. Il avait fière allure et possédait un visage fin mais bien dessiné, avec un front haut et noble. S'agissait-il de mon mari ? Un instant plus tard, je compris que cela était impossible. Il était trop âgé, avec ses cheveux noirs striés de mèches grises, manifestement puissant et trop sûr de lui pour ne pas posséder plusieurs épouses. Il ne pouvait s'agir d'un homme contraint de choisir une femme dans un village tadjik. Je me rappelai aussi que je devais être conduite jusqu'à mon nouvel époux, qui m'attendrait au campement.

L'homme serra la bride de son cheval devant mon père et leva une main. Tous les bruits et toute l'activité cessèrent à la seconde. On n'entendait plus que les piétinements et les hennissements des chevaux.

— Qu'Allah vous accompagne. Que vous n'ayez jamais faim, dit-il.

— Que vous ne soyez jamais pauvre, répondit respectueusement mon père.

J'observai la manière dont son regard s'attardait sur les trois chevaux.

— Je vous ai amené l'épouse de votre fils, ajouta-t-il.

Il s'agissait donc de mon beau-père. Je me convainquis qu'avec un père au visage d'une telle beauté et d'une telle virilité, Shaliq ne pourrait qu'être lui aussi digne et séduisant. En définitive, mon père avait peut-être pris la bonne initiative.

Je courbai la tête sous le regard de cet homme, même si je savais que mon visage n'était qu'une ombre.

— Bienvenue chez les Ghilzais, me dit-il. Nous t'avons préparé le chameau de noces.

Mon père bondit à bas de son cheval pour retenir mon voile d'une main ferme, au cas où il aurait glissé pendant que je mettais pied à terre. Aucun des

Ghilzais de sexe masculin ne devait voir mon visage avant mon mari.

L'un des jeunes gens à la tête nue amena le chameau devant. Les lèvres caoutchouteuses et la mâchoire relâchée de l'animal étaient maintenues par des lanières tressées aux couleurs vives orange et jaune, un tissu noir recouvrait son mufle et se prolongeait en arrière au-dessus de sa tête penchée. De grands pompons orange et noir oscillaient sous ses oreilles, et une énorme plume verte pendillait entre ses petits yeux malins. Un dais avait été confectionné au-dessus de la selle de cuir repoussé : il s'agissait d'une petite structure de bois, couverte d'un grand châle multicolore qui formait une tente minuscule sur le dos de l'animal. Ce dernier blatéra bruyamment à la suite d'un coup violent asséné sur son imposant arrière-train, mais il ploya ses jambes antérieures pour se mettre à genoux, sans cesser d'émettre un sifflement ronchon.

Mon père m'aida à placer le pied dans l'étrier et je grimpai sur la selle. Je dus m'accrocher aux poils grossiers du cou épais et serpentin du chameau quand la bête se souleva par secousses sur une injonction de son maître. C'était la première fois que je montais sur un chameau : j'avais l'impression de me trouver sur le toit de notre maison, et je m'agrippais de toutes mes forces.

Mon nouveau beau-père s'approcha et tendit le bras afin de faire descendre le châle du cadre du dais directement devant mon visage. Je le vis regarder un instant fixement à travers mon voile. Son expression était indéchiffrable. Quand le châle retomba, je me retrouvai dans l'obscurité. Je n'y voyais plus rien. Mon père et mon beau-père échangèrent des propos d'une voix calme, mais je ne compris pas un mot. Et subitement, de manière tout à fait inattendue, s'éleva la voix, haute et claire, de Youssouf :

— Daryâ ! Moi aller aussi !

En entendant cette petite voix, mes lèvres et mon menton se mirent à trembler. J'étais parvenue à conserver ma dignité depuis que j'avais tourné à l'angle de la rue qui me cachait ma mère et ma petite sœur. Désormais enfermée, je rejetai brusquement mon voile en arrière pour respirer à grandes goulées, et je posai fermement ma main sur ma bouche. J'entendis mon père réprimander Youssouf et je songeai à la manière dont, la veille encore, j'avais peigné ses cheveux embroussaillés. Je me dis que mon père allait peut-être s'approcher du châle pour me dire au revoir, mais, sans avertissement, le chameau se mit à avancer en ondulant. Sa démarche chaloupée me fit tomber en biais. Je dus me redresser et je fis redescendre mon voile sur mon visage. La musique martelée et les chants reprirent.

À l'intérieur de ma minuscule prison obscure, j'étais aveuglée et étourdie par la musique et les voix bruyantes. Entourée d'étrangers et cependant seule, je quittai l'unique vie que je connaissais.

15

Je tanguais et roulais sur le dos du chameau. Il finit par s'immobiliser et les voix et les tambours par s'estomper. Lorsque le bruit se réduisit à un chuchotement scandé, on rejeta en arrière le châle qui me cachait la vue. Je plissai les yeux, car mon voile lui-même ne parvenait pas à adoucir la lumière aveuglante du soleil à son zénith.

Quelqu'un donna l'ordre au chameau de s'agenouiller de nouveau, et je m'aperçus, en protégeant de la main mon visage voilé, qu'il s'agissait de mon beau-père. Il m'invita à descendre. Une grande tente noire se dressait juste devant moi : mon beau-père tira un rabat de porte et, sans un mot, me fit signe d'entrer. J'hésitai à m'exécuter, car je craignais de me retrouver face à face avec mon mari. Mais le soleil qui se répandait par la porte n'éclairait que des couvertures de couchage molletonnées, des ustensiles de cuisine et Hanouf.

— Bienvenue, Kaled, dit-elle.

Il la salua, déposa mon sac par terre et s'esquiva.

— Entre. Assieds-toi, me dit Hanouf.

Je me laissai tomber sur la courtepointe placée en face de la sienne.

— Ton mari assiste à une petite fête entre hommes. En fin d'après-midi, un certain nombre de Ghilzais d'autres camps viendront souhaiter bonne chance à votre nouveau couple. Quand Shaliq aura fait ta connaissance, il te fera sortir pour te présenter aux nôtres, mais avant cela je vais te parler. C'est à la mère de Shaliq de le faire, mais c'est impossible.

Je fronçai les sourcils.

— Elle est morte ? Je n'ai pas de belle-mère ?

Je ne m'étais pas attendue à cette situation.

— Non. Elle est vivante, mais... Ton beau-père m'a choisie pour parler en son nom. Enlève ton voile.

Je lui obéis.

— Il y a des choses que tu dois savoir, commença alors Hanouf, avant d'ajouter : bois, si tu en as envie.

Elle me désigna une bassine d'eau. Je remplis avec gratitude la petite gourde qui flottait à sa surface, et je me désaltérai. Puis j'attendis, les yeux posés sur Hanouf. J'avais l'impression que ses tatouages s'étaient assombris depuis notre dernière rencontre, ou alors j'avais oublié qu'elle en avait autant.

— Allah a souri à Shaliq, me dit-elle avec un signe de tête à mon adresse.

Ce compliment fit monter la chaleur à mon visage. Personne ici ne me connaissait. Lorsqu'ils me regardaient, ils ne voyaient pas le contour sombre de la malédiction du djinn.

— Ta belle-mère s'appelle Utmarkhail. Elle est ouzbèque. Elle vit parmi nous, mais elle a choisi de s'isoler. Cela fait des années qu'elle n'a partagé ni la tente de son mari ni celle des fils de ce dernier. (Son sourire exposa ses dents rougies par le bétel.) Mais tu devrais t'estimer chanceuse. Connais-tu l'adage murmuré par les vilaines brus ? Une belle-mère, c'est un scorpion caché sous le tapis de sol.

Je voulus lui rendre son sourire, mais mon visage demeura crispé. Il refusait de coopérer. J'aurais voulu qu'elle comprenne que je lui étais reconnaissante d'essayer de me mettre à l'aise.

— Shaliq n'est pas un homme facile, poursuivit Hanouf dont le sourire avait pâli, si bien que ses paroles, comme son visage, me mirent mal à l'aise.

L'an dernier, il a renvoyé son épouse chez ses parents et les a obligés à lui rembourser la dot de la mariée. Il l'a fait parce qu'elle était restée deux ans sans lui donner d'enfant. Cette année, son mécontentement a grandi dans tous les domaines.

Je déglutis, j'avais la gorge sèche alors que je venais de me désaltérer.

— Peut-être que si Allah le Tout-Puissant accorde tout de suite un enfant à notre union, cela soulagera l'âme de mon époux, répondis-je, tout en demandant pardon tout bas.

Où irais-je si Shaliq me rejetait aussi ? Mon père m'avait très clairement affirmé qu'il me serait interdit de retourner à la maison.

— Nous prions tous pour que cela se produise, poursuivit Hanouf, et je me contraignis à revenir au présent. Même si nous ne pouvons questionner la raison pour laquelle Allah a jugé bon de ne pas permettre à un enfant d'être planté dans aucune des deux femmes de Shaliq.

Je cillai.

— Deux femmes ? répétai-je.

Une ride se creusa entre les sourcils épais d'Hanouf.

— Il y en a d'abord eu une autre. Elle avait douze ans quand il l'a épousée. Une petite enfant frêle, incapable de supporter le prestigieux fardeau de première épouse. Kaled n'approuvait pas cette union, mais Shaliq a insisté. Il avait vu cette fille dans un autre camp et il la désirait. Mais elle a eu vite fait de tomber malade et elle est morte sur la route caravanière vers nos pâturages, la seconde année de leur mariage.

Elle posa le regard sur mes mains, et je m'aperçus que je tortillais mon voile.

— Il est donc important, après deux mariages stériles, que celui-ci fonctionne. Tu dois accepter… l'impatience de Shaliq. Il est le deuxième de trois fils, et le seul de la deuxième épouse de Kaled. Il y a aussi eu des filles, mais elles ont toutes été mariées dans d'autres camps. Shaliq tient une place difficile : il n'a pas l'honneur d'être le premier-né – honneur qui revient à mon mari, Hafez – ni celui de tenir la position de petit dernier, chéri et chouchouté. Bien que le cadet – Razak – ait été emporté par la fièvre il y a cinq ans, avant même de s'être marié, Shaliq éprouve toujours de l'amertume d'être né dans cette position qu'il estime injuste. Il ne deviendra jamais chef de sa tribu. Cette position reviendra à Hafez.

Elle se tut, car des cris et des rires fusaient à l'extérieur. Puis elle se leva.

— Ton mari arrive, je vais donc te quitter.

Je saisis mon voile, mais Hanouf hocha la tête.

— Tu n'as pas besoin de te couvrir devant lui. Même à l'intérieur du campement, s'il n'y a pas d'étrangers, tu pourras te déplacer tête nue. Les hommes de notre tribu sont autorisés à regarder nos visages, et ils nous traitent avec respect. Dans un petit campement, les choses se passent comme si nous étions tous parents.

Pourtant cette fois, je voulais me couvrir le visage. Je ne m'estimais pas capable de regarder mon nouveau mari pour la première fois sans la protection d'un voile.

Hanouf s'en alla, et les bruits sonores, à l'extérieur de la tente, se dispersèrent. J'entendis la voix de Kaled et celle d'un autre homme, plus basse. Ils parlaient en pachtou, et je ne comprenais pas ce qu'ils disaient. Leur conversation s'interrompit au moment où était écarté le rabat. Je me levai d'un bond, et sans tenir compte du conseil d'Hanouf, je jetai mon voile sur ma tête pour me couvrir le visage.

L'homme qui venait d'entrer se retourna pour refermer le rabat, puis il me fit face.

Une immense déception me balaya. Cet homme ne possédait pas une once de la dignité hautaine de son père. Il avait hérité de sa mère ouzbèque son corps trapu et ses jambes arquées, typiques de cette tribu. Ses longs cheveux noirs grossiers pendaient en désordre autour de son visage plat. Son nez était large, sa bouche très lippue. Je me concentrai sur ses yeux, car ils étaient beaux. Quasi noirs, d'une agréable forme en amande et ombrés d'épais cils foncés, ils étaient le seul trait qu'il avait hérité de son père. Je savais que je n'étais pas autorisée à ressentir cet éclair de déception. L'apparence physique d'un être ne traduisait pas ce qu'il avait dans la tête et le cœur, j'en avais pleinement conscience.

Il me contempla à travers le voile. Je constatai que nous étions au même niveau, en raison de ma grande taille.

— Tu as coûté cher à notre tribu, finit-il par dire dans un dari lourdement accentué par des nuances pachtous plus gutturales. Mon père a passé beaucoup de temps et a dépensé beaucoup d'argent pour acquérir ces kaboulis l'an dernier.

Je me retrouvai à court de réponse.

— Enlève ton voile pour que je voie si tu les vaux, exigea-t-il.

Je m'exécutai. Un sourire se dessina lentement sur le visage de Shaliq. Pourtant, ce sourire ne m'inspira pas la sensation que j'avais imaginée, quand je rêvais de cet instant.

— Tu feras l'affaire, déclara-t-il.

Il s'assit sur la courtepointe et tapota la place à côté de lui.

Je m'assis, les yeux rivés droit devant moi. Comme je sentais que mon mari étudiait mon profil, je redressai le menton. Sans avertissement, il tendit le bras pour passer la main sur ma poitrine, comme s'il voulait s'assurer de quelque chose. Je suffoquai malgré moi, mais me hâtai de refermer la bouche et de demeurer immobile. Un instant plus tard, il se leva et me tira par le bras pour me mettre debout. Il m'adressa un sourire spontané, et j'expirai lentement, car ce sourire-là le rendait plus séduisant.

— Viens. De nombreux Ghilzais arrivent dans notre camp pour la célébration.

Animé de l'enthousiasme débridé d'un homme beaucoup plus jeune qu'il ne l'était, il me traîna pratiquement dehors et je remis ma main en visière, pour protéger mes yeux du soleil après la pénombre de la tente. Je tirai sur mon voile pour le remettre, mais Shaliq interrompit mon geste.

— Je vais permettre à tout le monde de voir ma nouvelle épouse.

Au moins, je ne le déçois pas comme il me déçoit, me dis-je, avant d'écarter cette pensée d'un hochement de tête. *Je ne dois plus réfléchir comme une jeune fille. Je suis une épouse, et avant le lever du soleil demain, je serai une vraie femme mariée. Ce soir, il faudra que je demande dans mes prières à Allah de me pardonner mon manque de charité.*

Je n'eus pas le temps de prolonger mes réflexions, car Shaliq me tira entre les grandes tentes en poils de chèvre noirs, semblables à mes yeux à des papillons difformes. Hommes et femmes travaillaient côte à côte, ils conversaient gaiement, entourés d'enfants qui trottinaient en liberté. Les filles jouaient avec les garçons, ils criaient et riaient ensemble. Leurs hurlements d'excitation étaient presque constamment accompagnés d'aboiements de chiens et de bêlements plaintifs de chèvres et de moutons. Par moments, le blatèrement grincheux d'un chameau s'élevait au-dessus de ce vacarme. Le potin de ces voix qui parlaient et hurlaient en pachtou, beaucoup plus saccadé que mon dari apaisant, dérangeait mon ouïe.

Je n'avais jamais imaginé qu'un monde si libre puisse exister. Même à Wamed, le village d'infidèles de Sulima, ne régnait pas cette liberté. Un vieil homme, les bras pleins d'une pile de peaux de mouton, m'effleura au passage, et j'eus le réflexe automatique de baisser les yeux vers le sol. Il s'arrêta pour parler à Shaliq. Un instant plus tard, j'entendis mon prénom, et je relevai les yeux.

— Bienvenue, Daryâ, épouse de Shaliq, déclara le vieillard entre ses gencives édentées qui l'empêchaient de prononcer correctement les mots.

Malgré ses paupières tombantes, ses yeux étaient encore capables d'étinceler.

Je ne pus que hocher la tête, embarrassée par cette attention.

Comme nous passions devant une autre tente, j'entendis des chuchotements, et je vis deux filles, plus jeunes que moi, mais en âge d'être bientôt mariées, qui regardaient par le rabat ouvert. Elles portaient des robes identiques à la mienne, mais beaucoup plus courtes. Toutes deux avaient des dizaines de bracelets d'argent aux poignets et des chaînes de pièces d'argent autour du cou. Ni l'une ni l'autre n'avait de tatouages sur le visage. Je me demandai si l'on était tatouée à partir du mariage. Des tissus rouge vif couvraient leurs cheveux qui retombaient en longues tresses autour de leurs visages. Je pris subitement conscience de la coiffure d'un nouveau style que m'avaient faite ma mère et Yalda ce matin : une multitude de nattes attachées ensemble derrière ma tête, convenant à mon statut de femme mariée, tout au moins parmi les Tadjiks de Susmâr Khord.

Je leur adressai un sourire, sans savoir à quoi m'attendre, mais elles me le rendirent chaleureusement, avant de reprendre leurs chuchotements. L'une d'elles s'avança pour effleurer mon voile, si fin et délicat comparé aux tissus épais qui recouvraient leurs propres têtes.

Shaliq m'entraîna loin d'elles et un océan de visages entra et sortit de ma ligne de vision, dont la plupart parlaient en pachtou, hormis quelques-uns qui m'accueillirent dans ma langue. Mon esprit tourbillonnait, essayait de se souvenir de leurs noms.

J'avais mal aux joues à force de sourire. Nous finîmes par nous arrêter, et il s'assit, dans une vaste clairière au milieu des tentes. De nombreux feux étaient allumés et l'air était empli du fumet et du grésillement de la viande en train de griller.

Je me tenais debout près de lui, emplie d'appréhension, le visage brûlant à cause de tous ces yeux – féminins et masculins – scrutateurs. J'avais du mal à garder mes mains le long de mes hanches, à ne pas m'en servir pour dissimuler ma gêne. Une femme au visage ordinaire, mais serein et doux, s'approcha de moi et posa une main sur mon épaule.

— Tu peux t'asseoir. Nous goûterons le repas en ton honneur.

Je lui adressai un sourire de gratitude et me préparai à prendre place à côté de mon mari, mais elle me fit signe de m'asseoir derrière lui, et elle s'assit près de moi. Kaled se tenait en face de moi avec, à ses côtés, un homme grand et mince qui possédait le même front haut et noble que lui. Quand je vis les petits enfants autour de ses jambes, Bibi près de lui, un bébé sur la hanche, et Hanouf aussi, occupée à essuyer le visage de l'un des enfants, je compris qu'il s'agissait du fils aîné, Hafez.

— Je suis Myassa, dit la femme assise près de moi, la première épouse d'Hafez. Je sais que tu as déjà rencontré mes sœurs-épouses. En tant que famille du marié, nous mangerons en premier, puis le reste de la tribu festoiera. Ensuite il y aura des jeux.

J'avais la nuque raide et tendue et, bien que je n'eusse rien avalé depuis l'aube, l'odeur riche et graisseuse des aliments versés dans de grands bols de terre cuite me souleva le cœur. On étendit de longues bandes de tissus blancs par terre devant la famille honorée pour y poser les bols. Les tissus étaient propres, quoique jaunis par le temps et les multiples lessives, reprisés et tachés par de nombreux festins.

Mon nouvel époux se jeta sur la nourriture avec enthousiasme. Il y avait des pyramides de riz jaune, parfumé au safran. Je reconnus des selles d'agneau rôti, des tranches de foie de mouton et des collines de poulets dorés. La viande était accompagnée de petits nans ronds flottant dans de l'huile à l'oignon. Je grignotai quelques morceaux de nan, seul aliment que j'osai faire descendre dans mon estomac, tout en observant Kaled enfoncer trois doigts dans le riz brûlant, le pétrir, le rouler, et glisser la boule dans la bouche d'une fillette, pas plus âgée que Youssouf, qui se nichait confortablement contre son torse. Je compris qu'il s'agissait de sa petite-fille. À côté de moi, Shaliq mâchait et buvait bruyamment son thé noir brûlant. J'essayai de ne pas le regarder, mais je vis du coin de l'œil sa bouche s'affairer avec frénésie sur un os de poulet qu'il craquait pour en aspirer la moelle goulûment.

Tout le monde finit par paraître repu. Shaliq se leva en émettant un rot sonore, et le reste de la famille l'imita. Tandis qu'il se hâtait de rejoindre le terrain de jeux derrière les tentes, Myassa m'accompagna. Je m'écartai d'elle, pendant que la nichée d'enfants, le visage encore graisseux du repas, nous dépassait en criant à tue-tête.

— Lesquels sont les tiens ? lui demandai-je.

— Les deux plus grands garçons, la fille en robe orange, et la petite fille que porte Kaled. Le garçon et la fille qui font la course sont à Hanouf. Quant à Bibi, qui a épousé Hafez il y a seulement deux ans, elle porte son fils dans les bras et un autre enfant dans le ventre.

— Hafez doit être très fier.

— Oui. Il choisit ses épouses méticuleusement, et il n'y a pas de discorde. Hanouf et moi avons toutes les deux enterré des enfants, mais nous demeurons bénies par ceux qui sont en vie, une autre grâce d'Allah le miséricordieux. Et à présent, cela va être ton tour.

Son sourire adoucit ses traits et la rendit moins ordinaire.

J'éprouvais un profond malaise d'être entrée dans cette famille chaleureuse et accueillante sur le souffle d'un mensonge.

— Si Allah le Vrai l'estime séant, répondis-je, avec l'espoir que ma voix ne trahissait pas mes pensées.

Nous approchions d'un terrain plat qui s'étendait entre deux prairies pentues. Myassa me désigna un endroit ombragé par un grand myrte.

— Viens, on va s'asseoir là avec les enfants, à l'ombre du soleil couchant.

Je regardai vers l'ouest où le soleil commençait à décliner dans le ciel. Je ne voulais penser ni à la tombée des ténèbres ni à mon retour dans la tente obscure en compagnie de Shaliq.

Hanouf et Bibi se joignirent à Myassa et moi, et les enfants chahutèrent et luttèrent ensemble. Une nouvelle fois, je ne pus m'empêcher de remarquer que les filles se conduisaient exactement comme les garçons. Bibi n'arrêtait pas de me sourire et j'étais désolée de ne pas pouvoir communiquer avec elle.

— Comment dit-on « Bravo » en pachtou ? demandai-je à Myassa.

Quand elle me l'eut traduit, je montrai le ventre de Bibi et prononçai en hésitant : *Shâbas*, Bibi.

Bibi éclata d'un rire de ravissement et se tapota le ventre. Puis elle hocha la tête et me répondit quelque chose.

— Elle te remercie, me traduisit Myassa. Tu vas vite apprendre le pachtou. Ta langue roule facilement.

Des voix qui s'élevaient dans la clairière attirèrent nos quatre regards dans cette direction.

— Qu'est-ce qu'ils font ? demandai-je.

Deux groupes de deux hommes avaient pris place à l'intérieur d'un cercle tracé à l'aide d'un bâton dans la terre meuble. Chaque homme était relié par une jambe à son partenaire grâce à une bande de feutre attachée à des lanières de cuir autour de sa jambe intérieure.

— Ils vont jouer à la Corde et au Cercle, me dit Myassa. Dans notre tribu, nous ne pratiquons que des jeux sportifs basés sur la force. Ceux des autres tribus impliquent en général des animaux qui luttent à mort, mais Kaled ne l'autorise pas. Son cœur est tendre et il bannit les activités sanguinaires.

— Trop tendre, en l'occurrence, commenta Hanouf d'un air sombre. Parfois, je crains que nos fils ne deviennent pas de bons guerriers s'il leur est interdit de voir un combat à mort.

— Arrête de ronchonner, Hanouf, dit Myassa. Tu sais bien que tous nos hommes sont des guerriers solides et sans crainte, et que nos fils le seront aussi.

Je trouvai étrange que l'on puisse ainsi parler le plus naturellement du monde de combat et de mort. Mais la partie commença. L'un des hommes se servit d'une corde pour fouetter les jambes de la paire adverse. Le fouet cisaillait l'air dans la direction des deux autres qui bondissaient à l'unisson pour esquiver les coups brûlants, en essayant de rester à l'intérieur du cercle. Sans armes, ils tentaient de toucher leurs adversaires de leurs pieds chaussés de cuir. Au bout d'un moment, bref mais épuisant, de coups de fouet et de sauts, un homme fluet parvint à atteindre son objectif d'un orteil, et son succès fut salué par de bruyantes ovations. Les quatre hommes se donnèrent des claques dans le dos et sur les épaules et chacun d'entre eux but longuement à une outre en peau de chèvre. Le fouet changea de mains, et ce fut au tour de la paire vaincue d'essayer de l'éviter.

Comme le jeu se poursuivait avec d'autres paires qui pénétraient dans le cercle, de nouveaux feux de joie embrasèrent les collines environnantes. Je constatai, à la lumière vive de leurs flammes, que le crépuscule tombait. Des visiteurs pénétraient sans interruption à cheval dans le camp, accueillis par des embrassades amicales et joyeuses. Les vieillards se tiraient souvent mutuellement sur la barbe et se plaquaient des baisers ardents sur les joues. Bientôt, des battements de tambour nous parvinrent du côté opposé du terrain de jeu.

Le jeu de la Corde et du Cercle avait été remplacé par la lutte. Les combattants plaçaient le menton sur l'épaule de leur adversaire et s'enlaçaient mutuellement par la taille, en s'accrochant fermement au siège de leur pantalon. Ils essayaient ensuite de soulever, piétiner, laisser tomber ou faire tomber d'une façon ou d'une autre leur adversaire, afin d'être déclarés vainqueur.

Myassa se leva en prenant dans ses bras la petite fille qui s'était endormie sur ses genoux.

— Je vais aller la coucher, me dit-elle. Il va y avoir d'autres jeux, et d'autres plats pour les hommes jusque tard dans la nuit. Hanouf, tu amèneras les enfants quand tu rentreras ?

Au moment où Hanouf acquiesça de la tête, Shaliq apparut devant moi. Ma bouche s'assécha.

— On va y aller, me dit-il.

Je fus incapable de regarder Myassa, Hanouf ou Bibi. Tête baissée, je suivis mon mari en direction des tentes. Shaliq arracha au passage un brandon fumant à l'un des feux de joie. Il m'ouvrait la voie entre les tentes, sans un seul coup d'œil en arrière. Je trébuchais dans l'obscurité presque totale, les jambes gauches et pesantes. Ma tête tournait d'épuisement et parce que j'avais été incapable de manger. Je me débattais à présent pour parvenir à respirer malgré la grosse boule de nerfs logée dans ma gorge.

Dans tout le campement, le tintamarre s'était intensifié avec l'afflux de visiteurs. J'entr'aperçus des hommes qui dansaient à la lueur des feux de bois entre les tentes, pendant que, désemparés par cette entrée en masse d'étrangers dans le camp, les chiens ne cessaient d'aboyer.

Je ne désirais que le silence. Et le sommeil. Était-ce normal pour une femme, le soir de sa nuit de noces ? La vision du visage de Sulima s'imposa subitement à moi, ravi, comblé, alors que l'homme de Wamed se mouvait sur elle.

Nous arrivâmes à la tente de Shaliq. Il jeta le brandon dans un feu proche et tira sur le rabat. Je me baissai pour le suivre. La faible lueur qui s'infiltrait par l'ouverture me permettait de le voir. Il s'étendit tout de suite sur les courtepointes disposées sur de grandes peaux de mouton à même la terre damée, noua les mains derrière la tête et me regarda.

Je détournai les yeux. Mon pouls battait si bruyamment dans mes oreilles que j'en avais le vertige.

— Ferme le rabat, m'ordonna-t-il, tout en touchant la courtepointe à côté de lui et en me l'indiquant du menton.

Je lui obéis et la tente dans laquelle régnait une chaleur accablante se retrouva plongée dans une obscurité absolue. Je m'avançai lentement à l'aveuglette vers l'endroit où était allongé mon mari, les mains tendues devant moi par crainte de renverser quelque objet dans ces ténèbres inconnues. Mon orteil heurta le bord d'une peau de mouton, je m'accroupis pour chercher la courtepointe à tâtons, puis je m'agenouillai et rampai en avant. Pendant que je m'allongeais à côté de lui, j'entendis la lourde respiration de Shaliq. Je portais encore mes vêtements de cérémonie. Allais-je dormir dedans ? Je ne pouvais pas me déshabiller pour enfiler ma chemise de nuit en présence de cet étranger.

Une seconde plus tard, j'entendis un bruissement furtif, et Shaliq se plaça sur moi d'un seul mouvement rapide, les jambes écartées sur les miennes. Il me souffla au visage son haleine d'oignon et je retins la mienne. J'étais étendue rigidement, les bras le long du corps. Il remonta le long ourlet de ma robe et tira brutalement sur la taille de mon pantalon pachtoune. Dès que j'entendis le fin tissu se déchirer, j'essayai d'en dénouer le cordon, mais mes mains s'emmêlèrent dedans alors que je me tortillais pour le faire descendre de mes hanches. Shaliq s'écarta pour s'agenouiller près de moi et, des deux mains, tira le pantalon jusqu'à mes chevilles et me l'enleva. Je sentis mon halhal s'enfoncer dans ma chair, et mes sandales s'en aller avec le pantalon.

Shaliq coinça un de ses genoux entre mes jambes. J'avais beau savoir ce que je devais faire, mes jambes refusaient bizarrement de coopérer, les muscles raidis de mes cuisses ne voulaient pas se détendre et les empêchaient de s'ouvrir. Shaliq saisit mes genoux pour m'écarter les jambes de force et se placer entre elles. Je détournai la tête, les yeux fixes dans l'obscurité, et je portai un poing à ma bouche. Mon autre main, le long de ma hanche, agrippa l'ourlet de ma robe. Shaliq grogna et je sentis quelque chose d'aussi brûlant qu'une torche s'enfoncer dans mon corps, là où Hanouf avait sondé quelques jours plus tôt.

C'est mon mari. C'est bien. J'ouvris la bouche et y enfonçai le dos de ma main, je mordis dedans au fur et à mesure que ma douleur augmentait, à chaque coup que m'assénait brutalement Shaliq. On aurait dit qu'il ne parvenait pas à enfoncer une porte close, malgré toute la force qu'il mettait à cogner dessus. Et puis une nouvelle douleur accompagna une poussée particulièrement insistante, une douleur sèche, crue, aiguë, d'une intensité tellement surprenante que je ne pus retenir le cri qui jaillissait de mes lèvres encerclant mon poing. Je fermai les yeux de toutes mes forces et sentis mon visage se contorsionner, comme si j'étais une petite fille qui attendait qu'un danger fût passé et qui suçait à présent sa main pour s'empêcher d'émettre le moindre son. D'instinct, j'avais envie de frapper le dos de Shaliq du poing coincé dans ma bouche, de le marteler comme il me pilonnait, mais je savais que je ne devais pas le faire, que je ne pouvais pas le faire.

Shaliq poussa un cri étranglé et commença à se mouvoir rapidement d'avant en arrière, les mains sur mes épaules. Je crois que j'avais cessé de respirer. Ma main et ma bouche ne bougeaient plus, alors que mon estomac se soulevait et que j'éprouvais un sentiment proche de la disgrâce. De l'humiliation, peut-être. J'avais beau savoir qu'elle était naturelle, je ressentais son agression comme un affront. J'attendais la fin.

Ce fut vite terminé. Après un long soupir rauque, Shaliq se retira de moi avec une brusquerie qui me fit suffoquer une seconde fois. Suivit un soupir plus tranquille, des bruissements de vêtements, et il se rallongea à mes côtés, le dos tourné. Il fit remonter une courtepointe sur nos deux corps, et quelques instants plus tard, ses ronflements sonores remplirent la tente.

J'étais allongée dans le noir, les jambes écartées, ma robe remontée jusqu'à la taille. Des larmes coulaient des coins de mes yeux dans mes oreilles. Je finis par sortir mon poing de ma bouche et je me rendis compte que ma main me faisait mal, car je m'étais mordue jusqu'au sang. Je songeai à ma paillasse, si propre, à la chaleur des petits corps de Nasren et de Youssouf pressés contre le mien. Je songeai à la quiétude de notre village la nuit, seulement rompue par le murmure du vent dans les feuilles des mûriers et par son chuchotement contre les volets clos. Je songeai au toit, je me vis allongée dessus, plongée dans la contemplation de la carte des étoiles.

J'écoutai les ronflements de mon mari, les chiens qui aboyaient à la lune et la musique sauvage et débridée, accompagnée par les hurlements de rire des hommes étrangers. Je refermai les jambes, fis redescendre ma robe et me tournai sur le flanc pour me placer dos à dos avec mon mari. La douleur envahissait mon corps et mon cœur. Mes pleurs coulaient sans bruit, dans les ténèbres de la tente pachtoune en peau de chèvre.

Je voulais rentrer à la maison. Je voulais ma mère. Je voulais redevenir une jeune fille tadjik.

16

Après cette première nuit, j'eus très peu de temps pour me lamenter sur ma confusion d'esprit ou mes désirs. Tôt le lendemain matin, je fus réveillée par mon mari qui me reprenait. Ce fut encore plus douloureux que la première fois ; ma chair était encore déchirée, mais, comme j'allais vite l'apprendre, si Shaliq forçait régulièrement mon corps, ses coups de butoir ne duraient jamais longtemps. J'étais reconnaissante de bénéficier de cette petite miséricorde.

La chose faite, il sortit tout de suite de la tente. Allongée, inerte, j'entendis le braiment poussif d'un âne, le cocorico autoritaire d'un coq. Myassa franchit la porte de la tente, un bol recouvert et une brassée de vêtements en équilibre gracieux dans les mains. La lumière du jour pénétra par le rabat qu'elle avait laissé ouvert. Je me hâtai de m'asseoir en faisant redescendre ma jupe sous la courtepointe, gênée de voir mon pantalon en tas au pied du lit. Myassa ne parut pas s'apercevoir de mon inconfort.

— J'ai attendu le départ de Shaliq, me dit-elle.

Je contemplai son visage généreux. Des images de ce qui s'était passé la nuit précédente, et pire encore, quelques instants plus tôt, surgirent malgré moi à mon esprit, et je baissai la tête, emplie de révulsion et de honte.

— Tiens, je t'ai apporté de l'eau chaude, me dit-elle, d'un ton tellement naturel que je me sentis moins gênée. Voici des *kamis*. Ce sont les vêtements que nous portons tous les jours au camp. Les robes de cérémonie sont trop longues pour permettre de travailler à l'aise.

Elle me présenta des tuniques aux longues manches qui retomberaient jusqu'à mes cuisses, comme celle qu'elle portait.

Pendant que je m'éclaboussais le visage d'eau, Myassa me dit gentiment :

— J'ai pensé que, pour ce premier matin, tu n'aurais pas envie d'aller à la rivière avec des plaisantins qui te souhaiteraient bonne chance.

Devant mon silence, Myassa haussa les sourcils.

— Peut-être que tu préférerais que je ne sois pas là non plus.

— Non, pardon, répondis-je. Je...

Horrifiée, je sentis mes lèvres commencer à trembler. Je n'allais pas pleurer devant elle. Je les serrai de toutes mes forces, consciente de froncer les sourcils.

Myassa posa le bol et s'agenouilla devant moi.

— Tu as mal ?

— Un peu, répondis-je, incapable de la regarder en face.

— Je vais t'apporter un peu de graisse de mouton. Tu l'utiliseras avant que ton mari vienne à toi. Ça aide.

Je relevai la tête.

— De la graisse de mouton ?

Elle comprit ma confusion et me réconforta alors d'un sourire.

— Peut-être que c'est différent chez les femmes tadjiks. Vous n'évoquez peut-être pas ce genre de sujet.

Je ne comprenais pas de quoi elle parlait.

— Tu en mets à l'endroit où il s'unit à toi, m'expliqua-t-elle. Juste un peu. Les hommes ne s'en rendent jamais compte. En attendant que ton corps se relâche, ça peut aider. Après ton premier accouchement, tu ne devrais plus avoir de difficultés.

Mes joues s'empourprèrent, car je venais de saisir ce qu'elle m'expliquait. Je me couvris le visage des mains.

Myassa posa les siennes dessus pour les écarter, et je fus obligée de la regarder droit dans les yeux. Elle contempla le cercle mauve laissé par la morsure de mes dents sur le revers de ma main et le recouvrit un instant de sa paume.

— Ça va s'arranger, Daryâ, me dit-elle.

Sa compassion m'obligea à refermer les yeux pour retenir mes larmes.

Elle reprit, d'un ton plus pratique :

— Il n'y a guère de place pour la pudeur au campement, Daryâ. Nous vivons trop près les uns des autres. Bientôt, tu t'habitueras à nos coutumes. (Elle jeta un coup d'œil au rabat ouvert.) Nous avons du pain sur la planche, me dit-elle. Nous partons aujourd'hui pour le Badakshan.

— Le Badakshan ? C'est où ?

— Très haut dans les montagnes. Nous nous sommes arrêtés près de ton village après la naissance et la tonte des agneaux. À présent, nous allons continuer à grimper, pour permettre au troupeau de brouter l'herbe plus longue et plus tendre qui pousse là-haut.

Je me représentais leurs moutons à la queue grasse – des karakuls – et à l'épaisse laine bouclée.

— En chemin, poursuivit Myassa, nous ferons halte dans d'autres villages pour échanger la laine et quelques bêtes contre des provisions. (Un cri nous parvint de l'extérieur.) Mais avant de te quitter, Daryâ, je dois te raconter brièvement l'histoire de Shaliq. Cela te permettra peut-être de le comprendre... et de lui pardonner en partie son comportement.

Pouvait-elle savoir ce qui s'était déroulé sous la tente, comment, sans me manifester le moindre respect ni la moindre tendresse, il m'avait prise brutalement, sans un mot, comme si je n'étais qu'un objet ?

— Hier, Hanouf m'a parlé de ses anciennes épouses et de son sentiment d'insécurité, parce qu'il est né en deuxième position.

Myassa hocha la tête et s'installa plus confortablement sur la courtepointe.

— Mais il y a autre chose. Puisque Kaled n'a pas d'autre épouse qu'Utmarkhail et qu'elle ne peut être considérée comme telle, j'ai endossé le rôle de première femme de la famille. On m'en a transmis les histoires. Mon devoir consiste à maintenir une alliance étroite dans cette famille. Sans quoi, avec si peu de stabilité et d'intimité, notre vie s'effondrerait. Tout ce que je te confie sur notre famille – celle de Kaled – ne doit pas en sortir. Nos propos restent prisonniers des murs de nos tentes. Il ne peut en être autrement. Les commérages sont très mal considérés. Tu comprends ? Je peux te faire confiance ?

J'opinai du chef.

— C'est vrai que Shaliq est un homme difficile, mais j'ai pu constater, depuis que je suis mariée à Hafez, que son mauvais caractère provient de son sentiment d'insécurité. Et puis Kaled a beau être un homme juste et bon, il ne considère pas Shaliq avec un amour et un respect identiques à ceux qu'il voue à Hafez, et qu'il vouait à son fils cadet, Razak.

« La première épouse de Kaled, Husna, a eu trois filles. Puis est venu Hafez. L'année suivant sa naissance, Kaled était parti acheter des chevaux dans le nord, plus loin qu'il n'était jamais allé. Chez les Ouzbèques, les Turkmènes élèvent les meilleurs chevaux, utilisés pour le *bouzkashi*. Kaled espérait en acheter plusieurs et les revendre à un prix plus élevé à Kaboul, mais il s'est trompé dans ses calculs. Il est resté coincé chez les Ouzbèques à cause des neiges abondantes et il n'a pas pu refranchir les montagnes à temps. Il était jeune, il avait le sang chaud, et il s'est retrouvé pendant quatre mois sans femme. C'est là qu'il a rencontré Utmarkhail et qu'elle l'a ensorcelé.

Je hochai la tête en songeant à mon père et à Sulima.

— Kaled l'a ramenée des steppes comme seconde épouse et elle lui a rapidement donné Shaliq. Mais elle a vite montré des signes d'instabilité mentale, et elle a rendu la vie d'Husna, la première épouse, absolument atroce.

Je trouvais que ces vies reflétaient bizarrement la mienne. Cette coïncidence m'ébranlait, mais en même temps, elle m'apportait une forme de compréhension. Les choses se passaient peut-être de la sorte pour beaucoup de maris, d'épouses et d'enfants. Ce qui s'était produit dans mon foyer n'était peut-être pas si révoltant que je l'avais imaginé.

— Husna portait l'enfant qui allait être Razak quand Kaled s'est à nouveau absenté du camp pendant de longs mois pour échanger et vendre des chevaux. Cet hiver-là, Utmarkhail et Husna ont eu de violentes prises de bec. Hafez lui-même, même s'il n'était à l'époque qu'un petit garçon, se souvient de l'atmosphère terrible qui régnait dans la tente.

« Peu après la naissance de Razak au début du printemps, alors que Kaled était toujours au loin, Husna est morte subitement de façon mystérieuse. Utmarkhail a déclaré qu'elle avait eu une infection sanguine après son accouchement, mais tout le monde l'a soupçonnée de l'avoir empoisonnée. Quand Kaled est revenu, Husna était déjà enterrée. Rien n'a jamais été prouvé, cependant, quelques mois plus tard, Kaled a déménagé dans la tente de son cousin, avec ses filles Hafez, et Razak. Après la mort d'Husna, la femme de son cousin s'était mise à allaiter Razak en même temps que son propre bébé et ils ont vécu ensemble pendant de nombreuses années. Kaled aurait voulu emmener aussi Shaliq, car il craignait l'influence d'Utmarkhail sur l'enfant, mais elle a refusé.

« Utmarkhail et Shaliq ont donc vécu seuls, même si Kaled continuait tout naturellement à subvenir à leurs besoins et interdisait à quiconque de faire preuve d'irrespect à leur égard. Mais peu à peu, comme il se révélait de plus en plus clairement qu'un djinn avait détruit l'esprit d'Utmarkhail, tout le monde l'a évitée. Bien sûr, Shaliq a souffert, enfant, d'avoir une mère pareille. Quand il a grandi et qu'il a échappé à son influence, il s'est contenté d'aller vivre dans la tente de son père. Malheureusement les années passées auprès d'elle ont laissé des cicatrices, et il n'a jamais trouvé sa place. Si bien qu'il tempête et plastronne pour essayer de prouver qu'il vaut tout autant qu'Hafez aujourd'hui et que Razak de son vivant.

— Et elle, maintenant ? Ma belle-mère ?

— Elle ne parle plus, et elle ne sort plus de sa tente. Elle reste dedans, plongée dans le noir, et elle passe son temps à manger. Même quand nous manquons de nourriture, elle sort en douce pour en voler, afin de combler son appétit insatiable.

Mon visage exprima sans doute une forme d'effroi, car Myassa me tapota la main.

— Elle ne t'ennuiera pas, mon enfant. Elle se moque de tout et de tout le monde. Du moment que son ventre est plein, elle ne fait de mal à personne. Tu prépareras toujours de la nourriture en plus. C'est Shaliq qui la lui apportera. Je m'en occupais quand il n'avait pas d'épouse. À présent, c'est ton tour. (Elle se leva.) Sers-toi de l'eau pendant qu'elle est encore tiède, et habille-toi. J'enverrai Bibi t'aider à démonter la tente.

J'allais donc entamer de la sorte la transhumance jusqu'à la province du Badakshan, et le reste de ma vie.

Une demi-heure plus tard, j'observai avec stupéfaction Bibi défaire quelques nœuds et tirer de toutes ses forces sur la tente d'hiver fabriquée en *palas*, ce tissu en poils de chèvre noirs tissés. L'édifice s'effondra gracieusement dans un chuintement d'air. J'avais déjà fait tous mes bagages. En moins d'une heure, le campement entier – dont je calculai par la suite qu'il comprenait plus de cent cinquante hommes, femmes et enfants – fut démonté. Tout le monde, jusqu'au plus petit bambin, avait une tâche à effectuer.

Shaliq ne fit qu'une brève apparition alors que je travaillais avec Bibi. Sans rien dire, il prit sa selle et une outre en peau de chèvre que j'avais placées à l'extérieur de la tente et repartit en direction de l'enclos des chevaux.

On amena les chameaux. Malgré leur mauvais caractère, ils paraissaient indifférents au poids qu'on entassait sur leurs bosses solides. Sur ces animaux très laids, les brides composées de perles rouge, bleu et blanc vifs paraissaient incongrues. Certains portaient des décorations supplémentaires sous forme de plumes, de rubans et de clochettes. Les Ghilzais espéraient-ils les rendre plus aimables en enjolivant leur apparence ? Chaque famille disposait d'un chameau pour transporter ses possessions, si bien que des piles énormes et branlantes de tentes, de couchages, de marmites et de casseroles, de cages de bois pleines de poulets piaillants étaient accrochées au dos des animaux. De jeunes garçons aux voix sonores allaient et venaient entre les chameaux et asségnaient des coups de branches pour obliger les créatures qui sifflaient et crachaient à rester bien en ligne.

D'autres chameaux étaient équipés d'espèces de selles en bois de fabrication grossière, pareilles à de petits cageots, disposées entre leurs bosses. Des bambins y étaient installés, sur un rembourrage composé de peaux de moutons et de couvertures. Leur mère grimpait de l'autre côté pour équilibrer le chargement, empêcher les plus petits curieux d'essayer de descendre et maintenir le long cou oscillant des chameaux en ligne, à l'aide de grandes baguettes d'osier.

Certains chameaux portaient aussi les personnes âgées. Je me demandai laquelle, parmi les femmes dissimulées sous leur châle, était ma belle-mère.

Trois ou quatre coups de fouet suffirent à rassembler les chevaux. Chaque groupe de ces gracieux animaux aux longues pattes était mené par un homme. Beaucoup de cavaliers allaient chevaucher le long de la caravane. Des enfants plus âgés et des femmes encore jeunes et sans enfants marchaient dans la poussière à côté des chameaux. Quelques-unes portaient les agneaux nouveau-nés à l'intérieur de couvertures nouées dans leur dos.

Pour conclure, le gros troupeau de moutons fut regroupé à l'arrière de la caravane. Les chiens du campement couraient sans cesse d'aboyer autour des animaux entassés qui bêlaient à fendre l'âme. Des garçonnets poursuivaient à toutes jambes un agneau qui s'échappait parfois du troupeau, les yeux écarquillés, pris de panique parce qu'il avait perdu sa mère. Quelques dizaines de boucs barbus se mêlaient aux moutons.

Je rejoignis Bibi qui portait son bébé en écharpe, et Hanouf au milieu de la foule de femmes caquetantes, et la caravane s'ébranla. Myassa chevauchait un chameau qui transportait les enfants d'Hanouf et sa propre fille.

Nous marchâmes toute la journée, en dehors d'une brève halte destinée à faire boire les animaux, et à manger nous-mêmes du pain et du fromage que nous transportions. Au début, j'embrassai les lieux alentour du regard, et je ressentis un petit pincement de plaisir, de me déplacer ainsi en liberté en pleine nature comme je ne l'avais jamais fait. Bien évidemment, je songeai à ma grand-mère. La tête renversée en arrière, je scrutai le ciel radieux. Contemplait-elle ce voyage avec approbation ?

Quand arriva la fin de l'après-midi, mes jambes me faisaient beaucoup souffrir, j'avais les pieds gonflés dans mes sandales souples, je crevais de chaleur et de soif. Je n'allais pas me plaindre et demander quand nous allions nous arrêter, car les autres femmes et enfants avançaient sans inconfort apparent. Je fus néanmoins soulagée de voir un petit homme à cheval remonter au trot la longue ligne de chameaux, de chevaux, de moutons et d'êtres humains en criant en pachtou, car je compris, d'après les murmures environnants, que nous allions bientôt faire halte.

Cependant, malgré mon corps endolori, j'aurais pu continuer à marcher toute la nuit pour éviter d'avoir à la passer avec Shaliq.

Deux jours durant, la caravane traversa le haut pays fertile, à un rythme lent mais régulier. Le deuxième jour, alors que le crépuscule allait tomber, un village apparut à l'horizon. Je savais qu'il était tadjik, et je contemplai le contour des bâtiments fièrement ancrés dans la vallée verdoyante, et les longues ombres que projetait le soleil couchant sur leurs murs lisses. L'odeur familière d'un tas de fumier qui se consumait s'insinua jusqu'à moi, portée par la brise chaude du soir, et je fus prise d'une folle envie de courir vers cet endroit qui ressemblait tellement au mien.

— Quel est ce village ? demandai-je à Hanouf.
— Pani Mar, me répondit-elle.

Mon cœur se mit à cogner de crainte. Un cousin de mon père vivait à Pani Mar. D'un seul coup, j'éprouvai des difficultés à respirer.

— Nous allons y faire halte ?
— Oui. Une partie des hommes se rendra à la maison de thé ce soir pour voir si les Tadjiks aimeraient faire du troc, même si ce village ne veut en général pas de moutons.

Je la suivis sans rien dire. J'espérais qu'une jeune mariée tadjik n'était pas assez importante pour constituer un sujet de discussion masculin dans une maison de thé. J'eus du mal à avaler quoi que ce soit avant le départ de Shaliq pour le village, et je passai la soirée seule à l'intérieur de la tente, trop inquiète pour demeurer auprès des autres femmes.

J'attendis sous la couverture, en imaginant ce qui risquait de se produire si mon secret était éventé.

Mon cœur bondit follement quand j'entendis revenir les hommes. Je m'assis, les yeux rivés sur le rabat de la tente, la couverture agrippée contre ma poitrine des deux mains.

Mais Shaliq entra dans la tente sans rien dire. Quand il éteignit la chandelle et vint s'étendre sous la courtepointe, le schéma habituel de nos nuits se répéta, et je compris que j'étais encore en sécurité.

Dix jours plus tard commença ma période impure. Je savais qu'elle allait arriver, qu'aucune graine de Shaliq ne germerait jamais en moi, mais je fus la première étonnée par ma déception. En même temps, j'éprouvai un petit soulagement, puisque j'allais bénéficier d'au moins cinq jours de tranquillité pendant lesquels j'échapperais aux assauts nocturnes de Shaliq. Selon la coutume pachtoune appliquée aux périodes impures des femmes, comme me l'avaient appris mes compagnes, il dormirait dans une autre tente.

Je ne savais comment lui annoncer la nouvelle gênante de mes règles. Hormis ses exigences, ses demandes et les réponses que j'y apportais, nous ne parlions pratiquement jamais de rien. Ce soir-là, je me contentai de lui présenter un tissu taché de sang quand il rentra dans la tente, après son repas.

Il crispa les lèvres à sa vue.

— Je suis désolée, dis-je. Mais ce n'est que le premier mois.

Il acquiesça de la tête.

— Un homme comme toi... aura sûrement de nombreux beaux garçons, ajoutai-je, dans l'espoir qu'un tel compliment allait adoucir son humeur.

Il refit le même signe de tête.

— Comment aimerais-tu appeler ton premier fils ? lui demandai-je.

J'avais l'impression de partager pour la première fois quelque chose avec lui, même s'il s'agissait d'une déception.

— J'ai toujours rêvé d'un fils appelé Baksh.

Quelque chose, dans sa voix et ses yeux, m'inspira de la pitié. Je pouvais comprendre la frustration que lui procurait le fait de ne pas avoir d'enfant et je lui pardonnais presque de me traiter si rudement.

— Oh oui, dis-je. C'est un beau prénom. Et notre fils sera un cadeau pour toi, comme le prédit ce prénom.

Je lui tendis sa courtepointe préférée.

— Qu'Allah t'apporte la paix dans ton sommeil, lui souhaitai-je d'une voix douce.

Il s'en alla et me laissa tranquille durant les cinq jours suivants. Je ne faisais que l'entr'apercevoir, à califourchon sur son cheval, au milieu de la caravane qui poursuivait sa lente ascension sinueuse au milieu des collines.

Je me demandai pendant combien de mois il accepterait les tissus souillés qui ne manqueraient pas de lui être présentés, et pendant combien de temps je trouverais des paroles apaisantes.

Après une trentaine de jours de voyage, de tentes montées le soir et démontées à l'aube, nous atteignîmes le Badakshan. J'inspirai de plaisir lorsqu'au début d'une après-midi, Hafez revint à cheval nous dire d'établir le campement en lisière d'une grande prairie d'herbe verte moelleuse qui nous accueillerait pendant les mois d'été.

— Nous allons monter les yourtes, m'annonça Myassa. Elles sont plus fraîches et plus vastes que les tentes. Beaucoup plus pratiques par temps chaud.

Elle m'aida à installer la structure soutenue par de longs poteaux bien enfoncés dans le sol, qui se rejoignaient au sommet pour former un cône. Ces poteaux étaient ensuite reliés par des nattes en roseau, et du feutre noir, pourvu d'un trou à leur point de jointure pour laisser plus d'air pénétrer dans la yourte, en formait le toit. Tout comme lorsque nous faisions halte pour monter nos tentes tous les soirs pendant le voyage, chaque famille plaça sa yourte de telle sorte qu'aucune porte ne faisait face à une autre. Quand la mienne fut montée, j'aidai Bibi à installer la sienne. Puis je préparai la nourriture et la laissai sur le feu à l'attention de Shaliq et de sa mère, et je me glissai dehors, afin d'explorer les lieux qui constitueraient mon cadre de vie au cours des mois suivants.

Un large fleuve paisible, le Panjshir, serpentait entre les rives herbeuses de la vaste vallée cernée de pics déchiquetés couronnés de neige. J'avais entendu parler du Panjshir. Je savais que par endroits, son cours était rapide et dangereux, parsemé de torrents fracassants. Ici cependant, dans cette vallée reculée, il coulait paisiblement. Des bras morts formaient d'étroites péninsules de terre et de petites îles à sa surface. Je portai mes mains en visière pour me protéger de l'éclat du soleil et suivre plus loin ses méandres, et j'aperçus les contours d'un petit lac, à l'extrémité de la vallée. Les montagnes projetaient des ombres mauve foncé et les rafales de brise fraîche qui en descendaient soulevaient doucement la surface de l'eau et la faisaient frissonner. Le long des berges étaient disposés de gros rochers couverts de lichen vert et orangé, selon un équilibre presque parfait.

Des fleurs estivales dorées – des potentilles et des renoncules, comme me l'apprendrait par la suite Bibi qui avait la patience de m'enseigner le pachtou – attiraient les insectes de la vallée. Des nuées de petits papillons couleur crème, zébrés de gris foncé, voltigeaient et plongeaient frénétiquement au-dessus des petites fleurs, à l'opposé des abeilles bourdonnantes qui grimpaient nonchalamment le long de leurs tiges.

L'herbe haute offrait un camaïeu de verts d'où émergeaient les têtes oscillantes de roses trémières, aux couleurs ivoire, rose vif et violet foncé. Assise dans ce cadre somptueux, je contemplai l'eau en éprouvant, pour la première fois depuis un mois que j'étais mariée, une infime forme de paix. Je me rendis compte que je priais avec moins d'assiduité qu'à Susmâr Khord ; le nom d'Allah ne venait pas aussi souvent aux lèvres des Ghilzais qu'il ne montait à celles des habitants de mon village. Je baissai la tête. J'allais prier et remercier Allah de m'avoir amenée dans ce lieu à la magnifique beauté. Cela me ferait du bien de prononcer une prière qui sortait de mon cœur.

Mais tandis que je me préparais, des pas, pesants et proches, me dérangèrent. Je me tournai pour voir qui arrivait, honteuse d'être prise en flagrant délit de paresse, alors que j'aurais dû travailler. Pourtant l'intruse ne parut pas me remarquer. Il s'agissait en effet d'une femme énorme et voilée, dont les bourrelets de graisse tressautaient sous le kamis souillé et distendu. Elle se laissa tomber lourdement sur les genoux et poussa un grognement en heurtant le sol avec un bruit sourd. Je compris qu'il s'agissait d'Utmarkhail ; c'était la seule Pachtoune que je n'avais pas encore vue. Hanouf m'avait désigné sa silhouette, courbée sur un chameau à l'extrémité de la caravane, le visage toujours voilé. Dès que Shaliq avait monté sa tente le soir, elle disparaissait à l'intérieur, encore voilée, mais il m'arrivait parfois d'apercevoir ses chevilles nues monstrueusement enflées et ses souliers en lambeaux, fendillés, quand elle en franchissait laborieusement le seuil. Elle me faisait penser à un insecte géant à la recherche d'un abri. Elle rejeta son voile en arrière et entreprit de cueillir des fraises sauvages. Aux gouttes de jus rouge qui coulaient sur son menton, et au claquement de ses gencives, je compris qu'elle était édentée. Les joues tremblotantes, elle enfournait les fruits mûrs dans sa bouche par poignées.

Je craignais de me retrouver face à face avec cette femme qui était ma belle-mère. Comme si elle lisait dans mes pensées, Utmarkhail releva brusquement la tête, sa bouche, béante et décrochée, bourrée de fruits écrasés. Elle releva son nez bosselé tel un renard en chasse.

Elle me fixa du regard et, malgré la distance, la folie qui se lisait dans ses petits yeux luisants me donna le frisson. Je restai pétrifiée. Au bout de quelques secondes, la femme battit l'air devant son visage et reprit ensuite sa cueillette frénétique et son festin. Sans cesser de mastiquer furieusement, elle se déplaça encore pendant quelques minutes au milieu du tapis de fraises. Puis elle se hissa debout, abaissa son voile et s'éloigna de moi à pas traînants.

Avec un soupir de soulagement, je m'allongeai dans l'herbe et contemplai le ciel. Je songeai à ma vie. Je m'aperçus que j'étais incapable de réfléchir clairement lorsque j'étais entourée de femmes et d'enfants dans le campement ; en outre, je ne disposais plus d'aucun instant de solitude ni d'intimité. Elles me manquaient, et je me rendis compte que mes pensées – capables de vagabonder lorsque je vivais à Susmâr Khord et que je m'asseyais sur le toit toute seule – s'étaient rétrécies, affûtées. Leur envergure dans un village minuscule, opposée à leur resserrement alors que nous traversions un paysage immense, constituait un phénomène des plus étranges.

Pendant que nous cheminions en caravane, j'étais toujours cernée de bavardages féminins, de rires, de pleurs ou de demandes d'enfants, de bruits d'animaux. J'avais peu de temps pour réfléchir sans être interrompue ; à la place, j'écoutais les autres femmes, j'essayais de comprendre le pachtou, je me joignais parfois à leur conversation. Elles abordaient des sujets bien féminins : enfants, repas et vêtements, accouchements, maladies et décès, temps et cycles. Des conversations que j'avais entendues entre les femmes de mon propre village. Identiques, avec pour seules variations, celles liées à un mode de vie différent.

Ces conversations ne me gênaient pas : elles me distrayaient, elles m'empêchaient de penser à mon village, aux besoins nocturnes de mon mari, à la durée pendant laquelle il supporterait une femme incapable de lui donner un enfant. À mon destin, le jour où il ne m'accepterait plus. Mais je me languissais d'autre chose, de conversations à propos des étoiles et de longs voyages. J'étais sûre que, parmi les Ghilzais, certains avaient dû s'aventurer fort loin. Sûre qu'ils connaissaient des histoires merveilleuses sur des endroits exotiques comme ceux qu'avait vus ma grand-mère.

Peut-être qu'à présent que nous allions demeurer au même endroit pendant plusieurs mois, je découvrirais que certaines conversations, dans le campement, se portaient sur de tels sujets. Peut-être que ma propre tête pourrait à nouveau s'emplir des récits que je n'avais pas oubliés, que ma grand-mère viendrait me rendre visite dans mes rêves et me rappeler mon pouvoir.

J'avais oublié mon intention de prier.

17

Cinq mois s'étaient écoulés depuis mon arrivée au campement ghilzai et l'été – notre séjour dans la vallée – approchait de son terme. J'avais travaillé de l'aube au crépuscule avec les autres femmes pour transformer la laine estivale tondue en feutre, traire les vaches et préparer la nourriture. Parfois, j'avais l'impression que nous étions des ânes, car nous trimions en silence, à porter sans cesse des fardeaux, ne nous arrêtant que pour boire, manger, et nous effondrer de sommeil à la fin de chaque longue journée.

Personne ne parlait de la lune et des étoiles. En général, elles n'avaient pas fait leur apparition que nous étions déjà endormies d'épuisement. Je m'exprimais désormais assez bien en pachtou pour me faire comprendre. Je n'aimais pas la sensation de cette langue dans ma bouche, ces mots qui se logeaient durement dans ma gorge, et je me languissais d'utiliser les sons, doux et mélodieux, de ma propre langue. Mais dès que j'eus montré que je me débrouillais en pachtou, personne ne m'adressa plus la parole en dari.

Shaliq ne se fatiguait pas. Kaled, Hafez et les autres hommes passaient la plus grande partie de leur temps à s'occuper des chevaux dans les enclos rudimentaires. Ils domptaient ces magnifiques créatures arabes dans le but de les vendre à Jalalabad pendant l'hiver. Contrairement à eux, Shaliq allait à la pêche dans un petit affluent du Panjshir ou restait assis à jouir de la chaleur du soleil estival, à boire le thé et à bavarder avec des hommes qui se joignaient à lui.

Mon mari voulait que j'aie le visage décoré. Je refusai de me faire tatouer, mais il me répliqua vertement que ce choix n'était pas de mon ressort et m'envoya voir Hanouf.

— Les tatouages ne sont pas seulement faits pour embellir, ils augmentent aussi la fécondité et protègent contre la maladie, m'apprit-elle, tout en préparant une poudre à partir d'écorce d'acacia et de cosses d'une graine noire inconnue.

Après avoir ajouté du thé froid à ce mélange pour l'humidifier, elle lava mon visage et perça la peau de mon front et de mes joues à l'aide d'un éclat d'os qu'elle avait d'abord pris soin de faire tremper dans de l'eau bouillante sur le feu.

— Shaliq préfère un dessin simple, me dit-elle.

Tout en travaillant, elle s'humectait la lèvre supérieure de la langue. Je demeurai parfaitement immobile. Elle s'y prit vite, d'une main ferme, et ne me fit presque pas mal. Elle essuyait au fur et à mesure les gouttes de sang qui perlaient sous la pointe de l'os à l'aide d'un chiffon propre. Puis elle trempa l'os dans la pâte noire et en barbouilla les minuscules trous ronds.

Elle finit par s'asseoir sur les talons, en hochant la tête.

— D'ici quelques jours, les croûtes tomberont et tes *hurquus* brilleront sur ton visage.

Je voulus en effleurer un, mais elle m'en empêcha.

— Ne lave pas ton visage tant que les croûtes ne seront pas tombées. Et ne t'inquiète pas. Le feu purificateur des anges interrogateurs les brûlera avant ton entrée au paradis.

Comme je ne possédais pas de miroir, je ne pouvais apercevoir le reflet de mon visage que dans l'eau ondoyante et ocrée de la rivière, ou sous la forme d'une minuscule image distordue dans les pupilles des personnes auxquelles je parlais. J'avais la sensation d'avoir grandi au cours des derniers mois. Mon corps me paraissait plus mince, mes os, sous ma peau, plus saillants. Mes mains aussi avaient été endurcies par le travail et leur peau hâlée par le soleil. La plupart des femmes se montraient aimables avec moi, quoique souvent perdues dans leurs tâches, submergées par leurs responsabilités. En dépit de l'activité qui régnait dans le campement, je me sentais seule à l'intérieur.

Au début, j'essayais souvent de parler à Shaliq une fois qu'il s'était dégagé de moi d'une roulade dans le noir, quand je savais qu'il était apaisé et satisfait. Je lui posais des questions précises sur ses activités de la journée, sur un petit événement quelconque qui s'était produit dans la tribu. Il me répondait par monosyllabes, même s'il lui arrivait parfois de me faire part avec fierté de ses prouesses à un jeu qu'il avait gagné. Je me disais que si je parvenais à susciter chez lui un intérêt, si minime fût-il, pour ma vie précédente, si différente de celle-ci, que si j'essayais de lui parler de mon village tadjik, cela nous rapprocherait. Mais dès que je parlais trop longtemps, il me tournait le dos et j'entendais vite ses premiers ronflements sourds. J'abandonnai rapidement mes tentatives de conversation.

Une fois, au tout début, alors que je repensais à Sulima et au plaisir évident qu'elle prenait avec son amant, je voulus ralentir sa routine nocturne au moment où il grimpa sur moi, en lui caressant les épaules.

— Shaliq, murmurai-je. Attends, s'il te plaît. Laisse-moi me mettre à l'aise pour que...

À ma grande surprise, il s'interrompit. Mais j'en restai interdite, et mon corps ne me souffla pas ma conduite. Je levai la tête, pressai la joue contre la sienne et sentis sa peau mal rasée. Mais je ne sus pas quoi faire d'autre. Je n'éprouvais aucune des émotions que j'avais surprises sur le visage de Sulima.

— Viens à moi, mari, dis-je enfin.

Et même s'il fut moins expéditif cette nuit-là, je ressentis une frustration et une solitude encore plus insondables quand il eut terminé.

Au cours de ces premiers mois parmi les Ghilzais, ce fut la beauté environnante qui me procura mon plus grand plaisir. Une vague de paix m'inondait, chaque fois que j'avais l'occasion de contempler les montagnes, de humer la rivière terreuse et le parfum prenant de l'herbe ondulante. Mes moments préférés étaient ceux où je faisais la lessive, debout dans l'eau du Panjshir. Tout en martelant et frappant le linge mouillé sur un rocher lisse du fleuve, je chantais mes vieilles chansons tadjiks. De temps en temps, il m'arrivait même de fredonner le bizarre chant étranger sur la Britannia. Je récitais les poèmes en persan que m'avait appris ma grand-mère. Ces chansons et ces poésies m'apportaient de la joie, mais aussi de la tristesse.

Je perdais la part de moi-même qui était la Daryâ tadjik. Avec cette nouvelle langue qui cascadait de mes lèvres, mes mains rugueuses comme celles d'un homme et mon visage tatoué, je ne parvenais plus très bien à définir ma véritable identité.

Shaliq me frappa pour la première fois ce cinquième mois, au moment de ma période impure. J'aurais dû m'y attendre : le quatrième mois, il avait contemplé le linge ensanglanté d'un regard furibond. Il avait brutalement saisi la courtepointe et avait franchi d'un pas martelé la porte de la yourte. Dehors, il s'était emparé d'une marmite posée sur le sol à côté du feu et l'avait jetée de toutes ses forces à l'intérieur de la yourte. Tout s'était passé si vite, de façon si inattendue, que j'avais juste eu le temps d'esquiver le lourd ustensile qui avait laissé une zébrure à vif sur mon épaule, transformée tout de suite en affreux hématome noir.

Quand la lune commença à décliner, le cinquième mois, je m'aperçus que mes règles étaient en retard. Trois jours durant, je gardai secret mon fragile espoir. Les nuits s'étaient rafraîchies et le soleil mettait plus de temps à poindre le matin ; les aubes étaient frisquettes. Je passais mon temps à confectionner des piles de nans plats pour la transhumance, je pétrissais la graisse dans la pâte pour obtenir un pain dur et goûteux qui se garderait pendant plus d'un mois. Une grande agitation régnait dans le camp, où tout le monde se préparait à redescendre par les cols et les hauts plateaux, puis à longer la province de Laghman et mon village. L'arrivée à notre campement hivernal, dans les environs de Jalalabad, était prévue avant le ramadan. Nous avions d'énormes quantités de feutre à vendre, ainsi que de nombreux récipients de beurre clarifié et de petit-lait séché. En outre, la tribu espérait tirer des bénéfices intéressants, en troc comme en monnaie, des agneaux sur le point d'arriver à maturation et des chevaux arabes domptés.

Tandis que le ciel s'assombrissait, je repartis en chantonnant de la rivière, un énorme panier coincé sous le bras. Une touffeur imprégnait l'air. J'avais lavé tous nos vêtements et notre linge de couchage en prévision des longues semaines de voyage. Il serait difficile de trouver le temps et l'énergie de frotter les vêtements et de les laisser sécher pendant notre marche, et j'étais donc satisfaite de savoir que nous aurions assez de linge propre pour la plus grande partie de notre déplacement.

Alors que je passais près de l'enclos, les chevaux effarouchés poussèrent des hennissements. Ils étaient très remuants, ils se groupaient, se détachaient les uns des autres et trottinaient à l'intérieur des barrières. Au loin, de l'autre côté des montagnes, retentit un vague grondement qui m'éclaira sur leur comportement. Le tonnerre. Je n'en fus pas surprise, après la chaleur moite de la journée.

J'espérais que l'orage ne gâcherait pas la soirée. Une petite fête devait se tenir pour célébrer la fin du campement estival, avec une représentation de *landay*, et l'*atan*, une danse de cérémonie exécutée par les hommes. J'attendais ces festivités avec impatience. Nous avions travaillé sans répit et je me réjouissais de cette perspective.

Comme le panier m'encombrait, je le fis glisser sur ma hanche et je ressentis subitement une crampe violente dans le ventre. Tout l'espoir qui emplissait mon cœur s'évapora sur-le-champ. Je m'étais autorisée à croire que c'était arrivé, qu'Allah le Très-Juste avait écouté mes prières et estimé bon d'exaucer le seul souhait que je formulais. Au cours des derniers jours, j'avais laissé se développer des rêves, vaporeux comme des nuages d'été. J'imaginais qu'un bébé allait arriver, qu'on m'accorderait peut-être la permission de faire une halte à Susmâr Khord la prochaine fois que nous passerions non loin du village, pour montrer leur premier petit enfant à mes parents. Je prouverais que la malédiction de Sulima avait été plus faible que ma foi en Allah et en Ses actes miséricordieux.

Mais tandis que cette crampe familière s'aggravait, tous ces rêves se dispersèrent au gré du vent, ainsi que se parsèment les têtes chatoyantes des fleurs montées en graine dans une prairie.

Mon pas se ralentit et je gardai les yeux rivés sur mon panier à linge à l'approche des yourtes installées à la lisière du campement. J'espérais que personne ne m'adresserait la parole, car je débordais d'amertume. Alors que je me glissais entre deux yourtes, en évitant les portes ouvertes, j'entendis des voix masculines qui parlaient fort. Sans me rendre compte que j'écoutais, je réalisai que l'une de ces voix était celle de Shaliq et l'autre celle de Qul, le mari de Faiza, une jeune femme de mon âge.

Qul s'exprimait d'un ton calme et taquin, alors que Shaliq lui répondait vivement, sans faire l'effort de dissimuler sa colère. Les hommes du camp n'étaient pas autorisés à se battre les uns contre les autres. Toute animosité trouvait un exutoire dans des sports, ou dans le *turbruganay*, un jeu de mots qui s'arrêtait à l'instant même où démarraient les insultes.

J'avais constaté que certains hommes étaient habiles à déformer les mots, de telle sorte que leur véritable signification se cachait derrière une plaisanterie légère. La gifle de cette joute verbale ne claquerait que plus tard, quand son récipiendaire serait assoupi ou détendu devant une tasse de thé.

Je m'étais également aperçue que Shaliq, peu doué pour les échanges verbaux, était souvent la victime impuissante de ces jeux de mots. En général, il réagissait aux plaisanteries dont il faisait l'objet par des marmonnements de colère ou des chapelets de jurons.

J'entendis mon nom et m'immobilisai. Personne ne pouvait me voir entre les yourtes.

— Après tout, mon ami, disait Qul, son corps se meut vraiment comme s'il était fait pour une débauche de plaisir.

Pareille familiarité embrasa mon visage. N'étant pas pachtoune, n'étant pas née dans une tribu, je savais que certains d'entre eux se sentaient autorisés à prendre des libertés avec ma dignité. Certaines femmes ne s'étaient pas privées pour le faire en ma présence, mais je n'avais pas réalisé que les hommes aussi me manquaient de respect.

— Quelle chance que ton père n'ait pas hésité à la dépense pour te trouver une épouse, poursuivit Qul. D'autant qu'il reste encore des filles célibataires dans notre camp. Mais, bien évidemment, ce ne sont que des ingrates et des gâtées, puisqu'elles ont refusé la proposition d'un homme comme toi.

Ma détresse grandit encore. Il m'était arrivé de me demander pour quelle raison Shaliq n'avait pas épousé une Ghilzai et ce qui avait poussé son père à lui choisir une villageoise. À présent que je savais à quel point les règles étaient moins rigides chez les nomades, je réalisai que les jeunes filles ghilzais elles-mêmes avaient repoussé Shaliq. Leur rejet le rendait encore moins séduisant qu'il ne l'était déjà.

Je n'entendis pas la réponse de Shaliq.

— Oui, Shaliq. Tu as raison. Mais en tant que fils de notre chef, il est encore plus important que tu aies de nombreux fils. La faible constitution de ta première épouse et la personnalité désagréable de la deuxième ont peut-être affaibli ta semence. Mais, avec une femme telle que ton épouse actuelle, aucune excuse ne tient.

Qul rit de bon cœur, comme si Shaliq appréciait ce commentaire blessant tout autant que lui.

— Tu ferais peut-être mieux de te reposer plus pendant la journée pour être moins fatigué quand tu remontes les couvertures.

D'autres paroles étouffées suivirent, puis la voix de Qul s'éleva de nouveau clairement.

— Allons, mon ami. Assieds-toi. Le thé est chaud.

Shaliq sortit d'un pas pesant de la yourte et se dirigea vers la rivière. Je me hâtai de rentrer, d'étendre les vêtements et le linge propres sur la corde tendue entre un poteau de la yourte et un autre poteau fermement planté dans le sol. Comme mes crampes continuaient, mes craintes se confirmèrent, dès que je vérifiai de quoi il retournait.

Je tisonnai le feu et fis chauffer une large marmite du plat préféré de Shaliq que j'avais préparé plus tôt : du riz, au milieu duquel était creusé un trou rempli de *dhye*. Les mouches grouillaient en plus grande quantité qu'à l'accoutumée et j'agitai une petite branche feuillue au-dessus du nan qui se rafraîchissait, pour les empêcher de se poser dessus. D'autres grondements retentirent au loin. La pluie n'allait pas manquer de tomber. Une brise brûlante, jaillie de nulle part, projeta une poussière épaisse, cinglante, à l'odeur bizarre, tira sur les yourtes en roseaux et vint taquiner ma tête, si bien que j'eus l'impression d'avoir le visage enveloppé d'ailes palpitantes. Dès que j'aperçus Shaliq qui s'approchait, une expression renfrognée sur son visage plat, je versai du beurre fondu sur le mélange de riz.

— Ton repas est prêt, Shaliq, lui dis-je alors qu'il jetait un coup d'œil dans la marmite brûlante. J'ai aussi fait le gâteau aux amandes pilées que tu adores, avec le reste des raisins secs.

Shaliq s'accroupit sans m'attendre pour verser le riz graisseux dans un bol et l'enfourner aussitôt dans sa bouche avec les doigts, d'un geste si rapide que je me demandai comment il s'y prenait pour ne pas s'étouffer. Il l'avala sans l'avoir vraiment mâché. Il s'essuya le visage et les mains avec le linge que je lui tendais, puis il prit le morceau de gâteau et s'en empiffra aussi.

Pendant que je me servais mon propre repas et que je m'asseyais pour manger, Shaliq me saisit soudain par mes nattes. Stupéfaite, je posai les mains sur les siennes pour essayer de l'obliger à tirer moins durement sur mon crâne. Sans un mot, il me traîna à l'intérieur de la tente, avec autant de facilité que si j'avais été un agneau.

— Arrête, Shaliq ! Que se passe-t-il ? lui demandai-je, alors que je savais, je savais qu'il allait déverser sur moi la fureur que Qul avait instillée en lui.

Mon crâne me brûlait ; il ne relâchait pas son emprise sur mes nattes qui descendaient jusqu'à ma taille.

— Tu m'as ridiculisé, grogna-t-il. Toutes les nouvelles mariées de la tribu attendent un enfant. Toutes, sauf toi.

Il tira encore plus fort.

— Mais nous sommes mariés depuis moins longtemps. Cela fait moins de mois que je suis ton épouse que...

— *Chuptiyâ !* rugit-il.

Je me tus comme il l'exigeait. Il lâcha mes nattes et me projeta sur la courtepointe. Je levai les yeux vers lui, en proie pour la première fois à une véritable frayeur. Je ne l'avais jamais vu pester avec une telle férocité. Avant que je puisse dire quoi que ce soit, il agrippa le haut de mon pantalon et le déchira. Son visage déjà très empourpré se figea, et il crispa la mâchoire. Je me débattis, afin de redescendre mon kamis pour cacher le tampon de laine révélateur, alors qu'il avait déjà eu le temps de le voir et de comprendre.

Son torse s'abaissait et se soulevait et ses yeux s'étaient réduits à de simples fentes. Je rampai à reculons pour lui échapper, les yeux fixés sur son visage, mais deux pas lui suffirent pour me rejoindre et me relever brutalement par le devant de mon kamis. Il me gifla une fois, deux fois, trois fois, avec une telle violence que mes oreilles se mirent à bourdonner et que je perdis l'équilibre.

En tombant, je me retournai et me recroquevillai comme je l'avais fait petite fille avec mon père, et je me protégeai la tête des bras. Shaliq me martela le dos et les épaules de ses poings d'acier. Je finis par me retrouver à plat ventre sous ses coups et je sentis la pointe de sa botte de cheval en cuir s'enfoncer vigoureusement dans mes côtes. Je poussai un hurlement aigu et, subitement, le silence tomba dans la yourte, ponctué par la respiration rauque et haletante de Shaliq. On aurait dit que cet unique cri avait interrompu tous les bruits et tous les mouvements du campement.

Je gisais, inerte, redoutant de déclencher une nouvelle agression si je remuais. Shaliq se décida à sortir de la yourte. Je remontai lentement les genoux sous mon menton et m'assis ensuite sur les talons. Une de mes oreilles bourdonnait si fort que je crus être sourde. Je secouai la tête pour dégager mon tympan, mais mon geste ne provoqua qu'une douleur plus aiguë.

Personne ne se présenta à la yourte. Quelqu'un avait-il entendu mon cri, ou le camp n'était-il silencieux qu'à l'intérieur de ma tête ? Ou alors, avaient-ils entendu mais ne voulaient-ils pas s'en mêler ? C'était plus probable. Shaliq était mon mari ; il pouvait me traiter comme il l'entendait, il avait tous les droits.

En définitive, les hommes étaient tout-puissants dans tous les domaines, même si la semence de Shaliq, en dépit de sa vigueur, était incapable de vaincre une malédiction kafir. *Combien de mois, combien d'années, cela va-t-il continuer ? À présent qu'il m'a battue une fois, est-ce qu'il recommencera tous les mois ? Si la malédiction tient bon, Shaliq finira sûrement par me tuer.*

Mes propres réflexions me terrifiaient. Je ne laisserais pas cela se produire ; je ne laisserais pas mon époux mettre un terme à ma vie. J'essayai de trouver une position confortable, allongée sur le flanc, les genoux relevés, et je m'efforçai de convoquer des images pour me réconforter. Des images du zenana ou d'une pièce étrangère dans laquelle était suspendu le tableau de la femme casquée qui aurait pu être moi, selon ma grand-mère. Des images d'enfants à la peau laiteuse. Mais je fus incapable de rien voir : les coups de Shaliq avaient tout effacé de ma vision intérieure.

J'étais obsédée par ma malédiction. Pourtant il existait peut-être un moyen, un moyen connu de ces femmes nomades, pour m'en débarrasser. Ou pour donner davantage de pouvoir à la semence de Shaliq. Pendant que j'y réfléchissais, une autre petite voix, dans ma tête, me souffla une chose à laquelle je n'avais encore jamais pensé : *Comment se fait-il qu'aucune de ses autres femmes n'ait conçu non plus ?* Elles ne pouvaient pas être maudites aussi. Une telle coïncidence ne pouvait exister.

La douleur des coups et des plaies me terrassait par vagues. Je fermai les yeux. J'entendis les premiers bruits de la fête, mais je n'y assisterais pas.

La pluie se mit à tomber alors que la musique et les rires s'estompaient. Elle se déversa toute la nuit durant. Le tonnerre grondait et des éclairs illuminaient la yourte par intermittence. Quand je sortis le lendemain matin, il ne pleuvait plus, mais le ciel n'était qu'un amoncellement de nuages noirâtres bouillonnants. Nous nous hâtâmes tous de démonter les yourtes et de remballer le camp. Nous rassemblâmes les moutons et les chèvres trottinants et bêlants à l'avant, suivis des femmes et des enfants. Les malheureux chameaux avançaient derrière nous en s'effondrant sous leur fardeau, et les hommes et les chevaux fermaient la marche.

Je me tournai pour jeter un dernier regard au campement. L'herbe aplatie et jaunissante conservait l'empreinte des yourtes. De l'eau s'égouttait tristement des feuilles dentelées des bosquets de noyers, d'amandiers, de chênes et de myrtes qui poussaient à profusion alentour. Des branches, arrachées par le vent sauvage de la nuit, étaient éparpillées sur le sol spongieux. La végétation éclatante, quelques semaines plus tôt, offrait ses teintes automnales, mais sans refléter le soleil qui la faisait tellement resplendir la veille encore. Aucune fière lueur bronzée ou cuivrée, aucun rouge soutenu, aucun jaune canari rayonnant ni orange vif ne frémissait dans le silence ; les feuilles frissonnantes et flétries paraissaient toutes du même humble ton marron terne.

Quelle tristesse de quitter un lieu d'une telle splendeur dans cet état lamentable ! On aurait dit que le campement avait vieilli en une nuit, peut-être comme une femme du zenana artistiquement fardée : bien que d'une beauté énigmatique dans la pénombre, elle se révélait n'être qu'une mégère fanée à la lumière crue du jour, fort différente de l'image qu'elle offrait grâce à des artifices.

Ce matin-là, tout au souvenir de l'espoir qui habitait mon cœur le jour où j'étais arrivée dans ce lieu enchanteur, j'étais partagée entre l'amertume et la tristesse.

Nous cheminâmes jusqu'à notre campement d'hiver. Nous montâmes les tentes noires. Au fil des mois, Shaliq faisait preuve de plus en plus de brutalité à mon égard. Peu lui importait que les autres vissent les bleus sur mes yeux gonflés et ma démarche boitillante. Il exprimait ouvertement le dégoût que je lui inspirais.

— Tu es vraiment une épouse bonne à rien, ne cessait-il de me répéter. Mon père a gaspillé ses chevaux pour t'acheter. Combien de temps penses-tu que je vais t'autoriser à manger ma nourriture, à t'abriter sous ma tente ? N'importe quelle esclave pourrait effectuer le même travail que toi. Une bonne à rien, répétait-il.

Bonne à rien. Cette expression ne cessait de résonner dans ma tête. *Tu ne vaudras pas mieux que la poussière sous les sabots du chameau*, m'avait prédit Sulima. Et cela s'était avéré.

Yalda m'avait annoncé, le jour de mon mariage, que tout se passerait bien. Elle avait tort. Où était mon avenir radieux, celui que m'avait prédit ma grand-mère ? N'étais-je pas captive ici, prisonnière des Ghilzais, tout comme je l'étais à Susmâr Khord après la malédiction de Sulima ?

Au début d'une après-midi, alors que je cousais dans la tente, Kaled vint s'asseoir près du feu avec Shaliq. Je ne prêtai pas attention à leur conversation, jusqu'au moment où je me rendis compte que Shaliq se plaignait de moi.

— Mais elle ne porte pas d'enfant. Combien de temps puis-je rester sans fils ?

La voix revêche de Shaliq avait porté à l'intérieur de la tente. Je penchai la tête sur les minuscules points de la nouvelle chemise que je lui confectionnais et rapprochai la lampe.

— Cela ne fait pas si longtemps, répondit Kaled. Tu dois attendre.

La voix de Shaliq grimpa :

— J'en ai assez d'attendre. J'ai toujours attendu. Celle-ci ne vaut rien. Tu n'aurais pas pu me trouver une femme plus féconde ? Regarde les épouses d'Hafez : toutes les trois sont prolifiques. On dirait que tu fais exprès de me choisir des épouses qui ne me conviennent pas.

Je retins mon souffle, l'aiguille figée en l'air. Quelle réponse Kaled allait-il apporter à ces reproches humiliants ? Une épaisse chape de frayeur tomba sur moi, car le silence se prolongeait.

— Un fils ingrat est une verrue sur le visage d'un père, se décida enfin à déclarer mon beau-père. La garder est une souillure, la couper une douleur.

Un autre silence suivit ce commentaire, puis Kaled reprit la parole :

— On conçoit plus facilement un enfant par espoir et estime que par besoin cruel, mon fils. Tu sais qu'Hafez me succédera comme chef. Mais puisque notre campement s'élargit, il se peut toujours qu'un jour, toi, mon deuxième fils, prenne la tête d'un autre. Y as-tu pensé ?

J'attendis, surprise par les propos de Kaled. Shaliq, chef d'une autre tribu ghilzai ? Cette perspective relevait de l'impossible. Shaliq était incapable de se faire respecter. Qui obéirait à ses ordres, à part moi ?

— Cependant, l'honneur d'être un chef ne va pas sans responsabilités, poursuivit Kaled. Les Ghilzais veulent l'homme le plus fort pour chef. Et sa force ne se mesure pas seulement à l'aune du nombre de sacs de grains qu'il est capable de soulever ou de brebis qu'il peut porter. Ils veulent la voir s'exprimer sur son visage quand il traite avec les chefs de tribus guerrières, tout comme lorsqu'il a affaire aux vieilles femmes et aux enfants en bas âge. Réfléchis, réfléchis, Shaliq, avant de parler et d'agir, je te le dis depuis ton enfance.

Je déposai mon travail de couture pour écouter Kaled. Une fois de plus, j'étais frappée par sa bonté et sa sagesse. Comment avait-il pu engendrer un fils tel que Shaliq ?

— À l'heure où nous parlons, la tribu se rend bien compte du traitement que tu infliges à ta femme. Tout le monde entend, voit les marques sur son visage, et ils savent que tu la fais souffrir. Ta conduite est embarrassante, Shaliq, en tous points identique à celle que tu as eue avec tes autres épouses. Tu les bats et ça n'aboutit à rien. Ce n'est pas parce qu'elle est battue qu'une femme concevra plus vite.

Shaliq répondit longuement à voix basse, mais Kaled l'interrompit.

— Oui, tu as le droit de battre ta femme. Mais les corrections s'appliquent à la désobéissance ou à un comportement dévergondé. Un homme susceptible de devenir chef un jour ne peut susciter l'irrespect de son peuple par sa conduite impatiente et dénuée de charité. C'est inconvenant.

Je n'entendis pas la réponse de Shaliq, mais je savais que son visage devait être noué par la colère, ses lèvres crispées sur les mots qu'il retenait. J'envoyai une supplique à Kaled :

Je vous en prie, soyez particulièrement sage maintenant.

Ne parlez plus ce soir. Le ressentiment que vos paroles inspirent à Shaliq va rejaillir plus tard, et je subirai la piqûre de son courroux.

— Viens, proposa Kaled, comme s'il m'avait entendue penser tout haut. Oublions cette conversation désagréable. Accompagne-moi à cheval, pendant qu'il fait encore jour. Nous irons jusqu'à la prairie où j'ai aperçu un troupeau de jeunes chevaux robustes la semaine dernière. Nous dormirons dans l'herbe et à la première lueur de l'aube, nous parviendrons peut-être à en surprendre un ou deux et à les capturer.

— Mais tu emmènes toujours Hafez.

Shaliq s'exprimait sur le ton pleurnicheur d'un enfant accusant ses parents de favoritisme.

— Tu ne manifestes jamais la moindre envie de participer à la capture, alors que tu t'y prends bien avec les chevaux.

— Hafez viendra avec nous ?

— Non. Juste nous deux.

J'entendis le sifflement de satisfaction de Shaliq, à la suite duquel il entra en plastronnant dans la tente, un plaisir suffisant affiché sur le visage.

— Prépare un sac de nourriture. Je pars avec mon père, au nord, de l'autre côté du col.

Pendant que Shaliq rassemblait sa cravache et une outre en peau et qu'il roulait étroitement sa courtepointe pour la fixer derrière sa selle, je remplis une sacoche d'assez de pain, de fromage sec, de mouton cuit, de compote de rhubarbe sauvage et de feuilles de thé pour permettre aux deux hommes de se nourrir pendant deux jours. J'ajoutai une petite casserole et deux tasses, avant de sortir de la tente derrière lui. Je tendis la lourde sacoche à Kaled.

— Bonne chance dans votre quête, lui dis-je d'une voix douce. Qu'Allah vous accompagne.

Shaliq avait déjà pris le chemin de l'enclos et disparaissait entre les tentes.

— Et que tes rêves soient paisibles, répondit Kaled.

Il accueillit mon sourire d'un hochement de tête et se tourna pour rejoindre son fils. En suivant du regard son dos solide et ses épaules droites, je me demandai, comme souvent, comment un deuxième fils avait pu tomber si loin de l'arbre de son père. Je pouvais uniquement prier pour que Shaliq n'eût pas oublié les conseils de son père la prochaine fois que je lui montrerais le linge souillé.

18

Peu après notre retour au campement d'été du Badakshan, Faiza, la femme de Qul, fut la première à me suggérer une solution, pour résoudre mon incapacité à concevoir un enfant. Elle m'apporta un petit sachet de cuir, fermé par un cordon.

— Du *bui-moderan*, Daryâ. C'est un thé aux herbes spéciales qui le rendent extrêmement épicé et brûlant pour la langue. Lors de tes prochaines règles, fais-le bouillir dans de l'eau et bois-le pendant trois jours. Il est important de l'essayer pendant que tu es impure, parce que ta matrice est ouverte et qu'elle acceptera les stimulants. Au bout de trois mois de mariage, aucun signe de vie ne se manifestait dans mon ventre et j'ai essayé ce thé... Et voilà, c'est ainsi que j'ai eu mon petit Jabbar.

Je la remerciai d'un sourire forcé, en regardant le bébé blotti contre sa poitrine. J'avais du mal à admettre que Faiza, âgée d'un an de moins que moi, avait déjà un petit enfant dans les bras et un autre dans le ventre.

Je bus donc le thé bouilli dont le goût amer me fit presque vomir, mais il ne donna pas avec moi les mêmes résultats qu'avec Faiza.

Dulfyia, la *dai* de la tribu, m'apporta d'autres herbes séchées.

— Tu commences par les faire bouillir dans du lait de chèvre et tu bois la mixture, me conseilla-t-elle.

La sage-femme avait les yeux écartés et un nez bulbeux et crochu et je trouvais qu'ainsi elle ressemblait à un oiseau, mais sa nature bienveillante irradiait de son grand sourire qui dévoilait ses larges dents carrées.

— Si ça ne fonctionne pas, essaie d'ajouter du beurre clarifié aux herbes le mois suivant, écrase le mélange dans du blé cuit et mange le tout. Tu ne dois pas en introduire trop en une fois dans ton corps, car ces herbes contiennent un remède puissant qui purifie le ventre mais qui peut aussi provoquer de graves douleurs à l'estomac.

« Souviens-toi surtout, Daryâ, de ne manger que des aliments chauds. Les aliments froids font fuir la chaleur, qui stimule la semence des hommes. Évite l'eau froide, le babeurre, les yaourts – tout ce qui ne te réchauffe pas de l'intérieur. »

Le regard de Dulfyia me rappela Yalda, et j'eus envie de me blottir contre elle, de lui révéler ma malédiction. Mais je ne devais en parler à personne. À la pensée de Yalda, la tristesse m'envahit. J'avais besoin de voir ma mère, besoin de sentir ses bras m'enlacer. Shaliq ne m'avait pas plus permis d'aller à Susmâr Khord quand nous étions passés à quelques heures du village en redescendant vers notre campement hivernal que lors de notre remontée par temps chaud. J'essayais d'imaginer Nasren et Youssouf, âgés d'un an de plus. Je voyais Nasren en train d'apprendre à cuisiner et à faire le ménage, son sourire languissant qui rappelait tellement celui de notre mère. Et Youssouf... Était-il déjà monté sur un petit poney ? Mon père l'emmenait-il à la tchaïkhana ? S'asseyait-il avec lui sur le toit ?

Shaliq m'autoriserait-il un jour à rendre visite à ma famille ?

Je suivis toutes les instructions de Dulfyia à la lettre, afin de ne pas éveiller les soupçons.

J'étais persuadée que la malédiction de Sulima allait priver tous ces vieux remèdes de leur pouvoir.

Et, bien évidemment, ceux de Dulfyia se révélèrent inefficaces. Ce fut au tour de Myassa de venir me voir.

— Il est temps d'essayer le *post-poshidan*, me déclara-t-elle.

— ... Porter des... peaux ? traduisis-je moi-même, complètement déconcertée.

— Oui. Pour commencer, nous essaierons la voie la plus douce. Nous tuerons un poulet. Ensuite, nous attacherons sa peau à ton ventre pendant une journée, après l'avoir préparée avec un mélange de clou de girofle et de safran des Indes. La peau imbibée par les épices dégage une grande chaleur qui pénétrera dans ton corps. Le même jour, tu mangeras la chair du poulet, cuite avec du gingembre.

Je fronçai le nez.

— Une peau de poulet ? Toute une journée ?

Myassa fit claquer sa langue.

— Ça n'est pas douloureux, ma fille, et tu ne le regretteras pas si tu conçois le mois suivant, non ? Si ce n'est pas le cas, nous irons un degré plus loin.

— Et c'est quoi, ce degré plus loin ? demandai-je.

Je savais que Myassa s'attendait à ma question, alors que je n'avais aucune envie d'en apprendre davantage.

— Plus la peau est large, plus le pouvoir est grand. Nous essaierons celle d'une brebis fraîchement tuée. On l'enveloppera autour de ton corps, la laine vers l'extérieur, pendant deux jours et deux nuits. Tu ne devras pas bouger pendant ces jours-là.

Malgré ma révulsion flagrante, Myassa poursuivit comme si de rien n'était :

— Bien sûr, tu ne devras avaler aucun aliment froid pendant les quarante jours suivant l'application, car cela amoindrirait l'effet du post-poshidan.

J'acquiesçai sans mot dire. Et ces tentatives se poursuivirent.

J'endurai la peau de poulet et, en temps voulu, la peau de brebis. Cette seconde méthode était inconfortable et humiliante. Allongée sur la courtepointe le second jour, enveloppée dans une épaisseur étouffante de fourrure et de chair ensanglantées qui se raidissaient peu à peu, j'essayai d'ignorer les mouches qui se posaient sur mon visage, attirées par cette odeur de putréfaction, et de m'échapper mentalement, en me projetant en direction de l'enfant perdu et sans visage qui attendait peut-être une mère, à côté d'Allah.

L'espace d'un instant, je sombrai dans une somnolence agitée, proche d'un état de transe. J'eus alors l'impression de me voir au loin, habillée de vêtements bizarres, un bébé minuscule blotti dans mes bras, dont je ne parvenais pas à distinguer les traits. La joie m'envahit, mais accompagnée d'autre chose, une chose inexprimable. Malgré tous mes efforts, je n'arrivais pas à voir le visage de cet enfant. Puis l'image s'estompa, s'éloigna de plus en plus et je la suppliai de revenir dans un cri. Je sentis de l'eau fraîche sur mes tempes et j'aperçus le visage serein de Myassa, penché sur moi. Elle m'essuyait avec un linge humide.

— Tu as eu une vision, Daryâ ?

Je hochai faiblement la tête et Myassa me sourit.

— C'est normal. S'agissait-il d'images positives ou négatives ?

— Positives, je pense. Quoique...

J'hésitai, incapable de formuler le sentiment de détresse résignée qui avait accompagné l'image.

— Tu as vu un enfant ?

De nouveau, je hochai la tête.

— C'est un signe, Daryâ. Je pense que cette fois, nous allons réussir.

J'eus la sensation qu'un minuscule tentacule d'espoir se déployait dans mon corps, mais en même temps, le sentiment inconnu et dérangeant qui l'accompagnait ne me rassura pas.

Quatre semaines plus tard, mon sang coula, épais et noir. Myassa convoqua la dai.

— Nous ne pouvons pas essayer autre chose ? demanda-t-elle à Dulfyia. Cela fait plus d'un an, et toujours rien. Si nous utilisions une *degcha* ?

Une petite marmite ? Mon regard passa de Myassa à Dulfyia. La plus âgée des deux femmes me dévisageait.

— Il ne nous reste plus qu'un moyen physique, Daryâ. Si ta matrice n'est pas placée correctement dans ton ventre, elle empêche l'entrée de la graine. Je vais essayer de la remettre au bon endroit. Laisse-moi voir.

Elle tira sur le devant de mon kamis.

L'accablement s'empara de moi. Je savais parfaitement que le problème n'avait rien à voir avec ma matrice.

— Allons, allons, ma fille. Montre-moi. La pudeur n'est pas de mise.

Les yeux braqués sur la paroi en feutre de la yourte, j'attendis que Dulfyia eût palpé et massé mon ventre de ses doigts solides et ridés.

— Hum… fit-elle. On dirait que ta matrice est dans le bon alignement. En apparence, son placement est correct. Mais Myassa a raison : elle est peut-être à l'envers à l'intérieur. (Elle laissa mon kamis retomber et me regarda dans les yeux.) Si c'est le cas… Je dois utiliser la degcha. N'aie pas peur, ajouta-t-elle.

— Je n'ai pas peur.

— Cette méthode est beaucoup plus simple que de porter les peaux, même si elle peut causer des dégâts quand on l'utilise sans les connaissances nécessaires. J'y ai souvent eu recours depuis que je suis dai. Ça te redressera les entrailles et, la chose faite, ta matrice devrait être placée de telle sorte que sa bouche sera prête à accueillir la graine. Viens me voir le dernier jour de tes règles. C'est le moment où tu seras la plus réceptive.

Quatre jours plus tard, je me rendis à la yourte de Dulfyia, munie d'un petit sac de coton aux jolies broderies, fermé par un cordon en poils de chèvre étroitement tressés. Myassa m'avait dit que je devais apporter un paiement symbolique à la dai pour ses services.

Dulfyia ne perdit pas de temps en bavardages.

— Étends-toi et dénude ton ventre.

Lorsque je fus prête, elle graissa ma peau avec du beurre clarifié. Puis elle étala une galette de pâte crue dessus. Elle sortit brièvement de la tente et revint avec une petite marmite en argile. La degcha. Le récipient était enveloppé dans un tissu épais et de la fumée sortait par le haut de son ouverture circulaire.

— Un chiffon enflammé est attaché au fond de la marmite. Je vais placer l'ouverture de la marmite sur la pâte qui absorbera sa chaleur sans que tu sois brûlée. Mais ne bouge pas.

— Qu'est-ce que ça va faire ? demandai-je, fascinée par le récipient brûlant.

— L'air va être expulsé de la marmite par la flamme. Peu à peu, il aspirera la pâte humide, et du coup, cela tirera beaucoup sur ta peau. Avec de la chance, assez fort pour remettre aussi ta matrice en place.

Elle entama l'opération.

Tandis que je subissais ce tiraillement, ce déchirement, presque, sur ma peau, l'abattement me saisit. Tous ces trucs. Et dans quel but ? De toute évidence, la malédiction était trop puissante pour être vaincue par une médecine quelconque. Dulfyia perdait son temps, tout comme Myassa et Faiza avant elles. Personne ne pouvait m'aider ; Allah ne voulait pas me délivrer de ma terrible situation.

À la suite de cette réflexion, je ressentis une secousse écœurante à l'estomac, sans le moindre rapport avec la degcha. Allah m'estimait donc indigne de son attention ? Avais-je été une fille si ingrate, une femme si désobéissante, entêtée et mauvaise qu'Il me jugeait assez coupable pour mériter les souffrances provoquées par ma stérilité et le courroux de mon mari ? N'avais-je pas essayé de devenir un meilleur être humain, d'aller chez les Ghilzais sans renâcler, de devenir une épouse nomade, trimant sans relâche, obéissant à son mari et subissant ses agressions ? Shaliq n'avait jamais faim, il n'était jamais sale, et ses besoins nocturnes étaient toujours satisfaits. Je ne me plaignais à personne quand il me battait et je suivais à la lettre les sept piliers de l'islam.

Ma grand-mère s'était peut-être trompée à mon sujet. Mon père disait peut-être vrai quand il affirmait que je m'estimais au-dessus d'une femme ordinaire et que je voulais – que j'attendais – plus que les autres. Si la malédiction n'avait pas été levée, c'était peut-être en raison de mon incapacité profonde, en mon for intérieur, d'accepter mon destin avec grâce, et parce que je mettais si souvent en question les voies d'Allah... Prise d'une crise d'auto-apitoiement bien peu dans ma nature, je sentis les larmes me monter aux yeux.

— Ça fait mal ? s'étonna Dulfyia.

Honteuse, je secouai la tête.

— Non. Non, la degcha remplit la tente de fumée. Mes yeux me brûlent, c'est tout.

Quand le feu fut consumé à l'intérieur de la marmite et que Dulfyia sentit que le récipient s'était rafraîchi, elle l'enleva et détacha la pâte noircie de ma peau.

— Espérons que tout se passe au mieux, Daryâ. Si cette dernière étape ne réussit pas, eh bien, comme je te l'ai dit, il ne restera pas grand-chose à faire. Sauf...

J'étais en train d'essuyer la graisse et les minuscules bouts de pâte collés à ma peau avec le chiffon qu'elle m'avait tendu.

— Sauf quoi ? l'interrompis-je.

— Nous savons que si les méthodes externes ne fonctionnent pas, la décision réside entre les mains d'Allah. Tu pourrais demander à Kaled l'autorisation de te rendre à un *zyârat*. Les prières prononcées sur la tombe d'un saint ont davantage de poids. Allah serait peut-être plus attentif à ta requête. Il y a un zyârat, non loin de notre campement d'hiver, de l'autre côté de Jalalabad. On raconte qu'il détient un grand pouvoir. Nombreux sont ceux qui s'y rendent en pèlerinage pour soigner leurs maux.

— Merci, Dulfyia, pour ton aide d'aujourd'hui et pour tes paroles d'espoir, lui dis-je.

Je lui tendis le cadeau et elle m'accorda l'un de ses rares, et pourtant magnifiques, sourires.

En me hâtant de regagner ma tente, j'effleurai mon ventre des doigts. Je ne sentais aucune différence, pour la bonne raison que ma matrice n'avait jamais eu le moindre problème. Le mal dont je souffrais était un mal de l'esprit.

Quelques mois plus tard, dans notre campement hivernal, – j'en étais à mon second hiver chez les Ghilzais – je songeai au conseil de Dulfyia à propos de l'autel et je pris la décision de m'en ouvrir à Kaled. Depuis mon mariage avec Shaliq, j'attendais avec impatience les rares visites de mon beau-père à notre tente ou notre yourte. Quand il était au campement, il passait la plus grande partie de son temps auprès d'Hafez et de sa famille. Kaled s'adressait cependant à moi avec bienveillance, et j'avais souvent surpris son regard pensif lorsque je le servais. Son expression m'incitait à croire qu'il se sentait coupable de l'homme qu'était devenu son fils.

J'avais même cessé d'envisager de susciter chez Shaliq un semblant de bonté, car il était évident que je ne tirerais rien de lui, pas le moindre brin de compassion. J'acceptais passivement ses coups, et j'avais fini par apprendre le schéma qu'il suivait pour me maltraiter, le meilleur moyen de m'en protéger, et des solutions toutes prêtes pour adoucir les coupures et les bleus.

J'attendis que Shaliq fût allé s'occuper du troupeau pour apporter un gros gâteau aux abricots et aux amandes tout frais chez Hafez, que j'avais confectionné pour les enfants. Je savais que j'y trouverais Kaled et qu'il préparait un voyage à Jalalabad. La tribu avait une grande quantité de feutre à vendre.

Il était assis devant l'immense tente – la plus vaste du campement. Outre lui, elle abritait Hafez, ses trois épouses et leur nichée d'enfants qui ne cessait de s'étoffer. Alors que Myassa avait cru qu'Hanouf n'en porterait jamais plus parce que son corps avait été vilainement déchiré lors de son dernier accouchement, cette dernière avait donné naissance à son troisième bébé, un second fils, l'hiver précédent. Le deuxième enfant de Bibi, une fille, avait plus d'un an, et Bibi en portait déjà un autre. Les femmes d'Hafez avaient donc donné naissance à neuf enfants en vie. Un signe extraordinaire de la bénédiction d'Allah.

Les deux bébés, le fils d'Hanouf et la fille de Bibi, grimpaient partout sur leur grand-père, tiraient sur ses longs cheveux, suçaient ses boucles d'oreilles brillantes, enfonçaient des doigts inquisiteurs dans ses oreilles et dans sa bouche. Kaled riait, et je fus de nouveau inondée de respect quand je le vis chatouiller le cou de sa petite-fille et souffler sur son ventre potelé. Je n'avais jamais vu mon père jouer ainsi avec Nasren. Je savais qu'il se disait que ces cajoleries lui donneraient l'impression d'être aussi importante que Youssouf. Mais Kaled ne paraissait pas redouter une telle réaction.

— Bonjour, ma fille, me dit-il. Tout va bien ?
— Bonjour, mon père. Oui, Allah m'en soit témoin. J'apporte un gâteau aux enfants. Je vais le déposer à l'intérieur. Et j'aimerais aussi vous parler, ajoutai-je, si vous m'y autorisez.

Il accepta d'un signe de tête.

Je pénétrai dans la tente en me baissant et échangeai quelques mots avec Hanouf qui s'occupait de Bibi, car le début de sa grossesse la rendait malade. Je ressortis en hâte et pris le fils d'Hanouf à Kaled pour le mettre sur mes genoux. J'enfouis le visage dans ses doux cheveux de bébé et m'emplis les narines de leur parfum qui me rappelait tellement celui de Youssouf que j'en fermai les yeux de plaisir. Lorsque je les rouvris, je fus gênée de constater que Kaled me dévisageait.

— Il ressemble tellement à mon petit frère, lui dis-je, les joues embrasées de m'être ainsi dévoilée. Je pense à lui tous les jours, j'imagine le grand garçon solide qu'il est en train de devenir.

— Je sais que Shaliq t'a encore refusé le privilège de rendre visite à ta famille quand nous sommes redescendus des montagnes, me dit Kaled.

Je jouai avec les petites bouclettes sur la nuque du bébé.

— Ta famille te manque beaucoup ? me demanda mon beau-père.

Je ne pus que hocher la tête, avant de la baisser pour déposer un baiser sur l'oreille du petit garçon.

— Shaliq changera peut-être d'avis pendant l'hiver, dit Kaled. Susmâr Khord est à moins d'un jour de chevauchée quand nous remontons au printemps... Mais bien sûr, ajouta-t-il après avoir laissé sa phrase en suspens, c'est à lui que la décision revient, en sa qualité de mari. Pas à moi.

— Oui, je sais.

Le bébé se mit à sucer vigoureusement son poing creusé de fossettes et regarda autour de lui. Puis il se dégagea de mes genoux en se tortillant et rampa vers la tente.

— Il a faim, dis-je.

J'entendis Hanouf murmurer quelque chose, puis le silence s'installa.

— C'est un garçon intelligent, remarquai-je. Il n'a même pas un an et il va déjà chercher ce qu'il veut au lieu de l'attendre.

Je souris à la fillette assoupie sur les genoux de Kaled, son petit corps abandonné contre lui.

— De quoi souhaites-tu me parler, ma fille ?

Il m'était difficile d'aborder un sujet si intime, mais la voix soucieuse de Kaled m'aida.

— La dai et d'autres femmes ont essayé sur moi des remèdes de fécondité, mais ils ont tous échoué, répondis-je d'une voix calme, les yeux baissés d'embarras.

Je tirai mon foulard devant mon nez et ma bouche ; avoir le visage à moitié couvert me donnait plus d'assurance pour aborder un sujet si délicat. Après avoir envisagé de demander à Myassa de me servir d'intermédiaire, j'avais estimé que Kaled éprouverait davantage de respect à mon égard si je m'adressais directement à lui.

Il demeura silencieux.

— Il ne reste qu'une solution. La dai m'a parlé d'un zyârat, de l'autre côté de Jalalabad. Elle dit que c'est celui du martyr musulman Murtaza, qu'il a beaucoup de pouvoir et qu'Allah fait souvent preuve de miséricorde à l'égard de ceux qui vont prier là-bas. (J'eus du mal à poursuivre.) Pourriez-vous m'autoriser, au cours de l'hiver, à me rendre sur cette tombe ? Je ne pose pas la question à mon mari, car à la moindre mention de ma... (Je me tus pour reprendre ma respiration, mais je devais le dire.) De mon incapacité à concevoir, Shaliq se met dans une grande colère. S'il sait pourquoi je souhaite effectuer cette visite à Jalalabad, cela l'énervera encore plus. Vous vous rendez souvent en ville quand nous campons ici, et vous emmenez parfois des femmes. Bien sûr, je sais que je m'imposerais...

— Quand veux-tu y aller ? me demanda-t-il.

Pour la première fois depuis que j'étais assise en face de Kaled, j'osai le regarder. Ma bouche s'ouvrit toute seule. Je ne m'attendais pas à cette réaction. En fait, je m'étais préparée à accepter son refus de m'autoriser à faire quelque chose à l'insu de mon mari.

— Alors ? Quand veux-tu faire ce voyage ? J'ai l'intention de me rendre à Jalalabad dans deux jours, le deuxième jour de marché. Je parlerai à Shaliq. Hanouf vient aussi. Elle vendra les jarres supplémentaires de petit-lait séché. Tu pourrais nous accompagner pour ça aussi.

J'étais tellement étonnée, tellement reconnaissante, que je pris les mains de Kaled dans les miennes et les pressai contre mon front.

— Merci, père, lui dis-je d'une voix forte et claire. Merci, répétai-je, les yeux plongés dans les siens.

19

J'enfilai des vêtements propres dans l'obscurité et me glissai dehors, abandonnant Shaliq à ses ronflements sonores. Je respirai à pleins poumons. L'air était frais et l'herbe voilée d'une fine pellicule de givre qui crissait sous les pieds. Elle fondrait dès le lever du soleil, car cette région inférieure du bassin du fleuve, presque entièrement cernée de collines, bénéficiait d'un climat chaud, si bien que la température baissait rarement assez pour permettre à la neige de tenir, même lors des mois les plus rudes.

À l'est, la lueur de l'aube zébrait de raies d'un rose très pâle la pénombre du ciel encore étoilé. Les yeux clos, je prononçai ma première prière. En secret, j'avais toujours été contente que les femmes ne fussent pas contraintes de suivre les mêmes rites que les hommes : se frotter les yeux à l'eau ou – s'ils n'en disposaient pas – procéder à une ablution sèche à l'aide d'une matière purificatrice comme la terre, ôter leurs souliers, se couvrir la tête et se prosterner pour prier Allah à l'aube, à midi, au milieu de l'après-midi, au coucher du soleil et après la tombée de la nuit. Au campement, ces rituels étaient encore plus relâchés. Les autres femmes se contentaient de fermer les yeux un moment pour prier en même temps qu'elles faisaient manger les enfants, frottaient le linge dans des cours d'eau glacés ou transpiraient au-dessus des marmites posées sur les feux de cuisson. Et je les imitais. Je savais qu'Allah nous entendait aussi, même si nos paroles lui parvenaient moins clairement que celles des hommes. Allah était un dieu juste, après tout.

Quand je rouvris les yeux, je percevais encore les ronflements de Shaliq à travers les parois de la tente. Il avait donné son accord à contrecœur lorsque son père lui avait annoncé qu'il allait nous emmener, Hanouf et moi, vendre le petit-lait.

— Mais n'oublie pas, m'avait-il prévenue la veille au soir, que quels que soient les bibelots frivoles que tu verras dans le bazar, tous les afghanis que tu obtiendras en échange du petit-lait sont pour moi. Tu dois tout me rapporter. Je connais le prix du petit-lait, alors n'essaie pas de me tromper.

— Bien sûr, Shaliq, avais-je répondu.

Rien ne pouvait entamer ma bonne humeur. La perspective de ce pèlerinage au zyârat m'emplissait d'un optimisme tranquille. Mais je débordais surtout d'enthousiasme parce que j'allais à Jalalabad. Moi qui n'avais jamais vu une ville qu'en songe, j'allais en découvrir une pour de vrai.

Notre petit groupe s'éloigna à cheval du village de tentes noires au moment même où le soleil pointait au-dessus de la montagne la plus basse. Lors de ma première journée parmi les Ghilzais, j'avais trouvé que les tentes ressemblaient à des papillons. À présent, elles me parurent, vues de loin par-dessus mon épaule, affaissées comme un crapaud géant endormi.

Kaled et les deux autres hommes, Abdul et Samer, ainsi qu'Hanouf et moi chevauchions en file indienne le long de la terre alluviale qui bordait le fleuve. La terre était dénuée d'arbres mais couverte de tiges de blé et de canne à sucre moissonnés. Nous suivions un chemin tracé au fil des siècles par les nomades et leurs animaux et, par moments, les sabots des chevaux cliquetaient en heurtant une grosse pierre saillante. Nous cheminâmes un certain temps sur cette piste, puis Kaled fit subitement virer son cheval dans une ravine pour franchir un lit de rivière à sec que les pluies printanières rempliraient sans doute d'eaux torrentueuses. Après avoir gravi la pente opposée, nous atteignîmes un plateau rocailleux. Kaled immobilisa sa monture et nous nous rassemblâmes autour de lui.

Sous nos yeux se déployait Jalalabad, construite sur une longue plaine.

Dans mes rêves les plus fous, je n'aurais jamais imaginé un si grand nombre de bâtiments rassemblés en un seul lieu. Un vertige me prit, car j'essayais de tout voir nettement à la fois, puis je me rendis compte dans un sursaut que les autres pressaient leurs chevaux afin de descendre vers ce lieu merveilleux. D'une légère pression, j'incitai ma petite jument bien musclée à les rattraper.

Bientôt, le contour des coupoles des mosquées se détacha nettement sur le pâle ciel hivernal. Un grand nombre de palmiers essaimait le paysage. Nous approchâmes assez de l'orée de la ville, où se tenait ce jour-là le grand bazar, pour respirer les arômes de cuisson qui flottaient dans l'air. J'entendis les cris des colporteurs qui écoulaient leurs marchandises à la criée et je vis, à la lisière du bazar, les étals de kebab. Je humai le parfum juteux d'agneau grillé sur des brochettes et celui des œufs grésillant dans de la graisse de mouton. Kaled leva une main et nous nous regroupâmes autour de lui.

— J'ai une course à faire de l'autre côté de la ville. Je vais emmener Daryâ, annonça-t-il. Hanouf, tu restes avec Abdul et Samer.

Les deux hommes acquiescèrent de la tête et Hanouf fit descendre le voile sombre qu'elle avait attaché à son foulard. Je l'imitai. Kaled descendit de son cheval.

— Vends le petit-lait de Daryâ, Hanouf, et tu diviseras le gain à parts égales, lui dit-il. Rendez-vous au marché des chevaux avant l'appel à la prière de midi.

Abdul sauta à bas de sa monture pour détacher les grosses jarres scellées que j'avais fixées à ma selle et les attacher à la sienne. Kaled entassa la pile de feutre qu'il transportait derrière sa selle sur celle de Samer. Avant même qu'il fût remonté à cheval, Hanouf et les deux hommes s'étaient éloignés sur notre gauche.

Kaled et moi nous dirigeâmes vers l'artère rocailleuse qui pénétrait directement dans Jalalabad.

— Il vaut mieux traverser la ville que la contourner, me dit-il. Suis-moi de près pour ne pas te perdre.

À la lisière du bazar, des couvertures crasseuses, étalées dans la poussière, proposaient une demi-douzaine d'œufs ou une veste en brocart de mauvaise fabrication. Assis à côté d'elles, des enfants en haillons levaient vers nous des yeux emplis d'espoir. Suivit une rangée de petits étals misérables qui vendaient du sucre brut, du sel, du riz et du tissu de piètre qualité, et je dus me faire violence pour garder les yeux fixés sur le dos de Kaled pendant notre lente traversée de la rue principale du bazar.

Heureusement, en cette heure très matinale, il n'était pas encore surpeuplé, et je n'eus pas de mal à diriger mon cheval sur la large chaussée bordée d'éventaires et d'échoppes. Sur certains toits, des jeunes gens éclaboussaient la rue de jets d'eau étincelants pour humidifier la poussière à grain fin qui allait se déposer sur leurs fruits polis et leurs légumes. Je conservais la tête droite mais, sous mon voile, je dardais le regard de gauche à droite pour essayer de ne rien rater. Je ne parvenais pas à identifier certains bruits et certaines odeurs.

J'aperçus alors un homme étrange. Il portait une veste rouge, courte, décorée de nombreux boutons d'argent. Il avait une peau pâle et des cheveux dont la couleur évoquait le soleil. Je n'avais jamais vu de cheveux dorés comme ceux-là.

— Père ! interpellai-je Kaled. Qu'est-ce que c'est que cet homme ? Celui en veste rouge ?

Une expression circonspecte apparut sur son visage.

— Un soldat. De l'Hindoustan. Le pays qui s'étend au sud.

Il ralentit pour me permettre de chevaucher à la même hauteur que lui.

— Est-ce qu'il ressemble aux soldats qui ont combattu nos hommes pendant la guerre ? Il y a longtemps, quand j'étais petite ?

Kaled hocha la tête.

— La première guerre entre les *khârejis* à la peau blanche et les Afghans.

— Ces soldats ont tué le frère de mon père, lui déclarai-je.

— Et un grand nombre de mes frères. J'ai participé à cette guerre.

— Mais que font-ils ici ?

Le visage de Kaled se tendit davantage.

— Les choses évoluent. Nous ne sommes plus en guerre avec eux ; ils ont le droit de venir dans notre pays.

D'un seul coup, un âne qui tirait une charrette pleine de poivrons et de fourrage vert renâcla devant Kaled et lui barra momentanément le chemin. Pendant que nous attendions que la voie se dégageât, un oiseau poussa un cri si perçant que je me tournai dans sa direction. Dans une tchaïkhana en plein air, j'aperçus un mainate bariolé perché dans une cage d'osier. D'un seul coup, je compris que son sifflement rythmé et éraillé signifiait en dari « Louez Allah ! Louez Allah ! » Je n'en revins pas.

Je remarquai ensuite de gros récipients en verre contenant des feuilles de thé – du thé noir provenant, je le savais, de l'Hindoustan, et du thé vert importé par les Turkmènes qui vivaient très loin, dans l'angle nord-ouest de l'Afghanistan. Une grosse urne de cuivre était posée sur une table basse et, derrière elle, une étagère affaissée offrait toute une panoplie de théières blanches écornées, d'une extrême finesse, décorées de jolies roses roses peintes. Je m'émerveillai de la beauté de ces vieux récipients de porcelaine et j'eus envie de caresser leur surface lisse et fragile.

L'âne avait cessé de braire. La tête baissée, il laissait son propriétaire tirer sur ses rênes. Kaled attendait patiemment. Je jetai un regard rapide sur ma gauche.

En face de la tchaïkhana, une échoppe vendait un assortiment de chaussures inouï à mes yeux, allant de pantoufles rouge vif brodées aux extrémités recourbées à des bottes d'équitation très hautes et très rigides, pourvues d'éperons acérés et cruels.

Le tintement d'un rire aigu attira mon attention sur l'éventaire jouxtant l'échoppe du savetier. Trois femmes voilées, dont les têtes rondes et délicates se dessinaient sous le tchadri qui leur descendait aux chevilles, marchandaient avec un vendeur d'aubergines et de grenades. Sous ces voiles en tissu léger et fluide délicatement plissé, leurs yeux n'étaient visibles que derrière un morceau de gaze. L'étoffe se mouvait gracieusement sur leur corps au rythme de leurs mouvements et elles ressemblaient à un trio d'adorables clochettes.

L'âne, après avoir éructé de colère, se décida à avancer, et je pus de nouveau suivre Kaled. Nous finîmes par sortir du bazar et chevauchâmes dans des rues beaucoup plus calmes. J'aperçus les mosquées dont j'avais repéré de loin les étroits minarets. Leurs portes ouvertes exposaient en partie la beauté rafraîchissante de leurs sols et de leurs murs tapissés de céramiques d'un bleu et d'un vert soutenus. La forme, simple mais gracieuse, de ces édifices me fit brusquement songer que je trouvais jadis grandioses les murs de pisé dépouillés de la mosquée de Susmâr Khord. Je me rendais compte à présent de sa petitesse et de sa pauvreté.

J'avais la sensation que mes yeux voyaient plus clairement qu'ils n'avaient encore jamais vu, comme s'ils transmettaient des mots à mon esprit, qu'ils le remplissaient de ravissement et, en même temps, d'une pointe de mécontentement. Ce sentiment négatif s'enracinait dans la conscience que tout ceci existait bel et bien – toutes ces choses à voir, à toucher, à entendre et à sentir – et que l'accès m'en resterait interdit. Mon envie de tenir les délicates théières de porcelaine prit alors une forme plus sombre et farouche. Je ne m'étais pas attendue à éprouver ces émotions – cette insatisfaction anxieuse qui fondait sur moi. Il ne s'agissait là que d'un petit échantillon de l'existence que ma grand-mère avait connue et tenté de m'expliquer. C'était ce qu'elle souhaitait que je sache. Que je vive.

Sur les marches basses et larges menant à l'intérieur d'un bâtiment adjacent à une autre mosquée s'étaient rassemblés sept petits garçons bien habillés qui ne devaient pas avoir plus de huit ans. L'air captivé, ils écoutaient un mollah d'un grand âge qui leur enseignait les préceptes de l'islam. Le balcon du bâtiment, à la façade constituée de panneaux de bois sculptés de cercles et d'hexagones, était soutenu par des piliers de bois sur lesquels étaient également gravées des volutes compliquées.

Une *madrasa*, me dis-je, une école pour garçons dont mon père m'avait un jour parlé à son retour de Kaboul. J'observai les jeunes visages tendus et écoutai leurs voix haut perchées, qui n'avaient pas encore muées, psalmodier au fil de la leçon du mollah. Ils n'avaient que quelques années de plus que Youssouf, mais quelles étaient ses chances d'étudier un jour comme eux ? Le mollah de Susmâr Khord lui prodiguerait bien sûr son enseignement, mais je doutais à présent des connaissances de cet homme.

Le goût de la bulle d'amertume, mélange d'envie et de regrets, qui emplissait le fond de ma gorge me déplut, et je fus contente de sortir du quartier des mosquées. Nous émergeâmes dans des rues bordées de belles maisons aux cours ceintes de murs. Nous passâmes devant une magnifique demeure de trois étages, dont les fenêtres étaient protégées par des persiennes à claire-voie sculptées qui l'isolaient du soleil et des regards scrutateurs de la ville. Un portail muni de barreaux s'ouvrit pour laisser passer un homme et j'entrevis le jardin et ses terrasses plantées de fleurs et de buissons en pleine floraison. En son centre dallé de marbre, un grand arbre taillé offrait un havre d'ombre. Sous l'arbre était disposé un banc de bois rembourré de coussins aux couleurs éblouissantes, où était assise une femme qui ne portait pas de voile. Un petit chien était allongé à ses pieds. Cette femme avait un visage beau et dolent, maquillé d'une épaisse couche de khôl, de fard à joue et de rouge à lèvres. Ses cheveux, très huilés, pendaient en tresses torsadées sur sa poitrine. Sa robe, d'un vert tendre comme le printemps, avait une encolure autour de laquelle étaient cousus des morceaux de verre étincelants qui projetaient des éclairs et reflétaient la lumière. Elle effleura ses lèvres fardées des doigts qu'elle fit papillonner en direction de l'homme. Quand il referma la porte et se tourna vers la rue, je pus constater qu'il arborait une expression satisfaite.

Je baissai les yeux sur mon propre pantalon et sur mon kamis poussiéreux. Mes *chaplis* de femme ghilzai étaient effrangées et élimées. J'essayai d'imaginer mes mains brunes et calleuses qui agrippaient les rênes faire un jour nonchalamment signe à un homme pour lui manifester ouvertement mon affection.

Tu n'es pas venue voir les merveilles de la cité et t'apitoyer sur toi-même parce que tu as grandi cloîtrée dans ton village, et que tu n'as appris la vie qu'à travers les récits de ta grand-mère. Désormais tu es l'épouse d'un nomade. Tu n'es ici que grâce à la bonté de ton beau-père, afin de prier Allah le Tout-Puissant pour qu'il te donne le pouvoir de surmonter une malédiction. Tu dois être reconnaissante et ne pas mesurer ta vie à l'aune de celle des autres.

Je pinçai sévèrement les lèvres. Puis je redressai le menton et les épaules, tandis que nous suivions la rue calme et régulière. Mais je ne parvins pas à me débarrasser de la désillusion qui m'avait envahie.

Quand nous eûmes dépassé les derniers taudis du bout de la ville, Kaled tourna dans une étroite route secondaire. Après avoir parcouru une courte distance, il me montra un fouillis de pierres, entassées sous un petit bosquet de citronniers. Un vieil homme, qui s'appuyait sur une branche noueuse, clopinait parmi les arbres.

Alors que je mettais pied à terre, Kaled me tendit sa main ouverte dans laquelle le soleil pâle faisait briller quelques afghanis.

— Prends-les, me dit-il. Tu dois acheter un petit souvenir – une amulette – au gardien de l'autel. Elles sont censées permettre aux vœux des pèlerins d'être exaucés plus rapidement. Et elles sont le gagne-pain de ce vieillard.

D'un mouvement du menton, il me désigna l'homme au dos voûté qui remuait activement sa bouche édentée, tapi derrière un arbre feuillu d'où il louchait sur ceux qui étaient sans doute ses premiers pèlerins de la journée.

— Il rendra ta visite plus agréable si tu lui donnes un pourboire, ajouta Kaled.

— Merci, dis-je en prenant les pièces fraîches.

Je les examinai, car c'était la première fois de ma vie que je tenais de l'argent dans ma main.

— Je vais t'attendre ici, me dit Kaled.

Il m'indiqua un agréable coin herbeux sous un grand aubépinier, de l'autre côté de la route. Puis il saisit les rênes de ma jument et s'éloigna avec.

Je m'approchai d'un pas hésitant du vieillard. Il sortit en tremblotant du couvert des arbres pour venir à ma rencontre. Il était plus petit que moi, ou simplement courbé par le poids des années. Son turban était crasseux et ses vêtements en haillons. Il puait les couches de sueur et de saleté.

— Ah, jeune épouse, dit-il en dari, ce qui fit sortir sa langue entre ses lèvres décolorées. Tu as les yeux d'une Tadjik, mais les vêtements d'une Pachtoune.

Je m'abstins de répondre.

— Et tu as autre chose, autre chose en plus. Je le vois. Tu es une étrangère parmi nous.

Cette dernière phrase me troubla ; il me dévisageait avec trop d'intensité. Il avait des petits yeux, aux blancs jaunis, mais il respirait l'intelligence. J'abaissai un peu plus mon voile pour cacher presque entièrement mon visage.

— Mes excuses, jeune épouse. Ce que je vois sort directement de mes lèvres. Tu es venue demander à Murtaza, notre saint, de parler directement à Allah en ton nom ?

J'acquiesçai sans mot dire.

— Et ce service, belle épouse ? À quoi est-il destiné ?

Je compris qu'il attendait une réponse. Que je devais formuler tout haut ma prière.

— La fécondité, répondis-je.

Il inclina la tête et s'approcha davantage.

— Comment ? fit-il.

Je m'écartai pour échapper à son odeur immonde.

— La fécondité, répétai-je plus haut, tout en jetant un regard circulaire afin de m'assurer que personne ne m'entendait reconnaître mon échec.

— Ah ah, oui. Pour ça, j'ai une *ta'wiz*, une amulette très spéciale. Elle te guérira à tous les coups. Oui, oui. Viens. Il te faut cette amulette.

Je le suivis jusqu'au terrain damé devant l'autel, sur lequel était posé un grand sac en coton souillé, cousu à points grossiers. En marmonnant entre ses dents, le vieillard farfouilla dedans et en sortit un petit carré de cuir.

— Voilà. Oui, c'est bien celle-ci, dit-il avec un minuscule rire haut perché. Oui, je savais bien que je l'avais.

Il me la tendit, mais comme j'allais la prendre, il l'arracha et la caressa tendrement d'une main dégoûtante contre sa poitrine. Une lueur rusée émanait à présent de ses yeux.

J'ouvris tout de suite mon poing fermé pour lui montrer les trois afghanis.

— Aaahhhhh ! laissa-t-il échapper en un long soupir de plaisir. Seulement deux, deux afghanis pour l'amulette, mais pour les trois, oh jolie jeune épouse, tu peux avoir l'assurance que le saint t'aidera beaucoup plus.

Telle une petite hirondelle, sa main descendit en piqué avec une agilité surprenante et je me retrouvai la paume vide.

— Garde tout le temps la ta'wiz sur toi, me dit-il. Elle contient des mots sacrés du Coran.

Il laissa tomber le minuscule sachet de cuir dans ma main toujours ouverte.

— Et maintenant, viens.

Il m'amena plus près du tas de pierres. Un fatras d'objets était coincé entre les cailloux ronds : des bouts de bougie, des restes de vêtements, des figurines d'argile primitives. La puanteur du vieillard me donnait la nausée.

— Avant de prier, tu as droit au plus grand des honneurs, grâce au troisième afghani, continua-t-il à jacasser.

De derrière une pierre plus grosse que les autres, il sortit un chiffon encroûté de poussière. Il le déplia et contempla avec une grande tendresse plusieurs petits objets qu'il contenait. Puis il leva les yeux vers moi et je vis des larmes luire entre les fentes de ses paupières.

Subitement, je m'interrogeai sur l'intelligence que j'avais lue dans son regard. Il me regardait à présent comme un animal affamé regarde un congénère de plus petite taille.

Il me tendit son trésor que je faillis saisir par réflexe. Mais je compris subitement de quoi il s'agissait et j'arrachai en hâte ma main, comme si je m'étais brûlée.

— Prends-les, prends-les avec précaution. Caresse-les. Ne crains rien. Ce sont les os des doigts bénis de notre martyr Murtaza, me dit-il.

Je m'écartai de la main tremblotante qui tenait les os gris et friables en secouant la tête.

— Allons, allons, belle épouse, me pressa-t-il d'une voix aiguë et cassée. Tes ancêtres t'entourent. Je les vois. Ils te pressent de prier. Tu n'as pas encore prié ni mangé une pincée de terre de la tombe. (Sa voix montait au fur et à mesure que je reculais.) C'est la Terre Mère elle-même qui peut t'imprégner. Ton corps est prêt. Je le vois.

Ses yeux s'étaient posés sur mon ventre. Il souriait, mais son sourire était encore plus terrifiant que ses paroles.

Je me tournai et pris mes jambes à mon cou pour fuir ce lieu, je laissai tomber le petit carré de cuir et trébuchai dans ma hâte de rejoindre Kaled qui s'appuyait à l'aubépinier, les bras croisés sur le torse, plongé dans la contemplation d'une nuée d'oiseaux très haut dans le ciel. Le vent repoussa mon voile par-dessus ma tête. Quand il entendit le bruit de mes pas, Kaled se tourna vers moi et constata mon désarroi.

— Que se passe-t-il, Daryâ ? Il a essayé de te faire du mal ? s'inquiéta-t-il.

Je secouai la tête.

— Non. Mais je me suis sentie mal dans cet endroit. Je n'ai pas eu l'impression qu'il s'agissait d'un sanctuaire d'espoir, mais de mort et de désespoir. Je vous en prie, partons d'ici.

Je bondis sur le dos de mon cheval et le pressai sur le chemin qui ramenait à la ville. Au bout de quelques instants, je m'aperçus, honteuse de moi-même, que j'avais devancé Kaled, comme si j'étais plus importante que lui. J'immobilisai ma monture et baissai la tête lorsqu'il me rejoignit. Les rênes m'échappèrent et je restai affaissée sur ma selle.

Il s'arrêta à côté de moi.

— Pardonnez-moi, beau-père, dis-je. Non seulement pour ma grossièreté, mais parce que j'ai gaspillé votre temps et vos afghanis. (Je le regardai.) C'était une folie, je le crains. Je ne voulais pas blasphémer. J'essaie très fort de croire en la bonté d'Allah, mais prier dans un endroit pareil ne pouvait rien m'apporter de bon. Je m'attendais à éprouver une illumination. À la place, j'ai été envahie par le désespoir. Ai-je eu tort de ne pas prier ? Ai-je tort de ne pas toujours... de ne pas croire ?

Kaled tendit le bras pour saisir mes rênes. Puis il fit démarrer son cheval sans les lâcher, afin que nous puissions cheminer à la même hauteur. Malgré mon bouleversement, son attitude me laissa perplexe : comment pouvait-il me permettre d'avancer ainsi à ses côtés, et non derrière lui, à la place qui me revenait ?

— Les tombes, les martyrs, les prières, la foi en un Être Supérieur... tout cela peut constituer une grande source de réconfort. Mais certains d'entre nous – il marqua une pause – croient peut-être aussi, de même qu'en la volonté d'Allah, en leurs propres facultés. En la détermination et en la persévérance. Certains n'ont pas besoin de s'appuyer autant que les autres sur des béquilles.

Sa déclaration me laissa abasourdie. Elle m'inspira le sentiment d'espérance que j'aurais souhaité trouver à l'autel. Kaled me parlait comme si j'étais son fils et non sa belle-fille. Je me rendis compte qu'il attendait une réponse de ma part. Je désirais dire beaucoup de choses, mais je ne connaissais des comportements masculins que ceux que j'avais appris de mon père et de Shaliq. J'avais du mal à parler ouvertement à Kaled.

— Je vois ces choses en toi, Daryâ, m'encouragea-t-il. De même que la détermination et la persévérance que je viens d'évoquer, tu possèdes une force. C'est évident. Je m'en suis aperçu dès le premier jour, et j'ai compris que cela allait te rendre la vie avec Shaliq difficile.

Ce compliment inattendu fit palpiter quelque chose en moi, quelque chose de captif qui attendait d'être libéré pour s'envoler. Je choisis mes mots avec beaucoup de circonspection. Nous continuions à chevaucher côte à côte, les yeux braqués devant nous.

— Oui, dis-je, je crois aussi que l'on peut changer une vie, à force de détermination et de foi en ses propres facultés, mais seulement si l'on est un homme. Seulement si l'on est un homme, Kaled. Un homme peut forger son avenir ; il appelle cela la volonté d'Allah. Il peut le travailler comme un bon pilaf, comme il prépare le riz qu'il roulera et façonnera en fonction de la force et de la taille de ses mains et de la vision qu'il s'en fait.

Je me rendis compte que ma voix avait acquis de l'énergie mais, comme Kaled ne m'interrompait ni d'un regard ni d'un claquement de langue, je continuai avec plus d'audace :

— L'avenir d'une femme n'est qu'un unique grain de riz ; seule, elle est inutile, impuissante, indigne d'attention. Elle doit se multiplier, devenir plus qu'une, et alors, avec de nombreux autres grains, elle peut prendre une forme, dans la simple mesure où l'homme qui la possède le désire, car elle ne maîtrise rien et n'a pas voix au chapitre. Elle n'a aucune liberté.

Mon visage me brûlait, et je savais que mes joues étaient empourprées. Jamais encore je n'avais abordé un tel sujet avec quiconque, et surtout pas avec un homme, qui plus est mon propre beau-père. Il ne répondit rien, et je craignis d'être allée trop loin. Cependant, lorsqu'il se tourna vers moi, son visage était plus chagriné que furieux.

— Je t'entends bien. Je comprends ta frustration. Mais même pour ceux d'entre nous qui ne sont pas entièrement obéissants, qui mettent en question les croyances et la sagesse d'Allah...

Je cessai de respirer. Comment pouvait-il parler de telles choses, dire « *pour ceux d'entre nous* », et non « *pour toi* » ?

Nous chevauchâmes en silence, si bien que je crus qu'il en avait terminé. Mais subitement, il reprit la parole :

— Comme je l'ai dit, tu as un esprit fort, Daryâ. Trop fort pour mon fils. Nous le savons tous les deux, et même s'il le sait aussi, il ne peut ni le comprendre ni l'accepter. Il ne voit guère au-delà de la main qu'il porte à son visage. Ta force tranquille, ta grâce lui font peur, Daryâ. Si j'avais su que tu possédais ces qualités, je ne t'aurais pas assujettie à un mariage avec lui.

Ses commentaires, l'entendre reconnaître que ce mariage était une union mal assortie, à tous les points de vue, me réchauffèrent encore.

— Mais à cause de ces traits de caractère, pour ne pas mener une vie complètement misérable avec Shaliq, tu devras apprendre à étouffer un peu ta flamme, Daryâ. Étouffe-la, pour brûler un peu moins fort.

J'eus envie de lui crier : *Pourquoi dois-je le faire ? Pourquoi est-ce moi qui dois me battre pour être moins que ce que je suis ?* Mais je ne dis rien, car je voulais encore l'entendre.

Ce fut d'une voix basse et lourde de regrets qu'il reprit :

— Une femme comme toi, Daryâ... est gâchée avec un homme comme Shaliq. Pourtant c'est le destin qui t'a été alloué, et tu ne peux pas le changer. Par conséquent, tu devras mener cette vie, ma fille. Vivre, tout simplement, sans essayer d'imaginer ce qui aurait pu être différent.

Il posa sur moi un regard profondément peiné, puis il pressa son cheval pour me devancer.

Comme je le suivais dans le nuage de poussière qu'il soulevait, je compris qu'il me connaissait mieux que mon mari ne me connaîtrait jamais. J'étais hantée par les mots qui me faisaient le plus mal : *Une femme comme toi est gâchée avec un homme comme Shaliq.*

Gâchée. Était-ce en ces termes que j'allais devoir envisager ma vie ? Il me disait en fait qu'il ne pouvait rien pour adoucir le caractère désespéré de mon avenir avec Shaliq. Mais c'était tout autre chose que d'affirmer que j'étais incapable de changer mon destin.

Oui, Kaled me comprenait, peut-être mieux que tout autre Ghilzai, mais il ignorait cependant une chose : quand il me conseillait de ne pas essayer d'imaginer ce qui aurait pu être, – ou ce qui pouvait encore être – il aurait pu tout aussi bien me dire de ne pas dormir, de ne pas manger. De ne pas respirer.

Ma grand-mère avait-elle vraiment cru que son destin était inscrit sur son front ? Tandis que nous pénétrions dans Jalalabad, je tendis le bras pour effleurer le mien.

Sous mes doigts, je ne sentis que la peau lisse de mon front. Mon destin n'était pas encore écrit.

DEUXIÈME PARTIE

Deux ans plus tard
Sous la lame du soleil indien

20

J'allumai la lampe et retirai mon kamis déchiré. Après avoir lavé mes blessures, je saupoudrai quelques herbes dans une petite gourde, y ajoutai de l'eau, goutte à goutte, et malaxai le tout pour former une pâte. En frémissant, j'en enduisis les lacérations, sur mes seins et mes cuisses.

Quand l'onguent fut sec, je fis passer avec précaution un kamis, propre et ample, par-dessus ma tête. Je versai encore un peu d'eau sur un tampon en tissu, à l'aide duquel j'enlevai le sang asséché qui maculait mes lèvres. Pour finir, je trempai le chiffon et le maintins contre mon œil tuméfié. D'ici à quelques heures, ce dernier gonflerait et noircirait.

Shaliq allait m'éviter durant les cinq jours de ma pollution. Tout en explorant avec précaution mon visage du bout des doigts, je me dis que je resterais cachée le plus possible, que je porterais mon voile en dehors de la tente – au moins tant que la plus grande partie de l'œdème et du bleuissement ne se serait pas estompée. Je haïssais désormais la honte qui m'envahissait lorsque je traversais le campement après avoir été rouée de coups. J'avais la sensation que tous les regards étaient fixés sur moi et que l'on chuchotait sur mon passage.

Tant que je demeurerais dans ma tente, Faiza m'apporterait tout le nécessaire. Nous nous rendions des visites quotidiennes, et si je ne me montrais pas durant une journée, elle venait s'assurer que je n'étais pas blessée. Dans le cas inverse, elle prenait soin de moi.

Elle était ma seule véritable amie, depuis que la famille d'Hafez ne vivait plus parmi nous.

Ils nous avaient quittés six mois auparavant. Au plus chaud de l'été précédent, le frère de Kaled, chef d'une grande tribu, avait été projeté à bas de son cheval et piétiné par une horde de bêtes sauvages. Il avait succombé à ses blessures. Bien que père de nombreuses filles, il lui manquait un fils pour prendre sa succession à la tête de la tribu. Kaled avait donc suggéré qu'Hafez prît sa place. Nous nous étions bien évidemment tous interrogés sur sa décision, car n'était-il pas entendu qu'Hafez deviendrait un jour le chef de notre propre tribu ? Kaled avait cependant insisté : Hafez devait reprendre celle de son frère défunt. Il nous avait annoncé qu'avec la protection d'Allah lui-même dirigerait encore notre campement pendant de nombreuses années. Et tout le monde savait, même si personne ne le formulait, qu'au cours de ces années à venir il pourrait aider Shaliq à évoluer pour le rendre digne de lui succéder en temps voulu.

Cependant, depuis le départ d'Hafez et de ses épouses – mes sœurs – il y avait moins d'entraide dans le campement, plus de commérages et de différends. Kaled s'en absentait de plus en plus souvent, comme s'il le trouvait, lui aussi, moins accueillant. Et Shaliq ne contribuait guère à y maintenir une atmosphère sereine et optimiste.

Privée de l'affection toute maternelle de Myassa, des conseils avisés d'Hanouf et de l'amitié de Bibi – sans parler du bruit et de la vie que faisaient régner les enfants autour de nous, ils m'appelaient affectueusement *tendâr* – tatie – , je me sentais totalement seule et accablée.

À présent, j'avais l'impression de vivre au fond d'un précipice. Je me réveillais, je travaillais, je mangeais et je dormais. Je ne priais plus. Depuis plus d'un an, j'avais complètement abandonné mes prières. Tout le monde l'ignorait, bien évidemment, et je ne l'avais pas décidé consciemment. La chose s'était faite lentement ; souvent, après avoir été battue, quand je gisais, hébétée et à moitié consciente, je perdais trace de l'heure, et plusieurs jours pouvaient s'écouler sans que je m'aperçoive que j'avais oublié mes prières. Pendant ma période impure, il m'était interdit de prier. Les jours suivants, je me disais que j'allais le faire dès que j'aurais terminé mon travail, dès que j'aurais préparé le repas ou apporté sa nourriture à Utmarkhail. Je me disais que je prierais sans faute le lendemain.

Au bout d'un certain temps, j'avais complètement cessé de prier. Cette rébellion secrète ne me paraissait pas relever de l'ordre du blasphème. La miséricorde n'entrait pas dans mes pensées. Je me contentais de vivre comme me l'avait suggéré Kaled : mon existence monotone tournait perpétuellement en rond, je n'attendais rien et j'étais de moins en moins acceptée par les autres femmes, parce que je n'avais pas étoffé leur tribu. Je pris conscience, après le départ de mes sœurs, du rôle essentiel qu'elles avaient joué pour me faire accepter par les femmes. Mais il y avait pire encore : désormais, Shaliq comptait sur moi pour m'occuper de sa mère. En dehors de la nourriture qu'il me revenait de préparer, c'était Myassa qui avait toujours veillé à tous ses besoins. À présent qu'elle était partie, cette tâche m'incombait.

Je me montrais circonspecte avec cette femme obèse et bizarre. Elle me surveillait de ses petits yeux porcins quand je lui apportais ses repas ou que j'emportais ses vêtements et son linge de couchage souillés. Une fois, alors que je tendais la main vers sa jarre d'eau vide, elle m'avait saisi le poignet et l'avait porté à son nez pour renifler ma peau. Puis elle l'avait laissé retomber en marmonnant quelque chose d'incompréhensible.

J'essayais d'éprouver de la compassion à son égard, car je savais qu'elle était possédée par un djinn et que ses actes ne dépendaient pas d'elle. Mais j'avais du mal, surtout quand j'eus découvert qu'elle susurrait à son fils des mensonges sur mon compte, inventés de toutes pièces. Plus d'une fois, Shaliq m'avait giflée ou jetée à terre, parce que sa mère lui avait raconté que je ne lui avais pas apporté son repas ou que j'avais fait preuve d'irrévérence à son égard alors qu'il s'était absenté du campement.

— C'est faux ! avais-je hurlé la première fois qu'il m'avait ainsi accusée. Je m'occupe d'elle avec respect. Je lui donne à manger tous les jours et je la tiens aussi propre que possible. Pourquoi raconte-t-elle ça ? Et pourquoi la crois-tu ? Tu sais bien qu'elle est…

Je m'étais tue, car Shaliq levait de nouveau la main.

— Ne médis pas ainsi contre ma mère, avait-il répliqué. C'est toi qui essaies de me tromper avec tes mensonges. Je te surveille, Daryâ. Je vois bien comment tu complotes contre moi avec les autres femmes, comment tu ignores les besoins de ma mère quand je suis absent. Toi et tes paroles, tes regards insolents ! Tu parles trop.

Je ne voulais pas recevoir de coups supplémentaires. Lorsque Shaliq était dans les parages, je gardais donc la tête tournée, afin de n'être accusée de rien. Et je sombrais dans un silence de plus en plus abyssal.

Seule Faiza continuait à me manifester son amitié, mais nous avions du mal à passer beaucoup de temps ensemble. Ses deux petits la tenaient très occupée, elle était maigre et fatiguée. Des cernes noirs entouraient ses yeux et, depuis le printemps précédent, elle traînait une toux grasse qui avait empiré au cours de l'été, au lieu de guérir comme la plupart des toux quand le temps se réchauffait. La descente de notre campement estival l'avait épuisée ; j'avais été obligée de l'aider à dresser sa tente d'hiver quelques semaines auparavant, lorsque nous nous étions installés très au sud. Elle dépérissait à vue d'œil.

Son mari, Qul, projetait de prendre une deuxième épouse de la tribu des Pachtounes Dourranis à la fin de l'hiver. Faiza avait accueilli cette nouvelle avec plaisir ; elle m'avait confié qu'elle avait hâte de voir arriver le printemps, afin de disposer d'une paire de mains supplémentaire pour l'aider, car elle était parfois prise d'une faiblesse incompréhensible qui lui donnait des sueurs et des vertiges et la laissait dans l'incapacité de s'occuper de ses enfants ou d'accomplir son travail. Je me faisais du souci pour mon amie, même si je savais que mon propre égoïsme augmentait mon inquiétude : une voix minuscule me soufflait en effet que, sans Faiza, je deviendrais vite une paria.

Seule sous la tente plongée dans l'obscurité avec mes blessures, je me préparai à dormir. J'avais la certitude que ma douleur ne m'affaiblirait pas. Je m'y étais habituée. Mon corps ne cessait de s'endurcir. J'invoquais des histoires pour empêcher mes souffrances physiques de m'enserrer dans leur poing d'acier – des histoires que je conservais pour les pires circonstances, que je ne tentais pas de me raconter en dehors des moments où elles m'étaient vraiment nécessaires, comme à présent, quand j'avais été gravement battue. Elles constituaient désormais ma forme de prière, quelque chose en quoi je croyais, puisqu'il s'agissait de celles que ma grand-mère avait mises dans ma tête. Les contes du zenana, les poèmes et les chansons, de même que l'histoire de son homme à la peau blanche d'Angleterre – le bien-aimé auprès duquel elle se trouvait aujourd'hui au paradis – s'animaient et prenaient une forme de rythme. J'enviais ma grand-mère comme j'en avais été incapable de son vivant, lorsque j'étais encore trop jeune et trop sotte, lorsque je rêvais que, comme elle, j'aurais un homme qui tiendrait mon cœur, tendrement, dans sa main.

Et pour m'aider à passer les longues heures de la nuit, je m'étais mise à inventer mes propres histoires, des récits que je déroulais et tissais ainsi qu'avaient dû le faire les femmes du zenana.

J'en étais toujours l'héroïne. J'étais la femme au visage fardé que j'avais entrevue dans le splendide jardin de la demeure de Jalalabad. J'étais une femme, libre et sauvage, qui traversait les plaines à cheval. J'étais une femme dévoilée que les hommes contemplaient, subjugués par sa beauté. J'étais une femme qui tenait un enfant dans ses bras et qui sentait les battements de son cœur contre le sien. J'étais la femme britannique casquée – la guerrière qui gouvernait jusqu'aux vagues.

Toutes ces histoires ne se concrétiseraient jamais. Jamais je ne pourrais les raconter à personne, car elles étaient abracadabrantes, enfantines et dénuées de substance ; des histoires qui n'évoquaient ni la bravoure, ni la charité, ni la piété. Elles étaient sottes et creuses et je me rendais bien compte que j'aurais dû en inventer de plus élaborées. Et pourtant, elles m'aidaient, et j'avais même parfois l'impression qu'elles étaient plus réelles que ma propre vie.

Je sombrai dans un profond sommeil et me réveillai difficilement, assommée et sale. Au mince filet de lumière qui filtrait par l'interstice du rabat de la tente, je constatai que le soleil s'était déjà levé et que je m'étais trop attardée sous la couverture. Mais une apathie, un manque d'énergie me clouaient au lit. Je ne voyais guère de raisons de me lever ce jour-là : vu mon état impur, Shaliq prendrait son petit déjeuner dans une autre tente. Personne ne remarquerait même, en ce début de matinée, que je n'étais pas sortie. Je devrais bientôt préparer le repas d'Utmarkhail et le lui apporter, sinon je recevrais une correction supplémentaire quand elle en parlerait à Shaliq.

Il me suffit de remuer légèrement pour réveiller la douleur. Malgré ma soif, je ne supportais pas l'idée d'avoir à arracher mon corps endolori à la chaleur des courtepointes. Je fermai les yeux et dus certainement me rendormir, car je me réveillai au son de la voix de Faiza qui m'appelait doucement de l'extérieur de la tente.

— Entre, dis-je.

Quand elle souleva le rabat et qu'un flot de lumière surgit dans la tente, elle porta une main à sa bouche.

— Ça empire, constata-t-elle.

Et elle se hâta d'aller me remplir une gourde d'eau à la jarre. L'eau était chaude et croupie, mais je l'avalai d'une traite, en m'appuyant difficilement sur un coude.

J'acquiesçai de la tête.

— Oui. Cette fois, c'était dur.

Je me redressai avec précaution, en respirant lentement et avec difficulté, afin de m'asseoir.

Faiza n'eut qu'à effleurer ma joue pour me faire grimacer.

— J'ai peur pour toi, Daryâ. Ne pourrais-tu pas implorer Kaled de...

— Il a souvent parlé à Shaliq, mais je ne suis pas la femme de Kaled. Il ne peut pas influencer la conduite de Shaliq à mon égard... d'autant qu'il n'est pas là.

Faiza fut prise d'une quinte de toux si violente qu'elle se recroquevilla par terre, le visage blafard ; elle ne semblait pas avoir la force de rester debout. Elle sortit un chiffon de sa manche et s'en couvrit la bouche. Lorsqu'elle le retira, j'entrevis une tache de sang avant qu'elle ait eu le temps de le cacher.

— C'est moi qui m'inquiète pour toi, dis-je.

Faiza leva une main et plaça l'autre sur sa poitrine pour reprendre son souffle.

— Ça va passer, répondit-elle avec difficulté. Je voulais te dire que Shaliq est parti avec Qul et plusieurs autres hommes. Ils se sont rendus à Sala pour commercer pendant quelques jours.

Je songeai à la liberté de Shaliq, de Qul et des autres. Ils pouvaient aller et venir entre les villages alentour, comme bon leur semblait.

— Tu n'as pas envie d'aller de temps en temps à Sala ou dans d'autres villes ou villages ? demandai-je à Faiza. Tu n'as pas envie de choisir toi-même tes tissus, tes légumes ? De prendre un thé avec d'autres femmes, des femmes qui n'appartiendraient pas à notre campement ?

— Mais qu'est-ce que tu racontes, Daryâ ? Pour quelle raison aurais-je envie d'aller dans un endroit où je ne connais personne ? Ma famille et mes amis se trouvent ici. Et Qul sait ce dont nous avons le plus besoin. Tu as de la fièvre ?

Elle posa une main sur mon front.

Je fis non de la tête.

— Non, j'aimerais juste…

— Tu aimerais juste quoi ? Je ne comprends pas. Tu as envie de quelque chose de précis, de quelque chose que Shaliq ne te rapporte pas quand il part commercer ?

Je hochai de nouveau la tête. Je n'aurais pas dû m'attendre à ce que Faiza puisse me comprendre. Elle n'avait jamais connu que ce campement ghilzai. Et pourtant… N'avait-elle aucun rêve, aucun désir ? Elle me présentait un visage si bon, si soucieux de moi ! Comme Gawhar à Susmâr Khord, Faiza était une amie fidèle qui ne comprenait pas mes désirs nostalgiques. Comment pouvais-je lui reprocher ce qu'elle n'éprouvait pas ?

— Je suis heureuse que Shaliq soit parti. C'est plus facile pour moi quand je ne vois pas sa tête pendant plusieurs jours, déclarai-je pour changer de sujet.

— Tu viendras manger dans ma tente tout à l'heure ?

— Je dois préparer de la nourriture pour l'apporter à Utmarkhail.

— Je m'en occuperai. Repose-toi aujourd'hui, et quand tu te sentiras en état, viens nous voir, les enfants et moi.

— Je viendrai, acquiesçai-je en souriant à son visage pâle. Merci, Faiza.

Le lendemain, je revêtis mon kamis et mon foulard bordeaux neufs. Je les avais fabriqués dans un rouleau de tissu dont m'avait fait cadeau Myassa avant son départ. J'avais l'intention de les réserver à une occasion particulière, mais j'avais les idées tellement noires à mon réveil que je les mis. La nouveauté du beau tissu chatoyant encore un peu rigide contre mon corps et mes jolis points de couture me réjouirent. Ma seule tristesse provenait du fait que je ne portais ce costume que pour moi et pour personne d'autre.

Cette après-midi-là, alors que je faisais la lessive dans le cours d'eau, je levai la tête vers notre campement hivernal, comme cela m'arrivait souvent, et je songeai aux longs mois à venir. Nous avions choisi une zone bien abritée, mais le paysage n'offrait pas la beauté de nos pâturages estivaux. En regagnant le sud, nous étions passés à portée de vue et d'odorat de la fumée des cheminées de Susmâr Khord et j'avais eu beau demander, comme d'habitude, avec un grand luxe de précautions, la permission de me rendre, ne serait-ce que quelques heures, en visite chez ma mère au village, Shaliq s'était éloigné en secouant la tête sans même me laisser terminer ma question. Cette nuit-là, allongée sur mon lit, je m'étais demandé si la correction qu'il me donnerait valait le coup de me faufiler hors de la tente pour chevaucher jusque là-bas. Mais j'avais craint qu'il ne se précipitât tout de suite au galop à Susmâr Khord dès qu'il s'apercevrait de ma disparition. Dans ce cas... il risquerait d'apprendre la malédiction dont je faisais l'objet.

J'étais donc restée immobile, à l'écouter ronfler dans l'obscurité.

J'avais presque fini ma lessive lorsque quelqu'un m'appela. Mon nom résonnait comme une longue plainte. Je lâchai le foulard que je frottais sur une pierre et me redressai en jetant autour de moi un regard inquiet. Faiza courait dans ma direction.

— Daryâ, Daryâ ! criait-elle. Oh, Daryâ !

J'allai à sa rencontre et son air maladif me frappa. Elle prononçait mon nom d'une voix haletante, les deux mains pressées sur sa poitrine.

— Quoi ? Quoi, Faiza ? Que s'est-il passé ? Quelque chose est arrivé à l'un de tes enfants ?

Elle n'arrivait pas à reprendre son souffle. Je voulus la faire asseoir, mais elle refusa en m'agrippant par le bras.

— Qul. Qul est... rentré. Il a été à... Il...

— Tu me fais peur, Faiza. Qu'est-ce qui se passe avec Qul ?

Elle hocha de nouveau la tête et prit une autre inspiration.

— Il ne s'agit pas de Qul, Daryâ, parvint-elle à me dire après avoir enfin retrouvé son souffle. Il est rentré à la maison. Il est parti avant les autres et il a fait tout le chemin au galop... pour précéder Shaliq. Alors qu'ils étaient dans l'une des maisons de thé de Sala, Shaliq a entendu... Qul dit que des Tadjiks étaient en train de bavarder et que...

Elle me fixait de ses yeux embués de larmes. Ces larmes provenaient-elles de la douleur qu'elle ressentait dans la poitrine ou d'autre chose ?

— Est-ce que c'est vrai, Daryâ ? reprit-elle. Est-ce que c'est vrai, ce que Qul a entendu ? Ce que Shaliq a entendu ? À ton sujet ?

J'humectai mes lèvres. Ma gorge s'était serrée.

— Qu'est-ce qu'ils ont entendu ?

— Une malédiction, Daryâ. Une malédiction païenne. Que ton père t'aurait vendue en sachant que tu étais stérile.

Son regard soutenait le mien. Ses prunelles étaient d'un brun pâle comme le thé. Faiza voulait m'entendre nier, m'entendre lui affirmer autre chose.

— C'est vrai, admis-je, la tête détournée vers la rivière. Oui, j'ai été maudite par une Kafir.

— Mais Daryâ, si tu savais... Si tu savais que tu ne pouvais pas porter d'enfant, tous les remèdes que nous avons essayés, tout le temps que...

— Je voulais croire que cette malédiction serait levée. Grâce à mes prières. Grâce à ma foi en Allah. Je suis sûre que tu peux le comprendre, Faiza.

— Qul dit... Qul dit... bégaya mon amie en jetant un coup d'œil par-dessus son épaule. Je ne peux pas le répéter, Daryâ.

Je plongeai les yeux dans les siens pour l'inciter à poursuivre.

— Shaliq est sur le point de rentrer. Et Daryâ, Qul dit qu'il a annoncé à tout le monde qu'il allait te... qu'il allait te battre à mort. Parce que tu as été mauvaise, que tu as menti en prononçant le nom d'Allah, que tu n'étais pas digne de devenir son épouse. Que tu dois donc être punie. Comme il est ton mari, personne ne peut l'en empêcher. Personne, en dehors de Kaled. En tant que chef, Kaled te protégerait, il ne permettrait pas... Mais qui sait quand Kaled reviendra ? N'entends-tu pas des chevaux, Daryâ ? Shaliq a-t-il déjà eu le temps de revenir ? Peut-être qu'il ne fait que se vanter ; peut-être qu'il ne fera pas ce qu'il dit, hein ?

— Il le fera, déclarai-je. Il le fera.

— Oh, Daryâ, qu'est-ce qu'on va faire ? Comment est-ce que je peux t'aider ?

Je contemplai le grand cercle de tentes, la fumée qui s'élevait des feux. J'entendis les rires et les voix des enfants, les interpellations des femmes, les bêlements des moutons et des chèvres, la bruyante plainte nasillarde d'un chameau. Faiza, les joues trempées de larmes, se tordait les mains de détresse.

Je songeai aux enclos : avais-je encore le temps de courir jusqu'à eux pour prendre un cheval ? Un cri d'homme me fit alors sursauter. Était-il de retour ? Je n'avais plus le temps. Je savais ce qu'il me restait à faire. Je saisis Faiza et je l'étreignis farouchement.

— Daryâ, chuchota-t-elle, la bouche dans mes cheveux, que vas-tu faire...

— Au revoir, Faiza, au revoir, dis-je en la repoussant pour la regarder bien en face.

— Mais... où vas-tu ?

— Je n'en sais rien. Mais je ne peux pas rester ici.

— Daryâ, tu dois rester. C'est la volonté d'Allah si Shaliq a découvert la vérité. C'est donc Allah qui va te protéger.

Je savais qu'elle essayait de me réconforter, mais je fus incapable de trouver une réponse. À la place, je l'étreignis de nouveau et l'embrassai sur les deux joues.

— Merci pour tout ce que tu as fait, dis-je. Porte-toi bien. Je penserai à toi.

Je me tournai alors et je pris mes jambes à mon cou. Je traversai la rivière peu profonde, droit vers la forêt qui s'étendait sur la rive opposée, en soulevant des gerbes d'eau. Surprise, une nuée de freux jaillit des roseaux qui bordaient le cours d'eau et traça des cercles au-dessus de ma tête, accompagnés de croassements rauques et agressifs.

Je fuis le seul foyer et la seule famille que je connaissais depuis quatre ans, sans rien d'autre que les vêtements que j'avais sur le dos. Mes chaplis étaient trempées, mon foulard enroulé autour du cou pour ne pas s'interposer dans mon champ de vision. J'avais besoin de distinguer le sol et d'éviter les pierres saillantes ; je devais tenter de gagner les massifs d'arbres les plus denses, ceux qui resteraient impénétrables à un cheval et dans lesquels il serait le plus difficile de retrouver ma piste.

Je ne jetai pas le moindre regard en arrière. Si Shaliq avait découvert la malédiction par la volonté d'Allah, ma volonté à moi était de rester en vie.

Je courus vers l'ouest à travers bois. Je courus à en avoir les poumons brûlants, comme si un incendie me consumait, au point que je fus contrainte de faire une halte pour reprendre souffle, pliée en deux, la tête appuyée sur les genoux. Puis je repris ma course, la main posée sur le point de côté qui me lançait douloureusement. Lors d'un autre arrêt destiné à récupérer des forces, j'entendis, étouffés par les arbres, les buissons et la distance, des hennissements de chevaux et un hurlement de rage. Je me cachai au milieu d'un roncier dont les grosses épines lacérèrent mon corps et mes vêtements. Accroupie, les yeux clos, je rassemblai ma volonté pour forcer les hommes à prendre une autre direction, j'imaginai mentalement qu'ils se tournaient et s'éloignaient de ma cachette. Et comme si mes propres pensées avaient permis à cette image de se concrétiser, les bruits diminuèrent d'intensité et s'estompèrent au loin. J'attendis jusqu'au moment où mon immobilité me devint insupportable, puis je m'extirpai avec précaution des ronces et m'assurai qu'aucun bout de tissu frissonnant n'y restait accroché, car il aurait laissé des indices sur le chemin que j'avais emprunté.

Par-dessus la cime des arbres, le coin de ciel avait perdu de sa luminosité. J'étais en sécurité, pour cette nuit au moins. Shaliq n'essaierait pas de me retrouver dans l'obscurité.

Je m'assis, adossée à l'écorce épaisse d'un arbre majestueux. Ici, loin au sud, l'été n'était pas encore arrivé à son terme et les journées demeuraient chaudes, mais il faisait froid la nuit, si bien que mes frissons me gardèrent éveillée. Les bruits de la forêt foisonnaient alentour : le cri d'un oiseau nocturne affamé qui piquait dans les airs, le bruissement de petits animaux qui ne se déplaçaient que dans le noir au milieu des feuilles mortes, le reniflement humide d'une créature plus volumineuse, qui avançait avec assurance dans les ténèbres. Elle avait probablement repéré mon odeur, mais s'était sans doute récemment rempli la panse d'une autre proie. Au milieu de ma solitude, la peur m'étreignait. Une bruine légère tombait. La pluie n'était pas assez forte pour me permettre de recueillir l'eau dans mes mains en coupe, juste assez pour me transpercer. Autour de moi s'exhalaient des relents de feuilles en décomposition et de terre spongieuse, de mousses et de moisissure : un vieux parfum de pourrissement qui gardait néanmoins une certaine suavité. Le léger crépitement des gouttes sur les feuilles encore accrochées aux arbres avait quelque chose de réconfortant, un rythme qui me berçait, qui calmait les pulsations frénétiques de mon cœur. Je songeai à mon village, je me vis assise sur le toit de la maison par une nuit d'automne légèrement pluvieuse, quand je savais encore où était ma place en ce monde.

Je m'aperçus que je n'avais pas imploré Allah de me protéger pendant que j'étais recroquevillée au milieu des ronces. Puis je songeai à la malédiction et au courroux de Shaliq. Dans l'obscurité, dans ma solitude, une pensée minuscule éclaira mon esprit, une idée qui me parut bête, inspirée par la crainte, le froid et la faim. Mais... Shaliq ne pouvait-il pas être également maudit... Ne pouvait-on envisager que, pour le punir de sa cruauté, Allah eût jugé bon de ne pas lui accorder d'enfants ? J'étais sa troisième épouse. N'était-il pas étrange qu'aucune de ses trois femmes n'eût porté d'enfant de lui ? Rien ne prouvait en fait que ma malédiction n'avait pas été levée, et que je n'avais pas pu concevoir pour la simple raison que Shaliq était, lui aussi, maudit.

Tu penses trop, Daryâ. N'était-ce pas mon propre père – puis mon mari – qui avait porté cette accusation contre moi ? Je rejetai cette hypothèse et fermai les yeux.

Je me levai à la première lueur de l'aube, le corps complètement engourdi. Je me secouai pour me débarrasser des petits escargots qui s'étaient collés dans les plis de mon kamis. Mes mains et mon visage – de même que les blessures récentes causées par Shaliq – étaient égratignés par les ronces et par le fouettement des broussailles à travers lesquelles je m'étais enfuie. Mes plantes de pied, trop peu protégées par les semelles fines des chaplis, étaient meurtries et coupées par les cailloux acérés et les racines tordues. Je poursuivis ma route vers l'est, loin du campement, sans cesser de regarder par les interstices au sommet des arbres pour bien avancer dans la direction inverse du déplacement du soleil. Par moments, je trouvais un peu d'eau de pluie dans les feuilles recourbées d'une plante, et j'en approchais mes lèvres avec précaution pour l'aspirer. À la mi-journée, j'émergeai de la forêt dans une vallée lumineuse. Je me frayai un chemin le long de la pente d'une colline, en essayant de rester à l'abri des rochers et des buissons. Chaque fois que j'entendais un bruit que je ne reconnaissais pas, je me laissais tomber sur le sol et je retenais mon souffle, afin de m'assurer qu'il ne s'agissait pas des sabots d'un cheval ou des jurons favoris de Shaliq.

Je grimpai au sommet d'un rocher élevé pour examiner le paysage alentour. J'aperçus au loin le ruban étincelant d'une rivière et je compris que notre campement était situé le long de l'un de ses affluents. Je fus horrifiée de constater que je ne m'en étais guère éloignée. Malgré le chemin accompli à un rythme plus ou moins rapide, je n'avais pas parcouru une distance suffisante pour me mettre à l'abri de Shaliq.

Je devais absolument manger et boire quelque chose si je voulais poursuivre ma route. Au cours de la nuit, j'avais joué avec l'idée d'essayer de regagner Susmâr Khord, mais à la lumière du jour, je voyais le visage de mon père et j'entendais ce qu'il me dirait. Je ne pouvais pas rentrer à la maison. Shaliq irait m'y chercher, il reprendrait peut-être les kaboulis ou essaierait d'intimider ma famille, d'une manière ou d'une autre. Je ne ferais donc que leur causer davantage d'ennuis, et de toute façon mon père ne m'ouvrirait jamais la porte de sa maison.

Debout en haut du rocher sur lequel j'effectuais un cercle au ralenti, je me rendis compte que j'avais perdu le sens de l'orientation. Je me dis que j'aurais dû prendre une autre direction.

Peut-on se perdre quand on ne se dirige nulle part ?

J'inspirai à fond et je m'assis, à bout de forces et terrassée par le désespoir. Sulima s'insinua subitement dans mes pensées. J'avais toujours tenu pour certain qu'elle était retournée chez elle, le jour fatal de son départ. Mais après tout peut-être que, comme moi, elle n'était plus la bienvenue dans sa famille et dans son village. Où était-elle allée ? Avait-elle erré comme j'errais à présent, sachant qu'elle ne pouvait pas plus se réfugier dans le lieu où elle avait été une femme mariée que dans celui où elle vivait jeune fille ? Quel sort lui avait été finalement réservé ?

Je m'allongeai, le dos pressé contre un rocher réchauffé par le soleil, la tête posée sur mon bras tendu. Subitement, je nourris l'espoir que Sulima avait effectivement été bien accueillie à son retour à Wamed. Qu'elle avait épousé l'homme qu'elle aimait vraiment, celui qui l'aimait en retour au point d'avoir accompli tout le chemin pour pouvoir s'étendre avec elle au milieu des champs cultivés et courir, l'espace d'un bref moment, le risque qui avait modifié le cours de nos vies. J'émis l'espoir qu'elle était désormais heureuse d'élever leurs enfants sales et grossiers. Je versai des larmes sur mon sort, et sur celui de Sulima. Puis je me mis à pleurer sur ma grand-mère, je l'imaginai le jour où elle avait vu son bien-aimé disparaître avec leurs bébés, sans parvenir à rester à leur hauteur, et où elle les avait perdus à jamais. Mâdar Kalân, sanglotai-je. Je fus submergée d'un chagrin profond, douloureux, qui nous englobait toutes. Un chagrin provoqué par nos vies de femmes, emplies, me semblait-il en cet instant, de pertes incessantes, du besoin d'être aimées qui nous était dérobé. Ou bien qui, comme dans mon cas, n'était jamais satisfait.

Je m'endormis en larmes et, à mon réveil, le soleil avait parcouru une grande distance dans le ciel. Je me levai et repris mon chemin. J'ignorais où j'allais, je savais uniquement que je devais échapper à mes poursuivants. Je m'interrogeais sur cet instant de faiblesse durant lequel je m'étais laissée aller à pleurer sur une chose aussi immatérielle que l'amour. Pour rester en vie, il me faudrait faire appel à toute ma force intérieure.

Je découvris une touffe de réglisse sauvage et en rongeai les racines. Elles étaient vieilles et coriaces, mais cela me fit du bien de mâchonner et d'avaler. Je me munis d'un grand bâton solide pour m'aider à gravir la colline. J'avançai jusqu'à la disparition des derniers rayons du soleil et m'assis alors devant un buisson de groseilliers épineux. J'aurais tout donné pour avoir un silex qui me permettrait de faire un feu. Non seulement j'avais froid, mais j'avais vu des crottes de loup et de chacal au cours de ma marche. J'ignorais si la chance allait me sourire comme la nuit précédente.

J'agrippai mes genoux et me balançai lentement d'avant en arrière, emplie d'un calme étrange et passif, peut-être causé par la faim et la soif qui m'étreignaient ; je me rendais compte que la tête me tournait mais, en même temps, j'avais les idées claires. J'allais sans doute m'approcher d'habitations le lendemain ; j'avais également repéré des crottes d'âne le long de la piste étroite, indiquant que quelqu'un l'avait empruntée.

Je serrai les bras autour de ma poitrine mais, alors que j'essayais de m'installer plus confortablement, j'entendis un bruissement furtif derrière le groseillier épineux. Je demeurai figée, et au bout d'un certain temps, la créature tapie derrière finit par s'éloigner. J'ignore si je dormis ou si je succombai uniquement à des périodes d'inconscience dues à l'épuisement pendant ces longues heures obscures mais, dès que le ciel s'éclaircit assez pour me permettre de distinguer quelque chose, je me levai. Pendant la matinée, je marchai, le dos tourné au soleil, puis une fois qu'il fut passé au-dessus de ma tête, je le laissai entamer sa descente vers le sud-ouest. Je trouvai des buissons de baies ratatinées et farineuses, des touffes molles de laurier acide, et un petit carré inattendu de rhubarbe sauvage, dure comme du bois. J'avalai le plus de baies possible, et je mâchai des bouchées entières de la plante sans goût et de tiges de rhubarbe. Avant la tombée de la nuit, je repérai ce qui ressemblait à l'entrée d'une petite caverne, en surplomb sur une arête. Je gravis lentement la pente plutôt douce, mais d'un seul coup mon pied glissa sur les cailloux, je faillis tomber et me tordis la cheville. Une douleur vive la transperça et je crispai la mâchoire à l'idée de ma maladresse. Je savais que je m'étais fait une entorse qui allait me ralentir. Je clopinai avec précaution jusqu'à l'ouverture de la grotte et y jetai un coup d'œil. Je reniflai, mais je ne sentis rien, et je ne remarquai pas de foulées dans la terre meuble menant à la caverne, même si elle présentait de nombreuses traces, fines et sinueuses. Je déchirai d'épaisses toiles d'araignée enchevêtrées en haut de l'entrée pour y pénétrer. Un bruit de débandade m'accueillit tout de suite et quelque chose fila sur mes sandales. Des centaines de rats affolés couraient en rond. Un cri de dégoût involontaire m'échappa.

Je m'éloignai de la caverne. J'avais éprouvé un brin d'espoir à sa vue, je m'étais dit que j'avais trouvé un endroit sec qui me permettrait de passer la nuit en sécurité, mais la déception m'abattait. Je ne pouvais rester éveillée une autre nuit. Je trébuchai déjà d'éreintement et de faim. Je m'éloignais, la cheville traversée d'une douleur aiguë, à peine capable de distinguer quelque chose dans la lumière crépusculaire. Je finis par m'arrêter devant un amas de rochers menaçants. Le sol était tapissé de cailloux ; j'arrachai une touffe de vesce et dégageai un petit coin à l'aide de cette plante épineuse. J'entassai ensuite quelques cailloux qui pouvaient tenir dans ma main. Je m'allongeai, la tête posée sur un bras, les cailloux empilés devant moi, ma main libre appuyée sur eux. Je me disais que rares seraient les animaux qui vagabonderaient dans ce coin rocailleux, loin de la forêt et de l'eau. Cependant, si l'un d'eux venait s'attaquer à moi au cours de la nuit, je ne disposerais que de ces cailloux pour me défendre. Je pris une profonde inspiration, tentant désespérément de repousser la panique qui ne m'avait pas laissée en paix depuis que Faiza était venue me prévenir et que j'avais lu sur son visage la terreur qu'elle éprouvait pour moi. Cette terreur me submergeait à présent par pulsations rythmiques, identiques au clapotis incessant de l'eau sur des pierres. Je gardai les yeux grands ouverts dans les ténèbres qui étaient tombées autour de moi.

J'avais atteint mes limites.

21

Quelque chose me réveilla. Après de courtes heures d'un sommeil agité sur le sol dur et caillouteux, je sentais mes membres raidis par le froid. Le soleil n'était pas encore apparu au-dessus des montagnes, pourtant le ciel avait déjà pâli. Il y avait trop de bruit. Je m'assis et m'aperçus que la plaine, en contrebas, bien qu'encore plongée dans une légère pénombre, grouillait de vie et de mouvement. Comment pouvais-je ne pas avoir entendu tous ces chevaux et ces hommes approcher ? J'étais tellement exténuée que je m'étais enfoncée dans un sommeil de mort.

Il ne me fallut qu'un instant pour comprendre ce que j'avais sous les yeux. Il s'agissait des préparatifs du plus ancien des sports, la reproduction des batailles de l'ancien temps : le bouzkashi. Ce sport réputé à travers le pays entier, y compris auprès des plus jeunes enfants, n'était destiné qu'à des yeux masculins ; les femmes n'étaient pas autorisées à y assister, si bien que je ne le connaissais – comme toutes mes compagnes – qu'à travers des récits qu'on m'en avait fait. À ce sport sanglant participaient les meilleurs chevaux, les hommes les plus entraînés, et un bouc mort. On l'évoquait avec révérence ; on le pratiquait, d'accord, mais c'était également une représentation de la vie afghane, qui devait conjuguer la force à l'état brut, le courage, l'audace, les qualités de cavalier et un esprit de compétition farouche. J'avais souvent entendu mon père parler du bouzkashi – il avait eu l'occasion d'assister à des matchs au cours de ses hivers à Kaboul. Il racontait que ce sport remontait à l'époque du grand Gengis Khan, lorsque les cavaliers du nord avaient la réputation de fondre sur les villages qui ne se doutaient de rien pour leur dérober moutons et chèvres – et même hommes ou femmes – qu'ils attrapaient au triple galop, sans même descendre de leurs montures.

Il m'était impossible de quitter cette vallée sans être repérée. Mon kamis et mon foulard bordeaux – quoique couverts de poussière et de traces de saleté – ressortiraient comme la tranche écarlate d'une pastèque ou la blessure béante d'une grenade sur un plat de couleur grise si je m'aventurais le long de cette crête jonchée de rochers. Je maudis ma coquetterie, ma vanité : si j'avais été moins soucieuse de me flatter avec des vêtements neufs éclatants, si j'avais fait preuve de plus d'humilité et si j'avais porté mon habituel kamis brun terne de tous les jours, le matin où Faiza s'était précipitée pour me prévenir que Shaliq avait découvert mon secret, j'aurais pu me fondre au milieu des rochers et m'évanouir dans la nature. J'allais donc être obligée de rester cachée, et assister à ce qu'aucune autre Afghane n'était autorisée à voir. Mais ce spectacle ne me procurerait pas le plaisir clandestin de l'interdit.

Je pouvais tout juste être soulagée de ne pas avoir choisi de dormir au pied de cette colline rocheuse, car j'aurais été découverte par les premiers hommes arrivés sur place. Ma vie reposait sur ma capacité à demeurer invisible. Si l'on me trouvait, on pourrait me prendre pour une femme entêtée qui avait défié les règles afin d'assister à un bouzkashi et qui avait suivi servilement l'un des participants. Dans ce cas, on me fouetterait sans ménagement, peut-être jusqu'à me laisser inconsciente sous le soleil. J'eus une vision de moi dans cette plaine déserte, survolée par des vautours prêts à descendre en piqué dès que je serais morte. Ou qui n'attendraient peut-être pas pour le faire. J'avais entendu parler de volatiles énormes battant des ailes au-dessus d'un animal qui n'avait pas rendu son dernier souffle et le lacérant alors qu'il était encore en vie, mais trop faible pour se défendre.

Et puis quelqu'un, dans la foule, pouvait avoir entendu parler d'une épouse en fuite, avoir rencontré Shaliq et l'un des hommes qui me recherchaient avec lui, et me reconnaître. Ces étrangers ne se contenteraient pas de faire pleuvoir sur moi une pluie de coups, ils me renverraient à Shaliq. Car après tout, le devoir et l'honneur d'un homme résidaient dans l'entraide avec ses pairs. Il y aurait ensuite une autre rossée, assénée avec jouissance – et, aux yeux de Shaliq, parfaitement justifiée. Ces coups seraient les derniers, puisqu'ils se termineraient par ma mort.

Je ne pouvais pas me faire attraper.

Le soleil surgit peu de temps après de derrière les montagnes et une lumière, tendre et dorée, se répandit sur les pentes. Les hommes s'agenouillèrent tous ensemble et pressèrent le front sur le sol. Leurs murmures s'élevèrent et se répercutèrent contre les rochers, autour de moi. Leur prière terminée, ils se relevèrent. Quelque chose avait changé dans l'atmosphère.

Je distinguais à présent les couleurs et les textures. Je baissai les yeux vers la foule de plus en plus dense qui trépignait d'impatience, et je reconnus les hommes de nombreux villes et villages à leurs coiffes : du longi interminable au kolah arrondi, en passant par le *qaraqol* en forme de cloche. Je vis des Pachtounes familiers, des Hazaras, des Turkmènes, des Ouzbèques et des membres de mon propre peuple, les Tadjiks. Les riches propriétaires de chevaux se distinguaient à leurs *tchapanes* de soie aux larges rayures blanches, aux superbes bottes de cuir souple dont ils étaient chaussés. Autour d'eux grouillaient de simples individus en longs tchapanes usagés, à la fois élimés par les années et décolorés par le soleil. Toute une humanité masculine venue assister à ce sport, le bouzkashi. Certains paradaient au milieu des chevaux inquiets et hennissants, surveillés par les *saïs*, ces petits palefreniers qui rêvaient d'atteindre un jour la gloire de leurs maîtres. Au lieu des vêtements sales, amples et en lambeaux et des turbans graisseux habituels des saïs ordinaires, ces garçons portaient de magnifiques vestes brodées sur de longues chemises dont la blancheur éclatait au soleil. Leurs couvre-chefs étaient fabriqués en laine de mouton aux boucles lâches. Jamais je n'avais vu de saïs si superbement vêtus.

J'observai l'un d'eux. Bouche ouverte, visage concentré empreint de respect, cet adolescent levait les yeux vers un homme qui projetait une ombre sur lui. L'individu portait une veste matelassée, vert foncé, au-dessus de son tchapane rayé que la légère brise matinale faisait flotter autour de ses jambes. Son large pantalon noir était coincé jusqu'aux genoux dans des bottes d'équitation en cuir magnifiquement ouvragé, pourvues de semelles dures et recourbées et de talons hauts, conçus pour retenir les étriers. Un *talpak*, une toque ronde surmontée d'une calotte de laine d'astrakan avec un large bord en fourrure de loup, recouvrait ses cheveux. Ce couvre-chef représentait l'honneur le plus élevé accordé à un participant à ce sport, en récompense de son courage et de ses dons.

Sous le chapeau doublé de fourrure, tiré très bas sur son front, le visage de cet homme était sombre. Avec ses pommettes saillantes et ses yeux bridés, il s'agissait, selon toute probabilité, d'un Turkmène ou d'un Ouzbèque du Nord.

Il s'adressait à présent à l'adolescent qui acquiesça de la tête. L'homme resserra sa ceinture autour de sa veste matelassée et s'éloigna, d'une démarche légèrement gauchie par l'épaisseur des talons de ses bottes. Il rejoignit un petit groupe d'individus vêtus comme lui ; certains portaient une veste vert sombre identique à la sienne, d'autres une veste marron : les équipes.

Un rugissement monta alors de la foule, et ces hommes se séparèrent et s'avancèrent, comme s'ils se rendaient sans se presser à un rendez-vous avec un vieil ami. La distance m'empêchait de discerner les marques d'honneur qui décoraient leurs visages, ces cicatrices provenant de blessures béantes, sans cesse rouvertes, match après match, mais je distinguais néanmoins leurs mains. Des *quirts*, ou cravaches à manche court, étaient coincées dans leurs ceintures. Malgré leur cruelle extrémité lestée d'une boule de plomb, je savais que c'était les mains de ces hommes qui constituaient les véritables instruments de ce sport. Ils étaient obligés de s'en servir pour attraper le bouc et arracher son corps à celles des autres participants. Je n'avais jamais très bien compris les règles – chevaucher sur une certaine distance, attraper le bouc et le déposer dans un endroit précis en fin de partie. Et je ne savais rien des participants : les *tchopendoz*. Si mon père se confondait en louanges à leur propos, les femmes ghilzaïs les évoquaient souvent sur un autre ton. Leurs yeux languissants luisaient quand elles parlaient d'eux. Elles les considéraient comme des héros.

J'avais vu plus d'un visage féminin s'alanguir mélancoliquement lors de ces confidences à voix basse ; certaines devaient également sentir leur corps s'amollir sous leurs robes et leurs kamis, affaiblis de désir pour un objet inatteignable. Ces femmes étaient plus âgées que moi, mariées depuis des années et mères de flopées d'enfants. Jusqu'à ce jour, je n'avais pour ma part jamais vu un tchopendoz, mais les femmes qui rêvaient d'eux ne pouvaient manquer de savoir que sous leurs splendides costumes, ils demeuraient des hommes. Que leurs torses, quoique plus larges et plus solides que d'autres, n'étaient pas saupoudrés d'or ; que leurs cheveux, dissimulés sous leurs talpaks, n'étaient pas plus soyeux. Elles ne pouvaient ignorer que les pieds des tchopendoz, quand ils avaient ôté leurs superbes bottes à hauts talons, sentaient comme ceux de tous les autres hommes. Que sous leurs pantalons se cachait exactement le même instrument que chez les autres hommes et qu'ils ne devaient pas être confondus avec leurs étalons.

Le silence tomba sur la foule. On tira le corps d'un bouc mort sur le terrain. On lui avait tranché la tête et les pattes, à la hauteur des genoux. Il était mouillé et paraissait très lourd, car on avait dû le remplir de boue ou de sable et le tremper dans l'eau. Deux hommes le traînèrent jusqu'à une fosse à fleur de terre et le jetèrent dedans.

J'ignorais si le match allait durer une heure ou plusieurs. Mon cœur tambourinait si fort dans mes oreilles que j'avais l'impression que toutes les têtes se tournaient et se levaient vers moi pour découvrir la source de ce martèlement sourd. Tout en craignant pour ma propre sécurité, j'étais néanmoins inexplicablement survoltée par ces chevaux, ces hommes et l'exploit qu'ils étaient sur le point d'accomplir.

On racontait que le bouzkashi ne pouvait être considéré comme un véritable sport si l'on n'exhibait pas à la fin le cadavre d'un fier tchopendoz. Au minimum, il devait y avoir des os cassés et écrasés, des nez écrabouillés, de la peau déchirée. L'enthousiasme effréné de la foule monta d'un cran pendant que les participants attendaient qu'on leur amenât leurs chevaux. Les saïs tenaient fermement les rênes des splendides créatures luisantes dont les jambes antérieures étaient enveloppées dans de la laine. Les étalons caracolaient et frissonnaient de plus en plus. Ils avaient été entraînés depuis leur naissance pour ce sport. Ces magnifiques créatures possédaient des crinières peignées aussi soigneusement que des chevelures de femmes, de splendides robes bai, alezan, gris et noir, des muscles qui se mouvaient comme des pierres bien huilées sous leur cuir brillant. Leur large poitrail, leur arrière-train ondulant et leur encolure à la fière courbure témoignaient de leur puissance. Les histoires que j'avais entendues à leur sujet... On les élevait avec d'infinies précautions, en commençant par les attraper à la naissance au moment où elles sortaient du corps de leurs mères, afin de les empêcher d'être souillées par la saleté du sol. On les nourrissait d'orge et d'avoine la nuit, de beurre et d'œufs crus le jour. Elles menaient des vies d'enfants chouchoutés. Jusqu'au match de bouzkashi.

L'instant décisif était arrivé. De pâle, le ciel avait viré à un insolent bleu soutenu, tandis qu'au loin des nuages légèrement ébouriffés filaient vers les montagnes. Les tchopendoz enfourchèrent leurs chevaux.

Un cri rauque retentit et le match débuta. Les tchopendoz foncèrent vers la fosse pour attraper le bouc, en se lacérant de leurs cravaches. Ils plongèrent en avant et s'en saisirent. Leurs mains et leurs poignets énormes paraissaient balancer sans difficultés le corps volumineux d'avant en arrière. Transformés en groupe compact, ils luttaient les uns contre les autres à l'aide de leurs corps, de leurs cravaches et de leurs montures et s'arrachaient mutuellement la dépouille du bouc. Chaque tchopendoz qui s'en emparait essayait de s'éloigner au galop. Certains y parvenaient sur de courtes distances, mais le bouc ne cessait d'être récupéré par d'autres. Oublieuse de l'endroit où je me trouvais, du danger que je courais, j'observais avec fascination les tchopendoz effectuer d'incroyables prouesses d'équilibre, tirer, pousser, arracher et porter le bouc pesant. Certains parvenaient à ne rester suspendus à leur monture que par un pied accroché à un étrier pour plonger vers le bouc ; d'autres se couchaient presque parallèlement au sol le long du flanc de leur cheval, afin de se placer dans une position plus commode pour saisir le *bouz* tant convoité. La plupart du temps, à cause des cavaliers et des bêtes écrasés les uns contre les autres et des tourbillons de poussière soulevés par les chevaux, il était difficile d'apercevoir le bouc. Et d'un seul coup, accompagné par un murmure prolongé de la foule, un cavalier solitaire surgit à l'avant, cravache entre les dents, debout sur ses étriers et rênes dans une main, une patte du bouc dans l'autre, et il traversa le terrain au triple galop dans un fracas assourdissant de sabots. La carcasse déjà lacérée du bouc rebondissait sur ses cuisses. Les autres le prirent en chasse. Inclinés très bas sur l'encolure de leurs montures, pareils à un essaim de frelons, ils se rapprochaient peu à peu de lui, les bras tendus en avant.

Une odeur de sueur et de sang se répandit. Emportée par un courant d'air ascendant, elle monta jusqu'à moi qui demeurais appuyée contre la paroi de pierre. Je la respirai et me rendis compte que je tremblais. Je reconnus cette odeur. J'en avais ressenti la force et le pouvoir sous les mains de mon mari à maintes et maintes reprises. On m'avait souvent dit que je disposais de trop de mots et pourtant, en cet instant précis, le terme adéquat, celui qui décrirait le mieux ce spectacle, ne me vint pas à l'esprit. Malgré la dureté, la cruauté du déroulement du match, ce dernier remuait quelque chose en moi : un sentiment identique à celui que j'avais éprouvé en voyant les hommes de mon campement danser. En somme, ce sport brutal présentait une forme d'étrange beauté.

Combien de temps les tchopendoz luttèrent-ils pour s'arracher mutuellement le bouc ? Un cheval trébucha et chuta ; il essaya de se relever, l'encolure gonflée par l'effort qu'il fournissait pour se redresser. J'observai ce spectacle, l'esprit vide. Je voulais voir cette splendide créature se relever et éviter les sabots des autres chevaux. L'animal hurla : un long hennissement terrifiant dont l'écho se répercuta par-dessus la clameur environnante. Sa jambe antérieure, cruellement tordue en arrière, s'était brisée. Le cavalier, prisonnier sous elle, se libéra de son poids, agita les bras et vociféra sa frustration quand la meute tonitruante le dépassa. Un homme vêtu d'un tchapane de soie raffiné – le propriétaire sans doute – s'avança à cheval sur le terrain, sortit un couteau et trancha d'un geste vif et profond la gorge de l'animal blessé dont les jambes antérieures cessèrent brutalement leur agitation frénétique et vaine. Sa tête magnifique s'écrasa sur le sol ensanglanté, gueule béante et langue pendante. Trois hommes se précipitèrent pour le tirer à l'écart. Il était allongé, abandonné dans la poussière, dépouillé de toute sa gloire, un reflet de soleil dans son œil mort.

Les tchopendoz et leurs étalons qui s'éloignaient rapetissèrent. La foule changea de place. Les spectateurs pariaient à voix aiguë sur différents participants, échangeaient des pièces, achetaient du thé à des marchands ambulants, et je m'affaissai en position accroupie. Un silence inquiétant finit par s'installer et comme le temps s'écoulait, la foule se figea, les yeux fixés sur la steppe désertée. Je remuai dans mon humble cachette rocailleuse, mais avant que je puisse adopter une position plus confortable, un petit saïs entreprit péniblement de grimper les rochers dans ma direction. Je cessai de respirer. Attentif à ses mains et à ses pieds nus, il effectuait son ascension avec précaution. Il finit par atteindre le sommet de l'un des plus gros rochers, à quelques pas de moi à peine. Le dos tourné, il contemplait l'horizon avec intensité. Il hurla quelque chose que je fus incapable de comprendre – soit en dari, soit en pachtou – et je me dis que la foule devait lever les yeux vers lui. Je demeurai immobile, mais je baissai les paupières, tel un petit enfant qui s'imagine que, s'il ne peut pas voir, personne ne le verra. La main posée sur les cailloux que j'avais entassés la veille, je rouvris les yeux pour étudier le saïs. Ma main se referma autour d'une pierre. Si ce garçon se retournait, aurais-je le courage de la jeter vers sa tête ? Je n'avais pas d'autre solution.

Un certain temps s'écoula. Le soleil m'accablait. Les ombres s'étaient déplacées sur les collines, mais la foule attendait toujours sans bouger. De la sueur coulait le long de mon dos ; j'avais du mal à respirer sans bruit. J'eus subitement l'impression que j'allais m'étouffer, tousser et me trahir. À force de supporter mon poids depuis si longtemps, mes cuisses tressaillaient et, d'ici peu, mes jambes n'allaient pas manquer de céder. D'un seul coup, le jeune saïs se mit à bondir et à montrer quelque chose en vociférant. Je suivis la direction de son doigt et ne vis qu'un aigle solitaire à la poitrine blanche qui dessinait des cercles à basse altitude au-dessus de la vallée désertée. Puis je me rendis compte que le jeune garçon désignait un épais nuage de poussière jaune qui tourbillonnait au loin. C'était donc cela. Les cavaliers revenaient. Le garçon redescendit tant bien que mal rejoindre la foule, sans jeter un seul regard en arrière. Je tombai en avant à genoux et essuyai mon visage trempé de sueur avec ma manche.

Un cheval – en apparence sans cavalier – galopait devant la horde tonitruante. Il fit une embardée et j'aperçus le tchopendoz. Le talon haut de sa botte était coincé dans l'étrier. Son corps sans vie pendait mollement par cette botte et sa tête rebondissait sur le sol. D'autres le rattrapèrent, le dépassèrent à toute allure, et le sabot de l'un des chevaux piétina son visage. Un individu portant un grand turban blanc qui se déroulait apparut sur une petite jument ; il galopait le long de l'étalon dont il attrapa les rênes. Puis il le guida à l'écart des autres. Il descendit de sa propre monture, décoinça en douceur le pied prisonnier du tchopendoz et s'agenouilla au-dessus de lui. Puis il enleva son tchapane et en recouvrit le visage de l'homme mort.

Un cheval, un homme.

Éprouvaient-ils de la souffrance pendant le match, ou cette souffrance ne les frappait-elle et n'atteignait-elle sa terrible culmination que lorsque ce dernier était terminé ? Ou étaient-ils tellement habitués à la douleur qu'ils la considéraient comme une vieille alliée et la supportaient sans jamais rien en montrer ? Je connaissais bien la manière dont mon corps réagissait pendant et après les coups qu'il recevait à intervalles réguliers.

Je savais aussi que je ne ressentais plus la souffrance comme la ressentent la plupart des femmes, et je me décidai à briser un silence de plus d'une année pour remercier Allah de m'avoir fait ce cadeau.

22

Je venais d'assister à la mort d'un homme et à celle d'un cheval. Je songeai à ma propre mort, aux différentes formes qu'elle était susceptible de prendre ce jour-là ou dans les jours à venir.

En contrebas, les chevaux et les hommes se pressaient les uns contre les autres pour regagner le point de départ où le jeu allait se terminer. Après avoir galopé farouchement et obéi aux ordres de leurs maîtres pendant des heures, après avoir lutté au milieu de cette débauche de morsures et de martèlements de sabots tumultueux, les chevaux étaient maculés de taches de sueur et d'écume. Naseaux dilatés, bouches béantes, ils essayaient de respirer malgré la gêne causée par les mors qui les entravaient. Beaucoup avaient les flancs ensanglantés, mais en dépit de leurs blessures, ils paraissaient tous ne pas se fatiguer d'aider leur tchopendoz à s'emparer du bouc. Quant aux cavaliers, ils ne s'étaient pas contentés de perdre l'un de leurs frères : ils montaient pour certains bizarrement, comme s'ils étaient blessés au bras ou à la jambe. À l'image des animaux, nombre d'entre eux saignaient.

Un mouvement flou m'incita à détourner le regard du jeu. Un saïs courait en bordure de la foule, les pans de sa longue chemise flottant au vent dans le dos. Il atteignit un endroit, pas très loin en dessous de moi, où étaient entassées des boîtes et des sacoches de selle ; il grimpa sur une boîte pour obtenir une meilleure vue. Je le vis déballer quelque chose, le porter à sa bouche et mâcher avec vigueur. Était-ce un nan ?

L'image de mes dents se refermant sur une galette épaisse et bien tendre me fit saliver. Le garçon s'accroupit pour fouiller dans une sacoche rayée aux couleurs gaies, appuyée contre la boîte. Il en sortit une petite gourde en peau qu'il retourna sur son visage, la tête renversée. Je vis le jet d'eau former un arc pour pénétrer dans sa bouche ouverte, sa gorge remuer quand il avala le liquide. Ma propre bouche s'ouvrit et la scène que j'avais sous les yeux devint floue. Je déglutis douloureusement, en essayant d'humecter mes lèvres. Elles étaient sèches, craquelées et gonflées. J'avais bu ma dernière gorgée d'eau la veille, une petite flaque de pluie sur laquelle j'étais tombée par hasard, dans le creux d'un rocher à l'ombre. J'avais placé mon visage contre la flaque et aspiré l'eau voracement, comme un animal. En dehors des racines sans goût et des baies ratatinées que j'avais trouvées, je n'avais rien mangé depuis deux – non, depuis trois jours.

Devais-je prendre le risque d'être découverte, attendre l'instant où tous les yeux seraient tournés vers le terrain de jeu et me glisser avec prudence dans l'ombre projetée par les rochers pour aller supplier le petit saïs de me donner un peu de nan et d'eau ? Peut-être que sa jeunesse, le souvenir encore proche de la chaleur de sa mère, lui feraient poser un regard moins dur sur la femme que j'étais. Mais s'il avait été trop bien entraîné, s'il poussait tout de suite un cri, qu'adviendrait-il de moi ?

Allais-je m'y risquer ?

J'attendis, sur le qui-vive, sans plus m'intéresser au jeu. J'avais l'impression qu'il s'éternisait. Les spectateurs durent néanmoins sentir l'imminence du triomphe final, car ils se bousculèrent et hurlèrent avec un enthousiasme renouvelé. Dans un élan général, la foule surexcitée s'éloigna de plus en plus des collines pour regagner en masse le terrain. Le saïs rangea la gourde et le reste du nan dans la sacoche, sauta de la boîte et se fondit dans la mêlée.

Je me rendis alors compte que se présentait sans doute à moi une occasion unique : si je voulais me glisser en bas de la colline pour dérober l'eau et la nourriture qui me permettraient de poursuivre mon chemin, c'était maintenant ou jamais. Bien évidemment, j'aurais pu profiter de cet instant pour m'enfuir, essayer de m'éloigner d'une démarche clopinante dans la direction opposée, pendant que toutes les têtes se détournaient de la colline. Mais je savais que si je me contentais de me cacher, je serais dans l'incapacité d'aller plus loin, à moins de me restaurer et de boire après la fin du jeu et le départ des hommes et des chevaux.

Autant être attrapée et renvoyée à Shaliq, me dis-je en mon for intérieur. Je préférais mourir rapidement de sa main, dépenser mes dernières bribes d'énergie contre lui, plutôt que de succomber lentement et douloureusement de faim et de soif, attaquée par des bêtes sauvages.

Je pris une profonde inspiration et enveloppai entièrement ma tête dans mon foulard, de manière à ne garder qu'une fente pour mes yeux. Puis je me glissai furtivement en bas de la pente rocailleuse, en essayant de ne pas prêter attention à la douleur qui transperçait ma cheville. Je parvins au fond, rampai entre les boîtes entassées et m'agenouillai à côté de la grosse sacoche. J'y plongeai la main et trouvai la gourde. Je la sortis et plaçai la ficelle entre mes dents. Mes doigts explorèrent plus au fond ; oui, je sentais bien un nan, et quelque chose de plus dur, d'enveloppé – du fromage, sans doute. D'un bref regard en arrière, je constatai que les spectateurs, en proie à une frénésie absolue, ne voyaient plus rien que les tchopendoz, désormais si près d'eux. Toujours accroupie, je me débattis pour insérer le nan et le fromage dans la ceinture de mon pantalon, car j'aurais besoin de mes deux mains pour regrimper jusqu'à ma cachette. Le tintamarre de la foule s'intensifia encore. Un instant, avec la gourde qui se balançait à la ficelle entre mes dents et la nourriture coincée dans ma ceinture, je fus envahie d'une sensation de triomphe vertigineuse ; j'avais la certitude que personne ne regarderait dans ma direction, et il ne me restait que quelques mouvements à effectuer, juste quelques mouvements, pour être en sécurité, cachée, avec de l'eau et de quoi manger. Et puis, sortie de nulle part, envoyée, peut-être, par un djinn, car aucune autre raison ne me vint à l'esprit, une botte de cuir superbe apparut dans mon champ de vision.

Mes dents restèrent enfoncées dans la ficelle. Je me raidis, prête à supporter les coups dans mon dos, les mains tirant sur mon kamis. Par l'étroite ouverture de mon foulard, j'aperçus le bas du tchapane qui s'arrêtait au niveau de la botte. Ce caftan était fabriqué dans un tissu à larges rayures noires et grises entre lesquelles courait une ligne rouge, souvent porté par les hommes fortunés. La botte bougea, juste assez pour permettre à son propriétaire de porter le poids de son corps d'un pied sur l'autre, et le caftan s'entrouvrit sur des pantalons bouffants. Je me raidis de nouveau, mais rien ne se produisit.

La clameur de la foule était assourdissante, en dépit du sang qui battait si fort dans mes oreilles que tous les cris alentour me paraissaient étouffés. Les hommes ne cessaient à présent de hurler : *Khalass ! Khalass !* C'était fini. Le bouc avait été jeté à l'intérieur du cercle tracé sur le sol, le cercle de justice, et l'un des tchopendoz vivait son heure de gloire. Le jeu était terminé et le vainqueur déclaré. Dans l'air s'élevaient des ululements, pareils aux chants tremblants et jubilatoires d'une multitude d'oiseaux noirs.

Je pris une inspiration par le nez pour essayer de réagir lucidement à la suite des événements. Une odeur de transpiration humaine, mêlée à celle du sang répandu par la gorge tranchée du cheval, me monta aux narines. Je sentis aussi celle de ma propre peur. Puis je baissai les épaules et me relevai. Je ne continuerais pas à m'humilier aux pieds de cet homme, à attendre ainsi ma punition.

On m'avait attrapée. J'allais affronter cet individu, comme j'avais affronté mon père et mon mari. Je glissai la main sous mon foulard pour détacher la ficelle de la gourde, et je la jetai par terre.

L'homme s'y intéressa un instant avant de revenir à moi. Il me dit quelque chose, mais dans un pachtou si approximatif que je ne compris absolument rien. Je l'interrogeai du regard. Il hocha la tête et me dit autre chose que cette fois, je compris : *Lâr sha. Tashtedel !*

Je le fixai d'un air abasourdi.

— *Lâr sha !* répéta-t-il, d'une voix plus sonore. Partez ! *Tashtedel !* Courez ! m'ordonna-t-il.

Je cillai, puis je me retournai et remontai tant bien que mal la pente rocailleuse, sans regarder derrière moi. Je me recroquevillai derrière le premier gros rocher que j'atteignis. J'avais conscience de tout : des battements affolés de mon cœur, des tressaillements de mes muscles causés par l'ascension, de ma bouche asséchée, de la pression du nan et du fromage contre ma taille, de la douleur à ma cheville. Accroupie dans un petit creux derrière le gros rocher où me parvenaient les interminables ovations lancées au bout du terrain, j'attendis la fin de mes tressaillements, la reprise de ma respiration normale.

Je repoussai mon foulard sur mes épaules et sortis le nan et le fromage. Mais je fus incapable de manger tout de suite ; j'avais la bouche trop sèche. Puis un jet de salive l'envahit et je me jetai sur la nourriture. Dans ma hâte, je faillis même m'étouffer. Après quoi, j'attendis. Jusqu'à moi montaient les voix hautes et claires des saïs, les grommellements plus bas des hommes qui s'exprimaient dans des dialectes divers, les interpellations grossières des colporteurs qui espéraient se débarrasser du reste de leurs aliments et de leur *tchaï* avant de remballer. Par moments se faisaient entendre au loin le hennissement d'un étalon exténué, le blatèrement d'un chameau mécontent.

Les hommes s'en allaient.

J'avais été capturée mais aussitôt relâchée. Ce n'était pas encore le jour de ma mort.

J'attendis jusqu'au silence complet. La chaleur était suffocante ; le temps s'écoulait au rythme de ma respiration. Finalement, je jetai un coup d'œil de derrière le rocher. La colonne sinueuse de chameaux, de chevaux et d'hommes s'était mise en marche. En fin de cortège, si près que je distinguais encore les rayures de son tchapane, marchait l'homme qui m'avait offert la liberté. Il avançait, les rênes d'un cheval dans une main, en s'adressant à un individu de petite taille qui cheminait près de lui, la bride de son cheval également dans la main. Le premier agitait les bras comme s'il était énervé. La distance, entre eux et le reste de la colonne, s'agrandissait.

Une idée me traversa d'un seul coup, alors que je regardais ces deux inconnus s'éloigner. La nourriture ne s'était pas contentée de me redonner de la force, mais également du courage. Cet homme ne me ferait manifestement pas de mal ; dans le cas contraire, il ne m'aurait pas laissée partir. Je n'avais rien à perdre. Au pire, il ne pouvait que répéter ce qu'il m'avait déjà dit une fois : partez.

Je recouvris mon visage, descendis en bas des rochers et les suivis en boitillant. Ils étaient tellement plongés dans leur conversation qu'ils ne m'entendirent pas. Quand je me fus assez approchée, j'interpellai le plus grand :

— S'il vous plaît. *Sâhib*. Gentil monsieur.

Tous deux se retournèrent et posèrent sur moi un regard abasourdi. Le plus grand me fit une réponse à laquelle je ne compris absolument rien. Il échangea quelques mots rapides avec son compagnon, mais je ne les entendis pas clairement. L'autre s'avança vers moi.

— Qui êtes-vous ? Pourquoi nous appelez-vous ? me demanda-t-il dans un pachtou à l'accent bizarre.

— Je... Je suis une femme seule. J'ai besoin de votre aide. Je vous en prie.

Son expression me déplaisait. Il avait la peau très sombre, il portait un turban et un tchapane et appartenait à une race voisine de la mienne, mais il ne venait pas d'une tribu de mon pays.

Le plus grand s'avança aussi. Je l'avais regardé au moment où il m'avait prise sur le fait quand je volais la nourriture, mais mes yeux ne m'avaient pas alors permis de voir l'homme en lui – juste l'ennemi. Je n'avais pensé qu'à mon destin. À présent, je cillais et je m'interrogeais. Était-il afghan ou non ? Comme l'autre individu, il portait le costume et le longi de mon pays. Mais son visage... Il s'agissait d'un visage étranger, qui aurait pu néanmoins contenir une trace de sang pachtoune. Cette impression provenait peut-être de ses yeux, larges et foncés. Mais s'il était pachtoune, pourquoi ne parlait-il pas la langue de cette tribu ? Ces deux hommes étaient par conséquent des étrangers – des khârejis – , pourtant leurs visages racontaient des histoires différentes.

Ils conversaient à présent dans un idiome inconnu. Puis le plus petit s'adressa de nouveau à moi dans son pachtou approximatif :

— Sâhib demande : Pourquoi vous ici ? Seule. Loin partout.

J'humectai mes lèvres. Je ne pouvais leur avouer la vérité : j'avais fui mon mari. Ils en concluraient qu'ils devaient me ramener à lui. J'ouvris la bouche, en glissant le regard du plus petit au plus grand. Il tenait lâches les rênes de son cheval ; ses paumes, couvertes de sombres brûlures provoquées par des cordes, étaient calleuses, mais pas au point d'avoir besoin d'être raclées avec un couteau. Il avait des doigts longs et droits, dont aucun n'avait subi de déformation par cassure ou écrasement, et des ongles intacts, bien qu'ébréchés et cerclés de crasse. Des mains trop endurcies et sales pour appartenir à un riche propriétaire de chevaux, mais pas assez abîmées pour être celles d'un travailleur. Je les étudiai, comme si elles allaient m'éclairer sur la personne qui se tenait devant moi.

Le plus petit des deux émit un grommellement d'impatience. Je cillai, mais ma vision refusa de s'éclaircir. J'avais l'impression de regarder à travers une couche de poussière.

— Je... je me suis égarée de ma tribu, dis-je d'une voix éraillée par la soif, sans me presser pour permettre à mon mensonge de prendre forme.

Un mensonge ridicule. N'aurais-je pu inventer quelque chose de plus crédible ?

— Et... et... poursuivis-je.

Sous mon mince foulard, un ruisselet de sueur coula de mon front sur l'un de mes cils. Je cillai encore et le sel brûla mon œil et brouilla encore plus ma vision. Je frottai l'œil qui me piquait du revers de ma manche.

— Et j'ai erré pendant plusieurs jours jusqu'à cet endroit. J'ai besoin d'eau...

L'homme traduisit rapidement ce que je venais de dire. Le plus grand opina du chef, décrocha en hâte une gourde suspendue à sa selle et dit quelques mots à l'autre qui retraduisit ses propos :

— Sâhib dit... nous donnons eau. Votre tribu. Vous aller là-bas et...

— Non, répliquai-je trop fort, ce qui me fit tout de suite réaliser, face à leur expression déconcertée, que je n'avais pas répondu correctement.

— Non ? Vous pas aller... tribu ? me demanda-t-il. Aller où ?

Où se rendaient-ils ? Sans doute à Kaboul. Je m'étais beaucoup éloignée de notre camp hivernal.

Ne m'étais-je pas en définitive dirigée vers l'ouest, vers Kaboul ?

— Je vais à Kaboul, déclarai-je, les yeux posés sur les mains du plus grand qui tenaient la gourde.

L'expression du plus petit me déplaisait. Je sentais qu'il serait moins accommodant que l'autre. Le soleil m'accablait.

— Oui, à Kaboul. J'y retrouverai mon frère. Il m'aidera.

— Kaboul ? Loin. Pas marcher jusqu'à Kaboul.

Il se retourna pour s'entretenir avec son compagnon.

J'avais des vrombissements dans les oreilles – le bruit des mouches peut-être, ou alors, le soleil qui me terrassait et ma soif terrible non étanchée. Pendant que les deux hommes conversaient et que leurs voix se fondaient en un bourdonnement indéchiffrable, je passai une main sous mon foulard pour essuyer mon visage dégoulinant de transpiration. Le sol se dérobait sous mes pieds. Je risquais de m'évanouir à tout instant, de m'effondrer au pied de ces deux hommes. Et après ? Que m'arriverait-il ? Je ne pouvais pas leur montrer ma faiblesse, mon impuissance. Je rassemblai ma volonté pour me concentrer, pour rester debout.

— S'il vous plaît, dis-je d'une voix rauque à peine plus audible qu'une plainte. S'il vous plaît, aidez-moi. Je vous en supplie.

M'entendaient-ils ? J'étais enveloppée par une brume blanche et chatoyante. Je tombai à genoux et le plus grand des deux individus s'approcha de moi.

— Vous parlez le dari ? me demanda-t-il, et je compris que j'avais dû inconsciemment m'exprimer dans ma langue natale. Oui, c'est bien ça, ajouta-t-il, car moi, je le comprends.

Au même instant, je me rendis compte qu'il s'adressait à moi dans la langue de ma grand-mère, celle qu'elle utilisait pour me chanter des chansons ou me réciter des poèmes. Le persan. Proche du dari, mais encore plus beau. Sa voix me parut belle.

— Vous pouvez marcher ? Vous êtes malade ou simplement faible ?

Le persan sortait aisément de sa bouche. Il sonnait à mes oreilles comme de la musique, une musique véhiculant des souvenirs si précieux qu'ils me blessaient. J'avais l'impression d'avoir souffert de surdité et d'être à présent capable d'entendre de nouveau des mélodies que je croyais perdues à jamais. Des larmes me montèrent aux yeux, et je sentis que ma gorge était irritée par autre chose que la sécheresse.

— Comment puis-je vous aider ? me demanda-t-il.

— De l'eau, s'il vous plaît, chuchotai-je en dari, accroupie sur les talons. Oh, s'il vous plaît, sâhib !

Il s'accroupit devant moi et me tendit la gourde. Je ne pouvais pas distinguer ses traits, juste le contour de son longi enroulé, car il se tenait à contre-jour. Puis la chaleur du soleil augmenta, sa silhouette s'assombrit et des taches noires surgirent devant mes yeux. Je tendis la main pour essayer de saisir la gourde, mais elle tomba au ralenti, comme dans un rêve. Elle descendit gracieusement en spirales et je vis un mince ruisselet sortir de son col. L'homme la rattrapa avant qu'elle eût atteint le sol, et il me la tendit à nouveau, en refermant cette fois la main sur la mienne pour m'empêcher de la lâcher. Tout s'emmêlait dans ma tête : son persan, le fait qu'il me touchait... et ma main, guidée par la sienne, qui s'aventurerait jusqu'à mes lèvres sous le foulard.

L'eau était d'une fraîcheur miraculeuse, et je m'en abreuvai par grandes goulées bruyantes, sans me soucier de tremper le devant de mon kamis avec du liquide qui coulait le long de mon menton et de mon cou, tant je me dépêchais d'en avaler le plus possible. L'homme lâcha ma main à un moment donné, et quand j'eus vidé la gourde, je la lui rendis.

Je rassemblai tout mon courage. Je devais leur donner une impression de solidité, malgré mes vêtements sales et déchirés, mes mains égratignées par les buissons et par mon escalade dans les rochers.

— Je vais bien, affirmai-je. C'est juste parce que j'ai parcouru un long chemin sans boire ni manger que je me suis effondrée, précisai-je avec autant d'assurance que possible. L'eau m'a redonné vie. Je vous remercie.

— Nous allons vous en donner encore, et à manger aussi, me dit-il. Et après, vous regagnerez votre tribu ?

— Non, dis-je. Je dois aller à Kaboul.

Il me désigna la direction d'où je venais.

— C'est par là.

— Vous n'y allez pas ? demandai-je, tout en connaissant déjà la réponse.

— Non. Nous allons à Jalalabad.

Jalalabad.

— J'irai à Jalalabad, déclarai-je. J'ai un frère là-bas.

— Un frère à Kaboul et un frère à Jalalabad ? répéta-t-il. Maintenant, vous voulez aller à Jalalabad ?

Je lui répondis oui de la tête.

— Je dois aller là-bas.

Il interrogea tacitement le plus petit, qui sourcillait, les yeux plissés. Ils échangèrent quelques mots dans leur langue. Le petit hochait violemment la tête et parlait sèchement. De toute évidence, il ne voulait pas m'emmener, mais une dernière phrase appuyée de l'autre lui cloua le bec, et son visage se renfrogna. J'acquis alors la certitude que le plus grand des deux occupait la situation la plus élevée et donnait les ordres. D'où venait-il, pour avoir les yeux d'un Pachtoune et être à peine capable de se faire comprendre en pachtou, alors qu'il parlait la langue qui avait donné naissance au dari ?

— Très bien. Vous allez venir à Jalalabad. C'est à quelques heures à cheval, m'annonça-t-il avant de s'adresser de nouveau à l'autre.

Ce dernier crispa la bouche, il me fixa du regard et secoua la tête en direction de son cheval.

Je m'en approchai et montai en selle. Il se balança en croupe. Je respirai sa sueur et je sentis son haleine sur ma nuque, brûlante d'exaspération, à travers mon foulard.

Puis nous nous ébranlâmes derrière le grand homme qui ouvrait la marche.

23

Notre chevauchée, à travers des plaines fertiles verdoyantes et au long de rudes collines jonchées de cailloux, fut épuisante. Quand le terrain redevint plat et régulier, je vis s'élever la cité à notre rencontre. Durant tout ce long trajet, une idée fixe me hanta : j'étais encore en vie. J'ignorais pour quelle raison cet homme m'avait incitée à me cacher et permis de l'accompagner à Jalalabad. Je n'arrivais pas à réfléchir plus loin, même si je savais qu'à mon arrivée à Jalalabad mon avenir redeviendrait incertain.

Comme nous pénétrions dans la ville, il me jeta un regard en arrière.

— Où habite votre frère ? Nous allons vous emmener chez lui.

Je m'abstins de répondre.

— Vous vouliez venir à Jalalabad. Nous y sommes.

Le silence, encore.

— Pourquoi ne répondez-vous pas ?

— Je ne sais plus comment trouver sa maison. Cela fait longtemps que je ne suis pas venue ici.

Il laissa échapper un grommellement et s'adressa à celui qui chevauchait en croupe derrière moi, lequel aspira sur ses dents, comme pour lui faire comprendre qu'il l'avait bien prévenu que cette femme allait leur causer des ennuis.

— Il se fait tard, dit mon sauveur. Nous devons donner à boire et à manger aux chevaux. Pour le moment, vous allez nous accompagner.

Nous dûmes traverser lentement le bazar bruyant et populeux, où les marchands fermaient boutique pour la soirée.

Des rais de soleil scintillaient dans les venelles à travers les nattes de paille, érigées en cloisons entre les éventaires en plein air. Chaque fois qu'un rayon étincelant tombait sur mes yeux dans la pénombre ambiante, j'étais un instant éblouie et je baissais en hâte les yeux sur mes sandales en lambeaux pour éclaircir ma vision. Des chameaux blatérant, des ânes avançant à pas lourds, des centaines de corps nous bousculaient. Le plus grand des deux hommes arrêta son cheval. Dans l'air flottait l'odeur poisseuse du sang. Nous nous trouvions devant une échoppe dans laquelle des carcasses entières de moutons et de chèvres dépiautées, noircies par des essaims de frelons et de mouches, étaient suspendues à de longs crochets. Sur une injonction de son maître, le petit homme descendit de cheval pour marchander avec le vendeur, un Hazara grisonnant à l'air maussade, dont le crâne rasé luisait sous sa petite calotte brodée. L'Hazara paraissait se moquer de vendre sa viande. Il fit signe à un vendeur de tchaï ambulant qui portait sur la tête un large plateau d'étain recouvert de tasses fumantes. À la manière dont ce vendeur de thé avait noué son longi, je reconnus un Tadjik originaire de la région où j'étais née. Je baissai la tête, avant de m'apercevoir que, dans mon kamis poussiéreux et sous mon visage voilé, je n'étais rien de plus que l'un des ternes fantômes qui flottaient dans les rues, sous leurs voiles et leurs tchadris. Sans cesser de siroter son thé, l'Hazara finit par accepter la somme proposée, enveloppa les morceaux de viande dans du papier et les remit au petit homme qui coinça le paquet sous son bras et remonta d'un bond à cheval.

Nous pénétrâmes ensuite sous une arcade et dépassâmes des étals de superbes bijoux, de soies, de fourrures et de tapis, puis sous une autre, où défilait une multitude de selles et de *tulwars* – de longs sabres recourbés. J'aperçus aussi beaucoup de *tofangs*, ces armes au nez long qui faisaient un bruit identique à celui du fracas de centaines de pots brisés. Les hommes de mon village ne possédaient pas de telles armes, mais j'avais vu des Ghilzais de passage les porter attachées à leurs chevaux, je les avais vus les détacher, les pointer vers le ciel, et j'avais entendu l'explosion qui accompagnait une secousse de leur bouche ouverte. Ici, les tofangs étaient vendus par des hommes minces aux visages de faucon, cheveux bouclés et barbes négligées. D'épaisses bandes de cuir divisées en petits casiers barraient leur torse, et dans chaque casier se trouvait un récipient semblable à un tube que l'on plaçait à l'intérieur de l'arme. Certains portaient aussi en travers du torse des épées étroites enserrées dans des fourreaux. Ces hommes, contrairement à tous les Afghans que j'avais rencontrés jusque-là, avaient l'air hostiles, attitude qui ne manqua pas d'éveiller ma curiosité.

C'est alors que je remarquai un certain nombre d'individus vêtus de manière identique : courtes vestes rouges barrées de lanières et décorées de nombreux boutons d'argent, pantalons noirs moulants et grandes bottes noires. Leurs têtes étaient coiffées de chapeaux ronds, solides et noirs. C'était le même costume que celui du khâreji que j'avais croisé le jour où j'avais accompagné Kaled en ville deux ans plus tôt. Tous ces hommes en veste rouge paraissaient semblables, mais ils étaient rares à avoir des cheveux blonds comme le premier que j'avais rencontré. Cependant, de constitution robuste, ils se déplaçaient avec une certaine arrogance. Ils parlaient très fort et riaient à tout propos, ils s'arrêtaient pour palper des grenades d'un rouge luisant, soupeser l'une de ces armes au long nez ou examiner une selle aux décorations compliquées. J'en vis un assaisonner un kebab d'agneau avec du jus de citron et le déguster ensuite en observant les passants d'un œil curieux et spontané.

Je leur trouvai des visages d'enfants. Ils étaient contents, pleins d'assurance, dans leurs costumes de poupées, impatients de jouer. Comme le jour de mon voyage avec Kaled, la colère noua ma poitrine. Leurs semblables avaient tué mon oncle et tant d'autres, et voilà qu'ils revenaient désormais dans notre pays et se promenaient dans nos villes, se frottaient à notre peuple, touchaient ce que nous avions fabriqué, mangeaient ce que nous avions produit, comme s'ils avaient tous les droits.

Je fus contente quand ils disparurent de ma vue ; à la sortie des arcades animées et bondées, nous nous engageâmes dans une ruelle étroite et sinueuse, bordée de maisons aux toits plats, construites dans un mélange de briques de terre, de bois et de plâtre. Nous fîmes halte devant l'une d'elles, le grand homme descendit de cheval et me fit signe de l'imiter. Il prit le paquet de viande au petit et lui tendit les rênes de sa monture. Le petit s'éloigna lentement, sans nul doute en direction d'écuries avoisinantes.

— Attendez, me dit le grand homme en pénétrant dans la maison.

Je l'entendis parler par la porte ouverte, d'un ton calme mais qui était empreint d'une grande autorité. Une voix de femme stridente lui répondit. Elle s'exprimait dans un dari grossier. Puis il reprit dans un murmure, trop bas pour me permettre de saisir quelque chose.

— Mais il pourrait s'agir d'une *kushi*, d'une voleuse ou pire encore ! Que vont penser les voisins ? Aiiiiiie !

La voix déjà perçante se transforma en plainte, mais le grondement de la voix masculine la fit taire sur-le-champ. Un silence s'ensuivit, et l'homme réapparut sur le seuil de la porte, sans rien montrer de ses sentiments. De la main, il me fit signe d'entrer dans la maison.

L'intérieur était petit et sombre. Il me désigna le sol. Indécise, je restai debout, mais il m'ordonna :

— Asseyez-vous !

Je me laissai tomber sur le coussin le plus proche. La pièce était très propre, dénuée de meubles, en dehors des coussins et de tapis aux couleurs vives et aux motifs encore frais. Les murs avaient été récemment blanchis à la chaux. Il franchit une porte dans le mur opposé qui devait donner sur une cour, dit quelque chose que je n'entendis pas et se tourna vers moi. Je me levai.

— *Mota'asefam*, m'excusai-je. Je suis désolée que ma présence déplaise tellement à votre épouse.

Une expression amusée s'inscrivit sur son visage.

— Ce n'est pas mon épouse. C'est celle de l'homme qui m'a autorisé à habiter chez lui. Fared ! appela-t-il alors.

Une femme mûre corpulente, vêtue d'une robe grise informe tachée de sueur, dont la tête et le bas du visage étaient couverts d'un foulard gris plus foncé, rentra d'un air affairé de la cour. Elle me jeta un coup d'œil et redressa le menton.

— Salutations. Maîtresse de la maison, dis-je.

La femme haussa ses épais sourcils.

— Mais ce n'est qu'une sale mendiante, sâhib.

Les joues aussi brûlantes que sa remarque, je la fixai du regard.

L'homme fit claquer sa langue.

— Faites cuire la viande de chèvre que j'ai achetée pour le dîner, mais d'abord, servez le tchaï.

Fared disparut par la porte de la cour et l'homme par la porte principale. Je me rassis sur le coussin. Fared eut vite fait de revenir. Elle apportait un broc, une cuvette et un linge blanc drapé sur un bras. Au moins, elle avait la courtoisie de me permettre de me laver. Elle déposa la cuvette vide sur le tapis devant moi avec un bruit mat, et je tendis les mains pour lui permettre de verser de l'eau du broc dessus. L'eau de la cuvette prit une couleur boueuse. Elle était chaude et brûlait mes coupures.

— J'appartiens aux Ghilzais, dis-je. Je ne suis ni une mendiante, ni une voleuse. Pas plus qu'une vagabonde kushi.

Elle jeta le linge de son bras sur mes genoux et me l'arracha brutalement dès que j'eus séché mes mains. L'air dégoûté, elle repartit avec le nécessaire de toilette. Puis elle se décida à revenir avec un plateau de cuivre qui contenait une tasse de thé, une assiette de raisin et un petit nan rond. Elle le déposa par terre devant moi, avec précaution pour ne pas renverser le thé, mais assez lourdement pour bien me faire comprendre qu'elle n'appréciait pas d'avoir à me servir.

— Je vous remercie, dis-je, mais elle fit celle qui n'avait pas entendu.

Je bus le thé et mangeai le raisin et le nan sous mon foulard. Assise dans cette pièce fraîche, je sentis la douleur s'apaiser un peu dans ma tête et celle qui tordait mon estomac s'estomper.

L'homme revint. Je me levai, sans pouvoir retenir une grimace car je m'étais appuyée sur ma cheville blessée.

— Vous vous êtes rafraîchie ? me demanda-t-il.
— Oui, merci.

De m'avoir sauvé la vie, aurais-je voulu ajouter, mais j'eus le sentiment qu'en cet instant de tels propos pèseraient trop lourd.

Il porta les doigts à son menton mal rasé, comme s'il réfléchissait.

— La nuit est presque tombée, et il va faire trop noir pour y voir quelque chose. Vous allez dormir ici.

J'acquiesçai, envahie d'un immense soulagement qu'il était pourtant hors de question de laisser transparaître.

— Demain matin, j'enverrai Fared chercher votre frère avec vous.

De nouveau je hochai la tête.

Dans la cour, Fared faisait exprès d'entrechoquer ses ustensiles à grand fracas. J'entendis le grésillement d'un feu, je sentis l'arôme de la viande qui grillait.

Fared revint, une petite lampe à huile à la main, et je me rendis compte que la pièce était pratiquement plongée dans l'obscurité.

— Votre repas est prêt dans la cour, annonça-t-elle à son hôte d'un ton modeste et respectueux. J'ai grillé la viande et préparé les aubergines. La *femme*, ajouta-t-elle d'une voix subitement dégoulinante de mépris, a déjà eu sa nourriture et son thé.

Le fumet de la viande faisait monter la salive à ma bouche. Elle ne m'avait rien servi d'autre qu'une grappe de raisin et un nan de la veille.

— Montrez-lui où elle va dormir, lui dit l'homme. Et donnez-lui des vêtements propres.

Fared ouvrit la bouche, prête à protester.

— Vous savez que je le revaudrai à votre mari.

Sur ce, il passa à côté d'elle pour gagner la cour. Elle plissa alors les yeux. Dès qu'il lui tournait le dos ou ne la voyait pas, elle changeait d'expression. Elle redressa le menton dans ma direction.

— Bon, viens, me dit-elle.

Je suivis cette grosse femme dans une petite pièce, en franchissant un rideau de rubans fluides suspendus au cadre de la porte.

— Les couvertures sont ici. Un récipient pour tes besoins privés là-bas, me dit-elle en me montrant ces objets du doigt. Bon, enlève ton foulard pour que je voie au moins de quoi le khâreji m'oblige à m'occuper.

Je me débarrassai brutalement de mon foulard après l'avoir déroulé, je laissai ma chevelure se déployer d'une secousse, étirai mon cou et le fis pivoter. Puis j'affrontai Fared. Elle approcha la lumière de mon visage et fit descendre son propre voile. Sa grosse lèvre supérieure était hérissée de poils noirs et elle avait un triple menton.

— C'est bien ce que je me disais, à voir tes yeux. Qu'est-ce que peut bien faire une jolie jeune chose comme toi sans homme, hein ?

Son ton à lui seul était parlant : sa remarque n'avait rien d'un compliment.

J'étais trop lasse pour expliquer quoi que ce soit à cette femme arrogante et grossière.

— Tu portes un anneau au nez et des tatouages, donc tu es mariée. Alors ? Où est ton mari ?

— Je ne sais pas, dis-je en fermant les yeux.

La vérité.

Un silence suivit. Quand je rouvris les yeux, Fared me dévisageait d'un air soupçonneux.

— Ne t'attends pas à ce que je te serve après ce soir, me dit-elle. Je ferai ce qu'il – elle secoua brusquement la tête en direction de la porte – me demande, parce que mon mari m'a ordonné de le faire, et qu'il le récompense bien. Mais il m'a dit que tu serais partie demain, et je m'attends à ne plus te voir. Je suis une femme honnête. Tu commets un péché en dormant sous le même toit qu'un homme auquel tu n'es liée ni par le sang ni par le mariage. Tu n'as donc aucune morale ?

— Bien sûr que si ! lui répliquai-je durement. Mais pour cette nuit, je n'ai pas le choix.

— Lui, dehors, il ne te respecte manifestement pas. Sinon, il ne te laisserait pas dormir ici.

Je m'abstins de répondre.

— Mais bon, les khârejis ! s'exclama-t-elle en expulsant une bouffée d'haleine rance. Qu'est-ce qu'on peut attendre des étrangers ? Je devrais sans doute dormir ici pour te surveiller, mais mon mari ne m'y autoriserait pas.

Je continuai à la laisser divaguer sans broncher. Elle avait qualifié ces hommes d'étrangers. Mais d'où venaient-ils ? J'étais exténuée et, dans ma tête, les battements douloureux avaient repris. Je n'allais pas m'opposer à elle et l'encourager à rester.

— Demain, je vérifierai que rien ne manque. Ne pense même pas à subtiliser la moindre de mes casseroles ou de mes couvertures pendant la nuit.

— Bien sûr que non, répondis-je avec la même hargne que la sienne, et elle posa la lampe à huile.

— Si tu voles quoi que ce soit, j'enverrai mon mari à tes trousses. Et, crois-moi, il sera moins accommodant que moi.

Je gardai le silence.

— Je vais t'apporter quelque chose à te mettre, comme on me l'a ordonné, et j'imagine qu'il va falloir que je lave tes vêtements. (Elle examina mon kamis et mon pantalon et hocha la tête.) Ne t'approche pas du lit dans ces trucs dégoûtants. Pas de vermine dans mon linge de couchage.

Je mourais d'envie de lui répliquer sèchement que je n'étais pas infestée de vermine mais, une fois de plus, je tins ma langue. Elle s'en alla en grommelant. Quand elle fut sortie, je jetai un coup d'œil par la fenêtre et vis les hommes dîner dans la cour. Sans tenir compte de ses ordres, je m'assis sur la courtepointe et je dus lutter pour ne pas succomber au sommeil. À son retour, Fared me gronda pour ma désobéissance et me tendit une robe verte ordinaire et un pantalon noir. Des vêtements manifestement très élimés, qui dégageaient une vague odeur d'huile de sésame.

— À présent, donne-moi les tiens, me dit-elle.

Je voulus attendre qu'elle fût sortie ou qu'elle m'eût tourné au moins le dos pour me déshabiller, comme l'exigeait la décence, mais elle n'en fit rien. Je me plaçai donc moi-même dans l'autre sens pour enlever mon kamis et enfiler la robe par la tête, puis j'ôtai mon pantalon et passai celui qu'elle m'avait donné. Elle me prit les vêtements sales que je lui tendais, ainsi que mon foulard et la lampe, et elle sortit de la chambre.

Je m'allongeai en tirant une couverture sur mon corps. Je ne me souviens de rien d'autre. Dès que la couverture atteignit mes épaules, je m'endormis.

Des voix sonores qui montaient de la cour me réveillèrent. Je me levai et m'enveloppai dans la couverture car, en cette heure très matinale, – l'obscurité ne s'était pas encore dissipée – le froid pinçait. Je jetai un coup d'œil d'un côté de la fenêtre ouverte pour ne pas être vue. Deux hommes, debout près du petit feu de cuisson, buvaient un thé. J'en conclus tout de suite qu'il s'agissait de ceux qui m'avaient amenée, mais quand les premiers rais de lumière commencèrent à éclairer la cour et que l'appel à la prière s'éleva de nombreux minarets, je crus que je faisais fausse route. Si le petit homme au teint le plus basané était de toute évidence le même que la veille – un musulman, car il se prosternait pour dire sa prière –, l'autre était un étranger. Il ne portait pas de longi et avait la tête nue. Dans la lumière naissante, ses cheveux avaient une teinte beurre pâle et bouclaient sur le col de sa longue chemise blanche qui retombait jusqu'à mi-cuisses, retenue à la taille par une bande de tissu enroulée, à la mode des hommes de notre pays. Il arborait en revanche un pantalon bizarre – non pas de coton, mais de laine. Une laine si fine que je n'arrivais même pas à concevoir comment les doigts les plus habiles parvenaient à la transformer en étoffe. Et il était beaucoup plus ajusté que les pantalons amples portés par les hommes de ma connaissance. Cet homme avait un corps mince et musclé ; de la force émanait de ses cuisses, de la fermeté de ses épaules.

J'étudiai la partie de lui que j'apercevais. Son front, à l'endroit où le longi l'avait protégé du soleil, était nettement plus clair que le reste de son visage. Sous son œil, une cicatrice – assez récente, car elle était encore d'un rose luisant – courait le long de l'arête de son nez sur sa joue. Je ne l'avais pas remarquée la veille, mais je reconnus ses yeux en amande. Il s'agissait sans le moindre doute du même homme : celui qui m'avait sauvé la vie.

Au lieu de prier, il était confortablement accroupi sur ses talons. Je l'étudiai de plus près et, en dépit de ses yeux et de sa peau hâlée par le soleil, je compris qu'il devait être un khâreji à la peau blanche, un ennemi, tout comme les soldats en veste rouge qui avaient combattu les hommes de mon watan. Un homme originaire du pays du bien-aimé de ma grand-mère. L'Angleterre.

24

À l'instant même où je le compris brutalement, le petit homme termina sa prière et se releva. Comme il regardait en direction de la maison, je dus m'écarter de la fenêtre. J'enfilai mes sandales en lambeaux et me tournai pour prendre mon foulard, mais il avait disparu. Fared l'avait emporté avec mon kamis et mon pantalon la veille au soir. Et elle ne m'en avait pas remis d'autre en échange. Je ne pouvais m'aventurer au-delà du rideau sans cacher mon visage à ces hommes. Plantée au milieu de la pièce, je nourrissais l'espoir de voir bientôt Fared revenir, quand un bruit de pas se fit entendre sur le tapis. Les pans de tissu ondulèrent.

— Fared ? demandai-je calmement. Vous m'avez rapporté mon foulard ?

Il y eut un silence et les pans du rideau retombèrent dans leur position normale.

— Non, répondit la voix du khâreji.

J'attrapai en hâte la couverture pour m'en couvrir le nez et la bouche.

— Elle va bientôt arriver, ajouta-t-il. Il y a de quoi vous restaurer dans la cour.

— Merci, dis-je derrière la couverture, et les pas s'éloignèrent.

Fared ne réalisait-elle pas que je demeurerais prisonnière de cette pièce tant qu'elle ne reviendrait pas ? Les bruits de pas se firent de nouveau entendre et je fus obligée de dissimuler le bas de mon visage derrière la couverture.

— Vous sortez ? demanda la voix derrière le rideau. Il est temps d'aller chercher votre frère.

— Est-ce que Fared est revenue ? Je dois lui parler, répondis-je.

J'entendis le murmure furtif des pans de tissus qui s'entortillaient et me hâtai de détourner la tête. L'homme n'était pas entré dans la pièce, mais il avait écarté les rubans.

— Fared a envoyé l'un de ses fils nous prévenir qu'elle ne pourrait venir que beaucoup plus tard dans la journée.

Je demeurai figée, le bas du visage recouvert, sans me tourner vers cet homme. Je compris alors que Fared agissait ainsi – qu'elle ne me rapportait pas mon foulard – volontairement, pour se venger, pour montrer que ma présence lui déplaisait.

— Venez, me dit-il, sans cacher son agacement. Nous allons faire le nécessaire pour retrouver votre frère. J'en ai parlé à Fared hier soir, je lui ai demandé de vous accompagner. Mais comme elle ne vient pas, c'est moi qui vais vous emmener au bazar. Quelqu'un saura peut-être.

Ne se rendait-il pas compte de mon problème ? Était-il aveugle ?

— Je ne peux pas sortir. Fared a emporté mon foulard, répondis-je au mur.

Il y eut un silence, suivi d'un murmure agacé.

— Attendez, me dit-il.

Je lui obéis. Un certain temps s'écoula. Le soleil se déplaçait, inondait la pièce de lumière et la réchauffait. Je m'énervai et me mis à marcher de long en large, puis je m'assis sur la couche et finis par m'allonger. Je n'avais pas l'impression d'être fatiguée, mais le sommeil m'aspira tout de suite dans son tourbillon. Le murmure des rubans qui s'enroulaient, comme effleurés subitement par la brise, me réveilla. J'ouvris les yeux et, en m'asseyant, j'aperçus le dos du khâreji. Au bout du lit, il y avait un tchadri vert pâle. Je le ramassai. Il était taillé dans une étoffe neuve et soyeuse. Tout en le caressant, je songeai que cet étranger avait posé les yeux sur mon visage endormi. La honte m'envahit à la pensée qu'il m'avait vue dans un moment si intime.

J'enveloppai le voile autour de ma tête, m'en couvris la bouche et le nez et sortis dans la cour. Elle était vide. Je me baignai le visage et bus le thé froid et non sucré que je trouvai, puis j'avalai, debout, des restes de riz froid aux pistaches collés au fond de la casserole. J'examinai la petite cour. Les branches noueuses d'un olivier passaient par-dessus le mur. J'aperçus la cime d'autres arbres dans d'autres cours, ainsi qu'un minaret proche dont j'étudiai la grande flèche.

J'entendis des pas à l'intérieur de la maison et me recouvris le visage, debout près de l'arbre dont j'effleurais une feuille légère. Le khâreji sortit dans la cour. Il avait remis son longi qui transformait complètement son apparence. En fin de compte, il ne ressemblait pas du tout aux soldats.

— Venez, dit-il. Je vais vous emmener au bazar où nous trouverons quelqu'un qui connaîtra votre frère.

J'étais bien obligée de l'accompagner. Je traversai la maison vide sur ses pas et le suivis dans la ruelle étroite, débordante de femmes voilées, d'enfants qui jouaient et de poulets qui s'égaillaient sur notre passage. Il était sûr de son chemin car il avançait vite et sans la moindre hésitation. Je devais me presser pour rester sur ses talons, malgré ma cheville qui me faisait toujours grimacer. C'était cependant moins douloureux que la veille, et je savais que d'ici à quelques jours, la douleur disparaîtrait.

Il s'immobilisa au moment où nous parvenions au marché.

— Allez vous renseigner auprès des commerçants.

— Mais je ne peux pas pénétrer seule dans le marché, lui répondis-je. Je dois être accompagnée.

Par certains côtés, il paraissait très sûr de lui, puisqu'il parlait le persan et connaissait bien la ville. Dans d'autres domaines – quand il me touchait, regardait mon visage, pensait que je pouvais me déplacer seule – il faisait preuve d'ignorance.

Sans rien dire, il m'accompagna. Au premier éventaire, je m'exprimai en pachtou, mais l'homme hocha la tête, si bien que je passai au dari :

— Connaissez-vous un Tadjik – un dénommé Youssouf ? Il est charpentier.

Je me disais qu'en dépit de mon mensonge j'avais fait référence au prénom de mon frère et au métier de mon père. Comme je m'y attendais, l'homme fit non de la tête. Mais alors que nous nous éloignions, le khâreji me demanda :

— Tadjik ? N'êtes-vous pas pachtoune ? Layak pensait... à vos vêtements, à votre... (Il effleura son front.)

Je déglutis. Je n'avais pas envisagé qu'il pourrait me poser cette question.

— Je suis les deux.

— Les deux ? Mais...

— C'est possible, me hâtai-je de répondre, en me tournant vers le marchand suivant.

Nous passâmes ainsi d'éventaire en éventaire, mais chaque propriétaire que j'interrogeais hochait la tête en signe d'ignorance ou répondait non. Et subitement, l'un d'eux hésita à la suite de ma question et mon cœur fit un bond.

— Je connais un charpentier tadjik qui habite à l'écart de la ruelle, près du *morgh bâzâr*.

— Le marché aux poulets ? Comment y va-t-on ? demanda le khâreji, ce qui me permit, à son insu, d'inventer un mensonge.

— Est-ce que cet homme n'a qu'un œil ? demandai-je. Et une orbite vide ?

Le propriétaire de l'échoppe sourcilla.

— Non.

— Dans ce cas, il ne s'agit pas de mon frère, déclarai-je au khâreji qui pinça les lèvres.

Je me sentais faible ; dans ces rues bondées, l'air était irrespirable. J'avais la sensation que les hommes me regardaient droit dans les yeux. J'en vis un défiguré par une petite vérole toute récente. J'entendis le gloussement d'un poulet, suivi du coup de hache qui lui tranchait la tête, les battements d'ailes affolés de pigeons dont un vieillard tordait systématiquement le cou au fur et à mesure qu'il les sortait d'une cage de bois pleine à ras bord. Les odeurs me retournaient l'estomac : sang et excréments animaux, huile de cuisine rance, corps non lavés, légumes en décomposition. Cette enquête ne servait à rien, mais je ne pouvais que poursuivre mon imposture. Le khâreji ne songeait sûrement qu'à se débarrasser de moi.

Alors que nous traversions une petite place plantée d'arbres pour nous rendre d'un bazar à un autre, un cri de panique aigu déchira l'air et toutes les têtes se tournèrent dans sa direction. Le khâreji s'immobilisa ; je m'arrêtai à sa hauteur. Un homme à la barbe drue, au visage méchant, traînait à travers la place une femme portant un tchadri marron pâle. La ressemblance de cet individu avec Shaliq me frappa : même corps trapu, même expression rageuse. Tous les cinq mètres, il s'arrêtait pour soulever un petit bâton solide et l'abattre de toutes ses forces sur la tête et les épaules de la femme. Chaque coup me faisait frémir, car je connaissais par cœur la douleur insupportable qu'il provoquait. Par-dessous mon voile, je me recouvris la bouche de la main pour ne pas laisser échapper de cris comme cette femme. Chaque fois que le bois heurtait sa chair avec un bruit sourd à glacer le sang, elle hurlait, appelait au secours, implorait Allah, et son corps enveloppé d'étoffe flottait gracieusement vers le sol quand ses jambes invisibles ployaient sous la violence des coups. À chacune de ses chutes, l'homme l'obligeait à se redresser d'une secousse brutale, sans jamais relâcher son étau mortel. Au début, elle parvint à se relever et à trébucher en avant, mais quand ils passèrent devant nous, elle n'en pouvait plus, et il la traînait par un bras comme on traînerait un chien mort. Elle s'était tue. Une tache rouge s'élargissait telle une fleur vénéneuse près du carré brodé destiné à ses yeux.

Personne ne s'avança d'un pas. Cet homme était de toute évidence le mari ou le frère de cette femme, coupable d'un acte indigne qui lui valait cette punition. Dans ma tête, la figure menaçante de Shaliq prit davantage de place qu'au cours des journées précédentes, de même que le souvenir des coups que j'avais reçus. Et si le khâreji m'abandonnait dans le bazar sans protection ? Et si l'on me trouvait, seule, et que l'on me prenait pour une femme immorale ? Je serais battue de la même façon, ou même emmenée à l'extérieur de la ville et lapidée à mort. Au moment où la femme inconsciente fut traînée devant nous, elle avait les pieds inclinés de côté, une cheville délicatement posée sur l'autre. Elle ne portait plus qu'une seule mule joliment brodée ; son autre pied était nu. Les ongles de ses orteils étaient peints avec du bétel, et de délicates ciselures au henné encerclaient ses chevilles. Sa peau était lisse ; elle était très jeune. De façon mystérieuse, le spectacle de son beau pied nu me remplit d'une horreur et d'une tristesse encore plus indicibles que celui du sang.

Je fermai les yeux et les recouvris de mes paumes, les épaules arrondies comme si je me préparais à recevoir un coup. Puis je fondis en larmes. Mon effort pour ne pas faire de bruit m'étouffa, mes genoux flageolèrent comme ceux de la victime et je m'effondrai à terre.

Je pris conscience qu'on bougeait de nouveau autour de moi, mais je restai à genoux, en larmes comme une enfant, parcourue de tressaillements, à bout de souffle, terriblement honteuse devant le khâreji ; honteuse qu'il me prît pour une femme faible. Je crus qu'il allait alors m'abandonner, comme je le redoutais.

Mais lorsque je finis par rabaisser les mains, alors que mes larmes n'étaient pas encore taries, il n'avait pas bougé. Il ne me regardait pas, mais continuait à fixer la foule, en direction de l'homme qui traînait la femme derrière lui. Un bruit de gorge lui échappa. Il ne s'agissait pas d'un mot, mais d'un son triste. Il avança un peu au ralenti, puis il se retourna alors que je me relevais et que je lui emboîtais lourdement le pas. Il me mena jusqu'à une autre échoppe ; je posai ma question au marchand, le visage encore trempé de larmes. Je haïssais mes pleurs, mais je ne parvenais pas à les empêcher de couler. L'homme se contenta de hocher la tête comme s'il était agacé et le khâreji se tourna abruptement et repartit dans la direction d'où nous venions. Une fois de plus, je courus derrière lui. En fait, nous retournions à la maison. Mes larmes s'étaient taries, mais ma respiration était rauque et entrecoupée de hoquets qui m'embarrassaient autant que mes pleurs.

Dans la maison, le khâreji me dit « Venez ! » et je le suivis dans la cour où était assise Fared, une planche posée sur les genoux. Elle découpait dessus des piments qu'elle ajoutait dans un bol de lentilles.

Elle déposa la planche et s'approcha de nous.

— Elle est encore là ?

— Oui, répondit-il, comme s'il pensait à autre chose. Nous avons du mal à retrouver son frère. Ça prend plus de temps que prévu. Et vous savez que demain, Layak et moi quittons Jalalabad.

Un silence s'installa.

— Sâhib ? demanda alors Fared. Qu'est-ce que vous voulez ?

Je compris ce qu'allait dire le khâreji avant même qu'il ouvrît la bouche.

— Est-ce qu'elle pourrait rester chez vous... jusqu'à ce qu'elle retrouve son frère ? Je vous paierais bien. Vous pourriez l'aider à le retrouver.

Fared me toisa.

— Elle est mariée, répliqua-t-elle. Elle n'a qu'une solution : retourner chez son mari. Je ne la prendrai pas.

Elle jeta alors les derniers morceaux de piment dans la marmite et les mélangea avec plus d'énergie que nécessaire.

— Son mari ?

Il se tourna vers moi.

Je baissai les yeux. Une telle tension régnait que j'avais la sensation que ma tête allait éclater. Au lieu de répondre, je rentrai dans la maison, regagnai la chambre où j'avais dormi et m'assis sur la couche. Quelques instants plus tard, Fared y pénétra brusquement, une bouilloire de cuivre dans les mains.

Je sursautai. Ma détresse avait cédé la place à de la colère. Cette femme ne pouvait même pas me laisser tranquille un moment, m'accorder le temps de ravaler mes peurs. Elle me suivait partout. Je l'empêchai de s'exprimer la première.

— Où sont passés mon kamis et mon pantalon... et mon foulard ? lui demandai-je. Vous n'aviez pas l'intention de me les rendre, j'en suis sûre.

Elle haussa les épaules.

— Ils sont tombés en lambeaux quand j'ai voulu les laver. Ce n'était que des haillons.

— C'est faux. Ils étaient de bien meilleure qualité que les vêtements que vous m'avez donnés, dis-je en tirant sur la misérable robe verte délavée.

Je me moquais des vêtements, mais je ne supportais pas que cette femme s'imaginât qu'elle pouvait constamment me rabaisser.

Elle aperçut le châle vert pâle qui drapait mes épaules.

— Où tu l'as eu ?
— Le khâreji, répondis-je.

Ses yeux lancèrent des éclairs.

— Pourquoi il te l'a donné ? me questionna-t-elle. Qu'est-ce que tu as fait hier soir pour le mériter ?

J'avais du mal à respirer.

— Je n'ai rien fait. Vous savez parfaitement que je ne pouvais pas me montrer. Alors il me l'a donné.

Elle avança vers moi et tira avidement sur l'étoffe. Je reculai pour échapper à ses griffes.

— Je vois bien qu'il est neuf, dit-elle, et d'une très grande valeur. Eh bien, insinua-t-elle d'une voix et d'un ton révoltants, de toute évidence, tu sais ce qu'il faut faire pour parvenir à tes fins.

Alors que nous nous mesurions d'un regard implacable, au centre de la pièce, le khâreji entra. Je me hâtai de recouvrir mon visage du tchadri.

Fared baissa les yeux, mais une trace d'effronterie arrogante teintait sa voix.

— Je ne peux plus admettre la présence d'une créature si méprisable entre les murs d'une maison appartenant à ma famille. C'est sûrement une femme adultère, sâhib, sinon, elle serait auprès de son mari. Il l'a sans doute renvoyée à cause de sa conduite dévergondée.

— Je suis vertueuse, répondis-je d'une voix râpeuse comme la roche.

— C'est faux ! lança-t-elle triomphalement au khâreji. Je l'ai su dès que j'ai vu son visage. C'est inscrit dessus. Une femme adultère, je vous le dis.

— Cela ne vous regarde pas, Fared, la coupa brusquement mon sauveteur.

Elle remua la tête et son voile ondula d'un côté à l'autre. J'avais envie de lui arracher la bouilloire et de lui en asséner un coup sur le visage.

— Mais enfin, sâhib, vous devez voir qu'elle ment, continua-t-elle, les yeux baissés vers le sol, sans pour autant se laisser décontenancer par la colère flagrante de l'homme. C'est une femme adultère, ça crève les yeux.

On aurait dit qu'elle ne pouvait pas s'empêcher de répéter ce mot, comme s'il lui procurait une forme de plaisir.

— Taisez-vous, dis-je, sans me soucier de l'impression que je pouvais donner. Vous n'y connaissez rien, mais vous n'arrêtez pas de braire bêtement comme un âne.

Elle inspira de telle sorte que je vis son voile se plaquer contre sa bouche.

— Elle n'a pas le droit de me parler comme ça, gémit-elle. Elle est reçue chez nous et vous ne pouvez pas lui permettre de me traiter comme ça, sâhib.

— Fared, lui ordonna-t-il d'un ton plus calme, laissez la nourriture et rentrez chez vous. Je n'ai plus besoin de vous aujourd'hui.

— C'est la maison de mon mari ; cette femme devrait être punie, siffla Fared en jetant la bouilloire par terre.

De l'eau jaillit du bec de l'ustensile qui roulait sur le côté.

— Une femme comme elle – seule – ne peut rien valoir. Vous êtes donc aveugle ?

Elle sortit à pas furtifs, laissant dans son sillage l'odeur fétide de sa chair lourde et de ses cheveux graisseux comme un nuage malodorant. Le silence tomba dans la pièce où ne restaient que le khâreji et moi. Je tremblais de colère et ma respiration était saccadée.

— C'est une femme vulgaire, dis-je enfin. Ne croyez pas ses mensonges.

— Mais est-ce vrai que vous êtes mariée et que vous ne voulez pas retourner auprès de votre mari ? Dans votre tribu ?

— Je ne peux pas, répondis-je.

Le khâreji attendit mais, au lieu de lui fournir des précisions, je lui tournai le dos, les bras croisés sur la poitrine. Il se décida à sortir.

Je demeurai sur place à réfléchir. Je savais que les deux hommes projetaient de partir le lendemain. Je devais reprendre mon destin en main, comme le jour du bouzkashi.

La décision n'était pas compliquée, car je n'avais rien à perdre. Si je restais ici, Fared me jetterait dehors et je serais victime de quiconque me trouverait seule dans la rue, sans homme et sans famille. Je ne pouvais pas retourner au camp hivernal des Ghilzais où m'attendait la fureur de Shaliq. Et je ne pouvais pas davantage regagner Susmâr Khord ; mon père me l'avait expliqué clairement et sans le moindre ménagement.

Aujourd'hui, tout espoir était mort en moi. Je me vis seule, abattue, transformée en mendiante errant de village en village, à laquelle on jetterait des restes si les femmes avaient le cœur assez large, ou sur laquelle on cracherait dans le cas inverse. Je me vis mourir de faim, me battre contre les plus petits chiens de la ville pour leur dérober les os et les cartilages qu'ils croquaient. Enfant, j'avais vu l'une de ces femmes. Elle était arrivée déguenillée dans notre village, les ongles des orteils arrachés et les plantes des pieds dures comme de la corne après des années d'errance. Elle avait mendié de la nourriture, elle avait proposé ses services, mais on lui avait craché dessus et on l'avait rejetée.

Il ne me restait aucun choix.

Assis à l'ombre de l'olivier, les hommes buvaient du tchaï. À travers le lacis de feuilles, de longues ombres vespérales projetaient des motifs sur leurs visages. Mon apparition stoppa brusquement leur conversation. Je compris à leur réaction qu'ils étaient en train de parler de moi et, pourtant, ils savaient que je ne comprenais pas leur langue.

Je me postai devant eux ; je n'aurais pas dû être debout alors qu'ils étaient assis, mais je redressai les épaules et je pris mon courage à deux mains.

— Je voudrais vous parler, dis-je au khâreji, les yeux baissés.

Il reposa sa tasse et se leva, et nous nous retrouvâmes face à face. Je lui manifestai cependant du respect en évitant son regard. Il était beaucoup plus grand que moi. Je m'aperçus que je plissais et déplissais l'extrémité du tchadri vert. Je m'arrêtai et laissai mes mains retomber le long de mes flancs.

— Vous m'avez aidée gratuitement, dis-je, et je vous en suis très reconnaissante. Mais j'ai un autre service à vous demander.

J'avais envie de tout déballer d'un coup.

— J'ai l'intention de vous ramener au bazar ce soir, m'interrompit-il. Et nous y resterons tant que nous n'aurons pas trouvé quelqu'un qui connaît votre frère...

— Je n'ai pas de frère, dis-je à la terre damée à mes pieds, d'une voix que ma crainte et ma tentative de paraître sûre de moi rendaient haut perchée.

Je me sentais moins courageuse que lorsque j'avais préparé mon discours, seule dans la chambre.

— Comment ?

Je gardai le front baissé.

— J'ai menti. Je n'ai pas de frère ici. J'ai seulement... Je savais, au bouzkashi, que vous ne m'emmèneriez pas avec vous si je ne... dis-je en taisant la suite. J'ai menti. Pardonnez-moi.

— Qu'est-ce que vous dites ? m'interrogea Layak en pachtou.

Je lui coulai un regard.

— Je viens d'avouer au sâhib que je n'avais pas de frère.

Layak se tourna vers le khâreji qui étudiait le ciel du soir au-dessus des toits. Ses joues assombries témoignaient de sa colère.

Aucun de nous trois ne pipait mot. Quand le silence me pesa trop, je dis au khâreji, les yeux toujours baissés vers le sol :

— Je n'ai personne ici, et vous savez que Fared refusera de s'occuper de moi. Une femme seule ne peut pas s'en sortir. Cette après-midi... ce que nous avons vu sur la place...

L'image de la femme battue et ensanglantée, traînée sur la chaussée, envahit ma tête et me fit frémir.

— Il n'y a pas de place pour moi ici, poursuivis-je, et je n'ai nulle part où aller. Je vous demande donc de vous accompagner quand vous partirez demain.

— Nous accompagner ? Mais nous quittons l'Afghanistan, me répondit-il du tac au tac, visiblement agacé. Nous nous rendons en Hindoustan. Non. C'est impossible. Vous ne pouvez pas venir avec nous. Qu'est-ce que vous imaginez ? Pourquoi me demandez-vous ça ?

Je me moquais de l'endroit où ils allaient. Je ne pouvais pas être abandonnée ici. Je revis les flots de sang, épais et sombre, sur le tchadri de la femme ; je sentis son goût ferreux sur mes lèvres. Au loin résonnaient le tintement régulier d'un gong et des rires d'enfants aigus. Faisant fi de toutes les bonnes manières, je tombai à genoux devant lui. Puis je me décidai à le regarder directement.

— Sâhib, si vous me laissez ici, je vais mourir. Vous ne me devez rien, et vous m'avez déjà consacré beaucoup de temps et d'énergie. Vous faites preuve d'une grande bonté et d'une grande miséricorde. Mais sans protection, sans aide, mon destin sera identique à celui de la femme que nous avons vue aujourd'hui.

— Non ! répliqua-t-il énergiquement. Levez-vous ! Je ne peux pas le croire. Vous ne seriez pas traitée comme...

Je demeurai à genoux et rabaissai la tête.

— Sâhib. Pardonnez-moi de rectifier vos propos. Fared a parlé de cela tout à l'heure. Même si elle a émis un jugement complètement erroné sur moi, une toute petite partie de ses propos était vraie. Une femme seule ne peut que susciter les soupçons et on la traite durement. On imagine qu'une femme honnête ne peut pas être seule. Je suis une femme honnête, sâhib, mais...

— Dans ce cas, pourquoi êtes-vous seule ? Pourquoi ne retournez-vous pas auprès de votre mari ?

— Sâhib, répondis-je calmement. Je ne peux pas parler de mon passé. Je peux juste vous dire que je ne vaux rien. Et que le sort de la femme de la place m'est familier, car c'était aussi le mien. C'est lui que j'ai fui. C'est pour cela que vous m'avez trouvée seule, dans un état pareil, conclus-je.

Je relevai les yeux.

Le khâreji remua les sourcils et la bouche, et ce petit mouvement adoucit son visage, effaça une partie de son impatience. Un instant, il me rappela le regard que Kaled posait parfois sur moi, et cela me donna le courage de poursuivre :

— Je ne vaux rien, répétai-je. Je me suis enfuie loin de mon mari sans rien d'autre que ce que je porte sur le dos. À part mon halhal, je n'ai rien à offrir.

Je me relevai et remontai la jambe de mon pantalon, sans me soucier d'exposer ma cheville et mon mollet. Je me baissai pour glisser le pied de ma sandale et enlever l'anneau d'or qui encerclait ma cheville. Puis je me redressai et je tins le bijou entre nous, les yeux dans les yeux sombres de l'homme.

— Je sais qu'il est petit, mais je vous en fais cadeau en échange de votre aide. Je vous en prie. Prenez-le.

Il cilla, recula un peu la tête comme si le halhal pouvait s'animer et le frapper. Layak émit un commentaire, d'une voix basse et dure, il secoua la tête et le khâreji lui répondit sèchement. Layak se tut, mais il me foudroyait du regard.

— Remettez-le, m'ordonna le khâreji.

Son ton n'était pas blessant, mais sa réaction m'abattit complètement. Ce refus signifiait-il qu'il n'envisageait plus de m'aider ?

Au lieu d'obtempérer, je continuai à brandir le bracelet de cheville en or. Il se tourna vers Layak et débita quelques mots étrangers. On aurait dit qu'il lui posait une question. Layak pinça les lèvres et me regarda. Je gardai le dos droit.

— Laissez-nous, s'il vous plaît, me dit le khâreji.

J'allai m'asseoir sur la couche dans la chambre. Les deux hommes conversèrent un certain temps dans leur langue. Leurs voix rebondissaient de l'un à l'autre. Puis le khâreji appela *zan !* – femme – et je retournai dans la cour.

— Vous avez compris que nous allons quitter votre pays ? Que nous nous rendons aux Indes ?

Je ne connaissais pas ce dernier mot.

— Indes ? répétai-je gauchement.

— Hindoustan, dit-il.

— Oh. Oui. Vous l'avez dit tout à l'heure.

Il acquiesça.

— Je voulais m'assurer que vous aviez compris... (Il s'arrêta.) Bon, c'est d'accord. Vous allez nous accompagner jusqu'à la maison de Layak aux Indes. Vous travaillerez pour la femme de Layak. En échange, vous serez logée et nourrie.

Layak étudiait son pouce. J'étais incapable de savoir s'il m'emmenait comme servante parce qu'il estimait qu'il s'agissait d'une bonne idée ou parce qu'il en avait reçu l'ordre de son maître.

Je retombai à genoux, mais cette fois, je baissai la tête jusqu'au sol pour presser le front sur les pieds du khâreji. Puis je relevai la tête et pris ses deux mains dans les miennes. Jamais encore, je n'avais manifesté une telle audace à l'égard d'un homme et, pourtant, je devais lui montrer ma gratitude. Je serrai ses mains contre mon front. Il resta totalement immobile pendant que j'agissais ainsi, puis il dit quelque chose dans une autre langue, pas celle qu'il utilisait avec Layak, avant que je lâche ses mains et relève la tête. Mais il n'ajouta rien et recula, comme s'il voulait s'en aller.

— Comment vous appelez-vous ? me demanda-t-il.

— Daryâ.

— Daryâ.

Il le prononçait à la perfection. Il le répéta une fois et sortit de la cour. En raison de sa taille, il fut obligé de baisser la tête pour ne pas heurter le montant de la porte.

— Merci, Layak, dis-je en pachtou. Votre épouse va vraiment m'accueillir ?

Il se leva. Ses yeux étaient vifs, mais le reste de son visage demeurait bizarrement inexpressif. Il était plus petit que moi.

— Elle très heureuse beaucoup argent du *burra-sâhib*, dit-il.

Il tapota quelque chose sous sa chemise, au-dessus de la ceinture, et j'entendis le cliquetis sinistre des pièces de monnaie. J'ignorais la signification du mot « burra », mais j'avais deviné juste : Layak ne m'emmenait pas de bon gré chez lui et, du coup, une légère inquiétude s'insinua dans les pensées qui tourbillonnaient dans ma tête.

Mais je ne pouvais pas m'en inquiéter maintenant. J'avais supplié d'être emmenée loin de Jalalabad et le sâhib s'était arrangé pour me satisfaire. Je pouvais juste vivre chaque jour l'un après l'autre. Je n'avais pas d'autre solution.

Après le départ de Layak, je mangeai une partie du plat préparé par Fared. Je mâchai et avalai avec plaisir, dans l'unique but de me revigorer, car je n'avais aucun appétit après les péripéties de cette journée. Je me rendis ensuite dans ma chambre pour dormir, alors que la nuit n'était pas encore tombée. Les larmes que j'avais versées faisaient palpiter ma tête. Je m'allongeai sur ma couche, mais le sommeil se refusa à moi. Je m'interrogeai : ma requête n'allait-elle pas me valoir un sort pire que celui que j'avais fui ?

25

Je me réveillai avant l'aube, après quelques heures seulement de sommeil agité, et je me rendis dans la cour mettre de l'eau à bouillir. Je me lavai les cheveux et me fis des tresses très serrées, puis je remplis un autre récipient d'eau chaude et le rapportai dans ma chambre pour ma toilette. Tout en me préparant, je ne cessai de songer à ce qui m'attendait : une existence de servitude, que je passerais à nettoyer la maison d'une autre femme et à m'occuper de ses enfants. Bien que logée et nourrie, je n'aurais aucune indépendance. Mes possessions seraient encore plus réduites qu'à l'époque où j'étais une épouse de nomade, disposant de marmites, de courtepointes, d'un mari et d'une place dans la tribu.

Je me répétai que je devais faire preuve de gratitude. Pour quelle raison m'était-il si difficile d'accepter cette offre avec soulagement, d'être satisfaite et reconnaissante de ne pas avoir vu se concrétiser les visions que j'avais eues de moi-même – vagabonde, sans abri, toujours sur le fil du rasoir –, et d'avoir au moins un avenir, malgré son caractère incertain ?

Je fis cuire les légumes et la viande que Fared avait laissés dans la cour – pour le premier jour du voyage au moins –, puis je préparai un petit déjeuner très simple, composé de fruits et de nans. Il était prêt quand les hommes se levèrent ; je fus soulagée de ne pas voir apparaître Fared, et je les servis.

Tout en me penchant pour verser le thé au khâreji, je dus me retenir pour ne pas le bombarder de questions : Quelle serait la longueur de notre voyage ? Où nous rendions-nous exactement ? Où allais-je vivre ? Avait-il confiance en Layak ? Serais-je en sécurité lorsqu'il me laisserait seule avec lui ? Mais je gardai le silence, les yeux baissés, car je craignais, si je montrais ma vraie nature – le comportement emporté et inquisiteur qui m'avait valu tellement d'ennuis – de pousser le khâreji à décider que je ne méritais pas d'être prise en charge et à changer d'avis.

Layak et lui demeuraient également silencieux. Plongé dans ses pensées, le khâreji avait l'air distrait, comme s'il se demandait s'il avait pris ou non la bonne décision, alors que Layak se contentait d'afficher un air morose, et qu'il m'arrachait tout ce que je lui tendais avec une brusquerie délibérée.

Peu après, un garçon se présenta à la maison avec deux ânes robustes. Les hommes les chargèrent de couvertures de couchage, de plusieurs sacs bourrés qu'ils sortirent des autres pièces de la maison, et des vivres que j'apportai de la cour. Le khâreji possédait un tofang qu'il attacha derrière sa selle.

Apparut alors un petit homme trapu, portant une barbe. Quand le khâreji déposa des afghanis dans sa paume, je compris qu'il s'agissait du mari de Fared. Il me dévisagea et, à son expression sombre et désapprobatrice, je ne pus qu'imaginer ce que Fared avait dû lui raconter à mon sujet. Le même garçon réapparut ensuite avec deux étalons et une jument louvette, et nous enfourchâmes nos montures. Obéissant aux ordres ronchons de Layak, je me plaçai devant les ânes. Nous sortîmes donc en file indienne de Jalalabad : le khâreji ouvrait la voie, suivi de Layak et de moi, puis des ânes encordés l'un à l'autre.

Nous empruntâmes une large artère poussiéreuse qui s'éloignait de la ville. Malgré mon avenir flou, une espèce de jubilation, étrange et inattendue, allégeait mon cœur. Lorsque j'avais quitté le foyer stable de mon enfance, je ne parvenais pas à concevoir une existence autre qu'à l'intérieur d'une maison dans un village. Mais parmi les Ghilzais, j'avais appris à apprécier la sensation de mouvement, les changements de paysages au fil de l'évolution des saisons. Aujourd'hui cependant, il s'agissait d'autre chose – de tout autre chose. Cette fois, j'étais en compagnie de deux hommes, l'un misérable, qui aurait manifestement préféré ne jamais me voir apparaître, et l'autre qui… Je m'interrompis au milieu de mes réflexions. Qui quoi ? J'ignorais tout de ce khâreji, en dehors du fait qu'il n'était pas afghan et que ce détail avait permis à mon destin de basculer. De toute évidence, je devais cette chance à son incapacité totale à comprendre que je ne valais absolument rien.

J'étudiai son dos. Larges épaules, hanches étroites, il avait une posture très droite en selle, et néanmoins naturelle. Il effleurait son cheval d'une main douce et pourtant assurée, si bien que l'étalon répondait à la moindre de ses sollicitations. Je songeai à ses mains sur les miennes, au moment où il m'avait aidée à boire alors que j'étais agenouillée devant lui et que j'oscillais d'épuisement et de soif. Des mains solides, capables de toucher une femme étrangère, peut-être impure, sans hésitation ni dégoût. C'était désormais ces mains qui tenaient entre elles mon destin, aussi lâchement qu'elles tenaient les rênes de son cheval.

Je jetai un dernier coup d'œil à Jalalabad par-dessus mon épaule. Reverrais-je un jour cette ville ?

La chaleur que diffusait la jument sous moi m'inspirait un réconfort ; elle me rappelait la Mehry de mon enfance.

Toute la journée, nous chevauchâmes en direction d'une chaîne montagneuse. J'étais contente, car chaque fois que le khâreji levait la main pour nous indiquer que nous allions faire une halte, il y avait des rochers ou des buissons derrière lesquels je trouvais aisément un peu d'intimité ; je m'en étais inquiétée après environ cinq à six heures de route, et mon inconfort avait grandi. Lors d'un arrêt, après que les bêtes s'étaient désaltérées dans un cours d'eau, puis que Layak avait prononcé ses prières de midi, le front sur le sol, j'avais interrogé le khâreji, alors que la réponse allait de soi :

— Vous ne priez pas ? Êtes-vous un mécréant ?

Du coup, je m'étais subitement demandé si je ne l'étais pas aussi. Suis-je une mécréante ? Je ne priais plus. Non, m'étais-je dit. Je ne suis pas une infidèle, je ne prie pas des idoles comme Sulima.

— Je ne suis pas musulman, m'avait-il répondu en resserrant la bride de son cheval.

— Par conséquent, vous n'êtes pas croyant. De deux choses l'une : soit on est croyant, soit on est mécréant.

Il avait épousseté ses vêtements et était remonté en selle.

— Il y a d'autres couleurs que le noir et le blanc, m'avait-il répondu en pressant son cheval pour s'éloigner du cours d'eau.

Il m'avait rendue honteuse, pour une double raison : il avait mis le doigt sur mon ignorance, et je m'étais montrée sotte à ses yeux.

Nos chevaux poursuivaient leur avancée laborieuse vers les montagnes, tandis que nous avalions nos nans et vidions nos gourdes. Nous finîmes par nous arrêter près d'un cours d'eau étroit pour la nuit. Pendant que le khâreji déchargeait les chevaux, je préparai le repas et Layak alla ramasser du petit bois.

Nous ne disposions pas d'une langue commune pour nous entretenir. J'utilisais un langage pour m'adresser à Layak, un autre pour parler au khâreji, et ils en partageaient un troisième. Je savais qu'il ne s'agissait pas de l'anglais. Bien qu'étrangère, cette langue ne l'était pas assez pour cela ; il m'était impossible de la décrire autrement.

— Est-ce que c'est la langue de l'Hindoustan – des Indes, me corrigeai-je – que vous parlez avec Layak ?

Je déballai un morceau de fromage dur, le déposai sur une pierre plate et essuyai la lame du couteau sur le tissu de mon pantalon. Le khâreji bouchonnait son cheval avec un chiffon.

— Oui, l'hindi, répondit-il sans cesser de frotter la robe de l'animal avec vigueur.

— Comment arrivez-vous à parler si facilement des langues qui ne sont pas la vôtre ?

Il s'interrompit un instant avant de reprendre le pansage de l'animal.

— J'ai passé mon enfance aux Indes.
— Mais le persan… ?

Je baissai les yeux pour découper le fromage. Layak arriva alors avec une brassée de branchages. Il dit quelque chose au khâreji qui ne répondit pas à ma question.

Toutes ces heures de chevauchée dans la poussière sous un soleil torride m'avaient épuisée. Pendant que nous mangions le fromage, le nan, la viande et les légumes que j'avais réchauffés sur le feu, je sentis mes paupières s'alourdir. Layak et le sâhib ne se parlaient pas. Je percevais entre eux comme une hostilité sous-jacente et je m'abstenais moi aussi d'ouvrir la bouche.

Les yeux brûlants, je nettoyai la marmite avec des grains de sable au bord de la rivière. Quand j'eus baigné mon visage et curé mes dents à l'aide d'une brindille, Layak ronflait déjà bruyamment près du feu. Quant au khâreji, son tofang posé à côté de lui, il était assis en tailleur, le corps incliné vers les flammes pour lire un petit ouvrage relié de cuir, à la couverture très crevassée et élimée. Je savais qu'il ne s'agissait pas du Coran. C'était le premier homme que je voyais lire de ma vie, à part le mollah qui tenait le Coran dans ses mains. Quels mots contenait donc son livre ? Il ne me prêtait aucune attention ; je savais qu'il serait le premier à entretenir les flammes pour empêcher les animaux sauvages de s'approcher de nous. Je m'allongeai et m'enroulai dans la couverture matelassée, me tournai d'un côté à l'autre et me rassis.

— Sâhib, que lisez-vous ? lui demandai-je. Un livre sacré ?

Il leva les yeux. Les flammes éclairaient son nez droit, sa mâchoire solide.

— Non, c'est un... Je ne me souviens pas du mot persan. Un *roman*.

— Un *roman* ? répétai-je, savourant ce mot étranger sur ma langue.

Il m'adressa un sourire, et je me rendis compte que c'était le premier depuis notre rencontre. Il paraissait plus jeune quand il souriait. L'idée qu'il était plus jeune que Shaliq me traversa l'esprit.

— C'est un mot qui désigne une histoire inventée.

— Je connais des histoires, dis-je. Des vraies et des inventées.

Tout de suite, je regrettai mes paroles. Elles donnaient l'impression que je me vantais, comme si je voulais l'impressionner. Mais je n'aurais pas dû m'inquiéter ; ce que j'avais à dire ne l'intéressait manifestement pas. Il opina vaguement de la tête et reprit sa lecture. Je compris qu'il ne dirait plus rien et je me retournai, l'oreille tendue vers le crépitement des flammes et le bruissement des pages du livre du khâreji.

Lorsque Layak me secoua brutalement pour que je prenne mon tour de garde auprès du feu, je fus surprise d'avoir dormi d'un sommeil si profond. Je tisonnai de temps en temps les flammes basses, mais je contemplai surtout les étoiles, perles blanches pour commencer, qui pâlirent avec les premières stries de lumière rose. J'allai laver mes pieds, mes mains et mon visage en barbotant dans la rivière. Puis je fis bouillir de l'eau pour le thé et les deux hommes se levèrent. Ainsi commença notre deuxième journée.

Nous étions à l'époque du changement de saison, après le ramadan, mais le soleil continuait à répandre sa lumière d'étain poli et à nous accabler de ses rayons aveuglants au fur et à mesure de notre progression vers le sud. Par moments, des nuages avançaient lentement dans le ciel et projetaient des ombres que j'accueillais avec soulagement, mais ils poursuivaient leur route et le soleil recommençait à taper sur nos têtes et nos dos. Il ne nous fallut guère de temps pour atteindre une gorge qui serpentait entre des falaises de schiste et de calcaire en direction des montagnes.

Le khâreji sortit son tofang de son baudrier en cuir et le plaça devant lui, une main sur sa crosse de bois. J'aurais voulu lui demander si nous courions un danger, mais je m'en abstins. La veille, j'avais essayé de me convaincre que je devais lui manifester ma gratitude autrement qu'en faisant la cuisine lors de nos haltes, je m'étais dit que, comme il n'était pas un homme de mon pays, il serait peut-être moins offensé si je prenais la parole avant lui. Mais les deux fois où je l'avais questionné, à propos de sa foi pour commencer, puis de sa lecture, je m'étais sentie gênée et navrée d'avoir ouvert la bouche.

La traversée de ce col bizarre et sinueux nous prit toute la journée. Par endroits, il était large et plat, bordé d'un côté par des collines basses et rocailleuses. Puis nous escaladions des pentes interminables et les sabots des chevaux et des ânes éparpillaient des cailloux branlants et soulevaient des nuages de poussière. Ensuite, nous descendions dans de petites vallées où des enfants nomades gardaient des troupeaux de moutons et de chèvres. Par moments, j'apercevais des chameaux qui broutaient la végétation chétive. Je sentais que le khâreji ne voulait pas que nous fassions halte avant d'avoir franchi ces montagnes. Nous empruntâmes de nombreux passages étroits où ruisselait parfois de l'eau, mais dont le bruit était moins gai qu'à l'accoutumée. Par moments, j'avais la sensation d'être épiée, même si je ne voyais personne.

Vers la fin de l'après-midi, les animaux se frayèrent un chemin au fond d'un ravin. J'avais hâte d'atteindre l'autre versant de cette chaîne montagneuse ; autour de nous, les parois se resserraient de plus en plus. La piste rocailleuse se rétrécit tellement que deux chameaux chargés n'auraient pu y marcher côte à côte. Je levai les yeux vers les murailles de pierre qui s'élevaient à la verticale, et je dus pencher complètement la tête en arrière pour voir le ciel. Aucun rayon de soleil ne pouvait s'infiltrer dans les profondeurs de cette crevasse où l'air demeurait humide et frais. J'avais l'impression d'être un insecte rampant au fond de ce lacet interminable et très étroit. Le tintement des sabots des chevaux avait quelque chose de sinistre.

Le froid m'envahit, accompagné d'une menace étouffante. Je ne pouvais plus rester silencieuse.

— Quel est cet endroit ? lançai-je en dari, et ma voix se répercuta d'une paroi à l'autre, tel un écho surnaturel.

Layak et le khâreji me jetèrent en même temps un regard en arrière.

— Nous avons traversé toute la journée la passe de Khyber, me répondit le khâreji dont la voix se répercuta aussitôt comme la mienne. C'est le seul chemin qui permet d'entrer en Afghanistan par la Frontière Nord-Ouest. De nombreux événements historiques s'y sont déroulés. Il n'y a pas si longtemps que cela, un massacre a eu lieu à l'endroit même où nous nous trouvons.

— La guerre de votre peuple contre le mien ? Quand votre peuple est venu s'emparer de mon pays ?

Il ne répondit rien, mais regarda de nouveau devant lui, comme Layak.

— Avez-vous porté une veste rouge comme les autres ? lançai-je subitement sans retenue.

Je voulais savoir. Avait-il été soldat ? Je songeai à ceux que j'avais vus sur les marchés. Son visage n'était pas tout à fait le même, non ? Ou était-ce uniquement parce qu'il portait le costume de mon peuple que je le trouvais moins étranger physiquement ?

Là encore, il ne répondit pas, et je compris que j'avais une fois de plus posé la mauvaise question. Étais-je donc incapable de dire autre chose à cet homme que des réflexions qui me faisaient passer pour une tête creuse ou une femme inculte ?

Je n'arrêtais pas de jeter des coups d'œil aux fissures et aux cavités entre les rochers. J'imaginais comment, dans ce lieu sombre et effrayant, ceux qui traversaient ces montagnes pouvaient être acculés et décimés aussi facilement que des poussins nouveau-nés. Le khâreji ne m'avait pas précisé qui y avait été massacré, mais je me doutais qu'il s'agissait des siens. Les miens n'auraient jamais eu la sottise de se laisser coincer dans un endroit pareil.

Nous atteignîmes enfin l'ouverture du col, alors que déclinait la lumière du soleil, et je respirai à fond de soulagement. Devant nous se dressait un immense bâtiment, grossièrement construit, composé d'un fatras de tours. J'ignorais pour quelle raison un édifice pareil avait été érigé là – il était désert et ses murs de terre très dégradés – mais je compris ensuite qu'il avait dû offrir un refuge lors des batailles. Nous étions sur un tertre et la vue se dégageait à des lieues à la ronde. Un bourg de taille conséquente s'étendait à nos pieds et, beaucoup plus loin, je distinguai une cité. Elle paraissait très vaste, même si, en raison de la distance, on n'en devinait que les contours irréguliers à l'horizon. Nous immobilisâmes nos montures pour contempler le paysage.

— Peshawar, dit Layak en indiquant la ville lointaine d'un geste du bras. Moi enfant là. Appris pachtou.

— Allons-nous à Peshawar ? C'est là que vous habitez ?

— Plus ma maison, me répondit Layak. Moi vivre beaucoup plus loin.

Si Layak avait vécu dans cette cité, nous nous trouvions donc en Hindoustan.

— Sâhib, avons-nous quitté l'Afghanistan ? demandai-je en approchant ma monture de la sienne.

Il hocha la tête.

— Nous sommes dans la province de la Frontière Nord-Ouest. La plus septentrionale des Indes. En bas, vous voyez la ville de Jamrud, ajouta-t-il. Cette nuit, nous camperons à sa lisière.

Un léger frémissement me parcourut. J'étais stupéfaite de ne pas m'être aperçue que nous avions traversé la frontière invisible entre mon pays et celui-ci. Bien que je n'eusse aucun moyen de le savoir, je pensais que j'aurais ressenti quelque chose de différent. Et pourtant ici, l'air avait le même parfum, et les sabots des chevaux semblaient fouler un sol identique.

Les deux hommes entreprirent la descente des contreforts rocailleux, mais je ne bougeai pas. Comme je l'avais fait à notre sortie de Jalalabad, je jetai un regard en arrière. Cependant, à ce moment-là, je n'avais quitté qu'une ville. À présent, je quittais un pays – mon pays. Des larmes me montèrent aux yeux. J'adorais mon pays. Je laissais derrière moi les gigantesques montagnes mauves, les cours d'eau impétueux et les lacs placides, les pâturages d'été et les campements hivernaux, et toutes les vallées, les plaines et les collines parsemées entre eux. Je laissais derrière moi le village de mon enfance et ceux qui m'avaient aimée : ma mère, ma sœur et mon frère, mon père même, lequel, je pouvais enfin le reconnaître, veillait sur moi de la seule manière possible. Je laissais derrière moi tous ceux que j'avais connus et qui m'avaient traitée avec bonté : Yalda, Gawhar, Hasti. Je laissais la tombe de ma grand-mère.

Et je quittais également certains Ghilzais, ceux qui s'étaient occupés et souciés de moi : de mes sœurs-épouses, Myassa, Hanouf et Bibi, à Dulfyia et Faiza. Et Kaled, bien sûr. Kaled.

Mâdar Kalân, me dis-je, *même si je vis le début de ta prophétie, je ne ressens aucune joie*. Puis j'entendis sa réponse dans ma tête, sa voix, claire, qui disait un vers de Rûmî, l'un de ses poètes de prédilection : *Vis là où ta crainte est la plus grande.*

J'en éprouvai un étrange réconfort, et je la remerciai tout bas.

Cette nuit-là, tandis que j'étais étendue, à moitié endormie, et que je contemplais les flammes, je repensai à la passe étroite, j'imaginai les horreurs qui s'y étaient déroulées, et j'émis l'espoir que je n'allais pas en rêver.

— Je suis en Hindoustan. Aux Indes, chuchotai-je.

Sur ma langue, ce mot au goût inconnu était encore vierge de souvenirs.

26

Le lendemain matin, le khâreji envoya Layak chercher du riz et de la viande à Jamrud. Je rassemblais les affaires du camp pendant qu'il s'occupait des ânes – l'un d'eux avait un caillou logé dans son sabot – lorsqu'il se figea subitement et tourna la tête, comme s'il avait entendu quelque chose. Il leva une main pour m'intimer de l'imiter et porta un doigt à ses lèvres. Doucement, il lâcha la patte de l'âne et sortit sans bruit son tofang qu'il pointa sur les buissons, juste devant lui. Explosa alors le bruit fracassant que je détestais et qui m'incita à me couvrir les oreilles. Le khâreji se précipita dans les buissons dont il ressortit presque tout de suite, le visage fendu d'un sourire jusqu'aux oreilles. Il exhibait un gros oiseau dont le cou pendait mollement.

Je ne l'avais jamais vu sourire ainsi. Sans même en avoir conscience, il dévoilait toutes ses dents. Comme il retournait le volatile mort dans ses mains, l'air manifestement enchanté, je découvris en lui un homme différent. Plus jeune encore, semblable à un garçon de notre campement qui aurait remporté pour la première fois un concours de lutte.

— C'est quoi ? me demanda-t-il, sans cesser de sourire.

— Une perdrix noire, lui dis-je. Ce sont de très beaux oiseaux. Regardez ces taches dorées. Et ici, dessous, ce rouge... et ce blanc, déclarai-je en soulevant les plumes brillantes. Ces couleurs se détachent de façon éclatante sur le noir.

Je caressai le doux plumage.

— Magnifique, insistai-je. Allah a créé cette créature pour le plaisir des yeux.

Je me tus, consciente du silence ambiant.

Le sâhib affichait une drôle d'expression, comme si j'avais fait quelque chose de très bien ou de très mal. Je lâchai l'oiseau qu'il tenait toujours, et je voulus dissimuler ma confusion par un commentaire :

— Vous êtes un bon chasseur, sâhib.

Un compliment me permettait de demeurer en terrain sûr, il ne pouvait pas être interprété de travers.

Il m'adressa un sourire, non pas le grand sourire épanoui qui éclairait son visage quand il était sorti des broussailles, mais un sourire plus retenu, plus conscient. Puis il me tendit l'oiseau.

— Merci. Vous voulez bien la préparer pour le dîner ?

Je songeai que Shaliq ne m'avait jamais demandé quoi que ce soit aussi courtoisement, qu'il se contentait de me lancer des ordres.

— Vous êtes chasseur chez vous ? Dans votre pays, en Angleterre ?

J'avais prononcé le mot avec précaution, sans quitter l'oiseau des yeux.

— Oui, me répondit-il, et il me tourna le dos.

J'enfonçai l'oiseau dans une sacoche et lui demandai :

— Sâhib ? Pourquoi êtes-vous parti de chez vous pour venir dans mon pays ?

Comme il ne me répondait pas, je m'aperçus qu'il était perdu dans la contemplation de la rivière. Il tenait nonchalamment le tofang dans ses deux mains.

— Sâhib ? répétai-je.

Mais il s'affaira alors à nettoyer son arme, et nous reprîmes notre route sans avoir prononcé un autre mot.

Nous suivions à présent le cours sinueux d'un fleuve : l'Indus, m'avait appris le khâreji le premier soir, quand nous avions établi notre campement sur sa rive. Nous fîmes halte dans un bosquet de banyans dont les longues racines pendaient des branches et repoussaient dans la terre. J'entendis le cri répété d'un coucou koël, suivi d'un bruissement dans les fourrés près de l'eau. Nous vîmes tous les trois un porc-épic passer d'une démarche paresseuse devant nous, en nous jetant des petits coups d'œil désintéressés.

Layak dit quelque chose au sâhib qui acquiesça gaiement de la tête. Puis ce dernier traduisit :

— Layak me dit qu'il faut traiter cet animal exactement comme une belle-mère.

Je souris. Une conversation que j'avais eue avec Myassa, lors de mes premières journées parmi les Ghilzais, me revint en mémoire. Elle avait comparé une belle-mère à un scorpion caché sous un tapis de sol.

— On dirait que dans tous les pays, on doit craindre et respecter les belles-mères.

Il hocha la tête, mais je m'aperçus que Layak avait pris une expression revêche. Ma participation à la conversation paraissait fortement lui déplaire. Le sâhib défit son longi et se peignit les cheveux avec les doigts, comme si cela le soulageait. Puis il prit un autre livre dans son sac, relié de cuir lui aussi, mais moins élimé que le premier. Il en sortit également une petite baguette de bois dont il se servit pour effectuer des mouvements sur le papier. Je me rendis compte qu'il était en train d'écrire.

— Layak, dis-je en pachtou, car j'avais tout à fait conscience que je ne devais pas creuser la division entre nous si je devais vivre sous son toit et travailler pour lui. Ce fleuve va où ?

— Va ma maison, répondit-il.

Sa réponse m'étonna, car je ne m'attendais absolument pas à en recevoir une.

— Où est votre maison ? lui demandai-je.

Je lui avais déjà posé cette question à deux reprises. En vain. Il m'avait bien fait comprendre qu'il m'avait entendue, mais qu'il ne souhaitait pas me fournir de réponse. Chaque fois que je me disais que sa maison allait être la mienne, j'en avais la chair de poule.

Même quand j'essayais d'entamer une conversation simple avec lui, à propos de la nourriture ou de l'installation du camp, il se montrait bourru et renfermé sur lui-même. Là, adossé à un rocher, les chevilles croisées, occupé à aiguiser un bâton avec son couteau, il me parut plus détendu.

— Indus traverse Punjab, près beaucoup endroits, puis ma maison. Multan.

Multan.

— Mais Multan n'est pas la ville où vous êtes né, dis-je. Vous avez dit que c'était Peshawar.

— Moi partir, jeune, aller Multan pour travailler. Multan est meilleure ville pour moi que Peshawar.

— C'est une bonne ville ?

Il accompagna son haussement d'épaules d'un hochement de tête.

— Certains l'appellent... ville des... (Il hésita, car il cherchait le mot exact.) Sacrés. Hommes sacrés.

— Des saints ?

Il acquiesça.

— La ville des saints. Mais aussi poussière. Grande chaleur. Beaucoup musulmans.

La cité des saints.

— C'est la plus grande ville de l'Hindoustan ? demandai-je, en me disant qu'elle serait à l'image de Kaboul.

Il fit claquer sa langue d'un air dédaigneux ; de toute évidence, il me prenait pour une ignorante.

— Beaucoup, beaucoup villes en Hindoustan, femme. Multan juste une, pas si grande. (Il grimaça.) Maintenant, khârejis partout, même Multan. Quand moi venir, juste quelques khârejis. Sikhs – hommes d'Hindoustan – tout le pouvoir. Maintenant, cinq, six ans, Sikhs fini pouvoir. Maintenant khârejis, ajouta-t-il, la tête inclinée d'un côté, grands sâhibs à Multan. Partout Hindoustan.

Je jetai un coup d'œil au sâhib, avec l'espoir qu'il ne comprenait pas comment Layak parlait de lui et de son peuple, perdu qu'il était dans son écriture et de par ses faibles connaissances en pachtou.

— Est-ce qu'il va aussi rester ici ou rentrer chez lui ? En Inglestan ?

Layak secoua la tête.

— Aller chez lui un jour. Mais d'abord doit traverser…

Il esquissa un geste simple dans l'air, comme s'il traçait une ligne horizontale.

— Sur sol plat.
— Un désert ? Des plaines ?

Layak acquiesça.

— Plaines. De Sind. Lui me dire il va Karachi.
— Karachi fait aussi partie de l'Hindoustan ? demandai-je.
— Oui, oui !

Il déposa son couteau et bomba le torse, très fier d'étaler devant moi la connaissance qu'il avait de son pays.

— Karachi, grande, grande ville près eau, précisa-t-il. Bien. Moi aller là une fois. Trouver femme là.

Le sâhib se leva et s'offrit une marche le long du fleuve. Je l'observai s'asseoir sur un tronc d'arbre et ouvrir son livre.

— Nous l'ennuyons avec notre conversation ? demandai-je à Layak.

Ma question provoqua un haussement d'épaules.

— Ces khârejis… Qui connaître leur pensée ? Lui, ici, veut aller Jalalabad, Kaboul, veut aller Bamyan voir grosses pierres. Aller tout le chemin jusqu'à Hérat. Puis retour est. Veut voir bouzkashi. Nous devons attendre jeu longtemps. Partout, il regarde toujours, toujours, toujours. Pourquoi vous regarder, sâhib ? je lui demande. Lui pas répondre, juste regarder. Je pense lui différent autres sâhibs avec peau blanche.

— Qu'est-ce que vous voulez dire ?

Layak fit claquer ses lèvres de dégoût.

— Sauf sur cheval – lui bon sur cheval – lui comme femme. (Il se frappa une fois la poitrine.) Moi plus homme. Mais moi dois être serviteur.

Il cracha dans le feu.

Je regardai le sâhib. Il avait retroussé ses longues manches et sur ses avant-bras solides, les poils dorés éclairés par les derniers rayons de soleil luisaient. Ses épaules larges, son dos droit me vinrent à l'esprit.

— Qu'est-ce que vous voulez dire ?

— Lui... (Il chercha de nouveau le mot adéquat.) Tendre.

De nouveau, il se frappa une fois le torse, du côté gauche.

— Moi voir visage quand il regarder quelque chose, quelque chose... pas... pas triste. Normal. Chien, mourant. Garçon méchant, frappé par père. Femme punie. Lui dire rien, mais son visage... Trop tendre. Et toi... (Il émit le même son critique que quelques instants plus tôt.) Lui croire... tes mensonges.

Je me relevai d'un bond.

— Je ne mens pas, Layak.

Layak me fit face, les yeux étrécis. Il était obligé de les lever un peu pour regarder droit dans les miens et je savais que cela attisait sa colère. Il m'adressa un sourire rusé.

— Toi, lui faire croire. Toi comprendre ? Lui pas vrai homme pour croire femme nomade comme toi. Moi lui dire : femme mauvaise, laisser Jalalabad.

Elle faire que des ennuis, voler, mentir. Mais lui te regarder, ô, pauvre femme si triste. Nous t'aider.

Il cracha encore, mais cette fois, pas dans le feu. Sa bulle de salive forma une tache luisante à côté de mon pied.

— Je ne vole pas. Et tu es un mauvais serviteur, Layak, pour parler de ton maître comme ça.

Layak bomba de nouveau le torse.

— Lui maître seulement pas longtemps. Bon argent. Bientôt moi maison, et lui plus mon maître.

— N'empêche. Tu ne le respectes pas. Je vois qu'il te traite bien. C'est toi qui as tort.

Layak m'adressa son même sourire malfaisant.

— Toi savoir comment esclave traite maître, femme ? Bientôt, toi voir.

Je me détournai pour m'éloigner de Layak, dans la direction opposée à celle du sâhib. Les propos de Layak me tourmentaient, mais moins que son sourire. Je me rendais compte que, même si sa femme me traitait justement, elle n'aurait pas son mot à dire sur le sort que lui me réserverait.

Nous continuâmes à suivre le cours de l'Indus. En dépit de sa puissance, le fleuve coulait de plus en plus lentement au fil de notre descente dans le sud, jusqu'au moment où il s'élargit en un vaste marécage brunâtre aux eaux croupissantes. Les sentiers pierreux que nous empruntions se transformaient régulièrement en chemins plus larges et plus passants, et j'apercevais alors un village minuscule niché au milieu d'un bosquet de pistachiers ou de dattiers au loin. Parfois, je distinguais des femmes, penchées en rangs pour couper des gerbes de blé dont jaillissaient des reflets dorés à la lumière du soleil ou des hommes à la tête enturbannée qui secouaient des branches d'arbre à l'aide de longs bâtons pour en faire tomber les fruits.

La première fois que nous nous aventurâmes dans l'un de ces villages pour faire quelques emplettes, je vis des musulmanes voilées, mais aussi, chose tout à fait nouvelle pour moi, d'autres femmes dont les visages étaient exposés et les bras et les cous dénudés.

— Qui sont ces femmes, sâhib ? demandai-je lorsque nous fûmes sortis du village. Celles qui n'ont pas honte.

Il se tourna sur sa selle.

— Ce sont des hindouistes. Et la honte n'a rien à voir là-dedans.

Il reporta son attention sur le chemin.

— Sâhib ? intervins-je à nouveau quelques instants plus tard. En Angleterre, les femmes montrent leur visage ?

Cette fois, il acquiesça de la tête en se retournant.

— Elles sont hindouistes ?

— Non, chrétiennes, pour la plupart. Les femmes chrétiennes ne se voilent pas le visage.

— Il n'y a pas de musulmanes là-bas ?

— Je n'en ai jamais vu, dit-il avant de se retourner, puis de me jeter un nouveau regard en arrière. Avez-vous vu beaucoup d'hommes blancs dans votre pays ?

— Rien que des soldats, sâhib. Aucun comme vous.

Il pressa alors son cheval, et notre conversation s'arrêta là.

Nous traversions à présent avec peine des plaines poussiéreuses et desséchées, et le soleil pesait comme une lame sur nos têtes. Layak m'inquiétait de plus en plus. Je voyais bien la manière dont il m'épiait, sans se soucier de se cacher quand je le prenais sur le fait. Une fois, alors que je retroussais mon pantalon pour me laver les pieds, il resta debout, les bras croisés sur le torse, à contempler fixement mes jambes, et son expression me répugna. Il se montrait de plus en plus audacieux et, un jour, il me suivit même en direction d'un fourré où j'allais chercher de l'intimité.

Le bruit de ses pas me fit pivoter sur place.

— Qu'est-ce que vous faites ? Laissez-moi !

Le sâhib m'entendit crier et apparut sur les talons de Layak. Il comprit sans doute ce qui se passait, car il l'empoigna par l'épaule et le poussa avec une telle brutalité que Layak trébucha. Le visage noir, le khâreji l'interpella alors furieusement, par petites phrases saccadées. Layak se retourna et s'éloigna à pas pesants. J'étais trop embarrassée pour regarder le sâhib après cette scène et le malaise que m'inspirait Layak ne fit que grandir en moi.

Ce soir-là, alors que nous étions assis tous les trois autour du feu, je fus incapable d'avaler quoi que ce soit. Multan n'était plus qu'à quelques jours de chevauchée et alors... J'observai le sâhib qui se restaurait. Il leva subitement les yeux, et je baissai les miens.

Il constata que j'avais les mains vides.

— Vous ne mangez pas ce soir ? me demanda-t-il.

Je voulais lui faire part de mes appréhensions, mais comment pouvais-je m'y prendre ?

— Vous devriez manger. Êtes-vous... souffrante ?

Quelque chose d'inhabituel perçait dans sa voix. De l'inquiétude ?

— Non, je...

Je jetai un coup d'œil à Layak qui incita le sâhib à m'imiter. Layak cessa de mâcher et nous balaya tous les deux du regard. Il interrogea poliment le sâhib, mais ce dernier se contenta de hocher légèrement la tête sans rien répondre.

— Sâhib, je suis ennuyée, déclarai-je d'une voix calme quand Layak se leva et disparut dans l'obscurité.

Il s'essuyait les mains avec un linge.

— Qu'est-ce qui vous inquiète... Daryâ ?

C'était la première fois qu'il prononçait mon prénom depuis qu'il l'avait répété dans la cour de la maison de Jalalabad. Il ne sortit pas naturellement de ses lèvres, mais plutôt comme une arrière-pensée, et sans comprendre pourquoi, je sursautai. Peut-être éprouvais-je de la gêne, parce que l'emploi de mon prénom pouvait témoigner d'une certaine proximité, d'une familiarité entre nous.

— Vous connaissez bien Layak ?

Il haussa les sourcils. Comme à l'accoutumée, il avait ôté son turban pour notre campement du soir et ses cheveux, bien qu'aplatis par la chaleur de la journée, jetaient encore de vagues reflets à la lueur du feu de bois. J'éprouvais plus de difficultés à lui parler quand il ne portait pas son longi, car il me paraissait plus étranger.

— Je viens de passer plusieurs mois avec lui. Je ne le connais que sous cet angle, comme porteur, comme saïs. J'avais besoin de quelqu'un qui parle le pachtou pour m'aider à franchir la Frontière Nord-Ouest.

Je ne comprenais pas. Il ne répondait pas directement à ma question, comme un homme aurait dû répondre à une femme. J'avais l'impression qu'il voulait bavarder.

— Pourquoi êtes-vous venu dans mon pays, sâhib ? lui demandai-je comme je l'avais fait quelques jours plus tôt.

Il parut décontenancé, puis il haussa les épaules après avoir marqué une hésitation.

— J'avais besoin de voir. Mon père appartenait à votre pays.

Je cillai, la bouche ouverte.

— Votre père ? Mais... vous n'êtes pas angl... Vos cheveux et... et le reste.

— Ma mère est anglaise, hésita-t-il, comme s'il ne voulait pas vraiment prononcer ce mot.

Je hochai la tête.

— Votre père était pachtoune. Je le vois à vos yeux.

— Je sais seulement qu'il venait de derrière la Frontière Nord-Ouest.

— Alors... Quel est votre pays ? L'Angleterre... ou l'Afghanistan ?

— L'Angleterre. C'est là que j'ai passé la plus grande partie de ma vie.

Il repoussa de sa botte une brindille enflammée qui était tombée du feu.

J'attendis, car j'avais l'impression qu'il allait m'en révéler davantage.

— Et pendant presque toutes ces années, je me suis pris pour un Anglais.

Aucun commentaire ne me vint à l'esprit. Au bout d'un long moment, je compris qu'il n'ajouterait rien.

— Ma grand-mère... elle a été dans beaucoup d'endroits, dis-je finalement. Elle m'a parlé de... de ces endroits.

Elle aimait un Anglais, voulus-je aussi ajouter dans un accès d'audace, mais quelque chose me retint.

— Votre grand-mère, répéta-t-il machinalement, comme si j'avais dévié le cours de ses pensées. C'est un ami de Multan – un ami anglais – qui a posé la question à ses serviteurs et l'un d'eux – le frère de Layak – lui a recommandé Layak. (Il plissa les yeux, comme s'il réfléchissait.) Je n'ai eu aucun mal à le persuader de venir avec moi.

La lueur de cupidité qui avait fait briller les yeux de Layak lorsqu'il évoquait l'argent que lui versait le sâhib me vint à l'esprit. L'argent qu'il lui verserait s'il m'emmenait.

— Vous ne savez donc rien de son épouse ? De la manière dont il vit ?

Le visage du sâhib changea brusquement d'expression.

— Oh, si... j'ai, j'ai vu sa maison le jour où j'ai fait sa connaissance. Et son épouse... mais bien évidemment, elle avait le visage voilé.

— Et ? Vous pensez... que ce sera une bonne maison. Pour moi ?

Je n'arrivais pas à croire que je m'exprimais si directement, mais c'était lui qui rendait cette conversation possible. Sans cesser de m'observer, il hocha vaguement la tête.

— Hum... fit-il, comme s'il n'en était pas tout à fait persuadé. Je ne... j'ai juste cherché un moyen de vous faire sortir de Jalalabad, parce que vous m'imploriez. C'était la seule solution, non ? Layak a certainement... prouvé qu'il travaille dur et... Que se passe-t-il ? Pourquoi secouez-vous la tête ?

Mais je ne pouvais pas en dire plus. Je ne pouvais pas exposer mes inquiétudes, comme si je n'étais qu'une mégère cancanière. Je me levai et tisonnai le feu.

— Ce n'est rien, sâhib. Veuillez pardonner mes propos inutiles.

Il ne me posa pas d'autres questions mais, lorsque Layak revint, je le vis observer le petit homme. Une ride s'était creusée entre ses sourcils.

J'irai à Multan, me dis-je. Une fois là-bas, je trouverai un moyen de m'en sortir avec Layak. Je me sentais de nouveau forte. J'étais arrivée jusque-là et je pouvais aller plus loin.

La maladie s'empara peu à peu de moi. Elle se déclara après plusieurs heures à patauger dans de la vase, parfois jusqu'à mi-cuisses, un passage sur un plateau au sol plus sec et de nouveau une traversée forcée dans le marécage croupi, à l'odeur nauséabonde. Nous franchîmes le dernier ravin au crépuscule et mes vêtements ne séchèrent pas. Assaillis par des essaims d'insectes, nous déroulâmes nos couchages sur le sol à l'odeur fétide et je passai la nuit à grelotter dans mes vêtements sales et trempés. Le matin, je fus réveillée par une douleur lancinante derrière les yeux. Pendant toute la journée, ainsi que le lendemain, j'éprouvai une grande lassitude. J'avais le corps raide et le troisième jour, quand je voulus mettre pied à terre, mes jambes refusèrent de me soutenir et je dus m'accrocher à la crinière de la jument, le temps de laisser passer mon vertige. Le sâhib le remarqua et me demanda si je me sentais mal.

— Non, non, lui dis-je, car nous n'étions plus qu'à une journée de cheval de Multan.

Je n'allais pas reconnaître ma faiblesse maintenant. La nuit tomba et nous prîmes place autour du feu.

— Vous m'avez parlé de votre grand-mère l'autre jour, me dit-il, et vous m'avez raconté qu'elle était allée dans d'autres endroits. En Afghanistan ?

Pour quelle raison choisissait-il ce soir-là pour aborder les choses sur un ton si personnel ? Je me sentais trop malade pour répondre correctement et j'avais des difficultés à cacher mon épuisement.

— Pas uniquement, dis-je. Dans d'autres lieux... d'autres pays. Le Bosphore... Ankara. Elle m'a dit qu'à Ankara...

— Elle a été dans l'Empire ottoman ?

Je fermai les yeux et les rouvris.

— Oui, sâhib.

J'avais la bouche sèche, et j'essayai d'humecter mes lèvres.

— Elle parlait le persan, comme vous, murmurai-je en refermant les yeux.

— Vous avez sommeil ? me demanda-t-il.

J'ouvris les yeux. Il m'observait, de l'autre côté du feu. Layak ronflait déjà bruyamment.

— Je suis désolée, sâhib, je...

Il tisonnait le feu avec une longue baguette.

— Oui, la journée a été longue, observa-t-il. Nous arriverons à Multan demain.

J'avais l'impression que le sâhib voulait me dire quelque chose mais qu'il se retenait. Puis je songeai qu'il attendait peut-être de nouveaux remerciements.

— Je vous suis très reconnaissante, comme vous le savez, sâhib. Vous m'avez donné une nouvelle vie.

J'essayai de paraître sincère, mais le mélange de mon inquiétude et de la douleur qui cognait derrière mes yeux ne faisait qu'affaiblir ma voix et l'empêcher d'être naturelle. J'étais d'autant plus obnubilée par ce qui m'arriverait le lendemain que les ronflements sonores de Layak ne me le rappelaient que trop.

— Ça ira pour vous, avec Layak et sa femme ? me demanda le sâhib.

Qu'entendait-il par là ? Non, cela n'irait pas. Layak abuserait de moi comme bon lui semblerait. J'allais devenir une esclave. Mais, au moins, je serais en vie. Et je trouverais un moyen de lui échapper. Il faudrait que je trouve un moyen.

— Ça ira, oui, répondis-je.

Sur ce, je m'allongeai, le dos tourné au khâreji, et je retirai mon voile. Mon tour de veiller sur le feu n'allait que trop vite arriver.

— Bonne nuit, me dit-il.

Bonne nuit, répondis-je dans ma tête, trop fourbue pour murmurer la réponse tout haut.

Au milieu de la nuit, mon corps s'embrasa et je rejetai brutalement ma couverture. Suivirent des frissons qui me firent claquer les dents. Quand Layak me réveilla pour surveiller le feu – je prenais toujours le dernier tour de garde avant l'aube – je remis mon voile en place et m'assis avec difficulté. Toutes mes articulations et mes muscles étaient si douloureux que le simple fait de sentir mon pantalon effleurer mes hanches me faisait souffrir. Les flammes dansaient sous mes yeux. Mais au lieu de m'apporter un réconfort comme à l'accoutumée, elles prenaient des formes monstrueuses et fantasmagoriques. Je fermai les yeux de toutes mes forces, mais les flammes continuèrent à danser derrière mes paupières et je compris qu'il s'agissait de djinns qui m'avaient suivie jusque dans ce pays. Au bout d'un moment, j'entendis de petites plaintes, pareilles à celles d'un chiot que l'on enlève à sa mère. Elles étaient si proches dans ma tête que j'en conclus qu'elles devaient sortir de ma propre gorge. Quand je voulus faire taire ces sons, rouvrir les yeux pour pouvoir entretenir le feu, une immense ombre noire s'abattit sur moi. Je lui opposai une résistance, je maudis sa force, mais elle maintenait mes bras dans un étau et m'adressait des paroles confuses. Je voulus donner des coups de pied, mais mes jambes refusèrent d'obtempérer. En définitive, il m'était plus facile de rester allongée sans bouger et de m'abandonner à cette chaleur torride.

J'entendis le sâhib appeler mon prénom à maintes reprises, mais je ne pouvais pas bouger, c'était trop pénible. Je voulais lui répondre, dire oui, oui je vous entends, mais... comment s'appelait-il ? M'avait-il donné son nom ? J'ouvris la bouche, mais rien n'en sortit. J'avais l'impression d'avoir été saignée à blanc, de n'être plus que de la chair inutile, tirée sur des os consumés par un feu douloureux. J'essayais d'avaler l'air sec dans ma gorge, mais je ne parvenais qu'à émettre de petits borborygmes. Hormis ces sons minuscules et une légère palpitation, identique à l'ondoiement d'un cerf-volant quand il accroche l'air sous ses ailes, régnait un silence absolu. Je rouvris les yeux, sans parvenir à comprendre quelle était la forme qui me dominait, même si je savais qu'il ne s'agissait pas du mal noir qui avait fondu sur moi auparavant. Je cillai et finis par me rendre compte qu'il s'agissait juste d'une couverture dont une brise légère faisait doucement claquer les bords. Drapée sur des poteaux enfoncés de part et d'autre de mon corps, elle me protégeait du soleil.

Je tournai la tête. Le khâreji était assis sur un rocher, son livre dans lequel il écrivait et sa baguette à la main. Il contemplait pensivement le fleuve. Puis il revint au cahier et sa main courut sur le papier. Il fredonnait une chanson qui me sembla être en anglais. Il ne s'agissait en tout cas ni d'hindi ni de persan.

— Sâhib, appelai-je.

Comme ma voix n'était pas plus élevée qu'un murmure, il ne m'entendit pas. Je fis une nouvelle tentative. Cette fois, il regarda dans ma direction, posa son cahier et sa baguette et vint s'accroupir à côté de moi. Il scruta mon visage.

— Qu'est-ce que j'ai ? lui demandai-je, tout en ayant du mal à garder les yeux ouverts et maintenus sur lui.

— Je n'en sais rien. Vous avez déjà été malade comme ça ?

— Non. Je suis toujours forte.

— Vous voulez de l'eau ?

— Oui, chuchotai-je.

Il m'apporta une flasque. Je me redressai en vacillant sur un coude et, par habitude, plaçai la flasque de manière à la glisser sous mon voile. Je m'aperçus alors avec confusion que mon voile avait disparu. J'aurais dû éprouver de la honte ou de l'angoisse à l'idée que le khâreji voyait mon visage dévoilé, mais il n'en fut rien. Je bus à la flasque et me rallongeai, avec autant de précaution et de lenteur que si mon corps était fabriqué dans de la porcelaine fragile.

Je sentis qu'on effleurait mon front et je rouvris les yeux. Le sâhib était toujours accroupi à côté de moi et je compris que c'était lui qui avait posé la main sur mon visage. Il versa de l'eau de la flasque sur un chiffon, tordit ce dernier et le plaça sur mon front. Sans le lâcher des yeux, je portai mes doigts tremblants sur cette fraîcheur apaisante.

— Vous avez de la fièvre, me dit-il. Essayez de dormir.

Je saisis sa main et la serrai.

— Ne m'abandonnez pas ici, sâhib, chuchotai-je.

S'il s'en allait à présent, alors que j'étais trop faible pour bouger, les animaux qui erraient et hurlaient la nuit ne feraient qu'une bouchée de moi. Je fus horrifiée de sentir les larmes couler de mes yeux.

— Ne me quittez pas, répétai-je.

— Dormez, me dit-il, assis dans la poussière près de moi. Ne vous inquiétez pas. Contentez-vous de dormir.

Sans lâcher sa main, je fermai les yeux.

Je dormis et me réveillai, dormis et me réveillai. Parfois, je voyais le khâreji s'occuper du feu ou manger, d'autres fois, il était juste penché au-dessus de moi. Une fois, je tendis la main vers lui comme je l'avais déjà fait. Il la prit d'un geste doux et la replaça le long de mon flanc. Mon sommeil était entrecoupé de rêves qui n'avaient rien à voir avec ceux que je faisais d'habitude. Je vis ma mère, une enfant de Bibi dans les bras. Ce spectacle me fit pleurer. Je l'appelai, la suppliai de m'aider, mais elle ne répondit pas. Elle se contenta de me dévisager comme si elle ne me connaissait plus, ce qui ne fit que redoubler mes pleurs. Une autre fois, je vis ma grand-mère. Elle était assise en tailleur sur le sol, à côté de moi. Je songeai à ses paroles, m'assurant qu'elle rajeunirait une fois au paradis, et me dis qu'elle devait effectivement avoir retrouvé la souplesse de ses jeunes années, car je ne l'avais jamais vu dans une telle position. Mâdar Kalân, criai-je, où étais-tu ?

Très loin, Daryâ jan, très loin. Je suis retournée jusqu'au zenana. Tu te souviens de ce que je t'ai raconté à propos du zenana ?

Oui, je me souviens de tes histoires. De toutes ces belles femmes. Des danses, des chants, des poèmes.

— La poésie, dis-je. Récite-moi quelque chose, Mâdar Kalân, récite-moi un poème.

— Daryâ, buvez de l'eau.

Quelque chose se pressait contre ma bouche.

— Non, je veux un poème, répliquai-je ou crus-je répliquer, en détournant la tête de l'objet pressé contre mes lèvres.

Mais Mâdar Kalân avait disparu. C'était juste le khâreji qui tenait une flasque. Je lui en voulus ; il avait chassé ma grand-mère.

— Laissez-moi, essayai-je de dire. Laissez-moi.

Puis j'entendis un poème, mais ce n'était pas la voix de ma grand-mère qui le récitait. Peu m'importait, car son rythme apaisant me calmait, et je l'écoutai, le visage rafraîchi par le linge humide et frais qui allait et venait sur mon visage et mon cou.

Nombre de merveilles éclatent dans le sommeil ;
Dans le sommeil, le cœur se transforme en fenêtre.
Celui qui est éveillé et qui fait de beaux rêves,
Connaît Dieu,
Reçois la poussière de Ses yeux.

Après quoi je n'entendis plus rien et je sombrai dans les ténèbres, où mes os continuèrent à être rompus par les griffes des djinns.

27

Puis la lumière réapparut. Je voulus m'asseoir, mais ce mouvement exigeait de moi un trop grand effort. J'entendais des éclaboussures, le sol vibrait sous mon corps et, une fois de plus, le sâhib se penchait sur moi et examinait mon visage.

Il souleva mon bras et retroussa doucement ma manche pour le regarder de près. Puis il inséra les doigts dans le haut de mon kamis et tira dessus, afin d'examiner ma poitrine nue. Je voulus lever les mains pour l'en empêcher, j'essayai d'humecter assez mes lèvres pour m'y opposer d'un cri, pour protester contre sa manière indécente de me traiter. Allait-il abuser de moi, dans mon état de faiblesse ? Il n'appartenait pas aux hommes de cette catégorie, j'en avais la conviction. Dans ce cas, que faisait-il ?

— Sâhib ? trouvai-je enfin la force de chuchoter. S'il vous plaît, qu'est-ce que vous faites ?

Après avoir étudié ma poitrine, il remonta mon kamis pour la recouvrir. Il glissa une main sous ma nuque et la souleva, afin de porter une flasque qui gouttait à mes lèvres. Je me désaltérai. Cette eau avait un goût de miel. Quand j'eus terminé, il essuya mon menton humide de ses doigts, comme si j'étais un petit enfant. Je voulus sourire, mais j'en fus incapable.

— Je dois vous emmener à Multan, me dit-il. Vous ne pouvez pas rester allongée plus longtemps sous cette chaleur torride. Je sais ce que vous avez. C'est la dengue. Daryâ ? Vous me comprenez ?

Je pointai la langue vers mes lèvres.

— Den... gue ?

Ma voix avait tout d'un croassement.

— C'est quoi ?

— Votre peau... (Il chercha le mot exact.) Votre corps présente... (Il traça un cercle sur son propre torse.) l'éruption qui accompagne cette maladie. Des... des taches rouges, ajouta-t-il. Et elles commencent à apparaître sur votre visage. Je pensais qu'il s'agissait d'une simple fièvre, que ça passerait...

Il jeta un coup d'œil derrière lui, et je vis l'étalon qui broutait, la jument et les ânes. L'inquiétude sourdait de son visage et je pris conscience de sa lassitude.

— La dengue peut durer des jours... des semaines. Cela fait déjà trois jours que vous êtes étendue ici. Layak est parti en avant. Il n'avait aucune raison de rester.

Layak. Il m'était complètement sorti de l'esprit. Le sâhib n'avait pas dû dormir du tout, puisqu'il n'avait cessé de veiller sur moi. Un sentiment de honte m'inonda. Qu'avait-il vu de moi, fait pour moi ? Je refusai de songer à des détails intimes tellement embarrassants et je refermai les yeux.

— Est-ce que votre douleur augmente ? Je sais qu'elle touche les articulations et les muscles.

Je rouvris les yeux mais les gardai fixés sur ses doigts qui tenaient la flasque.

— Elle ne change pas.

— Vous êtes très affaiblie, mais vous devez essayer de monter à cheval, me dit-il. Nous n'avons plus de provisions et vous ne pouvez pas rester comme ça... Je vais charger les ânes. C'est à une demi-journée d'ici.

— Je vais mourir ? chuchotai-je, mais il s'était déjà trop éloigné pour m'entendre.

Je réitérai cette question pour moi-même, mais je connaissais déjà la réponse : non, non, bien sûr que non. Après toutes ces péripéties, je n'avais pas parcouru un chemin pareil pour venir mourir ici, en plein air, comme un animal.

— Venez, me dit le sâhib, quand il eut fini de ranger le camp et de préparer les bêtes.

Il passa les bras autour de mon corps pour m'aider à me lever. Je m'appuyai à lui, je m'accrochai à sa chemise. Désormais, il pouvait me toucher, je pouvais le toucher, je m'en moquais complètement. Il me hissa sur ma jument. Je restai penchée en avant sur la crinière, incapable de me redresser. Il s'approcha de moi avec un longi déroulé dont il m'entoura la taille. Je regardai ses mains attacher solidement l'écharpe sur ma hanche, trop faible pour m'interroger sur cette opération étrange. Puis il monta sur son propre cheval et prit les rênes de ma jument. Il tenait le bout du longi dans une main.

Nous chevauchâmes lentement côte à côte en direction de Multan, les ânes attachés à son cheval. Le trajet s'éternisa. Pendant presque tout cet insolite voyage, je gardai les yeux clos, car le soleil ne cessait d'aggraver mon mal de tête. Les pas lents et lourds de ma jument faisaient s'entrechoquer mes os, comme s'ils recevaient des coups de marteau, et je devais recourir à toute ma volonté pour ne pas crier. De temps en temps, je sombrais dans un sommeil aux couleurs fantasmagoriques, un autre symptôme de ma maladie, je m'affaissais davantage vers l'avant ou sur le côté. Le sâhib tirait alors violemment sur le longi et ce coup donné à ma taille me ramenait à la conscience. J'entendis ensuite de nombreuses voix s'interpeller, des cris d'animaux et d'oiseaux et quand je rouvris les yeux, je sentis quelque chose de nouveau, comme un bercement dont je n'avais encore jamais fait l'expérience.

— Que se passe-t-il ? murmurai-je.

Des gens, des chevaux, des chèvres, des cages pleines de poulets piaillards et de pigeons roucoulants s'entassaient autour de nous sur une large construction de bois. Et nous étions sur l'eau.

— Nous traversons une petite rivière pour entrer dans Multan.

Je hochai la tête et agrippai faiblement mon tchadri pour m'en cacher le visage. Je n'éprouvais même pas le désir de regarder la ville dans laquelle j'allais désormais résider. Je n'avais qu'une envie : m'allonger et dormir.

Le sâhib fit franchir un portail creusé dans un grand mur à ma jument. Non loin du mur, il s'arrêta devant une petite maison en torchis, coiffée d'un toit de chaume, et il appela Layak en descendant de son cheval.

Ce dernier surgit sur le seuil de la masure ; une femme voilée pointa le nez derrière son épaule. Je constatai qu'elle était enceinte et tenait ses mains en coupe sous son ventre protubérant, comme pour le protéger. Au même instant, les grands yeux ronds de deux petits enfants à la peau sombre apparurent de derrière sa jupe.

Le sâhib et Layak discutèrent. Layak désignait son épouse. Puis ce fut elle qui prit la parole d'une voix haut perchée, sans me quitter des yeux. Layak ajouta quelque chose du seuil de la porte et le sâhib acquiesça, le visage sombre. L'épouse de Layak inclina la tête dans notre direction, avant de dire un mot aux enfants qui détalèrent à l'intérieur. Layak et sa femme les suivirent, et la porte se referma derrière eux.

Le sâhib ne bougeait pas. Son visage demeurait figé, comme s'il réfléchissait. Malgré ma tête lourde, je ne pouvais me méprendre sur ce qui venait de se produire. La femme de Layak s'inquiétait pour son enfant à naître et pour les autres à cause de ma maladie, et elle ne permettrait pas que j'entre dans sa maison tant que je ne serais pas guérie. J'aurais dû craindre pour mon sort à présent, mais j'étais trop exténuée.

Le sâhib remonta d'un bond sur son cheval et repartit devant ma jument et les ânes dans une autre direction.

Je posai un regard endormi autour de moi dans les rues que nous empruntions, avec l'impression que mes yeux refusaient de me dire ce qu'ils voyaient. Nous finîmes par nous arrêter de nouveau. Le sâhib tendit ses rênes à un homme qui portait un grand turban blanc et se dirigea vers une maison, laquelle ne ressemblait en rien à toutes celles que j'avais vues jusque-là. Aussi spacieuse qu'une mosquée, entourée d'arbres et de fleurs et construite en pierres carrées, elle se dressait à l'écart.

J'attendis, en oscillant sur ma selle, jusqu'à ce que le sâhib ressortît et passât les bras autour de ma taille pour m'aider à descendre. Quand il me déposa par terre, je m'accrochai des deux mains à la crinière de la jument. Des tintements aigus retentirent dans mes oreilles et une lumière blanche aveuglante m'éblouit. Mes doigts ne me furent d'aucun secours. Ils s'ouvrirent et je tombai à genoux. Mais, l'instant d'après, le sâhib me souleva dans ses bras. Je gardai la tête posée contre son torse, car elle était trop pesante pour que je puisse la soulever; soudain le bruit et l'éblouissement cessèrent. Il me transporta jusqu'à une simple cabane située derrière la grande maison; une femme vêtue de blanc se tenait sur le seuil. Une petite pastille de pâte rouge marquait son front.

— Vous allez rester ici, me dit le sâhib. Prita va vous soigner.

Puis il me porta à l'intérieur et me déposa sur une couche, derrière un écran érigé en cloison.

Il régnait une fraîcheur merveilleuse dans cette hutte. Je ne pus retenir un gémissement de soulagement de me retrouver allongée sur la couche confortable. La femme m'apporta de l'eau à boire.

Ma dernière pensée fut que je ne reverrais pas le sâhib. Une grande tristesse m'envahit, car je ne l'avais pas assez remercié pour tout ce qu'il avait fait pour moi.

Je me retournais en tous sens et gémissais sur la paillasse. La femme me rendait de fréquentes visites. Elle passait des linges frais et humides sur mon visage, elle essuyait ma transpiration, m'enlevait mes habits souillés et nettoyait mon corps avec une eau qui brûlait mon nez et ma peau. Elle me faisait enfiler un vêtement au tissu doux, portait souvent de l'eau et une tisane au goût bizarre à mes lèvres et m'aidait à faire mes besoins naturels.

Au début, je crus que sa voix était un instrument car chaque fois qu'elle s'approchait de moi, j'entendais un carillon haut perché. Je ne me posai aucune question. J'avais l'impression d'être une petite fille dénuée d'énergie et de parole, comme si la chaleur et la misère dans lesquelles me plongeait la maladie avaient aspiré la femme que j'étais jadis. Je n'avais qu'un seul désir : dormir, essayer d'échapper à la brûlure de mon corps et, pourtant, même ce sommeil était entrecoupé d'images et de voix dérangeantes. Une fois, je crus voir le sâhib me contempler, et je levai les doigts, afin de vérifier s'il était réel ou juste sorti de l'un de mes rêves insolites. Cependant, ma main se perdit dans le vide, et je refermai les yeux. Lorsque je les rouvris, la pièce était déserte, et je compris que j'avais rêvé, car le sâhib avait dû quitter Multan.

Puis un jour, je me réveillai très tôt – un rai de lumière s'infiltrait dans la pièce – et j'entendis le roucoulement d'une colombe derrière la fenêtre. Tandis que j'écoutais son tendre chant, je pris conscience que j'avais dormi d'un sommeil profond, dénué de mes cauchemars fiévreux. J'éprouvais une douleur différente et vague, quoique familière : j'avais faim. Cela signifiait que je devais être guérie.

Dans un élan d'espoir, je m'assis trop vite, et la tête me tourna sur-le-champ. Il y eut un bruissement d'étoffe et un son musical, et la femme au front marqué d'une pastille rouge s'agenouilla à mon chevet et posa une main fraîche sur ma joue. Elle s'adressa à moi par mon prénom. J'étais incapable de me rappeler si je connaissais le sien. Je la désignai du doigt et haussai les sourcils.

— Prita, me dit-elle, et j'eus vaguement le souvenir d'avoir entendu le sâhib prononcer son prénom.

Elle avait un visage doux et s'exprimait d'un ton apaisant, mais je ne la comprenais pas : elle parlait la même langue que le sâhib et Layak : l'hindi. De nombreux bracelets encerclaient ses poignets et ses chevilles et tintinnabulaient à chacun de ses gestes. C'étaient eux que j'avais entendus pendant mon alitement. Elle apportait de l'eau pour me baigner le visage. Puis elle sortit et s'empressa de revenir avec la tisane amère. J'étais à présent capable de m'asseoir, adossée au mur de bois. Alors que je terminais de boire la tisane, une autre femme contourna la cloison.

Je compris tout de suite qu'elle était anglaise. Sa peau était si claire qu'on aurait dit qu'une couche de cendres pâles enduisait son visage et ses mains. Des mèches blanches se mêlaient à ses cheveux noirs. Aux coins de ses yeux, d'un bleu très clair, des rides partaient en éventail. De part et d'autre de sa bouche, des plis profonds étaient également creusés. Ses cheveux blancs et ses rides suggéraient qu'elle n'était plus toute jeune, et pourtant, elle n'était pas vieille à la manière des femmes que je connaissais. Sa robe était tissée dans une étoffe légère, imprimée de nombreuses petites fleurs bariolées ; je ne pus concevoir comment ces images parfaites avaient pu être dessinées sur le tissu. Cette robe possédait un col montant, de longues manches et une taille très cintrée, en dessous de laquelle la jupe s'évasait largement. Là encore, je ne compris pas ce qui lui permettait de garder cette forme. La femme s'avança vers moi, et je vis les extrémités de mules de soie vert foncé pointer sous sa jupe ample. Mais on avait l'impression que, de son cou à ses reins, les os de sa colonne vertébrale formaient une ligne rigide et qu'elle devait marcher avec précaution pour ne pas la briser. Je me demandai si elle n'avait pas souffert longtemps auparavant d'une maladie qui l'empêchait de se déplacer normalement.

Elle s'adressa à Prita, mais le regard tourné vers moi. Puis elles ressortirent ensemble. Je profitai de ma solitude pour examiner la pièce dépouillée. En face de moi, sur une étagère fixée au mur, étaient placées des idoles qui paraissaient à moitié humaines et à moitié animales. Un tableau aux couleurs très vives représentait un homme au corps bleu, les reins uniquement drapés d'un petit linge orange suspendu à une cordelette. De lourdes guirlandes de fleurs blanches et roses ceignaient son cou, et une couronne de plumes brillantes, bleu et vert vifs, parsemées de ronds blancs pareils à des yeux, coiffait sa tête.

Je détournai le regard de ces idoles maléfiques vers une image suspendue à un autre mur. Outre son cadre de bois peint doré, elle était décorée d'un nœud de rubans blanc, bleu et rouge. La femme qu'elle représentait n'était pas jeune, mais elle avait un visage blanc comme celui de la dame en robe fleurie. Je me demandai s'il s'agissait de sa sœur. Celle-ci portait une robe noire et sévère. Ses traits étaient également très durs, contrairement à ceux de la femme en robe à fleurs. Elle regardait droit devant elle avec des yeux perçants, comme si elle exigeait quelque chose.

Alors que j'étudiais sa toilette, je baissai les yeux sur moi-même. Pour la première fois, je me rendis compte que j'étais vêtue d'une robe blanche à manches longues. Elle était ample, quoique serrée à l'encolure. Je n'avais pas de pantalon. Du coup, je me sentis nue.

Prita m'apporta un bol de riz aux lentilles écrasées. Malgré le goût agréable du plat, mon estomac n'accepta d'en avaler qu'une toute petite quantité. Puis je me rallongeai, épuisée par ce léger effort. À mon réveil, le sâhib était là. Cette fois, j'avais les idées claires, et je sus que je ne rêvais pas.

Je faillis pousser un cri de surprise, tant sa présence me rendait heureuse. J'avais cru ne jamais le revoir, et il était là.

Ses cheveux jaunes découverts – plus courts, désormais – paraissaient soyeux et luisants comme s'il venait de les laver, et son visage était rasé de près. Il portait un costume inhabituel – un pantalon serré et une veste fabriqués dans le même tissu marron pâle, au-dessus d'un gilet plus court et d'une chemise blanche dont le haut paraissait rigide. Sous le col de cette chemise était nouée une écharpe de soie de la teinte du ciel au crépuscule. Tant de couches de vêtements, comme la femme blanche. À présent il avait l'air plus anglais. Ses yeux eux-mêmes ne paraissaient plus contenir ce que j'avais cru y avoir vu : s'il ne m'avait pas parlé de son père, je n'aurais pas pensé qu'il n'était pas totalement anglais.

Il était une fois de plus muni de son cahier relié de cuir et de sa baguette, comme au cours de notre voyage. Assis sur un petit tabouret de bois du côté opposé de la pièce, il faisait rapidement bouger la baguette sur la page. Il marqua une pause, constata que j'étais réveillée et déposa sa baguette.

— Vous allez mieux, déclara-t-il.

— Oui. Je suis allongée ici depuis combien de temps ?

— Six jours.

— Si longtemps ! dis-je en m'asseyant.

Il se tenait loin de ma couche, si bien que je n'avais pas à lever les yeux vers lui. Je lui trouvai un air embarrassé dont la raison m'échappa, même si cette impression provenait peut-être du fait que je le voyais pour la première fois en costume anglais.

— Je pensais que vous aviez quitté Multan...

Il se tourna vers la fenêtre.

— Je... je voulais être sûr que vous vous portiez mieux.

— Est-ce que Layak va bientôt venir me chercher ?

Il demeura silencieux. Je me demandai s'il m'en voulait encore de lui avoir posé tant de problèmes.

— Où sommes-nous ? demandai-je.

Il se retourna vers moi.

— Dans une cabane d'un baraquement de domestiques. La femme hindoue, Prita, celle qui s'occupe de vous, est l'*ayah* – la *nakar* – de la dame du bungalow. La grande maison.

— La dame à la peau blanche et au corps tout raide. C'est l'épouse d'un *hâkim* ?

Une expression légèrement amusée passa sur son visage.

— Non. Elle n'est pas la femme d'un dirigeant, bien que son mari soit un homme important. Ce sont des amis... de chez moi.

Je pris conscience de mon visage dénudé ; je ne savais même pas où se trouvait mon voile. Puis je vis que la robe blanche ne recouvrait ni mes genoux ni mes mollets. Je réalisai qu'en me soignant pendant ma maladie, cet homme avait dû me voir comme aucun homme ne l'aurait dû, et mes joues s'embrasèrent, mais ma maladie n'y était pour rien. Je me hâtai de serrer les genoux et de tirer sur l'étoffe blanche. Le sâhib parut également gêné et il se détourna pendant que je coinçais l'ourlet de la robe sous mes pieds. Sentir mon bracelet de cheville en or effleurer ma peau me procura une sensation de paix. Je le tripotai à travers l'étoffe fine qui me recouvrait à présent en entier.

— Est-ce que tous les gens d'Angleterre parlent le persan ? demandai-je.

— Non, je l'ai étudié quand j'ai découvert...

Un silence embarrassé s'ensuivit.

— Qui est cette femme blanche pour occuper une telle place d'honneur ? lui demandai-je, le doigt pointé sur l'image suspendue au mur.

— La reine Victoria. La reine d'Angleterre.

— La femme du roi ?

— Non. Il n'y a pas de roi. Elle est mariée, mais son mari est prince. La reine Victoria gouverne mon pays.

J'en restai bouche bée.

— Mais comment est-ce possible ? Une femme, dirigeante de tout votre pays ? Elle est mariée, elle est reine, et son mari est prince, mais pas roi ? Et il a moins de pouvoir qu'elle ?

— Oui.

Je demeurai immobile, fascinée par cette femme au visage fermé. Ma grand-mère elle-même ignorait ce fait. Elle avait eu beau me raconter que la lune était peut-être une femme qui gouvernait les étoiles, elle ne m'avait jamais dit qu'une femme pouvait être reine et gouverner les hommes.

— Je sais si peu de chose de l'Angleterre, dis-je, et il se rassit sur le tabouret. Juste quelques détails. Transmis par ma grand-mère.

Son visage se détendit un peu.

— D'où les tenait-elle ?

— Elle... elle connaissait un Anglais. Elle me disait que les Anglais ne seraient jamais des esclaves. Que vous vouliez tout gouverner, y compris les océans.

Son sourire s'effaça, ce qui me poussa à lui demander :

— C'est vrai ?

Comme il ne répondait pas tout de suite, je continuai :

— L'Angleterre doit être très, très grande. Plus grande que les Indes.

Son visage s'assombrit pour de bon.

— Non, c'est un pays minuscule. Mais très puissant. Le pays le plus puissant du monde.

Le sâhib aurait dû m'annoncer cette information avec fierté, pourtant il prononça ces mots presque avec amertume.

— Mais c'est bien pour vous, non ? Que votre pays soit si grand ?

Il prit une profonde inspiration.

— La grandeur affiche de nombreux visages. Je ne suis pas sûr que...

J'attendais.

— Pas sûr que quoi ?

— Que gouverner les gens puisse être une chose positive. Cela peut les priver de leur liberté.

Je songeai à la liberté.

— Votre pays ne gouverne plus le mien.

Il hocha la tête.

— Non.

— Par conséquent... je suis libre. Vous pensez que je suis libre ?

Il s'éclaircit la gorge.

— Eh bien, j'ignore tout de votre liberté personnelle. J'entendais liberté dans le sens de...

— Je n'ai aucune liberté. Ma mère n'en avait pas non plus, et ma sœur n'en aura pas. Ma grand-mère, on l'a emmenée de force dans un zenana quand elle était petite. Est-ce qu'elle était libre ? Quand elle vivait avec son Anglais et qu'il a pris ses enfants, est-ce qu'elle était libre ?

En se levant, le sâhib renversa le tabouret qui roula en arrière. Je me rendis compte, à son expression déroutante, que je parlais trop fort, de sujets trop intimes. Ma maladie m'avait-elle fait oublier mes manières, ma sensibilité ? Je réalisai aussi que j'étais debout, et je baissai les yeux de honte.

— Même en Angleterre, me dit-il, la vie est très difficile pour beaucoup, beaucoup de gens. Je n'aurais pas dû employer le terme liberté. Tout ce que je voulais... Je voulais vous expliquer que je ne suis pas sûr des sentiments que j'éprouve pour le pays que j'ai toujours considéré comme le mien, jusqu'à ces dernières années. Quand je suis éloigné de lui, j'en ai une vision plus claire, je vois ce qu'il a accompli par le passé, et ce qu'il fait aujourd'hui. Et je ne suis pas persuadé... J'y reviens, mais...

Je dus me rasseoir, car mes jambes tremblaient.

— Veuillez pardonner mon impertinence. C'est juste que... j'aime mon pays, sâhib. Je ne voulais pas le quitter, mais je n'ai pas pu faire autrement. Et je sais que je ne peux pas y retourner. Vous avez quitté le vôtre de votre propre gré, non ?

Son hochement de tête m'incita à poursuivre :

— Et vous pouvez rentrer quand bon vous semble, comme vous pouvez retourner dans mon pays – le pays de votre père – quand vous le désirez ?

Il acquiesça de nouveau.

— Et pourtant, vous n'en manifestez guère le désir. Donc, vous avez deux pays, entre lesquels vous pouvez aller et venir à votre guise.

Il me dévisageait.

— Alors que moi... *Je n'ai plus de famille. Plus de maison, plus de famille, plus de pays.* Que va-t-il m'arriver ? Que va-t-il m'arriver, sâhib ?

Il ne bougea pas.

— Layak. Il ne sera peut-être pas si...

Sa phrase s'effilocha. Cette réaction, de même que son expression, indiquaient clairement qu'il savait à présent que rien de bon n'arriverait si je travaillais pour Layak. Une image de sa masure en torchis me traversa la tête. Ses regards suggestifs, la voix aiguë et exigeante de sa femme, le chien décharné qui se glissait sous la maison, les visages des enfants grouillant de mouches.

Le sâhib hocha alors la tête. Le mouvement de sa mâchoire trahissait sa colère.

— J'ignore ce qui va vous arriver. Comment puis-je le savoir ? Espérons que tout se passera bien avec Layak et sa famille. C'est tout ce que je peux faire. Vous m'avez placé dans une situation impossible et...

Il s'interrompit brutalement, car Prita venait d'entrer et se penchait gracieusement pour ramasser mon bol de nourriture à moitié consommée, posé sur le sol à côté de ma couche.

Sans plus me prêter attention, il repartit avec elle.

28

Je restai un long moment immobile sur la couche, abasourdie d'avoir osé m'adresser sur ce ton au sâhib. Il s'était montré d'une telle générosité à mon égard, il avait fait tout ce qu'il pouvait, tout ce que je lui demandais, et en guise de gratitude, je ne trouvais rien d'autre que de me quereller avec lui, d'exiger de lui des réponses qu'il n'avait pas. Oubliais-je déjà le traitement que m'avait réservé Shaliq ? Pour quelle raison étais-je incapable de me contenter d'éprouver de la reconnaissance envers cet homme, d'incliner la tête et de le remercier ? Je ne pourrais lui en vouloir s'il ne remettait plus jamais les pieds dans la cabane.

Comme les ombres de l'après-midi s'allongeaient, je me sentis assez solide pour marcher jusqu'à la porte. Un immense jardin, planté d'arbres et d'une profusion de fleurs inconnues s'offrit à mes yeux. Plusieurs Hindous en costumes blancs étaient penchés sur les fleurs, ils coupaient, taillaient et ramassaient celles qui étaient tombées et essuyaient minutieusement la poussière sur leur feuillage coriace. L'un d'eux balayait des feuilles mortes sous les arbres et sur les sentiers menant à la grande maison, dont j'apercevais la partie arrière à travers les arbres : une longue plate-forme encadrée de piliers de bois. Sur le sol de cette plate-forme étaient disposés des fauteuils et des tables, ainsi que de nombreux vases contenant des fleurs.

Je m'aperçus alors que la cabane dans laquelle on m'avait installée n'était pas unique en son genre. Il y en avait plusieurs autres disséminées entre les arbres, devant lesquelles étaient assis des hommes vêtus de blanc. Comme certains me regardaient, je reculai à l'intérieur et m'emparai d'une fine écharpe blanche qui devait appartenir à Prita, pour m'en envelopper la tête et m'en couvrir le bas du visage.

Lorsque je réapparus sur le seuil, l'un des hommes assis non loin de là m'interpella, mais je ne compris pas ce qu'il me disait. Il s'adressa alors à moi en pachtou.

— Vous êtes l'Afghane ? me demanda-t-il.

Comme j'acquiesçais de la tête, il se leva et s'approcha de moi.

— Vous êtes venue avec le sâhib et mon frère de la Frontière Nord-Ouest, affirma-t-il.

— Layak est votre frère ?

Il acquiesça en tapotant son torse.

— C'est moi qui ai parlé de Layak au sâhib. Il cherchait un homme parlant le pachtou pour l'emmener de l'autre côté de la Frontière Nord-Ouest. Il m'a proposé de venir, se vanta-t-il, parce que je parle et comprends beaucoup mieux le pachtou que Layak, mais je ne pouvais pas quitter mon travail. Je suis *chuprassi*, précisa-t-il, d'un air et d'un ton débordant de fierté. Vous connaissez ce travail ?

Je lui indiquai que non.

— Je me tiens à la porte d'entrée, j'introduis les visiteurs de sâhib et de mensâhib. Une position très enviée.

Je fermai brièvement les yeux et m'appuyai au montant de la porte. Ces quelques instants debout avaient suffi pour que mes oreilles recommencent à bourdonner.

— Nous avons tous entendu parler de votre maladie, celle qui donne l'impression que les os se cassent, dit-il. Terrible. Cette maladie n'existe pas dans les montagnes et les hauts pâturages ; elle est tapie dans les ravins et les marécages.

— Je vais bien maintenant.

Il hocha la tête comme s'il ne me croyait pas.

— Alors, qu'est-ce que vous allez faire ?
— Faire ?
— Ici ? À Multan.
— Je... Je vais travailler pour votre frère et sa femme.

Il haussa ses sourcils broussailleux.

— Ça m'étonnerait. Vous l'ignorez ? Même ici, ils sont au courant, dit-il, avec un coup d'œil en direction d'un groupe d'hommes qui jouaient avec des cailloux sur le sol. Beaucoup de parlotes. Avec les Hindous, ça parle, ça parle, ça parle. Ça parle trop.

Je regardai ces hommes. Les reflets du soleil de fin de journée sur leurs costumes blancs me donnaient le vertige. Je tournai le dos au frère de Layak pour rentrer dans la hutte.

L'obscurité était tombée et Prita, après être venue allumer des petites lampes à huile parfumées à la noix de coco, était repartie quand le sâhib revint. J'étais assise, les jambes en tailleur, sur la couche. J'avais gardé l'écharpe de Prita. Je m'en couvris le visage quand il s'approcha de l'écran cloison et s'installa sur le tabouret. Je crus qu'il allait me parler de la décision de Layak et j'attendis.

— À Jalalabad, commença-t-il sans même me dire bonsoir, vous m'avez dit que vous ne vouliez pas, que vous ne pouviez pas retourner dans votre tribu. J'aurais dû vous demander des précisions. Si je m'étais rendu compte... À présent, vous m'affirmez que vous ne pouvez même pas retourner dans votre pays, continua-t-il, d'un ton, non pas vindicatif, mais calme. Vous devez me dire pourquoi vous vous êtes enfuie, et pour quelle raison vous ne pouvez pas retourner dans cet endroit que vous aimez.

Je restai interdite. Je ne voulais lui parler ni de la malédiction, ni de mon père ni de Shaliq. Il ne comprendrait pas. L'espace d'un moment, terrifiant, je me dis qu'il essaierait peut-être de me renvoyer chez Shaliq si je mentionnais son nom. Puis je me rendis compte que mon raisonnement était absurde.

— Pourquoi avez-vous fui votre mari ? insista-t-il.

Je gardai les yeux rivés sur le mur derrière lui, et sur l'image accrochée dessus. Comme le souffle d'air qui pénétrait par la fenêtre faisait vaciller la flamme de la lampe, de longues ombres ondoyantes tombèrent sur le visage sévère de la femme blanche.

— Pas pour celle qu'a mentionnée Fared. Mais je ne peux pas y retourner.

Il émit un son qui ressemblait à un murmure de gorge.

— Vous n'arrêtez pas de le répéter. Vous n'avez pas laissé d'enfants chez les nomades ?

Sa question me vexa. Comment pouvait-il concevoir que j'étais capable d'abandonner un enfant ?

— Non, sâhib. Et je ne suis pas nomade de naissance. Je suis tadjik. Née tadjik, mais mariée à un Ghilzai, précisai-je, tout en ignorant pour quelle raison j'estimais important de le tenir au courant de ce détail. Et si j'avais eu un enfant, je n'aurais pas été contrainte de partir. Si j'avais eu un enfant, je serais restée.

Il hocha la tête.

— Vous parlez par énigmes. Dans ce cas, qu'en est-il de votre famille tadjik ?

— Qu'en est-il ?

Je regardai ses chaussures.

— Personne ne vous recherche. J'ai compris que l'histoire de votre frère était un mensonge... (Ce mot me fit frémir.) mais n'y a-t-il personne pour s'inquiéter de votre... disparition ? Se demander où vous êtes ou attendre votre retour ? N'avez-vous pas une mère ou un pè...

— Comme je suis une femme mariée qui a quitté son mari, l'interrompis-je, de plus en plus agacée mais sans encore relever les yeux, personne ne me prendra en pitié. Mon père, en particulier, me répudiera. Personne ne viendra à mon secours, car cela causerait des tracas entre les Ghilzais et mon peuple.

Ma voix avait commencé à grimper, quoique légèrement. Je m'interrompis et fermai la bouche. Quelques heures auparavant, je m'étais fustigée moi-même de faire preuve d'une telle insolence à l'égard du sâhib. Et voilà que je recommençais. Mais il ne cessait de me bombarder de questions, il ne cessait de m'obliger à parler, alors qu'on me répétait depuis toujours que je devais garder le silence.

— D'après ce que vous me dites – ou ne me dites pas – je n'arrive pas à comprendre la raison pour laquelle vous avez dû quitter votre mari. Je vois bien que vous êtes décidée, que vous avez beaucoup de caractère, mais vous ne pouviez manquer de savoir que vous seriez dans l'incapacité de survivre seule. N'aviez-vous pas un plan, quelqu'un pour vous aider ? Si vous saviez que vous ne pouviez pas retourner chez vous, où pensiez-vous aller ?

J'avais du mal à respirer. De deux choses l'une : il insinuait, soit que je mentais, soit que j'étais complètement idiote. Je ne pus me retenir et plongeai mon regard dans le sien.

— Vous arrive-t-il d'écouter votre voix intérieure ? À votre avis, pour quelle raison vous ai-je demandé – non, supplié – de venir avec vous, de quitter mon pays, et pour quelle raison ai-je accepté de travailler pour un homme aussi vil que Layak ? Pensez-vous que, si j'avais eu un endroit où me réfugier – quelqu'un pour me recueillir –, j'aurais accompli ce voyage vers un pays étranger, où je ne connais personne ? Sans aucune certitude quant à mon avenir ? Oui, je suis seule, et personne ne m'attend. Tout le monde se moque que je disparaisse.

Ma voix avait grimpé de façon désagréable, mais surtout, elle était teintée d'une sorte d'apitoiement sur moi-même qui me fit honte.

— Pas même la grand-mère dont vous m'avez parlé ? Elle ne...

— Cela fait des années qu'elle est morte.

Tout apitoiement s'était subitement envolé de ma voix et je ne cillais plus.

— Alors ne me reparlez plus d'elle, ajoutai-je.

Avec ses questions incessantes sur le fait que personne ne se souciait de moi et sa manière d'insister sur ma solitude, il me donnait l'impression d'avoir encore moins de valeur que je n'en avais déjà.

— Je suis persuadé que, si vous vous excusiez pour ce que vous avez fait, votre mari...

Je me levai en arrachant l'écharpe blanche de mon visage. J'avais les joues aussi brûlantes que si la fièvre m'avait reprise.

— Le sot, c'est vous, déclarai-je. Vous n'y comprenez rien. Mon mari me battait constamment. C'était un être méprisable et cruel auquel mon père m'avait vendue pour se débarrasser de moi. Et savez-vous pourquoi il m'avait vendue à cet individu inconnu et abject ? Parce qu'aucun Tadjik ne voulait de moi. Parce que je ne vaux rien, sâhib.

Je me rendis compte que je hurlais, mais je ne pus m'arrêter :

— Et lorsque mon mari a obtenu la preuve que je ne valais rien, parce que je ne lui avais pas donné d'enfant – de garçon –, il a voulu me tuer. C'est là que je me suis enfuie. Je me suis enfuie pour sauver ma vie, sâhib. Pour vivre. Alors ne me dites pas de retourner m'excuser.

J'avais tellement enroulé l'écharpe sur elle-même qu'elle ne formait plus qu'un nœud que je jetai sur le sol entre nous.

— Me retrouver face à mon mari, ce serait affronter ma mort, une mort longue, lente et douloureuse. Vous comprenez, maintenant ?

Il fixait le voile, et sa cicatrice cramoisie ressortait sur son visage tendu, entièrement vidé de son sang.

Son trouble m'inspira une forme de satisfaction. Lorsqu'il releva les yeux, ses prunelles avaient noirci dans son visage pâle et je compris alors que Layak avait dit vrai, que le sâhib était tendre, comme une femme. Sauf qu'il ne s'agissait pas de tendresse. Son visage n'exprimait que de la peine, de la compassion. Layak était trop insensible pour faire la différence.

Il ouvrit la bouche, comme s'il voulait parler, mais il s'en abstint. Il fit un pas vers la porte, s'immobilisa et me jeta un regard en arrière. Les poings noués, je n'avais pas bougé. Il franchit le seuil de la porte.

Je marchai en rond dans cette petite cabane, furieuse non seulement contre cet homme, mais contre tout et tout le monde. Comme mon mal de tête reprenait, j'éteignis la lampe et je tentai, lentement, de calmer ma respiration.

J'avais à présent gâché toute chance d'être encore aidée par le sâhib. Si les insinuations de son frère étaient exactes, Layak avait changé d'avis et ne me prendrait pas à son service. Et je voyais mal comment, malgré toute sa compassion, le sâhib accepterait mon comportement indigne et irrévérencieux à son égard. Je ne pourrais m'en prendre qu'à moi-même s'il me jetait le lendemain dans les rues de Multan.

Toute la nuit, je me tournai et me retournai sur la couche, jusqu'au moment où les pâles rayons de l'aube s'infiltrèrent par la fenêtre. Je faisais les cent pas entre le lit et la porte. Je me sentais plus stable sur mes jambes, j'avais besoin de retrouver mon énergie pour affronter les épreuves que me réservait cette journée. Pour finir, je m'attardai sur le seuil de la porte. De la brume flottait dans l'air et la rosée de la nuit recouvrait l'herbe d'une pellicule argentée. De doux pépiements d'oiseaux sortaient des arbres et je voyais des domestiques aller et venir dans le jardin et sur la plate-forme située à l'arrière de la maison.

Une porte à écran s'ouvrit et le sâhib en sortit, une tasse à la main. Cette fois, il ne portait pas ses deux vestes, mais juste le pantalon clair et la chemise blanche, dénuée cependant de sa partie rigide autour du cou et du nœud réalisé dans un morceau de soie. Comme il contemplait la pelouse en portant la tasse à ses lèvres, il m'aperçut et sa main resta en suspension. J'avais le visage dénudé, et je ne fis rien pour m'envelopper la tête dans l'écharpe blanche. J'attendis un bon moment avant de rentrer dans la cabane.

Quoique soucieuse et distraite, l'appétit totalement coupé, je mangeai tout le riz et les fruits que m'apporta Prita peu après. J'ignorais combien de temps j'allais encore demeurer dans ce lieu et si je devrais bientôt m'inquiéter de trouver ma pitance. Quand elle reprit les assiettes vides, Prita me sourit, comme si elle était contente, puis elle m'apporta de l'eau chaude pour me permettre de faire mes ablutions. Je fus soulagée de constater que mes boutons avaient presque entièrement disparu. Alors que je démêlais mes cheveux à l'aide d'un peigne de bois que m'avait prêté Prita, le sâhib franchit soudainement la porte. J'avais honte de mon éclat de la veille, j'étais lasse de m'angoisser à propos du moment où il me dirait de m'en aller. La fin de cette attente m'inspira donc un soulagement. Prête à tout, je serrai le peigne. Le sâhib prit note de ma chevelure dénouée qui tombait jusqu'à ma taille sur la robe blanche.

— Comme vous le constatez, je vais bien, déclarai-je, alors que je me sentais encore très faible.

Sa bouche réduite à un simple trait, le sâhib traversa la pièce jusqu'à la fenêtre d'où il contempla l'arrière du bungalow.

— Sâhib ? dis-je au bout d'un moment.

Il sursauta et se tourna vers moi comme s'il m'avait oubliée.

— Layak ne va pas me prendre, affirmai-je. Je le sais.

Il hocha la tête.

— Je me suis trompé sur son caractère, me dit-il. Et peut-être sur le vôtre.

J'ignorais si je devais prendre cette remarque pour une critique ou un compliment.

— Vous voulez que je m'en aille ? lui demandai-je.

— Où iriez-vous ? Vous ne seriez pas plus en sécurité qu'à Jalalabad. Au moins, c'était une ville de votre propre pays. Ici... poursuivit-il en marchant de long en large devant moi, vous ne connaissez même pas une seule langue.

J'avais la sensation qu'il s'adressait davantage à lui-même – qu'il se posait ces questions – qu'à moi.

— J'ai toujours été... Je ne vais pas au fond des choses. Je suis... Quoi ? (Il prononça un mot bref en anglais, dont la véhémence me fit penser qu'il s'agissait d'un juron.) Je fais les choses sans y réfléchir à fond, conclut-il. Sur des impulsions. J'ai toujours été comme ça.

— Tout comme je parle, dis-je, avec l'espoir qu'il comprendrait que j'essayais d'établir une analogie.

Il interrompit ses déplacements.

— Je ne peux pas vous laisser ici. Je ne connais que les habitants de cette maison de Multan, et ils n'ont pas de travail à vous offrir. Je leur ai demandé de se renseigner auprès d'autres personnes, mais...

Je hochai la tête.

— Je comprends.

— Je dois me rendre à Bombay. J'ai une traversée réservée pour l'Angleterre, et si je n'arrive pas à temps pour le départ du navire, je serai obligé d'en attendre un autre pendant deux mois. Je me suis déjà absenté de mon pays beaucoup plus longtemps que prévu – bien plus d'une année entière. On m'attend là-bas sur ce navire.

— Bombay ? C'est aux Indes ?

— Oui. Encore très loin d'ici. Plusieurs semaines de voyage. Et je suis tellement...

Il se tut. Je savais qu'il voulait dire qu'il était très en retard par rapport à ses prévisions, qu'il avait gâché beaucoup de temps. À cause de moi.

— C'est donc tout ce que je peux organiser. Pour vous, dit-il. Si je vous proposais de trouver quelqu'un pour vous raccompagner à Jalalabad, vous accepteriez ?

Je demeurai parfaitement immobile.

— Je savais que ce serait non. Que vous ne pouviez pas. Je vous ai amenée ici, et il n'y a rien pour vous. Vous seriez bien moins en sécurité à Multan que vous l'auriez été à Jalalabad. Au moins, en Afghanistan, vous étiez dans votre pays, parmi votre peuple...

De nouveau, il paraissait s'adresser davantage à lui-même qu'à moi.

— Par conséquent, si vous ne pouvez pas y retourner et qu'il est dangereux pour vous de rester ici... J'y ai beaucoup réfléchi. (Il n'arrêtait pas de toucher la soie nouée autour de son cou, vert foncé ce jour-là, il la caressait comme si elle le réconfortait.) J'ai beaucoup d'amis à Bombay, poursuivit-il. Beaucoup. Je sais que là-bas je pourrais vous trouver une place – un emploi – dans une maison anglaise.

J'attendis. J'essayai de dissimuler mon étonnement derrière une expression neutre. Sous la robe blanche, les mouvements de ma poitrine trahissaient mon émotion.

— Voulez-vous venir ? me demanda-t-il d'un ton précautionneux mais sans ambiguïté. Si vous acceptez, nous devons partir demain. Je sais que vous n'êtes pas tout à fait guérie, mais...

Le silence s'installa dans la cabane. Derrière la fenêtre, un homme chantonnait un air qui suivait la cadence du claquement d'une lame coupant des branches. Une voix enfantine lança un appel en hindi et, au loin, un bœuf poussa un meuglement. Irais-je à Bombay ? Nous n'étions séparés que de quelques pas dans la petite hutte. Sa générosité m'embarrassait autant qu'elle me décontenançait. Je n'arrivais pas à concevoir comment il pouvait encore se soucier de mon avenir, après mes mensonges de Jalalabad et mon éclat de la veille, au cours duquel j'avais démontré mon mauvais caractère et mon impétuosité.

Et pourtant lui aussi paraissait... non pas gêné, mais hésitant, comme s'il s'interrogeait sur les raisons qui le poussaient à se gâcher la vie en m'aidant à l'infini.

J'avais accompli tout ce chemin avec cet homme, et aucun mal ne s'était abattu sur moi. Il n'y avait clairement pas d'alternative.

— Je serai prête demain, lui répondis-je d'un ton tout aussi neutre que le sien, encore incapable de me forger une opinion sur les implications de ce nouveau projet. Je vous remercie, sâhib. Une fois de plus.

Il plongea la tête en avant et sortit de la hutte.

Tôt le lendemain matin, nous quittâmes Multan. À bord du char à bœufs dans lequel nous tanguions, je fus sidérée de constater qu'à notre arrivée dans la ville j'étais tellement souffrante que j'en avais traversé les rues comme une personne sourde et aveugle.

De toutes parts explosaient les couleurs. Pour la première fois de ma vie, je vis des femmes porter des tchadris aux teintes éclatantes : elles étaient enveloppées d'étoffes fluides et amples écarlate, orange et safran vibrants. Certains tchadris étaient surmontés d'une petite coiffe pointue qui les égayait. Des Hindoues circulaient dévoilées, dans des costumes constitués d'une jupe et d'un corsage indépendant aux couleurs somptueuses, fabriqués dans des tissus parfois tissés de fils d'or et d'argent. Ces corsages étaient néanmoins honteusement réduits, puisqu'ils exposaient entièrement leurs bras nus ainsi que la bande de peau sombre, au niveau de leur taille. Souvent, elles allaient également tête nue, et leurs chevelures, étroitement lissées en arrière, luisaient. Le sâhib, je m'en aperçus, ne se gênait pas pour laisser ses yeux s'attarder sur ces femmes. Du coup, j'étudiai mes propres vêtements.

Prita m'avait fait de nombreux présents pour le voyage. Elle les avait tous rangés dans un sac tissé de fils bariolés. Trois chemises à manches longues – des *kurtas,* n'avait-elle cessé de me répéter – qui descendaient à mi-cuisses, l'une vert foncé, l'autre bleu-gris comme le ciel matinal, la troisième or pâle. Autour de leurs encolures et du bas de leurs manches étaient sertis des perles et de petits éclats de verre colorés, et une broderie courait le long de leur ourlet. « Musulmans », m'avait-elle dit en me tendant des pantalons assortis aux kurtas. Elle m'avait également donné des sandales neuves en cuir fin et deux carrés de soie pour les cheveux – des *hijabs,* m'avait-elle précisé – l'un orange foncé avec une frange tressée, et l'autre d'un doré clair et transparent. Je portais ce jour-là le costume doré, dont la couleur et le contact doux sur ma peau me procuraient un véritable plaisir.

Prita m'avait également offert le peigne de bois, du savon et des linges pour me laver et me sécher, une huile qu'elle appelait *neem,* destinée, comme elle me l'avait montré, à protéger ma peau contre les morsures d'insectes, et une autre huile dont elle m'avait conseillé d'enduire mes cheveux, afin de les rendre lisses et brillants comme les siens. Juste avant mon départ de la hutte, elle avait également fait glisser plusieurs bracelets de son poignet au mien. Sa générosité m'avait émue et je l'avais étreinte spontanément. Je tenais à présent le sac fermement coincé entre mes pieds sur le plancher du char. Il contenait toutes mes possessions : tout ce que j'emportais pour effectuer un si long voyage.

La ville grouillait d'une multitude d'oiseaux et d'animaux variés, ainsi apercevait-on aussi bien des perruches aux magnifiques couleurs et des perroquets poussant des cris perçants et sifflant dans des cages en cuivre ou en bois que des éléphants aux chevilles ceintes de clochettes. Ces monstrueuses créatures au cuir tout plissé se frayaient patiemment un chemin au milieu de la foule derrière leur cornac, accompagnées du tintement de leurs clochettes. Il y avait encore des petites bêtes à la face noire, aux minuscules mains adroites et à la queue d'une longueur démesurée. Accroupies sur des épaules d'hommes, la queue enroulée autour de leurs cous, ces créatures étaient manifestement des animaux de compagnie très prisés. Elles balayaient les lieux de leurs petits yeux luisants comme des perles et demandaient parfois quelque chose, d'un hurlement aigu doublé d'une grimace qui dénudait leurs minuscules dents acérées.

Tandis que nous roulions à grand fracas à travers les rues principales, je compris pourquoi Layak avait qualifié Multan de Cité des Saints, car la ville était parsemée de somptueuses mosquées, de temples et de tombes de saints soufis. Je n'avais jamais vu d'édifices semblables à ceux que nous dépassions. Nombre d'entre eux étaient bâtis en briques agencées avec raffinement, tandis que d'autres étaient tapissés de mosaïques et de verre coloré. Des demeures grandioses présentaient des fenêtres sculptées en saillie, parfois décorées de frises de céramique vernie bleue et enduites d'une peinture qui imitait l'or. Ces fenêtres donnaient sur des balcons eux aussi très ouvragés. Parfois, je m'emplissais les poumons d'une bouffée d'encens suave qui dérivait jusqu'à nous au moment où notre char passait devant ces balcons.

Je m'aperçus que le sâhib m'observait et me rendis compte que j'avais joint les mains sur ma poitrine.

— Quelle ville magnifique ! m'écriai-je, et il approuva d'un hochement de tête.

— Oui, son architecture est vraiment… magnifique, comme vous le dites, et il me désigna de sa paume ouverte la coupole d'une mosquée ornée d'arabesques étourdissantes et dotée de fenêtres treillissées de marbre. C'est une cité ancienne, poursuivit-il, alors que nous franchissions bruyamment une grande arche en ogive. La Porte d'Haram, m'apprit-il. Six portes identiques permettent d'entrer et de sortir de Multan.

Me traversa l'idée qu'il serait paradisiaque de vivre dans une ville d'une telle beauté, puis je rassemblai mes vagues souvenirs de la masure de Layak, avec ses murs croulants, ses fenêtres dénuées de volets et son toit de chaume poussiéreux. Je réalisai que ces splendides bâtisses étaient réservées aux riches et aux puissants, et qu'en qualité de domestique je n'y serais pas la bienvenue.

Nous arrivâmes sur la berge de l'Indus. Le sâhib m'avait prévenue que notre voyage vers Bombay commencerait par une longue descente du fleuve jusqu'à la ville de Sukkur. Je plaçai mon sac en bandoulière contre ma poitrine pour passer de la rive boueuse à une embarcation à fond plat. Le sâhib transportait plusieurs sacs en cuir et en peau de chameau. Pour un homme, cela faisait beaucoup de bagages. Au lieu de se vêtir à l'anglaise, il avait remis son ample pantalon de coton et une kurta qui ressemblait beaucoup à la mienne, mais fabriquée pour un homme dans une épaisse cotonnade à rayures. Il avait aussi enroulé un longi blanc sur sa tête et une fois de plus, je fus frappée de constater que, quand il avait la tête couverte, il ne ressemblait pas tout de suite à un khâreji.

Nous nous assîmes sur des caisses de bois basses rivées au plancher. À nos pieds s'étalaient des sacs de mangues, de grenades, d'oranges et de dattes, de poivrons, d'aubergines et d'oignons, ainsi qu'un cageot de poulets piaillants. Des noix de coco ne cessaient de rouler d'un côté à l'autre au fond d'une autre boîte et des ustensiles en fer blanc faisaient un tintamarre métallique dans les coins. Des jeunes gens qui se déplaçaient le long des larges bords de la péniche nous poussèrent habilement loin de la rive à l'aide de grandes perches. Leurs voix basses se fondirent en une seule pour chanter une simple mélodie.

Une fois de plus je me retournai, ainsi que j'en avais pris l'habitude, pour regarder l'endroit que je quittais sans savoir si je le reverrais un jour. Comme la cité rapetissait et qu'augmentait le volume des voix des jeunes gens, je ne parvins pas à définir l'émotion qui m'empoignait. Je m'éloignais encore plus de chez moi.

En réalité, je n'avais plus de chez-moi et, d'un seul coup, j'eus l'impression d'avoir reçu la pointe de la botte de Shaliq dans le ventre, tant j'avais de mal à respirer.

Était-ce cette émotion que ressentait ma grand-mère quand elle se déplaçait d'un endroit à un autre, dans sa quête éperdue de satisfaction et de liberté ?

29

Nous étions six femmes – quatre hindoues et une autre musulmane que moi, très jeune – et neuf hommes, dont l'un était l'époux de la jeune musulmane. Le sâhib était le seul homme blanc, mais il était aussi à l'aise avec les autres que s'il appartenait au même pays qu'eux. De toute évidence, ils l'acceptaient sans réserve, je comprenais cependant qu'il détenait un pouvoir intérieur et implicite qui suscitait un respect inné. Je l'observais bavarder et rire avec les hommes, assis sur la caisse des poulets, coiffé de son longi et vêtu de son costume indien. La blancheur de ses dents solides ressortait dans son visage hâlé, et je me dis qu'il avait l'air plus authentique que dans la cabane, derrière la grande maison de Multan. Là-bas, emprisonné sous ses couches de vêtements, il était devenu rigide, comme la femme au visage pâle. Ses propos eux-mêmes semblaient pincés. Mais bien évidemment, il ne s'agissait peut-être que d'une interprétation personnelle, à cause de toutes les conversations maladroites que nous avions eues.

Je rêvais d'être capable de comprendre les autres femmes. Certaines me sourirent avec affabilité et me saluèrent, mais je ne pus que tendre les mains en signe d'excuses. La jeune musulmane – les yeux ronds et brillants au-dessus de son voile – essaya de me poser des questions. Je lui répondis tour à tour en pachtou et en dari, mais elle hocha aimablement la tête, l'air peiné.

Cette première journée, nous flottâmes au gré des méandres du fleuve paresseux qui traversait de vastes plaines sans le moindre relief. Le sâhib vint s'asseoir près de moi et me dit quelle chance nous avions : nous ne pouvions rêver meilleures conditions que ce temps sec et frais pour effectuer ce voyage, car le fleuve était bas, lent et large. Au début de la saison chaude, m'expliqua-t-il, il allait se gonfler des eaux en provenance de la fonte des neiges et déborder.

Pas un nuage ne voilait le ciel azur lumineux et le bateau avançait tout seul par cette tiédeur agréable, sauf lorsque les jeunes gens se servaient des perches pour nous dégager des hauts-fonds vers lesquels nous avions dérivé.

À la halte du soir, l'embarcation fut arrimée à des pieux enfoncés dans le rivage, les jeunes gens tuèrent des poulets et les firent frire avec des légumes sur de petits braseros. Ces aliments simples avaient meilleur goût que tout ce que j'avais mangé depuis un bon moment. Quand arriva l'heure de dormir, je me retirai avec les autres femmes dans l'une des cases grossières érigées à l'arrière de la barge, et le sâhib se rendit dans l'autre avec les hommes. Allongée sur une natte à même le plancher, doucement bercée par l'eau, j'écoutai les hurlements nocturnes des chacals, le tintement de cloches de chameaux en provenance d'un village lointain, et je respirai l'air frais du fleuve, légèrement imprégné de l'odeur des feux de bouse.

Des souvenirs de ma vie chez les Ghilzais remontèrent à ma mémoire, mais pour la première fois depuis longtemps, je n'étais submergée ni par la peur ni par la tristesse. Je me demandai si, en dépit des difficultés que je venais d'endurer, le destin n'avait pas décidé que ma vie prendrait ce cours.

Le lendemain, nous traversâmes une région désertique appelée Cholistan. Le sable s'étendait à l'infini de part et d'autre du fleuve. Par moments, nous passions devant des hommes et des garçons qui pêchaient, des femmes qui coupaient des roseaux résistants dont elles se serviraient pour tresser des paniers. Dans les zones où des canaux avaient été creusés pour détourner l'eau du cours principal, je vis des petits champs de coton cultivés à côté de villages. Des oiseaux voletaient partout ; je n'en reconnus aucun et compris qu'il s'agissait d'oiseaux des rivières, car il n'y avait pas un seul arbre où ils auraient pu construire un nid. J'aperçus alors une chose des plus étranges et je me levai et pointai le doigt dessus, complètement surexcitée.

— Sâhib ! criai-je. Regardez ! Qu'est-ce que c'est ?

Tout le monde se tourna dans la direction que j'indiquais et les langues se délièrent.

Le sâhib sourit.

— C'est le Dauphin du Fleuve.

J'observai ce gros poisson espiègle nager et plonger tout près du bateau. Je n'avais jamais vu un poisson de cette taille : il avait la même corpulence qu'un bélier adulte. Son corps était gris-brun et quand il se tourna sur le flanc, une nageoire dressée en l'air comme s'il nous adressait un signe, je m'aperçus qu'il avait le ventre rose. Son nez, long et effilé, ressemblait davantage à un bec que toutes les bouches des poissons que je connaissais.

— Un poisson si gros, dans une eau si peu profonde, dis-je au sâhib.

Soudainement, un de ses congénères apparut, et ils nagèrent et plongèrent ensemble le long de notre barge. Ce spectacle m'enchantait tellement que je l'applaudissais gaiement comme les autres femmes. Je me retournai vers le sâhib et je m'aperçus que ce n'était pas le poisson qu'il observait comme tout le monde, mais moi. Je me rendis compte d'un seul coup que je riais à gorge déployée et je fermai ma bouche, pourtant dissimulée derrière le hijab. Mon sourire ne me quitta pourtant pas.

— Vous avez déjà vu ce poisson ? lui demandai-je.

Il acquiesça.

— Ce dauphin goûte les eaux lentes, chargées de limon, de l'Indus. Mais regardez, regardez leurs yeux. Comme l'eau est très vaseuse, ils sont presque aveugles. Ils sont nés comme ça.

Inconsciemment, je lui agrippai le bras pour me pencher par-dessus le bord de la barge. Je pus ainsi étudier les dauphins de plus près. Je constatai que leurs yeux étaient effectivement des petites fentes, à peine plus grosses qu'un trou d'aiguille. Je les observai jusqu'à leur disparition et me rassis ensuite en arrière en fermant les yeux de toutes mes forces pour garder cette image imprimée en moi à jamais.

Lorsque je les rouvris, je pris conscience que je tenais toujours la manche du sâhib et je la lâchai discrètement.

Nous descendîmes l'Indus pendant plusieurs jours.

Chaque matin, je me réveillais en proie à une légère ivresse, à la perspective des éventuels spectacles que me réservait la journée. Ce fut une période d'une sérénité inattendue, où je demeurais assise en silence au milieu des autres femmes. Elle me rappela ma vie parmi mes tranquilles compagnes ghilzais et mon sentiment de faire partie d'une communauté. L'immense solitude dans laquelle je vivais, depuis que je m'étais enfuie loin de Faiza au bord de la rivière, me frappa. Je songeai à ma peur, à ma faim, à ma soif quand je me cachais durant ces premières journées et à mon incertitude, quand j'avais imploré le sâhib de m'emmener. Et aussi à mon obsession, quand il m'avait fait sortir de Jalalabad, de ce qui m'attendait chez Layak à Multan.

J'aurais dû éprouver la même incertitude : qu'est-ce qui m'attendait à Bombay ? Et pourtant, au cours de ces premières journées, je laissai toutes mes inquiétudes s'envoler, car je ne pouvais pas revenir en arrière, juste aller de l'avant. Et j'avais l'impression que, comme moi, le sâhib était en paix. Tandis qu'il écrivait dans son cahier de cuir ou qu'il lisait l'un des livres qu'il transportait dans ses sacs, il affichait un sourire épanoui et un visage paisible. Sa sérénité rendait mes conversations avec lui plus naturelles. J'avais beau continuer à me couvrir le bas du visage, je n'estimais plus nécessaire de garder les yeux baissés pour m'adresser à lui.

— Sâhib ? lui demandai-je une après-midi. Bombay. Est-ce que je vais... être à ma place, là-bas ?

Il abaissa son cahier.

— « Être à votre place ? » Qu'entendez-vous par là ?

— Est-ce qu'il y a beaucoup de musulmans, autant qu'à Multan ?

— Il y a toutes sortes de gens à Bombay. C'est une ville qui me plaît parce qu'elle n'est pas... – il cherchait le mot exact – rigide, comme Calcutta ou Madras, les grandes cités de l'est des Indes. (Il effleura la couverture de son cahier.) À Bombay, il y a beaucoup d'hindous et de parsis. Des Indiens du Gujarat. Des Européens, tels que les Portugais de Goa. Et des Britanniques, bien sûr.

Je ne parvins pas à assimiler toutes ces informations. Tous les noms qu'il me citait sortirent de ma tête comme décollent prestement d'un arbre des perroquets aux couleurs rutilantes.

— Je ne connais aucun de ces peuples, sauf les hindous.

Il sourit.

— Au départ, les parsis sont venus de Perse, il y a fort longtemps. Ils sont très estimés à Bombay aujourd'hui, parce qu'ils font du commerce et qu'ils sont plus réceptifs aux influences européennes – plus prêts à adopter les critères moraux et l'éthique professionnelle européens – que les hindous. Quant aux Anglais, ils préfèrent travailler avec les musulmans, parce que nous vénérons un seul Dieu, le dieu chrétien – il haussa les sourcils –, comme vous en vénérez un seul.

En mon for intérieur, ses propos me firent honte. Je vénérais effectivement un Dieu, mais invoquais-je encore Allah ? J'avais l'impression d'adresser mes prières à une entité inconnue. Je croyais qu'Allah faisait le bien et qu'Il apportait un réconfort à de nombreux êtres humains. Mais pas à moi, tout simplement. J'avais évolué de bien plus de manières que je ne l'imaginais.

— Comme nous sommes très sensibles à la raison, les nombreux dieux des hindous nous dérangent, dit alors le sâhib avec un petit rire qui contenait un brin de mépris.

J'avais envie de le questionner à propos de son Dieu chrétien, mais il poursuivit ses explications :

— Le terme européen s'applique à tous ceux qui ne sont pas indigènes. À Bombay, on trouve donc tous ces gens de religions différentes, de langues différentes. Ils y vivent ensemble en assez bonne entente. (Il s'interrompit et me regarda dans les yeux.) Comme je viens de le dire, c'est une ville moins répressive que les autres, et je pense que ce sera un bon endroit pour vous, Daryâ. Peut-être que vous y trouverez...

— Que j'y trouverai quoi ?

Il haussa les épaules.

— Qu'est-ce que vous cherchez ? Qu'est-ce qui vous rendrait heureuse ?

Personne ne m'avait jamais posé cette question. Je songeai que ma grand-mère m'avait déclaré que ceux qui ne sont pas contents de leur sort passent la plus grande partie de leur vie en quête de satisfaction.

— Je pense que j'aimerais éprouver un sentiment d'appartenance.

Il m'adressa un sourire.

— Comme nous tous, à mon avis.

— Mais... puisque vous dites que l'Angleterre est votre pays, vous devez sans doute sentir que c'est à elle que vous appartenez quand vous êtes là-bas.

— Vous croyez ? Je ne sais pas. J'ai l'impression d'être incapable de m'installer quelque part. Mais vous... est-ce que vous voulez ressentir la même appartenance que jadis ? À votre village ou à... (Il hésita.) À votre mari ?

Je fis non de la tête.

— Je n'étais pas chez moi dans mon village. Je ne me conduisais pas comme j'aurais dû. Je n'arrêtais pas de m'attirer des ennuis.

Son sourire se fit malicieux.

— Je suis capable d'imaginer... comment vous étiez petite fille.

Sa réflexion et son sourire me firent comprendre que ma rébellion et mon inconduite enfantines n'avaient rien de bien grave. Puis je songeai à Sulima et aux changements profonds que son arrivée avait provoqués en moi. Je ne me rendis pas compte que mon visage reflétait cette triste époque, mais cela devait être le cas, car le sourire du sâhib s'estompa.

— Et je n'ai jamais appartenu aux Ghilzais – la tribu de mon mari. J'ai bien essayé, et certains d'entre eux m'acceptaient, mais... là aussi, j'ai déçu. Surtout mon mari.

— Déçu ? répéta-t-il. Vous l'avez déçu ?

Je fis oui de la tête, puis je me détournai, car je ne voulais plus penser ni à Sulima ni à Shaliq.

Le fleuve se rétrécit à notre approche de Sukkur. Des bosquets de dattiers et d'eucalyptus poussaient près de l'eau, et de nombreuses embarcations étaient amarrées le long des rives. Des chars à bœufs avec leurs conducteurs attendaient et, lorsque la péniche s'arrêta, tous les hindous se dépêchèrent d'en descendre pour monter dans l'un d'eux. Ils conversaient avec verve, et les femmes m'adressèrent des gestes du bras. Le sâhib me dit qu'ils effectuaient un pèlerinage aux grottes et aux temples situés à l'extérieur de la ville. Il me précisa qu'il s'agissait d'un pèlerinage très célèbre.

J'attendis en compagnie de la musulmane, pendant que son mari et le sâhib se rendaient à Sukkur dans un autre char à bœufs. Ils revinrent quelques heures plus tard. Ils étaient tous les deux à cheval et amenaient deux autres montures sans cavalier. Nous les enfourchâmes, la musulmane et moi, et nous empruntâmes tous les quatre une route à l'extérieur de Sukkur à un train soutenu, afin de rejoindre une petite caravane.

— J'ai entendu dire que ces voyageurs sont partis pour Karachi aujourd'hui, m'apprit le sâhib. Mieux vaut ne pas faire cette route sans être accompagné.

Il me laissa alors avec les musulmans pour rejoindre les autres. Ce groupe se composait de trois femmes et de cinq hommes blancs, ainsi que de trois Indiens. Quand je vis ces derniers entasser des provisions sur de robustes petits poneys de Pégu à la crinière hirsute, je compris qu'il s'agissait de saïs qui installeraient aussi nos camps et cuisineraient nos repas.

Dès le début de notre chevauchée vers Karachi, le sâhib cessa de me traiter avec le même naturel que sur la barge. J'avais l'impression qu'il ne savait plus vraiment quelle attitude adopter à mon égard. Bien que toujours vêtu comme un indigène et malgré le sang afghan qui coulait dans ses veines, il me démontrait qu'il était dans le fond un Anglais. Toute la journée, il demeura aux côtés des Blancs, même s'il me jetait souvent des coups d'œil en arrière, puisque je suivais, en compagnie du couple musulman et des saïs.

Ce premier soir, après avoir préparé le repas, les saïs installèrent un petit abri en nattes de palmes pour le couple musulman et moi, puis ils s'enveloppèrent les épaules dans les étoffes légères, semblables à des châles, qu'ils portaient et, sans dire un mot, s'endormirent sur-le-champ dans la poussière à côté des chevaux.

Le sâhib dîna avec les Blancs, puis il s'approcha de l'endroit où j'étais assise. Je me levai.

— Vous allez bien ? me demanda-t-il, en se dandinant d'un pied sur l'autre.

— Oui, sâhib.

Le malaise indéfinissable qui s'était installé entre nous me soufflait que j'aurais dû baisser les yeux, mais je n'en fis rien.

Il contempla l'abri grossier en nattes de palmes.

— Et vous, vous allez bien ? lui demandai-je.

Il hocha la tête. Malgré tout le temps que nous avions passé ensemble, nous nous conduisions comme deux étrangers. Malgré tout ce qu'il avait vu de moi.

— Oui, oui, répéta-t-il, avant de me souhaiter « Bonne nuit », et d'aller dormir dans l'un des *daks*, petites structures primitives érigées le long de la route à l'attention, manifestement, des Blancs qui l'empruntaient.

Tous les jours se déroulèrent de la même façon : nous ne nous parlions pas et nous ne nous approchions pas l'un de l'autre pendant la journée, mais le soir, après le repas, il venait me demander si tout se passait bien. Je lui répondais toujours « Oui, sâhib », puis il retournait auprès des siens.

J'essayais de ne pas m'appesantir sur cette situation. Son comportement à mon égard m'inspirait un agacement curieux, je n'éprouvais plus le même plaisir qu'au cours de la première partie de notre périple, pourtant il y avait encore beaucoup de choses à voir et à admirer.

Comme lorsque nous nous étions éloignés de Jalalabad avant que je tombe malade, l'emprise que détenait le sâhib sur son cheval me frappa. L'animal et lui semblaient se mouvoir telle une seule personne. On aurait dit qu'ils partageaient un langage commun. Je pressentais qu'il avait hérité cette osmose avec le cheval de son père afghan, car aucun des autres Anglais ne paraissait aussi à l'aise sur le sien.

Les femmes blanches avaient une drôle de façon de monter. Leurs selles étaient attachées aux flancs des chevaux, si bien qu'elles étaient forcées de s'asseoir en plaçant les deux jambes du même côté, les genoux relevés. J'avais du mal à comprendre comment elles parvenaient à avancer à un rythme régulier dans cette position curieuse, mais elles n'étaient pas gênées par leurs nombreuses jupes et leurs coiffes très bizarres. Les femmes et les hommes blancs – hormis le sâhib et son longi – portaient en effet des chapeaux fabriqués dans un matériau solide, dont la forme ressemblait à celle d'un bol renversé, qu'ils tiraient le plus bas possible sur leurs fronts. L'une des femmes avait décoré le sien avec une peau de serpent et de petites plumes. Cela m'amusa. La première fois que nous la contemplâmes ensemble, les yeux de l'autre musulmane riaient aussi.

Souvent, nous faisions halte dans des bosquets de *sheeshams* à l'écorce dure qui poussaient dans la terre sableuse à côté des cours d'eau. Les grandes feuilles coriaces de ces arbres nous offraient une bonne protection du soleil. Des cosses oblongues et plates pendaient de leurs branches et des bandes d'oiseaux de proie au dos blanc nichaient souvent sur leur cime. Cette route vétuste, creusée d'ornières profondes, était très fréquentée. À côté des voyageurs à pied, à cheval, à dos de chameau ou tirés dans des charrettes, les femmes blanches disposaient d'un autre moyen insolite de se déplacer : des couches plates sur lesquelles étaient empilés des coussins. De grandes perches et des barres transversales drapées de tissu formaient un rideau qu'elles pouvaient tirer pour se protéger de la poussière, mais qui signifiait aussi qu'elles voyageaient sans rien voir. Une poignée ressortait de chaque angle de la couche pour permettre à quatre hommes de porter ce palanquin au pas de course. Parfois, ils s'arrêtaient dans le même coin ombragé que notre groupe, et à la manière dont les femmes descendaient de leurs minuscules prisons, clopinaient et boitillaient, je savais qu'elles devaient avoir les membres très raides et endoloris. Je ne comprenais pas leur choix : il était beaucoup plus facile de monter à cheval que d'être secouée et fracassée contre du bois dur toute la journée, ébranlée au rythme des pas des porteurs dont les jambes ne cessaient de se lever et de s'abaisser sur la piste étroite, à travers les bosquets d'arbres et les sols marécageux.

Par moments, des indigènes taillés à coups de serpe nous croisaient, ils lançaient des regards noirs soupçonneux aux hommes blancs, et je compris l'inquiétude du sâhib quand il avait décrété que nous avions intérêt à nous déplacer en groupe.

J'adorais contempler le vert luxuriant des feuilles des grands arbres, repérer le bleu, le jaune et le rouge des perroquets et d'autres petits oiseaux. Le long des rivières, des animaux bossus étaient enfoncés dans la vase jusqu'à mi-pattes, avec parfois de petits oiseaux blancs perchés sur leurs dos. Accroupies près d'eux, des femmes battaient des vêtements contre des rochers au bord de l'eau. Ce rythme qui me revenait en mémoire, cette sensation de la pesanteur du linge mouillé contre la pierre me firent penser au temps qui s'était écoulé depuis l'époque où j'étais l'une de ces femmes. En fait, il ne s'agissait pas d'une durée interminable, mais j'avais l'impression de m'être éloignée de ma vie depuis plusieurs saisons, en raison de toutes les péripéties que j'avais vécues.

J'y pensais encore lorsque nous nous installâmes pour la nuit. Je dormais dans un coin séparé du couple musulman par une natte suspendue. Lorsque le campement fut plongé dans le silence, à l'exception du chant des grillons, et que j'en conclus que tout le monde dormait sauf moi, j'entendis des bruissements de vêtements de l'autre côté de la natte. Bien qu'ils fussent discrets, presque inaudibles, je compris ce qui se passait. Je restai parfaitement immobile et je retins mon souffle. Ce que j'entendais et imaginais m'inspira un curieux désir, même si ce n'était pas l'acte en lui-même qui m'émouvait, mais les murmures sereins qui le suivirent. La complicité évidente que partageaient ce musulman et son épouse, la chaleur de leurs chuchotements, un rire étouffé, me poussèrent à poser une main sur mes yeux déjà clos.

Quelle femme étais-je désormais ? Je ne possédais rien en propre, aucun signe distinctif, en dehors de mon halhal, de l'anneau de mon nez et du tatouage qui indiquait mon statut de femme mariée. Et pourtant, je n'étais plus une épouse. Je ne connaîtrais probablement plus jamais la sensation de l'accouplement avec un homme. Même si l'acte accompli par Shaliq me dégoûtait, je savais qu'il pouvait offrir autre chose, bien autre chose. Ma mère ne m'avait pas dit la vérité quand elle m'affirmait qu'il n'existait aucune jouissance, aucune plénitude pour une femme honnête. Son existence était trop étroite, et elle n'avait jamais accordé la moindre importance à ses propres souhaits. Ma mère avait cru par-dessus tout à cette vie-là, elle avait tenté de satisfaire par tous les moyens possibles aux coutumes justes et séantes à ses yeux pour plaire à Allah et plaire à son mari. Mais ce comportement lui avait-il procuré le moindre plaisir ?

J'écoutai les paroles étrangères que la musulmane chuchotait à son mari avant de s'endormir. J'aurais tout donné pour connaître et ressentir la même chose qu'elle.

Après cela, il me fut impossible de trouver le sommeil, car une frustration indicible agitait mon esprit et mon corps. Je restai assise dans l'embrasure de l'abri jusqu'au moment où les étoiles s'estompèrent et où la lune pâlit et descendit dans le ciel. La brume matinale fit son apparition, recouvrit tout d'une rosée qui donnait l'impression que des feux follets dansaient dans cette lumière naissante et je formulai le vœu de voir cette aube nouvelle effacer l'humeur sombre qui m'avait affectée durant toute la nuit, après avoir écouté les bruits, propres à l'amour, que je ne connaîtrais jamais.

Comme nous avancions plus au sud en direction de Karachi, l'air devint plus sec, la chaleur s'alourdit et le soleil aveuglant se fit oppressant. Nous parcourions souvent plusieurs kilomètres dans un silence total, rompu uniquement par les bourdonnements et les crissements incessants des insectes et le battement des larges ailes des vautours qui tournoyaient au-dessus de nous. Par moments, des nuages blancs s'amoncelaient à l'horizon plat, mais ils avançaient lentement dans le ciel et disparaissaient. Nous dépassions de nouveau des villages distants, le minaret d'une mosquée ou la coupole d'un temple qui se découpait contre le ciel, tel un petit repère noir. Si nous étions assez près pour permettre aux chiens du village de flairer notre présence, ils aboyaient et hurlaient comme si nous étions des esprits invisibles, et l'écho désagréable de leurs glapissements se répercutait à travers champs.

Puis une après-midi où nous traversions une plaine ondulante, je sentis que l'air avait changé d'odeur. Je m'en emplis les poumons et une espèce d'humidité chassa la poussière qui s'était logée dans ma gorge et mon nez depuis tant de jours. Nous grimpâmes une colline et, parvenus au sommet, nous arrêtâmes comme un seul homme pour contempler le panorama qui se déroulait à nos pieds.

La ville de Karachi, érigée sur une pente douce face à la mer, était encadrée d'un côté par une mangrove enchevêtrée qui ne pourrait être franchie qu'en plusieurs jours, et de l'autre, par une large rivière qui formait une barrière naturelle. La cité elle-même était ceinte de murs de pisé et de bois. De l'endroit où nous nous tenions, ils paraissaient mesurer au moins trois fois la taille d'un homme. En tout et pour tout, une unique porte permettait d'entrer par ce côté dans la ville. On ne pouvait sans doute y pénétrer autrement que par l'eau, et j'en conclus qu'il ne s'agissait pas d'une ville facile à attaquer.

Au-delà s'étendait la mer. Cette première vision de l'océan me fascina. L'immensité et la beauté de cet espace illimité aux reflets argentés dont jaillissait l'éblouissante luminosité du soleil, m'impressionnèrent tellement que les larmes me montèrent aux yeux. J'étais contente de me trouver derrière le couple musulman ; je ne voulais pas que mes larmes fussent interprétées comme une forme de faiblesse.

Pendant toute notre descente du chemin sinueux et notre remontée en direction de la ville, je ne pus quitter des yeux cette surface étincelante. Nous franchîmes la porte. Tout de suite, la présence d'un grand nombre de soldats et de beaucoup plus d'hommes blancs que je n'en avais jamais vu regroupés me frappa. Le couple musulman nous quitta. La femme et moi prîmes congé affectueusement, car j'avais apprécié sa compagnie, en dépit de notre incapacité à communiquer. Je suivis le sâhib et les autres vers un grand édifice de pierre. Nous nous immobilisâmes devant. Les saïs reçurent leur salaire et emmenèrent les chevaux. Les hommes et les femmes blancs s'entretinrent avec le sâhib avant de pénétrer dans le bâtiment.

— D'ici, nous allons prendre un navire beaucoup plus grand pour rejoindre Bombay par la mer, m'annonça-t-il. Il part demain. Nous passerons donc la nuit à Karachi. Je vais vous amener dans un endroit près des quais où vous logerez dans une pièce avec d'autres femmes indigènes.

Il prononça cette dernière phrase sans me regarder. Les choses allaient désormais se dérouler comme dans la caravane venant de Sukkur : nos différences – pas seulement nos sexes masculin et féminin, mais notre race et notre statut social – prendraient le pas sur le reste.

Nous traversâmes la ville sur un char grinçant, tiré par deux bœufs poussifs. Karachi avait été construite avec beaucoup de pierres, mais ses bâtiments ne ressemblaient en rien à ceux de Multan. Il s'agissait de constructions plus modernes, carrées, sans ornementation, qu'on aurait dites fabriquées dans un but concret, et non par souci esthétique. Je ne comprenais pas pourquoi tant de soldats y circulaient, même si je vis, face à la mer, des armes semblables à des tofangs, mais d'une taille inimaginable. À côté d'elles étaient entassées des piles de boules noires pesantes, grosses comme des melons mûrs.

Lorsque nous atteignîmes les quais, ainsi que les qualifiait le sâhib – de longues plates-formes qui se prolongeaient par-dessus le bord de la mer – nous fîmes halte devant un bâtiment de haute taille. Contrairement aux autres il n'était pas construit en pierre, mais en bois, que l'air iodé avait presque complètement blanchi.

Le sâhib m'acheta de la nourriture dans la rue : des *chapatis* aux pois chiches et aux poivrons, et des friandises collantes sur une grande feuille verte. Il me les tendit puis il grimpa avec moi – beaucoup de marches – jusqu'à une pièce bondée de femmes et d'enfants indigènes. Il s'arrêta sur le seuil de la porte.

— Je viendrai vous chercher demain, me dit-il, et j'acquiesçai de la tête.

Il faisait une chaleur accablante. Alors que j'embrassais la pièce d'un regard circulaire, je m'aperçus qu'elle ne disposait que d'une unique fenêtre pourvue de barreaux incurvés, découverte qui me tarabusta. Je me tournai pour demander au sâhib la raison pour laquelle cette fenêtre était condamnée et à quelle heure il viendrait me chercher, mais il était déjà parti. Je ressortis en hâte, mais l'escalier était encombré d'hommes et de femmes qui circulaient dans les deux sens, et je n'osai quitter la pièce, de crainte de ne pas retrouver mon chemin. L'obscurité tombait, mais la salle ne contenait aucune lampe, juste des rangées de grabats nus et trois seaux d'eau à la surface desquels flottait une tasse en étain, ainsi qu'un récipient muni d'un couvercle, derrière un rideau. Il y régnait un vacarme épouvantable : les femmes piaillaient et s'interpellaient bruyamment, des bébés hurlaient et des bruits de pas martelaient les marches, de l'autre côté du seuil de la porte. Je m'assis sur un grabat pour manger, sans toutefois trouver de goût à la nourriture. La femme installée sur le grabat voisin s'était couvert la tête de son foulard et pleurait. Des relents malodorants commencèrent à envahir la pièce, au fur et à mesure qu'était utilisé le seau couvert, et ajoutés à toute la chaleur accumulée pendant la journée, ils devinrent vite infects. J'avais la sensation que cette puanteur et cette chaleur comprimaient mon visage comme une couverture épaisse et j'avais des difficultés à respirer. Les bruits de pas finirent par s'arrêter et les femmes et les enfants par s'endormir – sauf ma voisine qui continuait à pleurer discrètement – et je m'allongeai. Dans cette pièce asphyxiante au plafond bas, on entendait les bourdonnements frénétiques des mouches derrière le rideau et, en provenance de l'extérieur, un fracas métallique incessant et des cris éraillés d'hommes sur les quais. Leurs voix s'élevaient par-dessus les grincements, les grondements et les crissements ; le bruit s'éparpillait en morceaux comme du verre cassé, puis il recommençait.

Dans ces ténèbres pestilentielles, mon désarroi ne cessait d'empirer, comme si ma propre vie était elle aussi sur le point de se briser, et je compris que j'étais terrorisée. J'en fus à la fois choquée et écœurée. La dernière fois que j'avais éprouvé cette frayeur insondable remontait à ma course à travers bois et collines, quand j'avais fui Shaliq, seule et égarée. Je me trouvais à présent dans un endroit inconnu, à nouveau seule, où je ne pouvais parler à personne ni comprendre la plus simple des phrases. Je ne disposais même pas de pièces de monnaie pour me procurer de la nourriture. Et si le sâhib ne revenait pas ? S'il avait été attaqué et tué, s'il gisait à présent, mort, dans l'une des venelles dégoûtantes devant lesquelles nous étions passés ? Ou s'il avait tout simplement décidé qu'en définitive il ne voulait pas m'emmener à Bombay, et qu'il avait embarqué sans moi sur ce grand navire ?

J'essayai de me représenter son visage inquiet quand il me parlait dans la cabane de Multan, son sourire spontané sur la péniche. Mais à présent qu'il se trouvait au milieu de tant de ses pairs, que se passerait-il s'il se rendait compte qu'il avait commis une erreur ? S'il devait m'abandonner, c'était ici qu'il le ferait.

Durant cette longue nuit, je ne cessai de m'agiter dans un état épouvantable. Je me levai à la première lueur de l'aube, pas du tout reposée et poisseuse de chaleur, et je regardai entre les barreaux de la fenêtre. Je ne m'étais jamais trouvée à une telle hauteur au-dessus du sol, et le spectacle de la foule, des animaux et des charrettes qui circulaient sur les quais en contrebas me souleva le cœur. Les bâtiments cachaient complètement la mer. Une rangée de corbeaux s'était alignée sur le bord rectiligne du toit qui me faisait directement face. Ils soulevaient leurs ailes et se secouaient, et les plumes graisseuses qui se hérissaient sur leurs gros corps ressemblaient à des piques. Ils hurlaient, comme s'ils reprochaient leur sort à Allah.

Les femmes se rassemblèrent par groupes de deux ou trois avec leurs enfants et leurs sacs et s'en allèrent. Submergée d'effroi, je me demandai si je devais attendre le sâhib ou si je n'avais pas plutôt intérêt à suivre ces femmes. Elles allaient peut-être aussi monter à bord de ce navire. J'attendis et attendis, assise sans bouger. J'essayai de maîtriser ma respiration, de me préparer à ce que je ferais s'il ne venait pas. Des bruits de pas sonores retentirent pesamment dans l'escalier et je courus vers le seuil de la porte. C'était un khâreji, mais pas le mien. Cet homme passa à côté de moi sans même me jeter un coup d'œil. Dans sa hâte, il me heurta avec un gros paquet qu'il portait dans les bras, de telle sorte que ma hanche et mon coude allèrent cogner contre le mur.

Je rentrai dans la pièce. Comme j'avais soif, je bus le reste de l'eau, chaude et croupie. Je me dis qu'il allait arriver quand les corbeaux cesseraient leurs croassements pleurnicheurs. Les oiseaux s'envolèrent dans un battement d'ailes vigoureux, mais il ne se montra pas. Une femme au sari en lambeaux pénétra dans la pièce et passa sans se presser un balai-brosse entre les grabats, tout en fredonnant. Comme l'homme de l'escalier, elle paraissait ne pas me voir. Étais-je devenue invisible ? Je marchai entre les paillasses en comptant mes allées et venues et je me dis qu'il arriverait lorsque j'aurais effectué dix allers-retours. Puis dix de plus, et dix encore. Mais il n'apparut pas.

La femme avait fini de balayer. Elle alla chercher le seau derrière le rideau et l'emporta avec précaution. Assise sur la paillasse, je redressai les genoux et posai la tête sur mes bras. J'avais la certitude qu'il ne viendrait pas.

Au loin retentit l'appel à la prière de la mi-journée. J'entendis d'autres bruits de pas dans l'escalier ; je m'interdis de courir vers le seuil de la porte comme je l'avais déjà fait à quatre reprises, mais je me tournai quand même dans cette direction, en formulant le vœu de le voir apparaître. Mon souhait fut exaucé :

c'était bien lui. Je me levai d'un bond à son entrée dans la pièce.

— Venez, me dit-il, tout sourires. Tout va bien, mais nous devons nous dépêcher.

J'éprouvais un tel soulagement que je fus un instant ravie de voir son visage, puis la rage s'empara de moi.

— Tout va bien, dites-vous ?

Ma voix était aussi perçante que les hurlements des corbeaux. Mes mains agrippaient le sac.

— Il est déjà plus de midi, et j'ai attendu ici, seule, sans savoir...

Il fronça les sourcils.

— Vous avez eu des ennuis ? On vous a fait du mal ?

Il paraissait subitement déboussolé, totalement inconscient de l'inquiétude qu'il m'avait causée. Une fois de plus, il avait revêtu son costume anglais. Il glissa les doigts sous le col rigide et tira dessus comme s'il était trop serré.

— Non... dis-je d'une voix moins agressive. Mais... j'ignorais où vous étiez. Je peux m'occuper de moi-même quand je sais ce que je dois faire, sâhib. Ce que l'on attend de moi. Mais là... J'ai pensé... J'ignorais si vous alliez venir.

Subitement gênée par le caractère enfantin de mes reproches, je tirai sur mon foulard pour m'en couvrir la bouche et le nez, mais il tendit le bras pour m'en empêcher et retint l'étoffe par un bout.

— J'ai eu du mal à acheter les billets de la traversée. Le navire était déjà complet. J'ai dû attendre des heures et puis les persuader... (Sa voix était devenue plus grave et laissait percer un brin d'agacement.) Je ne pouvais pas arriver plus tôt. Je ne pensais pas que vous vous inquiéteriez. Je vous avais dit que je reviendrais vous chercher, ajouta-t-il après avoir embrassé la pièce vide d'un regard circulaire.

La colère n'avait pas totalement disparu de sa voix et, subitement, je fus envahie par la honte.

— Je devrais connaître la langue du pays dans lequel je vais vivre. C'est humiliant de ne pas pouvoir parler, répliquai-je.

Je me tournai pour emprunter l'escalier, et il m'emboîta le pas.

Désormais, j'étais en colère contre moi-même.

30

Nous rejoignîmes un groupe de personnes, pour la plupart autochtones en dehors de quelques soldats, qui patientaient sur le quai. Nous restions muets, et je m'en voulais terriblement d'avoir suscité la colère du sâhib. Ses épaules étaient rigides, et il m'ignora totalement quand nous allâmes nous placer au bout de la queue. Les indigènes s'écartèrent comme un seul homme pour lui permettre de passer devant eux, mais il hocha la tête négativement. Leur attitude me fit comprendre l'ascendant exercé par la race anglaise aux Indes, et elle me rappela la chanson de ma grand-mère. Ils me dévisageaient avec curiosité, car je me tenais tout à côté du sâhib.

Nous finîmes par emprunter une longue passerelle de bois menant à l'intérieur de ce gros navire amarré dans le port bourré d'embarcations. Il était équipé de grands piquets qui se dressaient vers le ciel, piquets auxquels était attachée une étoffe blanche distendue.

Outre des bancs de bois alignés le long de ses flancs, le navire possédait des escaliers, l'un menant à un niveau supérieur, l'autre sous le plancher. Une vibration subite et bizarre se déclencha sous mes pieds alors que nous étions légèrement bercés sur l'eau, et comme mus par des rameurs invisibles, nous nous éloignâmes lentement du quai. Au-dessus de nous, l'étoffe blanche se gonfla et claqua comme autant d'ailes en même temps. Je ne parvenais pas à comprendre comment le bateau pouvait avancer avec une telle facilité, même si je savais que c'était en partie grâce au vent qui soufflait dans le tissu blanc.

Ce premier jour, j'appris beaucoup de mots anglais concernant le navire – vapeur, voiles, cheminées, moteur, pont, cabines, salle à manger, marins – que m'enseigna le sâhib.

— C'est juste un petit vapeur qui effectue régulièrement la traversée entre Karachi et Bombay sur cette mer – la mer d'Arabie. Il transporte... J'ignore le mot persan, le courrier que s'envoient les gens.

Nous étions assis à côté l'un de l'autre sur un banc. Je lui désignais des parties du navire et je répétais les mots qu'il me prodiguait, comme une enfant. Mais il ne me donnait pas l'impression d'en être une. Il semblait satisfait de me voir manifester cet intérêt, il souriait et hochait la tête quand je prononçais les mots, et j'étais à la fois soulagée qu'il eût oublié sa colère contre moi et étonnée de tenir autant à ne pas lui déplaire.

— Vous apprendrez vite le hindi quand vous serez installée à Bombay, me dit-il, comme s'il répondait au reproche que je lui avais fait quelques heures plus tôt.

— Je crois que j'aime bien l'anglais, lui dis-je. Voile, marin, pont, répétai-je, lentement et clairement.

Cette fois, il rit tout haut, non pas pour se moquer, mais chaleureusement. Il me traitait de nouveau ainsi qu'il l'avait fait sur la péniche entre Multan et Sukkur, et je compris que c'était en raison de l'absence d'autres Anglais susceptibles de le juger – hormis quelques soldats, plongés, avec trop d'ardeur pour s'intéresser à nous, dans un jeu qu'ils pratiquaient avec des carreaux colorés. Ou alors, me dis-je soudainement, il avait agi de la sorte pour empêcher les autres hommes et femmes anglais de porter sur moi un regard erroné.

— Vous apprendrez l'anglais dès que vous commencerez à travailler. Les *memsahibs* attendent de leurs domestiques qu'ils le comprennent et le parlent au moins un peu.

L'appréhension me submergea de nouveau, à la perspective de ce qu'il adviendrait de moi quand il m'aurait laissée dans un endroit inconnu, chez des étrangers.

— Combien de jours allons-nous rester sur ce bateau ?

— Dix, si la traversée se déroule bien.

Il me restait dix jours avant d'arriver à Bombay. Dix jours.

Pendant la journée, de la nourriture était disposée sur de longues tables dans une grande salle en haut et, la nuit, le sâhib dormait en compagnie des soldats à l'étage supérieur, tandis que je couchais en bas au milieu des indigènes dans une vaste salle tendue de couches en cordages, divisée par un rideau en deux parties, l'une réservée aux femmes, l'autre aux hommes. Même la nuit, le navire poursuivait sa route ; le bourdonnement rythmé qui montait de sous le plancher résonnait comme une musique réconfortante.

La première nuit, mon exaltation était telle que j'eus du mal à m'endormir. Je grimpai l'escalier, afin d'aller contempler les reflets de la lune qui se brisaient en longs fragments oscillants sur l'eau houleuse, sous la voûte céleste illuminée d'étoiles.

Je passai tout le lendemain à l'extérieur, soit assise sur un banc, soit accoudée au bastingage à regarder défiler le rivage, tout en répétant dans ma tête les mots anglais que j'avais appris. Être en mer ! Le navire fendait les vagues, l'air frais et pur, sans beaucoup s'éloigner de la côte tapissée de végétation ou de promontoires rocheux. Le bercement paisible détendait mon corps et je trouvais reposant de garder les yeux sur l'eau, sans cesse mouvante mais toujours identique.

Le sâhib me rejoignit et nous contemplâmes ensemble le rivage.

— La mer vous plaît ? me demanda-t-il.

Je lui fis signe que oui.

— J'ai particulièrement aimé dormir en la sentant bouger sous moi.

— On m'a dit qu'aucune tempête n'était prévue ; la traversée devrait être calme.

Nous restâmes silencieux, sans aucune gêne entre nous.

— Ma passion consiste à me déplacer dans le monde. C'est uniquement quand je bouge que je me sens en paix, m'avoua-t-il ensuite avec un sourire.

— Comme un nomade.

Son sourire s'élargit et il inclina la tête en me fixant du regard.

— Comme un nomade, acquiesça-t-il, et je compris qu'il pensait la même chose que moi : de nous deux, lequel était le plus nomade ? Lui ou moi ?

— Votre passion vous apporte donc la paix, lui dis-je.

— J'imagine.

Je contemplai les vagues, à la recherche des mots, des anciens mots que m'avait appris ma grand-mère, si longtemps auparavant. Puis je les récitai :

La passion renouvelle les vieux remèdes,
La passion scie le rameau de la lassitude.
La passion est l'élixir de jouvence,
Comment se sentir las en présence de la passion ?

Le poème ne s'arrêtait pas là, mais je ne me souvenais que de ces premiers vers.

Il demeura longuement silencieux avant de s'exprimer :

— Rûmî. Vous connaissez la poésie de Rûmî ?

— Oui. Et d'autres.

Le vent s'était levé. Je repoussai une longue mèche de cheveux qu'il avait déroulée et projetée devant mes yeux.

— Je connais Rūdakī, Saadi, et Hāfiz.

— Je ne sais rien de vous, en dehors de votre nom et du fait que vous êtes capable de citer Rûmî, me déclara-t-il alors. J'ignore votre âge, et je ne connais à peu près rien de la vie que vous avez vécue. Je ne sais rien de vous, répéta-t-il, si ce n'est que vous devez posséder un certain pouvoir intérieur, pour avoir été capable de survivre ainsi.

Le pouvoir. Je gardai le visage rigide, neutre, afin de ne rien révéler, mais un frémissement de joie me parcourut. Ainsi donc, il le voyait. Ce khâreji voyait ce que personne d'autre n'avait remarqué – ou en tout cas mentionné – depuis mes onze ans et le jour où j'avais vu mourir ma grand-mère.

J'attendis un certain temps pour lui dire :

— Vous en savez plus sur moi que moi sur vous, sâhib. Je ne connais même pas votre nom.

Il parut étonné.

— Je m'appelle David Ingram, me dit-il. Je ne vous l'avais pas dit ?

— Sâhib David Ingram, répétai-je, les yeux dans les siens.

— Oui. Sâhib Ingram.

Le vent forcit encore, les vagues se gonflèrent et se frangèrent d'écume. Nous observions leur mouvement comme s'il pouvait contenir un secret. Je songeai de nouveau à Rûmî : *Ô, vent furieux, je ne suis qu'un fétu de paille devant toi ; comment puis-je savoir où tu vas me chasser ?*

— J'ai presque vingt ans, dis-je alors. C'est ma grand-mère qui m'a enseigné la poésie. Elle n'était pas née afghane ; elle venait d'un pays proche de la mer Noire.

Il parut déconcerté.

— La mer Noire ? La Russie ?

Je haussai les épaules.

— Elle m'a dit qu'elle était circassienne.
— Dans ce cas, vous n'êtes pas une Afghane pure souche.
— Personne n'en parlait dans ma famille, ni dans mon village. Petite fille, elle a été convertie à l'islam, puis elle est devenue tadjik quand elle en a épousé un. Elle était donc tadjik et musulmane, comme moi.
— J'ai vingt-trois ans, m'apprit-il à son tour, et bien que tous ceux qui me connaissent me prennent pour un Anglais, je suis de descendance afghane, et j'ai aussi l'Inde dans le sang.
— Dans le sang ?
Il émit un bruit étrange, proche d'un rire sans en être tout à fait un.
— C'est une expression. Certains Anglais nés aux Indes ne cessent d'entendre les bruits de ce pays, ne cessent de regretter ses couleurs, ses odeurs. Bien que mon pays soit l'Angleterre, quand je suis là-bas, je ressens une nostalgie presque maladive des Indes qui ont été mon premier foyer.

Et moi, je n'ai pas de foyer.

— Vous avez donc de la chance, sâhib Ingram, car comme je l'ai déjà dit, vous avez le luxe de pouvoir considérer deux pays – non, trois – comme le vôtre, et vous avez aussi la possibilité de choisir l'endroit où vous désirez vivre.

J'avais tenté de cacher le brin d'amertume que contenaient mes paroles.

— C'est vrai, dit-il, vous avez raison. Je devrais m'estimer chanceux.

Ce soir-là, quand je montai sur le pont après le dîner, sâhib Ingram était assis sur le banc, au même endroit que celui où nous avions passé un long moment ensemble pendant la journée. Les sourcils froncés de concentration, il écrivait dans son cahier de cuir, et comme je ne voulais pas le déranger, je gagnai le côté opposé du pont.

Au bout d'un certain temps, je rebroussai chemin et je m'aperçus qu'il avait laissé le cahier sur le banc.

Je jetai un bref regard alentour pour vérifier s'il était dans les parages, mais la nuit tombait, et le pont était désert. Je ramassai le cahier, en proie à un petit pincement de culpabilité, mais je voulais absolument savoir ce qui le rendait si important à ses yeux.

Je l'ouvris à la première page. Elle était recouverte de rangées de petits signes noirs et précis qui n'avaient rien à voir avec la calligraphie du Coran. Je tournai la page. Des mots écrits, encore, mais également une image qu'il avait dessinée. Celle d'un bazar, peuplé d'hommes de mon pays, de femmes en tchadris qui flottaient telles des apparitions. Je continuai à tourner les pages et tombai sur des scènes que je reconnus. Ainsi donc, le sâhib relatait ses expériences dans ce cahier. Il avait consacré beaucoup de dessins au bouzkashi. Je n'arrivais pas à comprendre comment le sâhib – Sâhib Ingram, rectifiai-je, heureuse d'être désormais capable de l'appeler par son nom – était capable de recréer ces scènes avec une telle authenticité. On distinguait nettement les efforts des chevaux et les émotions exprimées par les visages des tchopendoz : tension, épuisement et douleur. Ce n'était pas tout : il avait dessiné Layak assis sous l'olivier dans la cour de la maison de Jalalabad, le dos large de Fared penchée sur le feu de cuisson, et plusieurs des paysages que nous avions traversés lors de notre voyage vers Multan. Je vis une petite esquisse de la perdrix noire qu'il avait tuée et une autre, sinistre, des falaises à pic de la passe de Khyber.

Sur la page suivante, je tombai sur une femme endormie. Elle était allongée à côté d'un feu, une main repliée sous la joue. En me penchant plus près à cause de la lumière déclinante, je distinguai des marques sur le front de cette femme et ne pus retenir un sursaut, car je me reconnaissais. Je regardai en hâte alentour, de plus en plus gênée d'avoir osé toucher au cahier du sâhib, mais je ne pus m'empêcher d'étudier de nouveau l'image. J'étais soulagée de porter mon voile dessus, car on ne distinguait que mes yeux clos. Je tournai la page, refusant de songer au fait qu'il m'avait vue dans mon sommeil. Je contemplai avec soulagement la représentation de la Porte Haram de Multan. Mais quand j'en vins à la page suivante, je faillis suffoquer. Le dessin me représentait, allongée sur le flanc, sur la couche de la cabane. Je portais la robe dont Prita m'avait revêtue et j'avais les jambes – je distinguai le halhal sur ma cheville – dénudées jusqu'aux genoux. Une tresse lâche reposait sur mon épaule. Mon visage était entièrement dévoilé et mes yeux ouverts. J'eus l'impression de me regarder moi-même de la page.

Je laissai retomber le cahier sur le banc, comme s'il me brûlait les mains, car cette représentation de ma personne, dans un moment si intime, m'inspirait un choc proche de la frayeur. Puis je le refermai et le replaçai dans la même position où sâhib Ingram l'avait laissé. Je descendis me coucher, je ne voulais pas être là quand il reviendrait le chercher. Je ne pouvais m'empêcher de me dire qu'en capturant de sa main mon visage et mon corps sur la page, il avait acquis de moi une connaissance qui me bouleversait étrangement.

Je passai la dernière nuit seule sur le pont, terrassée de tristesse. Tant que nous voyagions sur terre, je me sentais encore reliée à mon pays. Mais à présent... au bout de neuf jours et de neuf nuits passés en mer, je ne parvenais plus à imaginer que je retrouverais un jour le chemin de chez moi.

J'avais quitté pour de bon tout ce que je connaissais.

Je restai dehors la nuit entière. Je m'étendis sur un banc pour contempler le ciel, j'essayai de me réjouir de la caresse de la brise au doux arôme, de l'ondulation des voiles tendues vers le ciel scintillant d'étoiles, je tentai de trouver une forme de paix intérieure. Je n'avais pas bougé lorsque l'aube irisa le ciel. Les autres voyageurs montèrent sur le pont par petits groupes. Ils bavardaient tranquillement, et nous regardions tous Bombay se rapprocher. Sâhib Ingram se tenait à mes côtés.

Avant même de l'apercevoir, je sentis la cité. Toutes sortes d'odeurs nous parvinrent, apportées par la brise de ce début de matinée. Des parfums agréables, comme ceux des fleurs et de l'encens, mais aussi des relents de légumes pourrissants et d'excréments humains.

Apparut une baie doucement incurvée, bordée de collines et d'habitations – spacieuses, construites avec les pierres blanches que prisaient les Européens, comme me l'avait appris notre étape à Karachi. Des coupoles de temples, pour certaines dorées, luisaient sous le soleil matinal et je fus réconfortée d'apercevoir les minarets de nombreuses mosquées. Comme nous pénétrions dans la vaste rade qui nous amènerait jusqu'à la ville, je constatai que la taille gigantesque de Bombay dépassait de loin celle de Karachi.

— Vous n'êtes pas en retard pour votre prochain navire, sâhib ?

— Non. La traversée nous a pris moins de temps que je ne l'imaginais. C'était juste un port de commerce sur un bras mort tranquille, poursuivit-il en contemplant la cité, et aujourd'hui... c'est devenu ce que vous avez sous les yeux : une ville grouillante, en pleine expansion.

En général, j'aimais l'écouter parler, pourtant ce matin, j'étais distraite, et j'avais du mal à me concentrer sur ce qu'il m'apprenait.

— Sa croissance a cependant été lente et paisible, et elle possède toujours – à mes yeux en tout cas – une séduction beaucoup plus grande que la plupart des villes indiennes, poursuivit-il. J'ai passé mon enfance à Calcutta, mais je suis plus souvent venu en visite ici que là-bas. Bombay, prononça-t-il avec grand plaisir.

Mais de même que je ne l'écoutais pas vraiment, il se parlait plus à lui-même qu'il ne s'adressait à moi, car il ne cherchait pas à obtenir de réponse. Nous avions beau nous tenir côte à côte, nos pensées nous éloignaient l'un de l'autre.

L'approche du quai et le débarquement du navire s'éternisèrent. Nous finîmes par emprunter une longue passerelle de bois qui aboutissait sur le quai sale et bondé, à l'atmosphère déplaisante. Le soleil cognait sans merci et faisait ressortir les odeurs nauséabondes, et des soldats à l'air sévère, aussi bien indiens qu'anglais, grouillaient partout.

— Des Cipayes, me répondit sâhib Ingram quand je lui demandai pour quelle raison certains indigènes portaient la veste rouge. Ils servent dans l'armée indienne, sous les ordres des Anglais.

L'appartenance à une même armée d'indigènes... – comment les avait-il appelés ? – et d'Européens, me parut bizarre. Avaient-ils aussi combattu mon peuple ?

Le quai débordait de bœufs fourmillant d'essaims de mouches, de corbeaux croassants, de chiens étiques recroquevillés, et d'une foule d'individus pressés les uns contre les autres. Un groupe de femmes rieuses à la peau olivâtre, vêtues de courtes jupes aux couleurs éclatantes, sortait du lot ; elles avaient les cheveux parés de fleurs et exhibaient tout un attirail de bijoux criards. Je les vis s'approcher des soldats blancs de manière éhontée et je détournai les yeux de leur conduite indécente.

Il y avait beaucoup trop de mendiants défigurés, manchots ou unijambistes ; certains n'avaient ni nez ni oreilles. Ils n'arrêtaient pas de tirer sur les vêtements des hommes et des femmes blancs qui ne leur prêtaient aucune attention ou qui les repoussaient à coups de pied, non sans les apostropher méchamment. Le spectacle des enfants me révulsa : les plus petits, tout nus, trottinaient à pas hésitants dans la crasse immonde, tandis que les plus grands, en haillons, portaient sur la hanche ou sur le dos des bébés à l'air maladif. Leurs petites mains tendues, tous pleuraient à fendre l'âme et accroissaient le terrible vacarme. Partout régnait la puanteur dégagée par cette trop grande masse de gens, d'animaux, et de leurs excréments. Je serrai plus étroitement mon voile et regardai droit devant moi, pendant que le sâhib empilait tous ses bagages dans un char ouvert. Nous montâmes ensuite à bord et le conducteur hurla un ordre à la paire de bœufs, dont il fouetta mollement l'échine avec une corde.

J'embrassai les lieux d'un regard circulaire.

— Où allons-nous maintenant ? demandai-je.

— Chez de bons amis – des personnes bien – d'Angleterre. J'organiserai les choses pour vous là-bas. Même s'ils ne peuvent pas vous prendre, ils connaîtront quelqu'un qui pourra. J'y passerai la nuit, puis j'irai loger au Club de Bombay jusqu'au départ de mon navire. De nombreux célibataires demeurent là-bas – j'espère y retrouver certaines de mes connaissances.

Pendant qu'il m'expliquait tout cela, je me rendis compte que je ne savais même pas s'il était marié, s'il avait des enfants.

— Vous n'êtes pas marié ? lui demandai-je le plus naturellement possible.

Il se tourna vers moi.

— Non.

— Pourquoi, sâhib ? Dans votre pays, les hommes se marient à quel âge ?

— Cela dépend, fut tout ce qu'il me répondit.

Nous demeurâmes assis sans parler sur le banc de bois placé en travers du char pendant un bon moment. J'étudiais les maisons et les gens. Puis je ne pus m'empêcher de demander :

— Maintenant, vous allez donc me quitter ? Et vos amis... ils sont gentils ?

Pas comme Layak, me disais-je.

— Oui.

D'un seul coup, l'énormité de ma situation m'accabla. Je coulai des regards aux ruelles étroites et bondées de monde, balancée d'un côté à l'autre du char qui progressait lentement sur la chaussée de boue durcie. Si d'impressionnantes demeures de style européen étaient érigées le long du rivage, nous empruntions à présent des rues bordées de grandes maisons de piètre fabrication aux couleurs délavées, entre lesquelles étaient coincés des arbres touffus. Nous dépassâmes des mosquées et des temples aux sommets arrondis, et d'autres en forme de pyramides, à moitié dissimulés derrière de hauts murs de bois à claire-voie. J'entendis des cloches et des gongs. Puis le char traversa avec fracas un quartier populeux où n'apparaissaient que des visages indigènes, dont les logis, bien que peints en rose et jaune criards, étaient délabrés.

Nous atteignîmes enfin une rangée de belles et grandes demeures, séparées les unes des autres par de vastes terrains de terre battue. Nous nous arrêtâmes devant l'une d'elles. Pendant que le sâhib donnait des pièces au conducteur, je descendis du char et tentai de me faire une idée générale de la bâtisse. Le temps que le sâhib emprunte le sentier tapissé de galets et que je lui emboîte le pas, ne demeura imprimée en moi que l'impression fugace de beaux piliers sculptés et d'un haut toit de tuiles rouges. Des marches apparurent, derrière lesquelles s'étendait un espace profond, ombragé du soleil par une extension du toit. Il ressemblait à celui situé à l'arrière du bungalow de Multan, meublé de chaises, de tables et de vases fleuris. Et il y avait des domestiques, deux hommes vêtus de blanc, qui se tenaient à l'extérieur de la porte. À une extrémité, deux petits garçons – nus en dehors de carrés d'étoffes suspendus à leur taille par des cordons – étaient accroupis, épaule contre épaule, et nous contemplaient avec des yeux ronds.

— Ça s'appelle comment, sâhib ? chuchotai-je sans savoir pour quelle raison je devais baisser la voix. Cette pièce avec un toit mais pas de murs ?

— Une véranda. Attendez ici, s'il vous plaît.

Sâhib Ingram s'adressa à l'un des hindous qui inclina sa tête enturbannée et lui ouvrit la porte. Les deux hommes le suivirent dans la maison et j'attendis, mal à l'aise, dans la véranda. Les enfants continuaient à me dévisager. Des voix qui s'exprimaient en anglais me parvinrent par la fenêtre ouverte : celle de sâhib Ingram et celle d'une femme. Le souvenir de la jeune fille pure, assise derrière le rideau dans la maison de son père qui s'entretenait avec le Ghilzai, me submergea. Comme à cette époque, j'étais contrainte d'attendre la décision qu'allaient prendre des tiers au sujet de mon avenir.

Mais à présent, je n'étais plus cette jeune fille totalement ignorante du monde et des comportements masculins, et les connaissances que j'avais acquises m'avaient fait perdre toutes mes naïves illusions.

Sâhib Ingram revint enfin avec une femme blanche. Elle était plus âgée que nous deux, mais elle possédait un visage agréable et un sourire chaleureux.

— Je vous présente memsahib Andrews, Daryâ, m'annonça sâhib Ingram, et j'inclinai la tête, avant de la relever pour lui faire face.

Elle me dit quelque chose en anglais que le sâhib traduisit, avant de me désigner une petite chaise à l'écart :

— Vous pouvez vous asseoir ici, Daryâ.

L'un des domestiques qui se tenait à la porte à notre arrivée se présenta avec un plateau sur lequel étaient posés trois verres emplis d'un liquide jaune pâle.

La dame et sâhib Ingram s'assirent dans des fauteuils en rotin et moi sur la chaise, et l'homme enturbanné se pencha vers eux pour leur présenter un verre. Ils en prirent chacun un, le posèrent sur la table, et sâhib Ingram s'exprima en hindi. L'homme au turban me regarda d'un air tellement rembruni que ses sourcils se rejoignaient au-dessus de son nez.

Il s'approcha et se tint devant moi avec le plateau. Je n'avais jamais été servie par un homme, et je me sentais gênée. Mais j'avais très soif, et mon sâhib avait manifestement dit à cet homme de me servir, si bien que je tendis la main en direction du verre. Les yeux plissés, le domestique recula très légèrement le plateau, et je compris qu'il m'estimait trop inférieure à lui pour devoir me servir. Mais je pris fermement le verre, sans me soucier de sa réticence.

La femme et sâhib Ingram conversaient en anglais sur un rythme enlevé. Elle ne cessait de me jeter des regards. Je mourais de soif, mais je ne voulais pas boire tant qu'elle ou le sâhib n'auraient pas d'abord bu.

Au ton qu'elle employait, je compris qu'elle posait des questions à mon sujet. J'étais assise très droite, le verre entre les mains, les chevilles serrées l'une contre l'autre, et j'essayais de présenter une apparence convenable : soumise, et cependant légèrement impatiente. Je m'étais vêtue avec soin de mes derniers kurta et hijab propres, que j'avais conservés pour l'occasion.

En général, sâhib Ingram lui répondait d'un mot ou deux, même s'il me jeta à plusieurs reprises un regard, comme s'il hésitait. La dame prit enfin le temps d'avaler une gorgée de sa boisson, et je l'imitai. Elle était sucrée et avait un goût de citron.

J'observais sâhib Ingram qui ne buvait pas, mais qui regardait dans son verre. Que disait-il à mon propos ? Quelles questions lui posait cette femme ? Elle n'arrêtait pas de hocher la tête en buvant, elle cillait, comme si elle était nerveuse, à moins qu'elle n'eût un problème de vue. En dépit de sa chevelure châtain clair, elle avait des sourcils et des cils presque incolores qui lui donnaient une apparence étrange.

Ses lèvres étaient elles aussi très pâles et fendillées, comme si elle les mordillait. Malgré sa minceur, sa robe, fabriquée dans une fine étoffe à rayures bleues et blanches, avait l'air trop étroite, et elle s'évasait à partir de la taille. Elle reposa son verre, le front plissé, et son élocution s'accéléra encore.

Ils poursuivirent leur conversation à voix basse, mais furent interrompus par une indigène vêtue de blanc – une hindoue, avec une pastille rouge sur le front identique à celle de Prita – qui venait de franchir la porte, un bébé de moins d'un an dans les bras. La peau de l'enfant était si claire qu'elle semblait luire, en dehors de deux taches empourprées qui ressortaient anormalement sur ses joues. Le long de ses tempes couraient de fines veines mauves. Ses yeux étaient d'un bleu si pâle qu'ils paraissaient, eux aussi, presque blancs. Je n'avais jamais vu d'yeux pareils. J'ignorais si ce bébé était un garçon ou une fille : il portait plusieurs couches de vêtements de dentelles blanches, et ses cheveux blonds, fins et humides, étaient plaqués sur son crâne. Ces cheveux et cette peau incolores, ces yeux trop blancs, brillant de fièvre, le faisaient ressembler à un enfant possédé par un djinn. Il vagissait, les bras tendus vers la femme qui se leva et le prit à l'hindoue, en tapotant distraitement son dos menu. Elle resta alors debout, l'enfant dans les bras, face à moi, le visage empreint, je m'en rendis compte, d'un mélange de léger désarroi et d'épuisement. Puis elle dit une dernière chose et s'en alla, suivie de l'hindoue.

— Qu'est-ce qu'elle a dit ? demandai-je à sâhib Ingram. Qu'a-t-elle voulu savoir sur moi ?

— Elle m'a posé les questions prévisibles sur ce que vous saviez faire. Sur votre caractère.

— Et ? Vous lui avez dit quoi ?

— Je lui ai dit... Je ne savais pas exactement ce que vous pourriez faire. Mais j'ai dit que vous apprenez vite. Que vous êtes honnête et que vous travaillez dur.

J'aurais dû me réjouir de ces remarques positives, mais je savais qu'il ne me rapportait pas la totalité de leur conversation. Ils avaient discuté trop longtemps pour n'avoir prononcé que ces simples questions et réponses. Fort bien, sâhib Ingram me trouvait honnête, capable de travailler dur et d'apprendre vite, mais je trouvais que ces commentaires me rendaient vraiment... inintéressante. S'agissait-il de la vision qu'il avait de moi ? Celle d'une femme simple, capable de laver le linge dans une rivière et de faire la cuisine sur un feu de bois ? N'étais-je donc véritablement que cela ? Non. J'étais bien davantage. Ne me manquait que l'occasion de pouvoir le démontrer.

31

Je repoussai cette pensée.

— Est-ce qu'elle a du travail pour moi ?

— Sa cadette – la petite fille – est très souffrante. Elle a deux autres enfants et c'est difficile pour elle, même avec ses ayahs. Son mari est absent la plupart du temps et, en ce moment, elle héberge de nombreux visiteurs, venus profiter de la saison fraîche. Elle dit que vous pourrez certainement faire quelque chose pour aider les ayahs à prendre soin des enfants. Elle va revenir en parler dès qu'elle se sera occupée du bébé.

J'opinai du chef. Européens ou autochtones, les enfants étaient des enfants. Ce ne serait pas difficile : je savais m'y prendre avec les enfants. Cette nouvelle dépassait mes espoirs, et je souris de soulagement.

— Cela vous plairait ? me demanda sâhib Ingram.

Je fis oui de la tête.

— J'aime les enfants.

Même si je n'en aurai jamais. La porte se rouvrit, mais pas sur la dame. Sur un autre homme qui se dirigea droit vers sâhib Ingram sans me prêter attention. Ce dernier se leva et serra la main tendue vers lui. L'homme paraissait enchanté, alors que sur le visage de sâhib Ingram se succédèrent surprise et léger embarras. Il changea néanmoins sur-le-champ d'expression, même si son sourire n'avait rien de sa spontanéité coutumière.

Pendant qu'ils s'entretenaient en anglais, j'étudiai le nouveau venu que je prenais pour l'époux de la dame.

Il n'avait pas des traits aussi réguliers et fins que sâhib Ingram, même si cela pouvait provenir du fait qu'il était beaucoup plus âgé – il aurait presque pu être mon père. Il était doté d'un corps massif, robuste et d'un visage légèrement boursouflé. Sa peau – telle celle d'un enfant – était trop pâle et ses joues portaient encore de légères marques laissées par des cicatrices de variole. Cette peau, recouverte d'une légère pellicule luisante, me fit penser à une plante laissée dans le noir.

En dépit de son teint maladif, cet homme ne manquait cependant pas totalement d'attraits pour un khâreji. Ses cheveux raides – d'une couleur fauve que je n'avais jamais vue, striée de quelques mèches gris rosé – étaient peignés en arrière et retombaient sur son col. Deux carrés de poils de la même couleur cuivrée étaient taillés en bas de chacune de ses joues et il portait aussi une moustache. D'un seul coup, il se détourna de sâhib Ingram pour me dévisager. Je me levai sur-le-champ et baissai les yeux.

— Daryâ, dit sâhib Ingram en persan, je vous présente sâhib… monsieur Bull. Il vient d'Angleterre et il séjourne ici.

Cet homme n'était donc pas l'époux de la dame, mais l'un de ses trop nombreux invités. Il faisait extrêmement chaud sous la véranda et j'avais la bouche sèche, alors que j'avais bu mon verre de limonade jusqu'à la dernière goutte.

— Mademoiselle Daryâ, dit cet homme.

J'en conclus que *mademoiselle* était une formule de politesse, comme le mot monsieur.

— Je suis ravi de vous rencontrer. Quelle surprise inattendue que M. Ingram vous ait acquise en chemin !

Il parlait un persan aussi parfait que s'il était né bilingue. Malgré son débit fluide et sa voix basse apaisante, le terme *acquise* me déplut. On aurait dit qu'il me prenait pour un objet. J'en relevai les yeux.

Sâhib Ingram me connaissait assez bien pour déchiffrer leur expression, il se hâta donc de s'adresser de nouveau à l'autre – M. Bull – en anglais. M. Bull haussa les sourcils, posa une question et un sourire se dessina lentement sur ses lèvres quand sâhib Ingram lui répondit.

— Si je comprends bien, vous avez donc eu des ennuis, me dit-il, et vous espérez bénéficier d'une chance fortuite dans un autre pays.

Je subodorai que *fortuite* signifiait sans doute meilleure et je hochai la tête. M. Bull lança alors un ordre d'un ton sec aux garçons installés dans les angles de la véranda. Dans la foulée ou presque, un floc floc floc régulier se fit entendre au-dessus de nos têtes. Je levai les yeux. Un carré de tissu blanc tendu sur un cadre de bois allait et venait pour remuer l'air. Il était relié d'un côté à une corde qui aboutissait dans la main de l'un des petits garçons chargé de tirer dessus.

M. Bull s'assit et croisa une jambe sur l'autre, de telle manière que l'un de ses pieds se balançât dans le vide.

— Ce voyage a dû être passionnant, observa-t-il.

Je n'avais jamais vu un homme s'asseoir ainsi. Son regard nous balaya, le sâhib et moi. Apparemment, il attendait une réaction de ma part, si bien que je hochai de nouveau la tête.

— Vous avez manifestement bien fait d'apprendre le persan, dit M. Bull à sâhib Ingram. Vous êtes très doué pour cette langue.

— Elle m'a été des plus utiles en Afghanistan.

— Dans ce cas, vous allez continuer vos études de langues ?

— Je n'ai pas tout à fait décidé ce que je ferai à mon retour en Angleterre, répondit sâhib Ingram, même s'il n'est pas impossible que je poursuive des études.

Je me rendis compte avec stupéfaction qu'ils avaient choisi de converser en persan, pour me permettre de ne pas être exclue. Cette attention déclencha en moi une bouffée de plaisir.

— Ne le trouvez-vous pas intelligent, mademoiselle Daryâ ? m'interrogea M. Bull. (Le sâhib baissa les yeux, manifestement embarrassé.) Quoique sauvage comme un aigle, ajouta-t-il. Imprévisible, et pas très discipliné.

Je sentis le feu me monter aux joues, car j'étais choquée par la manière directe dont cet Anglais inconnu s'adressait à moi, comme si j'étais un homme, et m'entretenait de détails si personnels à propos de sâhib Ingram.

Je réalisai que sâhib Ingram et moi avions des conversations d'un tout autre ordre. Je guettai alors une indication de sa part sur la manière dont je devais réagir, mais il m'ignorait.

M. Bull s'éclaircit la gorge et m'adressa un sourire affable.

— Vous pouvez parler si vous le désirez, mademoiselle Daryâ, me dit-il.

Je tentai de maîtriser ma voix, de faire preuve d'une assurance que je ne possédais pas, assise en compagnie de deux hommes qui n'avaient aucun lien de parenté avec moi et servie par un troisième. Que pouvais-je dire ? On ne m'avait jamais invitée à participer à une conversation masculine.

— Vous enseignez les langues ? demandai-je donc à cet homme pâle, puisqu'il avait mentionné que sâhib Ingram étudiait le persan.

— Quel ton charmant, commenta-t-il, avant de reprendre très naturellement : non, même s'il m'arrive de donner des conseils à ceux qui s'intéressent aux mêmes sujets que moi, tels que les voyages et l'amour de l'exotisme. L'étude des civilisations anciennes, des autres cultures. (Il revint à sâhib Ingram.) Nous avons eu l'occasion d'avoir une conversation passionnante à propos de nos différents voyages en Orient, de ses cultures et du reste, n'est-ce pas, David ?

Sâhib Ingram se décida à me jeter un coup d'œil. Son visage était tendu, comme s'il essayait de garder une expression agréable et neutre, et j'en déduisis qu'il n'aimait pas M. Bull.

— Oui, répondit-il sèchement.
— Connaissez-vous beaucoup d'Européens, mademoiselle Daryâ ? me demanda M. Bull.
— Uniquement sâhib... M. Ingram.

Ce mot, *monsieur*, sonnait bizarrement dans ma bouche, mais M. Bull parut apprécier ma tentative de le prononcer correctement.

— Vous savez donc peu de chose sur notre bel empire – sur la Grande-Bretagne ?

Ce mot, Grande-Bretagne, fit monter un vague sourire à mes lèvres sous le hijab.

— Je connais une chanson à son propos. *Hail Britannia, Daryâ jan. Chante-la pour moi.*
— Une chanson ?

M. Bull se frotta les mains, l'air ravi. Il s'adressa de nouveau à M. Ingram qui secoua la tête négativement, comme s'il était agacé.

— Voulez-vous nous la chanter ? me demanda M. Bull en persan, sans tenir compte de la réaction de M. Ingram.

J'imitai en hâte le geste de sâhib Ingram. Qu'est-ce qui m'avait poussée à révéler à cet homme que je connaissais une chanson ?

— Dans ce cas, une autre fois peut-être, dit M. Bull. Vous restez longtemps, monsieur Ingram ?

M. Ingram repassa à l'anglais. Puis la memsahib réapparut en compagnie de la servante hindoue qui me scruta d'un air revêche, de mon foulard à mes sandales. M. Ingram et M. Bull s'étaient tous les deux levés. Memsahib Andrews dit quelque chose à sâhib Ingram qui se chargea de me le traduire :

— Memsahib Andrews dit que vous pourrez aider les ayahs à s'occuper des enfants. Celle-ci – Unma – vous dira quoi faire.

Unma prononça un mot en hindi et me fit un geste de la tête.

— Oui. Accompagnez-la, me confirma M. Ingram. Elle va vous emmener au baraquement où vous logerez.

Entre la memsahib, M. Bull et M. Ingram, les deux domestiques à côté de la porte, les petits garçons aux regards fixes et l'ayah, il y avait littéralement foule dans la véranda. D'un seul coup, j'étais exténuée. Je n'avais qu'une seule envie : revenir en arrière pour me retrouver en compagnie de M. Ingram à bord du vapeur qui avançait en ahanant le long du rivage paisible. Tout se déroulait trop vite, même si je savais que c'était dans ce but que M. Ingram m'avait amenée ici.

— Je vous verrai demain, Daryâ, me disait-il à présent d'une voix neutre, avec un visage indéchiffrable.

— David, je trouve qu'elle n'a pas l'air faite pour être ayah, déclara M. Bull en persan.

M. Ingram était très tendu.

— Êtes-vous sûre de savoir à quoi vous vous engagez, mademoiselle Daryâ ? me demanda ensuite M. Bull, avec la même esquisse de sourire plus ou moins languissant.

J'en restai interdite. L'ayah descendit les marches et je ne pus que lui emboîter le pas.

La cabane où elle m'emmena, située derrière la grande maison, ressemblait beaucoup à celle de Multan. Mais Unma ne possédait ni la gentillesse ni le caractère accueillant de Prita. Le visage grimaçant, elle jacassait en hindi, alors qu'il était évident que je ne comprenais pas un mot de ce qu'elle me disait. Dans l'intimité de la cabane, j'ôtai mon hijab et le spectacle de mes hurquus parut la contrarier. Elle continuait à me parler en agitant les mains, et elle était manifestement très en colère.

Quand elle se décida à s'en aller, je m'assis sur la couche en m'interrogeant sur ce que je devais faire. Une ayah plus jeune, qui portait le signe distinctif d'une hindoue sur le front, entra alors avec une assiette de poisson à la purée de lentilles, accompagnée d'un chapati. Elle me la tendit et j'expirai un soupir de soulagement quand elle s'adressa à moi dans un persan hésitant :

— Unma m'envoie te parler. Moi travaillé pour famille parsi, appris persan. Je suis ayah ici aussi.

— Je m'appelle Daryâ, lui dis-je.

J'eus droit à un sourire, bien que réticent.

— Et moi Kavindra, me répondit-elle, tout en évitant volontairement mon regard. Evie-*baba* toujours malade, beaucoup s'occuper elle. Unma toujours avec elle, toi m'aider avec petits sâhibs George et Teddy. Tu as *baba* ? conclut-elle, en se décidant enfin à poser les yeux sur moi.

Je fis non de la tête.

— Des bébés ? Non, je n'ai pas de bébés. Mais je me suis toujours occupée des enfants... des autres. Je m'y connais en enfants. Et toi ?

— J'en ai deux. Mais seulement des filles, précisa-t-elle avec un haussement d'épaules fataliste.

— Où sont-elles ?

— Avec belle-mère. Moi les vois parfois. (Elle désigna mon assiette.) Mange ! Je crois vaut beaucoup mieux toi rester ici maintenant, pas voir Unma.

Elle marqua une hésitation, mais se contenta finalement d'ajouter avant de sortir :

— Toi, travailler demain.

Je m'interrogeai brièvement sur la raison pour laquelle j'avais provoqué la colère d'Unma, et sur ce qui poussait Kavindra à me traiter avec une certaine crainte. Puis ma faim l'emporta, je cessai de penser à elles, et j'avalai le contenu entier de l'assiette. Quand j'eus terminé mon repas, je sortis. Le crépuscule allait bientôt tomber. Je m'assis, adossée au mur de la cabane, d'où je contemplai la grande maison. La véranda en faisait le tour. Des Blancs y pénétraient et en sortaient, ils s'y asseyaient, on leur servait à boire et ils bavardaient. Je cherchai en vain M. Ingram. En revanche, M. Bull était bien là, sa voix, plus sonore que celle des autres, portait jusqu'à l'endroit où j'étais assise.

Je finis par rentrer dans la cabane et tentai de trouver le sommeil. Comme Unma et Kavindra ne revenaient pas au baraquement, j'en conclus qu'elles dormaient auprès des enfants dans la grande maison.

Le lendemain matin, Kavindra m'apporta une tenue blanche, identique à celles qu'elle et Unma portaient. Je la revêtis et me couvris le visage avec les extrémités du foulard blanc. Je la suivis jusqu'à la véranda du fond, où était déjà assise Unma, Eviebaba dans les bras. Deux garçonnets jouaient à ses pieds. La petite fille blafarde et silencieuse, affaissée contre la poitrine d'Unma, paraissait encore plus souffreteuse que la veille. Les garçons, contrairement à leur sœur cadette, avaient des cheveux bruns et débordaient de vitalité. Ils portaient des chapeaux blancs – des petits bols renversés – identiques à ceux de tous les autres Européens que j'avais croisés aux Indes.

Les petits sâhibs, auxquels je donnai environ trois et cinq ans, parlaient anglais et hindi. J'entendis Kavindra prononcer mon prénom, et ils me dévisagèrent. J'écartai le foulard de mon visage et m'agenouillai près du plus petit, Teddy, en lui adressant un sourire. Il effleura mes hurquus et posa une question d'une voix haut perchée, à laquelle répondit Kavindra. Je lui tendis les bras et il s'approcha de moi sans crainte, clairement confiant. Il s'installa sur mes genoux, un livre à la main. Je regardai les pages qu'il tournait. J'aurais aimé qu'il ralentît, car elles renfermaient d'intéressantes images d'enfants et d'animaux.

Absorbée par ces images, je n'entendis pas M. Ingram pénétrer dans la véranda et ne levai les yeux que lorsqu'il s'exprima en hindi. Depuis combien de temps était-il là ? M'avait-il observée ? Je me recouvris la bouche et le nez et me levai, sâhib Teddy dans les bras, et M. Ingram prononça une phrase en hindi. Unma paraissait encore plus agacée que d'habitude, ses lèvres ne formaient plus qu'un trait. Elle se leva avec Evie-baba qui s'était endormie et rentra dans la maison. Kavindra me prit sâhib Teddy des bras et la main de sâhib George dans la sienne, fit descendre l'escalier aux deux garçonnets et les amena sous un arbre aux branches déployées qui faisaient de l'ombre derrière la maison.

— Je souhaite prendre congé de vous, dit M. Ingram.

D'un seul coup, son visage me devint si cher que la perspective de ne plus jamais le revoir me remplit d'une tristesse qui dépassait mon entendement.

— Vous partez ? Tout de suite ?

Le brin de panique qui teintait ma voix me déplut.

— Oui. Mme Andrews a tellement d'invités qu'elle ne sait plus où donner de la tête, et je ne veux pas alourdir son fardeau. Comme je vous l'ai dit hier, je logerai au Club de Bombay jusqu'à l'appareillage du navire.

J'acquiesçai en silence. Son regard passa du baraquement à ma personne.

— Est-ce que ça conviendra pour vous ici ? me demanda-t-il. Avec les enfants ?

J'hésitai.

— Oui...

Je n'avais aucune raison de douter que les choses ne se dérouleraient pas bien, et pourtant...

— Ils me font penser à ma petite sœur et à mon petit frère, dis-je, alors que les sâhibs George et Teddy n'avaient aucun point commun avec Nasren et Youssouf.

Mais je voulais – je devais – rassurer M. Ingram, lui faire savoir que je comprenais qu'il agissait bien à mon égard, que j'en étais ravie et reconnaissante, même si, à cet instant, un poids inouï lestait mon cœur.

— En tout cas, tels qu'ils étaient il y a quelques années, la dernière fois que je les ai vus, précisai-je.

— Vous ne m'avez jamais parlé d'eux.

— Il y a beaucoup de choses dont nous n'avons jamais parlé.

Avait-il des frères et des sœurs ? Quelle vie menait-il ? Je voulais le savoir. Nous avions passé énormément de temps ensemble et cependant, il ne m'avait pas paru convenable d'aborder des sujets d'ordre personnel. Malgré toutes les occasions où j'avais eu la sensation qu'il désirait me parler, me poser peut-être aussi des questions sur ma vie, nous avions toujours pris soin de limiter nos conversations à nos statuts de sâhib anglais et de femme afghane. Pourtant, à présent qu'il partait, je brûlais d'en savoir plus sur lui, de mieux connaître cet homme insolite et bon qui avait du sang afghan dans les veines et qui – après l'adaptation nécessaire aux yeux d'une étrangère – était tellement agréable à regarder, avec ses cheveux ensoleillés, son regard ténébreux et ses lèvres expressives et finement ourlées.

Quelque chose, une présence, planait dans l'air entre nous, mais elle n'était pas diabolique, elle ne ressemblait en rien à celle d'un djinn. Elle dégageait des ondes positives, agréables, sans toutefois peser sur ma poitrine et m'empêcher de respirer normalement. Nous nous taisions tous deux. Les sujets de conversation se bousculaient dans ma tête, mais je ne parvenais pas à en choisir un. M. Ingram ressentait-il la même chose que moi ?

La voix de M. Bull se fit entendre à l'intérieur de la maison, son écho se répercuta par la porte ouverte, et nous nous tournâmes ensemble dans sa direction.

— Ce M. Bull, dis-je, est-ce que c'est un homme qui vous ressemble ?

Je me moquais de M. Bull, mais je devais rompre cette atmosphère pesante, dire une chose triviale et par conséquent sans danger.

— Qui me ressemble ? sursauta M. Ingram. Vous voulez dire... par ses origines ?

Je fis non de la tête.

— Non, non... Est-il un véritable sâhib ? Un gentleman bien élevé ?

M. Ingram sourcilla légèrement.

— Nous n'avons rien en commun.

Il leva la main pour repousser les cheveux de son front, et je me souvins de la première fois où j'avais vu ses mains dans la plaine poussiéreuse, ses longs doigts, effilés et intacts.

— Il a vécu un certain temps en Perse, de même qu'aux Indes et dans d'autres pays asiatiques. C'est vrai qu'il m'a encouragé à étudier le persan.

— Mais... est-ce qu'il est aussi votre ami ?

Je n'avais pas oublié l'expression que sâhib Ingram avait essayé de dissimuler lorsque M. Bull était apparu dans la véranda la veille. Pour quelle raison gaspillais-je nos derniers instants en tête-à-tête à parler de cet individu ?

— Ami ? Non. Il était un ami de mon père – de l'Anglais qui était censé l'être – à Calcutta. Désormais, il vit à Londres, la ville où je réside avec ma mère. Il y a quelques années, alors que je m'interrogeais sur les études que j'allais suivre, il a pris sur lui de me donner des conseils. Ma mère... – il hésita – rencontre parfois M. Bull en société, mais elle m'a toujours clairement fait comprendre qu'elle ne souhaitait pas entretenir de relations avec lui. Elle possède un don mystérieux pour analyser le caractère des gens, ajouta-t-il.

Cet homme aimait profondément sa mère. Je le lus sur son visage, je l'entendis dans sa voix malgré la brièveté de cette évocation. Il vivait dans une ville appelée Londres. Il semblait posséder de nombreuses facettes, de nombreux secrets. Et je ne connaîtrais jamais de lui que ces bribes. Comme je me taisais, il me demanda :

— Cette position – cette nouvelle vie auprès de memsahib Andrews – vous rassure-t-elle sur votre avenir ?

Il avait fait tout ce qu'il pouvait. Rien d'autre n'était possible.

— L'avenir est-il sûr pour personne, sâhib ? L'est-il pour vous ? *Ô vent furieux*.

Il posa sur moi un regard perçant. Il était sur le point de dire quelque chose, une chose importante, j'en avais la conviction, lorsque M. Bull franchit le seuil de la porte ouverte.

La colère m'envahit. Pour quelle raison cet homme devait-il s'imposer, à cet instant précis ? Ne pouvait-il nous laisser, à M. Ingram et moi, l'occasion de nous dire adieu ? Je sentis que M. Ingram réagissait comme moi à son apparition, car il recula d'un pas – je ne m'étais pas rendu compte qu'il se tenait si près de moi – et s'adressa en anglais à M. Bull, d'un ton poli, mais toutefois teinté d'impatience.

M. Bull tenait un petit verre empli d'un liquide couleur ambre. Il répondit en anglais à M. Ingram, avala une longue rasade et se laissa tomber dans un fauteuil au dossier incliné avec un soupir de plaisir. Il sirotait sa boisson en nous contemplant. Indépendamment de ce que lui avait peut-être dit M. Ingram, il avait clairement l'intention de s'incruster.

M. Ingram lui tourna le dos.

— Il me faut partir, me dit-il, les yeux plongés dans les miens comme s'il y cherchait quelque chose. Au revoir donc, Daryâ. Je vous souhaite… J'espère…

Comme lui, je ne trouvais pas mes mots et les battements lents et pesants de mon cœur me faisaient souffrir. Je savais depuis toujours que nous nous quitterions. Mais à présent qu'il partait vraiment... Je posai une main sur son bras, tout en retirant mon foulard de l'autre, car je voulais lui montrer une dernière fois mon visage entier.

— Monsieur Ingram, dis-je.

Son regard passa de mon visage à ma main. Elle n'avait pas quitté sa manche. Je sentais la laine douce et chaude sous mes doigts, et sous le tissu, son avant-bras solide et musclé. Sa toison de poils dorés jaillit à mon esprit. J'étais sûre qu'ils étaient aussi doux que ses cheveux.

— Je désire vous remercier, dis-je. Je ne vous ai pas remercié pour tout ce que vous avez fait pour moi. Vous... si vous n'aviez pas... (Je me tus, ôtai ma main pour pouvoir la joindre à l'autre sur ma poitrine.) Mon cœur est plein de gratitude.

Il acquiesça, le visage indéchiffrable.

— Je ne vous décevrai pas ; je me conduirai ici en bonne domestique, déclarai-je, consciente que M. Bull pouvait comprendre ce que je disais et qu'il tendait l'oreille.

M. Ingram et moi n'étions plus isolés dans le cercle créé par la langue commune dans laquelle nous conversions depuis notre départ de Jalalabad, et par la faute de M. Bull, je m'exprimais sans aucune spontanéité.

Je regrettais de ne pas avoir plus de temps pour parler à M. Ingram, et demeurer à ses côtés. Ne serait-ce qu'un jour de plus.

— J'en suis persuadé, me répondit-il d'un ton aussi tendu et gauche que moi. J'ai confiance en vous.

Je pris sa main entre les miennes et la pressai sur mon front, les yeux baissés. J'inhalai l'odeur de propreté de sa peau.

— Allez en paix, David Ingram.

J'étais emportée dans un tourbillon d'émoi et de regrets. Pourquoi n'avais-je... n'avais-je pas quoi ? Qu'est-ce que je regrettais ne pas avoir fait ? *Je ne vous reverrai jamais.*

— Et que la paix soit sur vous, répondit-il, à la mode de mon peuple.

Il posa à son tour la main sur la mienne et la pressa avec une telle intensité que je sus que ses doigts resteraient imprimés sur ma peau. Un sentiment inattendu – et inconnu – me submergea comme la houle et je compris que, si je levais les yeux vers lui, il allait lire quelque chose sur mon visage, quelque chose qui n'aurait pas dû s'y trouver.

Puis il lâcha ma main.

Je perçus comme un chuchotement d'air déplacé quand il franchit la porte pour rentrer dans la maison. De mon côté, je restai immobile sur place, les yeux braqués sur le sol, ma main conservant encore la chaleur de la sienne.

M. Ingram avait été près de moi pendant... Je n'arrivais pas à compter le temps. Près de trois mois, sans doute ? Nous avions eu beau essayer de rester dans nos propres mondes, sa présence familière m'avait toujours réconfortée. J'avais su ce que je pouvais attendre de lui et je m'étais sentie en sécurité. Et je réalisai seulement à présent le peu de chose que je connaissais de lui et de sa vie. Au début, il n'avait été qu'un sâhib – mon sâhib, comme j'en étais arrivée à le considérer, même si je savais que rien ne me permettait d'utiliser ce possessif, puisqu'il ne m'avait jamais appartenu. Je songeai à tout ce qu'il avait fait pour moi. Le jour où je l'avais supplié de m'emmener loin du bouzkashi, il l'avait fait. Le jour où je l'avais imploré de partir avec lui de Jalalabad, il avait également accepté et m'avait même trouvé une place dans la famille de Layak. Le jour où j'étais tombée malade, il aurait pu me laisser mourir au bord du fleuve, car personne n'aurait jamais su ce qui m'était arrivé, mais il m'avait emmenée jusqu'à la hutte où Prita m'avait soignée avec une générosité doublée d'une grande douceur. Et il aurait pu me laisser me débattre seule à Multan, sous prétexte de s'être suffisamment occupé de moi comme cela. Mais il ne l'avait pas fait.

Me revinrent en mémoire les moments où il me calmait pendant ma maladie auprès du fleuve, à l'aide de ses mains fraîches et de ses poèmes, celui où il m'avait transportée à l'intérieur de la cabane derrière la grande maison. Je songeai à notre long périple à cheval, sur la péniche et sur le vapeur. Aux images de moi qu'il avait dessinées, à la manière dont il avait dû m'étudier, à ses mains et à ses yeux qui me connaissaient assez pour recréer, avec une ressemblance frappante, mes yeux, mes cheveux, ma bouche...

Cette partie de ma vie était à présent close. Il m'avait amenée ici, à Bombay, et voilà qu'il était parti. Et avec son départ abrupt se déchira le dernier fil qui me retenait à ma vie antérieure. Je me retrouvai complètement seule, à flotter dans cet endroit inconnu.

32

Pendant plusieurs minutes après le départ de M. Ingram, je fixai du regard le cadre vide de la porte, sans avoir conscience de moi-même, ni de l'endroit où je me trouvais. Puis j'entendis prononcer mon nom et je me tournai.

J'avais oublié qu'on pouvait lire à livre ouvert sur mon visage, oublié que M. Bull était installé dans la véranda.

— Mademoiselle Daryâ, répéta-t-il.

Ses yeux s'attardèrent sur l'anneau que je portais au nez et sur mes hurquus, avant que je puisse remettre mon foulard en place. Une expression bizarre s'inscrivit alors sur son visage. Ses paupières s'abaissèrent très légèrement, comme si elles lui pesaient, et il fixa ses yeux sur moi d'une manière qui me fit frissonner, en dépit de l'air brûlant. Un instant plus tard, il cilla et m'adressa un sourire qui dénuda des dents droites et solides, légèrement jaunies par le tabac. D'un seul mouvement rapide, il se leva, s'approcha de moi et saisit ma main. La main qu'avait tenue M. Ingram quelques instants plus tôt seulement.

Cet attouchement inattendu me prit de court. Malgré le caractère inconvenant de ce geste, il l'accomplit avec une telle assurance, il me serra la main si franchement, que j'en conclus, l'espace d'un instant, qu'il n'avait pas conscience de son erreur, qu'il se conduisait simplement comme l'aurait fait d'habitude un Anglais avec une femme. Mais non. Il avait vécu en Orient, il ne pouvait ignorer la manière décente de traiter une femme. Je reculai, et il lâcha tout de suite mes doigts.

— Ne soyez pas bouleversée, mademoiselle Daryâ, me dit-il. Je vois bien que vous êtes secouée par le départ de M. Ingram. Je voulais juste vous réconforter. (Il me désigna le fauteuil voisin du sien.) Asseyez-vous et bavardons.

— Je dois aller travailler.

Je jetai un coup d'œil vers la pelouse où Kavindra s'occupait des deux petits sâhibs. Elle se protégea les yeux de la main pour regarder dans ma direction.

— Si vous le devez, dit-il, avant de se rasseoir.

Il posa un pied sur un tabouret et dit un mot à un garçon assis en tailleur à l'autre bout de la véranda. Le garçon se leva d'un bond pour courir vers lui. Un éventail composé de longues plumes multicolores dans les mains, il se plaça derrière son fauteuil. Puis il se mit à agiter lentement l'éventail au-dessus de sa tête. Alors que j'allais me tourner pour rejoindre Kavindra, M. Bull souleva son verre et un reflet doré scintilla à son petit doigt : il provenait d'une bague sertie d'une pierre noire.

Le reste de la journée me parut interminable. J'avais les idées embrouillées à cause de toutes ces langues que je ne comprenais pas, de ces soins quotidiens à donner aux enfants que j'essayais de suivre, de mes efforts pour éviter Unma. Je me demandai, un instant, si elle ne m'en voulait pas d'être musulmane. Il y avait une autre ayah, chargée de s'occuper de memsahib Andrews, qui était aussi hindoue. Tous les autres domestiques étaient de sexe masculin. J'étais incapable de me débarrasser de la tristesse qui me terrassait chaque fois que je pensais à M. Ingram, que je me rappelais qu'il se trouvait ailleurs et qu'il allait bientôt quitter ce pays. Alors que moi, je resterais. J'étais stupéfaite d'être si affligée par sa perte.

Je ne vis rien de l'intérieur de la grande maison, hormis la pièce séparée réservée aux enfants. Kavindra me fit franchir plusieurs portes pour y pénétrer. Toutes semblables à celles de la véranda, elles étaient fabriquées de lattes ajourées de manière à laisser passer l'air. La chambre était équipée de deux lits élevés et d'un troisième, encore plus haut, entouré de barreaux. Evie-baba était allongée dedans. Je la regardai se retourner avec difficulté en raison de sa faiblesse et vagir sur le petit matelas. Les barreaux étaient manifestement destinés à l'empêcher de tomber à terre. Les pieds de tous les lits étaient posés sur des petites soucoupes contenant de l'eau. En voyant la multitude d'insectes qui rampaient et grouillaient sur le sol, je compris que cette eau leur interdisait de grimper le long des pieds du lit et d'aller s'attaquer aux enfants pendant leur sommeil. Chaque lit était entièrement drapé d'une étoffe blanche transparente qui donnait une apparence surnaturelle aux petits garçons et au bébé, semblables à de pâles fantômes dans cette prison de gaze. Penser qu'on les laissait dormir seuls dans cette chambre m'attrista. Aucun petit enfant afghan – ni aucun enfant indigène que j'avais vu aux Indes – ne demeurait sans la présence rassurante d'une femme.

Quand la nuit tomba, après le repas, la toilette et l'installation des enfants dans leurs lits, Unma et Kavindra s'étendirent sur des paillasses installées le long d'un mur de la chambre d'enfants. Il y avait une troisième paillasse mais, alors que je me dirigeais vers elle, Unma me rejeta d'un geste violent de la main :

— Unma dit toi dormir cabane, Daryâ, m'apprit Kavindra.

Je franchis donc les portes de bois, puis l'espace planté d'arbres et de buissons en fleurs et celui de terre damée. Le sentier menant aux baraques des domestiques était éclairé par des torches. Je m'allongeai sur ma couche dans la cabane. De la grande maison me parvenaient des bruits éloignés : cliquetis de vaisselle et tintements de verre, voix anglaises et rires, parmi lesquels se détachait celui de M. Bull.

Peut-être allais-je rester à jamais hantée par le deuil de mon pays et la perte de ma famille et de mes amis, mais mon évasion et mon périple vers la sécurité, long et incertain, étaient terminés. Je n'avais pas succombé à la fureur de Shaliq et je n'étais pas devenue la paria en haillons de mes cauchemars. J'étais nourrie et logée. La memsahib paraissait bonne ; les enfants m'incitaient à sourire. Kavindra, en dépit de sa timidité, ne semblait pas hostile. Quant à Unma, je parviendrais à supporter son attitude.

J'étais en sécurité ici, et tout allait bien.

Mais dans ce cas, pour quelle raison étais-je incapable d'arracher mes pensées à mon voyage avec M. Ingram ? Si mon destin m'avait paru totalement incertain pendant que je me trouvais à ses côtés, je regrettais à présent de ne pas avoir alors eu conscience de la liberté dont je jouissais. Ces réflexions nocturnes étiraient cette période, éclaircissaient le visage de M. Ingram. Je tentai d'analyser les émotions qu'il exprimait, à l'instant où il avait pris congé de moi. S'agissait-il de regrets ? De tristesse ? Ou faisais-je preuve d'une imagination trop débordante ? N'était-ce pas plutôt du soulagement, une sensation de liberté à la perspective d'être enfin débarrassé de moi ? Je m'interrogeai sans répit, je revis les esquisses qu'il avait faites de moi, le regard que j'avais parfois surpris sur son visage : quand je riais à la vue des dauphins, que je récitais Rûmî ou que je contemplais les vagues. Je songeai à la manière dont il m'avait serré la main plus fort que je ne m'y attendais à l'instant de son départ.

Cependant, il était parti à jamais. Je devais cesser de penser à lui. Cesser de penser à mon ancienne vie dans mon watan. J'avais entamé une nouvelle existence, dans un nouveau pays. J'apprendrais ses langues et je deviendrais la meilleure ayah possible. Je ne devais rien espérer d'autre.

Tu ne rêves donc que d'une si petite vie, Daryâ jan ?

J'ouvris les yeux dans l'obscurité. *N'ai-je pas fait assez d'efforts, Mâdar Kalân ? Comment peux-tu attendre autant de moi ?*

Daryâ jan. Es-tu certaine que tu ne te poses pas la question suivante : pourquoi attendrais-je si peu de moi-même ? Si tu es prête à accepter cette vie, tu dois être persuadée que tu n'es pas capable d'autre chose.

Je me tournai sur le flanc pour essayer de faire taire la voix de ma grand-mère dans ma tête et je fermai les yeux très fort.

Le deuxième jour de travail se déroula selon le même schéma que le premier, même si Unma se montra plus brutale, si elle me frappa la main quand je fus incapable de me servir des couverts anglais en argent pour aider sâhib Teddy à manger, si elle marmonna méchamment sous cape et m'assassina du regard. Je refusai de me laisser désarmer par ses rudoiements ou par la confusion que m'inspirait le traitement réservé aux enfants. On ne leur refusait rien. Il leur suffisait de désigner un objet pour que l'une de nous s'empressât de le leur donner. J'ignorais si cela provenait du fait qu'ils étaient des garçons ou des Anglais, ou les deux. Evie-baba était beaucoup trop placide pour exiger quoi que ce fût, mais cela venait évidemment de sa maladie qui semblait l'avoir vidée de toutes ses couleurs et de toute son énergie.

Unma me confia de toute évidence les tâches les plus repoussantes, telles que changer les habits souillés d'Evie-baba ou tuer les insectes dans la chambre des enfants. Elle me demanda aussi d'apporter la cuvette en porcelaine fleurie que les petits garçons utilisaient pour leurs besoins intimes à un vieil hindou uniquement couvert d'un pagne en lambeaux qui semblait l'attendre, le dos voûté, dans la poussière d'un côté de la maison, une main maigre et tremblante tendue pour l'attraper.

C'est cela que je dois faire, me chuchotai-je durant toute cette deuxième journée interminable. *C'est mon travail. Désormais, je suis ayah.* Nous étions transparentes pour les hommes et les femmes blancs qui entraient et sortaient de la maison ou s'asseyaient dans la véranda, des verres à la main. Les hommes fumaient du tabac dans des feuilles noires enroulées en longs tubes fins. Les domestiques faisaient des courbettes et servaient ces Anglais comme s'ils avaient encore l'âge des sâhibs George ou Teddy, ils satisfaisaient leurs désirs avant même qu'ils fussent exprimés. Les gestes les plus simples devaient être effectués pour eux, d'essuyer la poussière sur une chaussure à remplir un verre avant qu'il fût vide et à écarter les insectes en agitant constamment un petit éventail, mais aucun d'eux ne paraissait jamais inspirer la moindre gratitude des invités.

Je repensai à l'empressement qu'avaient montré à s'écarter les autochtones pour laisser passer M. Ingram sur le quai de Karachi. En apparence, le sang anglais avait bien quelque chose de supérieur.

De même que les autres domestiques, je me déplaçais furtivement, comme si j'étais invisible.

Sauf aux yeux de M. Bull. À deux reprises, je m'aperçus qu'il m'étudiait par une ouverture de fenêtre donnant sur la véranda où je jouais avec les enfants ; à deux reprises, je prétendis ne pas avoir remarqué qu'il me souriait. Plus tard dans la journée, memsahib Andrews s'approcha de l'endroit où nous étions assis tous les trois et s'adressa à Unma en me regardant. Unma répliqua trop vite, trop fort. La memsahib prononça quelques paroles qui parurent la rassurer et la calmer.

— Elle beaucoup bouleversée, me chuchota Kavindra après le départ de la memsahib. Fille d'Unma troisième ayah, mais maintenant toi ici, fille d'Unma doit rentrer maison.

Je regardai Unma qui peignait les cheveux fins d'Evie-baba du bout des doigts. Elle s'y prenait d'une main douce, mais en même temps, elle marmonnait sans nous prêter attention.

— Unma pas pouvoir être en colère contre memsahib. Alors doit être en colère contre toi. (Kavindra se pencha plus près de moi, et elle parut hésiter.) Daryâ, Unma depuis longtemps préférée memsahib. Memsahib dire à Unma pas s'inquiéter, dire doit te prendre maintenant, parce que grand monsieur qui t'amène ici le vouloir, mais quand lui partir bientôt sur grand bateau... (Elle hocha la tête). Peut-être pas bon pour toi, Daryâ. J'ai entendu. Notre memsahib très gentille dame, mais quand bateau parti, elle te mettre ayah dans autre endroit, pour Unma redevenir heureuse. Ayahs connaître toutes ce sâhib où toi ira. Pas bien.

Cette nuit-là, je m'agitai de nouveau dans la cabane. Kavindra m'avait-elle dit la vérité ? Son visage paraissait sincère. Ne connaîtrais-je plus jamais la sécurité dans ma vie ?

Le lendemain matin, Kavindra et moi étions assises sur la véranda avec les petits sâhibs. Teddy venait de pleurer parce que Kavindra avait voulu l'obliger à garder son solide *topi* blanc sur la tête même quand il était à l'ombre et, pour l'égayer, elle avait joué un air tout simple à l'aide de baguettes et de petites clochettes. Teddy avait oublié son chagrin et les deux garçonnets l'accompagnaient à présent sur la musique et s'en donnaient à cœur joie.

J'obéis aux ordres que m'avait donnés Unma plus tôt, avant de rentrer dans la maison avec Evie-baba : agenouillée, j'étalai de la pâte noire sur les chaussures de cuir des petits sâhibs, puis je les frottai à l'aide d'un chiffon doux pour les faire briller.

— C'est le travail des Sudras – notre caste la plus basse – comme celui qui emporte les pots fleuris – m'apprit Kavindra après le départ d'Unma. Mais

Unma dit toi le faire maintenant. Toi... avoir droit toucher cuir ; toi pas comme bonne hindoue.

Bonne hindoue. Cette expression me fit penser que je ne priais plus, que je nourrissais des pensées dénuées de charité à l'égard d'Allah. Des pensées bien trop fréquentes à l'égard de M. Ingram. Je savais que je n'étais plus désormais une bonne musulmane.

Je frottai vigoureusement l'endroit du petit orteil sur le soulier, comme si je voulais essayer d'effacer mes réflexions à propos de mon manque de foi. Alors que je m'escrimais, les bouts brillants d'une autre paire de chaussures s'arrêtèrent sous mes yeux. Je me calai sur les talons et levai la tête. C'était M. Bull.

Il émit une espèce de murmure de désarroi.

— Ce spectacle est vraiment déprimant, me dit-il. Une femme comme vous ne devrait pas être réduite à une corvée si ingrate. Je vous en prie, arrêtez.

— Je ne peux pas, Monsieur Bull. Si Unma me voit, elle rapportera à la memsahib que je n'ai pas...

Il rejeta ma remarque d'un geste.

— Je suis un burra-sâhib. Si je vous demande d'arrêter, c'est à moi que vous devez obéir, pas à Unma. À présent, joignez-vous à moi, mademoiselle Daryâ.

Il prit place dans un fauteuil rembourré de coussins et me désigna le fauteuil voisin.

Avec un coup d'œil à Kavindra, je replaçai la pâte et les chiffons dans leur boîte de bois, et je m'essuyai les mains sur un linge propre en me relevant. J'hésitai, mais M. Bull tapota de nouveau le siège. Je me perchai sur le bord, les mains jointes sur les genoux.

— Bon. Je dois juste voir...

Il se pencha pour libérer doucement le bas de mon visage du foulard. Je m'écartai en sursaut, les yeux fixés sur le sol dans le but de lui cacher la colère que m'inspirait cette familiarité répugnante. J'étais soulagée que Kavindra n'eût rien vu, car elle était encore occupée avec les garçons.

— Pardon, dit-il, ce qui fit bondir mon cœur.

Je savais que mon visage ne dissimulait pas le dégoût que m'inspiraient son attitude et son hypocrisie flagrante. De toute évidence, il n'était pas du tout navré.

— Les marques de votre visage me fascinent tellement. Depuis que je les ai aperçues l'autre jour, je n'ai pas arrêté de penser à elles. À vous.

Son sourire était affable et ouvert. De toute évidence, son comportement ne venait pas d'un manque de manières ou de connaissances. Il était en fait tellement sûr de lui qu'il n'envisageait pas plus l'interprétation que risquaient de susciter ses actes que leurs conséquences – ou alors il s'en moquait. Il avait tout d'un enfant effronté, habitué à être pardonné, et présumant qu'il le serait toujours.

— Je comprends votre culture, mademoiselle Daryâ, me dit-il, comme s'il était capable de lire dans mes pensées, et je sais bien que vous êtes gênée que je vous voie ainsi. Mais j'ai l'impression que vous êtes... différente de nombreuses autres musulmanes. Je me trompe ?

Bien sûr que j'étais différente. Tous les événements que j'avais vécus – tous ceux que j'avais provoqués – me rendaient différente. Mais il n'attendait pas une réponse à cette question.

— Vous devez m'en parler... me parler de ces marques. Bien que j'aie beaucoup voyagé – et vécu – dans un certain nombre de pays orientaux, c'est la première fois que je vois ce dessin spécifique. Que signifient-elles exactement ? M. Ingram m'a dit que vous étiez tadjik. (Il se leva alors, prit mon menton dans une main et fit tourner mon visage de profil.) Je suis vraiment fasciné. Pouvez-vous m'expliquer comment elles ont été réalisées ? Les techniques varient selon les peuples.

Il se tenait si près de moi que le bord de sa veste effleurait mon épaule. Une odeur de tabac et d'une espèce de poudre fleurie, qui ne cachait cependant pas les vagues relents de transpiration dont était imbibé son costume de laine, se dégageait de lui.

Je m'efforçai de garder mon calme. Pouvais-je continuer à attribuer son attitude scandaleuse à sa personnalité ou – cela me vint subitement à l'esprit – au simple fait qu'il était anglais ? Non. M. Ingram ne s'était jamais comporté de la sorte. Il m'avait toujours traitée avec respect, même quand j'étais au fond du trou. Mais évidemment... il n'était pas un véritable Anglais.

M. Bull relâcha mon menton et se rassit.

— Ne soyez pas timide. Expliquez-moi, s'il vous plaît, me dit-il.

Je ravalai ma colère. Je ne voyais guère ce que je pouvais faire, hormis lui répondre. Je lui résumai le procédé le plus brièvement possible.

— Ça fait mal ?

Il se passa la langue sur les lèvres. Sous son épaisse moustache cuivrée, elles étaient pleines. Trop pleines peut-être pour être tout à fait viriles.

Je dirigeai mon regard vers ce qui s'offrait à lui au-delà de la véranda : les arbres, les buissons en fleurs, le chemin menant au baraquement.

— Un peu, dis-je. Je ne m'en souviens plus. C'était il y a plusieurs années.

— C'est un rituel tadjik ? De passage à l'âge de femme, peut-être ?

— Ces tatouages ne sont pas tadjiks. Les femmes tadjiks ne sont pas parées d'hurquus.

— Hurquus...

Il fit rouler le mot sur sa langue comme s'il lui plaisait.

— Mais si vous êtes tadjik...

— Ils symbolisent la bonne santé, la fécondité, chez les Ghilzais. Et ils servent à rehausser la beauté.

— Pour quelle raison avez-vous été marquée par les Ghilzais ?

— Pour mon mari, finis-je par lui répondre en face, un Pachtoune de cette tribu. C'est lui qui le voulait.

— Votre mari ? Vous étiez mariée ?

J'ignorais si cette nouvelle lui plaisait ou lui déplaisait, mais il me dévisageait avec encore plus d'intensité.

— Oui, répondis-je en me détournant de nouveau.

— De plus en plus fascinant, me dit-il, car David Ingram m'a raconté que vous étiez une jeune femme seule au monde.

— Il vous a dit la vérité. Je ne me considère plus comme mariée.

Je disais vrai : même si je demeurais liée à Shaliq par l'islam, je ne remplissais plus aucun devoir d'épouse. Je me détachais de l'islam de bien des manières. J'extirpai la pâte noire coincée sous mes ongles.

Pour sa part, M. Bull affichait de nouveau cette expression dolente, celle qui était passée fugacement sur ses traits quand il avait vu pour la première fois mon visage dévoilé.

Je me levai.

— Je dois travailler.

— Encore un instant, s'il vous plaît, me dit-il en inclinant la tête. Vous avez une si jolie voix. Feriez-vous quelque chose pour moi ?

J'attendis.

— Vous avez dit que vous connaissiez une chanson sur la Grande-Bretagne. C'est M. Ingram qui vous l'a enseignée ?

— Non.

— Qui, dans ce cas ? Qui vous a appris une chanson anglaise ? Vous avez connu beaucoup d'autres messieurs anglais ? Vous me cachez quelque chose, mademoiselle Daryâ ?

Son insinuation me déplut.

— Non, dis-je. C'est ma grand-mère qui me l'a apprise.

— Votre grand-mère ?

— Elle connaissait beaucoup de choses en ce monde.

Il reprit ma main et je demeurai figée.

— Mademoiselle Daryâ, me dit-il. Je ne vous laisserai pas partir tant que vous ne me l'aurez pas chantée.

J'étudiai son visage : il souriait et me contemplait avec des yeux de serpent, sans ciller. Il employait peut-être le ton de la plaisanterie, mais il était sérieux.

— Je n'en connais que quelques paroles, dis-je.

— Ça ira.

J'inspirai à fond et entonnai très bas : « Rule Britannia ». J'espérais que Kavindra continuerait à faire résonner sa musique tambourinante avec les garçons et qu'elle ne m'entendrait pas chanter pour cet homme qui me tenait la main. Je ne savais même plus si je me souvenais du rythme correct. Je chantai vite, sans presque reprendre mon souffle, car je voulais en avoir terminé le plus rapidement possible. J'avais honte et j'étais furieuse de m'être laissé ainsi acculer par M. Bull.

— *Britannia rule the waves ; Britons will never be slaves*, conclus-je. Je n'en sais pas plus.

M. Bull lâcha ma main pour pouvoir m'applaudir. Il souriait toujours.

— C'est splendide ! Tout simplement adorable, mademoiselle Daryâ, d'entendre l'anglais sortir si joliment d'une bouche indigène. Vous êtes vraiment intelligente.

— À présent, je vais travailler, déclarai-je.

Il laissa échapper un soupir appuyé, comme s'il était vraiment triste, et il posa une main sur son cœur.

— Je suis vraiment déçu, me dit-il.

Je retournai m'occuper des souliers de cuir. Quand il sortit de la véranda quelques instants plus tard, je poussai un soupir de soulagement. Contrairement au sien, il s'agissait d'un vrai soupir.

Ce soir-là, alors qu'assise dans ma cabane, je contemplais les images d'un livre d'enfants à la lueur d'une chandelle, j'entendis un bruit de pas feutrés sur le chemin recouvert de coquillages finement brisés. Ma main qui tournait une page se pétrifia. Je n'avais pas demandé la permission d'emprunter ce livre, je m'étais contentée de le prendre sur une table en sortant de la chambre d'enfants, dans l'idée qu'il m'aiderait à passer le temps avant de m'endormir. Et si Unma m'avait vue et était allée raconter à memsahib Andrews que je l'avais volé ? Unma serait sans doute ravie de me créer cet ennui, de se débarrasser de moi plus tôt que prévu, pour un motif indiscutable. Je me levai d'un bond, sans lâcher le livre. Si j'essayais de le cacher, j'aurais vraiment l'air d'une voleuse.

Mais il ne s'agissait pas de la memsahib. C'était M. Bull, une petite lampe à gaz dans une main et un verre du liquide ambré dans l'autre.

— Ne vous inquiétez pas, mademoiselle Daryâ. Et ne vous donnez pas le mal de tripoter votre foulard.

Cependant, j'avais déjà recouvert le bas de mon visage, et il poussa un soupir identique à celui de l'après-midi.

— La soirée devenait très ennuyeuse, les invités sinistres et complètement prévisibles. J'ai décidé de faire une promenade dans le jardin, et j'ai aperçu la lumière de votre chandelle. Pourquoi êtes-vous encore éveillée ? Tous les autres domestiques, sauf ceux en service, dorment déjà.

Je haussai les épaules.

M. Bull poussa un autre soupir. J'étais agacée de voir un homme manifester ainsi son irritation.

— Je m'ennuie terriblement. Heureusement, je serai parti d'ici à quelques jours.

Il porta subitement une main à son ventre et respira à fond en faisant une grimace, comme s'il souffrait.

— Où irez-vous ?

J'étais soulagée d'apprendre qu'il n'allait plus rester ici longtemps, même si j'espérais que ma voix ne trahissait pas trop mon impatience de le savoir parti.

— Chez moi. En Angleterre. J'aurai effectué mon dernier voyage aux Indes. J'ai eu beau vivre sous ce climat pendant la plus grande partie de ma vie, je ne le supporte subitement plus. Depuis mon arrivée il y a plusieurs mois, j'ai été plus ou moins souffrant. (Il pressa de nouveau la paume contre son ventre.) Je pensais que la saison fraîche soulagerait mes symptômes, mais je crains d'avoir à regarder la vérité en face. Je vais rentrer chez moi, et je devrais me satisfaire de mes petites Indes en Angleterre.

— Petites Indes en Angleterre ? Qu'est-ce que vous voulez dire ?

— J'ai essayé de recréer le mode de vie hindou chez moi. (Il fit rouler le liquide dans le verre, le porta à ses lèvres et le contempla.) Il me plaît tellement : cette abondance de couleurs, de saveurs et d'odeurs. Et les domestiques... Tellement plus loyaux et serviables que ceux de chez nous. Bien évidemment, ma tentative londonienne est à échelle très réduite, mais je fais de mon mieux.

Il avala une rasade.

Je frottai la couverture du livre des doigts.

— Qu'est-ce que vous regardez ?

Il se rapprocha, déposa la lampe à côté de la chandelle sur la table basse. Lorsqu'il se redressa, si proche de moi, je reculai d'instinct.

Il sourit et inclina la tête, comme s'il allait me gronder.

— Allons, mademoiselle Daryâ.

Je tenais le livre entre nous.

— Je le rendrai demain. Il appartient aux petits sâhibs. Je voulais juste pouvoir le regarder pendant la soirée. Je le rendrai demain matin, répétai-je.

— Dans le bungalow, il y a des livres beaucoup plus intéressants que ces albums d'images simplettes pour enfants. Si cela vous plaît, je vous en apporterai quelques-uns. Demain.

— Comme vous voudrez.

Je ne savais où porter le regard. Il me contemplait toujours de ses yeux fixes.

— Me trouvez-vous séduisant, mademoiselle Daryâ ?

La brusquerie indécente de sa question m'incita à baisser la tête sur-le-champ et à regarder mes pieds.

— Ne pouvez-vous pas lever les yeux pour me répondre ? J'espère que si. Je vous trouve très attirante.

— Monsieur Bull – c'était la première fois que je prononçais son nom –, je ne veux pas de vous ici. Je vous en prie. Retournez à la maison.

Je gardai la tête baissée.

— N'ayez pas peur.

— Je n'ai pas peur, répliquai-je, même si sa présence me mettait affreusement mal à l'aise, alors que j'étais seule dans la cabane pleine d'ombres projetées par la chandelle et par sa lampe.

— Je vous crois. Vous êtes vraiment une jeune femme courageuse. Si loin de chez vous, manifestement aventureuse. Capable de vous adapter à un environnement étranger, des conditions nouvelles.

J'avais beau ne pas apprécier sa présence, ses remarques m'inspirèrent une bouffée de fierté. J'aurais aimé les entendre de la bouche de M. Ingram lorsque nous étions assis dans la véranda en compagnie de la memsahib, quelques jours auparavant. Pas l'entendre dire que je travaillais dur.

Mais je ne voulais pas montrer à M. Bull que sa remarque me faisait plaisir.

— Je ne suis personne, monsieur Bull. Juste une femme… sans foyer, sans enfant, qui fait le nécessaire pour survivre.

Je me décidai enfin à relever la tête. Il haussa les sourcils.

— Je n'ai pas cette vision de vous, ma chère. Je vous trouve très exotique.

— Exotique ? Et pour quelle raison ?

Je n'avais pas envie de continuer à bavarder avec cet homme, mais ses compliments avaient en quelque sorte la même saveur que celle d'aliments mijotant sur le feu quand on a faim.

— Je suis ordinaire.

Ce n'était que de l'orgueil, un orgueil feint qui m'incitait à vouloir entendre ce qu'il avait à me dire sur moi.

— En Angleterre, on ne vous trouverait pas ordinaire. Là-bas, on est fasciné par la vie dans d'autres lieux – surtout, en ce moment, par la vie en Orient. De nombreux tableaux représentant des femmes telles que vous – jeunes et belles, dont le parfum inconnu exerce une attraction – sont exposés en ce moment à Londres.

Se moquait-il de moi ? Je n'étais ni belle ni attirante. J'étais trop grande et, même si j'étais parée des tatouages appréciés des Ghilzais, personne ne m'avait jamais décrite en ces termes.

— L'idée de vivre à Londres pourrait-elle un jour vous séduire, mademoiselle Daryâ ?

— Que voulez-vous dire ? De quoi parlez-vous, monsieur Bull ?

— David Ingram a dû vous présenter des images de l'Angleterre qui ont éveillé votre imagination, non ?

Je fis non de la tête.

— Il ne vous a pas vanté les gloires de notre beau pays ? Eh bien, cela ne m'étonne guère, étant donné qu'il est plus à l'aise ici qu'en Angleterre. Non, je ne suis pas du tout étonné, sachant ce que je sais de notre beau et jeune Ingram, de son caractère fantasque et de son ignorance des convenances. Même si j'ai vu de mes propres yeux comment cette expression sombre et mélancolique rend les jeunes Anglaises folles. (Sa voix s'était teintée d'une espèce de raillerie.) Évidemment, vous ne vous en apercevriez pas, mademoiselle Daryâ, si vous ne pouviez pas établir de comparaison avec un autre Anglais – un Anglais véritable, convenable – tel que moi.

Son discours et sa manière de le prononcer me déplaisaient. On aurait dit qu'il essayait de me présenter M. Ingram sous un mauvais jour, alors qu'il n'était pas là pour se défendre.

— Vous ne devez pas vous faire une idée de tous les Anglais à partir de David Ingram. C'est tout à fait injuste. Bref, reprit-il avec un hochement de tête d'agacement, pour revenir à mes réflexions, envisageriez-vous, mademoiselle Daryâ, de rendre visite aux sites de notre magnifique empire ?

Je ne le lâchai pas du regard. Il but une nouvelle rasade.

— En fait, c'est très simple. Je peux vous procurer une traversée à bord du navire. Vous devriez dormir en bas, avec les autres indigènes, et c'est un voyage diablement long, mais une fois que nous aurons atteint les rivages anglais...

Je secouai la tête.

— Pour quelle raison me rendrais-je en Angleterre ? Qu'est-ce qui m'attendrait là-bas ?

— Qu'est-ce qui vous attendrait là-bas ? Eh bien, le plaisir. Le plaisir à l'état pur. N'avez-vous pas l'impression de le mériter ? (Il vida son verre.) Ou préférez-vous rester ayah, à trimer pour quelques roupies par an ? Comme je vous l'ai dit, poursuivit-il sans attendre ma réponse, j'ai recréé mon petit monde hindou chez moi à Londres, j'y mène une vie identique à celle que j'ai toujours appréciée ici. Et j'aime ouvrir ce monde – ma maison – aux autres. Nombreux sont ceux qui apprécient mon hospitalité et mes cadeaux exotiques. Je me plais à me considérer un peu comme un nabab, ma chère.

J'ignorais ce qu'était un nabab, et je n'en avais que faire.

— Je trouve que votre idée n'a aucun sens. Elle me fait penser à une tasse sans fond, à un lit de rivière à sec. Une femme sans enfant, conclus-je avec un brin d'amertume. Qui voudrait de moi là-bas ?

— Cela ne vous ferait pas plaisir de voir ce cher vieil empire britannique dont vous a parlé votre grand-mère ? Je vous fais une proposition hors du commun, mademoiselle Daryâ. Tout à fait hors du commun.

Une proposition.

— Et qu'attendriez-vous de moi en retour ? demandai-je d'une voix lente et bien claire.

Mes joues me brûlaient.

La porte ouverte laissa passer un souffle de brise et le visage de M. Bull s'assombrit très légèrement, à moins que cette impression ne fût créée par la flamme vacillante de la chandelle qui crachota et s'éteignit.

— Franchement ! dit-il d'une voix sourde. Toute cette distance, entre Jalalabad et Bombay, avec David Ingram. Juste vous deux. Vous avez dû apprendre à très, très bien le connaître – et vice versa. Je suis sûr que vous l'avez... dirons-nous – remboursé – pour tout ce qu'il a fait pour vous. Et je ne demanderais pas plus que lui.

Mon corps entier s'était à présent embrasé.

— M. Ingram est un homme honnête, répliquai-je.

J'essayais de dissimuler le choc que m'inspirait sa suggestion, je luttais pour garder ma dignité, j'étais désarmée et scandalisée, non seulement par la vision que se faisait de moi M. Bull, mais par celle qu'il avait de M. Ingram.

— Il m'a toujours traitée avec respect. Et moi... moi, monsieur Bull, je suis une femme vertueuse, haletai-je.

Il resta un instant silencieux. Puis il m'adressa un sourire madré.

— Et vous vous attendez à me faire croire cela ? dit-il, adossé au mur. Vous imaginez vraiment que je vais vous croire ? répéta-t-il. Vous étiez une femme mariée, pas une jeune fille apeurée dont la virginité était en jeu. (Je retins de nouveau mon souffle, outrée par son propos.) Moi aussi, je suis un homme honnête, à ma manière, Daryâ, car je pourrais éteindre cette lampe et vous prendre sur-le-champ, si je n'étais pas un gentleman. Ne pensez-vous pas que c'est le sort que vous connaîtrez avec d'autres burra-sâhibs ? Les nouvelles circulent vite dans ces minuscules enclaves britanniques. À qui le direz-vous quand – non pas si, mais quand – cela se produira ? Et de plus, qui s'en souciera ?

Mon cœur tambourinait et mes idées tourbillonnaient.

— Je suis une bonne musulmane, répétai-je, je...
— Arrêtez là vos protestations assommantes, Daryâ. Aucune bonne musulmane ne parcourt des centaines et des centaines de kilomètres – ne vit pendant des mois – seule avec un jeune homme. Pensez-vous que Mme Andrews ignore que vous n'avez aucune morale, bien que M. Ingram ait essayé de la convaincre du contraire ? Et ne comprenez-vous pas pourquoi les autres servantes vous traitent sans le moindre respect ? Vous êtes une femme déchue, comme on les décrit parmi les Anglais. Qui sait comment les Indiens vous nomment ? Il y a en tout cas une chose dont je suis personnellement sûr : ici, vous ne valez pas grand-chose, Daryâ.

Sans valeur, disait-il. Une fois de plus, je ne valais rien.

— Vous serez donc utilisée selon le bon gré des hommes qui vous désireront. Et bien évidemment arrivera le moment où il y aura un enfant – un métis, rien d'autre – et où vous perdrez votre travail. Vous ne trouverez plus de place que dans l'un des lupanars bruyants de Bombay. (Il inclina la tête.) Oh non, j'ai oublié ! Vous êtes vertueuse. Dans ce cas, vous rejoindrez les mendiantes des quais.

Ce tableau qu'il dressait de mon avenir me fit porter la main à la bouche.

— Je vous ai bouleversée ? Eh bien, réfléchissez à ces images, et à la vie que vous pourriez mener en Angleterre. Je vous traiterais comme une princesse. Ma propre princesse exotique. Réfléchissez-y, Daryâ jan.

Ce terme affectueux, que personne n'avait jamais utilisé en dehors de ma grand-mère, me glaça sur place, et j'eus la sensation d'être traversée par les eaux gelées du Panjshir.

— Nous en reparlerons demain, dit-il d'une voix tout à coup curieusement bienveillante. Je sais à quel point il est dur d'entendre certaines choses. D'apprendre ce que les autres pensent vraiment de vous. Mais je vous offre une issue de secours : un mode de vie dont vous n'avez jamais rêvé, une vie de luxe et de liberté, une vie que quelques chanceux seulement ont l'heur de connaître. Réfléchissez à ma proposition.

Il reprit la lampe et, comme l'obscurité se refermait autour de moi, son visage se précisa davantage. Il se détourna, non sans avoir jeté un coup d'œil par-dessus son épaule avant de sortir.

— Rares sont ceux qui se voient offrir la possibilité de choisir leur destin, me dit-il. Alors réfléchissez, réfléchissez très sérieusement à la vie que vous souhaitez mener.

33

J'allais et venais dans la cabane, les yeux brûlants de fatigue, tandis que mon cœur continuait à cogner dans ma poitrine à la pensée de la proposition totalement indécente que m'avait faite M. Bull. Je ne pouvais imaginer aucun homme de ma culture susceptible de suggérer la même chose à une femme simple et honnête. Je finis par m'allonger dans les ténèbres, les yeux rivés sur le plafond jusqu'au lever du soleil. Pendant que je faisais ma toilette, je continuai à me dire que les propos éhontés de ce khâreji étaient aussi épouvantables qu'insultants. Je pris mon petit déjeuner spartiate et me rendis dans la chambre des enfants.

En y pénétrant, je saisis vraiment le sens de l'expression du visage d'Unma. Je savais à présent qu'elle ne me traitait pas ainsi pour l'unique raison que j'avais temporairement pris le travail de sa fille. Elle toisait en moi la femme de basse éducation, de comportement immoral, comme l'avait fait Fared à Jalalabad. Quant à la timidité présumée de Kavindra à mon égard, c'était en réalité une fascination trouble – pourquoi la memsahib autorisait-elle une femme comme moi à se mêler à elles ?

Ce jour-là, j'éprouvai encore plus de difficultés à travailler ; j'étais distraite, les caprices des enfants me perçaient les tympans, Evie-baba ne cessait de geindre. Je sentais qu'Unma – et Kavindra aussi –

jugeaient le moindre de mes gestes, et je voulais leur hurler que je n'étais pas le genre de femme qu'elles imaginaient. Serait-ce ainsi partout où je travaillerais à Bombay ? Ces jugements, ces chuchotis ou cette hostilité ouverte me traqueraient-ils en tous lieux ? Ou pire encore, comme l'avait mentionné M. Bull, les hommes sentiraient-ils qu'ils pouvaient abuser de moi quand l'envie leur en prendrait ?

Quant à lui – M. Bull – il paraissait doué du don d'ubiquité : il me surveillait par les fenêtres ou les portes ouvertes. Assis dans la véranda, une jambe croisée sur l'autre, un pied se balançant dans le vide, il suivait le moindre de mes gestes. J'évitais de le regarder et il se taisait, mais je connaissais ses pensées, et j'en éprouvais de l'angoisse, je m'emmêlais les pieds et les objets me tombaient des mains.

Je m'aperçus que je jetais des coups d'œil aux autres personnes présentes dans la véranda. Le sâhib aux longues moustaches tombantes m'épiait-il ? La memsahib se rembrunissait-elle à cause de la manière dont je portais sâhib Teddy ? L'un des domestiques toujours au garde-à-vous laissait-il échapper un murmure de dégoût à mon passage ou se contentait-il de se racler la gorge ?

J'eus l'impression que cette journée ne se terminerait jamais. Mes craintes m'embrouillaient les idées, mes divagations me déconcentraient, et Unma ne cessait de me foudroyer du regard, de me siffler des ordres que Kavindra me traduisait, elle me laissait clairement entendre que je ne les exécutais pas correctement, que je ne m'occupais pas convenablement des enfants. Quand les petits furent enfin couchés, je trébuchai d'épuisement jusqu'à la cabane. Les lèvres frémissantes, je retenais mes larmes.

Tu es juste fatiguée à cause du manque de sommeil de la nuit dernière, et affaiblie parce que tu étais trop inquiète pour manger, me dis-je à mon entrée, en écartant mon foulard de mes doigts tremblants. Ça ira mieux demain.

Mais avais-je raison ?

Sur ma paillasse était posé un gros livre tendu d'une couverture de soie jaune pâle. Je compris que c'était M. Bull qui me l'avait apporté. J'allumai une chandelle et je m'assis. Je tournai lentement chaque page jusqu'à la dernière, puis je revins en arrière pour en étudier les images une à une. Sur chacune d'elles, je découvris quelque chose d'inconnu, de déconcertant ou de fascinant. Ces images n'étaient pas colorées comme les tableaux suspendus aux murs de la chambre d'enfant ou comme celles de la cabane de Prita à Multan. Elles se déclinaient dans toute la gamme des gris, noir et blanc. Mes doigts qui les effleuraient sentaient presque les formes dures des grands bâtiments, la texture des feuilles des arbres qui bordaient de larges rues pavées, les crinières grossières des chevaux harnachés devant des boîtes ressemblant à de petites maisons.

Des femmes à la peau claire portaient des chapeaux qui évoquaient de gros oiseaux et des robes aux corsages très moulants et aux jupes encombrantes, identiques à celles de memsahib Andrews et de ses amies. Une image représentait un ours debout sur ses pattes arrière. La large lanière qui entourait son cou avait élimé sa fourrure. Il grognait, la gueule ouverte, mais ses dents, petites et carrées, m'étonnèrent. Comment faisait-il pour tuer ses proies ?

— Ces photographies de Londres vous plaisent ? me demanda M. Bull.

Je sursautai, car je ne l'avais pas entendu approcher. Cette fois encore il portait un verre qu'il vida et posa sur l'appui de la fenêtre.

— Ce sont des photographies, répéta-t-il.

Puis il m'expliqua qu'une boîte permettait de capturer ces gens, ces bâtiments et ces animaux et de les faire réapparaître sur le papier. Je ne le crus pas. J'étais persuadée qu'il inventait cette histoire pour m'impressionner. Tout khâreji puissant qu'il fût, il demeurait un homme.

— Des ours marchent dans les rues en Angleterre ? lui demandai-je, à la recherche de la page qui représentait l'animal.

Il s'assit à côté de moi sur la couche. J'écartai mes genoux et serrai mon bras contre mon corps pour éviter tout contact avec lui.

— Non, me répondit-il. Celui-ci se trouve dans... hum, existe-t-il un mot persan ? En anglais : dans un cirque. Et d'autres vivent dans des zoos. Les gens viennent les regarder.

— Les ours ne les blessent pas ?

— Ils sont maintenus en cage dans les zoos, avec beaucoup d'autres animaux et oiseaux.

— Tous en cage ?

Il acquiesça de la tête.

— Ils attendent quoi ? ajoutai-je.

M. Bull se rapprocha pour effleurer l'image de l'ours des doigts.

— Attendent ?

Son visage était beaucoup trop proche. Ses pupilles ressemblaient à des pointes d'aiguille.

— Ils n'attendent rien.

Son haleine dégageait l'odeur forte et désagréable du liquide ambré. Elle me rappelait celle des linges trempés dont Prita s'était servie pour me rafraîchir pendant ma maladie.

— Ils servent à distraire les gens qui viennent les regarder.

Je contemplai sa main, sur la page. Ses doigts étaient fuselés, ses ongles un petit peu trop longs et très lisses, comme s'ils étaient vernis. La pierre noire de sa bague lançait des éclats à la lumière de la lampe.

— Dans ce cas, un ours est exotique en Angleterre ?

Il ôta sa main de la page, tandis que je refermais le livre d'un claquement et le tenais serré contre ma poitrine.

— Je serais donc comme cet ours ? dis-je en me levant. Là pour vous distraire ? Dites-moi la vérité, monsieur Bull, ajoutai-je en le toisant de toute ma hauteur : vous me confineriez aussi derrière des barreaux ?

— Bien sûr que non ! répliqua-t-il, sans parvenir à dissimuler sa colère.

Il se leva à son tour pour m'affronter. Il avait le front humide de transpiration, et un tic tordait régulièrement son visage. Je compris que la maladie qui le tenaillait lui procurait un grand inconfort.

— Je ne vous force pas à venir en Angleterre. Si vous n'en avez pas envie, dites-le-moi maintenant, et vous pourrez rester ici et demeurer servante jusqu'à la fin de vos jours. (Il m'arracha le livre des mains.) Je vous rends un service, Daryâ.

Je remarquai qu'il s'abstenait désormais de faire précéder mon prénom du *mademoiselle* officiel.

Nous gardâmes le silence. Mais je trouvais plus facile de m'adresser à lui quand il arborait cette expression agacée, au lieu du léger amusement qu'il affichait d'ordinaire quand il m'observait.

— Si... monsieur Bull, si j'envisageais, ne serait-ce qu'un instant, de venir avec vous... (Son expression se modifia, très légèrement, et les mots qui sortirent de ma bouche me choquèrent.)... Pourrais-je revenir si je ne me plaisais pas là-bas ?

Que venais-je de dire ? Avais-je effectivement songé à l'accompagner en Angleterre ?

L'une des commissures de ses lèvres se retroussa.

— Vous n'êtes pas captive, Daryâ. Vous pouvez retourner tout de suite dans votre propre pays si tel est votre désir. Personne ne vous en empêche, à ce que je sache ?

J'observai sa bouche. Non, je n'étais pas captive. Mais je n'avais aucun moyen de rentrer en Afghanistan, rien à rejoindre là-bas. Et si je partais en Angleterre, je n'aurais rien à retrouver aux Indes. De toute évidence, je m'éloignais de plus en plus de mon univers familier. Plus la distance augmentait, plus je poursuivais ma quête de... de ma vie, plus cette dernière me paraissait lointaine. Toujours hors d'atteinte. Et pourtant, pouvais-je abandonner, cesser de tendre le bras pour essayer de la toucher ?

— Pourquoi me regardez-vous ainsi ? Je viens de vous dire que vous ne seriez pas captive. Et vous ne seriez en aucune façon maltraitée. En fait, vous jouiriez de luxes dont vous ne soupçonnez même pas l'existence. Vous n'auriez plus jamais à polir de chaussures ou à vous occuper d'enfants morveux, au visage de papier mâché. Vous n'auriez plus rien à faire, hormis jouir de la vie. Comme je vous l'ai dit hier, ma chère, je vous offre la liberté.

Il ramassa le verre vide et glissa le livre sous son bras, puis il s'éloigna à pas lents sur le sentier, en s'arrêtant à deux reprises pour se pencher légèrement en avant, le bras replié sur le ventre. Je l'observai, mais il ne se retourna pas.

Je soufflai la chandelle et m'approchai de la fenêtre ouverte. Au-dessus de la grande maison et des arbres environnants, la lune, gigantesque et blanche, se levait et baignait tout d'une lumière mystique et argentée. Je songeai au visage de ma grand-mère, à mon pays natal que j'avais quitté. Je songeai aux adieux de M. Ingram et à l'offre de M. Bull.

Je repensai à l'avenir qu'il m'avait décrit si je restais ici : la memsahib me placerait bientôt chez d'autres gens, et la rumeur quant au genre de femme que j'étais aurait vite fait de se propager. Je n'aurais ni maison ni famille où me rendre les jours de fête, car les autres ayahs se feraient de moi la même opinion qu'Unma et Kavindra et ne m'inviteraient jamais à me joindre à elles. Au mieux, je serais la propriété d'une memsahib ou d'une autre jusqu'à la fin de ma vie à Bombay. Comme je n'avais personne pour me protéger, des hommes sans scrupules ne se gêneraient peut-être effectivement pas pour m'utiliser. Ce khâreji me proposait quelque chose de totalement inconnu. S'il disait la vérité, je ne serais pas une domestique, sans être cependant libre. Je lui appartiendrais, et il se servirait de moi selon son bon plaisir.

Ma grand-mère m'avait dit qu'il me fallait trouver un mode de vie qui m'apporterait la liberté et la sensation d'être vivante. En dépit de l'offre tentante de M. Bull, je ne trouverais pas cette liberté auprès de lui, puisque je serais sa chose. Et pourtant, j'avais toujours appartenu à quelqu'un. À mon père pour commencer, puis à mon mari. Aujourd'hui j'appartenais à memsahib Andrews et, plus tard, ce serait à une autre memsahib.

J'avais toujours travaillé dur, en échange de rares remerciements et de bien peu de plaisirs. Si je choisissais de rester ici, cette situation ne se perpétuerait-elle pas : une vie de servitude et de solitude ?

En Angleterre, à en croire M. Bull, je n'aurais ni travail ni obligations, en dehors du devoir nocturne. Je songeai à Shaliq, et au néant que j'avais fini par éprouver – après les premiers mois épouvantables – quand il venait sur moi la nuit. Je ne ressentais pas de douleur, physique ou mentale, rien qu'une irritation répugnante, répétée en cadence, qui avait vite fait de passer. Serait-ce tellement différent avec cet homme ? Au moins, je vivrais au cœur du grand empire britannique, dans la ville de Londres. Je verrais le monde, comme me l'avait prédit ma grand-mère. Elle ne pouvait avoir imaginé quelle forme prendrait sa prédiction, mais elle devait savoir que dans la vie, peu de choses nous sont offertes directement sur un lit de roses.

Si je partais en Angleterre dans les bagages de M. Bull, je désobéirais volontairement aux lois de l'islam, puisque je m'unirais à un homme en dehors du mariage. Si j'optais pour ce choix, les portes du paradis me resteraient fermées à ma mort.

Je posai les bras sur l'appui de la fenêtre et j'inclinai le front dessus. Pour quelle raison ma décision ne pouvait-elle être aisée ? Pour quelle raison ne pouvais-je me contenter d'être une bonne musulmane craintive, totalement incapable d'envisager une proposition si ouvertement indécente, ou une mécréante diabolique, une femme immorale, prête à dire oui aussi facilement que l'on souffle sur une bougie ? N'existait-il aucune voie entre les deux ?

Il y a plus de couleurs que le blanc et le noir, Daryâ, m'avait un jour déclaré M. Ingram. Et cependant, il semblait que dans mon cas, le choix se limitait à ces deux-là.

M. Ingram. Je n'avais pas eu de place dans ma tête pour songer à lui depuis que M. Bull m'avait fait son offre la veille au soir. Subitement, il m'apparut nettement. Saurait-il ? Était-il déjà parti ou... J'essayai de réfléchir à ce que m'avait dit Kavindra. *Mais quand l'Anglais partir bientôt sur grand bateau...* Cela signifiait-il qu'il n'y en avait qu'un seul, que M. Ingram ferait la traversée sur le même navire que M. Bull – et moi, peut-être ? Si j'accompagnais M. Bull, serais-je capable de croiser le regard de M. Ingram sans tomber à genoux de honte, pour lui présenter mes excuses ? Serais-je capable de lui expliquer mon choix ?

Ce choix devait-il être dicté par ce que je pensais de M. Ingram – par mon besoin de ne pas lui inspirer une opinion négative ?

Je redressai la tête. Non. Il m'avait laissée ici, il m'avait dit adieu et il était parti. Je ne comptais pas à ses yeux et je devais cesser de penser à son expression, au contact de sa main et au frémissement brutal qu'ils avaient provoqué en moi.

Je contemplai la lune et je me rappelai que M. Ingram m'avait dit que l'Angleterre était gouvernée, non pas par un homme, mais par une reine.

— Je te vois luire sur moi, *Mâdar Kalân*, chuchotai-je à l'orbe lumineux. *Est-ce que tu m'aperçois du paradis ? Ai-je tort de vouloir échanger une vie – qui ne pourra être que malheureuse – contre une vie incon-*

nue où je serai obligée de donner une petite part de moi-même, dans l'espoir de trouver un peu de bonheur ? Une vie qui me permettra de connaître le monde. Est-ce cela que tu as fait ?

Ou devrais-je essayer d'être ce que l'on attend d'une femme convenable, cachée et silencieuse, invisible, sans aucun pouvoir personnel ? Je t'en supplie, montre-moi le chemin.

Je savais que personne ne pouvait m'indiquer la voie à suivre. Mais tandis que j'observais le ciel, consciente de ne pouvoir me fier qu'à moi-même, un nuage noir et ébouriffé glissa devant la surface de la lune, la voila, cacha sa splendeur, et la nuit perdit sa magie.

Le lendemain matin, M. Bull vint me voir alors que j'étais assise à côté de sâhib George qui renversait ses petits soldats de métal à l'aide d'une épée de bois, en poussant des cris féroces.

— Alors, Daryâ, avez-vous réfléchi à ma proposition ? Ne me décevez pas, je vous en prie, poursuivit-il comme je ne répondais pas tout de suite.

Son visage était sincère, sa voix basse et suppliante, et j'en fus quelque part réconfortée.

— Le navire appareille demain, Daryâ. Le temps nous manque.

Je me levai pour l'affronter et j'inspirai à trois reprises avant de répondre entre mes lèvres pincées, comme si je ne voulais pas laisser sortir les mots :

— Je vais le faire. Je partirai avec vous, monsieur Bull.

Il redressa le menton et son visage se fendit en un sourire qui dénuda toutes ses dents.

— Vous avez fait le bon choix, Daryâ. Ce n'était pas si difficile que cela, franchement ? Laisser tomber ceci – il agita une main en direction d'Unma qui essayait de calmer les braillements aigus d'Evie-baba et de Kavindra qui tentait une fois de plus de faire porter un topi à sâhib Teddy – pour une vie de luxe.

Je laissai s'écouler un moment de silence.

— C'est ma grand-mère. Je lui ai posé la question et elle m'a conseillé de partir.

— Votre grand-mère ? Mais je ne comprends pas...

— Il y a beaucoup de choses que vous ne comprenez pas, monsieur Bull.

Mon ton le fit sourciller, mais je n'en avais cure. Je me tournai pour aider sâhib George à retrouver son épée, glissée de sa main au milieu des lauriers qui s'épanouissaient à profusion le long de la véranda.

Je n'adressai pas la parole à Unma et à Kavindra pendant tout le reste de la journée. Elles m'ignorèrent. J'en fus contente, car je ne souhaitais pas ébruiter mon départ – et sa signification – tant que je devais travailler avec elles. Je me disais que M. Bull se contenterait de prévenir la memsahib et que je m'en irais sans rien dire aux autres ayahs. Pas un instant, je ne doutai qu'elles seraient soulagées de me voir partir.

Ce soir-là M. Bull – comme il en avait pris l'habitude les deux soirs précédents – arriva encore à la cabane avec son verre. Mais cette fois, il ne portait pas de lampe.

Adossée au mur, j'étais assise dehors au clair de lune.

— Je voulais vous redire à quel point votre décision me fait plaisir, Daryâ jan, me dit-il.

Une fois de plus, l'utilisation de ce terme intime me glaça de l'intérieur.

Je me levai face à lui. Il était grand, mais pas tout à fait autant que M. Ingram.

— Quand gagnons-nous le navire ? lui demandai-je. Demain matin ?

À présent que ma décision était prise, je voulais m'éloigner de ce lieu le plus vite possible. D'autant qu'elle concrétisait l'idée qu'Unma et Kavindra se faisaient déjà de moi.

— En milieu de matinée, me répondit-il, et je m'en réjouis. J'ai déjà acheté votre billet et j'ai prévenu Mme Andrews que vous veniez avec moi.

Je fermai les yeux à la pensée de leur conversation.

— L'Angleterre est très loin d'ici ?
— Oui.
— Aussi loin que d'ici à Karachi ?
— Beaucoup, beaucoup plus loin.

Il passa un doigt sur le rebord de son verre d'un air réjoui, comme s'il était content de lui.

— Il faut traverser tout l'océan Indien, puis l'océan Atlantique. Nous allons voyager sur un grand navire qui transporte toutes sortes de marchandises en Angleterre : du coton et de la soie, du thé et des épices, ainsi que des voyageurs. Avant d'atteindre le port de Londres, la traversée est longue, très longue.

Il regarda la robe blanche d'ayah que je portais.

— Vous avez des affaires personnelles ?
— Juste un sac.
— Demain matin à la première heure, j'enverrai quelqu'un au marché acheter le nécessaire pour le voyage.

Il se frotta les mains, comme si sa satisfaction augmentait, et je me demandai quels étaient exactement les objets dont il estimait que j'avais besoin.

34

Sur les quais, je revis les femmes aux costumes indécents et aux visages peinturlurés. Mais elles ne m'inspirèrent pas la même réaction que moins d'une semaine auparavant.

Je contemplai le nouveau sari jaune et orange chatoyant, accompagné de son châle drapé sur mon corsage et mes bras, que M. Bull m'avait apportés à la cabane alors que j'attendais notre départ. Une fois seule, je l'avais enfilé et j'en avais lissé les plis soyeux. J'avais couvert mon visage de l'hijab doré raffiné dont il m'avait également fait cadeau, et plié étroitement les trois autres saris qu'il avait glissés dans mon sac tissé.

Je me demandai, en observant ces femmes, comment elles avaient pris la décision de ne pas vivre en mendiantes décharnées et puantes, aux paumes toujours tendues. Étaient-elles aussi dévergondées que je l'avais d'abord imaginé ou ne s'étaient-elles, comme moi, que contentées de faire le nécessaire pour survivre en exerçant un minimum de contrôle sur le cours de leur existence ?

Tout au fond de la baie mouillait un immense navire dont les voiles se dressaient vers le ciel. M. Bull, une main possessive posée sur mes reins, me dirigea vers une petite embarcation déjà bondée d'une vingtaine d'autres personnes. Des hommes, des femmes et des enfants européens, ainsi que trois hindoues en simples saris blancs. Les ayahs des memsahibs, puisqu'elles tenaient toutes des enfants anglais sur leurs genoux.

Deux hommes à la peau très noire, qui ne portaient qu'un bout de tissu dissimulant à peine le bas de leur corps, nous firent traverser à la rame l'étendue d'eau brunâtre. Ces individus presque nus ramaient à genoux, fendant l'eau de leurs bras fluets avec une vigueur surprenante. L'un d'eux, affublé de dents jaunes protubérantes, m'adressa un sourire trop direct. Je le foudroyai du regard et détournai les yeux, le menton redressé, le hijab pressé contre mon visage. Je regrettais à présent de ne pas porter un simple sari blanc comme les ayahs ; son petit sourire narquois laissait clairement entendre qu'il savait que je ne valais guère mieux que les débauchées du quai. Je l'avais vu observer la manière dont M. Bull serrait fermement mon bras pour m'aider à monter dans l'embarcation et examiner ensuite de haut en bas mon onéreux sari de soie.

De mon siège situé d'un côté de l'embarcation, près de M. Bull, je pris garde d'éviter le regard de ce rameur. Comme nous nous éloignions sur les eaux sombres, je m'agrippai avec une telle vigueur au flanc de bois fendillé que mes articulations pâlirent. J'avais déjà voyagé à bord de la péniche plate sur l'Indus, puis sur le vapeur à courrier de Karachi, mais cette petite barque, très basse sur l'eau, tanguait beaucoup à cause de toutes les embarcations qui surgissaient autour de nous. Je craignais, si elle chavirait, de basculer à la mer. Je jetai un coup d'œil à M. Bull et m'aperçus qu'il observait mes mains. Je les posai sur mes genoux, car je ne souhaitais pas qu'il décelât mon inquiétude.

Nous approchâmes du grand navire dont les nombreux étages nous surplombaient ; il était aussi élevé que le bâtiment d'une ville. Quand nous fûmes amarrés le long de son flanc, les hommes blancs aidèrent les memsahibs et les enfants les plus âgés à grimper en haut d'une échelle solide qui avait été descendue à notre arrivée. Je plaçai mes mains en visière pour me protéger du soleil et j'aperçus un khâreji coiffé d'un topi et vêtu d'un costume anglais blanc décoré de boutons de laiton. Il tendait la main pour aider les femmes et les enfants à monter sur le pont. Puis il aida les khârejis qui portaient les enfants en bas âge. Il les leur prenait des bras pour les passer aux femmes blanches, prêtes à les recueillir. Arriva le tour de M. Bull. Il manquait de stabilité et il avait du mal à grimper, si bien que l'homme aux boutons de laiton appela un autre individu à la rescousse. Chacun d'eux saisit une main de M. Bull quand il approcha du sommet. Vinrent enfin les ayahs qui empruntèrent l'échelle en ramassant leur sari dans une main, mais l'homme en pantalon, veste et topi blancs ne se porta pas à leur aide. J'étais en dernière position. Je me dégageai d'une torsion de l'individu aux dents jaunes qui essayait de placer les mains sur ma taille sous prétexte de me permettre – comme il l'avait fait avec les ayahs – de poser le pied sur un barreau de l'échelle. Quand j'atteignis le pont, M. Bull était engoncé dans un fauteuil de bois bas, la tête renversée en arrière et les yeux clos. Les mains pressées contre son ventre, il respirait par petites saccades haletantes. Je restai debout à ses côtés, jusqu'au moment où l'homme aux boutons de laiton s'adressa à moi sèchement. M. Bull ouvrit les yeux pour lui répondre.

— Il va vous montrer où aller, Daryâ, me dit-il ensuite, et il referma les yeux.

Sa peau avait pris une teinte cireuse et, sous sa moustache, ses lèvres étaient sèches et incolores.

Je suivis l'autre khâreji ; d'un geste de la tête et de la main, il me fit signe que je devais descendre un escalier pentu qui résonnait bruyamment. Je m'exécutai en serrant mon sac, puis je suivis une étroite coursive, en direction de voix féminines qui bavardaient en hindi.

Je m'immobilisai sur le seuil d'une petite pièce qui contenait deux rangées de lits de corde, fixés aux parois par d'énormes crochets. Des couvertures étaient pliées dessus. Dénuée de fenêtre, cette pièce était sombre et étouffante. Avec pour seul éclairage des lampes attachées aux murs. Elle était réservée aux ayahs : je reconnus les trois qui avaient fait la traversée dans la petite barque, ainsi que trois autres, et une indigène vêtue, non pas comme une ayah, mais d'un beau sari coloré. Toutes s'étaient déjà attribué un lit. Leur conversation s'interrompit à mon entrée. Je m'approchai du seul lit vide et déposai mon sac dessus.

La femme qui ne paraissait pas ayah m'interpella, mais comme je ne comprenais pas ce qu'elle me disait, elle haussa les épaules. Elle fit une tentative dans une autre langue et finit par dire « Persan ? ». Je fus soulagée d'avoir trouvé quelqu'un avec qui je pourrais communiquer.

— Oui, répondis-je en souriant.

Sans me rendre mon sourire, elle scruta la partie visible de mon visage avec plus d'intensité.

— Vous n'êtes pas ayah, déclara-t-elle. Et vous n'avez pas des yeux d'Indienne. Seriez-vous portugaise ? ajouta-t-elle, un ton plus haut.

— Non. Je viens de l'autre côté de la Frontière Nord-Ouest.

J'ôtai mon hijab afin d'essuyer mon visage trempé de transpiration et mes hurquus parurent la contrarier.

— Hum... maugréa-t-elle. Me voici obligée de partager une cabine avec une femme des tribus. Qui vous emmène au pays du ciel sale ?

— Je voyage avec un sâhib très puissant, répondis-je d'un ton assuré malgré mon accablement, comme si je n'éprouvais aucune honte. Il m'a invitée à venir en Angleterre.

Elle haussa les sourcils et esquissa un sourire rusé.

— Hum... murmura-t-elle, c'est difficile à croire quand on vous regarde. Votre visage plaît donc à votre sâhib ? Il ne vous demande pas de cacher ces marques sous de la poudre blanche ?

— Et vous, alors ? répliquai-je, comme si son expression et ses questions m'importaient peu.

— Je suis européenne, m'annonça-t-elle. Père anglais, mère parsi.

Sa peau était plus pâle que celle des ayahs, mais je me rendis vite compte que son cou et son visage étaient enduits d'un mélange crémeux, difficile à discerner quand on n'était pas tout près d'elle. Elle avait des yeux très noirs et des arcs de sourcils finement dessinés. Elle ne ressemblait pas non plus aux memsahibs. Mais elle était très belle et gracieuse et possédait des mains et des pieds délicats.

— Et vous n'êtes pas non plus ayah.

Enveloppée dans son sari de soie bleu et vert, tissé de fils d'or, elle ressemblait à une ravissante petite perruche. Ses grands yeux étaient soulignés de khôl, son abondante et longue chevelure noire huilée comme celle des ayahs, mais elle portait une fleur en tissu blanc chatoyant derrière une oreille, et des chaînettes de petites perles de strass entrelacées dans ses cheveux.

— Non. Et je ne devrais pas me trouver ici, dans cette pièce minable réservée aux autochtones. Mais ce n'est pas facile pour nous, n'est-ce pas ? Moi aussi, je voyage avec un sâhib important, précisa-t-elle d'un ton chargé de sous-entendus qui me déplut autant que son sourire. Mon Anglais. Il me ramène chez moi.

— L'Angleterre est votre pays ?

— Oui. Même si je ne m'y suis encore jamais rendue, précisa-t-elle, avec un mouvement de tête destiné à indiquer qu'il s'agissait d'un détail sans importance. Mais il va faire de moi une vraie dame anglaise, comme le veut ma naissance.

— C'est votre mari ?

Elle secoua la tête et fit claquer sa langue, avec un sourire épanoui qui n'était pas en harmonie avec son visage.

— Ne sommes-nous pas bénies d'avoir eu la chance de rencontrer ces sâhibs ?

Je m'abstins de répondre. Les autres femmes nous désapprouvaient du regard. J'étais pratiquement persuadée qu'elles ne comprenaient pas le persan, cependant cette ignorance ne les empêchait pas de n'avoir aucune envie de partager notre compagnie.

— Je m'appelle Fleur, m'apprit cette femme, d'après ma mère. Depuis ma plus tendre enfance, elle m'a toujours dit qu'un jour je rentrerais chez moi. Aujourd'hui, elle est très heureuse.

— Et moi, Daryâ, me présentai-je.

Sur ce, toutes les ayahs sortirent ensemble.

— Où vont-elles ? demandai-je.

Fleur s'allongea paresseusement sur son lit et examina ses ongles écarlates.

— Nous allons appareiller, me dit-elle en fermant les yeux. Pour ma part, ça ne me déplairait pas de jeter un dernier regard à Bombay, mais je n'ai qu'une seule envie : découvrir ma vraie patrie.

Contrairement à Fleur, je désirais voir la ville s'éloigner, et j'emboîtai donc le pas des ayahs. Je montai sur le pont qui faisait le tour du navire et me plaçai près d'elles, mais elles s'écartèrent volontairement de moi. Le pont supérieur, un peu en retrait de celui sur lequel je me tenais, était bondé de Blancs qui bavardaient joyeusement. Tous contemplaient la terre en agitant les bras vers les silhouettes minuscules, debout sur le quai, que nous avions laissées par-delà la vaste étendue d'eau. Apparemment, les khârejis étaient satisfaits de quitter ce pays et de regagner l'Angleterre.

Subitement, ces khârejis me firent songer à M. Ingram. J'enveloppai plus étroitement ma tête dans mon hijab. Je ne voulais pas le voir, je ne voulais pas qu'il me vît, même si je savais qu'il ne me reconnaîtrait pas, habillée de la sorte, le visage presque entièrement couvert. Je me dis aussi que je n'avais pas vu M. Bull parmi les Européens. Étant donné son état pitoyable, au moment où il avait grimpé sur le pont par l'échelle, il devait sans doute prendre du repos.

À quelques mètres de moi, les ayahs ne laissaient transparaître aucune émotion, même si l'une d'entre elles avait enlacé l'une de ses compagnes dont les épaules tressautaient. De toute évidence, elle pleurait parce qu'elle quittait son pays.

Des heures avaient été nécessaires pour embarquer la montagne de bagages entassés sur le quai, amener tous les passagers à la rame et les installer à bord du navire ; le jour commençait à tomber et la brise s'était levée. On allumait des lampes le long du quai, tandis que d'autres brillaient derrière les fenêtres des bâtiments du bord de mer. Je songeai aux habitants de ces maisons, qui se déplaçaient, dînaient, se préparaient à aller se coucher, bavardaient, savaient ce que leur réservait cette nuit, de même que les jours suivants de leur existence. Je les enviais, car je me sentais égarée. J'avais quitté mon pays natal, et j'ignorais à peu près tout de ce qui m'attendait dans celui vers lequel nous voguions maintenant, en dehors du fait qu'il était gouverné par une reine et des quelques images que m'avait montrées M. Bull. Le bateau se balançait doucement, très doucement sous mes pieds, et le bastingage glissant me mouillait les doigts. Les ayahs observaient un silence absolu ; deux d'entre elles s'essuyaient à présent les yeux du bout de leurs foulards.

— Nous sommes sur un clipper chinois.

La voix de M. Bull, dans mon dos, me fit sursauter.

Il parlait fort pour surmonter le vacarme des autres voix et interpellations diverses.

— Les meilleurs navires à parcourir les mers.

Son visage était encore jaunâtre et je sentis à son haleine qu'il avait vomi. Je me bouchai mentalement le nez.

Les ayahs s'éloignèrent un peu plus. Deux d'entre elles nous jetaient des coups d'œil, en chuchotant derrière leurs mains.

Il me montra la grande surface d'étoffe blanche gonflée au-dessus de nos têtes.

— C'est pour maîtriser le vent que leurs voiles sont constituées d'une telle surface de tissu, m'expliqua-t-il. Quand il souffle violemment, on a presque l'impression de voler au-dessus de l'océan.

Sans tenir compte des regards furtifs des ayahs, je contemplai ces voiles qui, des quais, m'avaient rappelé des cerfs-volants. Séduite par cette image, je songeai à la sensation merveilleuse de fluidité, de liberté que l'on éprouverait, si l'on pouvait voler comme un cerf-volant – ou un oiseau gigantesque – au-dessus de l'eau.

— On surnomme ces clippers les Rois des Mers. Leurs voiles splendides vont nous permettre d'accomplir notre traversée en un temps record – moins de cent jours.

— Cent jours ? Cent ? répétai-je de stupeur.

M. Bull m'avait bien annoncé que la distance était plus longue que celle entre Karachi et Bombay, il avait évoqué les différentes mers que nous traverserions, mais je ne lui avais pas demandé combien de temps prendrait la traversée. *Cent jours ?* Le temps suffisant à une brebis pour concevoir un agneau et le mettre au monde, à une plante pour se développer à partir d'une graine, à un prunier pour fleurir, donner des fruits, et à ces fruits pour sécher et être transformés en confiture.

À cet instant retentit un crissement d'une telle laideur qu'on aurait dit que des diables avaient grincé des dents. Les épaules raides, je m'agrippai au bastingage.

— On relève les ancres pour nous permettre d'appareiller, hurla M. Bull à mon oreille.

Il souriait comme s'il trouvait cela amusant. Mais son sourire s'effaça sur-le-champ et il reposa la main sur son ventre en grimaçant.

Le navire se mit alors en branle. Le vent fouettait mon hijab autour de mon visage et je dus le maintenir sous mon menton. Cela n'empêcha pas une violente rafale de l'arracher, si bien qu'il s'envola dans les airs. Je penchai la tête en arrière pour suivre des yeux le carré d'étoffe pâle qui flotta très haut par-dessus les voiles déployées, tel un oiseau doré, avant de disparaître dans le ciel.

Ce premier jour, je pus constater que la pièce dans laquelle j'allais passer les cent journées à venir ne se contentait pas d'être surpeuplée et étouffante, mais également très bruyante, puisqu'elle était située à côté de recoins réservés aux marins et de réduits où étaient entassés animaux et provisions. Une odeur désagréable y régnait en permanence et les matelots passaient devant la porte à toute heure. Comme nous étions obligées de la laisser ouverte pour aérer un peu, nous ne disposions d'aucune intimité. Nous étions obligées d'emprunter cette longue coursive étroite pour aller utiliser un seau dans un minuscule renfoncement protégé par un rideau, si bien que nous nous frottions souvent au passage à ces hommes. Dans un autre angle étaient disposés des baquets d'eau fraîche pour notre toilette, mais ce coin lui-même n'était pas entretenu. Nous prenions nos repas un étage plus haut, dans une grande pièce entièrement remplie de tables au bois fendillé et de bancs bas. À côté de cette pièce se trouvait une cabine beaucoup plus vaste et lumineuse, pourvue de vitres en verre de forme ronde et d'un compartiment séparé pour chaque lit. Des robes simples de femmes blanches étaient suspendues à des crochets aux parois, et un grand coin immaculé était réservé à la lessive.

— Quelle est cette pièce ? demandai-je à Fleur, la première fois que nous passâmes devant.

— Celle réservée aux domestiques blancs, m'apprit-elle. On nous attribue le pire endroit, à fond de cale, pour le prix le plus bas. Mon sâhib voulait bien évidemment que je voyage en haut, dans une jolie cabine spacieuse, mais le capitaine me l'a interdit, car il a refusé de reconnaître mes origines. C'est injuste, ajouta-t-elle avec une grimace, je ne suis pas l'une de vous. (Elle effleura la fleur de soie qui ne quittait jamais ses cheveux.) Les indigènes, en dehors des ayahs, n'ont même pas le droit de monter au-delà de ce deuxième étage. Les ayahs elles-mêmes n'y sont autorisées que quand leurs maîtresses leur demandent de venir s'occuper d'elles ou des enfants pendant qu'elles mangent et se divertissent. Mais elles doivent rester invisibles, à l'intérieur des cabines de leurs memsahibs.

J'avais beau me poser des questions sur l'histoire que me racontait Fleur au sujet de ses origines à moitié anglaises, je n'avais personne d'autre à qui parler en dehors d'elle, et j'étais contente de sa présence.

— Nous ne voyons donc pas nos sâhibs ? lui demandai-je.

Elle m'adressa le sourire madré qui m'était déjà familier.

— Sauf s'ils nous réclament ou s'ils s'organisent pour que nous allions les voir. D'après mon sâhib, les marins prétendront ne pas nous voir, du moment que les autres voyageurs du haut ne repèrent pas notre présence.

J'espérais que M. Bull ne me ferait pas appeler. Pas ici, pas sur ce bateau. Son teint jaunâtre, son haleine fétide me vinrent à l'esprit.

Mais cela signifiait-il aussi que je ne verrais pas M. Ingram ? J'insistai auprès de Fleur, tout en ignorant quelle réponse je souhaitais entendre :

— Les Européens ne nous voient donc jamais ?

Elle haussa les épaules.

— Je pense qu'ils sont libres de se déplacer partout... comme je devrais pouvoir le faire, ajouta-t-elle, avec ce beau sang anglais qui coule dans mes veines. Mais ils n'ont aucune envie de descendre au fond du navire. Qu'est-ce qui pourrait les y inciter ? Mon sâhib m'a dit que ceux d'en haut vont passer leur temps à déguster de bons repas, à jouer à des jeux de société, à écouter de la musique interprétée par un groupe de musiciens, à danser de temps en temps – hommes et femmes ensemble, selon la coutume anglaise, bien évidemment – et même à donner de petites représentations théâtrales.

— Et nous, comment occupons-nous notre temps en bas ?

Elle fit une grimace.

— Nous nous contentons d'attendre. Personne ne se soucie de nous divertir. Pas pour l'instant. Ça changera quand nous arriverons en Angleterre. Là-bas, nos sâhibs feront en sorte que nous prenions part à toutes les festivités. Dans ce pays, le ciel ne ressemble pas au ciel indien, Daryâ, m'apprit-elle. Là-bas, comme l'a confié mon père à ma mère avant de repartir à la Maison quand j'étais très petite, le soleil est pâle et lointain, il brille rarement, et sans son rayonnement, le ciel est gris, de la couleur d'une assiette en argent terni. Mais je m'en moque. Qu'ai-je à faire du soleil quand j'aurai tant de richesses, tant de choses à faire, comme me le promet mon sâhib ?

Sa description du soleil me fit réfléchir. La lune était elle aussi moins lumineuse là-bas ?

La nuit suivante – notre deuxième nuit en mer –, alors que les ayahs et Fleur étaient allongées tranquillement sur leur lit, la chaleur se fit oppressante et j'eus la sensation que l'odeur des animaux, mélangée à celle des aliments que faisaient cuire les marins, me faisait suffoquer. Je montai sur le pont inférieur pour inspirer à pleins poumons l'air marin et contempler dans l'obscurité le ciel constellé d'étoiles. Dans la nuit flottaient des mélodies assourdies, jouées sur des instruments inconnus.

Les choses se passaient donc comme me l'avait raconté Fleur. Les Anglais dansaient-ils ? Danserais-je avec M. Bull lorsque je serais en Angleterre ? Après m'être assurée qu'il n'y avait aucun marin dans les parages, j'empruntai l'escalier. Le pont supérieur était désert et je me plaçai bien à l'écart des vitres qui en faisaient le tour. De ma cachette dans l'ombre, j'observai les sâhibs et les memsahibs rire et bavarder, pour certains assis à des tables installées en cercle dans la salle, auxquelles ils se restauraient et buvaient. Et j'en vis effectivement, au centre de cette longue pièce, qui dansaient de manière éhontée, leurs corps se touchant au vu et au su de tout le monde. Je passai chaque table en revue, sans apercevoir M. Bull. En revanche, dans l'angle le plus éloigné de l'endroit où je me dissimulais était assis M. Ingram, seul. Le visage fermé, il observait les danseurs. Un livre était ouvert sur la table devant lui.

M. Ingram. J'avais beau l'avoir vu pour la dernière fois moins d'une semaine auparavant, j'avais l'impression qu'une année entière s'était écoulée. Comme chaque fois qu'il portait son costume anglais, il ne me parut pas tout à fait dans son élément. Mais alors que je l'observais observant les autres, ce fut aussi sa solitude qui me sauta aux yeux, ainsi que sa gaucherie, provoquée par un élément mystérieux dénué de toute relation avec ses vêtements anglais. Je le revis au milieu des hindous sur la barge, accroupi sur les talons, habillé de son pantalon ample et de sa kurta, la tête rejetée en arrière par un rire spontané, le visage et la voix débordant de vie. À présent, au milieu de ses pairs, il ne paraissait pas assuré de sa place.

Était-il donc si différent de moi qui cherchais un lieu où je serais en paix ? À l'instant précis où je me posais cette question, des mains qui m'agrippaient par les épaules m'arrachèrent un cri de stupeur. Je pivotai sur place et me retrouvai face au visage de l'un des officiers de marine, un grand individu qui portait une veste blanche immaculée ornée de rangées de boutons de laiton, symboles de l'importance de son rang. Il m'interpella rudement, me secoua, et je me recouvris prestement le bas du visage de mon foulard.

— Je ne faisais rien de mal, dis-je d'une voix qui grimpait. Je me contentais de regarder.

Bien évidemment, il ne me comprit pas davantage que je ne le comprenais, mais il continua à vociférer, à me secouer comme un prunier et à me pousser vers l'escalier. D'autres voix me parvinrent, suivies du silence – la musique s'était tue – et je m'aperçus que si certaines personnes regardaient par les larges baies vitrées, un petit groupe d'hommes et de femmes s'était regroupé sur le seuil ouvert de la grande salle.

J'avais des difficultés à respirer. Tout en me débattant en silence pour me dégager de l'étau du marin, je retenais mon foulard pour dissimuler la plus grande partie de mon visage, accablée par les regards réprobateurs qui pesaient sur moi. La houle fit subitement pencher le pont et le marin lâcha prise. Je voulus me retenir à un poteau, et mon foulard m'échappa. Il glissa de mon front sur mes épaules. L'une des femmes qui se tenait sur le seuil de la porte fit claquer sa langue bruyamment pour manifester son agacement.

— Une sauvage ! s'exclama-t-elle.

Puis elle parla vite et fort et répéta le même mot d'un air dédaigneux et irrité. *Sauvage*. J'ignorais sa signification, mais elle le prononçait dans un sifflement, avec une expression qui prouvait, sans le moindre doute, qu'elle me trouvait répugnante. Ce fut alors que M. Ingram se fraya un passage et s'approcha de moi.

— Daryâ ! s'étonna-t-il. Daryâ !

L'air incrédule, il contemplait mon sari.

Je baissai les yeux, car je ne voulais pas qu'il me vît humiliée de la sorte.

— Mais… mais que faites-vous ici ?

Le navire tangua de nouveau et il tendit une main, comme pour m'empêcher de tomber, mais elle resta en suspension entre nous.

Alors que le marin m'agrippait de nouveau par le haut du bras, M. Ingram lui dit quelque chose qui l'incita à me relâcher.

— Descendez, je vous en prie, Daryâ, se contenta-t-il alors de me dire.

Sous les yeux des spectateurs chuchotants, il traversa le pont derrière moi en direction de l'escalier.

Quand nous atteignîmes enfin la pénombre du pont inférieur, je me tournai face à lui.

— Pardon, monsieur Ingram. Je voulais juste regarder. Je ne pensais pas...

Il secoua la tête.

— Mais... que faites-vous ici ? recommença-t-il d'une voix hésitante.

Ma respiration s'accéléra. Pourtant je savais, depuis l'instant où j'avais donné ma réponse à M. Bull, que cette situation risquait de se présenter, que j'aurais peut-être à affronter M. Ingram. Mais je n'avais aucun moyen de lui expliquer ma situation, aucun mot juste à ma disposition pour lui avouer la raison de ma présence sur ce navire.

— Daryâ ? répéta-t-il.

Le caractère honteux de mon choix me balaya avec une telle violence que je dus tourner la tête. J'en profitai pour me recouvrir le visage de mon foulard.

— Pourquoi vous cachez-vous ? Comment avez-vous fait pour vous retrouver ici... Ce sari... Daryâ, dites-le-moi.

— Je vais en Angleterre, monsieur Ingram.

— Manifestement. Mais...

J'avais du mal à parler calmement, car je respirais par saccades.

— C'est M. Bull. Il m'a invitée, dis-je d'une voix plus sonore que je n'en avais l'intention.

Pourtant, intérieurement, je grinçai de l'entendre sortir de ma gorge avec un tel frémissement et une telle effronterie. Mais si je me laissais aller à mes véritables sentiments, elle se transformerait en chuchotement d'excuses, et je désirais, plus que tout, dissimuler mon déshonneur.

— Osric Bull ? Vous êtes partie... avec lui ? Avec Osric Bull ? répéta-t-il, comme si je venais de déclarer que j'avais suivi le navire à la nage depuis Bombay.

La pulsation du vent faisait onduler régulièrement les voiles contre le ciel noir. Je frissonnais, alors qu'il n'était pas froid.

— Je serai son invitée, précisai-je, d'une voix cependant très faible à présent, comme si je ne croyais pas vraiment à ce que je disais.

— Son invitée.

Il ne s'agissait pas d'une question, et c'était au tour de la voix de M. Ingram de retentir avec davantage de force.

— Vous vous rendez en Angleterre à l'invitation d'Osric Bull, répéta-t-il, comme s'il voulait s'assurer qu'il ne faisait pas fausse route.

J'acquiesçai sans quitter son visage des yeux. Je voulais... Que voulais-je donc ? Son approbation ? Sa compréhension ? Ou souhaitais-je qu'il n'y comprît rien, qu'il s'imaginât que j'agissais en toute innocence et simplicité ?

Mais le visage de M. Ingram – son incrédulité stupéfaite qui se transformait en quelque chose de sombre, de dur et de lointain – n'était que trop parlant. Il recula d'un pas.

— La position d'ayah ne vous plaisait pas ? me demanda-t-il d'une voix si étrangère, si glaciale que les larmes me montèrent aux yeux.

— Ce n'était pas... monsieur Ingram...

Je vous en prie, tendez la main vers moi. Touchez ma main comme vous l'avez fait dans la véranda à Bombay. Comprenez qui je suis, et pourquoi j'ai fait cela.

— Quand vous êtes parti, monsieur Ingram...

Mais que pouvais-je dire ? Comment pouvais-je me plaindre, lui expliquer à quel point je craignais le sort qui m'était réservé ? Comment pouvais-je lui faire comprendre que la personne que j'allais devenir n'était pas vraiment moi ?

Un autre silence s'écoula.

— Ne pouvez-vous pas essayer de comprendre, monsieur Ingram ? Il m'était impossible de... M. Bull m'a offert quelque chose... un moyen d'échapper à une vie de servitude, d'humiliation, il m'a offert... Pouvez-vous comprendre ? Dois-je vous supplier de me pardonner ? Je sais que vous pensiez que ma vie à Bombay serait...

Mais M. Ingram recula davantage.

— Non, Daryâ, non, protesta-t-il, la mâchoire crispée. Vous n'avez pas besoin d'implorer mon pardon. C'est vous qui devez à présent me pardonner. Pour la stupidité dont j'ai fait preuve... Je comprends parfaitement. Vous avez accepté de devenir la prostituée d'Osric Bull. Bien sûr que je comprends, conclut-il de façon terrible, définitive, si bien que chacune de ses paroles retentit comme une gifle violente sur mon visage.

Il se détourna, s'éloigna et remonta l'escalier, le dos rigide. Chacun de ses pas se répercuta dans mes oreilles et dans ma tête comme un coup de tofang.

35

Je me sentis souffrante durant les premiers jours qui suivirent cette soirée. J'avais le cœur qui cognait et mon estomac refusait toute nourriture. Mes nausées n'avaient rien à voir avec le tangage du navire, elles provenaient des pensées qui me hantaient à propos de M. Ingram : la surprise qu'avaient d'abord exprimée son visage et sa voix à ma vue – la lumière qui avait embrasé ses yeux – puis sa stupeur. Et ensuite, son dégoût glacial, de plus en plus accentué au fur et à mesure qu'il écoutait mes explications maladroites, comme s'il humait quelque chose de pourri. J'étais obnubilée par l'idée qu'il devait se faire de moi – s'il ne m'avait pas déjà complètement effacée de son esprit. Il m'avait dit qu'il me comprenait, mais il se trompait. Il ne comprenait pas mon besoin de ne pas accepter le sort qui m'était réservé.

Pendant les douze jours suivants, je ne le vis pas, même si j'avais parfois la sensation qu'il m'observait du pont supérieur. Chaque fois, je me retournais brutalement et je levais les yeux, mais je faisais toujours fausse route. J'étais rongée par le désir de le voir, mais je ne supportais pas l'idée qu'il pût me regarder comme il l'avait fait dans la pénombre du pont inférieur. Je suivais les vagues des yeux, et mon avenir m'apparaissait aussi solitaire, sombre et infini qu'elles. Je me demandais comment je parviendrais à aller jusqu'au bout de cette traversée sans nul doute interminable. Le souvenir de ce qui s'était passé entre nous dans la véranda à Bombay me paraissait à présent gâché, souillé. Savoir que M. Ingram éprouvait de la haine à mon égard m'inspirait une douleur intolérable. *Monsieur Ingram, je suis désolée.*

— Je suis désolée, ne cessais-je de me répéter en boucle.

Si seulement j'avais pu le lui dire en face !

Un jour, un marin s'approcha de moi en début de soirée et prononça mon nom. Je lui fis comprendre qu'il s'adressait à la bonne personne, mais comme il ne parlait qu'anglais, je descendis chercher Fleur sur le pont. Elle écouta le marin et me dit ensuite qu'il m'apportait un message de mon sâhib. Mon cœur bondit et je portai la main à ma gorge, car je pensais qu'il parlait de M. Ingram, mais Fleur ajouta ensuite :

— Il dit que vous devez l'accompagner, il va vous emmener à la cabine de votre sâhib qui veut vous voir tout de suite.

Je compris alors que mon sâhib était désormais M. Bull, et plus M. Ingram. À intervalles réguliers, j'avais pensé avec un sentiment de répulsion à M. Bull, et j'étais soulagée qu'il parût se contenter de rester en haut et de me laisser vivre ma vie en bas. J'eus du mal à déglutir. Fleur, le visage réjoui, m'adressa un clin d'œil, et je me dis *non*. Je ne supportais pas de me rendre auprès de M. Bull, pas ici, pas sur ce navire. Et pourtant, je savais que je n'avais pas le choix.

Je suivis le marin dans l'escalier et le long de coursives intérieures. Il s'arrêta devant une porte et tapota dessus. À l'intérieur, quelqu'un répondit à voix basse. Le marin ouvrit la porte, j'en franchis le seuil, et il la claqua dans mon dos.

L'odeur – une puanteur provoquée par un mélange de transpiration et de maladie flagrante – me fit porter tout de suite la main au hijab qui recouvrait déjà mon nez et ma bouche. M. Bull était adossé à des oreillers, sur un lit de bois rivé au mur. Il avait le teint très jaune et le visage amaigri par rapport à notre dernière rencontre.

— Ah, Daryâ, dit-il, les dents dénudées en un sourire qui ressemblait plutôt à une grimace. Entrez.

Je pénétrai dans la cabine faiblement éclairée. Avec ses images suspendues aux murs, ses meubles de bois vernis également fixés aux murs et au sol par des pièces de cuivre brillantes et son petit hublot, elle aurait pu être agréable. Mais elle était entièrement close, et ne s'y infiltrait qu'un faible rayon de lumière grisâtre. Malgré son visage qui luisait de transpiration, M. Bull se blottissait sous plusieurs couvertures. Ses cheveux raides et graisseux étaient plaqués à son crâne.

— Pardon pour mon état, me dit-il. C'est très pénible, une pancréatite. L'incapacité de digérer normalement fait partie de ses symptômes, et le tangage du navire n'a pas arrangé les choses. Je suis incapable de garder quoi que ce soit dans mon estomac.

Je tentai de retenir les haut-le-cœur provoqués par l'odeur aigre qui régnait dans la pièce. Elle émanait d'un seau de bois recouvert d'une étoffe, posé à côté du lit. J'avais envie de me retourner et de prendre mes jambes à mon cou pour respirer un grand bol frais d'air iodé.

— Voulez-vous vous asseoir à côté de moi sur le lit pour me tenir compagnie ? me demanda-t-il, une main tendue dans ma direction.

J'étais si près de lui que je distinguais l'extrémité humide de sa moustache. Je reculai légèrement la tête.

— Votre joli visage m'a manqué.

Il laissa retomber mollement sa main sur le lit, avant d'ajouter, d'un ton d'une autorité sans appel :

— Découvrez-le.

Je laissai glisser mon foulard. M. Bull esquissa tout de suite un sourire furtif et me fit signe de me rapprocher, du haut de ses oreillers. Mais alors qu'il se débattait pour se placer dans une position plus confortable, une expression curieuse se dessina sur son visage, sa respiration s'alourdit, et il tendit la main dans le vide pour essayer d'enlever le tissu qui recouvrait le seau.

Je me tournai et me hâtai de gagner la porte que je refermai dans mon dos. Je n'avais aucune intention d'assister à sa crise et il n'était pas en état de m'obliger à rester près de lui.

Je regagnai le pont inférieur. J'étais contente que M. Bull fût malade, et, tout en me reprochant mon manque de charité, soulagée au plus haut point de savoir qu'il était de toute évidence dans un état trop pitoyable pour attendre de moi quoi que ce fût.

Fleur n'avait pas bougé de l'endroit où je l'avais laissée.

— Pourquoi êtes-vous revenue si vite ? s'étonna-t-elle. Je ne m'attendais pas à vous revoir avant ce soir.

— Il est malade, répondis-je. Très malade.

Fleur scruta mon visage.

— C'est ennuyeux, me dit-elle. Pourvu qu'il ne meure pas, Daryâ.

Sa remarque me désarma tellement que j'en restai bouche bée.

— Pour quelle raison mourrait-il ?

Cette perspective ne m'avait même pas traversé l'esprit.

— Ça arrive aux Anglais de pure souche, me dit-elle, quand ils tombent malades aux Indes. Je me fais du souci pour mon gentleman ; il n'est plus de la première jeunesse et il a du mal à se déplacer sur le navire. S'ils meurent, que nous arrivera-t-il ?

— Ne parlez pas de cela, Fleur, lui dis-je.

Elle haussa les épaules et, une seconde plus tard, se mit à babiller à propos de tout autre chose.

Elle essayait de m'apprendre l'anglais que lui avait enseigné sa mère et riait de bon cœur de mes erreurs.

Elle me conseilla fermement d'arrêter de manger avec mes doigts. Cette coutume, trahissant mes origines indigènes, n'était pas tolérée en Angleterre. Je me débattais donc avec les ustensiles – le couteau, tellement ennuyeux – la fourchette et la cuiller que j'avais utilisés pour la première fois quand j'essayais de nourrir le petit sâhib Teddy. Les aliments qu'on nous servait tous les jours sur la longue table de bois – viande, poisson et légumes – étaient secs et insipides, car ils étaient cuisinés sans épices. Le plus souvent, il s'agissait de morceaux de viande de porc auxquels je ne touchais pas, car Fleur m'avait dit que les hindous n'étaient pas autorisés à en manger. Je salivais à l'idée d'un plat familier, de quelque chose qui stimulerait mes papilles, mais la nourriture qui s'en rapprochait le plus était du riz mélangé à un soupçon de viande au curry non identifiable. Comme la faim me tenaillait souvent, je mangeais ce plat, en dépit du fait qu'il s'agissait peut-être de porc. Je me disais que, n'en étant pas persuadée, je ne pouvais pas me le reprocher.

Fleur se plaignait de la mauvaise qualité du thé noir et grimaçait de dégoût quand elle le buvait dans un gobelet en fer-blanc.

— J'ai l'habitude de boire du vrai thé anglais au lait dans une tasse en porcelaine. On dirait que nous sommes trop inférieures pour avoir droit à ce breuvage.

Elle déclarait avec amertume qu'en haut les dames devaient sans doute boire du thé avec beaucoup de lait, « servi correctement, j'en suis persuadée ».

En dépit de ses griefs, je l'aimais bien. Il était difficile de résister à son sourire et aux commentaires humoristiques qu'elle chuchotait au sujet des memsahibs. Mais surtout, nous nous tenions compagnie. Je me rendais compte à quel point la présence d'une autre femme à laquelle me confier m'avait manqué. Nous nous racontions des histoires de notre passé et Fleur parvenait parfois à me tirer un sourire, même si rien ne pouvait me faire oublier le regard que M. Ingram avait posé sur moi dans la pénombre du pont inférieur.

Par moments, Fleur sombrait dans l'angoisse et la morosité. Je me rendis compte que son humeur dépendait d'un morceau de soie blanche marquée d'un symbole noir qu'un marin d'un certain âge lui apportait dans notre cabine, sans lui cacher le dégoût qu'elle lui inspirait. Quand il ne venait pas lui remettre la soie blanche pendant plusieurs jours, Fleur devenait préoccupée et agitée, mais dès qu'il arrivait, sa gaieté reprenait le dessus. Elle choisissait un sari en chantonnant – elle en avait beaucoup – s'appliquait à sa coiffure, enduisait son visage d'une couche plus épaisse de crème pâle et se baignait les bras et le visage à l'eau de rose. Ces soirs-là, tandis que les ayahs dormaient d'une respiration régulière, elle se glissait hors de la cabine, même si au matin, elle était toujours allongée sur son lit de cordes. Mais si je me réveillais à son retour, je notais qu'elle ne sentait plus le parfum suave d'eau de rose, mais dégageait alors l'odeur distincte que laisse un homme sur une femme, et je détenais la preuve qu'elle avait été voir son sâhib.

Dans ces moments-là, j'étais encore plus soulagée que M. Bull fût cloîtré dans sa cabine par la maladie.

Par un après-midi venteux, Fleur et moi nous tenions sur le pont ensemble. Subitement, elle esquissa un sourire particulièrement éblouissant par-dessus mon épaule et me pinça légèrement le bras. Je me tournai : M. Ingram se dirigeait vers nous.

D'un seul coup, les battements de mon cœur résonnèrent dans mes tympans. J'avais eu soif de le revoir, mais à présent que cette rencontre était sur le point de se concrétiser, je craignais ce qu'il allait dire, je craignais qu'il posât sur moi le même regard écœuré que la dernière fois, car je ne pourrais sans doute pas le supporter.

Il s'arrêta près de moi. Sans lui laisser la possibilité d'ouvrir la bouche, Fleur redressa le menton et tendit la main devant moi, ce qui m'obligea à m'incliner en arrière.

— Bonjour, monsieur, dit-elle en anglais, en ployant un genou.

Il regarda sa main, puis il la prit et la retint un instant.

— Bon après-midi, répondit-il.

Je connaissais désormais ces simples formules de politesse.

— Belle journée, dit-elle, et je fus contente de comprendre cela aussi.

— Oui.

Il lâcha sa main.

— Je vais vous présenter, me siffla Fleur en persan. Soyez charmante.

Je n'eus même pas le temps d'ouvrir la bouche. Elle posa une main sur mon bras et s'adressa en anglais à M. Ingram, mais trop vite pour que je puisse y comprendre quelque chose, exception faite de mon nom.

— Mlle Daryâ et moi nous connaissons déjà, répondit-il en persan.

Fleur ouvrit la bouche, la referma et la rouvrit.

— Je vous présente M. Ingram, Fleur, dis-je quand je compris qu'elle attendait un commentaire de ma part. Il parle persan, précisai-je, alors que cela était inutile. Monsieur Ingram, je vous présente Fleur.

— Eh bien, reprit-elle dans cette langue, en nous dévisageant à tour de rôle, vous êtes donc le monsieur de Daryâ. J'espère que vous vous portez mieux, ajouta-t-elle avec un petit rire.

M. Ingram s'abstint de répondre, mais il posa sur moi un regard indéchiffrable.

Les questions muettes de Fleur ne faisaient qu'augmenter la tension ambiante. Elle se décida à exécuter une autre petite révérence et à baisser les paupières d'un air faussement timide.

— Je vais vous laisser à votre conversation, monsieur, dit-elle, car Daryâ et vous avez manifestement beaucoup de choses à vous dire.

Elle tendit de nouveau la main et M. Ingram la reprit. Quand il la lâcha, Fleur s'éloigna lentement sur le pont en ondulant des hanches sous son sari léger. Il la suivit des yeux. J'étais bouleversée.

— Elle m'apprend l'anglais, dis-je, car je voulais retarder ce que M. Ingram pourrait faire ou dire.

Et pour démontrer que je disais la vérité, je lui répétai ce que Fleur m'avait appris la veille : « Vous grand homme sâhib. Moi-très-très-heureuse-vous-rencontrer ».

Il sourcilla.

— Ne parlez pas comme ça ! m'ordonna-t-il du même ton glacial et étranger que la fois précédente. Ce n'est que du petit nègre.

— Du petit nègre ?

— Une version stupide de l'anglais. Utilisée par les domestiques sans éducation. C'est dévalorisant... Ça ne vous convient pas. Ou alors... reprit-il d'une voix plus sonore car je me taisais, ça vous convient. Je vous ai toujours prise pour une femme fière, mais... continuez, Daryâ, apprenez votre petit nègre.

Il regarda en direction de l'endroit du pont où Fleur était allée se pencher par-dessus le bastingage.

— Si je comprends bien, poursuivit-il, il y a d'autres femmes comme vous à bord de ce navire.

Il était en colère. Il serrait tellement la rambarde que les jointures de ses mains avaient blanchi.

Mes joues s'embrasèrent ; une fois de plus, j'avais l'impression qu'il venait de me frapper. Oui, je savais que Fleur et moi appartenions à la même catégorie de femmes.

Il cilla, marmonna des mots anglais brefs et furieux, puis son expression changea et il passa les doigts dans ses cheveux.

— Pardon, dit-il, comme s'il était subitement fatigué, ce qui creusa des rides autour de sa bouche. Je ne suis pas venu pour vous parler sur ce ton. J'ai eu beaucoup... beaucoup de mal à vous voir sous cet angle. Ce nouvel angle.

J'attendis. Au moins, il pensait encore à moi.

— Mais j'y ai... j'y ai beaucoup réfléchi. Et je sais que je n'ai pas le droit de vous juger. Ce n'est pas mon rôle. J'en ai fait assez comme ça – il s'interrompit. Je suis venu vous présenter mes excuses pour ma réaction de l'autre jour, quand je vous ai retrouvée sur le navire. (Il s'éclaircit la gorge.) Mais je m'y prends mal. Je suis navré.

Je baissai les paupières.

— Moi aussi, je suis navrée. Je suis navrée, monsieur Ingram.

Je l'avais si souvent répété, tout haut et dans ma tête. À présent, ma voix paraissait faible.

Nous contemplâmes ensemble la mer, puis je me tournai pour étudier son profil, et je lui dis en anglais, d'une voix posée :

— Merci, monsieur.

Il se décida à se tourner vers moi.

— C'est juste, ou c'est du petit nègre ? lui demandai-je en persan. Si c'est incorrect, pouvez-vous m'enseigner la phrase exacte ?

— Bon, je vais remonter, répliqua-t-il, au lieu de répondre à ma question.

Mais il n'en fit rien. Il resta figé sur place, comme s'il attendait quelque chose, et une lueur d'espoir palpita en moi. Subitement, il se tourna et s'éloigna en hâte. Une espèce de désespoir me transperça.

— Monsieur Ingram ? l'appelai-je d'une voix trop aiguë et essoufflée.

Il se retourna.

— Pourriez-vous... me parler ? Pourriez-vous rester et me parler ?

J'en avais désespérément envie. Je voulais qu'il redevînt mon sâhib, le sâhib avec lequel j'avais passé tellement de temps entre Jalalabad et Bombay. J'avais eu beau le décevoir, attiser sa colère, étais-je devenue indigne au point qu'il ne voulait même plus m'adresser la parole, qu'il refusait de rester sur le même pont que moi ?

Il ne répondit pas, mais fit craquer ses articulations, geste que je ne l'avais encore jamais vu faire.

— Je ne crois pas. Je suis juste venu vous présenter mes excuses. Je pense qu'il vaut mieux que je... que nous... nous ne nous voyions pas pendant le reste de la traversée, Daryâ.

Un étau glacial enserra mon cœur.

— Mais pourquoi ? lui demandai-je, alors que je connaissais déjà la réponse, que je savais qu'il ne me considérait plus comme une femme fière, mais comme une femme déchue au niveau de Fleur.

Du coup, je lui devenais bien trop inférieure.

Il contempla les vagues et revint à moi. Son visage était dur, mais il exprimait aussi la solitude et l'état étrange que j'avais constatés, le soir où je l'avais observé derrière la vitre.

— Je crois juste que ça vaut mieux comme ça, répéta-t-il, avant de s'éloigner à longues et solides foulées sur le pont de bois.

Dès qu'il eut disparu, Fleur se hâta de me rejoindre. De toute évidence, rien n'avait échappé à son observation

— Daryâ, souffla-t-elle. Ton sâhib est tellement bien ! Tellement jeune et beau. (Elle baissa les paupières.) Est-il venu organiser une rencontre ? Je suis étonnée qu'il ait pu supporter si longtemps que tu n'ailles pas le voir. Ou t'es-tu faufilée dehors quand je ne...

— Il ne s'agit pas de mon sâhib, la coupai-je sèchement. Et je n'irai pas le voir.

— Qu'est-ce que tu veux dire ?

— M. Ingram n'est pas le sâhib qui m'emmène en Angleterre. C'est... c'est quelqu'un d'autre. Quelqu'un que je connaissais… avant. Le sâhib que j'accompagne ne ressemble en rien à M. Ingram.

— Mais… j'ai vu comment il te regarde. Et vice versa. Tu as déjà été avec lui… dans son lit. Et il veut que tu y retournes, et tu le veux aussi. Ça crève les yeux. Alors pourquoi n'y vas-tu pas maintenant ? Si celui qui t'emmène en Angleterre est malade, il ne le saura jamais.

J'avais besoin d'être seule pour réfléchir à la scène qui venait de se dérouler.

— Ça ne se passe pas comme ça entre nous, répondis-je.

Fleur n'ajouta rien, mais je constatai, à son expression, qu'elle ne me croyait pas. Je prétextai une migraine pour aller me reposer.

Je m'étendis sur mon lit de cordes, perdue dans mes pensées, M. Ingram, et Fleur qui m'avait dit de le rejoindre, les sensations que j'éprouverais si ses mains se posaient sur mon corps.

J'étais incapable de pleurer, comme pétrifiée de chagrin. Comme si je venais de faire l'expérience de la mort.

Et bizarrement, ce fut la mort qui me ramena M. Ingram.

Après plusieurs semaines de mer d'huile durant lesquelles je demeurai assise à l'extérieur, à attendre la fin de la journée, en évitant à tout prix de lever les yeux vers le pont supérieur où devait se trouver M. Ingram, un vent violent se leva une nuit. Il déclencha une tempête qui ballotta notre navire comme s'il n'était qu'une petite embarcation de simples fétus de paille, et dans la pièce du bas, nous souffrîmes toutes d'un épouvantable mal de mer. Ce fut une expérience atroce, car le navire roulait et tanguait si violemment, comme secoué par les énormes mains d'un djinn, que nous ne parvenions même pas atteindre le seau, au bout de la coursive. Le plancher de notre cabine n'était plus qu'un immonde cloaque et les hindoues hurlaient d'une voix aiguë et imploraient leurs idoles dans les ténèbres. Agrippée aux cordes du lit, je priais Allah tout bas. Mes prières de jadis remontaient sans problème à ma mémoire, mais je me contentais de demander la fin de cette tempête. Pour une raison mystérieuse, je savais que mon destin n'était pas de mourir dans l'eau, si bien que, contrairement aux ayahs, je ne craignais pas de périr.

Malheureusement, leurs frayeurs se concrétisèrent. L'une d'elles refusa de s'attacher à son lit à l'aide de ses foulards et de ses saris comme nous toutes. Elle craignait, me confia Fleur par la suite, d'être prise au piège et de se noyer si jamais l'eau envahissait la cabine. Cette négligence lui valut, au cours de cette nuit de tempête abominable, d'être projetée à terre dans l'obscurité. Sa tête alla heurter une poutre. Nous ne découvrîmes ce drame tous ensemble que le lendemain matin, lorsque des marins apportèrent des lampes et des seaux d'eau salée pour lessiver le sol. En nous pinçant les narines afin de ne pas sentir notre propre puanteur, nous nous levâmes et à la lueur vacillante des lampes, nous vîmes le cadavre de cette malheureuse rouler d'un côté à l'autre dans la couche d'immondices. Tandis que les ayahs poussaient des hurlements de stupeur et d'horreur, les marins soulevèrent le corps sans vie de leur amie et l'emmenèrent en haut. Plus tard, après que les ayahs éplorées eurent procédé à sa toilette mortuaire et l'eurent revêtue de son plus beau sari, je regardai, en compagnie des indigènes et de quelques memsahibs, deux marins envelopper et ligoter son corps dans un drap blanc qu'ils firent ensuite glisser en douceur à la mer. Les memsahibs avaient apporté des gâteaux et des petits présents en offrandes ; elles les remirent aux ayahs qui pleuraient et priaient discrètement. Ces dernières les répandirent sur l'eau quand la menue silhouette blanche eut disparu sous la surface des vagues qui s'étaient calmées et se contentaient à présent de clapoter doucement.

Je gardai les yeux rivés sur le point sombre et profond de l'océan où nous avions laissé couler l'ayah, si seule, si loin de sa maison et des êtres qui l'aimaient. Une âme pouvait-elle trouver le chemin du paradis hindou à partir d'un endroit pareil ?

Alors que je me retournais pour m'éloigner, attristée par le sort de cette ayah inconnue et en proie à toutes sortes de questions sur le moment et la manière dont la famille qu'elle avait laissée aux Indes apprendrait son décès, M. Ingram se précipita vers moi sur le pont. Il respirait bruyamment parce qu'il avait couru, mais son visage hâlé par le soleil arborait un ton blafard inhabituel.

— Monsieur Ingram ? dis-je, non seulement étonnée de le voir après ce qu'il m'avait affirmé quelques jours auparavant, mais de constater sa pâleur.

Il reprit souffle et son visage retrouva une couleur normale.

— Je viens d'apprendre... haleta-t-il... d'après les rumeurs, qu'une femme indigène... est morte... la nuit dernière, et je...

Il se tut et s'essuya les lèvres du revers de la main. Ses doigts tremblaient.

— C'était une ayah hindoue, lui dis-je. Son corps a déjà été confié à la mer.

Il porta le regard sur l'eau ourlée d'écume que fendait le navire.

— S'agissait-il de l'une de vos amies ? me demanda-t-il au bout d'un moment, d'une voix qui n'était pas la sienne.

— Non. Je ne connaissais même pas son nom. Les ayahs refusent de me parler, à cause de l'idée qu'elles se font de moi... Elles... elles refusent de voir la femme que je suis vraiment.

Et, en cela, elles vous ressemblent, monsieur Ingram.

Il se décida à se retourner vers moi. Il avait retrouvé son teint et sa voix habituels.

— Osric Bull est très mal en point, me dit-il. Il est tout à fait incapable de se lever. Heureusement, il y a quelqu'un qui a fait des études de médecine à bord, et il s'occupe de lui.

— Je sais qu'il est malade.

La mer était à présent si calme qu'il était difficile de concevoir sa fureur et sa violence, sa capacité à semer la mort. Je contemplai les vaguelettes en songeant à l'avertissement de Fleur.

— Croyez-vous qu'il va mourir ?

M. Ingram esquissa un sourire qui n'avait rien de gai.

— D'après ce qu'on m'a dit, il souffre d'une pancréatite.

J'acquiesçai. M. Bull avait effectivement prononcé ce mot anglais bizarre.

— Elle affecte son... (Il posa une main sur son ventre). Je ne connais pas les mots persans permettant de décrire cette maladie. Elle a empiré parce qu'il boit de l'alcool. Il va très mal, mais il survivra. Apparemment, les hommes comme Osric Bull sont capables de presque tout supporter.

— Qu'entendez-vous par « les hommes comme Osric Bull » ?

Son visage, si pâle quelques instants plus tôt, s'empourpra.

— Vous ne savez rien de lui, Daryâ. Rien, et cependant, vous avez accepté de l'accompagner pour... pour vivre avec lui en Angleterre. Comment avez-vous pu faire une chose pareille ?

Je sentis son désarroi et sa colère ressurgir sous son calme apparent.

— Je ne savais rien de vous, monsieur Ingram, mais cela ne m'a pas empêchée de vous supplier de m'emmener. Deux fois. Du bouzkashi et de Jalalabad. (J'attendis un instant.) Le désespoir nous pousse à bien des choses.

— Et vous étiez désespérée à Bombay ?

Je me décidai à plonger les yeux dans les siens.

— Oui.

— Et vous avez donc demandé à Bull de…

— Non, l'interrompis-je. C'est lui qui me l'a proposé. J'en ai été choquée, je me suis sentie insultée et, au début, j'ai refusé d'envisager cette solution. Mais après… Je n'ai pas pris ma décision à la légère, monsieur Ingram. Elle m'a été très pénible. Et j'ignore encore si j'ai eu raison. (Je m'interrompis.) Non, je sais déjà que j'ai eu tort. Ce que je veux dire, c'est que… J'ignore si…

Je m'arrêtai encore. Je ne savais comment lui expliquer, lui dire, sans paraître vaniteuse et suffisante, que je cherchais un lieu où je pourrais vivre non seulement en sécurité, mais habitée par l'espoir et même par une forme de joie. Trouverais-je ce que je cherchais en Angleterre ? Je n'en avais pas la moindre idée. Je ne savais qu'une chose : je ne serais pas une femme méprisée à Bombay.

Le doute s'inscrivit sur son visage.

— Mais je croyais… je pensais que vous seriez… eh bien, satisfaite d'être ayah… M. et Mme Andrews sont des personnes honnêtes.

— Je n'en doute pas.

Je n'allais pas lui raconter ce qui s'était déroulé après son départ, je ne lui parlerais pas du sort que me réservaient ses honnêtes amis.

— Que vous a donc promis Bull pour vous décider à l'accompagner ?

— Vous m'avez dit qu'il valait mieux que nous ne nous parlions plus, lui déclarai-je, me refusant à l'éclairer sur ce point. Et pourtant, voilà que vous m'adressez la parole. Qu'est-ce qui vous a fait changer d'avis ?

Il recommença à contempler l'eau qui défilait le long du flanc du navire. Dans ma tête apparut une petite silhouette, le linceul blanc attaché par des hijabs appartenant à chacune des ayahs, et se fit entendre le léger bruit d'éclaboussure – d'une insignifiance si triste dans ce vaste océan – quand le corps avait glissé par-dessus bord et pénétré dans l'eau.

— Vous avez cru que c'était moi qui étais morte, affirmai-je, persuadée de ne pas m'être méprise au spectacle de son visage remué.

— Je me suis rendu compte que vous ignorer ne serait pas bien, que vous traiter ainsi... J'ai réalisé que cette attitude n'aboutirait nulle part.

Il baissa la tête et s'éloigna, mais cette fois je sus qu'il reviendrait. S'il me haïssait comme j'étais arrivée à m'en convaincre, il ne se serait pas précipité sur le pont, le visage bouleversé et terrifié, à la perspective que j'étais peut-être la femme indigène qui avait trouvé la mort. Ses mains n'auraient pas tremblé de la sorte, sa voix serait restée ferme.

Une sensation de pouvoir m'envahit. Je savais désormais qu'en dépit du qualificatif qu'il m'avait attribué, de l'énergie qu'il mettait à lutter contre ses sentiments, M. Ingram tenait toujours à moi. Et cette révélation s'accompagna de mon premier moment de sérénité, depuis qu'il m'avait quittée dans la véranda de Bombay. En cet instant, je me moquais de ce qui se passerait à notre arrivée à Londres ; je me moquais de ce qui se passerait le lendemain. Je m'accrochais à la pensée que M. Ingram ne parvenait pas à me sortir de son esprit, et j'offris mon visage au soleil.

36

Le lendemain matin, une femme blanche se présenta à notre cabine. Je l'avais déjà vue la veille sur le pont, aux funérailles de l'ayah. Elle se tenait parmi les autres memsahibs, mais ne leur ressemblait pas. Elle portait un livre à la couverture de cuir noir très élimée dont elle avait lu un extrait à mi-voix pendant que le corps de l'ayah était descendu à la mer.

Sa toilette, contrairement à celles surchargées de fanfreluches des autres memsahibs, n'était qu'une simple robe bleu foncé, agrémentée d'un col de dentelles jaunâtre. Cette robe trop ample pendouillait sur elle, et j'avais remarqué des taches sous ses aisselles pendant qu'elle se tenait sur le pont, son visage ordinaire visiblement peiné, ses yeux embués de larmes.

Elle portait aujourd'hui la même robe, toujours auréolée sous les bras. Un grand sac en étoffe était passé en bandoulière sur sa poitrine plate. Elle était grande et trop mince : les os saillants de son visage le rendaient déplaisant. La couleur de ses cheveux et de ses yeux faisait penser au brun délavé d'un thé peu infusé. Elle avait gardé le livre tendu de cuir entre ses mains et je constatai qu'en dépit de leur maigreur ces dernières paraissaient aussi solides que celles d'un homme, avec des ongles courts et striés. Elle nous adressa un sourire empreint de bonté, comme si nous étions ses propres enfants aimés qu'elle n'aurait pas vus depuis un certain temps.

Elle nous parla en hindi, mais les hindoues l'ignorèrent et lui tournèrent le dos en signe de mépris. Elle dit quelque chose qui fit rire Fleur aux éclats. Sans se laisser dépiter par ce rire, elle se contenta de sourire avec bienveillance.

— Qui est-ce ? Que veut-elle ? demandai-je à Fleur.

— C'est une femme qui apporte la parole du Dieu blanc, me répondit-elle. En anglais : une missionnaire. Partout où il y a des memsahibs, il y a des missionnaires.

— Mis-sio-nè-re, répétai-je.

Les yeux délavés de la femme s'éclairèrent et elle s'approcha de moi. Elle me prit la main et la posa sur le livre au cuir craquelé, adouci à force d'avoir été utilisé, et réchauffé par ses mains.

Le rire de Fleur fusa de nouveau.

— Attention, me prévint-elle. Elle veut faire entrer son Dieu blanc en vous. Vous devez garder de la place pour votre sâhib.

Son rire carillonnant grimpa d'un ton. Elle s'amusait du caractère osé de sa propre plaisanterie, dont je ne tins aucun compte.

Les doigts larges et carrés de la missionnaire recouvraient à présent les miens. Elle s'adressa à moi en hindi d'un ton pressant, sincère, jusqu'au moment où Fleur lui répliqua quelque chose sans ménagement. Le visage de la femme exprima la perplexité.

Elle déposa alors le livre sur mon lit, joignit les doigts devant sa poitrine et me parla plus fort en face, comme si cette augmentation de volume allait me permettre de comprendre ses propos. Fleur continuait à rire ; les ayahs restaient indifférentes. La dame finit par désunir ses mains et je constatai qu'elle avait le visage trempé par l'effort. J'ignorais ce qu'elle attendait de moi ; je savais juste qu'elle était la seule femme blanche à m'avoir jamais regar-

511

dée en face et à s'être adressée à moi, et qu'elle ne se comportait pas comme les autres memsahibs.

Elle se tourna et franchit le seuil étroit de la porte. Le dos de sa robe était humide. Je la suivis, et lorsque nous arrivâmes sur le pont, je posai une main sur son bras. Elle y jeta un coup d'œil, avant de me dévisager.

Je me tapotai la poitrine.

— Anglais, dis-je.

Elle hocha lentement la tête et effleura mes hurquus avec délicatesse.

— Pas Anglais.

Je secouai la tête d'agacement : me prenait-elle pour une autre Fleur, imbue de sa propre importance ? Je portai les doigts à ses lèvres, puis aux miennes.

— Anglais, répétai-je. Vous dire. Moi. Anglais.

Son visage s'éclaira.

— Ah ! s'exclama-t-elle.

Elle me fit signe de m'asseoir sur le banc à côté d'elle et elle ouvrit le livre. Elle effleura la page et me désigna ensuite le ciel.

— Dieu, dit-elle.

— Dieu, répétai-je. *Allah*.

Elle désigna son sein gauche.

— Aime.

Je répétai ce mot et elle tapota ensuite sa poitrine.

— Moi.

Elle prononça les trois mots à la suite, que je répétai en ayant la sensation d'être une petite fille.

Les yeux brillants, elle hocha si vigoureusement la tête que cette dernière dodelina sur son cou décharné.

— Oui, oui, dit-elle. Oh oui, Dieu m'aime. Il vous aime.

Ses dents se déchaussaient et brunissaient à la hauteur des gencives.

Je comprenais ce que j'avais dit. Dans ce cas, ils n'étaient pas si différents – son Dieu et le mien –, même si je me demandais si le sien n'était pas plus prêt à pardonner, moins enclin à me juger comme le mien ne devait pas manquer de le faire.

Je désirais apprendre tout l'anglais possible de cette memsahib, afin de démontrer à M. Ingram que même s'il voyait en moi une femme de la même catégorie que Fleur, j'étais capable de parler autre chose que le petit nègre.

Parfois, le navire faisait escale dans des ports inconnus. Des voyageurs le quittaient ou montaient à bord et d'énormes caisses et cageots étaient à chaque fois transportés par de sinueuses colonnes d'hommes trempés de sueur. Je n'avais aucun moyen de garder la trace d'une centaine de jours. Au bout de vingt, je cessai de compter, le jour où M. Ingram me revint.

À dater de là, je fus heureuse. Je me moquais que la traversée durât deux cents jours ou davantage. Je me moquais de rester à jamais à bord de ce navire, à flotter entre deux mondes : le sien et le mien.

Trois jours s'étaient écoulés depuis les funérailles de l'ayah. C'était un bel après-midi et je contemplais l'océan, accoudée au bastingage, lorsque M. Ingram apparut subitement à mes côtés. Je ne voulais ni lui montrer que je l'attendais, ni que j'avais la conviction qu'il viendrait à moi. Mais je m'aperçus du coin de l'œil qu'il me regardait et je lui fis face. Je ne portais plus de hijab. Le vent qui n'arrêtait pas de fouetter l'étoffe contre mon visage avait fini par m'agacer terriblement, mais surtout j'estimais que cela n'était plus nécessaire. Je ne me trouvais qu'en compagnie de femmes ; je n'existais pas aux yeux des marins. Les règles que j'observais jadis n'étaient plus de mise ici, j'avais de l'eau et non de la terre sous les pieds, je portais des vêtements étrangers, j'apprenais une nouvelle langue, rien ne me rappelait mon ancienne vie. Je me disais qu'une fois que je retrouverais la terre ferme, je remettrais mon voile.

— Bonjour, monsieur Ingram, dis-je avec précaution en anglais.

J'avais beaucoup répété les formules de politesse avec la missionnaire. Cette fois, il m'adressa son vrai sourire, si familier qu'une mélodie inexplicable chanta un instant dans ma tête.

— Bonjour, mademoiselle Daryâ, me répondit-il, et je lui rendis son sourire parce qu'il avait dit *mademoiselle*. Votre cabine est-elle confortable ? me demanda-t-il en revenant au persan.

Votre cabine est-elle confortable ? Les semaines écoulées paraissaient effacées, comme si le chagrin qui m'avait anéantie n'avait jamais existé. Nos retrouvailles ressemblaient à celles de deux vieux amis qui ont été séparés un certain temps.

— Elle l'est, mentis-je.
— Votre amie Fleur se porte bien ?
— Oui. Elle dort. Elle dort beaucoup.

Surtout quand elle a passé la moitié de la nuit avec son sâhib, songeai-je, mais je me refusai à le dire.

— Elle vous enseigne toujours l'anglais ?

Je fis non de la tête.

— C'est la dame missionnaire qui me l'apprend. Je voulais apprendre l'anglais correctement.

Il s'éclaircit la gorge.

— Elle parle beaucoup de votre Dieu, dis-je en sourcillant. Vous m'avez dit un jour que nous avons un point commun, dans la mesure où nous croyons en un seul Dieu, ajoutai-je. Mais elle en évoque trois.

— Trois ?

— Elle parle du pâdar, du *pesar* – fils – et... d'autre chose. Un Dieu qu'elle n'arrive pas à me faire comprendre, un dieu appelé « sin-tesse-pri », répétai-je à l'ouïe.

— Le Père, le Fils, et le Saint-Esprit, dit-il. Ce ne sont pas trois dieux, mais le Dieu des chrétiens qui se divise en trois personnes.

— C'est compliqué.

— Oui, acquiesça-t-il, et nous nous replongeâmes dans la contemplation de la mer.

Père, Fils et Saint Esprit.

— Et vos pères, sâhib ? Vous m'avez parlé d'un Anglais, et de l'autre ?

J'étudiai son profil. Il ne changea pas d'expression, mais je sentis quelque chose se modifier en lui.

— L'homme anglais que je prenais pour mon père est mort. De la malaria.

Je conclus qu'il s'agissait d'une maladie.

— Vous étiez très proche de lui ?

Il fit non de la tête avant de se tourner vers moi.

— Je ne conserve que quelques images floues de lui. J'étais tout petit, aux Indes, au moment de sa mort. Et après, ma mère m'a emmené en Angleterre.

— Mais alors... votre autre père ? Celui dont le sang coule dans vos veines ? Il est vivant ?

Le silence, de nouveau.

— Je n'ai jamais parlé de lui à personne, Daryâ.

— Pardon, dis-je. Je ne vous poserai plus de questions.

Je me tins à ma déclaration et me contentai de lui demander plus tard une chose sans conséquence à propos de la mer, mais il n'y répondit pas.

— Bien que je sache que je peux vous parler, reprit-il comme s'il continuait sa phrase précédente, de ce que... de ce que je sais, parce que... (Ses épaules tremblèrent légèrement et il me regarda.) La situation n'est pas pareille avec vous, n'est-ce pas ?

Il semblait attendre une réponse.

Je ne savais quoi dire, je ne voyais pas tout à fait en quoi notre situation était différente, mais son aveu me faisait plaisir : sa relation avec moi – quelle qu'elle fût – n'était pas la même que celle qu'il avait avec les autres. Sa constatation fit passer entre nous une espèce de vague sentiment d'intimité. Je me demandai si mon visage le trahissait.

— Parce que vous n'êtes pas anglaise, précisa-t-il alors, comme s'il avait lu dans mes pensées et qu'il savait que je désirais en savoir plus. Et parce que vous ne me reprocherez pas ce dont je ne suis aucunement responsable : ma filiation, précisa-t-il.

— Je n'ai aucun droit de porter le moindre jugement sur vous, dis-je, imitant les paroles qu'il m'avait adressées quelques jours plus tôt. Aucun droit, insistai-je.

Il se détourna alors vers l'océan et demeura muet.

Je n'arrivais pas à déterminer s'il était encore perdu dans ses réflexions ou s'il soupesait soigneusement ses paroles suivantes. Il alla s'asseoir sur un banc, du côté opposé du pont. Je savais que je pouvais aller prendre place près de lui et m'exécutai donc.

Les mains croisées sur les genoux, j'attendis. J'avais conscience de la proximité de nos bras, de nos cuisses sur le banc étroit. Nous ne nous touchions pas, mais je sentais la chaleur diffusée par son corps.

— Je ne sais absolument pas si l'homme qui m'a engendré est encore en vie ou non, me dit-il, en étudiant ses deux mains qu'il avait posées sur ses cuisses, paumes vers le haut, comme si elles pouvaient lui apporter une réponse. J'ai appris que je n'étais pas celui que je croyais être il y a seulement deux ans. Ma mère m'a alors avoué la vérité. Elle m'a dit qu'elle s'était promis de le faire le jour où j'atteindrais mes vingt et un ans.

Il quitta ses mains des yeux pour se plonger une fois de plus dans la contemplation de l'océan. L'eau procurait une sensation de bercement identique à celle que l'on éprouve quand on regarde fixement des flammes. Elle aidait à parler.

— C'est pour cela que je me suis rendu dans votre pays. Je voulais… J'avais besoin de le connaître un peu.

J'observai son profil.

— Vous cherchiez votre père ?

— J'ignore jusqu'à son nom. Ma mère a refusé de le prononcer. Elle m'a dit que jamais je ne le trouverais, car elle ignore elle-même ce qu'il est advenu de lui. Elle ne l'a connu que brièvement et a toujours su qu'elle ne le reverrait jamais.

Il avait un peu élevé la voix, comme s'il se souvenait d'une dispute.

— Mais... avez-vous trouvé ce que vous espériez en Afghanistan ?

Qu'avait-il cherché en traversant mon – son, me corrigeai-je – pays, en assistant à un bouzkashi, qu'avait-il éprouvé à la vue des soldats anglais dans le bazar de Jalalabad, de la femme battue ? Essayait-il de découvrir sa vraie nature, ses origines ? S'était-il attendu à ressentir une attirance profonde, quelque chose qui lui apporterait un réconfort ou un soulagement ?

Il se décida à se retourner vers moi.

— J'ignore ce que je cherchais, me dit-il d'une voix hésitante qui dénotait un brin d'angoisse.

Le vent fit souffler mes cheveux devant mes yeux. Je les repoussai et M. Ingram leva le doigt.

— En anglais, on dit le *ciel*. Voulez-vous que je vous aide à apprendre l'anglais ?

J'acceptai d'un hochement de tête, les yeux écarquillés de stupéfaction.

— Ciel, répétai-je, sachant qu'il ne parlerait plus de son père.

À partir de là, M. Ingram descendit chaque jour sur le pont inférieur, parfois le matin, parfois l'après-midi et parfois en début de soirée. Il me parlait anglais et faisait preuve de beaucoup de patience et de minutie. J'essayais, avec le plus grand sérieux, d'imiter correctement sa prononciation, mais je me trompais si souvent qu'il m'arrivait par moments de rire de moi-même et de faire rire M. Ingram. Parfois, il m'apportait des livres, illustrés de tableaux et de dessins de personnages et de paysages anglais.

Il me posait toutes sortes de questions sur mon pays natal et mon enfance et me parlait de ce qu'il y avait vu. Les yeux rivés sur les vagues, j'évoquais les saisons, la lumière printanière qui dansait à travers les feuilles tendres du mûrier de la cour de notre maison, les champs de blé dorés qui entouraient le village, le parfum du vent déferlant des montagnes en hiver. Il se contentait de m'observer et, quand j'arrêtais de parler, il continuait à le faire sans rien dire. J'étais alors obligée de détourner le visage, car j'avais honte des émotions trahies par ma voix.

— Vous parlez de votre pays avec un amour vraiment profond, observa-t-il un jour, et je me rendis alors compte que je n'aurais pas dû avoir honte de mon honnêteté. Je vous envie d'éprouver de telles certitudes dans ce domaine. J'aimerais pouvoir... Mes propres sentiments – à l'égard de l'Angleterre – sont mitigés.

— Je suis navrée.

— Je peux donc comprendre à quel point cela a dû vous être pénible de quitter la maison bien-aimée de votre enfance.

J'acquiesçai.

— Et surtout ma famille : ma mère, et Nasren et Youssouf, ma sœur et mon frère.

Je m'entendis prononcer les prénoms des enfants d'une voix frémissante. Ils devaient avoir grandi, ne plus être les bébés qu'ils étaient à mon départ. Nasren se souvenait-elle seulement de moi ? Ma mère suivait-elle la règle qu'elle s'était fixée de ne pas évoquer les événements douloureux du passé ? Nasren n'avait peut-être même pas la moindre ombre de souvenir de sa sœur aînée, de sa sœur qui avait assisté à sa naissance, qui l'avait portée à califourchon, réconfortée quand elle pleurait et bercée quand elle dormait. Personne dans mon village ne devait parler de moi, à l'exception éventuelle de Yalda, qui était peut-être déjà montée au paradis. Je me demandai si je n'étais pas aussi désormais décédée – aux yeux de mes parents, de Nasren et de Youssouf, du village entier.

Je fus horrifiée de sentir mes yeux se remplir de larmes. Je détournai en hâte la tête et les essuyai de mes paumes.

La main de M. Ingram se posa sur mon dos.

— J'ai peur de ne jamais les revoir, d'être morte pour eux, dis-je d'une voix déformée par l'effort que je faisais pour ne pas dévoiler mes pleurs.

— Je comprends, dit-il. Vous allez si loin. Mais je suis sûr qu'ils se souviendront toujours de vous, comme vous vous souvenez d'eux.

La pression de sa main s'accentua. Je fermai les yeux, car j'avais subitement besoin d'être réconfortée par quelqu'un qui me prendrait dans ses bras. Mais M. Ingram ôta sa main. Je me ressaisis et m'éclaircis la voix. Puis je lui redemandai de me réciter, une fois de plus, les jours de la semaine en anglais.

Quand le soleil perçait et que soufflait une légère brise, nous nous tenions accoudés au bastingage. Par temps froid ou pluvieux, nous nous réfugiions sur un banc abrité par le cadre d'une porte et la courbure du pont. En plus des livres, il m'apportait parfois une friandise. Apparemment, il faisait de bons repas, et je me refusais à lui avouer qu'à l'entrepont on ne nous servait plus désormais que des biscuits secs, une purée d'avoine et de la viande très salée qui était sans doute du porc. Je la mangeais pourtant, en demandant pardon en mon for intérieur. De toute façon, ce que je faisais pour survivre était bien pire que de consommer un aliment prohibé.

Fleur restait à l'écart quand elle me voyait près de lui. Parfois, elle m'adressait un clin d'œil ou elle haussait les sourcils. Quant aux ayahs qui faisaient souvent le tour du pont, elles s'accrochaient au bastingage quand elles passaient à côté de nous, comme si nous risquions de les contaminer.

— Monsieur Ingram, lui demandai-je par une après-midi lumineuse, que se passera-t-il si, en Angleterre les gens portent sur moi le même regard que la dame du pont supérieur, celle qui a sifflé mon nom et m'a regardée comme si j'étais venimeuse ?

Il resta si longtemps silencieux que je crus qu'il ne me répondrait pas. Puis il me dit :

— Je comprends vos craintes. Lors de mon dernier départ d'Angleterre – pour ce voyage en Afghanistan – je ne cessais d'entendre une petite voix dans ma tête, une présence inquiétante qui me poussait à m'interroger sur la manière dont allait se passer chaque étape de mon voyage. Par moments, je me demandais pourquoi j'entreprenais cette aventure, pour quelle raison je me plaçais dans des situations inhabituelles et inconfortables, parfois même dangereuses.

Je songeai à ma propre situation. À la peur et au danger.

— Et avez-vous trouvé une réponse à ces questions ?

— Je pense aujourd'hui que cette voix fait simplement partie du charme d'un voyage. Peut-être êtes-vous en train de l'apprendre. Quelque part en chemin, j'ai aussi découvert qu'une autre voix résonnait, qu'elle cherchait à se faire entendre. Comme elle était plus calme que la première, moins exigeante, j'ai dû tendre l'oreille pour la saisir.

J'attendis la suite.

— Cette seconde voix me disait d'avoir confiance. D'avoir foi en mon énergie et mes connaissances, de ne pas essayer de comprendre pourquoi le monde alentour était différent, mais de m'abandonner à cette différence. De m'abandonner au destin qui, tant que je donnerais le meilleur de moi-même, ne me trahirait pas.

Je souris.

— Je connais ces enseignements, monsieur Ingram, même si cela fait longtemps que je n'ai pas... (Mon sourire s'effaça et je contemplai la houle.) On m'a appris que, si j'avais foi en Allah, mon destin se déroulerait bien. Que ce qui est écrit est écrit.

— Pour ceux qui en ont besoin, cette croyance est utile.

Je repensai à ce qu'il venait de déclarer.

— Dans la mesure où nous ne nous abandonnons pas complètement... à une nouvelle vie ou à la conviction que nous ne pouvons pas la changer.

Il enfonça la main dans sa poche dont il sortit un objet.

— Qu'est-ce que c'est ? lui demandai-je en me penchant sur sa paume ouverte.

— Oh, une ta'wiz.

Une petite amulette comme en portaient tant d'hommes de mon pays, contenant un papier sur lequel étaient inscrites des paroles bénies par un mollah.

Il caressa du pouce le rouleau de cuir.

— Un villageois généreux me l'a offerte en cadeau de bienvenue à mon arrivée dans votre pays. Depuis, je la porte sur moi ; cet homme m'a dit qu'elle me protégerait. (Il haussa les sourcils et sourit.) Je sais bien qu'il ne s'agit que d'une superstition, mais...

— C'est une superstition pour vous. Aux yeux de l'homme qui vous l'a offerte, c'était un talisman religieux, dans lequel il croyait. Si vous l'avez accepté, vous auriez dû aussi croire en son pouvoir.

Il étudia l'amulette.

— Je pense que j'y ai cru. Sinon... pourquoi la porterais-je encore ?

Je la pris et refermai la main dessus. Elle gardait la chaleur de sa propre main. Puis je la lui rendis et plongeai les yeux dans ses prunelles noires.

— Peut-être parce que vous portez l'islam dans votre cœur, dis-je. Transmis par votre père.

Il haussa les épaules d'un air dubitatif.

— C'est possible, dit-il.

La température baissa, et M. Ingram m'apprit que nous avions dépassé le milieu de l'océan Atlantique et que nous entamions la dernière partie de notre voyage. Je venais de manger le morceau de gâteau à la noix de coco compact qu'il m'avait apporté. Il sortit un petit étui solide de sa poche et l'ouvrit. J'aperçus le portrait d'une femme. Il s'agissait d'une image semblable à celles du livre sur l'Angleterre que m'avait montrées M. Bull, plus foncée cependant.

— Je connais ça, dis-je, sans vouloir prononcer le nom de M. Bull qui aurait jeté une ombre sur notre entente. Ce sont bien des images à l'intérieur d'une boîte ? ajoutai-je, la tête inclinée, car j'attendais une explication de M. Ingram.

Lui me dirait exactement comment elles étaient fabriquées. Mais il n'en fit rien.

— Oui. C'est un daguerréotype... une espèce de photographie.

J'acquiesçai. Quelque part, cela m'agaçait d'apprendre que M. Bull m'avait dit la vérité.

— Elle représente ma mère.

Je pris l'étui pour étudier la photographie. Hormis les cheveux blonds et le menton volontaire, je ne retrouvai pas grand-chose de M. Ingram sur cette image.

— Je pense que vous devez ressembler à votre père, observai-je, et il se figea.

— Qu'avez-vous pensé d'elle, quand elle vous a parlé de cet autre père ? lui demandai-je.

— Que voulez-vous dire ?

— Est-ce que... elle a baissé dans votre estime ? Du fait qu'elle avait trahi son mari ? De son adultère ?

M. Ingram ouvrit la bouche comme si ma question le surprenait, et il secoua vigoureusement la tête.

— Non, non, jamais je n'ai éprouvé le moindre dédain pour elle. Elle avait sûrement ses raisons.

— D'autres personnes sont-elles au courant ? Savent-elles que vous êtes...

Je songeai au mot qu'avait utilisé M. Bull quand il m'avait décrit ce qui risquait de m'arriver si je restais à Bombay. Je songeai à Fleur.

— Que vous êtes métis ?

Il fit non de la tête.

— Personne, personne sauf...

J'attendis.

— Ma mère m'a raconté qu'Osric Bull avait toujours soupçonné la vérité. Il s'est passé quelque chose entre eux à Calcutta.

Je songeai au dédain sans détour que manifestait M. Bull quand il parlait de M. Ingram.

— Est-ce mal d'être métis en Angleterre ?

— Oh oui ! répliqua-t-il avec une grimace ironique.

Nous nous raidîmes tous les deux, et je regrettai que la conversation eût tourné sur Osric Bull.

— Est-ce pareil aux Indes ? Est-ce que les métis n'y sont pas respectés ?

Il hocha la tête d'un air sinistre.

— Chez les Anglais des Indes, de nombreuses memsahibs, en particulier, vouent un profond mépris aux descendants indiens qui ont été engendrés par leurs propres concitoyens. Ironique, non ?

— Fleur est métisse, lui appris-je. Elle dit que son père était anglais.

— La plupart du temps, c'est le cas. Le mien... sort de l'ordinaire, puisque l'Européenne, c'est ma mère, et qu'il est bien, bien pire qu'une femme blanche ait une relation avec un autochtone. Il y a vingt-trois ans, si j'avais trop ressemblé à un bébé indigène à ma naissance, cela aurait été une véritable tragédie pour ma mère. (Il me reprit l'étui pour effleurer l'image du doigt.) Mais elle a réussi à dissimuler la vérité. Ma mère est une femme extraordinaire. Très forte.

— Quand votre père anglais est mort... est-ce qu'un autre homme l'a épousée ? Votre oncle, peut-être ? Dans mon pays, c'est le frère du mort qui assume cette responsabilité.

— Non. Elle ne s'est pas remariée, et je n'ai ni oncle, ni tante.

Je fronçai les sourcils.

— Avez-vous des frères pour veiller sur elle avec l'aide de leurs épouses ? Ou des sœurs qui ne sont pas encore mariées ?

— Non. Je n'ai ni frère ni sœur. Je n'ai aucune autre famille.

— Mais... quand vous n'êtes pas là-bas, en Angleterre, pour vous occuper d'elle... qui s'en charge ?

— Elle... (Il haussa les épaules et m'adressa un sourire comme s'il voulait s'excuser.) Elle s'en sort toute seule.

— Comment est-ce possible ?

— En Angleterre, c'est possible, Daryâ.

Je réfléchis à cette situation curieuse.

— Est-elle très triste d'être si seule ?

Je contemplai de nouveau l'image et songeai à ma propre mère, en compagnie de mon père, de Nasren et de Youssouf. À la pensée que je m'éloignais de plus en plus d'eux, un coup de poignard me transperça. J'avais de plus en plus de mal à évoquer des images d'eux, à penser à leurs vies, à leurs destins. Lorsque j'avais cessé d'avoir la possibilité de les voir, j'habitais encore dans mon pays, et je me rendais compte que j'avais toujours senti que quelque chose me reliait à eux. Je vivais dans l'espoir que Shaliq m'autoriserait un jour à leur rendre visite ou que quelqu'un m'apporterait de leurs nouvelles. Mais à présent... dans l'endroit où je me rendais, si loin, par-delà plusieurs océans, ce lien serait complètement brisé. J'ignorerais s'ils étaient encore en vie ou s'ils avaient succombé à une maladie ou à une blessure. Si dans un avenir lointain, Youssouf prendrait une épouse qui se chargerait de s'occuper de ma mère pendant ses vieux jours. Si Nasren mûrirait, se marierait et quitterait Susmâr Khord. Je posai une main sur ma poitrine pour m'aider à respirer.

— Ma mère n'est absolument pas triste, me répondit M. Ingram, sans paraître s'apercevoir de ma mélancolie subite. Et elle n'est pas seule. Elle a beaucoup d'amis, parmi lesquels un homme dont elle est très proche et qui lui procure beaucoup de bonheur. Mais elle a choisi de ne pas se remarier. Elle ne ressemble pas à la plupart des femmes anglaises.

— Pourquoi ? lui demandai-je pour essayer d'écarter mes pensées de ma propre famille.

— Il n'est pas facile de la décrire. Elle m'a toujours témoigné beaucoup d'affection, mais en dépit du fait que je suis fils unique, elle n'a jamais craint de me laisser partir et agir selon mes besoins. Parfois, durant mon enfance, j'avais même l'impression qu'elle m'encourageait à être différent des autres garçons de mon école... même si maintenant... je... (Il s'interrompit.) Maintenant je comprends que, comme elle savait que j'étais effectivement différent, cela lui faisait peut-être secrètement plaisir.

— Et votre père anglais ? Entretient-elle son souvenir pour vous ?

D'un geste, il me signala que non.

— Elle ne parlait pas de lui et ne semblait avoir gardé aucun contact avec ses amis. Je me rappelle une année – je devais avoir onze ou douze ans – où je n'arrêtais pas de l'interroger à son sujet, parce que je voulais savoir. Elle essayait de me répondre, mais j'avais presque l'impression qu'elle n'avait aucun souvenir de lui à me rapporter. Elle était capable de me parler pendant des heures de notre vie aux Indes, à elle et moi, d'évoquer mes plats favoris, les jeux auxquels nous jouions ensemble, les chansons qu'elle me chantait, mon ayah aimante, les enfants des domestiques avec lesquels je m'amusais, de me décrire notre maison et notre jardin, mais elle ne me racontait rien de précis sur mon père. Rien sur les surnoms qu'il aurait pu me donner, aucune histoire sur sa vie, rien. En plus, j'avais l'impression que mes questions l'énervaient. J'ai fini par décider que le chagrin avait effacé ses souvenirs et que c'était cruel de ma part de l'obliger à penser à lui. Mais aujourd'hui... sachant ce que je sais, la violence de sa réaction me fait penser qu'il ne s'agissait pas de chagrin. C'était autre chose.

Bercés par les vagues, nous gardâmes le silence.

— J'en suis arrivé à me dire qu'elle avait été très malheureuse au cours de sa vie avec lui, continua-t-il enfin. Peut-être a-t-elle cherché le bonheur auprès de quelqu'un d'autre. C'est ce que j'imagine. En général, je ne parle pas beaucoup de ma mère, ajouta-t-il subitement. En fait, je n'en parle jamais. Ce genre de confidence n'est pas dans les habitudes des Anglais, précisa-t-il avec un petit sourire embarrassé.

Je lui rendis son sourire, en caressant la couverture de cuir tendre de l'étui.

— Un musulman croit que le ciel est situé sous les pieds de sa mère, dis-je. C'est la femme la plus importante de sa vie. Il peut avoir plusieurs épouses, il n'aura jamais qu'une mère.

M. Ingram ne quittait pas ma bouche des yeux, mais il ne semblait pas s'en apercevoir, si bien que j'effleurai mes lèvres pour vérifier si une miette du gâteau à la noix de coco n'y était pas restée collée, mais je ne sentis rien.

Je déposai l'étui dans ses mains. Il baissa les yeux sur lui, puis les reposa sur mes lèvres. Une bouffée de chaleur inexpliquée remonta subitement de mon cou à mon visage et je me hâtai de me lever, de m'approcher du bastingage et d'offrir mes joues à la pluie froide.

37

Un après-midi, alors que j'étais allongée sur mon lit et que j'étudiais les images de l'un des livres de M. Ingram, Fleur apparut sur le seuil de la cabine, les yeux ronds.

— C'est un monsieur, Daryâ. Il te demande.

Je lâchai brusquement le livre et me levai d'un bond, en lissant gaiement mes cheveux.

— Pas ton M. Ingram, Daryâ. L'autre. Celui qui est malade... je crois.

Je m'effondrai intérieurement. J'écartai Fleur au passage, empruntai lentement la coursive et montai sur le pont où je trouvai M. Bull, soutenu par deux marins qui le tenaient chacun par un bras.

— Monsieur Bull, dis-je.

Son apparence me choqua, mais je me gardai de le montrer. Il avait perdu tellement de poids que la peau de son visage et de son cou pendait. Sa pâleur extrême semblait s'être propagée à ses cheveux qu'on aurait dit délavés, d'un roux plus terne.

— Je suis contente que vous puissiez enfin vous déplacer.

— J'ai été affreusement malade, bougonna-t-il. J'aurais dû regagner l'Angleterre plus tôt, avant que les symptômes s'aggravent autant. On m'y aurait soigné correctement. Mais je pense que le pire est passé, qu'il ne me reste plus qu'à récupérer mon énergie.

Il semblait attendre des paroles de compassion de ma part, mais je demeurai muette.

— Eh bien, déclara-t-il alors, contrairement à moi, il semblerait que la vie en mer vous rend florissante.

— Je vais très bien, dis-je lentement en anglais. Merci.

Il fronça les sourcils.

— Qu'est-ce qu'il vous prend ? Qui vous enseigne l'anglais ?

— La dame missionnaire, mentis-je, sachant d'instinct que j'aurais tort d'évoquer M. Ingram.

— Brrr... grogna-t-il. Ces sons qui sortent de votre bouche ne me plaisent pas. Vous devriez vous en tenir à votre langue. Je préfère quand vous parlez le persan. Ne l'oubliez pas, maugréa-t-il. Juste le persan.

J'acquiesçai en silence.

— Nous arriverons à Londres d'ici à une semaine.

Nouvel acquiescement.

— Bon, très bien. Quand nous accosterons, attendez à la sortie. Je vous enverrai quelqu'un qui se chargera de vous amener à moi.

— Oui, monsieur Bull, répondis-je.

Je regagnai la cabine et me rallongeai sur mon lit. Le livre ne m'intéressait plus et je n'avais pas envie de parler à Fleur. La traversée arrivait à son terme et un pressentiment funeste m'envahissait. Mais ma tristesse était encore plus profonde.

Les derniers temps, la température avait encore baissé et le vent s'était levé. Le lendemain, des bourrasques se mirent à souffler. Chaque fois qu'un pâle rayon de soleil voilé perçait le ciel très nuageux, la mer plombée miroitait sombrement. Au cours de la dernière semaine, j'avais, à de nombreuses reprises, contemplé ce ciel, souvent couvert et obscur, en songeant à la réflexion de Fleur à propos du pays au ciel sale, et je comprenais désormais ce qu'elle avait essayé de me décrire.

Le soir était déjà tombé quand M. Ingram se montra enfin sur le pont inférieur, venté et désert. J'étais assise dans notre coin à l'abri, les pieds sur le banc, les genoux enveloppés entre mes bras, les épaules drapées dans la couverture élimée et rugueuse de mon lit.

— J'avais l'intention de venir plus tôt, me dit-il, le dos au bastingage, face à moi. Mais Osric Bull dînait dans la salle à manger. Il va mieux et il m'a tenu le crachoir pendant des heures avec les récits assommants de ses aventures passées. Nous arriverons à Londres dans quelques jours. Quelques jours, répéta-t-il.

Ses yeux sombres n'exprimaient pas l'expectative que l'on pourrait attendre de quelqu'un qui rentre chez lui après un long voyage.

— Rien de ce que vous allez retrouver là-bas ne vous plaît ?

Il mit du temps pour me répondre.

— Je vais être heureux de revoir ma mère. Et quelques amis. Je pense que ma mère viendra me chercher. Je lui ai envoyé un courrier de Karachi pour lui annoncer que je serais à bord de ce navire.

L'air froid et humide faisait pendre mon sari trempé et informe contre ma peau gelée. Je frissonnais, mais pas à cause du froid. Parce que je savais qu'une fois que nous aurions débarqué à Londres j'accompagnerais M. Bull, que M. Ingram poursuivrait sa vie et que nous ne pourrions plus jamais nous revoir. J'abaissai mes jambes et me drapai plus étroitement dans la couverture.

M. Ingram scruta subitement mes sandales, puis la couverture.

— M. Bull ne vous a équipé de rien d'autre que de ces saris légers ? Pas de bottines, pas de manteau chaud ?

— La couverture est chaude, répondis-je.

Il laissa cependant échapper un grommellement, manifestement destiné à M. Bull. Puis il ôta son épaisse veste de laine, sans cesser de ronchonner en anglais.

— Approchez-vous, Daryâ, me dit-il.

Je me levai et la couverture glissa de mes épaules. Il me tendit la veste. Je lui tournai le dos pour l'enfiler. La doublure de soie était lisse et conservait la chaleur de son corps.

Je m'étreignis moi-même et lui fis face.

— Vais-je trouver quelque chose qui m'est familier en Angleterre ? lui demandai-je.

— La campagne est belle, me répondit-il. À l'extérieur de Londres. Des prairies, des paysages vallonnés. Des forêts. Des oiseaux et des fleurs – pour la plupart différents de ceux que vous connaissez, mais un chant d'oiseau est un chant d'oiseau, sourit-il. Et une rose est une rose.

— Je connais une histoire à propos d'une rose, dis-je. Une rose et un rossignol. Je la tiens de ma grand-mère. Elle est très ancienne. C'est une histoire qui se racontait traditionnellement au zenana, là où les femmes parlaient la nuit pour oublier la tristesse que leur inspirait le fait d'être séparées de leur maison, de leur famille.

Je me lançai dans mon récit, consciente que M. Ingram m'observait avec une grande intensité.

— Dans de nombreux pays, les rossignols étaient les plus précieux des oiseaux. (Je contemplai l'horizon et imaginai qu'au lieu des lames froides et grises, les splendides Eaux Douces qu'avait connues ma grand-mère formaient des vaguelettes derrière le bastingage.) Un jour, un rossignol admirait la beauté d'une rose endormie, et il chantait pour elle dans les ténèbres bénies par la lueur de la lune. La rose fut réveillée par cette voix de velours.

Je songeai à la lune, à ma grand-mère.

— C'était une rose blanche, comme toutes les roses de cette époque. Blanche, innocente et pure. Virginale, dis-je. Ce chant fit frémir le cœur de cette rose innocente et chaste, et elle trembla sur sa tige. L'oiseau s'approcha, aveuglé par le reflet de sa beauté blanche au clair de lune, et il lui chanta son amour dans un murmure. (Je m'interrompis pour humecter mes lèvres.) Je t'aime, rose. Comme je t'aime, car tu ne ressembles à rien de ce que j'ai connu.

Ma voix s'était baissée et je regardai fixement les vagues. Je revins à M. Ingram.

— Cette déclaration fit rougir le cœur délicat de la rose, et cet instant marqua la naissance des roses roses. Le rossignol se rapprocha de plus en plus, et bien qu'Allah eût interdit aux roses de connaître l'amour quand il avait créé le monde, poursuivis-je en fermant les yeux pour faire apparaître les images évoquées par les mots que je prononçais, la rose ouvrit ses pétales et le rossignol se posa sur elle et lui déroba sa virginité. Le matin, la rose, honteuse de s'être abandonnée et consciente d'avoir déplu à Allah, se colora de rouge vif. Ainsi naquirent les roses rouges. Depuis lors, le rossignol qui a connu cet émoi merveilleux vient chaque soir réclamer à nouveau cet amour divin. (Ma voix était à peine plus haute qu'un chuchotement.) Mais vous vous apercevrez que les pétales de la rose restent tristement fermés toute la nuit, même si le chant du rossignol la fait trembler. Car il s'agissait d'un amour impossible.

Je sentis trembler le souffle que j'exhalais. Pendant quelques instants, j'avais oublié qui j'étais. Égarée dans mon histoire, j'entendais le chant solitaire du rossignol, je humais l'arôme délicat de cette rose. Lorsque mes yeux se rouvrirent, je fus forcée de ciller pour chasser mes larmes, submergée par ma propre émotion. Je passai en hâte les doigts sous mes yeux pour essuyer mes joues, afin de les cacher à M. Ingram.

Je sentis alors ses mains se poser sur mes épaules. Il m'obligea à lui faire face et le spectacle de son visage m'emplit d'une sensation aérienne et lumineuse, qui tranchait avec les bourrasques d'air tourbillonnantes autour de nous. J'avais l'impression que quelque chose s'était déplacé, délicatement, comme si un déséquilibre avait été remis d'aplomb. La pureté, la perfection de cette sensation, identique à celle d'une pierre précieuse parfaitement polie, faisaient frémir mon corps entier.

Sans rien dire, il m'enveloppa dans la veste comme s'il voulait la boutonner, mais elle était trop large. Il en croisa un pan sur l'autre, et le simple contact de ses mains suffit à faire cesser mes tremblements. Nous étions si près l'un de l'autre que je sentais l'odeur de sa peau, du savon qu'il utilisait, et que j'entrevis même des poils dorés briller fugacement sur sa mâchoire. Sa cicatrice s'était estompée. J'eus l'impression que ma main avait une volonté propre, car je ne pus m'empêcher de faire courir un doigt dessus. Cet effleurement le fit frissonner et fermer les yeux, un temps de plus qu'un simple cillement.

— C'est à votre tour d'avoir froid, dis-je presque tout bas, car nos visages étaient si proches que nous ne pouvions pas parler normalement. Vous avez besoin de votre veste.

— Non, dit-il, je n'ai pas froid.

Les mains toujours posées sur le devant de sa veste, il me poussa, très légèrement, si bien que je dus reculer d'un pas. Quand mon dos s'appuya à la paroi du navire, il prit ma main dans la sienne comme s'il voulait la réchauffer.

— Vos mains se sont adoucies pendant le voyage, me dit-il.

J'essayai de ralentir ma respiration.

— Je ne travaille pas, et l'air marin est...

Je me tus, car il faisait courir son pouce sur les coussinets de mes doigts.

— Touchez-moi encore, me dit-il en anglais, d'une voix si douce que je crus d'abord avoir mal compris. Touchez-moi, Daryâ, répéta-t-il, et il ouvrit sa main.

Je portai ma main libérée à sa cicatrice que j'effleurai cette fois de quatre doigts. Ils suivirent son contour légèrement dentelé qui courait de l'arête de son nez sous son œil et sa pommette. Ses yeux restaient plongés dans les miens. Je laissai mes doigts s'attarder sur sa joue, avant de les faire descendre jusqu'à sa mâchoire où je sentis sa barbe naissante.

Il inséra alors les bras à l'intérieur de la veste pour m'étreindre. Incliner la tête contre sa poitrine, respirer l'odeur fraîche de sa chemise blanche, sentir son cœur palpiter sous ma joue, tout cela se fit aussi naturellement que s'enfonce le soleil dans la mer. Nous demeurâmes très longtemps dans cette position. La chaleur que me communiquait son corps pressé de tout son long contre le mien me procurait une sensation de bien-être que je n'avais encore jamais connue.

— Daryâ, chuchota-t-il enfin.

J'étais obligée de lever la tête vers lui. Il abaissa alors la bouche et, pour la première fois de ma vie, je sentis les lèvres d'un homme se poser sur les miennes. Je répondis à leur pression et je les sentis s'entrouvrir légèrement, s'adoucir et, subitement, sa bouche commença à bouger sur la mienne. Je l'imitai et j'eus l'impression que j'avais toujours su le faire, que David Ingram et moi faisions cela depuis toujours. J'aurais voulu que ce baiser durât éternellement.

Malheureusement, il s'arrêta : M. Ingram arracha ses lèvres aux miennes et je reposai la tête sur sa poitrine. Son cœur cognait à présent à un rythme effréné, mais cela ne m'empêcha pas de l'entendre murmurer le nom de son Dieu. *Jésus-Christ*, disait-il très doucement. Je relevai la tête.

— Vous priez ?

Il m'adressa un sourire, beau et triste, et secoua la tête.

— Non. Cela fait longtemps que je n'ai pas prié.
— Moi non plus, dis-je, David.

J'avais envie de répéter son prénom, envie qu'il m'embrassât de nouveau, et je me hissai sur la pointe des pieds pour me rapprocher de sa bouche. Mais au moment où il inclinait la tête, la voix d'un marin se fit entendre très près de nous, suivie de celle d'un autre, et M. Ingram – David – recula.

Deux marins faisaient le tour de la poupe. En nous croisant, ils adressèrent un signe de tête à David. L'un d'eux lui dit quelque chose en anglais, tout en me coulant un regard. Je baissai les yeux et tripotai un bouton de la veste. Lorsqu'ils eurent disparu, je crus que David allait se rapprocher de moi et je lui souris. Mon cœur battait la chamade comme le sien, quelques instants plus tôt. Mais il n'en fit rien. Son visage reflétait des émotions mystérieuses, qu'il exprimait pour la première fois. Il recula d'un second pas.

— David, dis-je. Je vous en prie. Que se passe-t-il ?
— Je n'aurais pas dû faire ça.
— Cela m'a plu, répondis-je, à la fois intimidée mais désireuse de le lui faire savoir.
— C'est parce que nous sommes à bord de ce navire, poursuivit-il. Vous n'êtes pas dans votre pays et je ne suis pas dans le mien. Comme nous sommes tous les deux quelque part entre deux mondes, nous avons l'impression que les règles de vie – de la mienne, et sans doute, de la vôtre – n'existent plus. Dès notre arrivée en Angleterre, je devrai redevenir la personne à laquelle tout le monde s'attend, et vous serez... vous serez...

Il se tut.

— Je vais vous trouver des vêtements plus chauds, ajouta-t-il.

Je voulus le toucher, mais il se contenta de regarder ma main tendue et de s'éloigner.

Je crus, après ce qu'il m'avait dit, qu'il reviendrait rapidement avec ces vêtements et qu'il reprendrait sa veste, et j'attendis donc sur place. Au bout d'un certain temps, je me mis à faire les cent pas sur toute la longueur du pont humide, les bras enroulés autour de la veste de David pour essayer de ne pas prendre froid. Quand le ciel s'assombrit et qu'aucun bruit ne me parvint plus du pont supérieur, je compris qu'il ne reviendrait pas ce soir-là.

Je redescendis dans la cabine et disposai la veste au bout de mon lit. En la lissant, je sentis une bosse dans la poche. C'était l'amulette. Je plaçai la veste sous la couverture pour m'endormir pelotonnée contre elle.

Le lendemain matin, je sortis tôt pour l'attendre. Je savais que tout se passerait bien quand nous nous reverrions. Je regrettais seulement le temps ensoleillé car, du coup, trop de personnes circulaient sur le pont pour qu'il puisse m'étreindre et me redonner un baiser. J'attendis, je sautai le repas de midi, mais il ne se montra toujours pas. En définitive, ce fut la dame missionnaire qui vint m'apporter un épais manteau de laine et de grandes bottines noires pourvues de rangées de petits boutons qui ressemblaient à des yeux de renard, et l'accablement s'empara de moi.

Elle me montra comment enfiler les bas anglais et lacer les bottines. Je suivis ses instructions sans empressement. Les bottines emprisonnaient le dessus de mes pieds et comprimaient mes orteils. J'avais la sensation que mes chevilles étaient écorchées par le cuir. J'essayai bien de marcher à la manière des memsahibs, en faisant glisser gracieusement un pied devant l'autre, mais j'avais les jambes lourdes et maladroites, et mes pas résonnaient comme les sabots d'un cheval.

Je fus alors soulagée que David ne me les eût pas apportées, car j'aurais eu honte d'arpenter le pont sous ses yeux de cette démarche lourde et empruntée. Pourtant, je n'arrivais pas à comprendre la raison pour laquelle il n'était pas venu. Avait-il oublié ce qu'il avait éprouvé en m'embrassant ? Personnellement, j'étais obsédée par ce baiser.

Je m'apprêtais à me coucher, quand je m'aperçus que mes pieds et mes chevilles étaient zébrés de lignes rouges à vif, aux endroits où le cuir avait mordu ma peau. Je compris que je ne m'habituerais jamais à porter des bottines anglaises.

Le lendemain matin, je fus réveillée par une modification subtile du mouvement du navire. De l'autre côté de notre cabine, la coursive était complètement plongée dans le noir, mais je compris que ce changement de rythme signifiait que le navire ralentissait. Je jetai mon manteau sur mes épaules pour sortir sur le pont. Les ténèbres nocturnes se dissipaient, pourtant on aurait dit que nous étions prisonniers d'un ciel gris. Près de l'Angleterre, la mer ressemblait-elle aux montagnes de mon pays, s'élevait-elle jusqu'aux nuages ? Une couche humide et froide de brume recouvrait tout ; la porte que je venais de franchir n'était déjà plus qu'un contour fantomatique.

Je m'agrippai au bastingage mouillé et, lorsque les nuages se dispersèrent, je constatai que nous voguions entre des marécages plats, sur un fleuve large au courant paresseux, encombré d'embarcations de toutes tailles. Je me demandai comment nous parvenions à ne pas entrer en collision avec certaines d'entre elles, mais les vaisseaux semblaient passer les uns le long des autres sans difficulté. Nous progressâmes à une vitesse lente quoique régulière et finîmes par emprunter une large boucle du fleuve en direction d'une forêt lointaine de mâts élancés, sur lesquels frissonnaient des bandes de tissus de différentes couleurs, ornées d'une multitude de symboles. Derrière les navires déjà amarrés le long des quais, des volutes de fumée noire montaient de cheminées très élevées. Ces flots de fumée éructés par saccades dans l'air gris étaient poussés à l'oblique par le vent humide. Il n'y avait pas de bâtiments d'un blanc étincelant sous le soleil à son zénith, pas de verdure luxuriante, pas de coupoles dorées ni de minarets de mosquées ornés tels que j'en avais vu à notre arrivée à Bombay. Ici, ce n'était qu'un alignement, rangée après rangée, de bâtiments de pierre noircie, remugles de déchets humains transportés par le vent. Sans compter le ciel sale.

— Londres, murmurai-je.

Comme nous nous rapprochions de la ville, je distinguai de minuscules silhouettes qui se déplaçaient le long de la berge. Je finis par remarquer qu'elles pataugeaient dans l'eau froide et je m'aperçus qu'il s'agissait de petits enfants. Ils creusaient et tamisaient la vase du rivage, à la recherche, me sembla-t-il, de ce que pouvaient rejeter les vaguelettes d'eau grise.

Le vacarme ne cessa de croître quand nous nous amarrâmes le long du quai : cris humains, grondement et crissement des chaînes qui se balançaient, transportant des caisses des navires pour les déposer à terre, rumeur confuse d'une masse grouillante de corps qui se pressaient les uns contre les autres.

Toute la paix que j'avais pu ressentir à bord du navire fut emportée par le vent avec la fumée des cheminées. Je pensais toujours que David allait venir ; sa veste était restée posée sur mon lit. Il devait venir. Il ne pouvait pas m'avoir embrassée ainsi, m'avoir étreinte ainsi, et ne pas revenir me voir.

Lorsque le navire s'immobilisa enfin, que ses ancres furent descendues à l'eau au milieu de cris et de grandes éclaboussures et qu'il ne se présenta toujours pas, je regagnai la cabine à pas lents. Je repliai avec soin la veste, la plaçai dans mon sac, sans parvenir à croire que je ne le reverrais plus jamais.

Fleur et moi prîmes congé sur le pont inférieur. Elle avait traîné dehors sa grande valise de cuir qui contenait toute sa garde-robe, tandis que j'attendais, comme me l'avait ordonné M. Bull, mon sac posé sur les genoux.

Les « tchao, tchao ! » qu'elle répétait bruyamment divertissaient visiblement deux memsahibs qui se tenaient non loin de nous. Elle était à présent vêtue comme l'une d'elles d'une belle robe de laine bleu pâle au col de dentelles neigeux, d'un manteau bordeaux gansé de fourrure noire et d'un chapeau orné de plumes d'oiseaux rutilantes. Elle ne portait pas de khôl, mais elle avait appliqué une couche de crème blanche plus épaisse que d'ordinaire sur son visage.

— Au revoir, lui dis-je. Je penserai à vous.

— Et moi, à vous, me répondit-elle avec un sourire.

J'entrevis néanmoins dans ce sourire radieux une incertitude qui ne lui ressemblait pas. Malgré tout son aplomb, elle était de toute évidence aussi inquiète que moi. Je l'enlaçai et elle me serra étroitement. Je compris à quel point je risquais de me sentir seule sans son amitié – sans aucune amitié – dans ce nouveau pays. Puis elle s'écarta de moi, redressa les épaules et effleura son chapeau de ses doigts légèrement tremblants.

— Daryâ, n'oubliez pas que vous n'obtiendrez jamais ce que vous ne demandez pas. Vous vous rendez sans doute compte que les Anglais sont différents des hommes que nous avons connus, et vous devez vous servir à votre avantage du fait que vous en avez conscience. C'est ma mère qui me l'a appris.

Elle afficha alors un sourire frémissant et prit une profonde inspiration saccadée. Je respirai son eau de rose et l'odeur de chaux de son fond de teint pour la dernière fois, et je la regardai se diriger vers un vieil homme ventripotent, au visage rouge et marbré. Ses vêtements la contraignaient à adopter la démarche rigide et coincée des memsahibs. Elle passa le bras sous celui de l'homme et leva vers lui un visage radieux, alors qu'ils empruntaient la longue passerelle de bois reliant le navire au quai. Il marchait très lentement à cause de son âge et de son poids, s'aidant d'une épaisse canne au pommeau d'or gravé.

Fleur se tourna pour m'adresser un signe de sa main gantée, et j'agitai la main à mon tour. J'espérais qu'elle deviendrait la vraie dame anglaise pour laquelle elle se prenait.

Les ponts grouillaient d'individus qui hissaient des sacs sur des wagons roulants qu'ils descendaient par la large passerelle, pour les entasser ensuite sur le quai auquel notre navire était amarré. J'attendis à l'endroit où j'avais ordre de le faire. L'odeur de déchets et de pourriture s'intensifiait et de minuscules parcelles noires, retombant de la fumée des cheminées, flottaient dans l'air. De jeunes garçons travaillaient à côté des hommes sur les quais, ils traînaient des paniers de pierres noires sales. La noirceur de leurs visages et de leurs mains faisait ressortir le blanc de leurs yeux et leur donnait un regard halluciné. Ailleurs, des fillettes agitaient de minuscules bouquets de fleurs fanées ou des petites boîtes qu'elles tentaient de vendre. Le spectacle de ces enfants m'attrista. Ils ne mendiaient pas comme ceux des quais aux Indes, mais j'étais déprimée de les voir trimer ainsi – certains tout seuls, dans un lieu si malpropre et si froid alors qu'ils n'étaient guère plus âgés que Nasren et Youssouf. Tandis que je les observais en songeant à ma sœur et à mon frère et à ce qu'ils pouvaient être en train de faire, bien à l'abri à Susmâr Khord, un grand homme efflanqué, vêtu d'un manteau et d'un chapeau noirs, s'approcha de moi. Les bouts de ses longs cheveux graisseux dépassaient de son couvre-chef. Il s'adressa à moi d'un ton interrogateur ; je l'entendis prononcer mon nom et celui de M. Bull et je hochai la tête. D'une main, il me fit signe de le suivre. Comme il se déplaçait très vite, j'eus l'impression, en descendant la passerelle jusqu'au quai, que mes jambes ne savaient plus bien comment se déplacer sur la terre ferme.

J'avais du mal à suivre son allure, et je craignais d'être semée au milieu de la foule. Je trébuchais et faisais des écarts derrière lui, en me cognant par intermittence aux personnes qui marchaient près de moi.

Il s'arrêta dans un endroit où étaient entassés des bagages.

— Restez ici, m'ordonna-t-il.

Je compris et hochai la tête. Bousculée de part et d'autre, je restai immobile, mon hijab serré contre mon nez et ma bouche, bousculée par des gens dont certains me dévisageaient ouvertement, tandis que d'autres se contentaient de me jeter un coup d'œil au passage. Je scrutai la foule, dans l'espoir d'apercevoir David avant que M. Bull vînt me chercher. Mes jambes tremblaient tellement que je tendais parfois le bras pour me stabiliser sur l'une des piles de sacs et de caisses. Autour de moi j'entendais parler des langues totalement inconnues. Un groupe de marins aux cheveux couleur blé passa près de moi. L'air hilare, ils braillaient une chanson en se donnant des claques sur les épaules.

Je me rendis compte qu'une partie de la puanteur provenait de larges boîtes ouvertes, contenant des peaux et des cornes d'animaux, posées à côté des bagages et des caisses. Mais je perçus également le vague parfum d'épices inconnues et l'odeur de goudron familière des cordes de navire. L'air était saturé de cris, de martèlements réguliers, de cliquetis de chaînes et de hennissements sporadiques de chevaux. Je dus reculer, car un baril vide roulait dans ma direction sur les pierres, en émettant un bruit creux et régulier, pareil à une mélodie solitaire, par-dessus le vacarme de la foule.

Au moment où je relevais les yeux, David m'apparut subitement. Il se dirigeait vers les sacs, vers moi, et je voulus courir à sa rencontre. Mais j'eus alors la sensation que mes jambes s'étaient amaigries à tel point qu'elles refusaient de me porter. Je me contentai de m'affaisser contre lui quand il fut assez près. J'ignore si je trébuchai ou si je me jetai volontairement sur lui. Je sentis simplement sa pommette heurter la mienne, la largeur de son torse contre mes seins, la pression de nos cuisses quand nos jambes se rencontrèrent. Simultanément, il me rattrapa d'instinct par le haut des bras. Nos visages étaient si proches que je désirais uniquement poser ma bouche sur la sienne. Mais bien évidemment, je n'allais pas le faire, je ne pouvais pas le faire. À quoi songeais-je donc ? Une femme apparut à ses côtés. Je reculai et il lâcha mes bras.

— Vous allez bien ? me demanda-t-il.

Je hochai la tête, gênée par ce que mon corps venait de faire et par le regard inquisiteur de la femme qui se tenait près de lui.

— Mes jambes. Je n'arrive plus à marcher... à cause du bateau, bégayai-je.

— C'est toujours comme ça. Il va vous falloir quelques jours pour vous sentir de nouveau d'aplomb sur la terre ferme, me dit-il en persan avant de passer à l'anglais. Je vous présente ma mère, Mme Ingram, dit-il en poussant la femme en avant. Mère, je te présente Mlle Daryâ.

Il lui redit quelque chose très vite en anglais, et elle acquiesça.

— Mademoiselle Daryâ, me dit-elle aimablement, je suis heureuse de faire votre connaissance.

— Je suis heureuse de faire votre connaissance, répétai-je.

J'observai l'ovale pâle de son visage, ses yeux bruns mouchetés d'or, ses cheveux blonds grisonnants tirés en arrière sous un simple chapeau de velours couleur prune. Elle avait un sourire chaleureux et sincère. Comme elle ne souriait pas sur la photographie, j'ignorais qu'elle et David partageaient ce même sourire rayonnant. Je sortis la veste de David de mon sac et la lui tendis. Il l'accepta sans broncher, et sa mère regarda le vêtement passer de mes mains aux siennes.

— Vous venez de Bombay, mademoiselle Daryâ ? me demanda-t-elle lentement, pour me permettre de comprendre sa question.

— D'Afghanistan, répondis-je. Je venir Afghanistan.

Elle sursauta et consulta du regard David dont le visage était tiré. Il sourcilla et jeta un coup d'œil à sa veste, comme s'il s'agissait d'un objet qu'il n'avait jamais vu.

Mme Ingram s'adressa de nouveau à moi, mais trop vite cette fois, si bien que je ne la compris pas.

— Pardon, dis-je, en hochant la tête. Je...

J'aurais aimé que David me soufflât ce que je devais dire, mais ce fut à elle qu'il parla. Je l'entendis prononcer le nom de M. Bull. Mme Ingram inspira brutalement et répondit à son fils d'un ton interrogateur, d'une voix dont le ton grimpait, avec des mots qui se bousculaient.

— Mademoiselle Daryâ... me dit-elle.

Elle me prit les mains et l'intensité de son regard m'indiqua qu'elle essayait de me faire comprendre quelque chose, alors qu'elle ne me disait rien. La force de ses mains, son expression, firent jaillir à mon esprit les détails que m'avait donnés David à son propos. C'était clairement d'elle qu'il avait hérité sa compassion. Je compris aussi qu'elle ne ferait jamais de mal à personne, en paroles ou en actes, et que pourtant, elle n'était ni frêle ni faible.

L'homme aux cheveux gras vêtu de noir revint alors vers moi et me dit :

— Suivez-moi. M. Bull attend dans sa voiture.

Du regard, je suppliai David de me dire : *Ne rejoignez pas M. Bull, Daryâ, restez avec moi.*

L'homme me tira par la manche. David laissa tomber la veste sur le sol boueux pour fouiller ses poches, comme s'il cherchait quelque chose. Puis il s'adressa d'une voix hâtive, presque pressante, à sa mère. Elle hocha la tête et fouilla dans son petit sac de soie dont elle sortit un carré de carton beige qu'elle lui tendit.

— Un moment s'il vous plaît, dit David à l'homme qui s'immobilisa, mais sans lâcher mon bras. Prenez ça, me dit-il ensuite en persan, en plaçant de force le carton dans ma main.

Au milieu de ma paume, les mots inconnus griffonnés dessus vibraient, ils paraissaient s'élargir et se rapetisser sous mes yeux.

— Si vous... Vous devez remettre ça à un cocher, dans n'importe quelle rue, et il vous conduira chez moi.

— Un cocher ? demandai-je, troublée par ce mot et par le carton.

Je regardai de nouveau Mme Ingram. Son visage soucieux, ajouté à l'étrange recommandation de David, m'inspira le début d'une crainte, insinuante et pesante. J'arrachai mon bras à l'homme pour me rapprocher de lui.

— David ? demandai-je, vous viendrez chez M. Bull ? Vous viendrez me rendre visite ?

— Oui, répondit-il d'une voix étranglée. Oui. Ne perdez pas ça. (Il me désigna le carton que je tenais à présent entre le pouce et l'index.) Il vous permettra de me joindre. Si vous... si vous avez besoin de moi, conclut-il.

Je voulais tendre la main vers lui, lui avouer : *J'ai besoin de vous tout de suite.* Je voulais qu'il m'enlaçât et me dît que je commettais une erreur, que je ne devais pas accompagner cet individu, que je devais rester près de lui.

Mais il n'en fit rien. Bien évidemment, il n'en fit rien. Qu'est-ce que j'imaginais ? Bien que né avec du sang afghan dans ses veines, il était en fait un vrai gentleman anglais, bien élevé, à la morale et aux idéaux manifestement plus élevés que ceux de M. Bull. Jamais il ne pourrait vivre avec une sauvage d'une tribu, une femme qui exhibait les marques de propriété d'un mari et qui ne connaissait rien au monde.

Et pourtant... les rires spontanés et joyeux qu'il partageait avec moi, le plaisir évident qu'il prenait à écouter mes histoires, nos conversations sur nos vies respectives... J'avais peut-être imaginé certains détails, mais ni son regard, ni le frémissement qui l'avait parcouru quand j'avais effleuré sa cicatrice. Ni la pesanteur de son corps, ni la vigueur de ses bras qui m'enlaçaient. Ni la pression de sa bouche sur la mienne.

— Au revoir, Daryâ, me dit Mme Ingram.

Je lui répondis d'un hochement de tête et d'un chuchotement, sans quitter David des yeux. Puis je m'arrachai à lui et me tournai pour suivre le grand individu aux cheveux gras d'une démarche légèrement de guingois, à cause de mes jambes qui semblaient s'être détachées de mon corps.

TROISIÈME PARTIE :

La terre du soleil sale

38

Les bagages de M. Bull étaient arrimés à l'aide d'une corde épaisse à l'arrière d'une boîte très élégante – une voiture – équipée de grandes roues. Un homme portant un haut chapeau noir, assis sur un siège élevé juché sur le toit de la voiture, tenait les rênes de deux chevaux harnachés à l'avant. L'individu aux cheveux gras m'ouvrit la portière, j'inclinai la tête et grimpai le marchepied. Je m'assis en face de M. Bull sur un banc tendu d'étoffe et l'homme claqua la portière. J'entendis un cri, suivi d'une secousse brutale et inattendue qui me projeta en avant, si bien que je fus obligée de poser les mains sur les cuisses de M. Bull pour ne pas tomber. Je les enlevai comme si je m'étais brûlée, me renfonçai d'une poussée sur le siège et tournai la tête pour essayer de repérer David par la vitre au milieu de la foule. Mais il y avait trop de monde, trop de véhicules, une trop grande confusion. Notre voiture se balançait et cahotait sur les pavés rugueux de la rue.

— Quel endroit affreux, ces quais de Wapping, déclara M. Bull. Crasse et misère sordide. Comme tous les quais, apparemment. Et pourtant, ça fait du bien de rentrer chez soi.

Les dents dénudées en une parodie de sourire, il regardait les lieux défiler par la vitre ouverte.

— L'Empire britannique ne cesse de s'élargir. La Grande-Bretagne possède désormais les Antilles et le Canada, ainsi que de larges parties de l'Afrique, de l'Australie, de la Nouvelle-Zélande et, bien évidemment, des Indes.

Imaginait-il qu'à part les Indes je connaissais ces pays ? Essayait-il de m'impressionner, alors que toutes mes pensées tournaient autour de David qui restait debout sur le quai pendant qu'on m'arrachait à lui ?

Il tourna la tête vers moi, comme s'il attendait de ma part une réaction d'émerveillement.

— Sans compter, poursuivit-il, et cela va de soi, l'influence que nous exerçons sur de nombreux océans. Ce vaste empire...

Il s'inclina alors en arrière, l'air satisfait de lui-même, comme s'il avait joué un rôle dans la grandeur du pays.

Je recommençai à regarder par la vitre et, tandis que la voiture s'ouvrait lentement une voie dans des passages bondés, j'aperçus d'autres enfants au travail. Certains emplissaient des charrettes, d'autres essayaient de vendre de petits objets. La plupart des édifices étaient des entrepôts, emplis de cageots, de boîtes et de poubelles. Nous nous éloignâmes des quais à travers un quartier bordé de bâtiments bas dont les vitrines exposaient des objets pour navires : vêtements de marins, cordes, boîtes de fer-blanc décorées d'images de la viande et des biscuits secs qu'on nous avait servis chaque jour à bord, bocaux emplis de boutons de laiton, et autres instruments dont j'ignorais le nom. Nous passâmes ensuite devant de minuscules logis, lugubres maisons aux fenêtres recouvertes de papier brun. Les enfants fourmillaient. Des enfants sales, en haillons, qui portaient parfois des bébés alors qu'ils n'étaient encore que des bambins, pour certains en pleurs. D'autres étaient assis, juste assis, à regarder passer les beaux véhicules d'un œil apathique.

Je cessai mon observation, car toutes ces images qui se succédaient à l'extérieur me faisaient subitement tourner la tête – les gens, les bâtiments, les chevaux qui tiraient des charrettes ouvertes et des équipages fermés comme celui à bord duquel nous nous trouvions, et les petits visages vides des enfants –, elles bougeaient à l'intérieur de mes paupières en mouvements saccadés, comme si elles exécutaient une danse pour me narguer. Je n'avais rien reconnu, rien vu de familier, hormis les objets qui avaient trait à la navigation. Je fis un gros effort pour repousser la panique qui s'emparait de moi.

— Le mouvement de la voiture vous rend malade, Daryâ ? me demanda M. Bull.

Je rouvris les yeux.

— Non, répondis-je, mais je ne peux pas regarder.

Je songeai à ce que je venais de dire. J'avais toujours voulu voir de nouvelles choses et, à présent que j'en avais la possibilité, je décidais de ne pas le faire.

— Mais vous devez regarder. Il y a tant à voir.

Il se pencha de nouveau par la vitre et rouvrit la bouche en ce large sourire carnassier. Sa perte de poids creusait davantage son visage profondément ridé.

— Ah, Londres ! Dans toute sa gloire et son chaos. Dans toute sa puissance. Avec ses grands hommes et ses sages. (Il me fixa du regard.) Vous rendez-vous compte que je fais partie de ces hommes, Daryâ ? Grand, et puissant ?

Il se pourlécha les lèvres, et ce geste me fit penser au visage de Mme Ingram, à sa détresse évidente quand elle avait appris que j'accompagnais M. Bull. Je détournai la tête.

— Alors, insista-t-il pour obtenir une réponse. Vous ne me voyez pas ainsi ?

— Si, dis-je sans relever les yeux.

C'était la réponse qu'il attendait. Je ne pouvais me permettre de le défier, alors que je venais tout juste d'arriver à Londres avec lui.

Nous roulâmes longtemps. Nous nous arrêtions et repartions sans cesse et, souvent les cris, les hurlements, les grondements et le fracas de l'extérieur m'assourdissaient au point que j'avais envie de me boucher les oreilles. Au bout d'un moment, ce bruit finit néanmoins par s'estomper et je me sentis dériver dans le sommeil. Ma tête dodelina contre la paroi rembourrée, je sentis la joue de David contre la mienne, son torse ferme contre ma poitrine. Puis la voiture s'arrêta et j'ouvris les yeux.

M. Bull avait ouvert la portière et l'homme aux cheveux gras l'aidait à descendre. Je réalisai que ce dernier avait dû faire le trajet à l'extérieur du véhicule. La voiture se balança légèrement, j'entendis des bruits sourds et j'en déduisis qu'on détachait les bagages de M. Bull. Ma portière s'ouvrit pour me permettre de descendre.

Je grimpai un escalier sur les pas de M. Bull jusqu'à une porte noire vernie, tandis que derrière nous l'individu se débattait avec les bagages et les boîtes.

À travers le tissu de mon propre sac, je palpai le coin du carton que m'avait remis David.

La porte s'ouvrit brusquement, comme si quelqu'un attendait. Une nouvelle fois, je suivis M. Bull et nous nous retrouvâmes dans une vaste pièce. Devant nous se tenait un homme d'un âge avancé ; quoique vêtu à l'anglaise, c'était un Indien. Son visage brun m'étonna et me rassura en même temps. Il avait une peau ridée, des yeux enfoncés dans leurs orbites, des cheveux blancs clairsemés, mais il dégageait une grande dignité et de la bienveillance. Il me jeta un rapide coup d'œil, puis il s'inclina très bas devant M. Bull, les mains jointes sous le menton.

Je m'attendais à entendre M. Bull s'adresser à lui en hindi, mais il s'exprima en anglais.

— Bonjour, Govind, dit-il. Je... nous voici enfin de retour à la maison.

L'homme aux cheveux gras franchit la porte ouverte et entassa les affaires de M. Bull dans un coin. Quand il eut terminé, Govind déposa une pièce dans sa main. L'homme effleura son chapeau et s'en alla.

Govind s'inclina de nouveau et prit le chapeau et le manteau de M. Bull, puis il me tendit une main sans me regarder directement. Je lui remis mon manteau et il le drapa sur son bras avec celui de M. Bull. Quand il me fit de nouveau signe, je compris qu'il voulait aussi mon sac.

— Non, dis-je en anglais. Je garde. S'il vous plaît.

Tandis que M. Bull s'affairait péniblement à retirer ses gants gris moelleux, Govind s'esquiva avec nos manteaux et réapparut presque sur-le-champ. D'une démarche très boitillante, comme si l'une de ses jambes dormait, il emprunta un escalier, très large et très haut. M. Bull lui emboîta le pas et je me traînai derrière lui, en serrant la lanière de mon sac en bandoulière contre ma poitrine. Nous pénétrâmes dans une pièce spacieuse qui me coupa le souffle.

Nous étions en Angleterre et j'avais pourtant l'impression de me trouver dans un lieu familier, ce qui me procura une forme de soulagement. Les fenêtres élevées auprès desquelles je me tenais étaient drapées d'épaisses tentures rouges qui plongeaient la pièce dans une obscurité quasi totale. J'inhalai à fond dans la pénombre, les yeux clos et, d'un seul coup, je me retrouvai à côté de ma grand-mère sur notre toit au crépuscule. Je courais pieds nus devant la mosquée du village d'où émanaient de suaves bouffées d'encens ; j'étais blottie sur la paillasse de ma maison natale, bien au chaud au milieu des tapis épais et des coussins brodés poussiéreux. Une sorte de halètement – un sanglot presque – m'échappa avant que je puisse le refouler, tant j'étais submergée par ces arômes que je n'avais pas respirés depuis si longtemps, et envahie d'une émotion débordante à laquelle je ne m'attendais pas du tout. Ce bruit qui sortait de ma gorge me fit rouvrir les yeux.

M. Bull ne remarqua rien. Govind l'aidait à gagner un profond fauteuil rouge. Il s'affaissa dedans avec un soupir prolongé.

— Parfait. Je suis stupéfait par ce que peut provoquer le fait de se retrouver chez soi – et sur la terre ferme. Je me sens déjà mieux. Nous voici enfin arrivés, ma Daryâ jan, me dit-il.

Je lui en voulus terriblement d'utiliser tout de suite ce terme affectueux. Il agita un bras devant lui.

— Que pensez-vous de ma maison ?

Je ravalai la boule douloureuse qui s'était formée dans ma gorge et cillai pour refouler les larmes qui me montaient aux yeux.

— Elle... elle ressemble aux Indes, comme vous me l'aviez dit.

Mes mains me faisaient mal. Je baissai les yeux et m'aperçus que je continuais à serrer étroitement la lanière de mon sac.

Il haussa les sourcils.

— Bien sûr, c'est une maison de ville qu'on ne peut pas comparer à certaines résidences, poursuivit-il. À celle de Mme Ingram, pour commencer. Mais elle convient tout à fait à mon mode de vie.

J'écartai le rideau derrière lequel apparut un large panneau de verre qui laissait pénétrer la faible lumière du début de soirée. Mais je fus incapable de rien voir, hormis une rangée d'imposants bâtiments de pierre, percés de nombreuses fenêtres, qui me faisait face. J'avais la sensation d'être enfermée entre des murs de briques ; j'avais perdu tout sens de l'orientation, j'ignorais à quel endroit le soleil se lèverait ou se coucherait, tout ce qui se trouvait derrière ces maisons, au-delà de cette pièce dans laquelle je venais de pénétrer. Je voulais – j'avais besoin – de poser les yeux sur la terre, sur la mer ou sur le ciel. Subitement, je me sentis étouffer, comme s'il n'y avait plus d'air dans la pièce, et je posai les mains sur la vitre, à la recherche d'un moyen de l'ouvrir.

Je poussai dessus, mais elle ne bougea pas, et ma frayeur grandit.

Tout à coup, une sonnerie, un carillon et des gongs retentirent. Ils résonnaient de toutes parts : certains sous mon corps, d'autres au-dessus de ma tête. Je pivotai vers M. Bull.

— Vous vous habituerez vite au rappel de l'heure, me dit-il. Je collectionne les horloges.

Lorsque ce bruit cessa enfin, une voix basse et caquetante se fit entendre à l'autre extrémité de la pièce. Je cillai pour transpercer la pénombre dans laquelle était plongé cet angle. Un perroquet était perché sur une barre de bois dans une énorme cage de cuivre. La cage, posée sur le sol, me dépassait d'une tête.

L'oiseau marmonna « hello, hello » en anglais, murmura quelque chose dans une langue inconnue et hurla ensuite bonjour en persan.

— *Salâm ! Salâm !* croassa-t-il.

Je traversai la pièce pour m'approcher avec précaution de la cage en répondant *salâm* et me penchai plus près. Tout en me sentant sotte, je lui demandai quand même :

— *Che hâl dâred ?*

Je n'attendais pas de réponse, mais le volatile aux éclatantes plumes rouges et vertes et aux yeux noirs intelligents répondit d'un sifflement strident, puis d'un :

— *Khub astom, tashakor !*

Depuis combien de temps vivait-il enfermé dans cette cage à l'intérieur de cette pièce close ? Il descendit sans bruit de son perchoir et inclina la tête pour s'admirer dans un petit miroir de cuivre suspendu d'un côté de la cage, et un silence ponctué de craquements s'installa dans la maison.

Derrière moi, j'entendais la respiration lourde et lente de M. Bull et celle, plus rapide et ronflante, de Govind qui gardait la bouche ouverte. Je me tournai, prise d'un accès de nervosité, et tirai sur mon hijab pour me recouvrir le visage.

— Vous n'avez aucune raison de vous voiler dans cette maison, me dit M. Bull. Considérez qu'il s'agit de votre refuge – même si vous entamez une nouvelle vie, Daryâ. Les choses se passeront mieux si vous vous abandonnez avec moi. Si vous devenez sans résister la femme que j'attends.

Je laissai tomber le voile.

— Vous devez être lasse de votre long voyage, continua-t-il. Et vous avez sans doute les idées embrouillées. Je sais qu'il vous faudra un certain temps pour vous accoutumer à un pays étranger. Moi-même, je connais bien les sentiments que l'on éprouve dans un pays qui n'est pas le nôtre et je ferai tout mon possible pour vous aider à vous installer dans ma maison.

Il paraissait sincère, mais les plats et les méplats de son visage désormais tellement amaigri le rendaient presque effrayant.

— Et je comprends aussi que cela a dû vous être difficile de prendre une nouvelle fois congé de David Ingram.

Je me pétrifiai. M'avait-il surveillée alors que j'étais en compagnie de David et de sa mère ? Savait-il quelque chose des moments que j'avais passés avec lui sur le navire ?

— Il... il est...

Je ne trouvais absolument rien à dire sur David. Pas à M. Bull.

— Comme je vous l'ai dit à Bombay, c'est un jeune homme déroutant. J'étais un ami de son père, à Calcutta, et je connaissais aussi sa mère. Après le décès de son père et le retour de sa mère en Angleterre, j'ai perdu le contact avec elle, mais je l'ai retrouvée à Londres il y a quelques années. Elle a beau essayer de le cacher, il est évident qu'elle se considère au-dessus de moi. Attitude risible, franchement, ajouta-t-il, les yeux plissés.

— Risible ?

— Elle ne mérite pas de mener le train de vie qu'elle peut se permettre. Somers Ingram – son mari – lui a laissé une fortune suffisante pour qu'elle n'ait plus jamais à s'inquiéter de rien. C'est moi qui devrais être dans cette position, pas une femme comme elle.

Le ton ironique qu'il employait pour parler de Mme Ingram me dérangeait beaucoup.

— Il ne vous a donc rien appris de sa vie, ce jeune M. Ingram ?

Il se frotta les mains comme si elles étaient froides, alors que je trouvais la maison surchauffée et qu'un feu de cheminée flambait joyeusement dans l'ouverture cimentée, proche de son fauteuil.

Je secouai la tête, car je ne voulais plus rien entendre sur David ou sur sa mère.

— Rien du tout ? Pas de charmants, sombres et profonds secrets ?

Je répétai mon geste.

M. Bull porta la main à son front.

— Je dois m'allonger, me dit-il en m'étudiant, tout en massant lentement sa tempe en cercles. Vous n'êtes pas contente d'être ici ? J'espérais que vous me seriez reconnaissante de tout ce que j'ai fait pour vous.

De l'angle de la pièce venaient les appels plaintifs du perroquet solitaire.

Je fis alors ce que je devais faire, étant donné le rôle que j'allais tenir dans cette maison. Je m'agenouillai aux pieds de M. Bull, tête baissée. En me relevant, je lus sur ses traits un profond plaisir, épicé d'une expression vague, énigmatique et troublante.

— Govind va vous accompagner à votre chambre. Elle est charmante et je suis sûr qu'elle vous plaira. On vous apportera des fruits et du fromage, me dit-il dans son persan parfait.

Il se frotta de nouveau les mains et, cette fois, je me demandai s'il ne s'agissait pas d'impatience. Puis il se leva lentement et se dirigea vers la cage du perroquet.

— Nous ferons mieux connaissance demain, quand nous nous serons tous les deux reposés, poursuivit-il. Je pense qu'il vaut mieux que je reste au calme ce soir, pour retrouver mon… énergie.

Le sous-entendu ne m'échappa pas, et je fis de mon mieux pour ne pas lui montrer à quel point j'étais soulagée de ne pas avoir à supporter tout de suite ses empressements. Alors que l'oiseau battait des ailes et sifflait d'excitation, M. Bull souleva une grande étoffe noire dont il recouvrit sa cage. Le perroquet se tut sur-le-champ.

Il se tourna vers moi, prit ma main et se pencha très bas dessus. À travers les cheveux roux foncé qui se clairsemaient sur le sommet de sa tête, je distinguai son crâne rose. Puis je sentis ses lèvres – légèrement humides et trop molles – sur le dos de ma main. Je luttai contre l'impulsion de la lui arracher.

— Ma maladie s'est améliorée régulièrement d'elle-même au cours des semaines passées et demain… (Il sourit de nouveau et laissa traîner sa phrase.) Je sais que cela ne vous gêne pas d'attendre un soir de plus.

Je ravalai la bile qui remontait subitement dans ma gorge. Il relâcha ma main.

— Je vous en prie. Accompagnez à présent Govind et dormez bien.

Govind tendit de nouveau la main vers mon sac. Cette fois, je le lui donnai, et il le passa en bandoulière. Nous dûmes monter un étage plus haut. Le vieillard se déplaçait extrêmement lentement, en traînant une jambe. Sa respiration se transforma en un inquiétant sifflement saccadé. Sa démarche, sa main qui pesait lourdement sur la rambarde indiquaient qu'il souffrait. Il me faisait penser à ma grand-mère, dans ses derniers jours.

Govind saisit la poignée de l'une des portes d'un large couloir, ouvrit cette dernière et me tendit mon sac. Je le remerciai en persan, puis en anglais ; il ne bougea pas davantage qu'il ne cilla.

Un feu brûlait dans la chambre, éclairée par des lampes. La pièce possédait des fenêtres élevées, équipées de fines persiennes intérieures à lamelles peintes en blanc. Elles étaient repliées et, pendant que Govind les fermait, je remarquai le lit très haut, recouvert d'une couverture et d'un rideau fabriqué dans une cotonnade indienne teinte en vert, bleu et jaune criards, qui se drapait par-dessus et retombait vers le sol. Elle me fit songer à Fleur, le jour de notre rencontre. Un tapis moelleux vert foncé recouvrait le sol, éclaboussé de formes bleu terne. Sur le dessus de bois de l'ouverture en briques destinée au feu était disposée une collection d'idoles hindoues.

Les mains jointes, les doigts sous le menton, Govind s'inclina devant moi comme il l'avait fait devant M. Bull. Puis il sortit de la pièce à reculons et referma la porte.

Je parcourus la chambre, j'effleurai le bois lisse et verni des meubles, je remarquai la cruche emplie d'eau, l'assiette de nourriture recouverte d'un linge léger. Sous le lit, je découvris un bassin. Il avait beau être en belle porcelaine et décoré de fleurs peintes, je devinai qu'il servait à la même chose que celui des enfants du bungalow de Bombay. Je le trouvai bien trop joli pour une fonction si humble.

J'éteignis les lampes et ôtai mes bottines honnies. Alors que je sortais une chemise de nuit de mon sac, la ta'wiz que j'avais conservée tomba de l'un de ses plis. Je portai l'amulette à mes narines, dans l'espoir qu'il en émanait encore un peu de l'odeur de David. Govind passa d'un pas lourd devant ma porte, puis je l'entendis traîner du pied au-dessus de ma tête, et je resongeai à ma grand-mère. Sans lâcher l'amulette, je m'approchai de la fenêtre et j'écartai les persiennes pour essayer d'ouvrir aussi cette vitre de force. Mais ce fut encore peine perdue. Je tordis alors le cou pour tenter d'apercevoir la lune, sa taille et sa forme. Mais les toits et les cheminées limitaient ma vision : non seulement je ne parvenais pas à la voir, mais je ne distinguais qu'une bande de ciel. La même panique grandissante que j'avais éprouvée dans la pièce où se trouvait le perroquet monta en moi. Je voulais respirer l'air, le sentir sur ma peau. Comment faisaient donc les habitants de Londres pour supporter ces conditions de vie ? David vivait-il de la sorte ? Non, c'était impossible. Je savais que, comme moi, il avait besoin de l'air et du ciel.

Je contemplai la bande de ciel nocturne visible.

Elle n'était pas noire, mais luisait de manière bizarre, anormale. Et elle était dépourvue d'étoiles.

Pas de lune, et pas d'étoiles.

Je m'agitai sur le lit élevé. Je n'appréciais pas d'être couchée si haut au-dessus du sol, là où un pied ou une main venait toujours me rappeler les contours du lit. Incapable de trouver le sommeil dans ce nouveau lieu, même si je n'avais pas à m'inquiéter cette première nuit de voir surgir M. Bull, j'écoutai les horloges égrener les heures de la nuit. Des bruits montaient de l'extérieur : grondement de roues de voitures, fracas de fers à cheval sur les pavés, voix étouffées et claquements de pas pressés. Je me demandai comment on pouvait apprendre à dormir au milieu d'un tel vacarme, sur un lit si élevé et si mou. Ma tête me lancinait sourdement.

Je songeai à tous les endroits où j'avais dormi depuis mon départ de Susmâr Khord : sous les tentes et les yourtes du campement ghilzai et après ma fuite, dans les forêts et à même la terre dure et rocailleuse. Dans le lit de Fared à Jalalabad, enroulée dans des couvertures, près de feux de bois et au bord de rivières durant ma traversée de l'Afghanistan et du nord des Indes. Dans la cabane de Multan où je me tournais et me retournais quand j'étais si gravement malade, sur la barge au rythme apaisant qui se balançait sur l'Indus. Dans des cases en nattes de palmes le long de la route du Punjab, dans une pièce étouffante et surpeuplée où je m'étais pourtant sentie si seule, tout en haut d'un bâtiment de la ville de Karachi. Sur le vapeur aux moteurs bourdonnants qui traversait la mer d'Arabie, dans la cabane isolée derrière la grande maison de Bombay. Sur le lit de cordes du clipper chinois, d'où j'écoutais le vent qui gonflait les voiles et m'emmenait encore plus loin de mon pays natal.

Et à présent, sur ce lit anglais trop rembourré, aussi haut qu'une table.

J'étais accoutumée à de nouveaux lieux, à de nouveaux aliments, à de nouvelles situations. Tout comme je m'étais rapidement adaptée à vivre parmi les Ghilzais et à voyager en compagnie de David, je pouvais aussi faire ceci. M'adapter.

Et pourtant, au fur et à mesure que défilaient dans ma tête tous les lieux où j'étais passée depuis que j'avais quitté mon village, je me rendis compte que je ne m'étais jamais sentie chez moi et je me mis à pleurer doucement, l'amulette de David serrée dans la main.

Sulima s'était-elle jamais sentie chez elle dans notre logis en torchis de Susmâr Khord ? Ma grand-mère s'était-elle sentie chez elle au zenana ou dans la pièce qu'elle partageait avec cet Anglais à Ankara ? S'était-elle même sentie chez elle après avoir été amenée à Susmâr Khord pour devenir l'épouse d'un Tadjik ?

Nous étions des femmes, emmenées par des hommes dans certains lieux. Nous les accompagnions, pour échapper au danger, pour nous libérer de l'esclavage. Mais trouvions-nous cette liberté ?

Je songeai à Sulima, à ma grand-mère. À moi, allongée à l'intérieur de cette grande maison anglaise obscure, dans un pays étranger. Une seule d'entre nous avait-elle tiré satisfaction de cette quête de liberté ? Je m'assis alors, l'amulette pressée contre ma poitrine, j'essuyai mes larmes avec la cotonnade indienne et je tentai de respirer à fond. L'obscurité moins dense qui pénétrait par les persiennes à moitié entrouvertes projetait de longues bandes horizontales qui donnaient l'impression que les bandes plus sombres étaient des barreaux. Une odeur cireuse de vieille bougie emplissait la chambre, et j'avais l'impression qu'y flottait encore le souvenir d'autres personnes.

Qu'avais-je fait en acceptant de venir ici ? Qu'avais-je donc fait ?

Épuisée par le chagrin, je finis par m'endormir, et je rêvai de ma grand-mère. Elle grimpait l'échelle menant à notre toit, mais avec une aisance que je ne lui avais jamais connue, comme si ses jambes étaient agiles et légères. Elle baissa les yeux vers moi et me tendit la main. Je voulus la prendre mais je constatai avec épouvante que celle que je lui tendais était ridée, tachée et noueuse, la main d'une vieille femme. Je relevai les yeux : mon propre visage me regardait. Puis je tombai du toit, et mon cauchemar s'arrêta là.

39

Je me réveillai sur le tapis à côté du lit, lovée sur le flanc, une épaule douloureuse et les jambes engourdies d'être restées dans la même position, entortillées dans la cotonnade indienne. Alors que j'étirais mes membres, les cris étouffés du perroquet montèrent par l'escalier et traversèrent ma porte close. Il hurlait et croassait comme s'il était mécontent. Je me dis qu'on avait dû découvrir sa cage et qu'il procédait à son rituel matinal. Mes yeux me brûlaient et dans la chambre obscure, j'avais perdu toute notion de l'heure. Les horloges se mirent alors en branle. Je comptai leurs sonneries : neuf. Je me hâtai d'enfiler un sari à la place de ma chemise de nuit, je m'abstins de mettre mes bottines et mon voile pour obéir aux instructions de M. Bull, et j'ouvris ensuite complètement les persiennes. Le ciel présentait une couleur métallique et je me rendis compte, en baissant les yeux, que la hauteur ne m'impressionnait plus comme le jour, déjà si lointain, où je m'étais retrouvée seule dans la salle misérable de Karachi.

Derrière la fenêtre, je découvris un spectacle insolite, mais sans grand intérêt : un passage très étroit entre deux hautes barrières de briques et, juste en face, les fenêtres d'autres maisons, aux rideaux clos pour la plupart. Govind frappa à la porte et entra. Il déposa un plateau et reprit celui que je n'avais même pas découvert la veille au soir.

— Parlez-vous persan ? lui demandai-je dans cette langue, le cœur empli d'espoir, mais une fois de plus il garda un visage figé. Vous parlez moi anglais ? essayai-je alors.

Mais il se tourna et ressortis comme si je n'avais rien dit.

Je picorai un œuf à la coque et mangeai un morceau de pain anglais incolore. Je versai du lait dans mon thé, geste qui me donna une nouvelle occasion de penser à Fleur, mais le goût du mélange me déplut. Que faisait-elle à présent ? Au moins elle... Je songeai à ce que M. Bull attendait de moi. Fleur n'avait pas à nourrir ce genre d'inquiétude, l'acte de se donner à ce monsieur faisait déjà partie de sa vie.

Et David, que faisait-il ? J'essayai, en vain, de l'imaginer dans une maison identique à celle où je me trouvais. Je ne parvenais à me le représenter que tel que je l'avais connu durant notre périple à travers l'Afghanistan, la Frontière Nord-Ouest, puis vers le sud des Indes : la peau hâlée par le soleil, ses joues moites incrustées de poussière, le bras qu'il levait pour les essuyer. Ses cheveux longs et broussailleux, quand il était assis sur le sol à côté d'un feu fumant. Ses ongles cerclés de noir quand il déchirait la viande qu'il venait de cuire. Son sourire, si naturel et spontané.

Govind réapparut et me fit signe de le suivre. Nous passâmes près d'une petite pièce sans apprêt, adjacente à la mienne, qui ne contenait qu'un lit étroit, puis devant une autre, plus spacieuse, à l'avant de la maison. Je pris note du lit de grande taille, de la profusion de commodes, de tapis et de sculptures indiens, des défenses d'éléphants sur un mur et de l'une des caisses de M. Bull posée par terre, et je compris qu'il s'agissait de sa chambre. Govind me guida en bas de l'escalier jusqu'à la pièce du perroquet. Les rideaux avaient été entrouverts. Bien qu'encore en partie plongée dans la pénombre, la pièce était éclairée par de nombreuses lampes, sur les murs et les tables. Un léger sifflement me parut provenir de ces lampes murales. M. Bull se tenait à côté de la cage de l'oiseau. Je me sentis d'un seul coup oppressée. Son teint s'était amélioré et il paraissait reposé.

— Vous avez bien dormi, Daryâ ?
— Oui, monsieur Bull. Merci.
— J'ai donné ordre à Govind de vous laisser dormir aussi tard que vous le souhaitiez pour ce premier jour, dit-il en jetant un coup d'œil à une horloge murale.

L'horloge se mit alors à tourner et à cliqueter.

M. Bull hocha la tête d'un air approbateur et sortit une petite boîte ronde dorée de sa poche. Il exerça une pression dessus. Son couvercle s'ouvrit brusquement et il la consulta avec impatience. Retentirent alors les carillons et les sonneries musicaux. Une nouvelle heure. M. Bull referma le couvercle de la boîte dorée et la replaça dans sa poche.

— Bien, déclara-t-il. Tout est en ordre. J'étais sur le point de prendre un thé.

Il m'indiqua une théière délicate, bleu et blanc, sur une table basse, entourée de tasses assorties posées sur de petites assiettes à leur taille.

Je savais ce qui était attendu de moi. Je m'approchai donc de la table et posai la main sur l'anse de la théière.

— Voulez-vous du sucre ? lui demandai-je.

Son sourire s'élargit. Il s'approcha aussi de la table et posa sa main sur la mienne. Elle était brûlante et moite, et je m'en détachai.

— Laissez-moi faire, me dit-il, avant de remplir deux tasses de thé. Je vous en prie, asseyez-vous.

Je pris place près du feu, les chevilles croisées et le dos droit, la petite assiette contenant la tasse entre les mains. Le feu crépitait joyeusement. M. Bull, assis face à moi, croisa une jambe à la hauteur du genou, comme il le faisait à Bombay. J'étais bien incapable de l'imaginer accroupi sur les talons ou assis en tailleur par terre, à la mode des hommes de mon pays, comme le faisait si aisément David. Il but son thé, moi le mien, et je me rendis compte que la veille j'étais trop impressionnée par la cascade de nouveautés qui me tombait sur la tête pour étudier la pièce en détail.

Deux des murs éclairés par des lampes étaient tapissés d'étagères couvertes de livres. De luxueux tapis frangés décoraient le sol, recouverts par d'autres, de plus petite taille. Je reconnus des images d'arbres et d'oiseaux représentés sur les tapis cachemiris et turcs de la mosquée de Susmâr Khord. Aux murs dénués d'étagères étaient accrochés des tableaux. Je ne pouvais distinguer ce qu'ils représentaient sans m'en approcher. Une table ronde, drapée d'un châle de soie dont les franges traînaient par terre, occupait le centre de la pièce. Dessus était posée une *shisha* magnifiquement ouvragée, autour de laquelle sinuait un tuyau. Le bec avait beaucoup servi et j'en conclus que M. Bull devait être un grand fumeur. Il y avait plusieurs tabourets bas couverts de brocart et un grand nombre de fauteuils et de petites tables. Le long d'un mur était placé un siège assez long pour accueillir trois personnes. L'une de ses extrémités possédait un dos et un accoudoir ; comme les rideaux, il était en velours rouge. Le manteau de cheminée débordait de bibelots : autres idoles hindoues en cuivre ou en bois peint, figurines de femmes aux toilettes très élégantes, boules de verre rouge et bleu, collection de pipes de différentes tailles, et un certain nombre de petits objets, à l'apparence inutile, dont j'ignorais le nom. Tous se réfléchissaient dans le grand miroir placé derrière eux. Une véritable jungle de plantes vertes contenues dans des récipients en cuivre et en porcelaine peinte envahissait la pièce ; je me demandai comment elles pouvaient pousser dans une telle pénombre.

Le perroquet me surveillait de son coin. Il souleva une patte pour la porter à son bec, grignota sa serre incurvée puis la redescendit lentement sur le perchoir et leva l'autre patte d'un mouvement précis absolument identique, sans me quitter des yeux une seconde.

M. Bull termina son thé et posa sa tasse sur une table voisine, puis il décroisa les jambes et se pencha en avant. Le feu rosissait et faisait luire un côté de son visage ; ses prunelles bleu clair étaient entourées d'un cercle bleu plus foncé. Il posa sur moi un regard d'une intimité telle que je fus prise de palpitations. Je reposai ma tasse avec tant de brusquerie qu'elle s'entrechoqua contre sa petite soucoupe. Je me levai d'un bond et m'approchai de la fenêtre. À son expression, je redoutais terriblement ce qui m'attendait dans la soirée.

Je regardai dehors, même si, derrière la vitre embuée par la pluie, je ne voyais que le reflet, flou et pâle, de M. Bull.

En baissant les yeux, je m'aperçus qu'ici la rue était beaucoup plus animée et plus large que de ma propre fenêtre. Je compris alors que ma chambre était située à l'arrière de la maison. En m'inclinant très bas d'un côté, j'aperçus des sommets d'arbres feuillus.

— Est-ce que tout Londres est comme ça ? demandai-je à M. Bull d'une voix que je tentai de faire paraître intéressée.

J'espérais qu'il ne se rendait pas compte que j'étais en train de louvoyer, pour ne pas être contrainte de me tenir si près de lui. En face se dressait un bâtiment blanc, à la fois élevé et très large, puisqu'il s'étendait de part et d'autre de la maison de M. Bull. Il comportait de nombreuses portes, certaines en bois sombre, d'autres peintes en couleur et – je les comptai – quatre rangées de fenêtres empilées les unes sur les autres. Comment avait-il appelé sa maison la veille ? Maison de ville. Je lui jetai un regard.

— Londres ne comporte que des maisons de ville ?

— Non, non, c'est une immense cité, me répondit-il. Les maisons varient selon les quartiers. Ici, nous sommes à Kensington.

— J'aperçois des arbres.

— Kensington Square, me répondit-il. Un endroit agréable pour se promener.

Je me tournai vers lui.

— Pourrions-nous y aller ?

Tout de suite. Pourrions-nous sortir, pour que je ne sois pas obligée de rester toute seule avec vous dans cette pièce, pendant que vous me regardez de telle sorte que j'en ai des frissons, comme si un vent glacial tourbillonnait autour de mes chevilles ?

— Un jour, sans doute.

— Et est-ce que Da... M. Ingram et sa mère... Est-ce qu'ils habitent à côté de chez vous ?

Il fit claquer sa langue, comme si ma question l'agaçait.

— Non, me répondit-il sèchement. Ils vivent à Richmond. Trop triste pour moi là-bas, avec tous ces jardins. Sans compter la solitude. J'aime être plus près du centre-ville... De l'animation des rues, des boutiques, de mon cercle d'amis intéressants. Cela convient beaucoup mieux à mon style de vie.

Il lécha ses lèvres et pinça la bouche sous sa moustache.

J'acquiesçai de la tête et me retournai pour regarder dehors.

— Venez vous asseoir ici.

Je lui obéis.

— J'envie vraiment le voyage de M. Ingram : il est allé jusqu'à Kaboul et bien au-delà, il a pu admirer les merveilles de votre pays et, pour tout couronner, il a sauvé une belle jeune femme. Tout cela ressemble à un conte de fées, non ? À l'un de ces contes magnifiques des *Mille et Une Nuits*.

Jamais David n'aurait utilisé ce terme – me sauver – car ce n'était pas le cas. Je m'étais sauvée moi-même, en tout cas au bouzkashi et à Jalalabad. J'avais refusé d'abandonner et je l'avais convaincu de m'emmener.

— Pourquoi ce visage consterné, ma chère ? Ne croyez-vous pas en votre beauté ? me demanda M. Bull.

Je sursautai, car je n'avais écouté que ses dernières phrases et je ne me rendais pas compte que mon visage dévoilait mes réflexions. Il inclina la tête de côté.

— Il est vrai que vous ne possédez ni la fragilité ni la pâleur tellement prisées ici chez les jeunes personnes de sexe féminin, mais vous dégagez une... une force que j'ai toujours trouvée séduisante chez une femme. J'aime que mes femmes soient terriennes, pas éthérées. Depuis toujours et, j'ose le dire, à jamais. J'aime vraiment les femmes énergiques, prêtes à lutter. Est-ce bien ce que je distingue chez vous ?

Je jetai un coup d'œil à ma tasse renversée. Je m'étais battue contre Shaliq. Allais-je être contrainte de subir une confrontation identique avec cet homme ?

— Ma grand-mère était très forte. Je crois que je lui ressemble, répondis-je, en essayant de repousser ces abominables souvenirs de Shaliq et l'idée que cet homme allait s'approcher de moi.

La pluie tambourinait contre la vitre, au même rythme que le tic-tac de la pendule sur la table.

— Puis-je boire encore un peu de thé ? demandai-je. J'ai la gorge sèche d'avoir parlé.

Il se leva tout de suite, se dirigea vers une longue corde qui pendait près de la cheminée et tira dessus.

— Bien sûr. Je vais demander à Govind de nous apporter une autre théière.

Dès que le thé arriva, M. Bull m'en versa une tasse, puis il saisit un petit flacon brun, également posé sur le plateau.

— Cela va vous détendre. Une simple tradition anglaise, précisa-t-il en dévissant le couvercle pour verser quelques gouttes dans ma tasse. (Il ajouta du sucre et mélangea le tout.) Emportez-le sur le divan, m'indiqua-t-il d'un signe du menton. Vous serez plus à l'aise.

Je lui obéis de nouveau. Assise près de l'accoudoir, je sirotai le thé. Il avait un goût bizarre, légèrement masqué par le sucre, mais qui ne me déplut pas.

Tandis que le liquide parfumé calmait ma gorge, je songeai que l'Angleterre et l'Afghanistan avaient au moins une coutume en commun. Dans cette atmosphère silencieuse, je sentis que je me détendais et m'endormais et je m'appuyai contre l'accoudoir.

— Vous sentez-vous mieux ? me demanda M. Bull d'une voix apaisante. Le laudanum que j'ai versé dans votre thé est un excellent sédatif.

Je m'aperçus, en posant les yeux sur lui, du calme profond qui m'avait envahie. Le reflet des flammes venait danser sur ses pommettes et son visage n'avait plus rien de menaçant.

— Oh oui, répondis-je. Ma grand-mère vivait dans un zenana, déclarai-je alors rêveusement, sans savoir pour quelle raison elle me venait si nettement à l'esprit à cet instant précis. Dans un endroit très éloigné de mon pays natal. (Les flammes crépitaient doucement.) Les Eaux-Douces, murmurai-je.

— Les Eaux-Douces ? Sur le Bosphore ? me questionna M. Bull, l'air absolument enchanté. Oh oui, l'un des plus célèbres harems de l'empire ottoman. C'est fascinant, ajouta-t-il avec un sourire encore plus tendre à mon égard. Et ça rend la situation beaucoup plus savoureuse.

— Plus savoureuse ? répétai-je, mais il ne précisa pas sa pensée. Elle me prédisait que je verrais de nombreux pays. Que je me déplacerais sur terre comme la lune se déplace dans le ciel. (Je fermai les yeux.) Et elle avait raison. Je suis...

J'avais envie de dire que j'étais une étoile, brillante et vivante, mais ajouter quelque chose représentait un trop grand effort. Comment ne m'étais-je encore jamais aperçue que... oui, j'étais comme l'une des étoiles du firmament.

— Peut-être était-elle un peu voyante ? me suggéra M. Bull.

Je rouvris les yeux. Il continuait à me contempler du même air enchanté.

Je lui adressai un sourire dolent, sans me soucier vraiment de la manière dont ma langue s'était déliée pour laisser les mots tournoyer hors de ma bouche avec une aisance confondante, d'une voix qui possédait en outre une qualité ondoyante et musicale dont j'ignorais tout.

Un silence agréable s'installa, seulement rompu par les grommellements étouffés du perroquet et la sonnerie d'une cloche, quelque part dans la maison.

Ce bruit parut agacer M. Bull. Il s'approcha de la porte, l'ouvrit, passa la tête par l'entrebâillement et appela Govind.

— Pas de visiteurs, ordonna-t-il.

La voix de Govind se fit alors entendre et M. Bull sortit en refermant la porte derrière lui.

À son retour, j'aurais été totalement incapable de dire depuis combien de temps il s'était absenté. J'avais perdu toute perception du temps.

— Vous avez l'air bien assoupie, Daryâ jan, me dit-il.

Cette fois, j'étais tellement détendue que je ne lui en voulus pas d'avoir utilisé ce terme affectueux.

— Pourquoi ne pas aller vous reposer dans votre chambre ? poursuivit-il. J'ai donné l'ordre au cuisinier de préparer quelques petites spécialités pour votre premier repas officiel ici. Nous les savourerons et ensuite, ce soir…

Je me levai. La chaleur du feu avait réchauffé et assoupli mes membres. Lui aussi se leva sur-le-champ, mais je n'éprouvai aucune angoisse, alors qu'il venait de m'annoncer clairement qu'il me prendrait ce soir-là.

— Faites une bonne sieste, me dit-il.

Je m'éloignai en adressant un signe languide du bout des doigts, qui ne me ressemblait pas du tout, à l'oiseau dans sa cage.

Je m'endormis comme une masse. À mon réveil, je m'assis et vis une jeune fille qui était sans doute de quelques années ma cadette non loin du lit haut perché, un chiffon et un broc à la main. Ses mains rougeaudes étaient couvertes de croûtes. Elle me dévisagea, puis elle se tourna pour plonger le chiffon dans le broc et essuyer ensuite les meubles de bois avec, sans cesser de me jeter des coups d'œil par-dessus son épaule. Les pans d'une ample jupe blanche, passée sur une autre robe, noire celle-là, formaient un nœud impeccable. Elle avait des cheveux bruns, entremêlés de mèches châtain clair. Des frisottis avaient échappé à son petit bonnet blanc et retombaient sur son col.

J'ignorais si je devais lui parler, mais elle paraissait s'intéresser beaucoup à moi. Par sa bouche entrouverte apparaissaient ses dents, petites et pointues. La peau pâle de son visage, de son cou et de ses mains présentait de minuscules marques brun clair qui semblaient y être intégrées. Mais dès que Govind se présenta à la porte, elle sortit en hâte.

Je me frottai les yeux et lissai mes cheveux en arrière ; ma tête palpitait douloureusement et j'avais la bouche sèche.

Govind me fit de nouveau signe de le suivre et je descendis derrière lui un étage, puis un second, jusqu'à la porte par laquelle nous étions entrés la veille – n'était-ce que la veille ? – et il me fit pénétrer dans une autre pièce. M. Bull se tenait près d'une longue table sur laquelle étaient disposés des assiettes, de l'argenterie et plusieurs grands plats avec des couvercles. Nous n'étions qu'au début de l'après-midi, mais la pièce était si sombre que la multitude de bougies couleur crème du grand chandelier qui trônait au milieu de la longue surface vernie étaient déjà allumées. M. Bull avait changé de costume et ses cheveux cuivrés luisaient à la lueur des chandelles.

— Votre somme vous a requinquée, Daryâ jan ? me demanda-t-il.

Je fus incapable de répondre, comme si ma langue était trop volumineuse. Je me contentai de le confirmer en silence.

Il écarta la chaise qui se trouvait devant moi, et comme je demeurai interdite, me fit signe d'y prendre place. Il s'assit en face de moi pendant que je m'exécutais. Govind s'avança et ôta l'un après l'autre les couvercles de chaque plat, avec des gestes très cérémonieux. Selon la promesse de M. Bull, il s'agissait de mets alléchants auxquels je n'avais plus goûté depuis mon embarquement à Bombay : du riz au safran avec des noisettes et des raisins secs, des morceaux d'agneau grillé épicé, et des petits cônes de purée de légumes dorés à point et croustillants. Govind portait à présent des gants blancs, et il déposa les aliments dans la grande assiette ivoire au liseré doré, posée devant moi sur la table, à l'aide d'une cuiller. Quand M. Bull prit sa fourchette, je l'imitai. Elle était très lourde – beaucoup plus lourde que tous les couverts que j'avais utilisés sur le navire – et décorée de nombreuses volutes. Un symbole figurait au centre du plus grand cercle.

Durant les premières minutes, nous mangeâmes en silence. Je bus trois verres d'eau ; Govind s'avançait pour remplir mon verre dès qu'il était vide. Cela faisait longtemps que je n'avais pas eu autant d'appétit et les aliments... étaient trop succulents pour être décrits avec les mots adéquats. Je devais faire appel à toute ma maîtrise pour manger lentement et poliment, comme me l'avait appris Fleur, alors que mon instinct me poussait à me jeter dessus et à les dévorer sans les mâcher. Je remarquai que M. Bull picorait comme un oiseau, qu'il se contentait de déplacer les portions autour de son assiette, et que par moments il prenait une profonde inspiration et posait la main sur son ventre. Tandis que j'avalais mon dernier morceau d'agneau, il déposa sa fourchette et son couteau et contourna la table pour venir se poster derrière moi. Il glissa la main sous ma natte et caressa légèrement ma nuque. Ce simple contact fit remonter le morceau d'agneau dans ma gorge et je dus faire un gros effort pour le ravaler.

M. Bull pressa alors mes épaules. J'étais heureuse de ne pas être en position de voir son visage. J'effleurai du doigt le symbole gravé sur le manche de ma fourchette, pour me préparer à... J'ignorais à quoi je devais m'attendre. Il sentait le tabac et un parfum vaguement musqué.

Il s'écarta alors subitement de moi et se dirigea vers la porte. Alors qu'il posait une main sur le bouton de cuivre, je m'aperçus que je tremblais légèrement. Le tic-tac de l'une des horloges m'écorchait les oreilles. M. Bull m'étudiait.

— J'ai à faire, m'annonça-t-il d'une voix parfaitement égale, mais je vous retrouverai au salon. D'ici à une heure environ, ajouta-t-il, la tête inclinée vers moi.

Puis il sortit, en fermant la porte d'un geste tranquille et étudié.

Je demeurai immobile. J'essayai de ne pas anticiper ce qui ne manquerait pas de se produire d'ici à quelques heures. Je n'étais plus la jeune fille innocente qui avait été amenée à Shaliq, pure et ignorante de ce qui l'attendait sous les couvertures. Je n'étais pas effrayée comme alors. Désormais, mon immense désarroi provenait de ma triste et oppressante froideur mentale, de ma conscience d'être devenue une femme à laquelle on offrait une vie luxueuse en échange de ses faveurs. J'étais pire que Sulima, car elle avait épousé mon père. J'étais peut-être même pire que Fleur ; elle parlait de son monsieur avec une affection sincère et au moins, elle l'avait connu intimement aux Indes.

Govind émergea à pas très lents de l'ombre pour débarrasser la table. Alors qu'il enlevait mon assiette, il se pencha vers moi.

— Petite demoiselle vient d'où ? chuchota-t-il en anglais.

C'était la première fois que j'entendais sa voix.

Je redressai la tête.

— Vous parlez moi anglais ? lui demandai-je sur le même ton que plus tôt dans la journée.

Un murmure, même si j'ignorais pourquoi.

— Oui, petite demoiselle, dit-il.

— Je viens Afghanistan. Nord Indes.

— Loin, petite demoiselle. Vous venez de si loin !

Il chuchotait toujours d'une voix râpeuse, mais je compris subitement qu'il ne pouvait pas parler plus haut. Je m'interrogeai sur ce qui avait bien pu lui arriver et pivotai la tête afin de le regarder en face.

— Vous devez faire attention, petite demoiselle. Faire attention.

Quelque chose dans son expression – compassion ou simple inquiétude ? – suffit à me tirer des larmes. Subitement, les aliments formèrent une boule d'argile dans mon estomac. Ils étaient trop riches, après les maigres repas auxquels je m'étais habituée sur le navire, et j'avais trop mangé. Face au visage bienveillant du vieillard, de froides nausées me submergèrent. Une fois de plus, je me demandai ce que j'avais fait en venant ici, je sentis les mains de M. Bull se mouvoir avec une telle familiarité, un tel... sens de la propriété, sur ma nuque, sur mes épaules. Bientôt, j'allais les sentir sur mon corps. Un sifflement se fit entendre. L'une des bougies du grand chandelier d'argent trônant au milieu de la table venait de s'éteindre.

L'agneau remonta alors pour de bon dans ma gorge. J'eus un haut-le-cœur et portai les mains à ma bouche. Govind s'approcha avec un bol d'argent vide, et il le tint patiemment, pendant que je m'humiliais devant lui.

40

Après m'être essuyé la bouche avec la serviette fournie par Govind et avoir encore bu un peu d'eau, je me rendis dans le salon, suivant les ordres de M. Bull.

J'étais une véritable pelote de nerfs. Je ne savais pas combien de temps j'allais attendre et je ne parvenais pas à rester en place. Je passai les étagères en revue et sortis quelques livres dont je caressai les couvertures douces au toucher, reliées de cuir ou de soie. La plupart ne contenaient que des pages couvertes de caractères anglais, mais j'en découvris un composé de photographies de femmes. Je m'assis pour le feuilleter. Elles étaient vêtues de différents costumes exotiques. Certaines avaient des yeux en fente, comme les Hazaras, mais elles n'appartenaient pas à cette race. Elles portaient des robes de soie moulantes et des coiffures compliquées. Leurs visages ronds étaient poudrés de blanc, leurs bouches fardées en forme de fleurs minuscules. Le livre représentait aussi d'autres femmes à la peau plus sombre, en toilettes transparentes et couvertes de bijoux. Elles ressemblaient presque à des Pachtounes, mais avec des traits plus fins.

Comme j'étudiais les photographies, je n'entendis pas M. Bull apparaître à la porte. Il était escorté de Govind, qui portait le plateau de thé. Je bondis et le livre m'échappa des mains et tomba avec un bruit sourd sur le tapis.

M. Bull lissa sa moustache d'une main.
— Asseyez-vous, Daryâ.

Je pris place sur l'un des tabourets capitonnés à côté de la table basse sur laquelle Govind déposa le plateau avant de s'éclipser. M. Bull s'installa sur le divan, alluma la shisha et le morceau de substance noire collante, qu'il avait poussé d'un index habile dans le bol, dégagea une odeur que je reconnus, différente de celle du tabac. Plus suave et plus lourd, cet arôme était celui des graines du pavot. Dulfyia en administrait à ceux qui souffraient de blessures. Parfois, elle en donnait avant de remettre en place des os brisés ou quand elle devait recoudre de la chair déchirée, et je savais qu'il supprimait la douleur la plus aiguë et permettait au patient de se calmer et de s'endormir.

Après avoir longuement aspiré une première fois, M. Bull leva les yeux et me sourit vaguement. Il me tendit le bec, mais je le refusai de la tête.

— Ça soulage ma migraine, m'expliqua-t-il, avant d'inhaler une seconde fois l'eau qui bouillonnait gaiement. Je souffre de terribles maux de tête.

Il retint la fumée et finit par la relâcher avec un soupir prolongé. Au bout d'un certain temps, je constatai que cette fumée l'aidait sans doute, car ses traits s'étaient détendus. Sur son front, les rides paraissaient visiblement moins profondes. Il changea de place et s'allongea sur le long divan, les chevilles croisées.

Je vis que ses paupières s'alourdissaient, mais il ne les ferma pas complètement.

Je me levai, mais ses paupières clignotèrent.

— Où allez-vous, ma chère ? me demanda-t-il d'une voix alanguie.

— Je croyais que vous alliez dormir, répondis-je.

— Non, non, restez près de moi, dit-il en portant une main à sa tempe. Venez. S'il vous plaît, approchez-vous.

Je m'exécutai. Il me prit la main et la posa sur sa tempe en exhalant un profond soupir.

— Votre jolie main est si rafraîchissante, si apaisante, me dit-il, les yeux clos. Massez-moi la tête ; cela va m'aider.

Je m'agenouillai près de l'accoudoir où reposait sa tête, et je commençai du bout des doigts à tracer de petits cercles sur ses tempes. Sa peau était brûlante et sèche. Le soupir de bien-être qui monta de sa gorge me fit grincer les molaires. Je le regardai de haut. Son visage était reposé, comblé.

— Votre pays vous manque ? me demanda-t-il et, dans la foulée, sans me laisser le temps de répondre : cette autre vie, la vie de l'Orient, me manque déjà. Si chaleureuse. Si réconfortante. J'ai passé du temps dans tellement d'endroits, des endroits où j'étais... (Il voulut humecter ses lèvres, mais elles paraissaient aussi sèches que sa peau sous mes doigts.) Fichu corps, il me trahit. Je vous en prie, dit-il d'une voix plus faible, qui reprit ensuite de la vigueur, Daryâ, ma tête. N'arrêtez pas.

Je recommençai à masser doucement ses tempes. Les yeux de M. Bull se rouvrirent si subitement que mes doigts en perdirent leur rythme.

— Vous ai-je raconté que je connais la mère de David Ingram ?

Je me calai sur les talons, tandis qu'il s'asseyait lentement, plaçait le bec d'ivoire entre ses lèvres et rallumait la shisha. Après avoir inhalé, il poursuivit :

— Je l'ai rencontrée à Calcutta, il y a fort longtemps. (Bien évidemment, il me l'avait dit, mais je ne voulais pas le corriger.) Jeune femme étrange à l'époque, murmura-t-il. Secrète. Renfermée sur elle-même. Je la trouvais fascinante. J'ai toujours aimé les femmes qui ont un secret.

Ses yeux étaient clos, sa voix rêveuse et détendue.

— J'imagine qu'elle est toujours étrange... continua-t-il. Son secret... bien sûr je... David.

Je baissai la tête à l'énoncé du nom de David. M. Bull reposa le bec et versa lentement une tasse de thé. Puis il ouvrit le petit flacon brun qu'il avait sorti de la poche de sa veste.

— Laissez-moi vous en donner encore un peu.

— Non, monsieur Bull, lui dis-je. Mon thé sera très bon tel quel.

Il hocha la tête d'un air chagrin.

— Osric. Appelez-moi Osric. À présent, obéissez-moi, Daryâ jan. Ce n'est que du laudanum comme tout à l'heure. Tout le monde en prend. Il ne vous fera aucun mal.

À quoi bon aurais-je déclenché une dispute pour un détail d'une telle insignifiance ? Il versa quelques gouttes du liquide clair dans mon thé, suivies d'une autre cuillerée de sucre. Puis il mélangea le tout à ma place, comme si j'étais une enfant.

Je profitai d'une plage de silence pour boire pendant que M. Bull fumait.

— Vous regardiez un livre de photographies, me dit-il. J'imagine que vous ignorez ce qu'est une photographie. Le mot photographie provient du grec, poursuivit-il sans me laisser le temps de répondre. Il signifie « dessiner avec de la lumière ».

— Je sais ce qu'est une photographie, dis-je. Vous m'avez montré un livre sur l'Angleterre. À Bombay.

— Effectivement, répondit-il lentement, comme s'il était distrait ou qu'il se parlait à lui-même. Basée sur les principes de la lumière. Sur la combinaison de la chimie avec ce que voit l'œil. L'optique... les miroirs et les lentilles. Fascinant, fascinant, répéta-t-il. Moi aussi, je prends des photographies.

Je ne compris pas ce qu'il racontait, en dehors de sa dernière phrase.

— Vous prenez des photographies de l'Angleterre ?

— De l'Angleterre ? Ah non ! Ce serait assommant. Je photographie des personnes.

— Des personnes. Quelles personnes ?

Il sourit. Un sourire nonchalant, agréable.

— Rien que de belles personnes, ma chère. Elles doivent être belles.

Il se leva pour se verser une nouvelle tasse de thé, et une autre à mon attention, en y ajoutant une fois de plus des gouttes du flacon foncé.

Alors que je portais la tasse à mes lèvres, il redressa le menton.

— Aimeriez-vous que je vous prenne en photographie, Daryâ jan ?

Je levai les yeux par-dessus le bord de ma tasse.

— Je... je ne sais pas.

Je resongeai à ses explications lointaines sur la boîte qui retenait prisonniers les sujets qu'elle photographiait.

— Finissez votre thé, m'ordonna-t-il. Et à présent, venez, je vais vous montrer ma chambre noire.

Je bus le thé et reposai la tasse.

Il me tendit sa main et j'y plaçai la mienne, consciente que le laudanum me transformait en créature aimable et docile. Il m'emmena dans une pièce adjacente au salon. Tout de suite me frappa l'odeur bizarre qui y régnait et que je ne pus identifier. De plus, elle baignait dans une lueur terne de fin d'après-midi accentuée par la double épaisseur de tissu jaune tendu sur sa longue fenêtre du fond. M. Bull alluma une lampe posée sur une table carrée équipée de tiroirs, et les objets de la pièce se précisèrent, quoique encore flous et irréels, en raison de cette lumière sinistre et peut-être de mon état mental décalé. Des cartes et des têtes d'animaux morts étaient suspendues aux murs. Je foulais un tapis à rayures noires et blanches en forme de pelage de daim ou de petit cheval. Devant la table carrée était placé un grand fauteuil. Sur le dessus de la table, un bocal décoré contenait des plumes. J'effleurai leur extrémité et débouchai ensuite une bouteille d'un liquide noir posée à côté et portai cette dernière à mon nez. Il s'en dégageait une odeur caoutchouteuse, mais différente de celle de la pièce.

— Laissez l'encre et venez ici, me dit M. Bull qui se tenait près de la fenêtre, et je revissai le bouchon de la bouteille.

Dans cette lumière jaunâtre, son visage prenait un aspect surnaturel. Il se tenait devant une longue table étroite sur laquelle était rangé un assortiment d'objets : plateaux métalliques profonds, lattes de bois serrées ensemble, grandes bouteilles brunes et bouteilles étroites remplies d'un liquide transparent. Des plaques de verre carrées, entassées les unes sur les autres, formaient une pile bien nette. D'un côté de la table, il y avait un grand cube posé sur trois jambes.

— Asseyez-vous ici, juste ici, me dit-il, en me désignant un tabouret de bois devant la table. Je veux vous montrer quelque chose.

Il sortit une boîte d'une étagère sous la table. La lumière étrange rendait tous ses mouvements lents et déliés.

J'examinai une bouteille emplie d'un liquide clair devant moi. Comme celui de l'encre, son bouchon se dévissa facilement. J'en effleurai le bord humide du bout du doigt et un cercle brun argenté sembla se développer sur ma peau, à l'endroit où elle s'était posée sur le verre. Je remis le couvercle et pris la bouteille voisine. Elle était plus grosse et marron. Je la levai à la lumière jaune pour essayer de voir à l'intérieur en la secouant un peu, mais M. Bull m'interpella sèchement :

— Arrêtez, Daryâ. Reposez ça. Avec précaution, exigea-t-il.

Je reposai la bouteille sur la table. Il s'approcha et la prit pour la ranger sur une étagère élevée.

— Le collodion est extrêmement explosif quand on le manie sans prudence ou qu'on l'expose aux flammes, me dit-il. Plus d'un photographe s'en est malheureusement aperçu.

Il ramassa un petit pinceau doux dont il se servit pour épousseter la plaque de verre supérieure.

— Après avoir pris les photographies, c'est ici que je les transforme en images. Tous ces objets – lumière jaune comprise – sont nécessaires à leur développement. À présent, regardez ça.

Il plaça une feuille de papier dans ma main.

Je l'étudiai. C'était une photographie brillante, d'une couleur brune tirant sur le mauve. Elle représentait une femme le dos tourné, qui regardait par-dessus son épaule. Sa tête était nue. Elle était vêtue d'un sari. Le corsage court dénudait la partie centrale de son dos et une jupe enveloppait ses hanches dont on devinait la forme par transparence. Elle avait beau porter un costume d'Indienne – quoique plus suggestif que ceux que j'avais vus aux Indes – et avoir une peau foncée, ses traits n'appartenaient pas à ceux d'une femme de ce pays. Il me tendit une autre photographie. Deux femmes, cette fois. La première inclinée contre une pile de coussins, un bras sous la tête, drapée dans une toilette délicate qui révélait nettement les contours de son corps. Elle arborait une couronne dans les cheveux et de nombreux bracelets et colliers. Son visage dégageait une expression d'ennui. La seconde femme était agenouillée à ses pieds. Vêtue d'une simple robe courte et d'un voile qui cachait en partie son visage, elle formait un contraste saisissant avec l'autre. Une cruche dans les mains, elle donnait l'impression de s'apprêter à lui laver les pieds. Ces femmes avaient elles aussi la peau sombre, mais quelque chose de faux émanait de leurs costumes et de leur attitude.

D'après les meubles qui y figuraient, je conclus que ces photographies avaient été prises dans le salon de M. Bull.

— Il faut du savoir-faire et de la patience pour obtenir ces résultats, me dit ce dernier.

Il m'en tendit une troisième. Une femme tout aussi bizarre, en costume étranger, assise dans une posture languissante et grossière, les genoux écartés.

— Ces femmes sont vos amies ? lui demandai-je, car elles me semblaient vulgaires.

— Amies ? Bien sûr que non. Je les ai payées pour poser.

— C'est leur travail ?

Il me sourit et me regarda droit dans les yeux.

— Leur travail n'a strictement rien à voir avec ça, Daryâ jan, mais elles ne sont que trop contentes de gagner quelques shillings supplémentaires. On les trouve facilement.

— Trouve ? Mais d'où viennent-elles ? (Je repris la première photographie.) Elle n'est pas indienne, affirmai-je.

Je tendis alors la main vers la boîte afin de regarder la photo suivante, mais il referma le couvercle, d'un geste qui me parut trop rapide, comme s'il ne voulait pas m'en laisser voir plus.

— Peu importe d'où elles viennent. Le mécanisme me plaît. Et le résultat. (Il me sourit.) Mais vous, Daryâ, vous êtes complètement différente.

Je jetai un nouveau coup d'œil à la dernière photographie avant de revenir à lui. Sa main caressait à présent la couverture de la boîte.

— Vous êtes différente parce que vous êtes une fière Tadjik, me dit-il, et parce que votre beauté est réelle, que vous n'essayez pas de feindre fugacement l'exotisme. Savez-vous à quel point vous êtes charmante ? Venez.

Il me tendit la main et m'amena jusqu'à un miroir suspendu à un mur près de la porte. Debout derrière moi, il posa ses mains, ses doigts chauds sur le haut de mes bras.

— Regardez-vous, Daryâ, chuchota-t-il à mon oreille, si bien que son haleine, brûlante, repoussante et empestant la fumée fit remuer mes cheveux.

Je cillai, car j'apercevais une silhouette vacillante, trouble, comme si je regardais à travers de l'eau jaunâtre. Je finis par me voir, mais je ne reconnus pas mes yeux. Mes prunelles n'étaient plus vertes, mais noires. Je me penchai plus près pour les étudier et je vis, réfléchi par-dessus mon épaule, le visage malveillant de Shaliq. Je poussai un cri, détournai la tête, tordis le haut du corps, mais l'étau se resserra.

— Que se passe-t-il ?

C'était la voix dure de Shaliq. Mais elle s'exprimait en persan, pas en pachtou.

— Je... je ne veux plus regarder, dis-je.

— Tu le dois, m'ordonna Shaliq.

Il me secoua légèrement et me força de ses mains vigoureuses à affronter une fois de plus le miroir. Je cédai et, cette fois, je me vis telle qu'en moi-même, ainsi que M. Bull qui me tenait par le haut des bras et regardait d'un air interrogateur par-dessus mon épaule.

— Allons, allons, dit-il. Ça va mieux ?

Je hochai la tête.

— Bien. Bien.

Il fit passer ses mains le long de mes bras dans les deux sens, si bien que ma peau se hérissa.

— Vous avez froid, chuchota-t-il encore, la bouche cette fois collée à mon cou. Nous n'allons pas vous laisser prendre froid. Venez, dit-il, venez, ma princesse.

Il glissa le bras sous le mien et m'emmena à l'étage, dans la chambre avec le grand lit.

Les choses ne se déroulèrent pas comme je m'y attendais... Mais qu'attendais-je donc ? Tout ce que je savais de cet acte, je l'avais appris de Shaliq. Il s'était toujours contenté de me chevaucher de la même manière, d'aller et venir avec un détachement et une insensibilité identiques au frottement routinier d'une chemise sale sur un rocher. M. Bull – Osric – n'était ni pressé ni brutal et pourtant, je me retrouvai ensuite emplie d'une honte et d'un dégoût semblables – sinon pires – à ceux que j'avais éprouvés la première fois que Shaliq m'avait prise.

Je regagnai ma chambre furtivement par le couloir plongé dans l'obscurité, refermai la porte derrière moi et enlevai le sari que je venais juste de remettre pour quitter la chambre de maître. Puis je me lavai, me frottant avec un linge jusqu'à en avoir la peau pratiquement à vif. J'avais besoin de ressentir ces picotements désagréables, car j'aurais préféré être traitée comme j'en avais l'habitude, être prise au même rythme hâtif et dénué du moindre sentiment. Les gestes étudiés d'Osric Bull, ses exigences chuchotées, ses soupirs, ses murmures et, pour finir, ses petits cris de plaisir me faisaient à présent grincer des dents et je m'escrimais à essayer d'effacer la moindre trace de sa personne à l'aide du savon et du linge mouillé.

M. Bull avait éteint les lampes à gaz, si bien que la pièce n'était éclairée que par la lueur du feu de bois. Il s'était approché de l'âtre et avait saisi l'une des idoles – il y en avait sur tous les manteaux de cheminée de toutes les pièces.

— Voici Kali, m'avait-il dit. L'épouse de Shiva, le destructeur. Venez la regarder de près.

Je m'étais approchée et j'avais tout de suite éprouvé un soulagement de ne pas avoir cette idole dans ma chambre, car elle était laide, féroce, avec sa langue qui pointait hors de sa bouche, son regard fixe et effrayant, le collier de crânes humains qui encerclait son cou. J'observai sa face hideuse, mes idées et mes mouvements encore ralentis par l'action du laudanum.

— J'ai d'autres idoles, m'annonça M. Bull.

Il s'approcha d'un placard pourvu de tiroirs, en ouvrit un et en sortit une autre statue qu'il me tendit.

— Regardez celle-ci.

Je la pris et j'étudiai cette créature à deux têtes, pourvue de nombreux bras et jambes enchevêtrés, à la lumière du feu. D'un seul coup, je demeurai saisie de stupéfaction : il ne s'agissait pas du tout d'une créature à deux têtes, mais d'un homme et d'une femme, dont les corps contorsionnés pratiquaient un acte obscène.

Je la rendis brusquement à M. Bull, comme si elle me brûlait la main. Il la contempla, la caressa et posa ensuite lentement les yeux sur moi.

— Votre dose vous détend-elle encore, ma chère ? me demanda-t-il. Personnellement, poursuivit-il comme je ne répondais pas, je me sens plutôt serein.

Il alla poser cette statue répugnante sur le manteau de cheminée.

— Laissez-moi faire, me dit-il alors.

Et il se plaça derrière moi pour dénouer le ruban qui retenait le bout de ma natte. Il libéra ensuite mes cheveux et glissa doucement ses doigts entre mes mèches. La chose faite, il les souleva pour les porter à son visage, les humer et exhaler ensuite un profond soupir qui ressemblait à un geignement. Il s'assit dans un fauteuil près de l'âtre, les jambes tendues devant lui, les bras sur les accoudoirs, les yeux fixés sur moi.

— Enlevez votre sari.

D'instinct, je croisai les bras sur ma poitrine.

— Monsieur Bull, je ne...

— Chut... Osric. Vous devez uniquement m'appeler Osric. Allez, dites-le.

— Osric, chuchotai-je.

— C'est mieux. À présent, vous l'enlevez. Mais lentement, ma chère, lentement.

Je ne m'étais jamais retrouvée nue devant personne. Incapable de lever les yeux, je déroulai les plis du sari et fis passer le corsage au-dessus de ma tête, puis je laissai tomber le tout en pile à mes pieds. Je tremblais de tout mon corps et mon souffle frémissant rappelait celui d'un poney qui a couru trop longtemps.

— Eh oui ! Mon imagination ne me trompait pas. Je vous ai si souvent imaginée, ma ténébreuse princesse. Vous êtes encore plus belle que dans mes espoirs les plus fous.

Il se leva. J'en frémis et reculai d'un pas.

— Auriez-vous peur de moi ? Vous avez tort. Vous ai-je jamais laissé entendre que je pourrais vous faire du mal ? Et franchement, des femmes – de très nombreuses femmes – m'ont confié que je leur avais apporté un grand plaisir. N'aimeriez-vous pas que je vous comble de la même façon ? N'êtes-vous pas en manque, ma chère Daryâ jan, en manque d'un homme ? Je sais que vous êtes une femme au sang chaud – c'est cela qui m'a tout de suite attiré chez vous : votre vitalité et votre flamme. Tout le monde sait que le sang foncé est plus chaud.

Il s'exprimait toujours dans un murmure et ses yeux concupiscents, sous leurs paupières tombantes, enveloppaient mon corps.

— Je ne me suis jamais intéressé aux Anglaises effarouchées, pâles et pincées. J'aime qu'une femme soit plutôt... lascive. Votre attitude de biche apeurée me déçoit donc un peu. Ou s'agit-il d'un comportement qui plaisait à David Ingram... Cette pruderie feinte ? (Subitement, sa voix augmenta de volume et ses prunelles se concentrèrent.) Vous a-t-il encouragée à vous conduire ainsi, pour vous faire ressembler à une fleur anglaise flétrie ?

Je fermai les yeux quand le mot David sortit de sa bouche. Pour quelle raison le prononçait-il à présent, alors que je me tenais dans cet état d'humiliation et de vulnérabilité, emplie de dégoût et d'effroi ?

— Je suis désolé, Daryâ, mais j'attends plus de vous, continua-t-il d'une voix de nouveau différente, qui laissait à présent percer un brin d'agacement. Je compte sur une certaine attitude de votre part, sur un peu plus d'expectative et... l'avouerai-je, sur une légère agressivité. Si vous ne... si vous vous révélez ne pas être ce que j'ai cru voir en vous au départ, en raison de votre regard hardi, de votre discours plutôt direct et du fait que vous compreniez parfaitement ce que j'attends de vous... eh bien, les choses risquent de ne pas se passer aussi facilement que nous l'espérions tous les deux.

Vous devez faire attention, petite demoiselle. Faire attention. L'avertissement de Govind me traversa l'esprit et me fit frissonner. J'avais mésestimé Osric Bull. Son attitude feinte de gentleman, ses manières... Je songeai aux photographies des jeunes femmes, à l'expression bizarre, souvent apathique, de leurs visages, comme si elles ne voulaient pas être en train de faire ce qu'elles faisaient ou comme si... – Je revis l'air endormi et détaché de M. Bull quand il caressait la statue ou me regardait – comme si ces femmes avaient également fumé du pavot.

Je me donnai du courage et rouvris les yeux.

— Je n'ai pas peur, Osric, me forçai-je à dire d'une voix assurée. Mais pour l'instant, j'ai l'impression d'être un chameau présenté à la vente sur une place de marché.

Ma réflexion le fit éclater d'un long rire tonitruant. Puis il s'approcha de moi, ôta sa veste et défit les manchettes de sa chemise. Je lui tournai le dos pour me diriger vers le grand lit et accomplir ce à quoi j'avais consenti pour échapper à ma vie à Bombay.

41

J'avais dormi d'un sommeil profond et lugubre.

Un fin rayon de lumière pénétrait par les persiennes. Je me levai et les ouvrai sur un soleil pâle. Au souvenir de ce que j'avais été contrainte de faire la veille au soir, je portai un poing à la bouche de révulsion.

Osric Bull était désormais mon maître. Il pouvait me convoquer quand bon lui plaisait et m'obliger à me plier à ses caprices. J'étais asservie à tous ses désirs.

Je pris mon sac et fouillai dans les saris encore pliés à l'intérieur. Mes doigts effleurèrent le bord du carton que m'avait remis David. Je le sortis pour examiner les mots anglais imprimés dessus. Il m'avait dit que je pouvais aller vers lui si j'avais besoin d'aide. Mais... je ne pouvais pas. De toute façon, je n'avais pas besoin d'aide. L'erreur fatale, c'était que je ne voulais pas être ici. Je voulais être avec David, pas avec Osric Bull.

On frappa hardiment à ma porte.

— Venez, ma chère, me dit Osric en entrant. J'ai une surprise pour vous.

Le visage serein, il me tendit la main, mais je ne la pris pas. Une espèce de renfrognement, à peine plus marqué qu'un frémissement, passa fugacement sur ses traits.

Nous nous rendîmes au salon. Ce matin-là, les rideaux avaient été ouverts en grand et la lumière du jour inondait la pièce. La cage du perroquet était moins rutilante qu'elle ne le paraissait à celle du feu de bois et des lampes : son cuivre était terni, verdi par endroits. Les tons soutenus du divan et des tentures de velours semblaient à présent quelque peu délavés, les fauteuils et les tabourets tapissés de brocart présentaient de nombreux endroits élimés, ainsi que des taches impossibles à discerner dans la pénombre. Des franges manquaient au châle qui drapait la table. Je distinguai des traînées de cendres foncées sur les carreaux entourant l'âtre, des salissures et des traces de doigts sur le verre des lampes. Une femme d'un certain âge, adipeuse, était assise dans un fauteuil près de la table.

— Mme Allen va vous fabriquer de nouveaux vêtements, Daryâ jan, me dit Osric d'un air satisfait. Vous en avez cruellement besoin.

Une fois de plus, ce terme affectueux qu'employait exclusivement ma grand-mère me dérangea.

— Je vais porter des vêtements anglais ?

Je savais que, de même que dans les bottines, je ne me sentirais jamais à l'aise dans des vêtements si étroits. La femme sortit un long ruban de son petit sac cordelé.

— Oh non, me répondit Osric avec onctuosité. Vous ne devez pas vous habiller comme une Anglaise. Cela n'aurait rien d'exaltant. La couturière va vous créer des vêtements qui refléteront et mettront en valeur votre corps et vos traits.

— Seront-ils tadjiks ? demandai-je avec circonspection. Vous savez que ça – je désignai mon sari indien délavé – n'est pas un costume de mon pays natal.

— Vos vêtements correspondront à ma vision, s'impatienta-t-il.

Il dit quelques mots rapides à la femme qui me scrutait avec insistance. Elle mesura ensuite toutes les parties de mon corps à l'aide du long ruban – mon tour de poitrine, de taille et de hanches, la largeur et la longueur de mon dos, la longueur de mes jambes. Sa manière familière de me toucher me déplaisait. Elle transpirait abondamment et se parlait tout bas, s'arrêtait par moments pour griffonner sur une feuille. Elle me demanda de poser mes pieds nus sur du papier brun, afin de dessiner leur contour. Ses calculs terminés, elle sortit de la pièce en compagnie de M. Bull.

Je m'assis à la table ronde, mais je me relevai quand il revint quelques instants plus tard.

— Vous n'avez pas à vous lever en ma présence, me dit-il, avant de poursuivre, quand je me fus rassise : Vous allez être absolument enchantée par vos nouveaux vêtements, Daryâ. (Il se pourlécha les lèvres, comme s'il était excité.) Ils seront très élégants. Drapés et fluides, avec des détails très recherchés. Des perles, des cristaux minuscules, des soies extrêmement raffinées, des étoffes transparentes dans des tons de pierreries. Des mules délicates.

— Et pour sortir ? J'ai le manteau de la dame missionnaire et les bottines, mais est-ce que cette dame me fabriquera aussi quelque chose...

— Ne vous inquiétez pas pour ça, ma chère, m'interrompit M. Bull. Je n'ai pas l'intention de vous laisser beaucoup sortir, si bien que vous n'aurez besoin de rien d'autre, hormis les vêtements que j'ai prévus. Mme Allen a plusieurs petites mains sous ses ordres. Il s'agit d'un travail subtil et minutieux, mais la création de votre garde-robe saisissante ne prendra pas beaucoup de temps. N'êtes-vous pas satisfaite ? J'aimerais vous voir sourire. Vous êtes absolument charmante quand vous souriez, ajouta-t-il, si bien que je me forçai à retrousser les lèvres. En vérité, avec ces nouvelles toilettes, vous ressemblerez peut-être à votre grand-mère, à l'époque où elle était concubine au zenana. Bizarre, cette manière qu'a l'histoire de se répéter.

Comme je ne voulais l'entendre parler ni de concubines ni de ma grand-mère, je changeai de conversation :

— Monsieur Bull, dis-je, vous avez exigé que je parle persan sur le navire, mais j'ai très envie d'apprendre plus l'anglais et je...

Il m'interrompit d'un hochement de tête.

— Effectivement, je vous ai dit que je ne voulais pas que vous appreniez l'anglais, et il en sera ainsi. Vous et moi communiquons merveilleusement en persan, j'adore parler cette langue superbe. Pourquoi gâcheriez-vous cette intimité en tentant de parler anglais ?

Je passai un doigt sur les motifs saillants du châle qui drapait la table.

— Mais je ne peux parler avec personne d'autre. N'aurai-je pas l'occasion de rencontrer d'autres personnes... des Anglais ?

— Ce n'est même pas la peine d'y penser, ma Daryâ jan, dit-il d'une voix basse et ronronnante. Ne trouvez-vous pas exceptionnel de vivre dans notre petit monde à nous ?

Il s'approcha de moi et saisit ma main posée sur la table.

— Juste nous deux, insista-t-il.

Il pressa ma main dans les siennes, larges, carrées et d'une vigueur surprenante. Leurs paumes étaient moites.

— Nous partagerons un langage secret.

— M. Ingram aussi, dis-je. M. Ingram parle le persan.

Il lâcha ma main.

— Il m'a dit qu'il me rendrait bientôt visite, affirmai-je, comme si je voulais l'en convaincre.

Et me convaincre aussi ?

M. Bull plissa les yeux.

— C'est un jeune homme très occupé : ses études, ses nombreux amis... Malgré sa promesse, ne vous attendez pas à le voir ici. Il n'est plus responsable de vous. Vous l'avez bien compris ? me demanda-t-il en haussant les sourcils.

Mon silence lui inspira un sourire, dénué cependant de la moindre chaleur.

— Il a repris sa vie, et il n'a plus aucune raison de penser à vous. Sa responsabilité à votre égard, de même que l'emprise qu'il détenait peut-être sur vous, se sont achevées le jour où il vous a amenée saine et sauve à Bombay. (Il se dirigea vers la porte.) Je dois prendre du repos. Je retrouve mon énergie, mais lentement, et je ne veux pas en faire trop. Je suis déjà sorti ce matin.

Il me dévisagea, de l'autre bout de la pièce.

— Vous ne devriez plus penser à David Ingram. Mieux vaut l'effacer de votre esprit. D'ailleurs, je suis persuadé que de son côté il vous aura également vite oubliée. Si ce n'est déjà fait, ajouta-t-il après avoir marqué une pause. Sa promise doit retenir toute son attention.

— Promise ? répétai-je. Ça veut dire quoi ?

Un sourire se dessina très lentement sur son visage.

— Eh bien, sa fiancée, ma chère. Il s'est engagé à épouser la ravissante Gwendolyn Liston. À présent qu'il est de retour au pays, elle doit avoir hâte de fixer la date de leur mariage.

Il continua à parler, mais je n'entendais plus rien.

David était fiancé ? J'avais la gorge serrée et ma bouche s'était subitement asséchée. Je passai les doigts sur mes lèvres. Il m'avait embrassée. Il...

La cloche que j'avais entendue la veille sonna de nouveau et on frappa discrètement à la porte. Osric l'ouvrit. C'était Govind. Ils échangèrent quelques mots. Osric hocha la tête. Govind s'en alla et Osric me jeta un coup d'œil.

— Vous sentiriez-vous mal, ma chère ? Je vous trouve bien pâle. Bon, je vais m'étendre. Vous devriez aussi prendre un peu de repos.

Je m'allongeai sur le divan, dans la pièce chaude et silencieuse, la tête appuyée sur un coussin de brocart, un bras replié sur les yeux. Au bout d'un long moment, je m'assis et contemplai le perroquet. Une noisette entre ses griffes, il extirpait avec soin la chair de la coquille à l'aide de sa langue noire, charnue et souple, sans me quitter un seul instant des yeux. J'avais l'impression de revenir à moi après avoir été battue par Shaliq : tout mon corps était endolori et je ressentais des nausées identiques à celles de la veille, à table. Mais cette brûlure, cette envie de rendre n'avait cette fois rien à voir avec des excès de table.

Je croisai les bras sur mon ventre et me pliai en deux. David m'avait embrassée... La réaction de son corps... Pendant qu'il m'enlaçait, n'avait-il pensé qu'à la femme qu'il aimait, à la femme dont il était séparé depuis si longtemps ? Au cours de ces instants passés dans la lumière déclinante – la pression de nos corps, notre étreinte mutuelle, nos bouches qui s'épousaient jusqu'au moment où j'avais eu l'impression d'être soulevée de l'entrepont obscur vers le ciel lumineux – n'avait-il fait que rêver d'elle, de cette femme... Quel était donc le qualificatif que lui avait attribué M. Bull ? David s'était-il contenté d'éprouver un simple désir physique, n'avait-il voulu que se souvenir de la chaleur d'un corps féminin, m'avait-il embrassée en pensant à elle ?

Govind vint remplir la soucoupe d'eau du perroquet et nettoyer sa cage. L'oiseau battit des ailes comme s'il était mécontent, et j'entendis Govind lui chuchoter *Oui, oui, Soliman, Soliman le Magnifique*, à de nombreuses reprises. Le perroquet se calma.

Incapable de rester plus longtemps en place, je me levai et me mis à arpenter la pièce. Govind jeta le papier sali de la cage au feu et se tourna vers moi.

— Faut être gentille avec M. Osric, petite demoiselle, murmura-t-il.

Je sentis mes joues s'embraser.

— Petite demoiselle ?

Pas davantage que d'habitude, je ne parvenais à déchiffrer son expression.

— Ça ira beaucoup mieux si vous êtes toujours gentille avec lui.

Il sortit de la pièce, mais son murmure éraillé continua à trotter dans ma tête.

— Salâm, lança Soliman, avant de se tourner dans l'autre sens, comme s'il était agacé.

Il resta courbé sur son perchoir, dans son immense cage luisante.

Le son d'une cloche inconnue se fit entendre. J'arrêtai mes allées et venues pour tendre l'oreille. Des murmures me parvinrent à travers la porte close. Elle se rouvrit pour laisser entrer Osric. Il se frottait les mains et pressait ses doigts comme s'ils étaient douloureux.

— Je n'ai pas pu me reposer à mon aise. Malheureusement, je souffre d'une nouvelle migraine.

Il traversa la pièce pour fermer les rideaux et alla ensuite s'installer dans le fauteuil rouge placé près de la cheminée. Une soucoupe de noisettes était posée sur la petite table, à portée de sa main. La vitre et les rideaux clos étouffaient les bruits de la rue, sans complètement absorber le fracas des roues sur les pavés, un bonjour ou une interpellation sonores sporadiques. J'avais besoin de respirer de l'air pur et non vicié par des fenêtres toujours closes, besoin de remuer les jambes, non seulement en montant et en descendant des escaliers, mais en longues foulées. J'avais la sensation que mes muscles s'étaient atrophiés, que le manque d'exercice les avait raccourcis.

Je m'approchai de la fenêtre, écartai les rideaux et me plaçai entre eux. Parmi les passants, je repérai un couple, bras dessus bras dessous. Le vent faisait gonfler la jupe de la femme autour de ses chevilles. Le visage souriant tendu vers son compagnon, elle porta une main à son chapeau.

Que faisait David par ce... Non, je n'allais pas penser à lui.

— Pouvons-nous sortir ? demandai-je. Il fait beau.

— Je ne pense pas que ce soit le bon moment, répondit Osric d'un ton sans appel.

J'insistai, le plus légèrement possible :

— Quand, alors ?

Je savais que je devais cesser de le questionner, mais quelque chose m'en empêchait.

— Quand je vous le dirai.

Il enfonça une noisette dans sa bouche. Une bosse se forma dans sa joue pendant qu'il la mâchait.

Je revins à la charge :

— Je porterai mon manteau chaud. J'aimerais beaucoup aller dehors, sur la place dont j'aperçois les arbres. Je vous en prie... Osric. (Ce prénom avait quelque chose de coupant qui me cisaillait la bouche.) Juste une pe...

Il interrompit ma phrase d'un soupir, reposa avec précaution la soucoupe de noisettes et porta les doigts à son front.

— Daryâ. Ne me contrariez pas.

Il se pencha en avant, les coudes sur les genoux, et ferma les yeux pour se frotter le front nerveusement.

— Venez, me dit-il. Aidez-moi. Calmez cette affreuse migraine. Vous savez vous y prendre.

J'allai me placer derrière son fauteuil et je posai les mains sur ses tempes. Ses épaules – droites et raides – se détendirent sur-le-champ et il s'inclina contre le dossier.

— Oui, oui, comme ça, soupira-t-il, tandis que sa tête s'enfonçait davantage en arrière.

J'accentuai ma pression.

— Hum... Ça fait du bien. Vous êtes douée.

Je continuai ainsi pendant un certain temps à tracer des cercles apaisants. Au bout de quelques minutes, je perdis conscience de mes doigts. J'examinai la pièce d'un regard circulaire et m'attardai sur Soliman qui s'admirait dans son miroir, la tête penchée d'un côté, puis de l'autre. Sans avertissement, M. Bull leva alors une main pour saisir mon poignet dans un étau, avec une telle brusquerie que je ne pus retenir un petit cri de suffocation.

— Ça va, me dit-il d'une voix rauque, inhabituelle. Ça va.

Il fit traîner ma main le long de sa joue – je sentis ses moustaches rêches – pour la poser sur la peau flasque de son cou, juste au-dessus de son col blanc rigide. Son sang battait sous mes doigts ; sa peau était fine et hérissée de poils courts.

— Vous savez ce dont j'ai besoin, Daryâ jan ? me dit-il de la même voix.

Je demeurai figée.

Il lâcha ma main, se leva et se tourna vers moi. Ses joues étaient empourprées, ses paupières lourdes et ses lèvres écartées. Je ne pouvais me tromper sur son expression. Un éclat de noisette était resté coincé entre ses deux incisives inférieures.

Il était plus de midi ; les horloges avaient sonné douze coups pendant que j'essayais de le soulager.

— Montons dans ma chambre, me dit-il d'une voix sourde.

La sonnette retentit alors une fois de plus, avec insistance et sans interruption. Le visage d'Osric perdit son expression lymphatique et néanmoins impatiente. Il était à présent en colère.

— Bon sang ! ragea-t-il.

Il alla écarter brutalement les rideaux pour regarder par la fenêtre. Depuis que j'avais observé la rue, le ciel s'était obscurci et des nuages dissimulaient le soleil. Toujours aussi exaspéré, il ouvrit ensuite la porte du salon. Govind se tenait derrière, la main levée prête à frapper. Ils échangèrent quelques mots à mi-voix, puis M. Bull accompagna le domestique, après avoir refermé la porte derrière lui.

Je m'affaissai dans le fauteuil rouge. Il conservait la chaleur d'Osric. Ne pouvait-il pas au moins attendre la tombée de la nuit, au moins attendre l'obscurité ? Il allait me prendre en plein jour, pendant que Govind et la fille à la peau tachée allaient et venaient à deux pas ? Et s'ils entendaient, s'ils savaient ce que nous faisions ?

Le caractère ridicule de mes réflexions m'accabla. De toute évidence, ils savaient déjà ce que je faisais ici. Les regards que me jetait la fille quand elle croyait que je ne faisais pas attention, et Govind... Govind, surtout. Ils connaissaient mon rôle. Ils étaient censés me servir, me traiter poliment, mais ils ne me devaient aucun respect. Jamais je ne serais une memsahib, la dame d'une maison. Pour eux, je n'étais rien qu'une simple prostituée.

Vous avez accepté d'être la prostituée d'Osric Bull. David lui-même me l'avait dit.

Je m'approchai de la fenêtre. La portière d'un attelage garé devant la maison claqua. Le cocher donna un coup de rênes et le véhicule s'éloigna. Un instant plus tard, Osric revint au salon.

Je contemplai sans les voir les figurines de verre coloré sur le manteau de cheminée, avec l'espoir que son humeur lascive avait disparu. Il s'approcha de moi et me tira par les mains, puis il tripota mes cheveux, les lissa en arrière sur mon front, fit courir ses doigts sur mon tatouage. Heureusement, mon souhait avait été exaucé. Son état d'énervement rendait ses mouvements forcés. Il était évident que la sonnerie de la cloche et sa signification avaient éteint son désir.

Il finit par s'écarter de moi et m'adressa un signe de tête agacé.

— Je sors quelques heures, m'annonça-t-il, mais je serai de retour en début de soirée. Attendez-moi, Daryâ, nous passerons un moment agréable.

Sa voix plus basse était lourde de sens et je compris que je ne perdais rien pour attendre.

Je gagnai ma chambre où je m'assis devant la fenêtre. J'observai la pluie qui tombait régulièrement, pesamment. Deux personnes – un homme et une femme – empruntèrent à pas rapides le passage entre les maisons, la tête penchée en avant pour ne pas être trempés. En imagination, je ne pus m'empêcher de voir David avec sa femme. J'étais au chaud et au sec, mais j'avais la sensation que la pluie s'insinuait jusqu'à la moelle de mes os.

En relevant les yeux, j'aperçus une enfant postée à la fenêtre d'en face ; elle m'adressa un geste de la main et, après une légère hésitation, je lui répondis. Elle avait de longs cheveux noirs bouclés et un nœud – rouge ou violet ? – sur le sommet du crâne. Une femme s'approcha d'elle, jeta un coup d'œil par la vitre et l'entraîna dans la maison.

Nasren devait avoir à peu près l'âge de cette fillette. Me revint une fois de plus à la mémoire le jour où ma mère m'avait dit qu'il valait mieux ne pas évoquer les événements du passé, ni même y penser, et comment sa propre mère lui avait enseigné que le seul moyen de se débarrasser de la souffrance des souvenirs consistait à les enterrer. J'avais tenté de le faire à l'époque où je vivais au milieu des Ghilzais et où Shaliq ne m'autorisait pas à me rendre en visite à Susmâr Khord. J'avais fait de gros efforts pour repousser mes souvenirs au tréfonds de mon être, pour les laisser en repos, morts.

Mais je n'y parvenais pas. Je fermai les yeux et la cour de mon enfance m'apparut. Les abricots séchaient en plein soleil sur le toit, et Mehry hennissait doucement. Je sentis les bras menus de Nasren autour de mon cou, je humai le parfum des cheveux, épais et doux, de Youssouf.

Et le poids de mes pertes – ma maison, les personnes et tout ce qui avait constitué ma vie – me terrassa avec beaucoup plus d'acuité que depuis fort, fort longtemps. J'avais ressenti une forme de pouvoir si imprévu, si serein et cependant euphorique le jour où David m'avait embrassée – désirée, j'en étais persuadée – que je pensais ne plus jamais éprouver cette solitude. Mais à présent... sachant ce que je savais... J'avais la sensation que quelque chose mourait et que je n'avais pas la force de m'y opposer.

Je veux rentrer chez moi. J'avais beau savoir ce que j'avais dû fuir, je me laissai aller à imaginer qu'il s'agissait d'un endroit accueillant, comme la maison de mon enfance à Susmâr Khord. Ma famille, les gens qui éprouvaient de l'affection pour moi m'attendaient là-bas. Tandis que l'obscurité tombait derrière la fenêtre, j'eus l'impression de redevenir la petite fille de jadis. Je désirais sentir quelqu'un poser une main apaisante sur mon front, me bercer et me murmurer que tout irait bien.

Étais-je en train de perdre la tête ? Personne ne m'avait manifesté ce genre de gestes affectueux depuis des années – depuis ma grand-mère et ma mère. J'étais une femme et je devais raisonner comme une femme, pas comme une enfant.

Je levai les yeux. Chez moi, après la pluie, les étoiles scintillaient davantage. Mais il n'en était rien ici. En observant la bande de ciel nocturne visible entre les toits, j'eus l'impression que l'air nuageux, impur, restait en suspension au-dessus de la ville, et qu'il ne permettrait jamais aux étoiles de briller de tous leurs feux.

Je finis par m'allonger sur le lit, mon visage trempé de larmes tourné vers le mur. Govind m'apporta un plateau, mais je n'y touchai pas, car je savais que je ne pourrais rien avaler.

Dans cette position, j'attendis le retour d'Osric Bull et le moment où il viendrait me chercher.

42

Le lendemain matin, les croassements de Soliman qui montaient du rez-de-chaussée me firent asseoir en sursaut sur mon lit froissé. Les yeux me piquaient. Je me levai pour aller me regarder dans le miroir fixé à une petite table. Mes yeux étaient cerclés de rouge et gonflés, en raison des flots de larmes que j'avais versés après être revenue de la chambre d'Osric Bull au milieu de la nuit. Je me dis que je ne devais pas – *je ne devais pas* – me transformer en épave sanglotant contre ses oreillers, en femme creuse, à cause de ce qu'elle ne pouvait pas avoir. Le terme "creuse" m'arracha un sourire d'amertume, car j'étais loin de me sentir creuse. J'avais au contraire la sensation que mes membres étaient bourrés de sable, ce qui fit venir à mon esprit une image du bouc à la tête tranchée du bouzkashi. Bien évidemment, elle déboucha sur celle de David qui me tendait la gourde pour me permettre de me désaltérer, le jour où j'avais couru derrière lui pour le supplier de m'aider.

Je redressai les épaules et le menton. Dans le miroir, ma bouche paraissait à présent droite et ferme, mais je vis aussi une petite ride entre mes sourcils qui n'existait pas auparavant.

On frappa discrètement à ma porte. Govind entra avec un plateau, le déposa et ressortit en silence. Quelques minutes plus tard retentit un autre cognement. Cette fois, c'était la fille qui avait fait le ménage dans ma chambre. Elle ploya un genou devant moi – comme l'avait fait Fleur devant David la première fois qu'elle l'avait rencontré. Je m'écartai pour lui permettre d'entrer. Lentement, je lui demandai comment elle s'appelait, et elle me répondit avec une certaine réticence et une autre révérence :

— Lucy, mam'zelle.

Elle ouvrit les persiennes. J'observai comment elle tournait les poignées et faisait remonter la vitre. Un souffle de vent chaud pénétra dans la pièce, souleva les bords des rideaux autour du lit, qui se mirent à danser et à tournoyer comme des derviches, et je m'en emplis les poumons. C'était la première fois que je respirais l'air de l'extérieur depuis mon arrivée chez Osric et, en dépit de son manque de pureté, j'étais heureuse de le sentir sur ma peau.

— Il fait beau, remarqua Lucy.

Le soleil inondait le sol et je m'aperçus que les formes bleues, sur le tapis, étaient des fleurs. Lucy s'agenouilla alors devant les cendres du feu de cheminée et les versa dans un seau à l'aide d'une pelle.

Je la regardai travailler agenouillée. Les semelles de ses chaussures étaient si élimées qu'on voyait à travers. Demeurer oisivement assise sur le bord du lit pendant que cette fille faisait le ménage de ma chambre me remplit de honte.

— M. Bull veut que vous alliez au salon. S'il vous plaît, mam'zelle, faut vous habiller et manger.

Elle s'était levée et elle m'indiquait le plateau posé sur la table.

La pensée de ce que j'avais subi pendant la nuit m'obligea à me détourner.

— Il est debout depuis un bon moment, mam'zelle. M. Bull, il aime pas qu'on le fasse attendre.

Elle parlait vite, comme je l'avais déjà remarqué, mais ses mots ne sonnaient pas comme ceux d'Osric ou de M. Ingram, et j'avais un peu plus de mal à la comprendre. Pendant qu'elle poursuivait son travail, j'enfilai mon sari et m'assis à la table, mais le plateau de nourriture n'aiguisait aucunement mon appétit. Après avoir lissé le dessus-de-lit, Lucy prit mon peigne et s'approcha de moi d'un pas hésitant.

— Je peux vous aider à vous coiffer, mam'zelle ? Je suis rien qu'une servante, mais M. Bull, il m'a dit de tout faire pour vous aider. Bien sûr, on a pas encore de femme de chambre, mais je suis sûre qu'il va bientôt en engager une.

Était-elle en train de me dire qu'elle allait me peigner ? Je traduisis mentalement ses paroles, les yeux fixés sur elle, et elle dut prendre mon attitude pour un assentiment, car elle commença à démêler mes cheveux. Personne ne m'avait coiffée depuis ma grand-mère, et elle l'avait fait pour la dernière fois alors que je devais avoir environ six ans. C'était apaisant. Sans bouger, j'essayai tranquillement de jouir des sensations que me procurait le passage en douceur du peigne, du haut de mon crâne au bout de mes cheveux. Lucy me fit ensuite ma natte habituelle et en noua l'extrémité à l'aide d'un ruban.

— Vos cheveux sont bien jolis et épais, mam'zelle, me complimenta-t-elle.

Sur ce, elle se plaça face à moi, tête baissée et mains jointes devant elle.

Je ne bougeai pas, car j'ignorais ce qu'elle attendait. Elle finit par relever les yeux et me dire très gentiment :

— Faut mettre vos bottines, mam'zelle, et descendre au salon. M. Bull, il attend.

— Merci, dis-je en anglais, et elle ploya un genou.

Comme je ne comprenais pas la signification de ce geste, je l'imitai par politesse, ce qui me valut le premier de ses sourires. Je me rendis alors compte qu'elle ne devait pas avoir plus de treize ou quatorze ans. C'était un sourire sincère, et je le lui rendis.

Quand j'entrai au salon, les pieds prisonniers des bottines barbares, Osric jeta sur la table le journal qu'il était en train de lire et se leva.

— Bonjour, ma princesse, dit-il.

La bile remonta dans ma bouche. Il m'avait chuchoté ce petit mot doux plusieurs fois au cours de la nuit et j'avais du mal à croiser à présent ses yeux, car je ne voulais pas lui laisser voir à quel point il me dégoûtait.

Il se rapprocha, se plaça devant moi et me prit la main. Je retins mon souffle.

— N'avez-vous rien à me dire ce matin, Daryâ jan ? Rien du tout ?

Il bombait le torse, un sourire désinvolte aux lèvres. Il était content de lui, fier comme un paon de ses exploits de la nuit. S'attendait-il à recevoir des remerciements de ma part, à me voir tomber à genoux de gratitude ?

— J'ai bien dormi, dis-je, quand je compris qu'il attendrait tant que je n'aurais pas répondu quelque chose.

Il fronça les sourcils.

— Je me sens plein d'énergie aujourd'hui et comme c'est un dimanche splendide, un jour idéal pour une promenade en voiture, j'ai commandé mon coupé. Il attend devant la porte d'entrée, me dit-il. J'ai pensé que vous aimeriez sortir. Un petit cadeau. Après la nuit dernière... susurra-t-il avec un regard suggestif.

Je baissai les yeux pour ne pas voir cette expression.

— Dois-je prendre mon manteau ?

— Non, il fait beaucoup trop chaud. Et vous n'en aurez pas besoin dans le coupé.

Il prit alors ma main et la plaça à l'intérieur de son coude, dans la position coutumière des hommes et des femmes que j'avais vus dans la rue. Je fixai mon voile pendant qu'il me faisait descendre l'escalier et franchir la porte d'entrée.

Nous empruntâmes la rue bordée de maisons de ville, tournâmes dans une autre, puis une autre encore et arrivâmes alors devant des bâtiments qui ne ressemblaient pas à des maisons, car leurs façades étaient composées de très larges panneaux de verre, lumineux et colorés. Je m'approchai de la vitre ouverte du coupé pour contempler les objets exposés derrière ces panneaux : assiettes en porcelaine de Chine peintes et pipes de formes et de tailles variées, chapeaux de femmes décorés de rubans et de plumes, superbes animaux en bois sculpté, destinés à des mains d'enfants. La large artère fourmillait de chevaux, de petits équipages et de longs véhicules bondés de monde. Osric me désigna l'un d'eux.

— Un omnibus, me dit-il.

La rue débordait de toute une humanité : hommes, femmes et enfants marchaient le long des bâtiments ou se frayaient un passage sur la chaussée dangereuse, en esquivant les voitures en mouvement et les gros tas de crottin de cheval au-dessus desquels tournoyaient des essaims de mouches. Des femmes, appuyées aux murs, interpellaient les passants en leur tendant des fruits ou des fleurs. L'une d'elles me fit penser à celles qui figuraient sur les photos d'Osric. Brune et mal dégrossie, elle leur ressemblait.

— Allons-nous à la place... à Kensington ?

J'avais prononcé le mot avec précaution.

— Non. Elle ne possède que des allées réservées à la marche. Nous allons traverser Hyde Park où vous... nous... pourrons rester à l'intérieur du coupé.

Les grands bâtiments qui s'élevaient du sol dur semblaient s'enfoncer dans le ciel. Je songeai à mon propre pays, à ses courbes, ses lignes tendres, ses maisons villageoises, comme issues en douceur de la terre elle-même. Aux tentes et aux yourtes en étoffes et en peaux, malléables, temporaires. Ici, je me sentais glacée – non par l'air tiède qui soufflait par les vitres ouvertes du coupé, empestant l'odeur désagréable des crottes répandues sur la chaussée malpropre – mais par le côté carré et permanent de ces constructions solides. Jusque dans la voiture, j'avais la sensation que les pierres, noircies par le temps et l'air encrassé, se resserraient sur moi. J'éprouvais des difficultés à respirer. Je passai la tête par la vitre pour regarder par-dessus leurs sommets, mais je ne parvins pas à apercevoir une assez vaste surface de ciel.

J'avais voulu sortir à tout prix, mais à présent que j'étais dehors, je me sentais encore plus enfermée qu'à l'intérieur des murs de la maison d'Osric. Et cette impression ne provenait pas uniquement de l'absence de beauté, mais de la sensation subite, envahissante, d'être captive, de n'avoir nul endroit vers lequel courir, aucun horizon sur lequel poser les yeux.

Je cessai de m'intéresser aux bâtiments pour observer les gens à la place, surtout les femmes. Je pris note de leurs toilettes, dont certaines étaient encore plus sophistiquées que celles des memsahibs à bord du navire. Nous nous arrêtâmes et d'autres véhicules dépassèrent le nôtre avec fracas. J'en profitai pour étudier une femme qui longeait notre coupé à pied. Sur ses cheveux empilés et tressés avec recherche était perché un haut chapeau. Elle portait une robe de soie, de la teinte des feuilles argentées des mûriers qui poussaient à l'état sauvage dans mon pays. Sous sa robe jaillissaient plusieurs couches de jupons de dentelle blanche. Une bourrasque de vent chaud poussiéreux les fit tournoyer et je les entendis glisser les uns contre les autres. Elle les releva légèrement, si bien que j'entrevis un éclair lancé par ses fines bottines vernies.

Je contemplai de nouveau mon sari. Je ne pouvais pas m'aventurer dans la rue accoutrée de la sorte, car j'attirerais l'attention de tout le monde. Subitement me revint à l'esprit la femme du navire, celle qui m'avait interpellée d'un mot sifflant, qui ne m'avait jugée qu'à ma tenue, à mes hurquus. Était-ce la raison pour laquelle Osric refusait de m'autoriser à sortir du coupé : ma toilette inadaptée ? Ou était-ce parce qu'il ne voulait pas être vu en ma compagnie par des Anglais ?

— Nous voici arrivés, Daryâ, m'annonça-t-il subitement.

Le véhicule prit un nouveau virage qui me permit d'apercevoir de vastes espaces verdoyants, un reflet de lumière jouant sur l'eau, des arbres majestueux et une profusion de buissons luxuriants. Un flot de larmes me monta aux yeux. Cela faisait tellement longtemps que je n'avais rien vu de vivant, en dehors des plantes de la maison d'Osric.

Le coupé emprunta lentement une chaussée de pierre jaune pilée. On constatait tout de suite que les fleurs éclatantes qui s'épanouissaient sur des monticules étaient soigneusement entretenues. Des hommes et des femmes se promenaient le long de sentiers sinueux, parfois accompagnés d'un chien en laisse et d'enfants qui couraient à leurs côtés. Je leur souriais au passage. Des personnes bavardaient, assises sur des bancs de bois. Tandis que nous continuions à avancer sans hâte, la branche d'un arbre effleura le coupé. Je tendis le bras à l'extérieur et tirai sur la tige d'une feuille pour l'arracher. J'étudiai cette large forme vert foncé, composée d'un réseau de nervures minuscules qui partaient en éventail de son centre jusqu'à ses bords délicats et frissonnants. Les yeux clos, je la portai ensuite à mon nez pour en humer le vague parfum.

Comme le véhicule s'arrêtait de nouveau pour permettre à un autre de le croiser, deux promeneurs saluèrent Osric. Pendant qu'il se penchait par la vitre et leur parlait rapidement en anglais, à voix basse, l'un d'eux se pencha, afin de m'apercevoir derrière lui. Les sourcils relevés, il affichait un sourire narquois. Je me sentis humiliée, car son expression révélait qu'Osric leur avait clairement expliqué la raison de ma présence.

Je me désintéressai de ces hommes pour laisser mon regard errer par ma propre vitre sur les gens qui se promenaient ou s'attardaient près d'une vaste nappe d'eau sur laquelle flottaient de grands oiseaux blancs. Et ce fut alors que je le vis, sur l'un des étroits sentiers : David, au milieu d'un petit groupe de femmes et d'hommes avec lesquels il conversait. Une joie folle emballa subitement mon cœur. J'eus l'impression que, sous le ciel étriqué de Londres, son visage avait déjà perdu une partie de son teint ensoleillé. Sa peau demeurait plus foncée que celle de nombre des hommes qui déambulaient autour de lui, mais elle me parut trop pâle. Bien que soigneusement coupés et maintenus en place par une lotion, ses cheveux refusaient de se laisser totalement dompter et quelques boucles frisaient à l'arrière de son col.

Alors que je l'observais, penchée par la vitre du coupé, une jeune fille vint se placer près de lui. Hissée sur la pointe des pieds, elle lui chuchota quelque chose à l'oreille, la main posée nonchalamment sur son bras, et il acquiesça de la tête. Malgré sa peau, d'une blancheur telle qu'elle en était presque translucide, le sang gonflait ses lèvres et leur donnait une couleur rose foncé, en harmonie avec celle de sa robe. Il suffisait sans doute d'un peu plus qu'un simple effleurement des doigts pour meurtrir cette peau : même à cette distance, je savais qu'elle était tellement fine que de minuscules lignes bleues devaient être visibles sur ses tempes, comme sur celles d'Evie-baba. Elle avait une abondante chevelure soyeuse, un ton plus clair que celle de David. Détachées, ses boucles se répandaient sûrement tel un châle d'or sur ses épaules. Les os de ses poignets étaient aussi menus que ceux d'un oiseau, et j'étais persuadée que ses mains délicates n'avaient jamais effectué un travail manuel. J'imaginai que, quand elle marchait, les talons de ses bottines claquaient comme les sabots d'un poney piaffant. Elle était si mince et sa robe prenait si bien sa taille étroite que les mains de David en faisaient sûrement aisément le tour. Ses seins, aussi, étaient petits et haut perchés.

Je pris note de tous ces détails dans l'instant où j'aperçus David et la femme qui devait être – à en juger par son attitude familière et sa façon de le toucher – sa promise. Comparée à elle, j'étais trop grande, j'avais un corps trop anguleux, une peau trop sombre, abîmée par les tatouages.

Autour de moi, les bruits s'intensifièrent : au rythme monotone des voix, des rires et des interpellations s'ajoutèrent des caquètements, le vacarme de chevaux et de véhicules qui passaient, les sifflements d'insectes voraces, les chuintements du vent dans les feuilles des arbres. L'un des hommes s'adressait à David d'une voix dure et sonore, mais qui était à présent étouffée par des bruissements et des bourdonnements tellement accentués qu'ils noyaient tout le reste. Il faisait trop chaud, et les brefs éclats de soleil sur les vitres me donnaient le vertige. La respiration courte et haletante, j'observai David et la jeune femme en rose.

Il jeta alors un regard en direction de notre coupé et je reculai brutalement, à l'écart de la vitre, bien qu'il demeurât dans mon champ de vision. Puis il se dirigea vers notre véhicule. À son bras, la jeune fille semblait flotter dans sa robe comme sur un nuage, et j'avais l'impression d'entendre ce nuage rose chuchoter, se moquer de moi, comme s'il était vivant. J'agrippai le bras d'Osric.

— Osric, je vous en prie, partons. Tout de suite. Je me sens mal, Osric, je vous en prie.

Je m'aperçus que j'avais vraiment mal au cœur, tant j'étais effondrée d'avoir vu David en compagnie de sa fiancée et de me retrouver d'ici à quelques secondes dans l'obligation de lui parler, alors que la femme qu'il aimait serait suspendue à son bras et qu'elle examinerait mes hurquus.

— Osric ! répétai-je.

Derrière sa vitre, les visages de ses interlocuteurs apparaissaient et disparaissaient en fonction des hochements ou des inclinaisons de sa tête. Il leva alors le bras pour donner un petit coup du revers des phalanges sur la fenêtre arrière du coupé.

J'avais toujours du mal à respirer, je n'osais pas regarder de nouveau dehors, tant je craignais que David ne m'aperçût. Tandis que nous nous éloignions bruyamment, j'ouvris ma main crispée qui n'avait pas lâché la feuille d'arbre. Lentement, cette forme fragile se déplia et resta figée, toute froissée, sur ma paume. Me vint subitement à l'esprit l'image de Yalda, la nuit de la naissance de Nasren. Je lui avais demandé ce qu'elle voyait dans ma main. Elle n'avait rien répondu, mais elle avait contemplé longuement ma paume, l'air perplexe et troublé.

Quand nous nous fûmes assez éloignés pour que j'eusse la conviction que David ne pouvait plus me voir, je me tournai vers ma vitre embuée, mais je n'aperçus rien d'autre que mon propre visage, exsangue comme un poisson mort.

Je me réveillai dans l'obscurité de ma chambre. Je m'y étais réfugiée dès notre retour, sous prétexte que j'avais besoin de m'étendre.

J'avais arraché les lacets de mes bottines pour les enlever, puis je les avais jetées de l'autre côté de la pièce contre les céramiques tapissant le devant de la cheminée. Je m'étais ensuite assise sur le bord du lit, le visage entre les mains, avant de m'allonger, en tirant la cotonnade indienne sur mon corps. Malgré la chaleur qui régnait dans la pièce, je m'étais endormie en grelottant.

Je me tenais à présent devant la fenêtre d'où j'observais le globe lumineux posé au sommet du poteau le plus proche de la maison, dont la chaleur et la lumière attiraient une nuée d'insectes voltigeant. Les horloges qui sonnaient dix coups m'apprirent que j'avais longuement dormi. Je m'approchai de l'armoire et en sortis mon sac brodé dont je tâtai le fond. J'effleurai le carton que m'avait remis David, puis le rouleau de cuir. Je songeai à jeter l'amulette dans l'âtre éteint, mais j'en fus incapable. Je la pressai de toutes mes forces et la rangeai dans le sac. La porte s'ouvrit. C'était Osric, qui ne s'était comme d'habitude même pas donné la peine de frapper.

— Je suis déçu que vous ne m'ayez pas rejoint pour le dîner, Daryâ, me dit-il du seuil. Je suis passé vous voir, mais vous étiez profondément endormie. Aimeriez-vous manger quelque chose maintenant ?

Je hochai la tête.

— Que faites-vous ainsi dans le noir ?

Il s'approcha de la table et alluma une lampe. Comme la pièce s'éclairait, il me tendit un petit sac de velours noir.

— Pour vous, me dit-il. Un cadeau. Venez voir de quoi il s'agit.

Je m'approchai de lui et pris le sac sans mot dire.

— Allez-y, Daryâ. Regardez ce que je vous ai apporté.

J'enfonçai la main dans le sac et en sortis trois fins bracelets d'or, de largeurs différentes. Des signes avaient été frappés dans l'or du plus épais. J'effleurai ces dessins du pouce.

— Mettez-les, me dit Osric.

Je voulais refuser, mais je savais que cela ne servirait à rien. Les bracelets émirent un agréable cliquetis quand je les passai autour de mon poignet.

— Ce n'est pas tout, déclara-t-il.

Je palpai de nouveau l'intérieur du sac et j'y trouvai des boucles d'oreilles. De grands anneaux, d'or fin eux aussi, sur lesquels étaient montées des petites pierres délicates, bleu pâle. Je me doutai qu'il ne s'agissait pas de verre, mais de véritables pierres précieuses.

Il souleva la lampe et l'approcha des pierres pour leur permettre de briller à la lumière.

— Des tourmalines bleues, me dit-il. Vous aimez bien le bleu, non ?

Je regardai les boucles d'oreilles sur ma paume.

— Oui. Mais les djinns ne l'aiment pas.

Le mot djinns sonnait bizarrement, prononcé dans une maison anglaise. Je n'avais pas pensé à eux depuis longtemps. Est-ce qu'ils m'effrayaient encore ? Ici, dans ce pays au ciel lourd et gris, ils ne paraissaient pas représenter la même menace ni posséder la même autorité que chez moi. J'effleurai le lobe de mon oreille.

— Je n'ai pas porté de boucles d'oreilles depuis... longtemps.

Subitement, me revint à la mémoire que le jour de ma fuite, je n'avais pas mis mes boucles parce que l'une de mes oreilles était meurtrie et gonflée par les coups de Shaliq. Une éternité s'était écoulée depuis.

J'insérai le fin fil d'or dans le trou percé de mon lobe. Il n'eut aucun mal à y pénétrer. J'enfilai l'autre boucle et secouai légèrement la tête, et les anneaux oscillèrent doucement contre mes joues.

— J'ai aussi acheté ceci, me dit-il en sortant un petit pot de sa poche. Pour vos yeux.

Je pris le pot et en dévissai le couvercle. Il contenait une substance identique au khôl.

— Laissez-moi faire, me dit-il et, comme je reculai, il ajouta d'une voix rauque : vous n'avez pas confiance en moi, Daryâ jan ?

Confiance en lui ?

Il enfonça le bout de son auriculaire dans la poudre crémeuse foncée, plaça sa main libre sous mon menton et souleva mon visage en direction de la lampe. Puis il passa le doigt sous mes cils inférieurs, d'un geste d'une légèreté qui me fit penser aux ailes des petites phalènes blanches que j'avais vu voleter autour de la lampe à gaz.

— Baissez les yeux, me dit-il d'une voix profonde, presque un murmure, avant de répéter le même mouvement sur mes paupières. À présent, regardez-moi.

Je m'exécutai. Il inspira lourdement et recula d'un pas.

— Vous êtes ma belle odalisque, chuchota-t-il de la même voix rauque, en me tournant pour me permettre de voir mon reflet dans le miroir. Vos yeux sont de vrais bijoux, ajouta-t-il.

Je m'aperçus que les siens s'étaient bizarrement assombris. Il s'inclina plus près de moi. Son haleine empestait la fumée et l'alcool.

— De vrais bijoux, répéta-t-il.

Le miroir me renvoyait l'image d'une femme mystérieuse aux yeux verts, soulignés de noir, étirés, immenses et hardis. À la lumière de la lampe, mes yeux ressemblaient effectivement à des bijoux ou à des étoiles. Je pris subitement conscience du tapis épais sous mes pieds nus, de la fraîcheur de mon bracelet de cheville contre ma peau, de l'infime chuchotis de mes cheveux contre ma nuque.

Osric s'était exprimé avec la même douceur dont il m'avait effleurée du doigt pour souligner mes yeux, je sursautai pourtant, car je l'avais un instant oublié, alors qu'il se tenait tout contre moi.

— Votre image vous plaît ?

Je m'abstins de répondre. Non seulement je ne ressemblais plus à la femme que j'étais en Afghanistan, aux Indes ou sur le navire qui voguait vers l'Angleterre, mais j'étais quelqu'un d'autre. Incapable de me reconnaître, j'avais l'impression de regarder un spectacle interdit. J'éprouvais des difficultés à baisser ou à tourner les yeux, non seulement parce que j'avais l'air... j'avais l'air... Étais-je belle, comme me l'affirmait Osric ? Mais aussi parce que...

Je songeai à David et à la femme qui lui chuchotait à l'oreille, et je compris alors qu'Osric m'avait dit la vérité, que David ne pourrait jamais s'intéresser à une femme comme moi. Celle qu'il aimait ressemblait à une chatte, à la fourrure soyeuse et aux pattes minuscules. Frêle et attirante, d'une douceur telle qu'on se devait de la protéger et de l'étreindre. C'était une femme qui donnait l'impression à un homme d'être fort, pas une femme qui laissait sourdre son propre pouvoir.

Comme Osric abaissait son visage vers le mien et que je sentais sa langue effleurer mes hurquus et ses lèvres humides se poser sur mes paupières, je sus que j'avais perdu David Ingram et que, plus jamais, il ne penserait à moi.

43

Lorsque je descendis au rez-de-chaussée le lendemain matin, je prêtai davantage attention à mon nouveau cadre de vie et je m'aperçus que d'autres personnes se déplaçaient dans la maison, tels des fantômes soumis. Par exemple, une femme corpulente d'un certain âge, en robe noire à col blanc. Ses cheveux étaient sévèrement tirés en arrière et un trousseau de clés pendait à sa ceinture. Elle détourna la tête en me croisant dans l'escalier, une moue aux lèvres telle que je compris que ma présence sous ce toit lui déplaisait au plus haut point. Un jeune homme émacié, au crâne rasé et aux poignets osseux qui dépassaient de manches beaucoup trop courtes, longeait les murs avec deux paires de souliers d'Osric dans les mains, tête baissée. Devant la porte d'entrée, une fille qui ressemblait à Lucy, mais encore plus jeune, était agenouillée sur les carreaux qu'elle lavait à grande eau savonneuse et fumante, les mains rougies par cette eau trop chaude. J'entendis des casseroles s'entrechoquer, un couteau qui heurtait allègrement du bois, alors que je me tenais sur les marches menant à l'étage inférieur de la maison. J'en déduisis qu'il menait sans doute aux cuisines, réservées à ceux qui préparaient la nourriture et la déposaient sur les plateaux que Govind apportait dans ma chambre ou dans la salle à manger.

Toutes ces personnes pour faire tourner la maison d'Osric, des personnes identiques aux serviteurs de la demeure de Bombay, le genre de personne que j'avais été pendant quelques brèves journées. Invisibles, silencieuses, effectuant le nécessaire comme si elles étaient transparentes. Mais à présent... à présent, je n'étais plus l'une d'entre elles. Je faisais partie de ceux qu'elles servaient.

— Bonjour, Daryâ jan, me dit Osric à mon entrée dans la salle à manger. Venez prendre votre petit déjeuner.

Je passai près de lui pour m'asseoir à la table, et il en profita pour poser la main sur mon dos et me caresser. Cette existence ne ressemblait-elle pas un peu à celle que ma grand-mère m'avait décrite ? Une vie dénuée de responsabilités, où elle était dispensée de travailler, où on lui préparait et lui apportait ses repas, où elle pouvait s'asseoir pour réfléchir et rêvasser quand bon lui semblait ?

Pourtant, tout cela me mettait profondément mal à l'aise.

Après le petit déjeuner, Osric alla lire au salon. Je montai et descendis les nombreux escaliers de la maison, afin de dégourdir mes jambes. Les coups d'œil nonchalants que je jetais par les portes ouvertes me permirent de comprendre son agencement : au rez-de-chaussée, la salle à manger grandiose et derrière, la pièce contenant une table plus petite et des fauteuils, pourvue d'un coin où s'asseoir parmi les nombreuses plantes, ainsi que les escaliers menant à la cuisine ; à l'étage au-dessus, la grande pièce servant de bureau et de chambre noire à Osric ; au troisième étage, les trois chambres. Un dernier escalier, aux marches étroites et nues, menait en haut de la maison. Je me souvins du pas traînant de Govind au-dessus de ma tête et je compris que c'était là qu'il dormait – de même, peut-être, que plusieurs autres domestiques.

Je savais que les murs latéraux de la bâtisse étaient mitoyens avec ceux des maisons voisines. Parfois, quand j'étais étendue dans mon lit, j'entendais vaguement des voix de l'autre côté du mur. J'étais prisonnière d'un dédale de multiples pièces, autorisée uniquement à monter et à descendre. J'avais la sensation de vivre dans une ruche, cernée par le bourdonnement de tiers qui ne s'approchaient cependant pas de moi.

Alors que je redescendais une fois de plus au rez-de-chaussée, je tombai sur Lucy qui essuyait un miroir dans le long couloir, à côté de la porte d'entrée.

— Vous parler à moi ? lui demandai-je.

— Oh non, mam'zelle, je peux pas, sursauta-t-elle.

— Si. S'il vous plaît. Ma maison, maintenant.

Elle jeta un coup d'œil par-dessus son épaule et dans l'escalier, comme si quelqu'un nous surveillait, avant de me dire :

— Juste une minute, pendant que M. Bull, il est occupé et Govind dans la cuisine, avec le cuisinier. Mais Mme Wimby... si jamais elle me voit parler alors que je devrais être en train de travailler...

Je n'arrivais pas à saisir tout ce qu'elle disait, mais je me rendis bien compte que je la mettais mal à l'aise.

— Mme Wimby ?

— La gouvernante. Elle dit à tout le monde quoi faire. Au cuisinier, à moi, à Ella, et à tous ceux qui travaillent en bas. Même à Govind, parfois. C'est elle qui nous donne des ordres. (Elle haussa et rabaissa les épaules.) Sauf à vous, bien sûr, mam'zelle.

La même cloche que j'avais déjà souvent entendue retentit avec beaucoup d'insistance et Lucy se hâta de s'écarter de moi. Govind apparut et ouvrit la porte d'entrée. La lumière se fit dans mon esprit : cette cloche signifiait que quelqu'un se présentait à la porte et désirait entrer.

En l'occurrence, il s'agissait d'un jeune homme qui apportait des paquets bruns. Osric était descendu du salon. Il prit les paquets, pendant que Govind remettait une pièce au coursier.

— Daryâ, me dit Osric, voici vos nouvelles toilettes. Venez au salon. Nous allons les regarder.

J'étais persuadée que ces nouveaux vêtements allaient être plus adaptés à d'éventuelles sorties, si l'envie me prenait de marcher dans les rues. Osric sortit un petit couteau pliant orné d'un manche en nacre de l'un des tiroirs de la table, où étaient rangées ses bouteilles d'alcool, et coupa, une à une, les ficelles enroulées autour du papier brun. Les étoffes de soie très fine étaient splendides : d'un bleu identique à celui du ciel estival au-dessus de Susmâr Khord, d'un vert foncé semblable aux eaux de l'océan sur lequel j'avais vogué, d'un brun mordoré qui rappelait le thé de qualité supérieure, d'un rouge rutilant comme les plumes de la queue de Soliman. Trois paires de mules en satin finement brodées les accompagnaient. Mais quand il déplia les vêtements, apparurent des pantalons aux jambes amples et chatoyantes, de longues tuniques aux manches transparentes et à l'empiècement brodé de volutes incrustées de minuscules perles brillantes. Certaines étaient ornées de dentelles si ténues qu'elles ressemblaient à des toiles d'araignées. S'y ajoutaient des ceintures incrustées de pièces métalliques finement ciselées ou de coquillages, qui rayonnaient à la lumière. Et pour finir, des voiles translucides aux tons multiples. J'en fus étonnée, car Osric m'avait affirmé que je ne devais pas porter le voile en sa présence.

En dépit de la beauté des tissus et des couleurs, je fus effondrée, car ces toilettes étaient beaucoup plus dénudées que mes saris. À moins de m'envelopper de la tête aux pieds dans un manteau, je ne pourrais jamais sortir.

Osric hochait la tête d'un air satisfait, sans paraître s'apercevoir de l'inquiétude que je n'arrivais pas à dissimuler. Il drapa un pantalon rouge et un corsage rouge et or sur mes bras tendus et plaça des mules dans mes mains.

— Allez vous changer, m'ordonna-t-il.

Je me rendis dans ma chambre. Une fois habillée, je me figeai d'horreur devant le grand miroir. Je me sentais presque nue. Mes bras et ma gorge étaient exposés, le haut de mes seins visible, et le contour de mes jambes se distinguait nettement à travers le pantalon bouffant.

La colère monta en moi comme s'ouvre une fleur. Le visage renfrogné, je scrutai mon image. Comment Osric osait-il choisir mes vêtements à ma place, comment osait-il imaginer que j'accepterais de me déplacer – y compris dans sa maison – dans des tenues aussi indécentes ? En dépit de la qualité des étoffes, je ressemblais à une femme des bas-fonds, aux femmes de ses photographies. Je restai assise sur le lit. J'avais du mal à respirer. J'attendais qu'il vînt constater le résultat pour exprimer toute ma fureur.

Il se décida à ouvrir ma porte. Le fait qu'il s'abstenait désormais de frapper ne fit que m'enrager davantage.

— Daryâ ? Laissez-moi voir, dit-il en entrant.

Je redressai le menton.

— Osric, déclarai-je, je ne peux pas porter ces vêtements.

Il sourcilla.

— Qu'est-ce que vous racontez ? Pourquoi pas ? Levez-vous. Levez-vous tout de suite, et montrez-moi, ajouta-t-il d'un ton plus acerbe.

Je contemplai mes pieds chaussés des belles mules dorées, brodées de fleurs rouge et pourpre.

— Ils me couvrent à peine plus qu'une ombre, m'irritai-je. C'est mal. C'est humiliant.

Comme il se taisait, je m'aperçus que ses yeux s'étaient rétrécis au point que ses sourcils se rejoignaient.

— Votre insolence me dépasse. Votre ingratitude aussi.

Une bulle de salive s'accrochait à sa lèvre inférieure. Sur son visage se dessinait une ombre sinistre, provoquée par autre chose que la colère. Je me rendis compte que j'étais la complice d'un jeu qui le titillait, un jeu qui lui permettait de me dominer.

— Vous oubliez-vous, Daryâ ? Oubliez-vous le rôle que vous jouez ici ? En outre, qu'avez-vous à cacher ? Je vous connais on ne peut plus intimement. Je trouve plutôt tardive cette feinte timidité.

Il respirait à présent lourdement et balayait mon corps des yeux, le bout de la langue pointé entre les dents.

— Il ne s'agit pas de... de cela, protestai-je. Si Govind, et Lucy et... les autres... Mme Wimby, me voient comme ça... J'ai honte.

Il émit un ricanement sarcastique.

— Honte ? Aviez-vous honte ces dernières nuits ? Je ne m'en suis absolument pas aperçu. Voyons, Daryâ !

Il se rapprocha encore et me sourit. Le dos de sa main caressa mon menton, descendit le long de ma gorge et effleura le haut de ma poitrine.

— Je ne tolérerai aucune opposition. Je pensais vous l'avoir dit très clairement. En réalité, je me moque de ce que vous ressentez dans ces vêtements.

Il chuchotait presque, le visage tellement proche du mien que je distinguais les veinules de ses yeux.

— Ils sont très onéreux, magnifiques, et vous allez les porter, parce que vous n'avez pas le choix. Et parce que ça me fait plaisir. C'est pour cela que vous êtes ici, ma chère. Pour mon plaisir.

Il continuait à effleurer ma peau de ses phalanges dont il suivait le mouvement des yeux.

Je ne pouvais que céder.

— Vous les revêtirez tous les jours, déclara-t-il d'une voix redevenue normale après avoir reculé d'un pas.

Il alla ramasser mon sari posé sur le lit et en fit une boule qu'il jeta par terre.

— Vous porterez ce que je vous ai fait fabriquer, un point c'est tout. Compris ?

J'acquiesçai sans broncher, le visage neutre, et il s'en alla. Je m'assis à la table de toilette, et j'en ouvris le tiroir dont je sortis la feuille d'arbre que j'avais rapportée la veille du parc. Elle avait déjà bruni, elle s'était asséchée et repliée sur elle-même. Elle s'émietta entre mes doigts.

Lucy pénétra alors dans ma chambre avec le reste de mes nouvelles toilettes qu'elle rangea dans la longue armoire placée dans un angle. Elle rassembla ensuite mes saris d'un geste hésitant en me coulant un regard, et je compris qu'elle obéissait aux ordres d'Osric.

Ni elle ni moi ne prononçâmes un mot.

Quand je fus incapable de rester plus longtemps dans ma chambre, je descendis au rez-de-chaussée. En proie à une indignation qui me faisait bouillonner, je n'avais cessé d'arpenter les limites étroites de la pièce comme un animal en cage. Je m'étais étudiée une dernière fois dans le miroir avant d'en sortir, avec un hochement de tête de dégoût, et non sans avoir drapé un long voile autour de mes épaules pour me sentir un peu moins nue.

La maison était plongée dans le silence, le salon vide. Je fus à la fois soulagée et furieuse de constater l'absence d'Osric. Je ne voulais pas penser à ce que je risquais de dire ou de faire si je me retrouvais face à lui dans la foulée de sa mise au point à propos de mon statut, de l'interdiction qui m'était faite d'émettre une opinion quelconque et de choisir mes vêtements. Non seulement il me forçait à arborer des tenues d'une indécence absolue, mais il m'assénait un dernier coup, en me subtilisant mes saris confortables et discrets. Je tentai de repousser la vision répugnante de ses yeux baladeurs sur mon corps, du bout de sa langue effleurant ses dents, de ses mains tellement possessives posées sur moi, et je tressaillis de tout mon corps, comme si j'étais balayée par une bourrasque de vent glacé.

Dans le salon, je fus incapable de me calmer : le tic-tac des horloges vibrait dans ma tête et les marmonnements et cris perçants subits de Soliman jouaient sur mes nerfs. Je retournai dans le couloir du haut dont je fis l'aller-retour d'un pas rapide, pour essayer d'évacuer ma fureur et mon indignation à chacun de mes pas. Chaque fois que je passais devant la porte close de la chambre noire, je pensais à la hâte avec laquelle Osric avait refermé la boîte de photographies.

Tout, dans cette maison, lui appartenait. Moi compris. Son air de supériorité, sa conviction que je devais faire – être – exactement ce qu'il exigeait... J'avais déjà connu cette situation dans un certain sens avec mon père, et dans un autre avec mon mari. Pourtant, la mainmise dictatoriale d'Osric Bull sur moi dépassait encore ce que j'avais vécu dans mon village ou chez les Ghilzais. Là-bas, malgré ma constante agitation intérieure, je disposais encore de ma liberté de mouvement, je m'habillais comme je l'entendais et j'étais entourée d'êtres capables de m'apporter un réconfort ou une forme de compagnie. Ici... non. Ne régnaient qu'Osric Bull... et ses désirs.

Tout en sachant que je ne ferais que m'attirer des ennuis s'il me surprenait, je tournai la poignée de la chambre noire, pénétrai dans la pièce et refermai la porte discrètement dans mon dos. J'attendis que ma vision se fût adaptée à la faible lumière jaune. Puis je m'approchai de la longue table de bois sur laquelle étaient posés les plateaux et les solutions. Je pris la boîte sur l'étagère du dessous et en ouvris le couvercle. Après avoir jeté un bref coup d'œil aux photographies qu'il m'avait déjà montrées, j'en sortis une autre pile, laquelle était attachée par un cordon.

Un regard à celle du dessus suffit à me faire comprendre que c'était elle qu'il avait cachée et la raison qui l'avait poussé à le faire. Je dus porter une main à ma poitrine, car les martèlements effrénés de mon cœur me causaient une douleur sourde.

Je dénouai le cordon pour pouvoir examiner toutes les photographies. Je ne voulais pas les voir, mais en même temps, je ne pouvais pas arracher mon regard d'elles.

Elles ne se contentaient pas de représenter des femmes vêtues de toilettes suggestives, comme celles que m'avait montrées Osric. Deux femmes, parfois trois, figuraient dessus. Elles étaient déshabillées, leurs membres intimement enchevêtrés, de telle sorte qu'elles faisaient parfois penser à son infâme statuette de corps contorsionnés. Certaines tenaient et utilisaient des instruments – fouets et objets acérés – destinés à infliger de la douleur. Sur ces photographies, les femmes en position de victimes étaient ligotées ou avaient les yeux et la bouche bâillonnés. Une telle dépravation dépassait mon entendement et je n'arrivais pas à comprendre ce qui pouvait pousser des femmes à participer à des actes si répugnants. Ni ce qui pouvait inciter Osric Bull à désirer en être témoin et à les photographier. Je le vis observer ces femmes, leur donner des ordres – comme il l'avait fait avec moi – de sa voix basse et autoritaire. Avait-il également possédé ces femmes ?

Je lâchai ces photographies, comme si ces images étaient porteuses d'une maladie. J'entendis un crissement derrière moi au moment où elles voletaient vers le sol telles des ailes brisées. Je pivotai sur place et heurtai la table sur laquelle cliquetèrent les bouteilles de verre.

— Petite demoiselle, chuchota Govind. Vous pouvez pas être ici. Vous aurez de gros problèmes. (Il posa les yeux sur les photographies que j'avais laissées tomber.) M. Bull est rentré à la maison, il se repose dans sa chambre. Vite, rangez-les, avant qu'il vous cherche. S'il vous trouve ici, avec les photographies, il sera...

Il se tut.

J'étudiai son visage sous cette bizarre lumière jaune, puis je m'agenouillai pour ramasser les photographies. J'en remarquai une que je n'avais pas encore vue et la pris d'une main tremblante.

Cette femme nue était vautrée dans un fauteuil, les jambes honteusement écartées. L'inclinaison de sa tête, la manière dont sa main pendait mollement par-dessus l'accoudoir du fauteuil me parurent anormales. Je l'examinai de plus près. Ses yeux étaient figés, et ce que j'avais pris pour une mèche de cheveux autour de son cou était en fait un cordon ou une fine cordelette. Je fermai les paupières et les rouvris quand le jour se fit dans mon esprit.

Elle était morte.

Je me relevai lentement. Govind m'observait. Je lui tendis la photographie.

— Govind ? Vous connaître cette femme ?

Le papier tressautait violemment dans ma main. Govind était trop loin pour voir l'image, ce qui ne l'empêcha pas de secouer tout de suite la tête.

— Je ne connais pas ces femmes, me dit-il.

— Mais... cette, cette photographie, insistai-je avec précaution, d'une voix ralentie par l'état de choc dans lequel j'étais. Prise ici. Dans salon. Vous devez voir femmes, ouvrir porte pour elles ou...

Govind se tordit les mains, d'un air désespéré.

— S'il vous plaît, petite demoiselle. Vous devriez pas parler de ça, c'est pas bien, chuchota-t-il plus fort que je ne l'avais jamais entendu le faire. Venez.

— Non, répliquai-je. Vous me dire. Sur les femmes.

D'un seul coup, ses mains se calmèrent et son vieux visage perdit son habituelle expression bienveillante. Ses traits semblèrent se durcir et j'eus un aperçu d'un Govind plus jeune, plus droit, à la voix nette et intacte.

— Elles servent juste de jeu à M. Osric, me dit-il. Vous comprenez le mot « jeu » ?

J'acquiesçai de la tête. Govind s'approcha de moi et jeta un coup d'œil à la photographie que je tenais.

— Mais seulement pour un petit moment. Après, M. Bull... se lasse d'elles.

— Se lasse ?

J'étais à présent glacée jusqu'à la moelle, et j'entendais mon souffle, froid, racler dans ma poitrine quand je respirais.

— Il s'ennuie facilement. Quand il veut plus d'elles, il les écarte. Il les renvoie. Ou...

Nous regardâmes ensemble la photographie. Puis Govind l'arracha à mes doigts tremblants et la replaça avec les autres. Il renoua le cordon autour de la pile, replaça cette dernière dans la boîte et rangea le tout sur l'étagère de la table.

— Maintenant, venez, petite demoiselle.

Il m'effleura le bras et je le suivis, avec la sensation de marcher sous l'eau, les jambes lourdes, contrainte d'ouvrir la bouche à chaque inspiration. Quand nous fûmes dans le couloir, Govind referma la porte derrière nous, d'un geste discret mais ferme.

J'allai m'asseoir au salon, toujours en état de choc.

Ces femmes venaient bien de la rue. Elles ne vivaient pas, comme moi, dans cette maison, en qualité de maîtresse d'Osric. Jamais il ne... Me considérait-il ainsi ? Non. Il m'offrait des bijoux, de belles toilettes. Il m'emmenait dans son coupé. Avait-il agi de la sorte avec l'une d'elles ?

Le tintement de la sonnette me fit sursauter, comme si l'on me réveillait brusquement. Par la porte ouverte, j'entendis le pas traînant de Govind, suivi d'une voix. Une voix d'homme. Je me levai d'un bond. La tête me tournait, aussi lourdement que le mouvement du pesant balancier de cuivre de la grande horloge de l'entrée. Je me ruai sur le palier. David se tenait sur le seuil de la porte, éclairé à contre-jour, son chapeau dans une main, tandis que l'autre maintenait fermement le battant ouvert.

Govind avait les deux mains posées sur la poignée, à croire qu'il essayait de lui refermer la porte au nez.

Un bruit sortit de ma gorge, et tous deux levèrent les yeux vers moi. La cicatrice de David se délavait, elle prenait une teinte argentée. Quant à son visage, il me parut un tout petit peu différent, il semblait avoir perdu une partie de sa lumière intérieure.

J'étais incapable de prononcer un mot. Mon cœur et ses battements pénibles remontaient dans ma gorge. J'agrippai la balustrade pour m'empêcher de me précipiter en bas, de me ruer sur lui.

Ces photos abominables et, à présent, la visite de David – enfin – qui levait les yeux vers moi. Son visage si familier, si soucieux. Je dus chuchoter son prénom malgré moi.

— Daryâ ? interrogea-t-il, et il s'avança d'un pas dans l'entrée.

Govind restait planté là, l'air rembruni. Il se décida à refermer la porte et se dirigea vers l'escalier.

— Je vais chercher M. Osric, dit-il. Il dort.

— Non ! répliqua David, avant de lui adresser quelques mots rapides en hindi.

Govind hocha la tête et répondit en hindi aussi. Il n'avait pas l'air de bien comprendre. Il continua à monter, m'effleura au passage, et je descendis.

— Daryâ, vous allez bien ?

David s'approcha de moi dès que j'atteignis le bas de l'escalier. Je pris conscience de ma tenue. J'avais dû laisser mon châle dans le salon. J'aperçus le haut de ma poitrine, mes jambes visibles sous le pantalon transparent. David les remarquait-il ? Il scrutait mon visage.

— Vous n'êtes pas malade ?

Je déglutis et finis par retrouver ma voix, même si elle sortait par saccades, et un ton plus bas que d'habitude.

— Je vais très bien.

— Vraiment ? fit-il, sans cesser d'étudier mon visage.

— Pourquoi paraissez-vous surpris ? demandai-je de la même voix basse.

Je brûlais d'effleurer sa cicatrice dont je connaissais déjà la sensation sous mes doigts.

— Parce que... je viens tous les jours, Daryâ. Tous les jours, parfois deux fois par jour, depuis notre arrivée à Londres.

Il abaissa très brièvement le regard sur ma poitrine, mais revint tout de suite à mon visage. Je résistai à l'impulsion de me recouvrir des mains.

— Chaque fois que j'ai sonné, Govind ou Bull lui-même m'ont dit soit que vous étiez malade, soit que vous dormiez et que vous ne vouliez recevoir personne, précisa-t-il d'une voix d'où sourdait la colère. Chaque fois, on m'a renvoyé, Daryâ. Chaque fois, répéta-t-il en s'approchant encore. Mais cette fois, je ne me suis pas laissé faire. J'ai poussé la porte avant que Govind puisse la refermer. Je devais vous voir. M'assurer...

Sa voix mourut et comme son regard s'égarait brièvement sur mes vêtements, je sentis mon cou s'empourprer.

Je songeai au nombre de fois où j'avais entendu retentir la sonnette.

— Mais je n'ai pas été malade du tout, et je ne dormais pas... (J'avais envie de prononcer son prénom, mais je me l'interdis.) J'étais ici, tous les jours sauf... sauf hier, où nous avons fait une promenade en voiture.

Et où je vous ai vu avec votre femme. Au souvenir de la belle jeune fille en rose, de la jeune fille qui lui tenait le bras, je reculai et ma voix redevint normale. C'était sa femme.

— Osric ne m'a pas tenu au courant de vos visites, précisai-je.

Je perçus un léger changement dans son expression au moment où je prononçai le prénom Osric.

— Je vous ai aperçue hier, Daryâ... C'est pour cela que j'ai refusé de me laisser claquer la porte au nez

625

aujourd'hui. Parce que je savais que vous vous portiez assez bien pour sortir. Je n'ai fait que vous entrevoir... Votre voile, et vos yeux par-dessus, par la vitre du coupé. J'ai essayé de vous rejoindre avant que votre voiture ne redémarre ; je voulais vous...

Il se rapprocha encore, et mon corps réagit comme si je ne pouvais pas le maîtriser. Il se ramollit, s'avança vers lui, comme tiré par un fil de soie invisible. Mes bras se levèrent, mais je songeai alors à la cordelette enroulée autour du cou de la femme de la photographie, et je suffoquai.

— Que se passe-t-il ? Daryâ, regardez-moi. Dites-moi ce que...

— Quelle visite inattendue ! lança Osric d'une voix tonitruante en descendant l'escalier.

Il boutonnait sa veste et, contrairement à son habitude, avait les cheveux en bataille et son col de chemise de guingois. Son teint faisait penser à une pâte à la farine pas cuite, et ses lèvres étaient décolorées. Il vint se placer à mes côtés en bas des marches et racla ses mains l'une contre l'autre.

— Vraiment, monsieur Bull ? C'est la même que toutes mes visites précédentes. Hormis qu'aujourd'hui, Daryâ est manifestement en état de recevoir.

Le visage de David était tendu et plus sombre. Il s'exprimait d'une voix glaciale, en termes polis, mais sur un ton irrespectueux.

Osric redressa son col.

— Quel est donc l'objet de votre visite ? demanda-t-il sans dissimuler son agacement.

David baissa le menton.

— Je voulais voir Daryâ. M'assurer que tout allait bien.

— Pour quelle raison en irait-il autrement ?

Le ton d'Osric correspondait à présent à celui de David : il dissimulait à peine sa colère.

Mon regard passa de l'un à l'autre. David me demanda alors d'une voix plus calme :

— Daryâ ? Vous paraissez tout à fait en état de sortir désormais. Je souhaite donc vous inviter à dîner avec ma mère et moi chez nous. Mercredi peut-être, ou jeudi ?

Osric m'enlaça par la taille avant que je puisse réagir. Je me raidis sous la brûlure de sa main à travers le tissu presque transparent.

Son geste n'échappa pas à David.

— C'est très aimable, mais Daryâ a d'autres projets pour la semaine. Des projets avec moi. N'est-ce pas, Daryâ jan ? me dit Osric.

J'étais incapable de répondre, j'avais honte de cet étalage. Je sentis alors ses doigts exercer une pression plus forte sur ma taille.

— N'est-ce pas, ma chère ? répéta-t-il lentement et, de nouveau, l'image de la femme de la photographie surgit à mon esprit.

Je fis oui de la tête, les yeux rivés sur le sol, car je ne voulais pas voir le visage de David.

— Et je suis sûr, monsieur Ingram, que votre propre vie vous occupe beaucoup, poursuivit-il. J'ai expliqué à Daryâ qu'après une si longue absence vous deviez voir beaucoup de monde et assister à de nombreux événements mondains.

— Daryâ, me dit David, êtes-vous sûre que vous n'aimeriez pas venir dîner ? Quand vous serez un peu moins... occupée. Je pourrais vous envoyer une voiture...

Il attendit.

Je songeai de nouveau à la jeune fille en rose, la main posée sur le bras de David. Tout ressurgit alors : comment il m'avait fait comprendre que j'étais une personne particulière à ses yeux, que ses sentiments pour moi étaient... Je redressai le menton. Je n'étais pas fière de ce que j'étais devenue auprès d'Osric, mais je pouvais encore manifester une certaine dignité devant David, prétendre que je demeurais la Tadjik orgueilleuse qu'il avait connue. Je n'allais pas me ruer sur lui, m'accrocher à ses basques et lui dire *Je commence à avoir peur ici, David, je pense qu'Osric est différent de l'image qu'il essaie de donner de lui.* Je n'allais pas supplier David de m'aider comme je l'avais déjà fait à de nombreuses reprises. Et je ne m'assiérais pas à une table où j'essaierais d'avaler des aliments secs comme des cendres dans ma bouche, face à David auprès duquel serait assise sa ravissante promise.

Je ne valais à présent plus rien, quoique mon manque de valeur ne soit pas le même qu'en Afghanistan. Je ne m'humilierais pas devant David. Il avait une fiancée, une femme qu'il aimait. Il m'oublierait bientôt, et plus vite il le ferait, moins j'en souffrirais.

— Non, merci, déclarai-je d'une voix ferme. Comme vient de le dire Osric, nous sommes très occupés.

David cilla.

— Vous ne souhaitez pas voir ma...

— Comme je vous l'ai déjà dit, le coupai-je d'une voix qui chancela néanmoins et qui m'obligea à reprendre souffle, je vous suis très reconnaissante de toute l'aide que vous m'avez apportée. Je vous dois la vie. Mais à présent, répétai-je sagement comme me l'avait dit Osric, je suis en Angleterre, et je ne suis plus à votre charge. Vous n'avez plus aucune raison de me voir. Ne venez plus, je vous en prie. Je suis... je suis heureuse ici.

Les doigts d'Osric caressaient à présent ma taille.

— Avec Osric, ajoutai-je d'une voix à peine plus haute qu'un chuchotement.

L'expression étrange de David et la manière dont il redressait la tête comme s'il venait de recevoir une gifle me donnèrent pourtant l'impression d'avoir hurlé. Il laissa le silence s'éterniser entre nous.

— Daryâ, se contenta-t-il de me dire enfin d'un ton bizarrement intime, alors qu'Osric m'enlaçait étroitement la taille et que je sentais son haleine dans mon oreille.

Cette manière particulière de prononcer mon nom me ramena sur le pont inférieur du navire, entre le ciel constellé d'étoiles et l'océan mystérieux.

J'eus la sensation d'osciller, comme au moment où j'avais posé le pied sur la terre ferme, après tous ces mois en mer.

Je plongeai les yeux dans les siens, car je voulais lui faire comprendre pourquoi je lui demandais – ordonnais – de ne jamais revenir, mais de toute évidence, il ne comprenait pas. Son visage se pétrifia, il pâlit et sa cicatrice ressortit davantage.

— Govind, dit alors Osric, et je sentis un mouvement derrière nous. Veuillez raccompagner M. Ingram à la porte.

Il donna cet ordre lentement, d'une voix pesante qui laissait sourdre toute sa satisfaction.

Comme Govind s'exécutait, David fit mine de s'en aller, mais il s'adressa une dernière fois à moi, en me jetant un regard que je fus incapable d'interpréter.

— Dans ce cas, très bien. Bien, dit-il d'une voix trop forte, tout aussi insolite que son expression. Je suis content pour vous, Daryâ, si vous avez vraiment trouvé ce que vous espériez. Si vous êtes heureuse. (Il mit son chapeau.) Et libre. C'est bien ce que vous vouliez ? Être libre.

Il balaya du regard mes vêtements, les boucles d'oreilles que j'avais mises la veille au soir. M'étais-je débarbouillée ce matin ou mes yeux étaient-ils encore souillés du khôl qu'avait appliqué Osric la veille ?

J'ouvris la bouche. Je voulais tenter de lui faire comprendre la situation, mais il sortit en claquant la porte si violemment que la poignée échappa à Govind.

Ce clac, fracassant et définitif, se répercuta dans ma tête, et je m'affaissai lourdement contre Osric. Il me fit remonter au salon, en me tenant fermement par le bras. Pendant que nous attendions le thé qu'il avait réclamé, il fit des allers-retours devant la cheminée, sans cesser de se lisser les cheveux. Je l'observais, le cœur si lourd que j'en avais perdu la voix.

— Bon. Cette visite était vraiment désagréable, finit-il par déclarer d'une voix acerbe. Quelle arrogance, débarquer ainsi à l'improviste, dans le seul but de nous déranger ! (Il s'immobilisa pour me dévisager.) Vous avez vraiment l'air pathétique, Daryâ. Je ne comprends pas ce que David Ingram a pu vous dire pour vous plonger dans un état pareil.

Il me sourit de haut presque tendrement ; je m'étais lovée dans un grand fauteuil, les genoux repliés, la joue posée dessus, car je ne voulais ni le voir, ni entendre sa voix.

— Je suis fier de la manière dont vous l'avez remis à sa place. Il ne vous ennuiera plus. Bien joué !

Govind apporta le thé et, pour la première fois, je réclamai du laudanum. J'en avais besoin pour m'aider à passer les longues heures à venir, au cours desquelles je devrais affronter le fait que j'avais à jamais perdu David.

Je bus mon thé et son additif, la tête baissée pour cacher mes yeux humides ou ce qui risquait d'être inscrit sur mon front à Osric.

44

Cinq jours s'étaient écoulés depuis la visite de David, cinq jours depuis que je lui avais affirmé que je ne voulais plus jamais le revoir. J'étais à Londres depuis plus de deux semaines, et il continuait à faire une chaleur étouffante dans la maison, alors que les feux étaient éteints. L'odeur nauséabonde des rues pénétrait par les fenêtres ouvertes, et lorsque je retirais mes mains après m'être penchée sur leur appui pour regarder dehors, elles étaient toujours noires et poussiéreuses. Ma période impure était arrivée et, contrairement à la crainte que j'éprouvais tous les mois à l'époque où je vivais avec Shaliq dont la colère n'allait pas manquer d'éclater, j'étais contente, car mon état signifiait qu'Osric me laisserait tranquille durant quelques jours. Je regardais la porte de la chambre noire chaque fois que je passais devant et la photographie de la femme au cou enserré dans une cordelette revenait me hanter.

En cette chaude fin d'après-midi, j'étais assise dans un fauteuil près de la fenêtre du salon et Osric allongé sur le divan. Je lui jetai un coup d'œil quand Govind vint chercher le plateau de thé. Il avait les yeux fermés, la bouche ouverte, et son souffle s'échappait de ses lèvres par bouffées minuscules. Il avait longuement fumé sa shisha. Je fis signe à Govind qui s'approcha de moi de son pas traînant.

— Oui, petite demoiselle. Vous voulez quelque chose ? chuchota-t-il.
— Parfois, vous voulez aller... maison ? lui demandai-je.

Il s'inclina vers moi.

— Maison, petite demoiselle ? fit-il avec un hochement de tête. Les Indes sont trop loin pour moi maintenant. Je suis trop vieux.
— Mais vous pensez aux Indes ? Vous pensez toujours... maison ?
— Oh oui, petite demoiselle, toujours...
— Vous êtes triste, donc ?
— Triste ? Non, plus maintenant. C'est trop dur d'être triste. (Il se redressa.) Mais... poursuivit-il, les yeux tournés loin vers l'intérieur, je rêve de mourir chez moi. Je voudrais que mes cendres flottent sur le Ganga Ma[1]. Pas que mon corps soit couché sous la terre froide anglaise. Mais je suis juste un vieil homme stupide, ajouta-t-il. C'est impossible.
— Je pense bientôt retourner maison, lui dis-je.

Il jeta un coup d'œil vers Osric et revint à moi.

— Peut-être, chuchota-t-il encore plus bas, et il posa une main légère sur mon épaule.

Après son départ, j'ouvrai les rideaux en grand. Osric remua et se cacha les yeux de la main.

— Fermez-les, Daryâ, grommela-t-il. Trop de lumière.

Je m'approchai de lui.

— Je peux sortir, Osric ?

Il s'assit et lissa sa moustache entre ses doigts.

— Non. Bien sûr que non. D'ici à quelques jours, je vous emmènerai peut-être faire une autre promenade en coupé. Sinon, vous restez dans la maison.

Je me souvins de sa réaction offusquée, dans la cabane de Bombay, le jour où je lui avais demandé

---

1. Ma : mère. Les Indiens considèrent le Gange comme la rivière mère. (*N.d.T.*)

s'il me mettrait en cage, comme l'ours de la photographie. Ses mensonges, et ma crédulité, m'exaspéraient.

Je contemplai le bout de ciel visible par-dessus les toits.

— Chez moi, à cette heure de la journée, le ciel est limpide, d'un bleu azur qui respire... l'espoir. Il tremble au-dessus de nous, ce ciel, il frémit légèrement, comme pour laisser la place à nos pensées de s'envoler, loin, dans cet air odorant. Mais ici, poursuivis-je, ici le ciel ressemble à une cuvette d'eau sale dans laquelle s'enfonce la cité. Dans laquelle nous nous enfonçons. Nos corps. Nos esprits.

Il se leva et étira ses membres.

— D'où vous vient ce mécontentement ? me demanda-t-il en portant sa tasse à moitié pleine de thé froid à ses lèvres.

Manifestement, il n'avait cure de mes états d'âme.

La mâchoire crispée, endolorie par l'effort que je faisais pour ne pas laisser éclater ma rage, je tentai de lui expliquer :

— J'ai besoin de m'occuper, Osric. Je n'ai rien à faire. Avec mes mains ou... dis-je en effleurant ma tempe comme il le faisait quand l'une de ses migraines se déclarait, ou avec ça.

Il ne répondit rien et je me mis à marcher de long en large devant la fenêtre. Chaque fois que j'arrivais à une extrémité de la pièce, je me retournais brusquement pour repartir dans l'autre sens.

— Je dois bouger, Osric. Bouger et réfléchir. Vous ne le voyez pas ?

— Cessez ce mélodrame, Daryâ. C'est lassant.

— Lassant. Mais... j'ai besoin de... d'une *activité*. Mon corps doit bouger pour permettre à mon cerveau de fonctionner. Si mon corps ne bouge pas, c'est comme si ma tête demeurait, elle aussi, oisive.

Je mentais. J'étais submergée de pensées qui tourbillonnaient dans ma tête et m'emmêlaient les idées, à propos de ma famille, de mon pays, de David, de tout ce que j'avais à présent perdu. Rien que des pensées tristes.

Il tapota le siège proche du sien.

— Très bien, ma chère. Vous avez été une fille gentille et patiente. Et vous m'avez fait plaisir de bien des façons.

Il haussa les sourcils et son regard concupiscent me dégoûta. Je lui obéis quand même.

— Vous méritez donc d'être récompensée, de faire quelque chose qui vous plaît, me dit-il, en repoussant mes cheveux sur mes épaules. Laissez-moi réfléchir... Voyons... vous pourriez par exemple remonter mes horloges.

— Vos horloges ? Remonter vos horloges ? répétai-je d'une voix que l'incrédulité rendait perçante.

— Oui. Aller d'une pièce à l'autre pour les remonter toutes prend un certain temps. Govind est de plus en plus lent, et je crains qu'il ne parvienne plus à accomplir tout son travail. Mme Wimby m'a clairement laissé entendre qu'elle trouve cette tâche indigne d'elle, et je n'ai pas assez confiance en Lucy ni en la petite Ella pour leur permettre d'y toucher. Mais vous pourriez vous en charger, avec vos mains prestes, vos doigts agiles.

Il s'exprimait du ton qu'on utilise pour calmer un enfant insupportable auquel on offre une friandise quand il fait un caprice. Il me prit la main et pressa les lèvres contre le bout de mes doigts. Leur contact humide ne fit qu'attiser mon exaspération.

Remonter les horloges ! Moi qui avais transporté des poids sur le dos tel un âne robuste lorsque nous changions de campement, qui avait martelé du linge pesant contre des rochers, enfoncée jusqu'aux cuisses dans l'eau glacée d'une rivière, moi qui étais capable de monter une tente en poils de chèvre en moins de temps qu'il n'en fallait pour faire bouillir une bassine d'eau sur le feu. Moi qui avais traversé des pays étrangers, vaincu la maladie, la solitude et la peur. Voilà qu'on me confiait le soin de tourner des petites clés, pour faire en sorte que le tic-tac du temps perdu vienne bien rappeler le passage des minutes et des heures ! Un certain délai me fut nécessaire pour trouver une réplique appropriée. Je ressentais un battement lancinant derrière les yeux.

J'arrachai mes deux mains à l'étreinte d'Osric et je les levai. Elles tremblaient.

— Pensez-vous vraiment que ces doigts seraient heureux de tourner des clés ?

Son visage était si proche que je distinguai une bulle de salive sèche luisante sur le bord de sa moustache.

— Ne me parlez pas sur ce ton, Daryâ. Nous passions un moment très agréable. Vous m'avez demandé quelque chose à faire et je vous ai attribué une tâche. Mais une fois de plus, vous faites preuve d'ingratitude. Franchement, vous m'agacez prodigieusement, s'échauffa-t-il alors. Une fois de plus.

Il se leva et tira sur ses manchettes.

— Je ne le supporterai pas. Je vous l'ai déjà dit plus d'une fois. Vous n'avez pas encore compris ? insista-t-il, la mâchoire crispée. Vous vous imaginez parler à qui ?

Faut être gentille avec M. Osric, petite demoiselle. L'avertissement de Govind résonnait dans ma tête. *Quand il en veut plus, il les écarte. Ou...*

Je me détournai.

— Je demanderai à Govind de vous montrer comment remonter les horloges, poursuivit-il. Je suis content d'avoir pensé à ça. Vous pourrez commencer demain et vous devrez le faire chaque jour, dit-il plus durement. Alors ? Vous avez quelque chose à ajouter ?

— Merci, Osric, dis-je d'une voix sans timbre.

Il prit note de mon assentiment et sortit de la pièce.

Le temps se réchauffa au fil des semaines. Par moments, un brouillard jaunâtre malodorant flottait au-dessus de la rue. Alors que Lucy faisait le ménage dans ma chambre un matin, elle me conseilla de garder ma fenêtre fermée la nuit, car l'air chaud transportait des maladies.

— C'est l'été ? lui demandai-je.

Sa manière de me regarder, avant de me répondre, « Oui, mam'zelle », m'inspira un malaise. Sa voix, comme son expression, traduisaient une espèce de surprise mêlée de pitié, et j'eus honte de mon ignorance. Je n'avais aucune idée de ce qui se passait derrière les fenêtres.

Osric ne m'emmena plus jamais faire de promenade, alors qu'il sortait souvent de la maison. Tous les matins, je me postais à ma fenêtre et je voyais exactement la même chose que depuis mon arrivée dans cette maison de ville de Kensington : les fenêtres du fond de la maison située du côté opposé de la ruelle. La petite fille aux cheveux noirs n'apparaissait plus, et au bout d'un certain temps, je m'interrogeai : n'était-elle pas simplement sortie de mon imagination parce que je pensais à Nasren ? J'en arrivai alors à me demander si je ne perdais pas la raison, si je ne risquais pas de devenir comme Utmarkhail, à traîner ainsi sans but, la tête vide, même si, contrairement à elle, je n'avais aucun appétit et j'avalais juste assez de nourriture pour ne pas tomber malade.

Depuis que j'avais dit adieu à David, que ma vie s'était rétrécie aux murs de cette maison qui me retenait captive, j'avais souvent la sensation de porter un épais tchadri qui ne se contentait pas d'entraver ma vue et de m'empêcher de me déplacer facilement, mais dont le poids obscurcissait aussi mes réflexions. L'après-midi, je réclamais désormais toujours du laudanum avec mon thé ; c'était la seule chose que j'attendais, car cette substance me procurait quelques heures d'évasion, durant lesquelles je m'allongeais sur le divan rouge et somnolais jusqu'à l'heure du dîner.

J'avais également demandé à Govind de me servir une autre tasse de thé au laudanum le soir, avant de me rendre dans la chambre d'Osric. Il me l'apportait fidèlement, le visage neutre. Un jour, sans savoir pourquoi, je lui dis : « Pardon, Govind », alors que je le buvais devant lui.

Il me prit la tasse des mains et se contenta de me dire « petite demoiselle », avant de sortir.

Le laudanum rendait les moments passés sur le vaste lit moins tristes et répugnants. Il aidait mon corps à s'assouplir, à se glisser dans les positions langoureuses exigées par Osric. Pendant qu'il prenait son plaisir, je pouvais me laisser flotter dans un état de torpeur, et les mots qu'il souhaitait entendre sortaient de ma bouche comme si quelqu'un d'autre que moi les prononçait.

Un après-midi, alors qu'Osric était sorti, je somnolais dans le salon brûlant et étouffant. Je tenais lâchement ma tasse de thé. J'avais voulu consulter un livre sur la peinture, sorti de la bibliothèque, mais j'étais incapable de me concentrer, et je l'avais laissé glisser sur le tapis. Govind s'approcha de moi et m'effleura la main. J'ouvris les yeux.

— Vous avez une visite, petite demoiselle Daryâ, chuchota-t-il d'un air légèrement troublé.

David ? Je passai les mains sur mes yeux, effleurai mes cheveux. Puis je m'arrêtai. Il ne pouvait s'agir de David.

— Je la fais entrer, dit-il alors.

La perplexité m'envahit, car je n'étais pas tout à fait persuadée de bien l'avoir entendu prononcer le pronom féminin. J'entendis ensuite son pas traînant, suivi de pas plus légers. Une femme menue entra et j'en restai bouche bée.

— Oh, m'écriai-je, complètement sidérée, madame Ingram !

— Bonjour, Daryâ, me dit-elle d'une voix posée qui laissait cependant transparaître une force indéniable.

La tête légèrement inclinée de côté, affichant un sourire que je connaissais par cœur – celui de son fils –, elle me dévisagea d'un air légèrement alarmé qui fit trembler mes lèvres quand je voulus lui rendre la pareille.

Le jour où j'avais fait sa connaissance sur le quai, j'étais égarée, abattue d'avoir à quitter David pour toujours et de partir avec Osric, et j'avais simplement remarqué ses cheveux blonds, ses yeux sombres et son sourire chaleureux. Elle me sourit de nouveau et je me dis qu'elle était agréable à regarder et que, dans sa jeunesse, elle avait dû posséder un charme discret typiquement anglais. Je distinguais mieux les taches dorées qui pailletaient ses prunelles brunes. Quant à ses cheveux blonds, balayés de mèches grisonnantes plus foncées, ils étaient enroulés en un chignon sévère, malgré quelques frisettes qui encadraient son visage et essayaient de s'échapper sur son col. Dénoués, ils devaient être identiques à ceux de David. Elle était vêtue d'une robe d'un ton lilas pâle qui soulignait la finesse de sa silhouette, d'un bonnet assorti et de gants blancs, et elle portait un petit sac de soie mauve plus foncée.

Govind s'attardait dans son dos. Elle se tourna vers lui.

— Vous l'attendez à quelle heure ?

— Il n'a pas dit, memsahib. Il est parti depuis un bon moment.

Elle acquiesça. Govind était manifestement embarrassé de la voir là, en l'absence d'Osric. Je sentis qu'il avait refusé de la laisser entrer mais qu'elle avait forcé la porte. Comme David. Il lui désigna un fauteuil.

— Vous allez l'attendre, memsahib ?

Au lieu de s'asseoir, elle se contenta de remuer la tête d'un air légèrement préoccupé et s'approcha de moi.

— Je suis heureuse de vous revoir, Daryâ. Vous adaptez-vous au climat anglais ? Comment allez-vous ?

Elle souriait et parlait très lentement, mais au fur et à mesure qu'elle étudiait mon visage et prenait conscience de ma toilette, son sourire s'estompa légèrement.

— Oui, je vais bien, répondis-je.
— David m'a dit qu'il avait du mal à vous voir.

Je ne sus quoi répondre.

— Vous pouvez nous laisser, affirma-t-elle alors à Govind d'un ton autoritaire.

Il hocha la tête, l'inclina, les mains sous le menton, et sortit à reculons de la pièce.

— Mais allez-vous vraiment bien ? insista-t-elle en me prenant la main, alors que je lui avais déjà répondu par l'affirmative. Vous... (Son regard scrutateur s'attarda particulièrement sur mes yeux.) Venez. Je veux... J'ai besoin de vous parler.

Nous allâmes nous asseoir l'une à côté de l'autre sur le divan.

— J'ai pris un risque en venant ici, sans savoir si M. Bull m'accueillerait chez lui, me dit-elle. Nous ne nous aimons pas... J'ignorais, quand bien même me recevrait-il, si j'aurais la possibilité de vous parler en tête à tête. Vous me comprenez ?

— Si vous parlez... lentement. Oui. Je sais pas dire tous les mots, mais je comprends beaucoup.

Je devais faire un très gros effort de concentration pour saisir ce qu'elle disait. Je regrettais d'avoir pris le laudanum ; j'aurais aimé avoir l'esprit clair, aiguisé comme autrefois. Pour quelle raison était-elle venue ? J'avais les idées embrouillées.

— Je m'inquiète à votre sujet.

Ma confusion augmenta.

— Inquiète ? Mais... pourquoi ?

Elle jeta un coup d'œil à la shisha.

— David n'est pas au courant de ma visite. Je le trouve très désorienté depuis son retour. Plus lui-même.

J'essayai de me représenter son visage, au moment où la jeune fille en robe rose lui avait parlé. M'avait-il paru désorienté ? Je ne m'en souvenais pas.

— Je sais que ce voyage a été difficile pour lui, poursuivit Mme Ingram. Il m'a dit que... qu'il vous avait révélé pourquoi il s'était rendu en Afghanistan. (Elle détourna le regard en ôtant ses gants blancs, puis revint à moi.) David m'a un peu parlé de vous. Vous avez été mariée à un Pachtoune ? De quelle tribu ?

David m'avait dit la vérité au sujet de sa mère : elle était effectivement différente, même si je n'arrivais pas à mettre le doigt sur cette différence. Elle ne ressemblait pas aux memsahibs que j'avais rencontrées à Bombay ou sur le navire. Elle paraissait s'intéresser sincèrement à moi et n'avait pas l'air de trouver mon apparence physique – mon tatouage et mon anneau dans le nez – repoussante ni même déroutante.

— Les Ghilzais, répondis-je.

Simultanément, je compris ce qui l'incitait à me poser cette question : l'identité du père de David. Elle tenait ses mains étroitement serrées. Des mains délicates, aux ongles soignés et courts.

Elle m'adressa un signe de tête, comme si elle lisait dans mes pensées.

— David m'a dit qu'il s'était confié à vous. Vous savez que son père n'était ni mon mari, ni un Anglais. Je n'étais pas moi-même à l'époque où je suis allée passer une saison chaude dans le nord des Indes, poursuivit-elle, après avoir raidi le dos et redressé les épaules. C'était à Simla, non loin de la Frontière Nord-Ouest, tout près de votre propre pays...

Elle se tut, car un équipage tiré par un cheval passait avec grand fracas derrière la fenêtre, accompagné de *hue dia !* criés à tue-tête.

— Je ne l'avais bien évidemment pas planifié, mais des circonstances imprévues ont fait que là-bas, je... je me suis rapprochée d'un homme. Un homme comme votre mari.

— Non. Non, pas comme mon mari, grimaçai-je en secouant vivement la tête.

— Je voulais juste dire qu'il était pachtoune, me répondit-elle. Un homme bienveillant et prévenant.

Elle regardait à présent par la fenêtre, et je songeai à Kaled. Le père de David aurait pu être un homme comme Kaled.

— Mais personne n'était au courant, continua-t-elle en revenant à moi. Et lorsque j'ai découvert que je portais... l'enfant... qui serait David... Je me rends compte, continua-t-elle après avoir jeté un coup d'œil à la porte fermée, que je risque de ne pas avoir le temps de tout vous raconter. J'ignorais même si je pourrais vous parler... répéta-t-elle. Mais...

Je plongeai les yeux dans les siens et vis de nouveau leurs lumineuses paillettes dorées.

— Lorsque David m'a appris que vous alliez venir vivre ici, auprès d'Osric Bull, je me suis fait beaucoup de souci, même avant d'avoir compris que mon fils tenait beaucoup à vous. J'étais terriblement inquiète.

Les yeux fixés sur sa bouche, j'attendais la suite, luttant de toutes mes forces pour comprendre. Venait-elle de me dire que David... tenait à moi ? Était-ce vraiment cela qu'elle avait dit ?

— J'ai connu Osric Bull à Calcutta. C'était un ami de mon mari.

Elle attrapa les gants qu'elle avait posés sur ses genoux et les tordit, et je m'aperçus que, sous son calme apparent, elle était très agitée. Elle était capable de dissimuler ses émotions, et j'imaginai quand et comment elle avait appris à le faire, afin de conserver pendant de si longues années le secret de la filiation de son fils.

— En public, Osric avait l'air d'un parfait gentleman. Comme mon mari.

Elle cessa fugacement de se maîtriser au moment où elle prononça cette dernière phrase. Présentais-je le même visage quelques instants plus tôt, quand je pensais à Shaliq ?

— J'allais voir une sage-femme hindoue, qui devait m'aider à accoucher de David... Vous comprenez ?

Je hochai la tête.

— Je la voyais en secret.

Elle laissa tomber ses gants et porta les mains d'un geste inconscient à son ventre, et j'imaginai la terreur qu'elle avait dû affronter, la solitude qu'elle avait dû ressentir.

— Les femmes blanches ne devaient pas avoir affaire à ces sages-femmes, mais je suis allée la voir parce que... hésita-t-elle à poursuivre, je craignais, avant la naissance de David, que s'il ressemblait à... Je n'avais personne vers qui me tourner, et elle me procurait un réconfort, et de l'aide.

Elle humecta ses lèvres et son visage s'abandonna, de telle sorte que je vis la jeune femme qu'elle avait dû être, à l'âge que j'avais à présent. La compassion m'envahit, car je comprenais l'énergie qu'elle avait dû déployer pour traverser une telle épreuve.

— Un jour, alors que j'étais chez elle, Osric est arrivé. Avec une hindoue. La sage-femme a essayé d'aider cette jeune fille, mais il était trop tard. Elle est morte quelques instants plus tard.

Elle hocha la tête, encore peinée par ce triste souvenir.

— À cause du bébé ?

— Non. Elle portait bien un bébé, mais... ce n'était pas tout. Elle ne devait pas avoir plus de douze ou treize ans, Daryâ. Et elle avait été... maltraitée. Vous me comprenez ?

— Non. Non... pas ce mot.

— Elle avait été blessée. Son corps...

J'eus du mal à avaler ma salive. Osric faisait donc du mal à des jeunes filles – des femmes – depuis tout ce temps ?

— Quand il m'a vue, Osric a raconté qu'il l'avait trouvée dans cet état, qu'elle était la fille de l'un de ses domestiques, mais j'ai compris. S'il avait dit la vérité, il ne l'aurait pas amenée là ; sa famille se serait occupée d'elle. Et à la manière dont elle était vêtue, j'ai également deviné l'usage qu'il avait fait d'elle.

Je fis le ménage dans ma tête en traduisant ses paroles : Osric avait amené une jeune fille à la sage-femme. Elle portait un bébé, mais il l'avait blessée. Elle était morte. Mme Ingram n'était pas suivie par un médecin anglais quand elle attendait David. Je jetai un coup d'œil à mon pantalon. Le tissu bleu transparent me parut vibrer et onduler, et je compris que mes jambes tremblaient. Avait-il habillé la jeune fille qu'il avait blessée – tuée – de la même manière qu'il m'habillait aujourd'hui ?

— Je savais ce qu'il avait fait mais, de son côté, il me voyait dans un endroit où je n'aurais pas dû me trouver. Le regard qu'il portait sur moi... J'ai compris ce qui l'avait amené là, tout comme il s'est douté de la raison de ma présence.

Son visage était à présent blanc comme un linge.

— Si on avait su que je portais l'enfant d'un autre homme, on ne m'aurait pas pardonné, Daryâ. J'aurais été considérée comme une paria, non seulement par mon mari, mais par le reste de la communauté anglaise de Calcutta – et ma disgrâce m'aurait poursuivie jusqu'en Angleterre. Non seulement d'un autre homme, mais... d'un homme d'une autre race. Je me moquais de ce qui m'arriverait, mais je devais penser à mon enfant, à David. Je ne pouvais pas faire autrement, vous comprenez ? C'est le devoir d'une mère.

La tension creusait à présent le pourtour de ses yeux et de sa bouche. Subitement, elle s'adossa lourdement au divan.

— Madame Ingram ? Personne voit ce que moi vois quand je regarde David ? Ses yeux... la première fois que je le regarde. Je vois Pachtoune.

Elle se remit à parler si vite que je dus lui adresser un signe de tête pour la faire ralentir. Elle reprit donc, beaucoup plus lentement :

— Je m'inquiétais au sujet de la forme et de la couleur sombre des yeux de David... Bien sûr, moi, je voyais son vrai père quand je le regardais, mais dans la société anglaise collet monté de Calcutta, personne ne semblait se douter de rien – ou, si c'était le cas, nul n'y faisait allusion, car mon mari était convaincu d'être le père de David. Et mon mari était un homme dont personne n'osait susciter la colère. De ce côté-là, il ressemblait à Osric Bull.

« Mais lui – Osric Bull –, étant ce qu'il est, a deviné la vérité quand il m'a croisée, de toute évidence enceinte, chez la sage-femme hindoue. Il ne m'a rien dit, Daryâ. Il s'est contenté de me regarder droit dans les yeux et de sourire.

Je compris quel sourire elle évoquait. Un sourire de supériorité, de conviction madrée d'obtenir ce qu'il voulait.

— Bien évidemment, je n'ai pu dire à personne où je l'avais vu ni ce qu'il avait fait à cette malheureuse enfant, parce que ma présence en ce lieu aurait suscité des interrogations. Mais après la naissance de David, chaque fois qu'Osric Bull nous rencontrait, il le dévisageait et ensuite, il m'adressait ce petit sourire accompagné d'un signe de tête. Il savait que le père de David était un indigène. Rien n'a jamais été formulé, mais je lisais sur son visage ce qu'il savait de mon fils. Il connaissait la vérité.

Tandis qu'elle revivait ces moments très douloureux, Mme Ingram tremblait de tout son corps.

— Et moi, je sais la vérité sur lui, dit-elle.

Sur ce, la porte s'ouvrit et Govind apparut.

— La voiture de sâhib Osric est arrivée, annonça-t-il.

Mme Ingram ferma les yeux et prit une profonde inspiration. Quand elle les rouvrit, elle avait plaqué un sourire sur son visage et redressé le menton. Elle s'était totalement ressaisie, comme si nous discutions d'un sujet aussi anodin que le temps.

Elle s'écarta de moi pour s'asseoir dans un fauteuil.

Alors que des bruits de pas retentissaient dans l'escalier, elle se tourna vers moi en renfilant ses gants et me chuchota d'une voix pressante :

— Vous avez toujours la carte... celle que David vous a remise sur le quai ?

Osric entra dans la pièce en se frottant les mains avant que j'aie eu le temps de répondre.

— Eh bien, madame Ingram, dit-il d'une voix mordante, j'ai été très étonné quand Govind m'a annoncé votre visite. Plutôt inhabituel de votre part, de vous présenter ainsi à l'improviste. Vous étiez sortie prendre l'air, et vous avez décidé de vous arrêter au passage ? poursuivit-il en haussant un sourcil. Ce comportement ne convient pas du tout à une femme de votre classe.

Je ne compris pas ce qu'il entendait par là, contrairement à Mme Ingram dont les lèvres se pincèrent, tandis qu'un pli se creusait entre ses sourcils.

— De toute évidence, votre fils ne respecte pas non plus les convenances. Savez-vous qu'il a aussi pris l'habitude de se présenter ici sans y avoir été invité ?

Il eut un geste faussement peiné de la tête, immédiatement suivi d'une esquisse d'un sourire porteur d'une mystérieuse menace.

— C'est donc dommage que vous ayez dû m'attendre. Vous auriez dû me faire parvenir une carte de visite pour éviter ce contretemps. Quelle honte, Mme Ingram ! Allons, allons !

Je compris que d'une manière ou d'une autre il était en train de se moquer d'elle et j'en fus embarrassée pour lui. Le front de Mme Ingram se dérida pourtant, et elle afficha un sourire qui avait quelque chose d'adolescent.

— Pardonnez-moi, monsieur Bull, répondit-elle d'un ton dégagé. Comme vous l'avez deviné, j'étais partie me promener, et j'ai cédé à un caprice, très mal élevé, je vous le concède bien volontiers.

Elle l'affirmait avec une telle assurance que je n'en doutai pas moi-même, alors que je savais parfaitement qu'elle mentait et qu'elle était venue spécifiquement pour me voir. De toute évidence, Osric et elle jouaient avec les mots.

— David m'a présenté Mlle Daryâ sur le quai, et alors que je traversais Kensington cette après-midi, j'ai subitement pensé à elle, à son adaptation à la vie anglaise. (Un grand sourire éclaira son visage et elle se tapota le front avec un petit carré de dentelle qu'elle avait sorti de son sac.) Nous n'avons pas réussi à beaucoup bavarder, ajouta-t-elle, mais j'ai l'impression qu'elle se porte bien. Mon Dieu, comme il fait chaud chez vous !

— Oui, répondit Osric qui était resté debout. Vous a-t-on proposé un rafraîchissement ?

Sa remarque sonnait faux, comme s'il essayait simplement de faire preuve de politesse.

Mme Ingram se leva.

— Je vous en prie, ne vous donnez pas ce mal. Mais je vous remercie. Il est véritablement temps que je parte.

Contrairement à Osric, elle paraissait vraiment sincère. Parvenue au milieu de la pièce, elle se tourna vers moi.

— Daryâ ? Je dirai à David que je vous ai vue et que vous vous portez bien.

J'acquiesçai de la tête, en m'efforçant de ne pas imaginer David en compagnie de sa fiancée, de ne pas le voir l'étreindre comme il m'avait étreinte. Embrassée sur les lèvres...

— Souhaitez-vous lui transmettre un message ? Lui dire quelque chose par mon intermédiaire ?

Je jetai un coup d'œil à Osric. Son visage était sombre. Il croisa les bras sur le torse et se mit à taper du pied d'impatience.

— Vous lui direz... – que pouvais-je dire ? – que j'espère que son mariage sera heureux.

Osric se racla la gorge et Mme Ingram fronça les sourcils.

— Son mariage ?

— Avec Mlle Gwendolyn Liston, précisa Osric d'une voix de stentor. N'a-t-il pas été question de leurs fiançailles, avant même que David n'entame son dernier voyage ?

Mme Ingram fit non de la tête.

— Vous faites erreur, monsieur Bull, s'étonna-t-elle. David et Mlle Liston se connaissent depuis leur enfance à Calcutta. Ils se rencontrent lors d'événements mondains, et ils ont beaucoup d'amis communs, mais... d'où tenez-vous cette information ?

Ils parlaient trop vite. Mme Ingram disait qu'Osric se trompait. Se trompait au sujet de... J'entendis le nom de la femme, le nom de la promise de David. Je m'avançai vers Mme Ingram.

— David épouse pas dame en robe rose ?

— Je ne vois pas ce que vous voulez dire, me répondit-elle. Non, David ne va pas épouser Gwendolyn Liston, ni personne d'autre.

Elle se retourna vers Osric qui se contenta de hausser les épaules.

— Govind va vous accompagner à la porte, lui dit-il, et Govind s'avança.

— Au revoir, Daryâ, me dit-elle.

Je lui rendis la pareille, et je suivis des yeux son dos droit et ses épaules fermes.

Dès que la porte d'entrée se fut refermée, Osric s'affaissa dans le grand fauteuil rouge et hurla à Govind de lui servir à boire. Govind s'approcha de la collection de grandes bouteilles posées sur la table au dessus de cuivre, versa un demi-verre de liquide ambré et le lui apporta sur un petit plateau d'argent.

Osric saisit le verre d'un geste si brusque qu'une partie de son contenu se renversa.

— Tu n'avais pas le droit de faire entrer cette femme – ni personne – en mon absence, le gronda-t-il férocement. Je t'avais laissé des instructions, mais cela ne t'empêche pas d'ouvrir la porte à n'importe qui. Tu deviens de plus en plus inutile. J'aurais dû me débarrasser de toi depuis des années, engager quelqu'un capable d'obéir aux ordres.

Govind demeurait muet.

— Souviens-toi de ce que je t'ai dit, Govind : si tu n'es plus capable d'accomplir correctement tes devoirs, je ne pourrai pas te garder à mon service. (Il avala une rasade, sans cesser de ruminer.) Et tu sais ce que ça signifiera pour toi, ajouta-t-il, en contemplant Govind par-dessus le rebord de son verre. C'est bien clair, non ?

Govind, le plateau vide dans les mains, n'avait pas bougé, et j'étais clouée à l'endroit où j'avais questionné Mme Ingram, les yeux dans les yeux, à propos de David, et où elle m'avait répondu qu'il n'était pas fiancé et qu'il n'allait pas se marier.

Tout en observant Osric vider son verre et en demander un autre, je songeai à ce que Mme Ingram m'avait appris à son propos et à celui de l'adolescente hindoue, ainsi qu'à la photographie de la femme morte.

Au mensonge qu'il avait concocté au sujet de David.

Osric avala le second verre d'une traite, avant de m'entraîner par le bras dans l'escalier jusqu'à sa chambre dont il claqua la porte. Il était ulcéré, son haleine empestait l'alcool, mais j'avais beau me trouver dans la même pièce que lui, mon esprit était ailleurs, loin de lui, et mon corps amolli restait sans réaction. Les choses se passèrent mal. Il me fit porter le blâme de son échec et me renvoya brutalement dans ma chambre.

Au bout d'un long moment, quand le jour commença à tomber, j'allai me poster à ma fenêtre. La petite fille brune d'en face revint aussi se placer derrière la fenêtre opposée, éclairée par la pâle lumière vespérale. Cette fois, un ruban blanc retenait ses cheveux.

En définitive, elle était donc bien réelle, et non point sortie de mon imagination. Je lui fis un petit signe de la main. Elle leva une jolie poupée aux boucles blondes, la pressa contre la vitre pour me la montrer, et je lui adressai un sourire, accompagné d'un hochement de tête.

— David, murmurai-je, la bouche posée contre le verre que mon souffle embua.

Il n'était pas fiancé. Pendant toute cette période, il n'avait pas été amoureux d'une autre femme, il n'avait pas rêvé d'elle, il ne l'avait ni étreinte ni embrassée.

Je souris de nouveau, même si la petite fille n'était plus à sa fenêtre.

45

David n'était pas fiancé. Durant toute la nuit et toute la matinée du lendemain, cette pensée m'obnubila. Il me fallait à présent trouver un moyen de revenir sur ce que je lui avais affirmé, de lui faire comprendre que je n'étais pas heureuse avec Osric, que j'avais menti. Que oui, oui, j'irais chez lui. Pour dîner, comme il m'y avait invitée une fois. Pour n'importe quoi. J'irais à lui. Oui.

Toute la journée, une activité inhabituelle régna dans la maison. Mme Wimby, l'air très affairé, ne quitta pas Ella et Lucy d'une semelle, leur proférant des ordres d'une voix basse et mordante. Elle parla plus à Osric que je ne l'avais jamais vue le faire. Govind transporta de grands vases de fleurs qu'il déposa dans le salon, la salle à manger et les couloirs. Le jeune homme fluet et Lucy déplacèrent des meubles du salon, conformément aux instructions d'Osric. Tout ce branle-bas piquait ma curiosité.

Je me tins cependant coite, car je sentais qu'Osric m'en voulait encore de son fiasco et je ne voulais pas aggraver son irritation. Pour parvenir à trouver un moyen de revoir David, il me fallait obéir à la lettre aux ordres d'Osric et me plier à ses exigences.

Il vint me voir en fin d'après-midi.

— Daryâ, m'annonça-t-il, je vais recevoir du monde ce soir. Des invités.

Je fus soulagée de constater qu'il s'adressait à moi normalement, comme si rien d'insatisfaisant ne s'était déroulé entre nous. En fait, il paraissait même aux anges.

— Des invités ?

Allait-il me sortir de ma boîte ou avait-il l'intention de me garder au secret dans ma chambre ?

— Oui. Et vous allez vous sentir très à l'aise. Je peux vous l'assurer. Vous n'avez aucune raison de vous inquiéter.

Sa remarque m'étonna, mais je n'étais pas au bout de mes surprises.

— Je suis persuadé que vous vous divertirez avec ces amis-là. Dénattez vos cheveux et laissez-les pendre. Mettez du khôl et habillez-vous en rouge et or – mes couleurs préférées. Nous donnons une réception pour célébrer le solstice d'été, précisa-t-il, la tête inclinée, la mine réjouie.

Il me tira par les deux mains pour m'aider à me lever et entonna :

Et le ver luisant apparut
Avec sa flamme argentée
Il scintilla et brilla
Durant la nuit de la Saint-Jean
Et bientôt la jeune fille noua son nœud d'amour.

Aux mouvements de sa bouche, je me rendis compte qu'il récitait de la poésie anglaise, mais je n'y compris rien.

— Allez-y, me dit-il. Ce soir, précisa-t-il à tue-tête quand j'eus atteint le haut de l'escalier, il conviendrait tout à fait que vous portiez le voile. Attendez que je vienne vous chercher dans votre chambre.

Je nourris brièvement l'espoir que David allait faire partie des invités, mais j'abandonnai très vite cette hypothèse, car je n'oubliais ni les regards qu'Osric portait sur lui ni la manière dont il l'avait traité, le jour où il était entré dans la maison.

Peu à peu, des bruits me parvinrent crescendo : de nombreux véhicules arrivaient, des voix riaient et s'interpellaient, la maison vibrait sous les pieds qui montaient et descendaient les escaliers.

Quand Osric se décida à ouvrir ma porte, je suffoquai et j'eus un mouvement de recul. Il portait un masque sur les yeux, recouvert de minuscules éclats de verre bleu scintillants. Un bec pointu, moulé sur son nez, y était intégré.

— N'ayez pas peur, ma chère, hurla-t-il pour se faire entendre par-dessus la musique, le bourdonnement des voix masculines et les rires perçants des femmes qui montaient de l'étage inférieur.

Il pénétra dans ma chambre et tout ce tohu-bohu s'estompa quand il eut refermé la porte.

— Mon masque fait partie de la fête. Tous mes invités sont déguisés. J'ai songé à vous faire fabriquer un costume, mais avec vos yeux lumineux au-dessus de votre voile et le merveilleux motif de votre tatouage qui se détache si nettement sur votre front, vous offrez déjà une vision ensorcelante. J'ai hâte de vous montrer à tous mes invités.

Il me tendit son bras, que je pris docilement.

Je ne parvins pas à analyser en détail la scène qui se présentait à moi pendant notre descente de l'escalier. Je ne vis que des corps, pressés les uns contre les autres, qui se mouvaient comme une vague. L'air était brûlant et enfumé et une vague d'odeurs – de tabac, de poudre aux parfums divers sous lesquels perçaient des effluves de transpiration – monta à ma rencontre. De la musique flottait du salon. Peu à peu, je distinguai plus nettement chaque individu. Un homme souleva son masque – une tête de cheval pourvue d'une corne au milieu du front – pour porter les lèvres à son verre plein. Un autre individu, vêtu d'un costume d'un seul tenant auquel pendait une longue queue fourchue, posait vulgairement la bouche sur le cou dénudé d'une jeune femme arborant un masque en magnifiques plumes rouges hérissées. Il mordillait sa gorge blanche avec délectation.

Osric me fit entrer au salon. L'air y était encore plus épais, car hommes et femmes confondus ne se contentaient pas de fumer de fins petits cigares noirs, mais utilisaient tour à tour la shisha. Tout le monde buvait dans des verres à longues tiges, servis par des hommes en élégants costumes noirs et gants blancs. D'autres passaient entre les invités pour leur présenter de toutes petites portions de mets sur des plateaux. Je ne vis pas Govind. Jamais il n'aurait pu se débrouiller au milieu de cette foule, il ne serait pas parvenu à monter et à descendre les escaliers sans problème avec un lourd plateau d'argent dans les mains. Trois hommes, portant les mêmes costumes que ceux qui servaient la nourriture et les boissons, interprétaient de la musique sur des instruments à cordes, mais personne n'avait la courtoisie de les regarder ni de les écouter.

Osric se fraya un chemin au milieu de ses hôtes. Il me serrait contre lui et s'arrêtait à tout bout de champ.

— Je vous présente ma nouvelle invitée, Mlle Daryâ. N'est-elle pas somptueuse ? Je l'ai trouvée à Bombay, ajoutait-il à l'occasion, quand il ne disait pas : mais attention, elle ne resplendissait pas à l'époque comme aujourd'hui. Je suis passé par là !

Un sourire figé plaqué sur le visage, il me serrait le bras dans un étau. J'aurais voulu m'arrêter, écouter et essayer de comprendre le plus possible les conversations, tenter de parler, mais Osric ne me le permettait pas. J'avais l'impression qu'il voulait me présenter à tous ses invités sans exception, et les entendre répéter les mêmes compliments que lui sur ma beauté exotique, accompagnés de commentaires sur la chance que j'avais eue d'être conviée à venir vivre chez lui en Angleterre.

Et d'un seul coup, il jeta un coup d'œil par-dessus mon épaule et son visage se rembrunit.

— Excusez-moi, dit-il, je reviens dans un instant.

Et il m'abandonna devant un petit groupe de personnes.

Je leur souris chaleureusement sous mon voile, sachant que mon sourire se reflétait dans mes yeux, mais ils ne me prêtèrent aucune attention et poursuivirent leur conversation animée. Les femmes qui ne portaient pas de masque avaient le visage beaucoup trop fardé, des joues et des lèvres peinturlurées d'un rouge qui n'avait rien de naturel. Les hommes riaient trop bruyamment, ils soufflaient de la fumée, et certains se déplaçaient déjà d'une démarche titubante, provoquée par l'abus d'alcool. Leur comportement, tous sexes confondus, manquait totalement de dignité, et je compris tout de suite que cette assemblée n'était pas constituée d'êtres humains honorables. Je n'en fus pas surprise, sachant ce que je savais désormais d'Osric.

Je me dirigeai vers l'entrée, car je souhaitais échapper à la fumée. Alors que je commençais à descendre l'escalier, une femme portant un simple masque de porcelaine blanche sur les yeux me retint d'une main sur mon bras. Elle s'inclina vers moi et effleura mes hurquus.

— Avec quoi les avez-vous peints ? me hurla-t-elle.

— Pas peinture. Hurquus.

— C'est quoi ? me demanda-t-elle d'une voix encore plus criarde.

J'essayai de me souvenir du mot anglais.

— Tatouage, dis-je.

Un serveur s'arrêta devant nous avec un plateau ; elle choisit un minuscule triangle de pain tartiné d'une pâte foncée, et je pris un verre d'un liquide rubis. Mais à peine l'avais-je porté à mes lèvres que je le rabaissai, la tige entre les doigts, à cause de l'odeur d'alcool qui montait à mes narines.

— Pourquoi êtes-vous tatouée ?

Sans me laisser le temps de répondre, elle se tourna vers l'homme qui l'accompagnait. Il ne portait pas de masque, mais un bandeau avec des cornes sur le sommet du crâne.

— Regarde l'étrange luminosité de ses yeux, Bith, dit-il.

— Ouvre en grand, chéri, répondit-elle, comme si elle ne l'avait pas entendu.

L'homme ouvrit la bouche dans laquelle elle plaça le triangle de pain. Il referma les lèvres sur ses doigts et les suça. Elle le frappa sur le torse de son éventail et éclata d'un rire qui ressemblait à un trille aigu. L'homme mâchait en me dévisageant sans vergogne. Des gens nous bousculaient au passage et, en contrebas, le hall d'entrée grouillait de monde. À imaginer qu'il existât une chance minime pour que David fût présent, comment ferais-je pour le reconnaître au milieu de cet océan de masques ? Mais lui me reconnaîtrait, et il s'approcherait de moi, même si je lui avais menti à propos de mon bonheur. Je pourrais alors lui avouer la vérité. Lui dire que je n'étais pas heureuse dans cette maison, que je voulais partir, le plus vite possible. Que je ne voulais pas être contrainte de regarder le visage d'Osric Bull une nuit de plus, et que c'était du sien dont je rêvais.

— Tu ne trouves pas qu'elle est vraiment singulière ? fit remarquer l'homme aux cornes.

— Effectivement, répondit la femme.

— Si vous voulez bien m'excuser, me dit-il.

Une seconde plus tard, il avait tendu la main pour soulever et m'arracher mon voile. L'agressivité de son geste me surprit tellement que ma seule réaction fut de serrer davantage la tige fragile du verre.

— Je suis peintre. Qu'en penses-tu, Bithia ? Ne possède-t-elle pas quelque chose... La mélancolie, que sais-je, la solitude sensuelle de la jeune femme du sérail ?

Il recula d'un pas et inclina la tête pour mieux me scruter.

— Oui. Parfaite, dit-il. La houri solitaire.

D'autres personnes masquées se rassemblaient autour de moi, comme une nuée de vautours s'approchent d'un animal qui vient de mourir. Je tendis la main pour récupérer mon voile.

— Oh, Osric ! s'exclama l'homme. Je dois vous parler de cette femme enchanteresse.

Je me tournai. Osric se tenait derrière moi, une marche au-dessus de la mienne. Il me prit le verre des mains.

— Où avez-vous trouvé ce trésor ? lui demanda l'individu.

Osric sourcilla légèrement.

— J'adorerais la peindre, Os. Me la prêteriez-vous ?

Il m'adressa un sourire chaleureux que je ne lui rendis pas, humiliée par ces étrangers qui examinaient mon visage dénudé, par cet homme qui n'hésitait pas à tendre le bras pour toucher mes hurquus, comme l'avait fait la femme. Je reculai.

— Bith ne sait que trop bien le temps que j'ai consacré à essayer de saisir les nuances du voyage en Orient. De jolis tableaux sur ce thème – cette muse d'un nouveau genre – sont actuellement exposés au musée de South Kensington. Vous comprenez mieux que bien d'autres ce que j'entends par là, Os. Ce voyage qui s'est transformé en rite de passage et qui permet d'atteindre une double vérité : celle de la connaissance... et celle du désir.

Il faisait couler mon voile entre ses mains. Puis il embrassa du regard l'attroupement qui s'était formé dans l'escalier et les invités qui nous regardaient d'en bas. Sa voix grimpa d'un ton ; manifestement, il savourait le fait d'occuper le centre de l'attention. Je ne comprenais pas de quoi il parlait, mais le déplaisir d'Osric ne m'échappa pas. Pour quelle raison se taisait-il ? Je cherchai une issue dans les deux sens de l'escalier pour échapper à cette situation.

L'homme but une autre longue rasade. Ses yeux avaient du mal à se concentrer sur moi.

— La nouvelle muse dont je parle n'est donc pas celle de l'amour, mais l'almée – la muse du désir. (Il hocha la tête.) Quelle merveilleuse découverte en cette nuit de l'amour et des amants, tu ne trouves pas, Bith ?

Il enlaça le dos de la femme et fit courir ses doigts le long de son bras nu. Elle me scrutait de derrière son masque de porcelaine.

— Depuis *La Grande Odalisque* d'Ingres au Louvre, poursuivit-il, l'odalisque est devenue le symbole de la splendeur exotique et érotique. Qu'en dites-vous, Osric ? Si j'avais les accessoires adéquats, je pourrais faire un tableau magnifique. Poserait-elle pour moi ?

— Je crains que non, lui répondit Osric avec un sourire que je ne lui connaissais pas. Elle n'a pas envie de me quitter. N'est-ce pas, Daryâ ? En tout cas pas pour une séance de pose destinée à un portrait. C'est beaucoup trop long.

Il tendit la main pour reprendre mon voile à l'individu et essaya de le replacer avec précaution sur mon nez et ma bouche. Je le lui arrachai afin de le faire moi-même.

— Nous devons y aller. Il y a encore beaucoup d'invités auxquels je n'ai pas parlé, dit-il.

Et il me ramena au salon.

Je tirai sur son bras pour l'obliger à s'arrêter devant une fenêtre ouverte.

— De quoi parlait cet homme ? Je n'ai pas compris.

— C'est juste un jeune nigaud, s'impatienta Osric. Bouffi de son piètre talent, qui crache des idioties sur des sujets dont il ignore tout. Assommant. (Il but longuement.) Quant à vous, vous n'êtes pas restée à l'endroit où je vous avais laissée, me gronda-t-il. Je n'aime pas que vous vous aventuriez seule.

Cette réflexion sonna à mes oreilles comme un avertissement.

— Comment pourrais-je être seule au milieu de tous ces gens ? Vous attendez de moi que je reste figée sur place, Osric ? *Comme les femmes de vos photographies ?* Je suis juste allée...

— Je dois m'occuper de détails, m'interrompit-il sans même m'écouter. Tout de suite. Ne bougez pas, m'ordonna-t-il. Et cette fois, attendez-moi. Il y a encore des gens qui ne vous ont pas vue.

— Osric ! l'appelai-je alors qu'il s'éloignait.

Mais il ne m'entendit pas. Je savais qu'il en serait exaspéré, mais je ne pouvais plus m'attarder au milieu de ce vacarme et de cette confusion. Je voulais regagner ma chambre, ouvrir ma fenêtre et me pencher dehors. Les nombreuses lampes allumées et les chandelles dont la cire s'égouttait diffusaient une chaleur insoutenable. Alors que je saisissais le bord de mon voile pour essuyer mon front, un homme de petite taille qui portait un masque d'oiseau semblable à celui d'Osric, mais avec un bec plus long et plus pointu, vint s'incliner devant moi. Quand il releva la tête, je tentai de voir ses yeux à travers les fentes qui leur étaient réservées, mais elles étaient trop sombres. Il tira alors le masque de son menton vers le haut de son visage pour le laisser reposer sur le sommet de son crâne chauve. Le bec pointu se dressait vers le plafond comme un doigt indique un chemin.

Il s'inclina de nouveau.

— Bonsoir, mademoiselle Daryâ, me dit-il. Permettez-moi de me présenter. Je vous ai aperçue dans le coupé avec M. Bull il y a peu. À Hyde Park. Je suis M. Sutcliffe.

— Bonsoir, dis-je.

J'essayai de me souvenir du visage de l'homme qui m'avait scrutée avec un tel intérêt par la vitre ouverte du coupé.

Il s'approcha un peu plus de moi. De longs poils noirs dépassaient de ses narines.

— Puis-je aller vous chercher quelque chose à boire ? Vous ne buvez rien.

J'avais l'impression qu'il essayait de distinguer mon visage à travers mon voile.

— Non, merci. Je ne bois pas.

— Allons, allons. Il fait très chaud. Vous avez sûrement envie de vous désaltérer.

Il tapota sa lèvre supérieure avec un mouchoir bordeaux plié qu'il venait de sortir de la poche de sa veste. Il portait des gants d'une blancheur éclatante à la lumière, et dont les petits boutons brillaient à ses poignets.

— Ces masques donnent encore plus chaud. Vous avez choisi de ne pas en porter ce soir ? me demanda-t-il.

Il s'était tellement rapproché que je sentis son genou contre le mien. Je reculai. L'appui de la fenêtre s'enfonçait dans mes reins. Il posa une main sur mon bras.

— Non.

— C'est vrai que vous n'en avez pas besoin. Votre visage est assez mystérieux et provocant comme cela.

J'avais du mal à le comprendre, en raison du tapage qui régnait dans la pièce et de cette langue que je ne maîtrisais pas. Je voulais m'éloigner de lui, mais comme dans l'escalier, je n'avais aucune issue : j'étais appuyée à la fenêtre et il me bloquait le passage. Par-dessus son épaule, je vis s'approcher une femme au loup décoré de perles dorées qui scintillaient au milieu de plumes bleu vif.

Elle lui effleura l'épaule.

— Silas, dit-elle, et il se retourna. Ta dame en jaune te cherche.

Elle ôta son masque. Elle n'était pas anglaise.

Le visage de M. Sutcliffe s'éclaira.

— Oh... oh oui. Merci, Urbi. Ravi de vous avoir revue, mademoiselle Daryâ, me dit-il ensuite. Je sais que ce ne sera pas la dernière fois.

Il replaça son masque sur son visage et se fraya un chemin au milieu de la foule d'invités.

J'adressai un sourire à cette femme à laquelle j'étais reconnaissante de m'avoir débarrassée de M. Sutcliffe. Plus petite que moi, elle avait un corps aux courbes plantureuses. Elle n'était pas hindoue, mais j'ignorais sa race. Sa peau, couleur bronze à l'aspect satiné, ne portait pas davantage de marque sur le visage, le cou, la poitrine que sur ses bras dénudés. La lumière des lampes à gaz faisait briller ses cheveux bruns coiffés en étranges torsades autour de sa tête et ses yeux étaient si foncés qu'ils en paraissaient noirs. Elle avait des sourcils très fournis et des lèvres sensuelles.

Elle me rendit mon sourire.

— Je suis Urbi, me dit-elle. Et vous, Daryâ, c'est ça ?

Étonnée et ravie, je fis oui de la tête.

— Comment vous connaissez mon nom ?

Son sourire s'élargit. Au milieu de ses dents droites et carrées ressortait une incisive en or.

— Je suis très bonne amie d'Osric. Comme tout le monde ici. Tous bons amis pour fête spéciale.

Elle parlait aussi avec ses mains, parées de nombreuses bagues, y compris à l'auriculaire auquel manquait pourtant la dernière phalange. Une pierre noire – assortie à ses yeux – sertie dans un large anneau d'or brillait à son pouce. Cet anneau me disait quelque chose. Je me souvins d'avoir vu Osric le porter à Bombay.

— D'où vous venez ? lui demandai-je. Où est votre maison ?

— Ma maison ? Je suis anglaise ! s'écria-t-elle gaiement, et je sentis le parfum insidieux de chanvre brûlé dans son haleine, tandis que sa réflexion me faisait évidemment penser à Fleur. Longtemps, je suis anglaise. Je vis dans maison anglaise, mange nourriture anglaise, porte vêtements anglais quand je sors. Moi, et autres femmes.

— Autres femmes ?

— Oui, femmes viennent, femmes vont et autres femmes viennent. Nous formons famille, parfois grande, parfois petite. Nous avons des hommes anglais, comme Osric, pour s'occuper de nous.

Le zenana de ma grand-mère, avec ses femmes enfermées, me traversa l'esprit.

— Bientôt, vous êtes anglaise aussi.

Elle cessa de rire et se caressa la joue avec les plumes de son masque.

— Mais je nais en Égypte. Vous connaissez Égypte ? Le Caire ?

Je fis non de la tête.

— C'est loin, dit-elle, avant de sourire de nouveau radieusement. Mais Angleterre est endroit bien meilleur qu'Égypte. Je retourne jamais. Vous aussi, vous retournez jamais ?

Dans cette pièce assourdissante, à la touffeur oppressante, cette question simple à laquelle je ne m'attendais pas me heurta de plein fouet. Ma nouvelle existence se résumait donc à ce vide, à cette inutilité ? Depuis cinq ans, ma vie n'avait été que mouvement. J'avais foulé des montagnes et des vallées parmi des êtres qui travaillaient dur, auxquels il arrivait d'être confrontés à la naissance et à la mort dans la même journée, qui croyaient en eux et en leur entourage. Le ciel entier m'enveloppait alors de son étreinte démesurée. J'avais voyagé par une chaleur torride, dans la poussière, malgré la maladie. Mon objectif était alors de survivre.

Désormais, ma vie n'était qu'oisiveté, ne consistait qu'à attendre que chaque jour se fondît dans le suivant, au fil de l'égrènement du temps par des horloges. À me parer de toilettes et de bijoux de luxe ; à souffrir de maux de tête à cause des lampes à gaz qui sifflaient dans les pièces. À contempler toujours la même vue de la fenêtre de ma chambre, et à être entourée d'un fourmillement de gens comme ceux-ci, qui tiraient leur plaisir de la boisson, des commérages, de l'exposition honteuse de leur intimité et de l'usage immoral de leur corps.

— Je rentre. Bientôt, me surpris-je à répondre.

J'avais la conviction que je ne resterais pas, que je ne pouvais pas rester ici.

De la même manière que j'avais trouvé la force et la détermination d'échapper à la vindicte de Shaliq, de quitter un avenir incertain à Jalalabad et de refuser la triste certitude de la vie qui m'attendait à Bombay, je trouverais un moyen de fuir cette existence auprès d'Osric Bull. Cependant, les paroles de Govind refusaient de sortir de ma tête : *Quand il veut plus d'elles...* Je fus prise de palpitations. J'allais devoir partir bientôt. Je ne pouvais pas attendre le moment où Osric serait lassé de moi, comme il s'était lassé de la femme de la photographie.

— Ne soyez pas femme triste, me dit alors Urbi. Venez. Nous allons danser et être heureuses.

Elle glissa son masque dans son décolleté, entre ses seins voluptueux. Puis elle frappa des mains au-dessus de sa tête et commença à onduler des hanches. Raide comme une statue, je la regardai faire. Quand elle levait les bras, son corselet étroit se soulevait et révélait sa taille à la chair trop tendre, qui retombait un peu au-dessus de la ceinture de sa jupe. Les plumes de son masque tressautaient contre sa poitrine. Elle adressa un clin d'œil à un homme élancé et très maigre qui ne portait qu'un simple loup noir. Il s'immobilisa, son verre à la main, et lui adressa un sourire langoureux à travers les spirales de fumée qui s'élevaient du petit cigare coincé entre ses lèvres.

Il la prit par la main et l'emmena. Elle me jeta un coup d'œil par-dessus son épaule, accompagné d'un sourire qui fit jaillir un éclair de sa dent en or.

Je me frayai un chemin au milieu de la foule compacte d'invités jusqu'en haut des escaliers. Je ne m'attarderais pas plus longtemps à cette soirée, malgré les ordres d'Osric. Comme je posais la main sur la poignée de la porte de ma chambre, une plainte sourde me parvint de l'escalier qui menait au dernier étage. Je marchai sur la pointe des pieds jusqu'au bout du couloir et passai la tête à l'angle. Je reculai sur-le-champ. C'était M. Sutcliffe, que je reconnus au long bec ridicule pointant au sommet de son crâne. Une de ses mains fouillait sous la jupe d'une femme menue, vêtue d'un costume de plumes jaunes. Il l'étreignait, le visage enfoui entre ses seins qui ressortaient comme des petites collines blanches de son profond décolleté emplumé. Elle avait la tête renversée en arrière et les yeux cachés derrière un masque jaune assorti à sa toilette.

Les amis d'Osric étaient tous à son image, vils de caractère. Cette nature expliquait pourquoi il était fier de me sortir de ma chambre pour m'exhiber à eux. Il savait qu'ils m'accepteraient pour ce que j'étais, qu'ils le féliciteraient de son infâme secret. Qu'ils me considéreraient comme l'une des leurs.

L'absence de David allait de soi. Il n'était pas un ami d'Osric, il n'avait rien à voir avec ces gens.

Dans ma chambre, tout en buvant un verre d'eau, je me dévisageai dans le miroir de la table de toilette. Puis je m'éclaboussai les joues d'eau. J'avais le teint gris de fatigue et une tache de fard cramoisi sur une manche. Mes orteils étaient endoloris, après que de nombreuses personnes eurent piétiné mes mules de satin.

Des éclats de rire montaient vers moi en espèces de volutes embrumées. Je m'approchai de la fenêtre, l'ouvris en grand et me penchai à l'extérieur pour avaler une profonde goulée d'air, afin d'expulser ensuite la fumée et le bruit de ma tête.

Puis je me laissai glisser à terre, le dos appuyé au mur, tandis qu'en cette nuit du début de l'été anglais, la fenêtre, au-dessus de ma tête, laissait pénétrer un filet de brise rafraîchissante.

Je finis par m'allonger sur le flanc en songeant à David et je compris alors que je m'étais moi-même induite en erreur, que je ne disposerais peut-être que du souvenir de son baiser jusqu'à la fin de ma vie.

Un rire m'éveilla et me fit asseoir en sursaut. Je clignai des yeux à cause des premiers rayons de lumière et découvris avec étonnement que je m'étais endormie par terre. Alors que je me levais pour m'allonger sur mon lit, ce rire éclata de nouveau – un rire de femme. La réception se poursuivait-elle encore ?

Je m'approchai de la porte, l'ouvris et entendis un autre rire, plus retenu, suivi de murmures. Ils venaient de la chambre d'Osric. Je refermai la porte discrètement et m'appuyai contre elle.

Osric avait emmené une autre femme dans son lit. Cela signifiait-il qu'il s'était déjà lassé de moi ?

46

Je faisais lentement le tour du salon, soulevant et reposant les jolis objets exposés sur les tables et les étagères. Par la fenêtre entrebâillée me parvenait le clapotis discret de la pluie, mais cette dernière, au lieu de rafraîchir l'air, humidifiait tout. J'avais la sensation que ma peau était recouverte d'une fine pellicule luisante. Je m'approchai de la vitre pour regarder les gouttes tomber dans la longue rue rectiligne.

Le salon – et le reste de la maison – étaient rangés quand j'étais descendue. Ne subsistait plus aucune trace des ripailles de la veille. Govind, Lucy et Ella avaient dû travailler comme des forcenés pendant des heures pour tout remettre en ordre.

En ce début d'après-midi, je découvris, quand la porte du salon s'ouvrit et qu'elle y pénétra au bras d'Osric, que la femme qui avait partagé son lit était Urbi.

Commençait-il vraiment à se fatiguer de moi ou m'en voulait-il encore de ne pas l'avoir satisfait la veille de la réception ? Je m'abstins de le regarder, par crainte, tout à coup, de ce que je risquais de lire sur ses traits.

Urbi paraissait fatiguée. Sur son visage gonflé, son sourire avait perdu sa luminosité de la veille. Elle s'approcha de moi et me serra les mains, et je sentis un vide à l'endroit où aurait dû se trouver la phalange manquante de son auriculaire.

— Comment vous allez aujourd'hui, Daryâ ? me demanda-t-elle.

— Bien, répondis-je. Et vous ?

— Je vais toujours bien, dit-elle. Osric, j'aimerais boire quelque chose.

Elle alla s'asseoir sur le divan, les jambes allongées devant elle. Elle portait des mules de satin identiques aux miennes et, bien évidemment, le même costume révélateur qu'à la réception. Je m'assis près d'elle.

Osric s'approcha de la desserte à liqueurs.

— Xérès ?

— Brandy.

Osric lui apporta un grand verre rond. Elle le prit presque trop impatiemment et le porta tout de suite à ses lèvres. Avant de boire, elle en lécha le bord pour goûter le liquide ambré parfumé. Rose et petite, sa langue avait l'air un peu râpeuse, comme celle d'un chat.

Elle se tourna vers moi après avoir bu.

— Vous faites quoi, Daryâ ? Vous allez à beaucoup de réceptions avec Osric ?

Je jetai un coup d'œil à ce dernier, mais il était occupé à se verser à boire.

— Non.

— Dans ce cas, vous faites quoi ?

Elle buvait par petites lampées régulières, ses yeux noirs plongés dans les miens.

— Je... je reste ici.

— Osric ! l'interrogea-t-elle. Pourquoi Daryâ reste ici ? Tu l'emmènes pas s'amuser dehors ?

Osric s'approcha, son verre à la main.

— Vous êtes vraiment trop jolies toutes les deux, dit-il en anglais, sans répondre à sa question. Quel charmant couple vous faites ! Puis-je vous photographier ?

J'en eus subitement la respiration coupée. Je portai la main à ma poitrine et je fus secouée d'une quinte de toux.

— Que se passe-t-il, Daryâ ? me demanda-t-il, la tête inclinée. Vous ne voulez pas être captée sur une photographie ?

Je hochai la tête.

— Non, répondis-je d'une voix forte. Non, Osric. Pas de photographie.

— Ne soyez pas sotte, me répliqua-t-il, et je compris que, comme dans tous les domaines, il obtiendrait gain de cause. Urbi, ajouta-t-il d'un ton plein d'assurance, cela te plaît de poser pour moi, n'est-ce pas ?

Je lui coulai un regard. Elle fit oui de la tête, les yeux écarquillés, en m'adressant un sourire, suivi d'un autre à Osric.

— Très bien. Je vais chercher mon matériel.

Quand il fut sorti en claquant la porte derrière lui, je saisis Urbi par le bras.

— Dites non photographie, Urbi. S'il vous plaît. Photographie est... mauvaise. Mauvaise, répétai-je en secouant légèrement son bras.

Urbi regarda ma main posée sur son bras, puis elle se dégagea pour se lever et finir sa boisson. Elle alla à la table remplir son verre et le porta à ses lèvres en haussant les épaules.

— Osric aime photographier.

— Vous... déjà photographiée ?

Elle regagna le divan en hochant la tête et effleura ma boucle d'oreille.

— D'Osric ?

— Oui, mais...

— Moi, j'ai ça, m'interrompit-elle en effleurant une bague qu'elle portait à l'index – un anneau d'or serti d'une pierre verte ronde entourée de plus petites pierres. Des émeraudes, dit-elle. Ça, ajouta-t-elle en soulevant son pouce avec la bague noire, et ça, continua-t-elle en agitant son doigt coupé paré d'une pierre ovale laiteuse. Une opale. Et bientôt, il m'en donne d'autres. En égyptien, Urbi veut dire princesse. Osric dit qu'en Angleterre je suis maintenant une princesse. Chez moi, je m'appelle pas Urbi, mais Osric aime.

Ma grand-mère avait porté un autre nom, dans une autre vie. Elle avait oublié son vrai nom. Urbi se souvenait-elle du sien ?

— Vous aimez Osric ? me demanda-t-elle avant d'enchaîner, sans attendre ma réponse et en effleurant mes hurquus : Pourquoi vous avez ça ?

— Chez moi. J'ai mari, répondis-je, en m'efforçant de me souvenir du visage de Shaliq. Mais fini.

Elle expulsa une petite bouffée d'air.

— Un mari, c'est pas bien pour moi. Un seul homme, c'est pas bien. Ça vous plaît ici, avec Osric ?

Je haussai les épaules.

— Il... m'accueille dans cette maison.

Je me refusais à dire que j'étais ici chez moi.

— Et autres hommes ? Il vous apporte autres hommes ?

Une pointe de roublardise luisait dans ses yeux. Je compris son insinuation en pensant à M. Sutcliffe et à l'individu qui parlait de peinture.

— Non. Pas autres hommes.

— Vous connaissez seulement Osric ? Pas autre homme à Londres ?

Elle paraissait déconcertée.

David, songeai-je. Contrairement à l'image estompée de Shaliq, le visage de David se détachait nettement dans ma tête, comme une photographie éclairée par une lumière directe. Je me levai. Je ne laisserais pas Osric me photographier. S'il ne me photographiait pas, il ne me ferait pas de mal.

— Seulement Osric ? répéta-t-elle, avec un clin d'œil à mon adresse similaire à celui qu'elle avait lancé la veille au grand individu. Mais lui, il aime autre chose, non ? Des choses spéciales ?

Soliman croassa subitement et Urbi lui répondit d'un sifflement sonore, identique à celui des garçons ghilzais qui appelaient les chèvres. L'oiseau rutilant pencha la tête et siffla à son tour.

J'observai le perroquet qui montait et redescendait sans se presser sur son perchoir. Un vieux proverbe me vint à l'esprit : *Même dans une cage dorée, le rossignol rêve de son pays natal.* J'essayai de me représenter Soliman dans son cadre naturel. Quels souvenirs permettaient à un oiseau de rester en vie ? Gardait-il en lui quelque chose de vaguement évocateur de la terre où il avait vécu en toute liberté au sein d'une verdure exubérante, sous une lumière radieuse et pure et un air limpide, au lieu d'être enfermé dans une cage placée dans un salon surchauffé et plongé dans la pénombre ?

Osric refit alors son apparition. Il transportait le cube posé sur trois jambes. Derrière lui, Govind tenait avec prudence un cadre de bois dans lequel était insérée une plaque de verre. Je voulus échanger un regard avec lui, mais il s'y refusa et tendit la plaque qui luisait d'humidité à Osric, avec un luxe de précautions. Osric la fit glisser dans une fente de la boîte. Je ne quittais toujours pas Govind des yeux. Il n'allait pas laisser cela m'arriver, c'était impossible.

Osric posa la shisha sur le sol à côté du divan, l'écarta et le remit à la même place. Puis il nous fit asseoir, Urbi et moi, sur le divan, épaule contre épaule. De ses mains fermes et moites comme à l'ordinaire, il nous poussa dans différentes positions. Je voulais esquiver ce contact en raison de ce que ces mains m'avaient fait, de ce qu'elles avaient fait à Urbi à peine quelques heures plus tôt. Quand il eut obtenu la pose qui le satisfaisait, il se plaça derrière la boîte, appuya le visage dessus et tendit les bras devant, les doigts posés sur un capuchon rond qui dépassait à cet endroit.

— Urbi a l'habitude, n'est-ce pas, Urbi ? dit-il en jetant un regard par-dessus le sommet de la boîte.

Sa bouche se fendit lentement en un sourire langoureux, et il sortit la langue pour lécher ses lèvres déjà humides. Je jetai un coup d'œil à Urbi. Le sourire qu'elle lui rendit fit briller sa dent en or de tous ses feux.

— Ne bougez pas, Daryâ ! exigea Osric. Je vous ai placées exactement comme je voulais. Inclinez la tête. Non, à droite. Baissez le menton.

Je lui obéis. Il acquiesça, l'œil neutre et sombre.

— Bon. Maintenant, regardez le cercle de verre devant l'appareil photo, Daryâ. Juste ici, à l'endroit où se trouvent mes doigts, me dit-il en persan. Très bien. Nous y sommes. Ne bougez pas du tout et regardez le cercle.

Son sourire d'autosatisfaction une nouvelle fois déployé m'inspira un haut-le-cœur. Il souleva le capuchon et je regardai fixement l'œil de verre rond ; presque sur-le-champ, il remit le capuchon en place, sortit la plaque de verre encadrée de la boîte et la tendit à Govind qui s'en alla à pas lents. Une nouvelle vague de terreur me submergea quand je le vis s'éloigner.

— Bien. À présent, prenez le bec de la shisha, Daryâ. Mettez-le dans votre bouche.

— Vous savez bien que je ne...

— Vous n'allez pas fumer, s'impatienta-t-il. Contentez-vous de placer les lèvres dessus. Urbi, poursuivit-il un ton plus bas, pose la tête sur l'épaule de Daryâ.

Le bec était frais et lisse et il s'en dégageait l'odeur douceâtre et sombre qui parfumait si souvent l'haleine d'Osric. Govind réapparut avec une autre plaque de verre humide, qu'Osric glissa à son tour dans la boîte. Il tapota sur le capuchon d'un doigt en murmurant : « Ici, Daryâ », et quand il l'enleva, je gardai le regard fixé sur l'œil de verre, jusqu'au moment où il le recouvrit.

Il m'ordonna alors de me lever.

— Je vais en prendre une de vous toute seule. Ici, à côté de la fougère. Laissez les frondes retomber sur votre visage.

— Osric, s'il vous plaît, je suis fatiguée. Je n'ai pas envie de continuer.

— Ne discutez pas ! m'ordonna-t-il, les lèvres pincées. Pourquoi êtes-vous incapable de vous conduire comme Urbi ? C'est un modèle parfait. Très docile. (Il lui adressa un clin d'œil.) Dans tous les domaines.

Elle pouffa de rire en le traitant de *vilain Osric* et je fus contrainte de détourner les yeux.

— Bon, Daryâ. Tenez-vous là comme je vous l'ai dit.

Je m'exécutai, et après avoir changé la plaque avec Govind, il regarda à travers la boîte. Il se redressa, secoua la tête et s'approcha de moi, tripota la plante, tira mon corsage plus bas et ramena une partie de ma chevelure en avant. Ses doigts humides s'attardèrent juste un instant de trop sur ma poitrine alors qu'il arrangeait mes cheveux et, une fois de plus, il se pourlécha les lèvres. Je reconnus l'expression qui trahissait son excitation et sa jouissance : paupières baissées, bouche humide gonflée, peau blême légèrement empourprée, de telle sorte que ses cicatrices de variole ressortaient un peu plus. Il prenait un immense plaisir à nous dominer, Urbi et moi.

Il regarda à nouveau dans la boîte et se parla à lui-même.

— Votre bouche est trop large – elle n'a rien du bouton de rose à la mode de nos jours. Vos pommettes trop proéminentes. Mais vos yeux ! Verts comme l'océan. Vert d'eau... si seulement je pouvais vous capturer en couleur.

Il ôta une nouvelle fois le capuchon pour me permettre de fixer le cercle des yeux.

— Une dernière pour le moment, dit-il ensuite.

Il nous fit prendre une autre pose en pressant son corps contre le mien, et je compris alors exactement quel plaisir il en tirait. J'étais assise sur le divan et Urbi se tenait derrière moi, une main posée sur mon épaule. Il plaça Soliman sur mon autre épaule. Mais l'oiseau refusa de rester immobile. Il commença par picorer ma boucle d'oreille de son long bec incurvé, puis il tira sur mes cheveux avec une serre. Pour finir, il descendit le long de mon bras. Je soulevai le coude pour le soutenir et il resta perché là.

— C'est bien. Je vois mieux sa tête. Cette position est bien meilleure, murmura Osric. Restez immobile pour qu'il ne bouge pas.

Mon bras se mit à trembler sous le poids de Soliman, mais Osric finit par se déclarer satisfait, après avoir découvert et recouvert l'œil de verre. Il sortit la plaque et la tendit à Govind.

Osric prit Soliman sur mon bras et caressa la tête lisse de l'oiseau avant de le remettre dans sa cage. Le perroquet gloussa.

— Venez, dit Osric. Assez travaillé pour le moment. Bonne séance de pose. Je suis sûr que le résultat sera satisfaisant. Très satisfaisant, répéta-t-il.

Il frotta ses paumes sur ses cuisses et prépara ensuite la shisha.

C'était terminé. J'exhalai un profond soupir de soulagement.

— Je remonte dans ma chambre, Osric, dis-je.

— Mais nous n'avons pas fini, répliqua-t-il. Restez ici.

Il m'était impossible de m'opposer à cet ordre comminatoire, et je fermai un instant les yeux. *Nous n'avons pas fini.*

— Govind nous apporte le thé, ajouta-t-il.

Debout près de la cheminée, j'observai Osric s'asseoir sur le divan et Urbi sur des coussins, par terre. Ils fumèrent la shisha. Govind arriva avec le plateau de thé. Dès qu'il le posa, Osric s'en approcha. Comme il me tournait le dos, je ne vis pas ce qu'il préparait, mais un instant plus tard il m'apporta une tasse pleine et me fit signe de prendre place sur le divan.

— Buvez, me dit-il, et j'avalai une gorgée.

Le thé avait un goût plus métallique que d'habitude. Il y avait dû y verser une forte dose de laudanum. Trop importante. Je reposai la tasse. Il la reprit sur-le-champ et la porta à mes lèvres. Malgré mon hochement de tête, il m'ordonna d'une voix basse et ferme, la main sur ma nuque :

— Vous allez boire ça, Daryâ.

Il me terrorisait. J'étais effrayée par son regard étrange, flou, par la vigueur de sa main sur mon cou. Je tentai de me dégager, mais il me serrait trop étroitement.

Tandis que je luttais en silence avec lui, Urbi ne broncha pas. Elle se contenta de nous observer en fumant la shisha. En fin de compte, je ne pus que m'exécuter.

Dès que j'eus vidé la tasse qu'Osric tenait fermement contre mes lèvres, je fus prise de nausées à cause du goût métallique de la concoction et je m'étendis sur le divan, un bras sous la tête. J'essayai de suivre les gestes d'Osric et d'Urbi qui ne cessaient de se passer mutuellement la shisha. Mes paupières étaient aussi pesantes que semblaient l'être celles d'Urbi. Le bouillonnement de la shisha et le rythme sonore de leur respiration me berçaient. Leurs souffles individuels se fondirent ensuite en un seul long soupir. Dans la pièce chaude, silencieuse et sombre, emplie de l'odeur suave de la fumée, j'éprouvais une paix profonde. Un petit éclair de lucidité me fit penser que le laudanum devait avoir les mêmes effets que le pavot. Je voulus me lever d'une poussée, m'éloigner de cette pièce et de cette boîte sur trois pieds avec son œil maléfique, mais mes bras en coton furent incapables de m'aider.

Mes paupières refusaient d'obéir à mes ordres et de rester ouvertes. La dernière chose que je vis fut Urbi qui chuchotait à Osric, la tête inclinée contre son épaule. Elle lui tripota une oreille, puis ses doigts glissèrent le long de sa joue jusqu'à ses lèvres humides qu'ils caressèrent dans les deux sens. Osric ouvrit la bouche et Urbi enfonça les doigts dedans et les ressortis. Elle les fit ensuite remonter vers ses cheveux. Mes yeux se fermèrent pour de bon, mais tout allait bien, tout allait bien, car je voyais David. J'avais envie de pleurer et de rire à la fois, comme si je retrouvais subitement un trésor depuis longtemps perdu, alors que je pensais ne plus jamais le revoir. David. *Da-vi-de*.

Il ne portait plus de vêtements anglais, mais une chemise moelleuse et un ample pantalon de coton indiens. Ses doigts, longs et fins, se tendaient vers moi et je penchais mon visage vers eux, comme l'herbe ploie sous le vent. Je l'entendis rire doucement, puis son rire se brisa en mille morceaux, s'éparpilla dans ma tête, pareil à de petites fleurs détachées des arbres par le vent printanier. Ils se recollèrent ensuite sans la moindre difficulté, s'imbriquèrent tous les uns dans les autres comme s'ils étaient souples. Ce spectacle m'émerveilla.

Un souffle d'air frais m'effleura – étions-nous dehors ? J'avais besoin de sentir cette fraîcheur sur ma peau. Mes vêtements étaient trop serrés, ils me gênaient, et je me débattis pour les enlever. David était allongé près de moi et ses mains caressaient mes cheveux, mon visage, ma peau. Le bruit de la mer résonnait dans ma tête ; une fois de plus, nous voguions sur les vagues. Je sentais le parfum salé de l'immense, immense océan sur ma langue et mes lèvres, et en même temps le corps chaud de David, sa peau d'une douceur ineffable. Sa respiration était calme et régulière. La mienne s'accorda sur le même rythme et leur musique commune répercuta le ressac, tandis que mon corps épousait ces rythmes si anciens et pourtant si nouveaux. Je voulais demeurer à jamais dans cette position, monter et descendre en osmose avec les vagues, avec David. Je tentai d'ouvrir les yeux, de regarder son visage, de lui confier quelles sensations et émotions d'une beauté insoutenable il m'apportait, mais les mots refusèrent de se former, et mes paupières restèrent lestées de petits cailloux.

Comme la houle se calmait, un profond sentiment de paix m'envahit. Je me laissai chuter dans les ténèbres, enlacée par David qui me protégeait.

Je frissonnai, sous les draps humides et lourds. J'avais mal à la tête, la bouche sèche et emplie d'un arrière-goût de nourriture pourrie. Des éclairs me traversèrent : le rêve de David et moi, mes sensations en apparence si authentiques, Urbi...

Je posai une main tremblante sur mes paupières closes.

Les photographies. J'ouvris les yeux. J'étais dans mon lit. En sécurité, par conséquent. Rien ne s'était produit. Faisait-il jour ou nuit ? Ma chambre était plongée dans l'obscurité, mais les persiennes étaient peut-être simplement fermées. Tout se résumait à un tourbillonnement confus d'images et de voix que je ne parvenais pas à trier. Je me tournai et me retournai nerveusement et me rendormis. Quand je rouvris les yeux, Govind se tenait dans la pièce. J'entendis un léger tintement de verre et de porcelaine.

Il s'approcha du lit.

— Vous voulez manger, petite demoiselle ?

— De l'eau, s'il vous plaît, Govind, dis-je.

Il m'en versa un verre. En m'asseyant, je m'aperçus que je ne portais rien et ramenai brusquement les coins de la couverture jusqu'à mon cou. Je bus sans le regarder et l'eau dégoulina le long de mon menton et dans mon cou. Il ouvrit les persiennes. Malgré sa faiblesse, la lumière du jour me transperça.

— Merci, Govind, dis-je.

Il fit exprès de ne pas me regarder quand je lui rendis le verre, et tandis qu'il reculait à pas lents, je lus quelque chose sur son visage. S'agissait-il de désapprobation ou de chagrin ?

Je me tirai péniblement du lit, foulai ma pile de vêtements, enfilai ma chemise de nuit et éclaboussai mon visage d'eau. La porte se rouvrit. C'était Osric.

Il s'approcha de moi, le visage lisse et serein.

— Eh bien, dit-il, vous avez dormi toute la journée.

J'avais l'impression que quelqu'un frappait des coups de tambour dans ma tête ; l'horloge sonna quatre fois.

— Je sors, mais vous vous serez habillée et vous m'attendrez à mon retour, me dit-il.

Il m'observait de ses yeux plissés.

— Avez-vous pris plaisir à notre petite fête avec Urbi hier ? me demanda-t-il d'une voix neutre.

Je portai les doigts à ma tempe.

— Je... je ne me souviens pas... Le laudanum, Osric, vous m'en avez trop donné... Je... j'ai dormi. Et j'ai rêvé.

— Je vois, dit-il. Et vous avez rêvé de quoi ?

Sa peau, d'un blanc anormal, comme si aucun sang ne coulait dessous, luisait de moiteur. On aurait dit un cadavre, près d'être enseveli.

— De... rien... Rien que d'images confuses. Je ne sais pas.

Jamais je ne lui dirais ce qui me passait par la tête. C'était hors de question. Désormais mes pensées et mes rêves étaient tout ce que je possédais.

— Hum... fit-il, en lissant sa moustache. Etavez-vous les idées embrouillées aujourd'hui ?

Je fus obligée de lever les yeux.

— Que voulez-vous dire ?

— Gardez-vous un souvenir flou de notre fête ?

Je hochai la tête et haussai les épaules, pendant qu'il continuait à lisser sa moustache. Je vis des marques brun argenté sur ses doigts. J'aurais dû savoir d'où elles provenaient, mais ma migraine m'empêchait de réfléchir clairement.

Quand j'eus entendu claquer la porte d'entrée et s'éloigner le tintement des sabots des chevaux du coupé d'Osric, je m'assis sur le bord du lit. Mon malaise grandissait, quelque chose me dérangeait à propos d'Urbi. Je ne me rappelais pas davantage lui avoir dit au revoir, avoir regagné ma chambre, que m'être déshabillée et couchée. Je ne me souvenais que de mon rêve, de la douceur de la bouche et des mains de David sur mon corps. Je voulais faire revenir ce beau rêve, me replonger dedans.

Je me levai pour aller prendre dans l'armoire l'amulette cachée dans mon sac. Après l'avoir examinée, j'inclinai la main et la laissai glisser de ma paume, le long de mes doigts, et tomber au fond de la grande armoire parmi mes mules. Peu importait. En fait, elle n'avait aucune signification.

Tandis que je me tenais là, la paume toujours tournée vers le haut, l'image de l'anneau brun qui était apparu sur mon propre doigt quand j'avais touché la solution dans la chambre noire me revint à l'esprit, et je compris que j'avais vu la même chose sur le doigt d'Osric.

Sans prendre le temps de m'habiller, je me rendis dans la chambre noire. Les photographies étaient disposées au vu de tous sur la longue table. Il y avait d'abord celles pour lesquelles je me rappelais avoir posé : Urbi et moi sur le divan, moi seule à côté de la plante, Soliman perché sur mon bras. Mais ensuite... je portai une main à ma bouche pour étouffer un cri. Urbi était assise sur le divan, les pieds nus posés sur un tabouret, les chevilles nonchalamment croisées. Sa jupe relevée dévoilait ses mollets et ses genoux dénudés. Quant à moi, j'étais allongée sur le flanc, la tête sur ses genoux, un bras levé de telle sorte que je touchais son cou, comme si je voulais la caresser ou que j'attendais mon tour de fumer la shisha. Elle en tenait le bec d'une main entre ses lèvres. Son autre main était posée avec légèreté, mais tout à fait délibérément, sur le renflement de ma poitrine qui débordait du haut de mon corsage. L'un de mes seins était exposé. Et je souriais.

Les yeux mi-clos, je souriais sur la photographie. Je pris connaissance avec une horreur grandissante de l'image suivante. J'étais allongée sur le divan, la tête appuyée sur mon bras tendu. Ma nudité ne m'inspirait aucune honte, car si ma chevelure dénattée formait écran, elle ne recouvrait pas entièrement ma poitrine. J'avais une jambe croisée sur l'autre, mais là encore, je n'avais quand même pas cherché à me cacher. Mes yeux étaient entrouverts, ma bouche trahissait ce même bien-être béat. La photographie suivante nous représentait, Urbi et moi. Elle aussi était déshabillée. Nous étions allongées toutes les deux sur le divan, bras et jambes enchevêtrés, et elle m'embrassait la joue.

Je me penchai, les yeux fermés, puis je les rouvris pour étudier les deux photographies suivantes. Elles ne représentaient qu'Urbi, nue sur le divan. Et elle... Je les scrutai de plus près. Elle avait les mains liées par-dessus la tête, maintenues par un cordon qui descendait et était attaché autour sa gorge. Il s'enfonçait dans la chair de son cou. Dans sa bouche légèrement écartée, sa dent en or ne formait qu'un carré noir ; ses yeux étaient ouverts, mais leur expression n'était pas dolente et langoureuse comme la mienne. Ils étaient écarquillés, levés vers le plafond... On aurait dit qu'ils ne voyaient pas mais qu'ils...

Je repoussai les photographies des deux mains avec la sensation que de la vermine grouillait sur le papier. Je respirais par saccades, comme si j'avais parcouru une grande distance au pas de course par une chaleur accablante. J'allais détruire ces photographies, les déchirer en mille morceaux. Je les saisis, incapable de regarder les doigts bagués d'Urbi, le cordon ligotant ses poignets et son cou, sa bouche, qui riait encore la veille... J'entrepris d'en déchirer une, comme s'il me suffisait de détruire l'image pour effacer la vérité du sort subi par Urbi.

Un cri aigu de Soliman monta de la pièce d'en bas et j'eus la sensation que ce cri fondait sur ma tête et la transperçait, qu'il éclaircissait le nuage de terreur et de confusion dont elle était emplie. Je lâchai la photographie. Si je les déchirais, Osric comprendrait que je les avais vues, il saurait que je savais. Cette découverte sonnerait ma fin, car j'étais définitivement convaincue qu'elle allait arriver, qu'il tirerait encore un peu de plaisir de moi, avant de trouver une jouissance encore plus grande, dans un instant de paroxysme, atroce et fatal. Qui saurait ce qui m'était arrivé ? Personne, à l'exception des domestiques, n'était au courant de ma présence dans cette maison. L'un des invités à la réception d'Osric se souviendrait-il de moi et, si c'était le cas, se soucierait-il de mon sort ? David, après ce que je lui avais affirmé, ne remettrait plus les pieds dans cette maison de Kensington, et Mme Ingram était venue s'assurer en personne que j'allais bien. Si elle me rendait de nouveau visite, Osric n'aurait aucun mal à la persuader que j'étais partie. Qui d'autre, hormis elle, pouvait l'interroger ou l'accuser de quoi que ce soit ? Govind ? Govind était à peine capable de parler et de marcher ; il n'était qu'un vieil Indien dans un pays étranger, complètement à la merci d'Osric Bull.

Je rangeai avec soin les photographies, en essayant de les remettre dans l'ordre exact où je les avais trouvées. Puis je sortis en douce de la chambre noire. Quand la porte se fut refermée avec un léger cliquetis, je me retournai et me trouvai face à Osric qui m'attendait, appuyé contre le mur, les bras croisés sur le torse.

47

— Que faisiez-vous, Daryâ ? me demanda-t-il d'une voix morne.
— Je... rien... je...
Il s'approcha lentement de moi et je m'écartai.
— Je pense qu'il vaudrait mieux que vous retourniez dans votre chambre, me dit-il d'un ton d'une intensité effrayante. Et que vous y restiez. Je vous faisais confiance, Daryâ, poursuivit-il avec un hochement de tête. Et pourtant, voilà que je vous surprends en train de fouiner.

Qu'avait-il fait d'Urbi ? Et où me trouvais-je lors de ces derniers instants fatals ? Je regardai ses mains, je les vis nouer la cordelette autour des poignets, du cou d'Urbi. Étais-je restée allongée là, à quelques mètres peut-être, sous l'emprise du laudanum, pendant qu'il... Le temps de détourner les yeux, je réalisai qu'il portait de nouveau sa bague sertie de la pierre noire.

— Allez dans votre chambre, Daryâ jan, me dit-il plus doucement, comme un père grondant une enfant adorée mais qui a fait une bêtise.

Je passai à côté de lui, de profil pour ne pas le toucher, et remontai l'escalier d'un pas lourd. La porte de ma chambre refermée, je restai figée au centre de la pièce, les oreilles tendues vers le bruit de ses pas. Je m'approchai ensuite de l'armoire et palpai, au fond de mon sac, la carte rigide que David m'avait remise sur le quai. Puis je m'agenouillai et me mis à fouiller parmi mes mules pour retrouver le petit rouleau de cuir.

J'allais faire ce que m'avait suggéré David. J'allais le rejoindre, dès cette nuit même, quand Osric dormirait. Je n'attendrais pas ici l'arrivée du dénouement tragique. J'allais prendre mon destin en main et quitter cet endroit.

Mais bien évidemment, nous savons tous que le destin est le destin parce qu'il nous est impossible de le prévoir. Quand la maison fut silencieuse et la rue plongée dans le noir, je m'habillai, serrai mon sac en bandoulière contre ma poitrine et m'enveloppai dans le manteau dont m'avait fait cadeau la dame missionnaire.

Puis j'allai poser la main sur la poignée de cuivre de la porte. Je la tournai, mais elle ne bougea pas. Je fis une nouvelle tentative, le plus discrètement possible, en resserrant la main plus fermement autour, mais elle resta dans la même position. Un vent de panique me submergea. Désormais, je me moquais de faire du boucan. J'agitai et secouai la poignée, je tirai dessus, mais elle resta bloquée. Je compris alors qu'elle était fermée à clef et que j'étais bel et bien devenue prisonnière d'Osric.

J'allai m'asseoir sur mon lit. Un long moment s'écoula, mais je ne voulais ni m'allonger, ni fermer les yeux. Je devais rester en alerte, m'assurer qu'Osric ne venait pas, ne... Alors que je songeais à ce qui risquait de m'arriver, le trou de la serrure crissa, la poignée tourna et je me levai d'un bond.

La porte s'ouvrit lentement. C'était Govind. Au lieu de son uniforme tiré à quatre épingles, il portait une longue tunique à rayures bleues et blanches qui descendait sous ses genoux. Il était pieds nus et ses cheveux rares, d'ordinaire bien lissés, se dressaient d'un côté de sa tête. Il parut soulagé de me voir debout près du lit. Sans doute avait-il craint ce qu'il risquait de trouver derrière la porte. Il porta un doigt à ses lèvres et referma sans bruit la porte dans son dos.

Je m'approchai de lui et saisis ses mains.

— Govind, chuchotai-je. Aidez-moi. Je dois aller chez David Ingram. Tout de suite.

Ses yeux cernés luisaient dans la pénombre de la chambre.

— Vous pouvez pas sortir, petite demoiselle Daryâ. Sâhib Osric, il est assis en bas. Je pense qu'il montera pas dans sa chambre ce soir.

Il serra mes mains dans les siennes.

— J'ai peur, Govind. Hier soir… Vous connaissez Urbi ? Lui arrive quoi ? Vous l'avez vue partir ? Elle va bien ?

J'avais une envie désespérée de l'entendre me dire qu'il avait ouvert la porte d'entrée pour Urbi, qu'il l'avait aidée à monter dans une voiture et qu'il l'avait vue s'éloigner.

Il hésita.

— M. Osric m'a dit d'aller me coucher. Vous dormiez sur le divan, lui et mam'zelle Urbi fumaient le narguilé. Je suis parti quand sâhib me l'a ordonné. Comme d'habitude. J'obéis aux ordres de M. Osric. Obligé.

— Mais… demain, alors ? Vous m'aidez demain ? Je vais dans voiture, j'ai… (Je fouillai dans mon sac et brandis le carton.) J'ai endroit. Je vais dans voiture. Vous m'aidez.

Il hocha la tête.

— Je suis vieux, petite demoiselle Daryâ. Je peux pas m'opposer à M. Osric. Il m'a dit qu'il me mettrait à l'hospice si je pouvais plus – ou voulais plus – accomplir mon travail. Vous connaissez l'hospice ?

Je lui fis signe que non.

— Un endroit terrible, terrible. Pour gens vieux, malades, ceux qu'ont rien, qu'ont personne. C'est affreux de vivre là-bas, pire de mourir là-bas. Je veux pas finir ma vie comme ça, petite demoiselle. J'aimerais vous aider, mais je suis vieux. Je peux pas me battre contre M. Osric, mais je... je veux pas que vous... (Il me montra ses paumes en signe d'impuissance.) Vous comprenez ? chuchota-t-il. Qu'est-ce que je peux faire ?

J'humectai mes lèvres.

— Je comprends, Govind. Mais ce que je demande, pas beaucoup ennuis pour vous. (Cette fois, je sortis l'amulette de mon sac.) Vous, prenez... papier et ta'wiz. Apporter à David Ingram. Juste aller dans la rue ou demander Ella, donner à cocher. Osric sait jamais vous avez fait ça, alors pas ennuis pour vous. Oui ? Vous faites ça pour moi, Govind ? S'il vous plaît.

Je lui tendis le carton et l'amulette.

Il examina ces objets. À la vue de son visage si las, si ridé par l'âge et les soucis, je sentis mon menton trembler. Je voyais son crâne à travers ses derniers cheveux clairsemés. Il était tellement vieux. Comment pouvais-je lui demander de m'aider, imaginer qu'il avait le pouvoir ou l'énergie de faire vraiment quelque chose ? Il leva alors les yeux vers moi et leur expression me frappa. C'était de la pitié. Tout comme j'avais éprouvé de la pitié pour lui, il en éprouvait pour moi. Je savais qu'il comprenait tout. Tout.

Il me prit les objets et ses vieux doigts, secs et chauds, effleurèrent les miens. J'essayai de me convaincre qu'il venait d'acquiescer, alors que sa tête ne faisait peut-être que trembler légèrement.

Puis la porte se referma et la clé grinça furtivement dans la serrure. J'allai me rasseoir sur le lit pour attendre la fin de la nuit.

Mais elle n'arriva pas à son terme. Il faisait encore noir quand la porte se rouvrit, sans délicatesse cette fois. J'entendis quelqu'un introduire bruyamment une clé dans la serrure et la tourner sans ménagement.

— Que faites-vous assise en manteau, ma chère ? me demanda sèchement Osric. Vous avez l'intention de vous rendre quelque part ?

Je me levai d'un bond.

— Oui, répondis-je sans trembler. Je vais m'en aller, Osric. Je ne veux plus rester ici.

Osric aimait les femmes audacieuses ; il m'avait fait clairement comprendre qu'il méprisait les faibles qui s'accrochaient à lui.

Son rire, bref et sinistre, retentit comme un aboiement.

— Vous ne voulez plus rester. Comme c'est amusant ! Mais je n'apprécie pas votre comportement.

Sa voix s'était encore durcie et il s'approchait de moi. Je reculai encore.

— Celui qui veut la rose doit respecter l'épine, Osric, répondis-je, en me débattant pour ne pas m'effondrer. Pourquoi avez-vous fermé ma porte à clef ?

Il s'immobilisa et croisa les bras sur son torse.

— Pourquoi vous ai-je enfermée à clef ? Parce que je peux le faire. Je peux faire tout ce qui me plaît, Daryâ, gronda-t-il presque. Vous vous êtes transformée en invitée sans la moindre gratitude. Après tout ce que je vous ai donné, poursuivit-il d'une voix qui grimpait, je vous retrouve en train de farfouiller dans mes affaires personnelles, de toucher à mes photographies, dès que j'ai le dos tourné.

Un postillon vola de ses lèvres avec sa dernière parole et atterrit sur ma pommette.

Je l'essuyai d'un geste brusque du revers de la main. Je ne pouvais pas m'autoriser à chanceler, à montrer la moindre frayeur. Je sentais que l'unique raison qui l'empêchait de... de quoi ? de me faire du mal, d'une façon ou d'une autre, à cet instant précis, était ma tentative de lui résister.

— Très bien, dis-je. Vous ne voulez pas que je reste et je veux partir. Je vais donc partir.

Cette fois, il esquissa un sourire railleur.

— Vous pensez que vous allez partir ? Que vous allez franchir la porte, après ce que j'ai dépensé pour vous, après le mal que je me suis donné pour organiser votre traversée, vous nourrir et vous habiller, sans parler du plaisir que je vous ai apporté ? Pourquoi me regardez-vous comme ça ? Ne niez pas que vous avez savouré mes attentions au lit, même si je suis parvenu à la conclusion que vous n'auriez jamais autant d'imagination que je le croyais. Franchement, vous m'avez déçu. (Il fit claquer sa langue.) De plus, vous n'auriez jamais pu ne serait-ce qu'imaginer la vie que je vous ai offerte. Mais malgré tout, vous ne manifestez aucune reconnaissance et vous refusez de coopérer. (Son rire atroce, ce bruit grinçant, éclata de nouveau.) Vous ne comprenez donc pas que vous m'appartenez, Daryâ ? Vous faites partie de mes possessions et je peux faire de vous ce qui me plaît. Sans moi, vous ne valez rien.

Je me décidai à me détourner vers la fenêtre.

— Osric... dis-je.

Subitement, l'épuisement m'avait vaincue et d'impertinente, ma voix s'était faite calme et implorante. Je contemplai la bande de ciel, visible entre les toits. Une demi-lune, en partie dissimulée par les nuages, y était suspendue.

— Je ne veux pas qu'on me fasse de mal. Comme à Urbi. Comme aux autres, haletai-je. Je veux juste partir d'ici. Je ne demande rien. Je laisserai tous les vêtements, les bijoux, tout ce que vous m'avez donné. S'il vous plaît, dis-je en me retournant vers lui.

Il m'avait affirmé que je ne valais rien. Il disait vrai.

Son sourire restait plaqué sur ses lèvres et ses bras n'avaient pas changé de position. Une mèche de cheveux égarée retombait sur son front.

— Du mal, ma princesse ? Je pense que vous vous laissez dépasser par votre imagination. (Son sourire s'estompa.) De quoi parlez-vous ? Confondriez-vous les cauchemars qui vous hantent avec la réalité ?

Soudain il s'approcha davantage. Je poussai un cri et me ruai sur la fenêtre que je poussai de toutes mes forces.

— Qu'est-ce qui vous prend ? Que voulez-vous faire ?

Je lui jetai un coup d'œil par-dessus mon épaule, puis je regardai les pavés, si loin en contrebas.

— Allons, allons. Calmez-vous.

Sa voix plate laissait sourdre quelque chose de plus terrorisant que sa colère. Il prit le verre posé à côté de la cruche aux fleurs peintes et sortit le flacon marron familier de la poche de sa veste. Puis il remplit à moitié le verre du liquide clair et me le tendit.

— Buvez ! m'ordonna-t-il d'un ton sans appel.

— Non, hurlai-je. Je n'en veux pas.

— Quand comprendrez-vous que vos désirs ne comptent pas ?

Il s'approcha encore. Je ne pouvais fuir nulle part. D'un mouvement preste, je cognai sa main et le verre s'envola en direction de la cheminée, heurta la céramique et se brisa en échardes qui luisaient dangereusement au clair de lune. Après avoir constaté les dégâts, Osric saisit mes poignets d'une seule main, avec une force et une brutalité qui me stupéfièrent. Son visage s'était complètement métamorphosé. Il ressemblait à présent aux masques féroces portés par certains invités de sa réception.

— Govind ! hurlai-je de panique. Govind, au secours !

Pourtant, je savais qu'il était inutile d'appeler le vieillard à l'aide. Je me débattis pour échapper à l'étau d'Osric. Je pliai les genoux et tirai en arrière. Mais il n'eut aucun mal à me retenir d'une main. Je me rendis compte de l'état de faiblesse dans lequel j'avais sombré à l'intérieur de cette maison obscure.

Il pressa le flacon contre mes lèvres de sa main libre, et j'eus beau résister, tordre la tête en tous sens et essayer de garder la bouche close, il parvint à la forcer et j'entendis tinter le verre contre mes dents. Puis il versa le laudanum dans ma gorge.

J'entendis quelqu'un appeler *Mâdar, Mâdar, au secours, s'il te plaît*. J'ouvris les yeux et compris que cette voix, quoique faible, était la mienne. Je reconnus le plafond au-dessus de ma tête. J'étais dans le salon. Je tentais de remuer, mais j'avais la sensation d'être ligotée. Subitement, je me vis d'en haut, allongée sur le divan. Ensuite, je me vis, les poignets enserrés dans une corde grossière, me balancer à la branche d'un arbre sur la place du village de Susmâr Khord. Mais ce n'était pas l'adolescente qui tournoyait dans le vide tant d'années auparavant, mais une femme suspendue mollement, la tête en avant, vaincue.

Une autre femme arriva, dévoilée, enveloppée d'une aura ténébreuse et sinistre. Terrorisée, je reconnus Sulima. Elle criait d'une voix perçante, désignait et maudissait la femme pendue, moi, mais je n'avais pas le pouvoir de l'arrêter, de réagir. Je voulais hurler à cette autre Daryâ : « Relève la tête ! Ouvre les yeux ! Aide-toi toi-même », mais en dehors des imprécations stridentes de Sulima, un silence absolu régnait. Puis cette voix devint plus grave, se vida de toute féminité. C'était désormais une voix d'homme. Je remuai la tête et mon âme réintégra le corps allongé sur le divan.

La voix masculine était celle de Shaliq. Cependant, il ne s'exprimait pas en pachtou, il parlait en anglais. Comment avait-il appris cette langue ? Était-il venu se venger abominablement, une bonne fois pour toutes, de mon mensonge ? J'entendis des claquements de porte, des martèlements de pieds, et je compris que la voix n'appartenait pas à Shaliq, mais à Osric. Je gémis, car son visage concupiscent, son sourire, ses lèvres humides et ses mains moites s'étaient insinués dans ma tête. Ils provoquaient en moi une telle terreur que je quittai de nouveau brusquement mon corps et restai en suspension quelque part près du plafond.

Je me contemplai une deuxième fois de haut et compris, à mon corps et à mon visage complètement figés, à mes mains ligotées, que j'étais morte. Cela expliquait pourquoi je ne pouvais ni bouger, ni émettre un son.

Je n'avais plus à craindre les malédictions de Sulima ni le courroux de Shaliq.

Osric m'avait assassinée. J'étais étendue, seule et morte sur son divan, dans une vaste et haute demeure obscure d'un pays étranger. Je songeai alors que ma mère ne connaîtrait jamais mon sort. Elle ne saurait jamais que sa fille avait pris son destin entre ses mains, qu'elle avait trouvé le courage d'accomplir un si long voyage, de franchir l'océan pour se rendre sur cette lointaine terre étrangère, et qu'elle avait appris tant de choses. Elle ignorerait quelle force et quel pouvoir avait un jour possédés sa fille.

Subitement, ma vue bascula dans l'autre sens, mais à la place du plafond blanc que la lumière des lampes striait de bandes obscures, apparut mon village. Non pas en noir et blanc, comme dans un livre de photographies, mais en couleurs. Le ciel me surplombait comme une assiette bleue, et j'apercevais ses maisons basses. Je me mis à prier Allah. Les anciennes formules revenaient aisément à ma mémoire, comme si je les avais prononcées la veille. Je priai pour que tous ceux que j'aimais chez moi – ma mère et mon père, Nasren et Youssouf – fussent encore en vie et en sécurité, tout en sachant que nous ne nous reverrions plus jamais.

Ces images cédèrent la place à celles de femmes voilées, qui cheminaient sur le sentier sinueux menant au cimetière situé à l'orée du village. Se rendaient-elles sur ma tombe ? Non, je n'étais pas enterrée dans ce coin tranquille ombragé d'arbres. Tout à coup je me rendis compte que je fermais la marche, ombre éthérée dénuée de substance, devant laquelle la colonne de femmes ondoyait comme l'herbe sombre sur la berge d'une rivière. Dans le cimetière, je me dirigeai vers la pierre tombale de ma grand-mère.

Les autres pleuraient, mais pas moi, car je savais que ma grand-mère vivait heureuse au paradis. Assise près de sa tombe, je sentis mon ancienne énergie circuler dans mon corps.

Je sais que tu es auprès de ton Bien-Aimé, Mâdar Kalân, et que tu as trouvé le bonheur. Tu m'as toujours accompagnée pendant le long et bizarre voyage de ma vie, toujours face à la lune.

Comme pour me répondre, la lune m'inonda d'une lumière d'une telle intensité que je dus fermer les yeux pour ne pas être aveuglée. Puis j'entendis la voix de mon Bien-Aimé m'appeler :

— Daryâ, Daryâ, je vous en prie. Je vous en prie, ne cessait de répéter David.

Je sentis ses mains caresser mon visage, mon cou, mes épaules. Je voulus lui répondre que je l'entendais, que j'étais prête à parcourir à ses côtés tout le chemin menant au paradis, mais j'en fus incapable, parce que j'étais morte.

Peu m'importait cependant, puisque de toute façon David était mort lui aussi. Il ne pouvait que l'être, puisqu'il m'appelait du paradis. Et je me sentais belle, vraiment belle pour la première fois de ma vie, ainsi que ma grand-mère me l'avait prédit, au paradis. David continuait néanmoins à prononcer mon nom, puis on souleva mon corps, haut, très haut, si haut que j'eus l'impression de devenir l'une des étoiles du firmament. Mais le voyage fut long, très long. J'étais secouée et ballottée d'un côté à l'autre, j'entendais des voix confuses autour de moi, et je me demandais si l'on se rendait au paradis à cheval, à dos de chameau, en bateau ou en voiture.

Comment atteignait-on le paradis ? À cette question succédèrent les ténèbres et le silence.

Je repris conscience et fis un effort pour me souvenir... J'humectai mes lèvres, puis je refermai les dents sur celle du bas. Je sentis la morsure que je m'infligeais. Dans ce cas, je n'étais pas morte. Et cependant la lumière, et la voix de David qui m'appelait...

Puis je me souvins d'Osric et eus la respiration bloquée. Mes yeux s'ouvrirent complètement sur cette lumière. Le son râpeux que je venais d'émettre provoqua un bruissement et un bruit sourd. Je tournai la tête et vis Mme Ingram, debout devant un fauteuil, un livre à ses pieds.

— Osric ? soupirai-je à bout de souffle. Il est...

— Vous êtes en sécurité, Daryâ, me répondit Mme Ingram d'un ton bienveillant. Libérée de lui.

— Libérée ?

Elle hocha la tête, versa de l'eau dans un verre et s'approcha de moi. Après avoir glissé un bras dans mon dos, elle m'aida à m'asseoir et porta le verre à mes lèvres.

— Vous êtes chez moi. Chez David et moi. Vous n'avez plus à craindre Osric Bull.

— Il ne va pas venir me chercher ?

Malgré mes tentatives d'éclaircir ma gorge, ma voix était toujours rauque.

Mme Ingram m'adressa un sourire ironique.

— Non, David m'en a donné l'assurance.

Je bus l'eau par petites gorgées. Elle soulagea un peu ma bouche et ma gorge sèches. Je m'aperçus que je portais une chemise de nuit blanche fabriquée dans un tissu de qualité, aux manches bordées de dentelle.

— Comment suis-je venue ici ? demandai-je.

Le soleil projetait des taches de lumière dans la pièce, et l'air que laissait passer la fenêtre ouverte soulevait et faisait tourbillonner ses rideaux fins et transparents. À côté de moi, dans un vase de verre posé sur une petite table s'épanouissaient de délicates roses roses. Mme Ingram repoussa des mèches de mon front de sa main menue et fraîche et m'aida à me redresser sur les oreillers d'un blanc éclatant.

— C'est le vieux Govind qui a fait tout le trajet jusqu'à Richmond en pleine nuit. Pieds nus, une veste sur sa chemise de nuit, il a cogné comme un fou à notre porte. Ce pauvre vieillard, commenta Mme Ingram avec compassion. Dès que David l'a aperçu, qu'il l'a vu trembler de tout son corps, il est allé en hâte seller un cheval – sans même attendre que Govind lui remette une amulette – pour se rendre chez Osric. Je n'en sais pas plus. Il vous a ensuite ramenée ici en voiture et vous a transportée à l'intérieur de la maison dans ses bras. Vous êtes chez nous depuis hier. David ne m'a pas raconté comment il vous avait trouvée. Ni rien d'autre sauf... Ce qu'il avait à me dire d'Osric et ce qu'il lui a fait avant de... (Elle se tut.) Depuis hier, David ne fait que marcher de long en large, et il s'inquiète de votre état toutes les demi-heures.

David. C'était donc bien sa voix que j'avais entendue quand j'avais cru qu'il m'appelait du paradis. C'était bien sa main qui m'avait caressé le visage. Il était venu me chercher et il m'avait libérée d'Osric Bull.

Je me redressai et essuyai les larmes de lassitude et de soulagement qui coulaient sur mon visage, d'autant plus abondantes que je pensais à David et à ce qu'il avait fait pour moi. Mme Ingram apporta un linge frais et une brosse et, pendant que je portais le linge à mes yeux, elle entreprit de démêler mes cheveux en silence. J'avais envie de m'appuyer contre elle. Le mouvement lent et doux de la brosse m'apaisait et quand elle en eut terminé, mes larmes s'étaient elles aussi taries.

Elle se leva et me dit alors à voix basse :

— David a dénoncé Osric Bull aux autorités et j'ai prévu de m'entretenir avec elles aussi. Govind a également promis de témoigner de ce qu'il avait vu et entendu dans cette maison.

— Govind ?

— Il est ici. Il avait tellement peur de repartir que David l'a convaincu de rester auprès de nous. Vous sentez-vous assez forte, continua-t-elle avec un sourire qui me fit penser à celui de David, pour vous lever et marcher ?

Je tentai d'humecter mes lèvres toujours sèches et luttais contre le bourdonnement douloureux qui résonnait dans ma tête. Mme Ingram m'observait attentivement.

— Osric utilisait quelque chose pour vous garder silencieuse et docile, était-ce du laudanum ?

Je hochai la tête, revoyant le flacon brun.

— En preniez-vous souvent ?

De nouveau je hochai la tête, honteuse à présent, à cause de ce que je lisais dans ses yeux.

— Un certain temps sera nécessaire pour que cette envie vous passe, pour que vous n'en ayez plus besoin du tout. (Son visage s'assombrit et, une nouvelle fois, je me demandai ce qu'avait bien pu être son passé.) Je comprends l'emprise qu'il a sur vous. Je vous aiderai jusqu'à ce que vous soyez parfaitement remise. Bien. Maintenant, prenez mon bras et venez à la fenêtre.

Tout doucement nous allâmes jusqu'aux fenêtres hautes que Mme Ingram ouvrit en grand. J'inspirai, non pas des relents de crottins de cheval, d'aliments en décomposition, de corps pressés les uns contre les autres et d'air vicié, mais le parfum tendre des plantes qui poussent dans la terre. Alors que je contemplais le vaste espace à la végétation abondante, un frémissement soudain se fit entendre et une nuée de petits oiseaux bruns s'envola à l'unisson en tournoyant au sommet des arbres.

— Des alouettes, me dit-elle. Comme elles sont jolies !

Je suivis les oiseaux des yeux jusqu'au moment où ils disparurent.

— Où sommes-nous ?

— Je vous l'ai dit : chez nous.

— Mais on ne se croirait pas à Londres, remarquai-je, laissant mon regard errer sur l'étendue de verdure et sur le ciel immense.

— Parce que nous sommes à l'extérieur de Londres. La vue donne sur Richmond Park.

Je pris soudain conscience du temps qui s'était écoulé depuis que je n'avais pas respiré un air de cette qualité, admiré un ciel aussi limpide et dégagé. Entendu des chants d'oiseaux. Du temps qui s'était écoulé depuis que j'avais pu, sans que mon regard soit interrompu par des bâtiments, voir à perte de vue.

J'entendis alors des pas crisser sur la pierre. En contrebas, David arpentait un court chemin étroit bordé de buissons en fleurs. Un chien noir – gros et solide mais dont le museau gris et le dos oscillant trahissaient le grand âge – marchait à ses côtés. Sa longue queue se balançait tranquillement de plaisir. Par intermittence, David le caressait sur la tête d'un geste machinal et il agitait alors furieusement la queue.

Je notai le visage soucieux de David, ses mouvements agités, et je me rendis compte que je connaissais par cœur nombre de ses expressions, et sa façon de mouvoir son corps.

David, songeai-je.

Comme s'il m'avait entendu dire son prénom dans ma tête, il marqua une hésitation, interrompit sa déambulation et leva les yeux.

Je lui adressai un petit signe de la main, vis sa bouche remuer, et je compris qu'il prononçait mon prénom. Il repartit en direction de la maison, à pas rapides pour commencer, puis en courant.

Le chien bondit sur ses talons, les oreilles dressées en arrière et la langue pendant de bonheur, à un rythme d'une rapidité étonnante pour un animal si vieux. Et je sus, au fur et à mesure qu'ils s'approchaient, que ce chien avait couru toute sa vie à côté de David.

Épilogue
Huit mois plus tard

Là où va ton cœur, te mèneront tes pieds, dit un proverbe persan.

La nuit est à présent tombée sur la mer ; nous avons appareillé des quais de Londres ce matin. Un voyage s'est terminé et un autre a commencé.

Je sors sur le pont, la soucoupe dans les mains. Je me souviens de mon voyage aller, du caractère complètement incertain de mon avenir. L'ondulation des vagues, leur mouvement ascendant et descendant me rappellent soudainement le rythme de la démarche d'un chameau.

— Je t'attendais, me dit David, auprès duquel je viens me poster derrière le bastingage.

Ses cheveux sont ébouriffés, son visage empourpré par le vent frisquet.

Je lui tends la soucoupe.

— Tu veux en goûter une ?

Il met une graine de grenade dans sa bouche.

— Douce, remarque-t-il, et je lui adresse un sourire pour le remercier encore une fois de m'avoir apporté ce fruit à bord.

Dans mon pays, la grenade est le symbole de la fécondité. Il me l'a offerte à cause du secret que je lui ai chuchoté à l'oreille il y a quelques jours.

Notre enfant sera une fille, car le jour où j'ai su que je la portais en moi, j'ai vu un nuage en forme d'oiseau couronné. Nous l'appellerons Pari – fée, en persan – car ne sera-t-elle pas une créature magique, assez forte pour repousser une malédiction et cependant assez légère pour vivre sur cette terre ?

Elle remue déjà, elle bascule comme une feuille minuscule dans mon ventre. En cette première nuit de sa traversée vers les Indes, notre navire fend les vagues avec fluidité, il me porte comme je porte l'enfant qui naîtra et entamera sa vie dans cette contrée lointaine.

La mère de David nous accompagne. Elle dit que le moment est venu pour elle de retourner brièvement là-bas. Elle verra le visage de sa petite-fille à son arrivée dans le monde, elle oubliera le malheur dont elle a souffert jadis dans ce pays aux couleurs resplendissantes. Elle affirme qu'elle ne se souviendra que de la joie qu'elle y a éprouvée.

Ce navire transporte également Govind. Malgré sa fragilité, il est tellement décidé à remettre le pied sur sa terre natale qu'il y arrivera sain et sauf. David, sa mère et moi nous occuperons de lui pendant la traversée, nous nous assurerons ensuite qu'il est bien installé et entouré d'amis pour terminer sa vie dans le pays qu'il n'a pas revu depuis tant d'années.

De nombreux problèmes nous attendent, David et moi. Certains sont prévisibles, d'autres pas. Mais affronter l'inconnu est beaucoup moins difficile quand éclate l'évidence du jour présent. Mon destin brille désormais comme le visage lumineux et plein de la lune que nous observons par cette nuit sans nuage. J'incline le dos contre le torse de David, ses bras m'étreignent et enveloppent notre futur enfant dans un cocon protecteur. Quand elle aura assez grandi pour supporter un autre voyage, nous nous aventurerons plus au nord, nous retracerons nos pas à travers les Indes jusqu'à la Frontière Nord-Ouest, nous dépasserons Jalalabad et nous pousserons jusqu'à Susmâr Khord. Je tendrai mon enfant à mon père et je le déposerai dans les bras de ma mère. Ils s'apercevront que j'ai survécu, et que la quête de ma vie a abouti. Je verrai de mes propres yeux que leurs existences se déroulent comme elles le devraient : que mon père s'assoit sur le toit au crépuscule en compagnie de son fils, que ma mère est heureuse avec son mari, ses enfants, sa maison et ses amis.

Je m'assurerai que Nasren – qui n'a jamais été vilaine et désobéissante comme moi – est satisfaite, car je suis persuadée qu'elle connaît sa place et qu'elle l'accepte avec grâce.

Tout cela arrivera-t-il un jour ? Il y a tant d'obstacles encore. Mais pour le moment je ne veux pas y penser. Je préfère me dire qu'Allah m'a pardonnée l'enfant qui respire dans mon cœur est Sa bénédiction. C'est un bon début.

À présent, je dois vous reposer ma question : ai-je été mauvaise de laisser mes croyances s'estomper au profit de ma foi en moi-même ? Me suis-je laissé à tort convaincre que je possédais un pouvoir, et m'en suis-je servie comme excuse pour adopter une conduite immorale, pour coucher avec un homme vil et destructeur afin d'obtenir la liberté en échange ?

Quelles que soient les conclusions que mes actes vous inspirent, je pense que tout est écrit, que la vie est tissée par le sort et les circonstances, mais je sais aussi que nous sommes capables de modifier ces circonstances, que nous pouvons utiliser notre propre pouvoir pour altérer le motif de la tapisserie. Tenez-en compte, s'il vous plaît, lorsque vous porterez un jugement sur moi, et faites preuve de bienveillance.

La lune projette ses longs rayons lumineux qui ondoient sur les vagues. J'observe son visage rond et ombragé et, quand je me tourne vers David, je pense à ma grand-mère.

Respire en moi, entends-je chanter dans ma tête.
Respire en moi.

Remerciements

D'immenses remerciements à mon agent, Sarah Heller, pour ses encouragements et suggestions perpétuels. Ce livre ne serait pas ce qu'il est sans ma merveilleuse éditrice, Harriet Evans, et sans Catherine Cobain, de Headline Publishing. J'ai apprécié leur foi en moi, leur instinct, leur faculté de me maintenir en douceur sur le droit chemin au cours de la longue aventure de ce roman. Je dois beaucoup à ces trois femmes.

Il me faut aussi remercier tous ceux qui m'ont soutenue d'une manière ou d'une autre : Peter Newson, Kim McArthur et tout le monde chez McArthur and Company. Merci pour tout ce que vous faites. Anita Jewell, Andrea Downey-Franchuk, Joanne Renaud, Shannon Kernaghan, Donna Freeman, Holly Kennedy, Irene Williams, Kathy Lowinger, Carolyn Langill, Randall Freeman, Carole Bernicchia-Freeman, Tim Freeman, Zalie et Brenna et vous autres – vous vous reconnaîtrez. Amis sincères et famille aimée, ils attendent patiemment la fin de mes longs silences et fréquentes absences, m'apportent une nourriture spirituelle quand je traverse un passage à vide et sont toujours présents quand j'atteins la ligne d'arrivée. Je remercie particulièrement mon fils, Kit, de comprendre la vie avec une mère écrivain – j'apprécie les compétences culinaires qu'il a récemment acquises, la générosité dont il fait preuve en m'accordant la liberté de me perdre dans l'écriture, sa faculté de me rappeler ce qui est essentiel dans la vie.

Les livres et les sources que j'ai consultés au cours de mes recherches pour ce roman sont beaucoup trop nombreux pour que je puisse tous les citer. Parmi ceux qui ont exercé une influence particulière et ont participé de façon importante à ma compréhension de l'Afghanistan et de son peuple fascinant, je citerai : *Afghanistan*, de Louis Dupree ; *Un petit tour dans l'Hindou Kouch*, d'Eric Newby ; *Among the Afghans*, d'Arthur Bonner ; *Under a Sickle Moon : A Journey Through Afghanistan*, de Peregrine Hodson ; *Afghanistan – an Atlas of Indigenous Domestic Architecture*, d'Albert Szabo et Thomas J. Barfield ; *Caravanes de Tartarie*, de Roland et Sabrina Michaud ; *Afghanistan – A Short History of its People and Politics*, de Martin Evans, *Beyond the Khyber Pass*, de John Waller et *An Unexpected Light-Travels in Afghanistan*, de Jason Elliot.

Glossaire

Note de l'auteur : J'ai utilisé les meilleures ressources à ma disposition pour établir avec certitude l'orthographe exacte et l'usage correct des mots, à la fois en dari, la langue des Tadjiks, en pachtou, la langue des Pachtounes, et en urdu. Toute incohérence qui surviendrait dans ces traductions est à mettre au compte des difficultés dues aux croisements entre dialectes, et de la variété des orthographes selon les différentes sources.

atan : danse pour célébrer le temps
ayah : domestique, souvent nounou
bâbâ : terme respectueux pour un vieil homme
baba : bébé
bari : esclave
bas : assez !
bâzâr : marché
bouz : chèvre
bouzkashi : « attraper la chèvre » ; sport national en Afghanistan
bui-moderan : thé vert aux herbes
burra-sâhib : maître, homme influent
chapati : pain traditionnel oriental sans levain
chapli : sandales au talon découvert
chuprassi : portier, messager
chuptiyâ : silence ; taisez-vous !
dai : sage-femme

dak : cabane au bord d'une route pour abriter les voyageurs européens
dayra : tambour muni de clochettes
degcha : pot
dhye : lait caillé
djinn : esprit malfaisant
firni : dessert afghan, sorte de pudding à base de lait et de farine
hadj : pèlerinage à La Mecque
hâkim : maître (aussi médecin, sage)
halâl : permis ; accordé ou consacré religieusement
halhal : bracelet de cheville
hijab : voile, foulard islamique
hurquu : ornement facial féminin
jan : chère/cher, chéri(e)
kafir : mécréant, infidèle
Kafir : habitant du Pahristan
kaïmak : beurre ou crème de yak
kaïmak-tchaï : thé au beurre ou à la crème de yak
kamis : grande chemise portée au-dessus d'un pantalon
khalass : fini
khâreji : étranger
kolah : couvre-chef de forme ronde
kurta : tunique à manches longues
kushi : voleur
landay : couplets chantés lors des célébrations
longi : turban
mâdar : mère
mâdar kalân : grand-mère
madrasa : école religieuse
mensahib : terme respectueux désignant une Européenne dans l'Inde coloniale
morgh : poulet
morgh bâzâr : marché aux poulets
nakar : servant
naswar : type de tabac à mâcher
neem : huile insecticide extraite des graines du margousier

pâdar : père
palas : panneau d'étoffe en poils de chèvre tissés
pesar : fils
post-poshidan : recette de bonne femme pour la fécondité chez les Pochtoumes
qaraqol : chapeau en forme de cloche et en Astrakan
quirt : fouet de cavalier
qwak : jeu de pari afghan
sâhib : monsieur
saïs : palefrenier
salâm : paix, en guise de salut ou de réponse
sandali : brasero
shâbas : bien joué ; bravo
sheesham : (bois du) palissandre des Indes
shisha : pipe à eau
talpak : coiffe en peau de mouton bordée de fourrure de loup
ta'wiz : amulette ; sort
tchadri : foulard ou voile pour le corps ; burqa
tchaï : thé
tchaïkhana : maison de thé
tchapane : caftan, manteau
tchopendoz : joueur de bouzkashi
tendâr : tante
tofang : fusil
tulwar : sabre indien
topi : casquette
torshi : légumes marinés dans du vinaigre
turbruganay : jeu de mots ; insultes dissimulées
watan : patrie
zan : femme
zenana : harem
zyârat : tombe de saint

Che hâl dâred : Comment allez-vous ?
Khub astom, tashakor : Bien, merci.

Composition
PCA

Achevé d'imprimer en France (La Flèche)
par CPI BRODARD ET TAUPIN
le 18 février 2009. 51314

Dépôt légal février 2009.
EAN 9782290008102

ÉDITIONS J'AI LU
87, quai Panhard-et-Levassor, 75013 Paris

Diffusion France et étranger : Flammarion